KB111662

행복하세요^^

나는
한 편의 글을
보았다

나는 한 편의 극을 보았다 1

초판 1쇄 인쇄일 2016년 4월 20일
초판 1쇄 발행일 2016년 4월 27일

지은이 | 전유정
펴낸이 | 김기선

편집장 | 김은지
디자인 | 금장미

펴낸곳 | 와이엠북스(YMBOOKS)
출판등록 | 2012년 7월 17일 (제2014-17호)
주소 | 서울시 도봉구 노해로 379, 1005호(창동, 대성빌딩)
전화 | 02)906-7768 / 팩스 | 02)906-7769
E-mail | ymbooks@nate.com

ISBN 979-11-322-3708-2 (04810)
ISBN 979-11-322-3707-5 (set)

값 12,800원

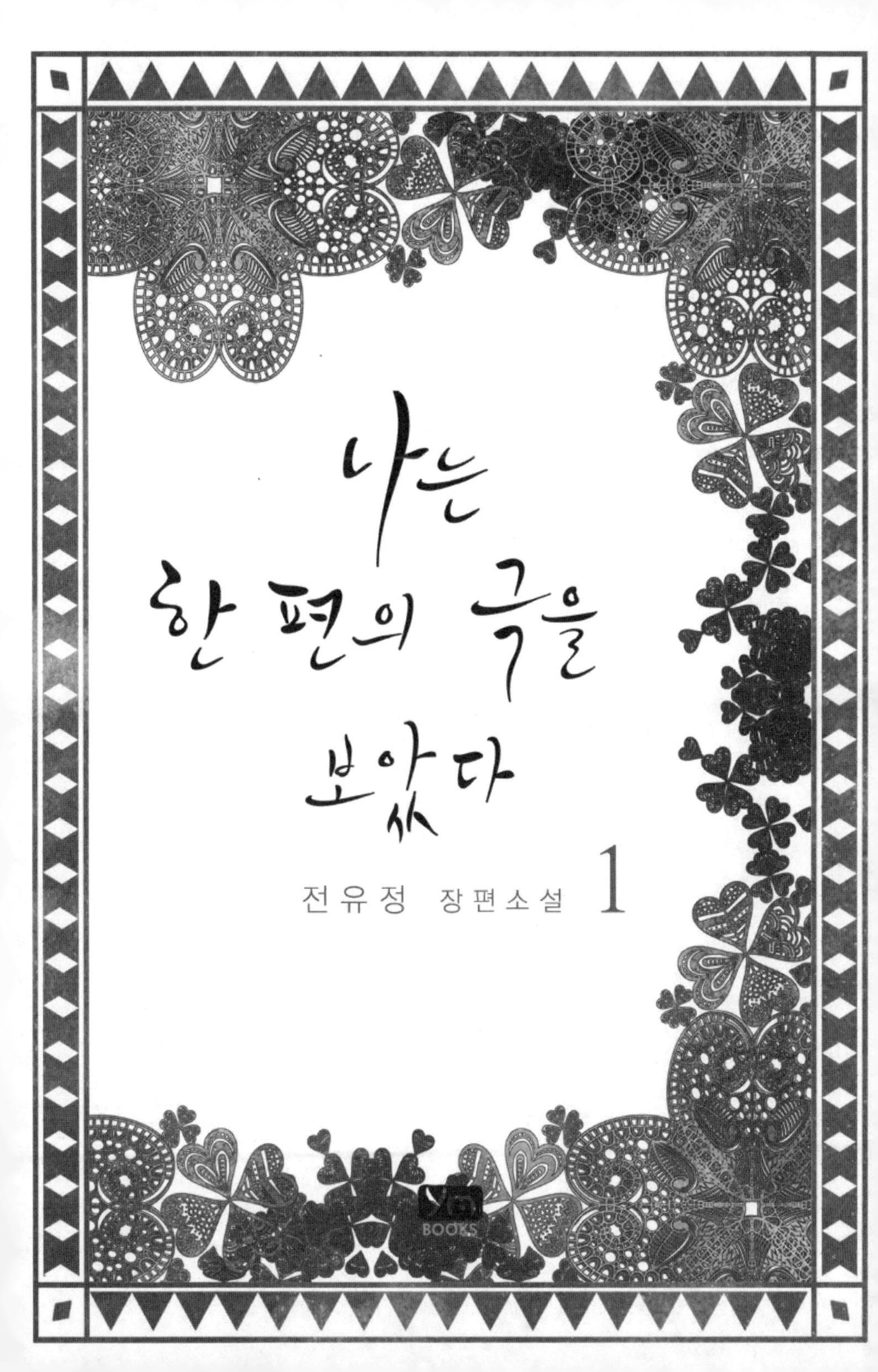
나는
한 편의 극을
보았다
전유정 장편소설 1
BOOKS

차 례

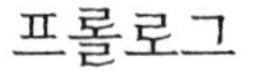

프롤로그

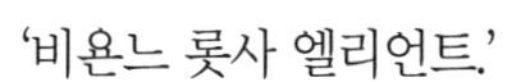

'비욘느 롯사 엘리언트.'

마치 한 편의 극을 보듯 나는 어느 순간 한 여인의 일생을 보고 있다는 것을 알았다.

그녀는 후작가의 적녀로 태어났다.

예쁘장한 외모와 든든한 가문의 권세는 그녀를 오만하게 만들기에 충분했다. 그녀는 언제 어디서나 주인공이었고, 주위엔 항상 그녀를 찬양하는 사람들로 넘쳐흘렀다. 여자로서 최고의 자리에 올라선 순간에도 그녀는 그것이 당연하다 생각했다. 그곳은 그녀의 자리였고, 누구도 그녀의 자리를 넘볼 수 없었다.

'어리석은 여인.'

그것은 오로지 그녀만의 착각일 뿐이었고, 그 착각은 오래가지 않았다.

시간이 흐르고 거침없이 올라가던 그녀의 인생이 내리막길을 걷기 시작했다. 지고했던 그녀의 자리는 시퍼렇게 날이 선 칼날이 되어 그녀의 목을 죄었고, 그녀를 찬양하던 무리는 그녀를 물어뜯는 승냥이 떼로 변하여 그녀를 갈가리 찢을 듯 덤벼들었다.

마지막 순간까지 그녀는 억울함에 울부짖었다. 세상을 저주하며 피를 토했다.

그녀의 어리석음에 조소가 흘러나왔다. 어째서 그들의 사랑을 갈구하는가? 어째서 자신의 것이 아닌 것에 욕심을 부리는 것인가?

'나를 사랑하지 않는 이들 따위 버리면 그만인 것을.'

마지막 숨결을 내려놓듯 그녀의 몸이 붉은 피를 흩뿌리며 무너져 내렸다. 이제 마지막이라는 생각이 든 순간 그녀가 천천히 고개를 들었다.

보석처럼 투명하게 빛나는 짙은 녹색빛이 광기에 젖어 정확히 나를 직시했다. 피를 머금은 듯 붉게 칠한 그녀의 입술이 천천히 움직였다.

"잊지 마. 나는 바로 너야. 이. 지. 아."

캄캄한 어둠이 나를 덮쳤다.

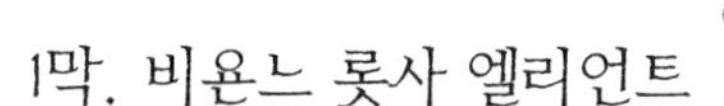

1막. 비욘느 롯사 엘리언트

몽롱했던 정신이 서서히 깨어났다. 웃고 울고 절규하는 한 여자의 일생이 파노라마처럼 펼쳐졌다. 나는 천천히 눈을 떴다.

새벽의 어스름한 어둠이 방 안을 잠식하고 있었다. 누운 채로 손을 눈앞에 대보았다. 하얗고 보드라운 손이 보였다.

"작군."

천천히 손을 쥐었다 폈다 두어 번 반복했다. 손은 나의 의지를 충실히 따랐다.

상체를 일으키고 이불 속에 있던 발을 꺼내 보았다. 역시나 하얗고 보들보들해 보이는 발가락이 내 의지를 따라 꼼지락댔다. 또다시 손바닥을 펼쳐보았다. 꼼지락거리는 발도 다시 보았다.

익숙한 듯하면서도 어딘지 모르게 생소한 느낌이 들었다.

이불 속에서 발을 완전히 빼내 침대 아래에 있는 슬리퍼에 집어넣었다. 새벽의 찬 기운과 보슬보슬한 슬리퍼 속 털의 감촉이 짜릿했다.

'잠이 확 깨는군.'

슬리퍼에 발바닥을 비비며 간질간질한 털의 감촉을 음미했다. 현실적인 감각, 꿈이 아니라는 증거였다.

슬리퍼를 바르게 고쳐 신고 몸을 움직였다. 어둠 속에서도 몸은 익숙하게 창을 가리고 있던 두꺼운 암막을 찾아내었다. 커튼 한쪽을 잡고 힘껏 젖혔다.

차르륵 소리와 함께 밀려날 것이라는 예상과 달리 커튼은 크게 한번 펄럭인 후, 다시 제자리로 돌아와 창문을 덮었다. 한순간 이해할 수 없는 상황에 당황했다.

'왜? 어째서?'

커튼 한쪽을 손으로 잡아 올렸다. 어스름하긴 하지만 그럭저럭 밝은 빛이 방 안을 비추었다. 커튼을 젖힌 상태로 커튼이 달린 이음새를 바라보았다.

익숙한 커튼레일 대신 벽에서 튀어나온 고리가 커튼을 단단히 고정시키고 있었다. 이것 또한 익숙하다면 익숙한 광경이었다.

창틀 옆쪽으로 튀어나온 고리에 양쪽 커튼을 모두 고정시키고 몸을 돌렸다. 커다란 창 크기만큼이나 많은 빛이 방 안을 비췄다. 햇빛이 방 안 구석구석 비추는 것을 확인하고 원래 목적이었던 거울을 찾았다.

거울은 내가 기억하고 있는 모습 그대로 그 위치에 얌전히 놓여 있었다.

천천히 발을 옮겨 거울 앞에 섰다. 햇빛을 받아 금발처럼 보이는 금갈색 머리카락이 허리까지 내려와 굽실거렸다.

거울 안에는 반짝이는 짙은 녹색 눈동자를 가진 아이가 눈을 깜빡이고 있었다. 살짝 눈초리가 올라간 것이 성깔 꽤나 있는 도도한 고양이처럼 보였다.

손가락을 들어 볼을 슬쩍 눌러 보았다. 아이 특유의 빵빵한 젖살이 탄력적으로 눌렸다 올라왔다.

익숙하면서도 익숙하지 않은 얼굴이었다. 볼을 잡아당겨 보았다. 찹쌀떡 같은 볼이 쭈욱 늘어나며 고통을 동반했다. 기억하고 있는 것보다 어린 혹은 기억하고 있는 그대로의 모습이다.

"비욘느 롯사 엘리언트."

익숙하지만 익숙하지 않은 울림이 입안에서 맴돌았다.

천천히 거울을 다시 들여다보았다. 통통한 젖살이 있던 아이의 모습이 사라지고 성인이 된 얼굴이 거울에 비쳐졌다.

'잊지 마. 나는 바로 너야.'

광기에 젖은 녹색 눈동자가 거울 안에서 나를 똑바로 바라보고 있었다. 그녀의 붉은 입술이 천천히 달싹였다.

'이지아.'

순식간에 그녀의 모습이 사라지고 피곤에 지친 여자의 얼굴이 나타났다.

방금 전의 그녀와는 다른, 그러나 너무나 익숙한 얼굴이었다.

마치 한 편의 극을 보는 것처럼 나는 제삼자가 되어 그녀의 일생을 보았다.

지금의 나는 죽은 비욘느의 회귀인가? 지루한 일상의 일탈을 원했던 이지아인가? 아니면 미래를 보고 온 어린 비욘느인가? 어느 것이 먼저이고 어느 것이 뒤인 것인가.

거울 속에는 어느새 어린 비욘느가 나를 빤히 바라보고 있었다.

"어쩌면 이 모든 것이 기억이 아닌 단순한 꿈인 것인지도 모르지."

물음표가 머리를 가득 채웠지만 이상할 정도로 혼란스럽지는 않았다. 이 정도로 뒤죽박죽된 기억이라면 정체성의 혼란이 올 만도 하건만 의외로 정신은 말짱했다. 마치 누군가가 어려운 문제의 해답을 알려 준 듯 명쾌하기까지 했다.

나는 세상을 저주하며 죽어 간 비욘느 롯사 엘리언트였고, 그럭저럭 무난한 인생을 살다 죽은 이지아였으며, 지금 거울 앞에 서 스스로의 모습을 보고 있는 비욘느 롯사 엘리언트였다.

"어머나!"

짧은 비명 소리에 소리가 나는 쪽으로 고개를 돌렸다. 나와 눈이 마주친 여인이 재빨리 입을 막으며 고개를 숙였다.

"깨, 깨어 계신 줄 몰랐습니다, 아가씨. 지금 당장 세숫물을 준비해서 올리겠습니다."

내가 뭐라 할 사이도 없이 여인이 재빠르게 사라졌다. 평소보다 일찍 일어난 내 모습에 어지간히도 놀란 모습이었다.

평소 까탈스러운 내 성격으론 내가 일어난 시점에 모든 것이 준비되어 있어야 했다. 차갑지도 뜨겁지도 않은 적당한 온도의 향 좋은 꽃잎을 띄운 미지근한 세숫물과 그날 입을 드레스와 장신구의 세팅은 기본이었다.

하나라도 어긋나는 날이면 하루 종일 짜증을 냈다. 일정하지 않은 내 기상 시간에 맞추어 완벽하게 준비해야 하는 어려움은 절대 내 고려 사항이 아니었다.

적어도 어제까지는 말이다.

"죄, 죄송합니다."

세숫물을 가지고 온 하녀는 무릎을 꿇고 머리를 조아렸다.

어제까지의 '나'였다면 펄펄 뛰며 불호령을 내렸겠지만 지금의 '나'는 딱히 화가 나지는 않았다.

'단지 상황이 좀 애매할 뿐이지.'

이걸 어찌 처리할까 고민하며 그녀를 내려다보았다. 치마 앞자락 사이로 마주 잡은 두 손이 애처롭게 파들거렸다. 공포로 부들부들 떨고 있는 그녀의 손은 자잘한 상처로 가득했다.

"이름은?"

"……네?"

"네 이름이 뭐냐고 물었다."

생각지도 않은 질문이었는지 그녀가 눈을 동그랗게 뜨고 나를 올려다보았다. 지금의 나보다는 나이가 많겠지만 아직 젖살이 빠지지 않은 앳된 얼굴이었다. 햇볕에 그을려 반질반질해진 얼굴을 보니 하녀 중에서도 제일 낮은 등급인 듯했다.

같은 하녀라도 등급이라는 것이 존재했다. 세분화하자면 세분화할 수 있지만 일단 크게 두 부류로 구분할 수 있었다. 빨래나 설거지 같은 온갖 허드렛일을 하는 부류와 주인의 곁에서 직접 그들의 시중을 드는 부류로 말이다.

주인의 곁에서 시중을 드는 부류는 하녀라는 말 대신 시녀라는 말을 쓰며, 자신들이 뭐라도 된 듯 허드렛일을 하는 하녀들을 천대하기도 했다.

'어차피 귀족들의 눈에는 모두 다 천해 보이는 것을.'

빨래나 설거지 같은 온갖 허드렛일은 하는 하녀들은 밖에서 일하는 시간이 많았다. 햇빛을 많이 받는 그들의 피부는 당연히 까매질 수밖에 없는 것이다.

반면 주인을 가까이에서 모시는 하녀들은 상대적으로 밖에 나갈 일이 별로 없었다. 주인의 몸치장이나 심부름 정도가 고작이다. 나름대로의 고충은 있겠지만 허드렛일을 하는 하녀들에 비해 그들은 시간적으로나 금전적으로나 여유로웠다. 즉, 몸치장할 여유가 있다는 소리다.

"마, 마리입니다, 아가씨."

"그래, 마리. 네가 왜 여기 있는 거지?"

꺼끌꺼끌 각질이 일어난 입술, 까무잡잡한 얼굴, 갈라졌던 흔적이 있는 손등.

마리는 허드렛일을 하는 하녀가 확실했다. 내 세숫물을 떠 오고 몸치장을 도와줄 등급의 하녀가 아니라는 소리다.

이곳의 사회는 철저하게 계급으로 나뉘어져 있었다. 황족 아래에 귀족이 있고 귀족의 밑으로는 평민이 있으며 가장 밑바닥에 노예가 있었다. 계급 간의 격차는 상당이 커서 길 가던 평민을 귀족이 아무런 이유 없이 죽인다 해도 죄를 묻지 않았다. 무분별한 살인을 막기 위해 벌금형은 있을지언정 살인죄는 성립하지 않는 것이다.

스스로를 고귀하다 생각하는 그들은 시중드는 이를 곁에 두는 것도 상당히 까다로웠다. 자신의 몸시중을 직접 들어야 하는 이들인 만큼 외모는 물론이고 적당한 지적 수준도 갖추고 있기를 원했다.

나는 권세 있는 후작가의 하나뿐인 적녀다. 그런 나의 시중을 드는 것은 어머니의 젖동무인 유모와 꼼꼼한 선별을 거쳐 선발된 시녀들뿐이었다. 결코 허드렛일을 하는 하녀 따위가 곁에서 시중들 만한 위치는 아닌 것이다.

"그, 그것이…… 유모님이……. 잘못했습니다."

마리의 얼굴이 순식간에 새하얗게 변했다. 내 말 한마디에 그녀는 이 자리에서 목숨을 잃을 수도 있었다. 그녀는 내 발치에 엎드려 빌었다.

"살, 살려 주세요, 아가씨!"

어제까지의 '나'였다면 어땠을까?

엎드린 자세 그대로 부들부들 떨고 있는 마리를 보며 생각했다. 아마 모르긴 몰라도 '천한 것이 감히 어디서!'라며 길길이 날뛰었을 것이다.

'관대함을 베푼다 해도 최소 매질이고, 최악은 역시 사형이려나?'

지금의 나는 11살의 생일을 앞두고 있었다. 오만방자한 천둥벌거숭이라는 표현이 딱 맞는 나이이다. 아무것도 모르는 순진무구한 갓난아이도 아니고, 어느 정도 세상 물정에 물든 어른도 아니다. 자제력도 없고 자비심도 없었다.

집에서 내 눈치를 보는 고용인들의 손에서 오냐오냐 키워진 내가 아는 것이 뭐가 있었겠는가. 마음에 안 드는 것은 죄 때려 부수고 사람들을 들들 볶았다. 하녀나 하인은 물론 시녀들조차 나와 같은 인간으로 보지 않았다. 그들도 맞으면 아프고 슬프면 눈물을 흘리는 인간이라는 것을 지금까지의 비욘느는 전혀 모르고 있었다.

"유모가 뭐? 혹시, 유모가 보내서 왔어?"

"살, 살려……. 네?"

콧물까지 흘리며 추하게 우는 마리를 보며 나는 혀끝을 찼다.

'아직 아무 짓도 안 했는데 저 몰골이라니. 평소의 지랄맞은 내 성격을 그대로 보여 줬으면 졸도하고도 남았겠군.'

추한 그녀의 모습을 보면서도 그다지 화가 나지는 않았다. 그저 그녀가 왜 내 시중을 들기 위해 이곳에 왔는지가 궁금했을 뿐이었다.

'운 좋은 줄 알렴. 넌 하루 차이로 살았어.'

"유모가 보내서 왔냐고."

"네? 네……. 딸꾹!"

급기야 딸꾹질하는 마리를 보며 다시 한 번 혀끝을 찼다. 마리의 과한 반응은 지금까지의 내 성격이 어떠했는지를 단적으로 보여 주고 있었다.

딱히 너그러워질 생각은 없지만 지금까지처럼 지내는 것도 문제가 있었다. 무엇보다 이대로 간다면 나를 기다리고 있는 것은 고통과 절규일 테니 말이다.

"유모가 왜 너를 보냈지?"

"끄읍, 저도 잘……. 딸꾹."

마리는 입을 막으며 딸꾹질을 막아 보려 했다. 얼굴이 빨개져 용쓰는 모습이 애처롭기 그지없었다.

알 만한 사람은 알 것이다. 딸꾹질의 고통을!

딸꾹질이 오래갈수록 당겨 오는 뱃가죽의 고통도 이루 말할 수 없다. 나는 손을 휘저었다.

"나가 봐."

"끄읍, 딸꾹……. 네?"

"앞에서 그러고 있지 말고 나가서 일 보라고."

"끄읍…… 하, 딸꾹, 하지만."

"지금 그 꼴로 내 시중을 들겠다고?"

바닥에 주저앉은 채로 두 손으로 입을 막고 있던 마리가 고개를 푹 숙였다. 머리카락 사이로 보이는 귀가 새빨갛게 물들어 있다. 그녀가 허드렛일을 하는 하녀라서 시중을 거부한다고 생각하는 모양이다.

하녀든 시녀든 지금의 나는 누가 시중을 들건 상관은 없지만 솔직히 마리에게는 시중받고 싶지 않았다. 그녀가 허드렛일을 하던 하녀라서 싫은 것이 아니라 몸시중을 드는 데 익숙하지 않기 때문이다.

딱 봐도 서툴 것이 뻔히 보였다. 불편한 시중 따위는 절대 받고 싶지 않았다.

"나가서 물 마시고 딸꾹질 좀 가라앉혀. 그러다 숨넘어가겠다."

마리가 고개를 발딱 들어 나를 올려다보았다. 물기 어린 눈동자가 일렁일렁한 것이 마치 강아지 같았다. 나는 한 번 더 선심을 썼다.

"허리를 숙이고 컵 반대편으로 물을 마시면 딸꾹질이 멈출 거야."

"……."

얼굴을 보아하니 알아들은 것 같진 않다. 선심은 여기까지다.

"나가서 다른 시녀를 불러와. 빨리!"

내가 언성을 높이자 마리는 그제야 후다닥 일어나 방 밖으로 나갔다. 인사도 없이 잽싸게 사라지는 그녀의 뒷모습이 보인다.

"어디가 좀 모자란 앤가?"

마리는 어제가 아닌 오늘, '나'를 만난 것을 하늘에 감사해야 할 것이다.

그나마 심부름은 제대로 했는지 오래지 않아 시녀 2명이 내 방으로 들어왔다. 허둥대던 마리와 달리 나긋나긋한 움직임에 예의 바른 몸가짐이다. 낯이 익은 것으로 보아 몇 번 내 시중을 들었던 시녀였다. 내 시중을 드는 이는 유모를 빼고는 고정적이지 않았다. 유모는 내 시중을 들어줄 사람이 필요할 때마다 그때그때 시녀들 중 몇 명을 선별해서 데려왔다.

시중드는 사람들을 집 안의 가구처럼 생각하는 나였기에 지금까지는 별다르게 생각해 본 적은 없지만 이상하다면 이상한 일이었다.

'보통 한두 명 정도는 고정된 시녀가 있지 않나? 아닌가?'

주변에 별로 관심이 없다 보니 다른 사람들은 어떻게 하는지 도통 모르겠다. 그렇다고 지금에 와서 딱히 알아볼 생각도 들지 않았다.

내가 무언가를 지시하지 않아도 시녀들은 알아서 드레스를 입혀 주고 머리를 매만져 주는 등 내 몸치장을 도왔다.

만약 그대로 마리에게 몸치장을 시켰다면 하나부터 열까지 시시콜콜 알려 주거나 내가 스스로 몸치장을 해야 했을 것이다. 그건 상상만으로도 피곤한 일이었다.

비욘느의 성격을 누구보다 잘 알고 있는 유모가 제정신으로 허드렛일을 하던 하녀를 나에게 보냈을 리가 없었다. 그 말인즉, 마리가 허드렛일을 하는 하녀라는 것을 눈치 못 챌 정도로 그녀에게 무척 다급한 일이 벌어졌다는 뜻이다.

"유모는?"

"마님의 처소에 계십니다."

시녀는 갑작스러운 내 질문에도 마치 기다리고 있었다는 듯 매끄럽게 대답했다. 어리바리하던 마리와는 질적으로 다른 대응이었다. 시녀는 내 물음에 대답하면서 내 눈치를 보는 것도 잊지 않았다. 그녀의 대답이 나를 불쾌하게 하리라는 걸 알고 있기 때문이었다.

시녀가 마님이라고 부를 존재는 이 저택의 안주인, 즉 후작 부인뿐이다.

내 유모는 후작 부인의 젖동무였다. 그녀의 어머니가 후작 부인의 유모였기에 그녀들은 자매처럼 자랐다고 들었다. 유모는 나를 키우면서도 후작 부인을 소홀히 하지 않았다. 내 곁에 머물고 있는 중에도 그녀는 틈틈이 후작 부인의 처소에 들렀다.

비욘느는 유모가 후작 부인에게 가는 것을 좋아하지 않았다. 자신의 사람이라고 생각하는 유모가 자신 이외의 존재에게 신경 쓰는 일은 자기중심적인 비욘느에게 불쾌감을 주기에 충분했다.

그녀가 후작 부인의 처소에 갈 때마다 비욘느는 시녀들에게 화풀이를 해대기 일쑤였다.

지랄맞은 비욘느의 성격을 누구보다 잘 아는 유모는 최대한 비욘느가 눈치채지 않는 선에서 행동해 왔다. 오늘처럼 대놓고 후작 부인에게 가는 날은 극히 드물었다. 이런 식으로 유모가 나를 방치하면서까지 후작 부인의 처소로 갔을 때는 딱 한 가지 이유밖에 없었다.

내가 몸을 일으키자 시녀들의 몸이 움찔했다. 그녀들은 교육받은 시녀답게 표정으로는 아무런 내색을 하지 않았지만 눈동자가 불안에 떨리는 것까지는 숨기지 못했다.

그녀들의 머릿속에는 불같이 날뛰는 내가 그려지고 있을 것이다. 아무리 좋은 말로 포장하려 해도 썩 좋다고 볼 수 없는 비욘느의 성격에 모르긴 몰라도 그녀들의 머리채는 남아나지 않을 확률이 컸다. 비욘느는 성격도 좋지 못하지만 손버릇은 더 나빴다.

나는 그녀들이 아는 비욘느이기도 하지만 지금까지와는 다른 비욘느이기도 하다. 내가 불쾌하다고 느낀다면 나는 서슴없이 내 화를 표출하고 그녀들의 머리채를 잡을 것이다.

그녀들이 모르는 사실이 하나 있다면 나는 지금 그녀들이 짐작하고 있는 것과는 달리 불쾌하지 않다는 것이다.

유모는 분명 비욘느에게 특별한 사람인 것은 틀림없다. 낳아 놓기만 하고 관심 없는 후작과 후작 부인과는 달리 그녀는 비욘느를 직접 키운 사람이었다.

키운 방법이야 어쨌든 이 후작가에서 비욘느에게 관심을 가지고 보살핀 사람은 유모가 유일했다. 비욘느가 유모에게 애착을 갖는 것은 당연했다. 더군다나 유모는 비욘느가 원하는 것은 무엇이든 다 들어주었고 마치 입안의 혀처럼 굴었다. 비욘느의 안하무인에 자기중심적인 성격에는 유모의 영향이 컸다고도 할 수 있었다.

유모에게 최우선적인 인물은 내가 아니라 후작 부인이었다. 비욘느는 그것은 인정하지 않았기에 유모가 후작 부인을 우선하는 행동을 할 때마다 화를 내고 주변에 분풀이를 해 댔던 것이다.

내가 지금 화가 나지 않는 것도 같은 이유다. 지금의 나에게는 예전만큼 유모에 대한 애착이 없었다. 정확하게는 그녀의 행동이 내 감정에 영향을 끼치지 않는다는 뜻이다. 그녀가 나보다 후작 부인을 더 우선하는 행동도 예전처럼 불쾌하지 않았다.

이것이 미래를 알고 있기 때문인지, 혹은 이지아의 기억을 가지고 있기 때문인지 이유는 알 수 없었다. 다만, 지금 알 수 있는 한 가지는 주변의 자극에 생각했던 것보다 훨씬 더 내 기분이 덤덤하다는 것이었다.

"아가씨?"

내가 아무 말이 없자 시녀들은 어리둥절한 얼굴로 나를 바라보았다. 나는 그녀들의 궁금증을 해소해 줄 마음이 눈곱만치도 없었으므로 그녀들을 무시하고 방을 나왔다. 그런 내 행동에 그녀들은 더욱 당황하며 내 뒤를 쫓았다.

"아, 아가씨, 어디 가세요?"

그녀들에게 신경 쓰고 싶지 않았기에 나는 뒤도 돌아보지 않고 그녀들을 향해 손을 내저었다.

가서 볼일이나 보라는 뜻이었지만 그녀들은 계속 내 뒤를 졸졸 쫓아왔다. 딱히 거슬리는 일은 아니었기에 나는 그녀들을 무시하고 목적지를 향해 발을 움직였다.

"아- 악!"

쨍그랑!

"마님!"

기대를 저버리지 않는 비명 소리와 물건 부서지는 소리가 요란하게 복도를 울렸다. 하긴 유모가 내 심기를 거스르면서까지 후작 부인에게 달려갈 만한 일은 굳이 직접 보지 않아도 알 수 있는 것이었다.

후작 부인의 방 앞에서 울상을 지으며 서성이고 있던 시녀들의 얼굴이 나를 보고 사색이 되었다. 그녀들의 심정을 모르는 바는 아니지만 노골적으로 변하는 표정을 보니 심사가 불퉁거렸다.

누누이 이야기했지만 나는 결코 좋은 성격이 아니다. 흔한 소설의 이야기처럼 '처참한 미래를 알고 있으니 착하게 생활해서 미래를 바꿔야지'라는 생각은 결코 상상해 본 적도 없었고, 내 성격에 맞지도 않았다. 사실 착하게 지낸다고 해서 딱히 무언가 바뀔 것 같지도 않았다.

'울화병이 생기지만 않으면 다행이겠지.'

득이 될 것도 없어 보이는 일에 일생을 바치는 것은 바보 같은 일이다. 더구나 한 번 해 봐서 그런지 딱히 죽는 것이 두렵지도 않았다.

그저 할 수만 있다면 평탄한 일생을 보냈던 이지아처럼 그냥저냥 평범한 일생을 사는 것도 나쁘지 않겠구나 하는 생각이 들 뿐이다.

"문 열어."

내 명령에도 시녀들은 우물쭈물하며 내 눈치만 볼 뿐 문을 열 생각을 하지 않았다.

그녀들의 행동을 머리로는 이해할 수 있었다. 아무리 내 명령이라지만 그녀들의 입장에서 후작 부인의 방을 함부로 열 수는 없는 노릇이니 말이다. 하지만 이해하는 것과 그녀들의 명령 불복종을 용서하는 것은 엄연히 다른 일이다.

'귀찮은데, 모두 족칠까?'

문뜩 그런 생각이 들었지만 곧 지워 버렸다. 일단 빨리 안으로 들어가고 싶은 마음이 컸고, 그녀들을 처벌하는 것도 시간과 체력이 필요한 일이라 성가셨기 때문이다.

"엇!"

나는 시녀들을 밀치고 직접 문을 열었다. 그녀들은 내가 직접 행동할지 몰랐는지 외마디 비명을 질렀다. 설사 알았다고 해도 그녀들은 감히 나를 막지 못했을 것이다.

솔직히 이야기하자면 나도 내 행동을 이해할 수 없었다. 후작 부인에게 애틋한 정이 있는 것도 아니고 유모에게 볼일이 있는 것도 아니었다. 비욘느가 스스로 후작 부인의 처소에 발걸음을 한 날도 태어나 지금까지 다섯 손가락으로 꼽을 정도로 적었다.

그럼에도 나는 지금 후작 부인을 보고 싶었다.

싫다 싫다 하면서도 비욘느는 항상 부모의 애정을 갈구했다. 지금 나의 돌발 행동은 아직은 그들에 대한 애정이 남아 있던 나이이기 때문인지도 몰랐다.

쾅!

요란한 소리를 내며 문이 열렸다. 방 안에 있던 세 쌍의 눈동자가 동시에 나에게로 향했다.

방 안에 있는 사람들에게 내 존재감을 알렸다는 점에서 문을 발로 찬 것은 꽤 괜찮은 방법이었다. 다만 그 효과가 지속되지 않았을 뿐이다.

"그런 것으로 알고 나는 이만 가 보겠소."

"싫어!"

소음에 딱 한 번 나를 쳐다본 후작은 후작 부인에게 자기 할 말만 하고 방 밖으로 나가 버렸다. 차가운 후작의 뒷모습을 보며 후작 부인은 절규했다. 흐느끼며 바닥에 쓰러지려는 그녀를 유모가 잽싸게 받아 안았다.

후작이나 후작 부인의 태도에 새삼 상처받은 것은 아니지만 기분이 상하는 것은 어쩔 수 없었다. 면전에서 무시당하는 것만큼 기분 나쁜 일은 별로 없을 테니까.

"아아악-"

후작 부인은 자신의 머리카락을 쥐어뜯으며 히스테리를 부렸다. 그녀의 거친 손길에 따라 구불구불한 붉은 머리카락이 사방으로 휘날렸다. 볼우물이 움푹 패어 안쓰러워 보이는 얼굴과는 달리 두 눈은 붉게 충혈되어 섬뜩할 정도로 독기를 품어 내고 있었다.

딸은 엄마 팔자를 닮는다는 말이 있다. 그래서일까. 지금의 후작 부인의 모습은 세상을 증오하며 죽어 가던 비욘느의 모습과 무섭도록 닮아 있었다.

그녀는 거상으로 유명한 백작가의 외동딸로 18살에 엘리언트 후작과 결혼하여 후작 부인이 되었다. 그녀가 엘리언트 후작에게 반해 몇 년 동안이나 쫓아다닌 일은 아직까지도 화제가 될 만큼 사교계에서도 유명한 일이다. 엘리언트 후작에게 첫눈에 반한 그녀는 그와 결혼하기 위해 수단과 방법을 가리지 않았다.

하루에도 몇 번씩 그의 주변을 맴돌았고, 그의 일거수일투족을 알기 위해 그의 주변 인물들을 포섭했다. 그녀와 6살 차이가 나는 그는 당시 24살로 일찍 부친을 여의고 작위를 이어받은 상태였다. 젊고 잘생긴 미혼의 후작은 여성들의 관심을 한 몸에 받기에 충분했다.

그에게 접근하는 여자들은 많았다. 그녀는 자신의 지위와 돈을 이용해서 그에게 접근하는 여자들을 전부 차단했다. 심지어는 직접 찾아가 패악을 저지르는 일도 서슴지 않았다. 그녀에게 거칠 것은 없었다. 그는 그녀의 전부였다.

드디어 그녀가 그와 결혼하게 되었을 때, 그녀는 세상에서 가장 행복한 신부였다.

거상으로 유명한 피스온 백작가가 그녀의 지참금을 내고 한동안 자금난에 시달려 휘청거렸다는 소문이 돌았지만 그녀는 털끝만큼도 신경 쓰지 않았다. 오히려 자신의 가치를 증명하는 데 천문학적인 액수의 지참금이 모자라다고 생각했다.

후작을 돈으로 샀다는 사람들의 수군거림도 안중에 없었다. 그는 그녀의 사람이 되었고, 그녀의 미래는 장밋빛으로 가득 차리라 생각했다.

하지만 현실은 그녀가 상상하던 것과는 달랐다.

후작은 매우 차가운 사람이었다. 살가운 표현은커녕 그녀와의 접촉도 극도로 꺼려 했다. 그가 무슨 이유로 후작 부인과 결혼했는지는 알 수 없었다. 소문대로 돈에 넘어갔는지 다른 어떤 이유가 있었는지는 후작 본인만 알 뿐이다.

한 가지 확실한 것은 그는 결코 그녀를 사랑해서 결혼한 것이 아니라는 것이다. 그는 그녀를 후작 부인으로서 예우해 주었지만 그것이 전부였다.

해가 갈수록 그녀의 갈망은 더 심해졌다. 그가 나이가 들어 중후한 매력이 더해질수록 그녀의 히스테리도 더해졌다.

그녀는 끊임없이 그를 갈망했다. 그에게 완전히 미쳐 버렸다. 그런 그녀에게 자신이 직접 배 아파 낳은 자식이라 해도 눈에 들어올 리 없었다. 그가 그녀와의 사이에서 낳은 자식에게 관심을 가졌다면 무언가 달라졌을지도 모른다. 하지만 후계자가 될 수 없는 딸은 그에게 아무런 의미가 없었다.

그에게 중요한 것은 가문의 안위와 영달.

그녀에게 중요한 것은 오직 그.

그들은 자신들의 딸인 나에게는 티끌만큼의 관심도 없었다.

"모두 다 너 때문이야!"

비명과도 같은 외침에 정신이 들었다. 잠시 딴생각을 하는 사이에 그녀는 증오가 가득 찬 눈으로 나를 노려보고 있었다.

"너만 사내아이로 태어났어도!"

절규와도 같은 그녀의 외침에 피식 웃음이 새어 나왔다.

'내가 남자로 태어났다 한들 달라질 게 있었을까?'

그녀는 큰 착각을 하고 있었다. 그가 그녀와 나에게 관심이 없는 것은 내가 가문의 후계자가 될 수 없는 계집아이라서가 아니다. 그는 단지 그녀와 나에게 관심이 없을 뿐이다. 그 사실을 설명해 준다 한들 미쳐 버린 그녀가 이해할 수 있으리라고는 생각지 않았다. 미친 여자에게 논리를 이야기해 봤자 설명하는 입만 아픈 법이다.

"아- 악! 너 때문이야. 너 때문이란 말이야! 죽어! 죽어! 죽어 버려!"

그녀는 급기야 나를 향해 손을 휘둘렀다. 기다란 손톱이 내 얼굴을 아슬아슬하게 스쳐 지나갔다.

"마님, 제발 진정, 읍!"

가까스로 그녀의 팔을 붙잡는 데 성공한 유모가 그녀를 달래기 위해 애썼지만 미칠수록 힘이 세진다는 속설답게 그녀는 자신의 두 배만 한 유모를 밀치고 나에게 달려들었다. 붉게 충혈된 눈을 하고 나를 죽일 것처럼 달려드는 미친 여자를 보니 아무리 나라도 덤덤하게 있을 수만은 없었다.

인간의 생존 본능은 대단했다. 머리로 생각하기도 전에 몸이 먼저 반응했다. 나는 그녀를 피해 몸을 뒤로 빼며 잽싸게 문손잡이를 잡았다.

쾅!

둔탁한 무언가가 부딪치는 소리가 들렸다. 문에 기대고 있는 등 뒤로 약간의 진동이 느껴졌다. 나는 튼튼하게 설치된 문에 만족감을 느꼈다.

"아, 가씨?"

방 밖에서 대기하고 있던 시녀들은 놀란 얼굴로 나와 내가 기대고 서 있는 문을 번갈아 보았다. 나는 최대한 아무렇지도 않다는 얼굴로 그녀들의 시선을 받아넘겼다. 이미 두꺼워질 대로 두꺼워진 얼굴이다. 뻔뻔한 걸로 치면 제국 제일이라 불렸던 비욘느, 아니 나였다. 시녀들의 시선쯤은 아무렇지도 않았다.

"아아아아아아악-"

문 저편에서 새된 비명 소리가 새어 나왔다. 나는 문 앞을 지키고 있던 기사를 향해 손짓했다. 그는 경직된 얼굴로 나에게 다가왔다. 나는 손가락으로 문손잡이를 가리켰다.

"잡아."

그는 이해할 수 없다는 표정을 짓긴 했지만 순순히 문손잡이를 잡았다. 때마침 덜컹거리며 문이 열리려 했다. 기사는 반사적으로 문이 열리지 않도록 잡아당겼다. 문 너머로 비명 소리가 더 커졌다. 기사는 식은땀을 흘리며 나를 애처롭게 바라보았다.

나는 그를 무시하고 가장 가까이에 있던 시녀를 향해 손짓했다. 시녀는 주춤거리며 나에게 다가왔다.

"들어."

"네?"

그녀의 반문에 나는 인상을 찌푸렸다. 슬슬 짜증이 올라오려 했다. 나는 기사가 허리에 찬 검을 손가락으로 가리켰다.

"그걸 손잡이에 걸어서 못 나오게 막아."

"네?"

내가 눈을 치켜뜨자 움찔한 그녀가 반사적으로 몸을 움직여 기사의 허리춤에 있던 검을 끌러 문고리 사이로 끼워 넣었다. 기사는 황당하다는 얼굴로 문고리에 걸린 자신의 검과 나를 번갈아 보았다.

끼이이이익!

"마님, 제발!"

생각대로 문이 열리지 않자 손톱으로 문이라도 긁고 있는지 소름 끼치는 소리가 들려왔다. 유모의 애원 섞인 목소리도 뒤따라 들렸다.

나는 몸을 돌려 굳어 있는 이들을 향해 생긋 웃어 주었다.

"그럼 다들 수고."

내 말에 반응하는 사람은 아무도 없었다. 그들은 처음 보는 광경에 놀라 입만 뻐끔거렸다.

나는 멍청히 서 있는 그들에게 살짝 손을 흔들어 주며 미련 없이 발을 움직였다. 뒤늦게 자신들의 본분을 자각한 시녀 2명이 서둘러 내 뒤를 따랐다.

기억을 더듬어 봐도 확실히 오늘의 후작 부인은 평소보다 더 히스테릭했다. 필시 방금 전 후작 부인의 처소에서 마주친 후작과 관련이 있으리라.

솔직히 후작 부인의 처소에 있는 후작의 모습을 보고 살짝 놀랐다. 나는 태어나서 단 한 번도 후작 부인의 처소에 있는 후작을 본 적이 없었다. 후작과 후작 부인이 한 공간에 같이 있는 모습을 직접 본 것도 손에 꼽을 정도였다.

빈번히 후작의 처소에 쳐들어가는 후작 부인과 달리 후작은 후작 부인의 처소에 들른 적이 없었다. 심지어 후작은 자신의 처소와 집무실에 기사들을 배치해서 후작 부인이 마음대로 들이닥치지 못하도록 지시해 놓기까지 했다. 그런 후작과 후작 부인 사이에서 내가 태어난 것은 기적과도 같은 일이었다.

몇몇 생각 없는 자들은 내가 후작의 자식이 아닐지도 모른다고 수군거렸다. 그런 자들은 걸리는 족족 그에 상응하는 벌을 내렸다. 사지를 불구로 만드는 것은 기본이고, 때때로 목숨까지 취하는 짓을 서슴지 않았다. 그럼에도 소문은 사그라질 줄을 몰랐다.

사실 외모만 놓고 본다면 그들의 말이 꽤 신빙성이 있는 소리이기도 했다. 나는 단 한 곳도 후작과 닮은 곳이 없었다. 내 외모는 후작 부인을 쏙 빼닮았다. 얼굴 어디에도 후작의 흔적은 없었다.

시간이 지나도 소문이 사라지지 않는 이유는 내 머리카락 색 때문이었다. 후작은 군청색 머리카락을 가졌고, 후작 부인은 붉은색 머리카락을 가졌다. 친가, 외가, 친인척들을 모두 살펴보아도 나와 같은 금갈색 머리카락을 가진 사람은 없었다.

후작은 점점 커지는 소문에도 입을 열지 않았다. 그는 소문을 긍정하지는 않았지만 부정도 하지 않았다. 그런 후작의 태도에 소문은 진실처럼 퍼져나갔다.

나에게 좋은 감정을 가지고 있지 않은 사람들은 은근히 소문을 들먹이며 나를 비웃었다. 내 앞에서 대놓고 비아냥대는 사람도 있었다. 물론 내 성격에 그런 사람들을 곱게 놔두었을 리가 없었다. 그들을 모욕하고 때론 육탄공격도 서슴지 않았다. 그럴수록 내 평판은 하염없이 바닥으로 떨어졌지만 가만히 듣고만 있기에는 내 자존심이 허락하지 않았다.

'나는 과연 후작의 친자가 맞는 걸까?'

후작에게 미쳐 있는 후작 부인이 외도를 했을 것 같지는 않았다. 하지만 후작의 친자라고 하기에는 후작과 나는 외향적으로 닮은 부분이 전혀 없었다. 진실을 알고 있는 것은 후작과 후작 부인뿐이다.

정확한 진실을 알기 위해서는 미친 후작 부인보다 후작에게 묻는 것이 확실할 것이다. 물론 후작이 입을 연다는 전제하에 말이다. 나는 진실을 알게 되는 것이 두려웠었다. 그래서 소문에 더욱 민감하게 대응했다.

비욘느 롯사 엘리언트.

이 이름은 나를 지탱하는 모든 것이었다. 엘리언트 후작가(家)의 적녀라는 타이틀은 나의 자존심이자 절대 무너트릴 수 없는 나의 근간이었다.

"지금 가서 물어볼까?"

"네?"

나의 중얼거림에 뒤따르던 시녀들이 어리둥절한 얼굴로 반문했다. 나는 그녀들을 무시하고 후작의 집무실이 있는 복도 쪽으로 고개를 돌렸다.

집 안 꾸미기에 전혀 관심이 없는 안주인과 무심한 바깥주인의 성정에 비해 복도의 인테리어는 적당히 고풍스러웠고 적당히 화려했다. 지금까지 집 안의 인테리어 따위 생각해 본 적은 없었지만 아마도 관리하는 누군가가 꽤 유능한 모양이었다.

"아가씨, 거기는!"

내 거침없는 발걸음에 시녀들이 놀라 허둥대며 따라왔다. 그녀들은 내 뒤를 따르면서도 안절부절못했다. 내가 가고 있는 방향에 위치하고 있는 것은 딱 하나밖에 없었다. 그녀들은 나를 말리지도 못하고 울상을 지었다.

나는 예전처럼 진실을 아는 것이 무섭지 않았다. 오히려 궁금하기만 했다.

쇠뿔도 단김에 빼랬다고 생각난 김에 후작에게 물어보기로 결심했다. 사실 내가 후작의 친자이든 친자가 아니든 인생을 살아가는 데 딱히 문제가 되지는 않았다.

실제로 무수한 소문이 있었음에도 불구하고 죽기 전까지 잘 먹고 잘살기도 했다.

'비록 끝이 좋지는 않았지만.'

후작은 지금까지와 마찬가지로 앞으로도 계속 긍정도 부정도 하지 않은 채 침묵할 것이다.

"무슨 일로 오셨습니까."

집무실 앞에는 2명의 기사가 문 앞을 지키고 있었다. 그들은 생전 후작의 집무실은커녕 후작의 근처조차 다가가지 않던 내가 이곳까지 발걸음을 한 사실에 놀란 표정을 숨기지 않았다.

"후, 아니, 아버지를 뵈러 왔는데. 안에 계셔?"

"계시긴 하지만……."

그들은 서로 눈짓을 주고받으며 말끝을 흐렸다. 시녀들이나 기사들이나 오늘따라 왜들 저렇게 굼뜬 건지 모르겠다.

그들을 대함에 있어 내가 인내할 필요는 없기에 나는 거침없이 집무실의 문을 열었다.

기사들이 이 앞을 지키고 있던 것은 후작 부인의 접근을 막기 위해서였다. 나는 태어나서 지금까지 스스로 집무실에 온 적이 단 한 번도 없었다. 당연히 후작은 기사들에게 내 출입을 제한하는 명령을 내릴 필요가 없었다. 곤란한 표정을 지을지언정 그들이 나를 제지할 수 없는 것은 당연한 일이었다.

나름 신경 써서 후작 부인의 처소에서처럼 발로 차지는 않아서인지 문은 소리 없이 매끄럽게 열렸다. 예상대로 후작은 커다란 책상에 앉아 일을 하고 있었다. 그런 그의 곁에는 집사가 꼿꼿한 자세로 흔들림 없이 서 있었다.

"아가씨, 오셨습니까?"

갑작스러운 내 등장에 놀라 잠시 흔들렸던 눈동자가 착각이었다는 듯 집사는 침착한 태도로 나를 향해 허리를 굽혔다.

후작의 심복답게 딱딱한 태도였으나 약간의 인간미는 느껴졌던 집사와 달리 후작은 나를 향해 시선조차 주지 않았다. 집사의 말로 내가 왔음을 알고 있을 텐데도 그는 미동도 없이 서류만 훑어보았다.

'정말 인간미 없는 인간이네.'

후작 부인은 어째서 저런 남자를 사랑한 것일까?

후작의 외모가 반반하다는 것은 인정한다. 짙은 군청색 머리카락과 푸른 눈동자는 시원시원한 이목구비와 어울려 쿨미남의 향을 짙게 풍겼고, 적당히 선 굵은 얼굴은 남성성을 물씬 풍겼다. 젊은 시절 그를 보고 상사병에 몸져누운 처자들이 한둘이 아니라고 하더니 결코 소문만은 아니었던 모양이다. 하긴 멀리 갈 것도 없이 후작에게 미쳐 있는 후작 부인만 보더라도 알 수 있는 일이긴 했다.

세월에 따라 그의 눈가에도 자잘한 주름이 자리를 잡았지만 그에게는 오히려 연륜이라는 매력이 덧붙여진 듯 자연스럽게 어울렸다.

비록 후작 본인은 문관 출신이지만 집안 대대로 무가였기에 그의 육체는 기사 못지않게 탄탄했다. 능력 또한 출중해서 무가 출신임에도 불구하고 자신의 능력 하나만으로 제국의 재상 자리까지 꿰찬 사람이 바로 후작이다.

역시 세상은 공평했다. 하늘은 그에게 외모와 능력을 주셨지만 성격까지는 주지 않았다. 저 차가운 성정과 주변 사람에 대한 무심함은 아무리 봐도 성격적 결함으로밖에 보이지 않았다.

생각할수록 내가 후작의 친자가 아니라는 사실에 더욱 힘이 실렸다. 외모뿐만 아니라 성격까지 나는 후작과 먼지 한 톨만큼도 닮지 않았으니 말이다.

"차라도 드릴까요?"

가만히 서서 후작만 바라보고 있는 내가 안쓰러웠는지 집사는 미소를 지으며 나를 향해 물었다. 그의 옆에는 후작을 위한 티 세트가 이미 세팅되어 있었다. 오랜 시간 집무를 보는 후작을 위해 집사가 미리 준비해 놓은 듯했다.

나는 오래 기다릴 생각이 없었기에 바로 고개를 저었다. 집사는 다시 되묻지 않고 차 한 잔을 따라 후작의 책상 위에 올려놓았다.

찻잔에서는 은은한 차향과 함께 김이 모락모락 올라왔다. 후작은 서류에 시선을 둔 채 손만 뻗어 찻잔을 잡았다. 그는 오른손으로 사인을 하는 동시에 왼손으로는 찻잔을 들어 올렸다.

툭 튀어나온 그의 울대뼈가 꿀렁이며 찻물이 그의 목으로 넘어갔다. 그의 행동들은 군더더기 없이 매끄러웠고 귀족 예법에 한 치의 어긋남도 없이 우아했다. 하지만 모두 서류에 시선을 고정한 채로 이루어진 행동들이었다.

아무래도 후작은 일이 끝날 때까지 나와 시선을 마주칠 생각이 없는 것 같았다. 나는 후작의 일이 끝날 때까지 기다릴 생각이 없었다. 그의 일이 언제 끝날 줄 알고 기다리겠는가. 그렇다고 아무 성과 없이 가는 것도 내키지 않았다.

일단 칼을 뽑았으면 썩은 무라도 찔러 봐야 한다. 그래서 단도직입적으로 묻기로 했다.

"나 친딸 맞아요?"

"헉!"

"흡!"

"캑!"

등 뒤로 외마디 음성이 연이어 터져 나왔다. 침착했던 집사 또한 뜨거운 차가 담긴 포트를 든 채로 움찔거렸다. 그의 재빠른 순발력이 아니었다면 포트는 딱딱한 바닥과 포옹하며 산산이 부서졌을 것이다.

서류에 사인을 하던 후작의 오른손이 드디어 멈췄다. 그는 내가 집무실에 들어온 뒤 처음으로 고개를 들어 나를 바라보았다. 그의 푸른 눈동자는 아무런 감정을 담지 않고 고요했다.

나의 질문은 그의 입장에서 보면 나름 폭탄 발언이었을 텐데도 그는 놀란 기색 하나 없이 무표정을 고수했다. 참으로 대단한 능력이라 할 수 있었다.

후작의 그러한 반응은 어느 정도 예상하고 있었기에 나는 담담하게 그의 눈을 마주했다. 그는 천천히 입을 열었다.

"무슨 뜻이지?"

"말 그대로죠."

그가 살짝 인상을 찌푸렸다. 그의 반응을 끌어냈다는 점에서는 괄목할 만한 성과였다. 후작은 평소 감정 표출이 거의 없었다. 철혈의 재상, 얼음 심장, 철의 가면은 모두 사람들이 그를 지칭하는 말이었다.

그의 차가운 시선이 나를 향해 내리꽂혔다. 나는 그의 시선을 피하지 않고 맞받아쳤다. 그는 내 의도를 가늠하고 있는 듯했다. 집무실 안은 무거운 침묵이 가득했다. 뒤쪽에서 누군가의 침 넘기는 소리가 들렸다.

"그게 중요한가?"

"아니요."

나의 즉답에 그의 눈썹이 다시 한 번 꿈틀댔다. 내가 알고 있는 한 오늘만큼 그의 표정이 다양했던 적은 없었다. 그래서였을까. 그는 그답지 않게 옅은 한숨을 내쉬었다. 얼핏 피곤해 보이기도 했다.

"장난은 다른 곳에 가서 하도록."

어린아이의 치기 어린 장난이라고 생각했는지 그는 나에게서 관심을 끄고 서류로 시선을 돌렸다.

멈춰 있던 그의 오른손이 서류 위로 움직였다. 명백한 축객령이었다.

"나한테는 대수롭지 않은 일이지만 내가 최고의 자리에 오르려면 걸리적거리는 문제죠."

그의 오른손이 또다시 멈췄다. 그는 쥐고 있던 펜을 서류 위로 조용히 내려놓았다. 다시 마주한 그의 눈동자는 서리가 내린 듯 차가웠다.

"황후라도 되고 싶은 거냐?"

"헉!"

"흡!"

"캑!"

"딸꾹…… 크읍!"

또다시 놀란 신음성이 등 뒤에서 흘러나왔다. 문 앞을 지켜야 하는 기사들은 그렇다 치고 시녀들은 왜 저리 할 일 없이 서 있는지 모르겠다.

들어오자마자 문을 닫아 버렸어야 했는데 평소 손수 문을 여닫던 몸이 아니다 보니 문 닫는 것을 잊어버렸다.

'곱게 자란 몸은 이래서 문제라니까.'

후작 또한 그들이 거슬렸는지 집사에게 눈짓을 보냈다. 후작의 소리 없는 명령에 유능한 집사는 잽싸게 그의 명령을 수행하기 위해 움직였다.

집사는 후작과 나에게 정중히 예를 표한 후, 나를 지나쳐 내 뒤에 있는 기사와 시녀들을 물렸다. 두꺼운 문이 닫히고 집무실에는 나와 후작 단둘만이 남았다. 잠깐의 침묵이 흐르고 그의 입술이 열렸다.

"다시 한 번 묻지. 황후가 되고 싶은 거냐?"

"내가 되고 싶다고 하면 될 수 있는 건가요?"

그는 묘한 얼굴로 나를 쳐다봤다. 그의 푸른 눈동자에는 내 모습이 오롯이 비쳤다.

"꽤 쓸데없는 생각을 하는구나."

그의 입가에 미소 비슷한 것이 살짝 맺혔다가 사라졌다. 아니, 정정한다. 그의 얼굴에 잠깐 떠올랐다 사라진 것은 미소가 아니라 나를 향한 비웃음이었다.

그는 마치 신기한 동물을 보듯 나를 관찰하기 시작했다. 그가 드디어 나에게 집중하기 시작한 것은 괄목할 만한 성과였지만 썩 기분 좋은 느낌은 아니었다.

"혈통에 대한 잡음은 때론 치명적인 약점이 되기도 하지요."

실제로 내가 황후가 되었을 때, 내 혈통에 대한 문제는 나의 입지를 좁히는 데 큰 역할을 했었다. 내가 실체 없는 칼날에 난도질을 당할 때에도 후작은 그 문제에 대해서는 입을 열지 않았다.

정확히 내 혈통에 대한 문제가 표면적으로 문제가 된 적은 없다. 그런 문제는 거론할 가치가 없다는 듯 일체 무시한 후작의 태도 때문이다. 후작의 그런 확고부동한 태도는 그 문제가 공론화되는 것을 철저하게 막았다.

후작의 그러한 대처는 문제를 표면화하는 대신 물밑으로 무수한 소문을 낳았다. 사교계, 특히 여인들의 사교계에는 이러한 소문들이 주축을 이룬다. 제국 최고 위치인 황후라 하더라도 사교계의 법칙에서 벗어날 수는 없었다. 오히려 황후이기 때문에 그 법칙에 더 얽매일 수밖에 없다. 사교계란 겉으로는 웃고 있어도 속으로는 시퍼런 칼날을 품고 있는 사람들이 즐비한 곳이다. 그곳에서 혈통에 대한 문제는 치명적인 약점이다.

진실은 이차적인 문제였다. 의심의 여지가 있다는 것 하나만으로도 승냥이 같은 자들의 표적이 되어 난도질당했다.

"약점을 안고 불구덩이에 뛰어들 정도로 바보는 아니라서요."

비욘느는 적극적으로 해명하지 않은 후작을 원망했다. 그의 침묵으로 그녀는 하지 않아도 될 신경전을 벌여야 했고 많은 적을 만들게 되었다. 물론, 많은 적을 만든 것은 전적으로 비욘느의 성격과 태도의 문제였지만 그 문제가 시발점이 된 것 또한 사실이었다.

비욘느는 죽는 순간까지 그를 원망했다. 정확하게는 세상 모두를 원망하고 저주했다. 그 비통함과 절망은 지금까지도 가슴 깊숙이 잠들어 심장을 흔들었다.

지금도 원망하고 저주한다는 뜻은 아니다. 마치 주인공에게 나를 대입해서 몰입하고 봤던 영화가 끝난 후 남는 감정의 잔재처럼 그에 대한 비욘느의 원망이 남아 있다는 것이 그나마 근접한 설명일 것이다.

사실 내가 그의 친딸인지 아닌지의 사실 여부는 그다지 중요하지 않았다. 진실이야 어찌 되었든 그가 침묵을 지키는 한, 나는 엘리언트 후작가의 적녀였고, 실제로도 죽는 순간까지 엘리언트 후작의 유일무이한 딸이었다.

내가 후작의 집무실까지 오는 번거로움을 감수하면서까지 궁금했던 것은 따로 있었다.

평소 후작의 일 처리는 결벽증에 가까울 정도로 군더더기 없이 말끔했다. 그는 자신이 맡은 일에 대해서는 일말의 여지도 용납하지 않았다. 그런 그가 유일하게 논란의 여지를 준 일이 바로 나와 후작 부인이 관련된 일이었다. 그는 단호한 일 처리 대신 단호한 침묵을 택했다.

물론 그 일이 공식적으로 거론된 적은 단 한 번도 없었다. 하지만 암암리에 추문의 중심이 되었던 것도 사실이다. 가문이 추문의 대상이 되는 것을 알면서도 그는 왜 침묵했던 것일까?

사실 후작이 진실을 밝혔다고 한들 이미 생겼던 소문이 완전히 사라지지는 않았을 것이다. 하지만 소문을 최소화할 여지는 분명히 있었다. 후작이 무슨 생각으로 입을 다물고 있었던 것인지 궁금해졌다.

"나는 엘리언트 후작가의 적녀인가요?"

"대답할 가치도 없는 질문이군."

내 눈을 마주하고 있는 그의 눈동자는 단호했다. 나를 오롯이 담고 있는 짙고 푸른 눈동자는 한 점의 흔들림도 없었다. 그런 그의 눈동자를 보며 나는 한 가지 사실을 알 수 있었다. 이해할 수 없었던 후작의 행동들이 지금에서야 이해가 가기 시작했다.

'대답할 가치가 없다.'

후작은 침묵한 것이 아니었다. 그는 이 문제에 있어서만큼은 진실만을 이야기했다. 단 한 번도 내가 자신의 딸이 아님을 의심해 본 적이 없었기에 그는 긍정이건 부정이건 대답할 필요성을 느끼지 못했던 것뿐이다.

그는 얼음 심장이라는 별명으로 불릴 정도로 감정 표현이 극히 드문 사람이다. 과연 인간이 맞는지 의심이 들 정도로 그는 자신의 감정을 밖으로 표출하는 일이 거의 없었다. 인색한 감정 표현만큼이나 그는 말수 또한 적었다. 내가 기억하는 한 오늘이 부녀간에 가장 많은 대화를 나눈 날이라고 하면 말 다 한 것이다.

나를 포함한 사람들은 그의 뜻을 의심하고 멋대로 해석했다. 그는 단지 타인이 제멋대로 만들어 낸 헛소문에 대한 변명을 하지 않았던 것뿐이다. 그동안 끊임없이 나를 괴롭혔던 일의 진상은 자격지심이 만들어 낸 허상이었던 것이다.

"헛소리만 할 생각이라면 나가거라."

나도 모르게 저절로 미소가 지어졌다. 지금 이 순간 확신할 수 있었다. 나는 의심할 여지없이 그의 딸이었다.

그의 눈썹이 살짝 위로 휘어졌다. 뜬금없는 상황에서 웃는 내가 이상해 보이는 모양이다. 처음으로 후작의 다양한 표정들을 보았다. 나는 후작이 이렇게 다양한 표정을 지을 수 있는 사람이라는 것을 오늘 처음 알게 되었다. 나는 약간 유쾌해진 기분으로 말했다.

"황후가 되고 싶냐고 물으셨죠? 제국의 미혼 여성 중에 황후가 되기를 꿈꾸지 않는 사람이 과연 몇이나 있을까요?"

황후는 여자로서 오를 수 있는 최고의 자리다. 황후가 된다는 것은, 여자라면 누구나 한 번쯤은 꿈꾸는 일이었다. 백마 탄 왕자님을 만나 불같은 사랑을 하고 행복한 결혼을 꿈꾸듯이 제국 대부분의 귀족 영애들은 황후가 되는 것을 꿈꿨다.

대부분의 귀족 영애들이 그랬던 것처럼 비욘느 또한 달콤한 행복을 꿈꾸었을 뿐이다. 황후가 되어 그의 옆에 당당히 설 수 있기를 바랐고, 황후가 되기만 하면 동화 속의 공주님처럼 그와 함께 영원히 행복할 수 있을 거라 생각했다.

그것은 상상하는 것만으로도 짜릿한 일이었다.

그녀의 불행은 그저 누구나 한 번쯤 상상하던 꿈이 꿈으로만 끝내지 않았다는 것이다. 행복한 상상만으로 끝내기엔 그를 향한 욕심이 너무나 컸고, 더욱 불행했던 사실은 꿈을 현실로 만들 만한 지위와 배경이 있었다는 것이다.

'비욘느 롯사 엘리언트'는 황후가 되기를 갈망했고, 마침내 황후가 되었다. 하지만 현실은 행복하기만 한 동화 속 이야기가 아니다. 그녀는 죽음으로써 그 사실을 뼈저리게 느껴야 했다.

나는 황후였던 비욘느의 기억을 가지고 있었다. 그토록 바라고 갈망했던 자리였지만 그 자리에 앉았던 '나'는 결코 행복하지 않았다.

황후였던 기억을 가지고 있는 나는 여전히 황후가 되기를 원하는가? 기억하고 있는 미래대로 동일한 인생을 살길 원하고 있는가?

나는 지금 무엇을 원하는가?

"너 또한 그렇다는 뜻이냐?"

분명 나는 황후가 되기를 원했었다. 하지만 황후의 자리는 나 혼자 원한다고 해서 앉을 수 있는 자리가 아니다. 그 자리에는 많은 사람들의 이해관계가 얽히고설켜 있다. 다시 말해서 내가 원하지 않는다고 해서 피해 갈 수 있는 자리가 아니라는 것이다.

많은 구설수에도 불구하고 당시에 내가 황후가 될 수 있었던 것은 내가 원했던 탓도 있지만 황제와 귀족들 간에 이해관계가 일치했기 때문이다. 그 이해관계는 지금도 유효했다.

“제 뜻이 중요했던가요?”

“너는…….”

쾅!

그가 입을 여는 것과 동시에 집무실의 문이 거칠게 열렸다. 후작 부인의 방문을 발로 걷어찼던 나와 비슷할 정도로 거친 행동이었다. 후작의 미간이 불쾌함으로 찌푸려졌다. 나는 무단침입자를 보기 위해 문 쪽으로 몸을 틀었다.

과연 이 집에서 후작의 집무실을 무단으로 쳐들어올 간 큰 인간은 누구일까? 예상되는 인물을 몇몇 있었다.

일단, 첫 번째 후보는 후작 부인이다. 기사들이 문 앞을 지키고 서 있지만 후작 부인이 막무가내로 나온다면 그들의 힘으로는 그녀를 막을 수 없었다. 힘이 약해서가 아니라 신분의 차이 때문이다. 육체적인 힘으로만 따진다면 연약한 귀족 여인보다 매일 체력을 단련하는 기사들이 월등히 셌다. 하지만 기사들은 함부로 귀족 여인의 몸에 손을 댈 수 없다는 절대적으로 불리한 조건을 가지고 있었다.

비록 미쳐 있다지만 그녀는 제국의 후작 부인이며, 이 집안의 안주인이다. 그녀가 막무가내로 밀고 들어온다면 사실상 기사들은 그녀를 막을 방법이 전혀 없었다. 그녀의 몸에 칼을 들이밀 수 있기는커녕 손끝도 댈 수 없는데 어떻게 막을 수 있겠는가.

두 번째 후보는 바로 나다. 실제로 방금 전 후작의 허락 없이 무단으로 침입해 들어온 장본인이기도 했다.

‘하지만 나는 지금 이곳에 있으니 제외.’

나와 후작 부인을 제외하고 나면 집무실에 무단으로 들어오고도 무사할 수 있는 사람은 아무도 없었다.

결국 범인은 후작 부인일 수밖에 없다는 결론이 나온다. 나는 확신을 가지고 침입자를 보았다. 하지만 문 앞에는 전혀 짐작도 하지 못했던 인물이 서 있었다.

그는 단정했던 평소와 달리 잔뜩 흐트러진 모습이었다. 누가 그 주인에 그 집사 아니랄까 봐 후작처럼 항상 무표정을 고수했던 얼굴은 잔뜩 일그러져 있었고 정나미 없이 한 가닥의 머리카락도 흐트러지는 법이 없었던 그의 트레이드마크라 할 수 있는 올백 머리도 엉망으로 헝클어져 있었다.

찔러도 피 한 방울 안 나올 것같이 깐깐하고 고지식하던 집사의 흐트러진 모습은 나에게 약간의 충격을 주었다.

후작 또한 집사의 이런 모습이 처음이었던 것 같다. 그는 주인의 허락 없이 들어온 그를 나무라는 대신 이유를 물었다.

"무슨 일이지?"

"송…… 송구합니다."

용서를 비는 그의 목소리는 잔뜩 떨리고 있었다. 그는 말하는 것이 무척 힘이 드는 듯했다. 그는 두어 번 정도 입을 뻐끔거리다 간신히 소리 내어 말했다.

"마…… 마님께서……."

나는 그런 그의 모습에서 잊고 있던 기억을 떠올렸다. 생각해 보니 나는 그의 흐트러진 모습을 처음 보는 것이 아니었다.

그때에도 집사는 지금처럼 말을 꺼내기 몹시 힘들어했다. 칼같이 단정했던 의복은 흐트러져 있고 항상 침착하던 움직임은 매우 다급해 보였다.

그날은 오늘 아침과 같았다. 일어나 보니 유모가 곁에 없었다. 일어나자마자 유모가 후작 부인의 처소에 급히 불려 갔다는 말을 들었다. 기분이 좋을 리가 없었다. 그날따라 유독 더 화가 났던 것 같다.

쩔쩔매며 더듬더듬 자초지종을 설명하는 시녀의 뺨을 대뜸 후려쳤었다. 지금 생각해 보니 그 시녀는 바로 마리였다.

귀족을 대하는 것이 익숙지 않는 그녀로서는 최선을 다한 행동이었겠지만 잔뜩 성이 나 있던 나에게 그러한 그녀의 노력이 눈에 보일 리 만무했다. 그녀의 어리바리한 행동들은 나의 화를 더욱 돋우었고 가뜩이나 인내심이 없었던 나는 금방 폭발했다. 손에 잡히는 대로 물건들을 내던지고 급기야는 그녀를 향해 폭력까지 휘둘렀다.

일개 하녀인 마리가 귀족 영애인 나를 막거나 폭력을 피해 도망갈 수는 없었다. 그녀는 묵묵히 감수해 낼 수밖에 없었다. 뒤늦게 시녀들이 달려왔지만 나를 말릴 수는 없었다. 그녀들은 나와 마리의 주위를 맴돌며 발만 동동 굴렀다.

평소라면 유모나 집사가 와서 그런 나를 말려 볼 수도 있었겠지만 그날따라 나를 말려 볼 만한 여지가 있는 사람들은 단 1명도 오지 않았다.

나는 어느 정도 분이 풀릴 때까지 폭력을 멈추지 않았다. 손에 잡히는 대로 물건을 내던지고 할퀴고 발로 차고 머리채를 잡아 뜯었던지라 내 폭력을 고스란히 감당해야 했던 마리의 모습은 처참하기가 이루 말할 수 없었다.

나는 화가 덜 풀린 상태로 씩씩거렸고 마리는 의식을 잃은 채로 미동조차 없었다. 주변을 맴돌며 안절부절못하고 있던 시녀들 또한 나의 눈치를 보느라 마리를 데려갈 엄두조차 내지 못했다.

한참을 씩씩대며 호흡을 가다듬고 있는데 집사가 다급한 걸음으로 나에게 다가왔다. 평소의 침착했던 집사의 모습이 아니었던지라 화가 나 있던 중임에도 그것을 잊을 정도로 놀랐다.

그는 그때도 지금처럼 잔뜩 헝클어진 모습이었다. 그때와 똑같은 표정과 똑같은 모습으로 그는 말을 잇기 전 잠시 심호흡을 하며 숨을 골랐다. 그의 입이 천천히 벌어졌다.

나는 이미 그가 할 말을 알고 있었다.

"마님께서 돌아가셨습니다!"

마치 한 편의 극을 본 것처럼 나는 제삼자가 되어 나의 일생을 보았다. 그것은 비욘느로서 살아온 나의 과거였고, 지금 내가 살아가고 있는 현재이며, 앞으로 일어날 나의 미래였다.

2막. 장례식

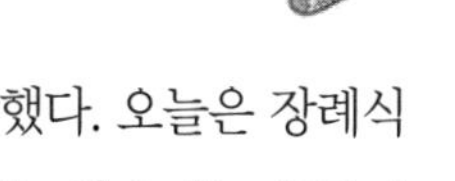

하늘은 새파랗고 햇빛은 눈이 시릴 정도로 반짝반짝했다. 오늘은 장례식을 치르기엔 지나치게 화창한 날이었다. 장례가 진행되는 장소에는 후작가의 권세를 말해 주듯 사람들로 문전성시를 이루었다.

후작 부인의 장례는 제국의 예법(禮法)대로 진행되었다.

제국의 장례 절차는 계급에 따라 달랐다. 황족은 능을 만들어 생전에 쓰던 물건들과 함께 시신을 안치했다. 황족의 업적에 따라 능의 크기는 천차만별이었다. 얼핏 이 방법은 황족의 수만큼 무수한 능이 생길 것 같지만 제국의 역사에 비해 능에 안치되는 황족은 극히 드물었다. 황족 고질병이라 일컬어지는 골육상쟁 때문이었다.

땅에 매장하는 황족의 장례와 달리 귀족들과 평민들의 장례는 시신을 화장한 뒤, 유골을 납골당에 안치했다. 납골당이 따로 없는 가난한 귀족이나 평민들은 유골을 산이나 바다에 뿌리는 것으로 대신했다.

후작 부인의 시신도 장례 절차에 맞추어 화장을 한 뒤, 엘리언트가(家)의 납골당에 안치될 예정이었다.

화장은 사람들이 모두 돌아간 후, 고인의 직계가족만이 남아 있는 상태에서 진행되었다. 사람들이 볼 수 있는 것은 시신을 화장하기 전까지만이다.

후작 부인의 시신을 담은 관이 사람들 앞에 모습을 드러냈다. 시신이 담긴 관은 고인의 가족, 혹은 지인들의 손에 옮겨지는 것이 관례였다. 검은 벨벳에 감싸인 관은 후작과 후작 부인의 부친, 그리고 가문의 기사들의 손에 들려 사람들 앞으로 옮겨졌다.

절차대로라면 관의 뚜껑을 열고 사람들에게 고인의 모습을 공개한다. 사람들은 공개된 고인의 모습을 보며 마지막 작별 인사를 하고 고인의 내세에 대한 축복을 빌었다.

이곳에서 내세란 불교에서 말하는 죽은 뒤 다시 태어나는 세상이 아니다. 이곳 사람들은 죽으면 지금 모습을 그대로 간직한 채, 다른 세계로 간다고 믿었다.

고인의 마지막 모습이 아름다울수록 내세에서 행복할 거라고 확신했다. 그런 이유로 사람들에게 공개되는 고인의 마지막 모습은 대체로 화려하게 꾸며졌다.

고인의 신체를 정갈히 닦고 파르스름해진 피부에는 혈색 돌던 생전의 모습과 같이 화장을 했다. 고인이 소유하고 있던 옷 중에서 가장 화려한 옷을 입히고 보석으로 치장을 하고 최대한 살아생전의 모습처럼 보일 수 있도록 최선을 다했다. 시신을 꾸미는 일만 전문적으로 하는 사람들도 있었다.

후작 부인의 장례식장에 모인 사람들은 후작이 관의 뚜껑을 열기를 기다렸다. 보통 고인의 마지막 모습을 공개하는 사람은 고인의 남편이나 아버지 혹은 아들이었다.

관의 뚜껑이 열리고 시신이 공개되면 고인과 가장 가까운 사람들부터 마지막 작별 인사가 시작된다. 시신의 주변에 노란 꽃 한 송이를 올리고 살아 있는 사람을 대하듯 말을 건다. 장례식장의 모든 사람들이 작별 인사를 마쳐야만 비로소 타인에게 공개되는 장례 절차가 모두 끝난다.

고인과 가장 가깝게 지낸 사람부터 한 사람씩 차례대로 진행되므로 작별 인사만으로도 며칠 동안 이어지는 경우도 있었다.

‘이 많은 사람들 중에 과연 그녀의 죽음을 진실로 슬퍼하는 사람은 대체 몇이나 될까?’

나는 장례식에 모인 사람들을 둘러보았다. 아는 얼굴도 있었지만 모르는 얼굴이 훨씬 더 많았다. 후작 부인 또한 이곳에 모인 사람들 중 절반도 알지 못할 것이다. 쓸데없는 궁금증이 생길 정도로 장례식장에 모인 사람들은 많았다. 이곳에 있는 모든 사람들이 작별 인사를 하려면 며칠도 모자라 보였다.

길어질 것 같은 일정에 눈살을 찌푸리고 있는데 사람들 사이로 술렁거리는 느낌이 전해졌다. 의아해할 사이도 없이 나는 바로 그 원인을 알 수 있었다.

“…….”

후작은 후작 부인의 시신이 들어 있는 관의 뚜껑을 열지 않고 뚜껑 위에 바로 노란색 꽃을 올려놓았다. 그는 아무런 말도 하지 않고 관에서 물러났다.

작별의 말도 없었다. 후작 부인의 내세에 대한 축복도 없었다. 그는 그것으로 의무를 다했다는 듯 자신의 자리로 돌아가 꼿꼿하게 섰다.

“하아.”

이미 알고 있던 사실이었지만 한숨이 나오는 건 어쩔 수 없었다.

그때와 똑같은 상황이었다. 그때는 울며불며 악다구니를 썼다. 어머니를 잃은 슬픔 때문은 아니었다. 태어나 모정을 느껴 본 적이 없는데 슬픔이 느껴질 리가 없었다. 오히려 약간의 홀가분함을 느꼈던 것 같다.

그때의 나는 후작 부인이 죽은 이유를 정확히 알지 못했다. 후작이 철저히 함구령을 내렸기 때문이다. 그녀의 정확한 사인을 아는 것은 후작을 비롯해 몇몇 소수 인원뿐이었다. 이유를 알 수 없던 나는 장례 예법까지 어겨 가며 후작 부인을 욕보이는 후작에게 화가 났다. 내세의 행복을 빌어 주지 않을 정도로 후작이 그녀를 미워한다고 생각했다. 그때의 나는 후작이 후작 부인을 미워하는 만큼 나 또한 미워할 거라는 이상한 착각을 하고 있었다.

“소문이 사실이었나 보군요.”

"역시 후작은 부인을……."

사람들의 웅성거림이 커졌다. 그들은 후작의 태도를 이해하지 못했다. 사람들 사이로 여러 가지 추측성 말들이 난무했다. 그들의 추측 중에는 꽤 그럴싸하게 들리는 이야기도 있었고 사실과 근접한 이야기들도 있었다.

그들은 자신들이 추측한 이야기를 마치 사실인 것처럼 떠들어 댔다. 그들의 입과 입을 통해 후작과 후작 부인을 주인공으로 한 소설이 여러 편 만들어졌다.

장례식에 모인 사람들은 못해도 100명 이상은 되었다. 아무리 작게 이야기한다 해도 그들의 대화 소리가 아주 안 들리는 것은 아니었다. 내 귀에도 들리는 소리가 후작의 귀에 들리지 않을 리 없었다. 그럼에도 그는 묵묵히 자신의 자리만 지켰다. 그런 후작의 태도는 사람들의 오해를 더욱 부채질했다.

"그럼 엘리언트 영애는 소문대로……."

"쉿, 듣겠어요! 목소리를 낮추세요."

자신들의 추측을 기정사실로 받아들인 몇몇 사람들은 나를 향해 동정의 눈빛을 보냈다. 장례식 내내 나에게 눈길 한번 주지 않은 후작의 태도를 보고 그들은 자신들의 상상을 더욱 확신했다. 그들의 눈에 나는 후작에게 버려진 불쌍한 아이였다.

아무것도 알지 못했던 그때의 나는 후작의 무심한 태도와 사람들의 수군거림, 그리고 그들의 동정 가득한 눈길을 견디지 못하고 불같이 화를 내며 장례식장을 박차고 나갔다. 다른 세상으로 가는 고인에게 마지막 인사를 해야 한다는 사실은 안중에도 없었다.

후작은 나를 잡지 않았다. 지금 내가 또다시 자리를 박차고 나간다고 해도 그는 그때처럼 나를 잡지 않을 것이다.

나는 태양빛 아래 묵묵히 서 있는 후작을 보았다. 그는 그때와 마찬가지로 주변의 수군거림을 무시하고 있었다. 그 수군거림 속에는 후작에 대한 비난도 섞여 있었지만 그는 그 소리가 들리지 않는 것처럼 미동조차 없었다.

장례식에서 시신이 공개되지 않는 경우는 거의 없다. 예외적으로 공개되지 않는 경우라면 겨우 두 가지 정도다. 시신이 눈 뜨고 볼 수 없을 정도로 처참하게 훼손되었거나 전염병으로 죽었을 때가 그 예외에 속했다. 어쩔 수 없이 시신을 공개할 수 없는 경우에는 장례식에 참석하는 사람들에게 시신을 공개할 수 없음을 미리 알려 양해를 구해야 했다.

후작은 사람들에게 그러한 양해조차 구하지 않았다. 아니, 그의 입장에서는 양해를 구할 수 없었을 것이다. 시신을 공개할 수 없음을 미리 알려 양해를 구하려면 어째서 공개를 할 수 없는지 정확한 사유를 알려 줘야만 했다.

'공개할 수 있을 리가 없지.'

후작 부인은 자살했다.

시녀들이 잠깐 눈을 뗀 사이 그녀는 자신의 방 창문에서 뛰어내렸다. 그녀의 방은 3층에 위치하고 있었다. 후작가(家)의 저택이다. 절대 작을 리가 없었다. 3층이라고 해도 각 층의 천장은 꽤 높았다. 그녀는 어떻게 손을 써 볼 사이도 없이 즉사했다.

머리가 깨지고 팔다리가 모두 비틀렸다. 운이 없어도 어지간히도 없었다. 그녀의 시신은 온전하지 않았다. 사람들에게 공개하기에는 심하게 훼손되어 있었다. 후작 부인의 자살은 가문의 누가 될 뿐만 아니라 후작 부인의 명예에도 치명적이었다.

자살은 제국에서 무척이나 터부시되는 일이다. 사람들은 자살을 하면 내세에 불행한 일만 겪게 될 것이라고 믿었다. 자살로 죽은 사람에게는 마지막 인사도, 내세에 대한 축복도 하지 않았다. 심할 경우, 가족 중에 자살로 죽은 사람이 있으면 잠정적 범죄자 취급을 받기도 했다.

내가 후작 부인의 사인을 알지 못했던 이유도 여기에 있었다. 후작의 함구령은 절대적이었다. 시종인 중 그 누구도 나에게 그 사실을 알려 주지 않았다. 시간이 많이 흐른 후, 유모가 나에게 알려 주기 전까지 나는 후작 부인의 자살을 짐작조차 하지 못했다.

후작 부인의 대외적인 사인은 병사였다. 그녀는 꽤 오랜 시간 동안 저택 안에서만 지냈다. 최근 몇 년 동안은 사교 활동이 전무했다. 그녀의 칩거는 많은 추측성 소문을 낳았다. 병에 걸렸다는 소문부터 죽었다는 소문까지 다양했다. 그녀가 미쳤다는 소문도 돌았지만 워낙 그녀에 대한 추측성 소문이 많았던지라 딱히 주목을 받지는 못했다.

후작은 그 소문 중의 하나를 이용했다. 그동안 몸이 좋지 않아 바깥출입도 못했던 그녀가 결국 죽었다는 내용으로 부고를 알렸다. 후작 부인이 꽤 오랫동안 두문불출했기에 사람들은 의심 없이 그 소식을 받아들였다.

'문제는…….'

장례식이었다. 시신을 공개하면 그녀의 자살을 감출 수 없었다. 후작은 가타부타 아무 말 없이 시신을 공개하지 않는 것으로 일을 처리했다.

그는 후작 부인의 자살로 인한 대외적 비난을 받는 것보다 구설수에 오르는 것을 택했다. 혹시라도 누군가 그녀의 자살을 안다 해도 대놓고 말하지는 못할 것이다. 확실한 증거가 있지 않는 한 이미 병사로 처리된 후작 부인의 사인이 대외적으로 밝혀질 일은 없었다. 후작은 시신을 공개하지 않음으로 해서 일말의 여지조차 없애 버린 것이다.

후작 부인의 치부를 들추는 것은 곧 엘리언트 후작가와 척을 지겠다는 말과 동일했다. 후작과 원수가 될 각오가 아니라면 진실을 말할 수 없었다. 후작 부인의 진짜 사인은 영원히 감춰질 것이다.

"헛!"

"어머!"

나는 천천히 후작 부인의 시신이 담긴 관으로 다가갔다. 수군대기 여념이 없던 사람들이 나의 행동에 수다를 멈추고 나를 주시했다. 그들 중에는 나를 흥미롭게 보는 사람도 있었고 동정하는 사람도 있었다. 간간이 알 수 없는 악의가 담긴 시선도 느껴졌다.

오늘 처음으로 후작의 시선이 나에게 향했다. 나는 그를 향해 싱긋 웃었다. 그는 여전히 무표정했다. 때때로 그는 인간이 아닌 로봇처럼 느껴졌다.

나는 들고 있던 노란 장미를 벨벳 위에 올려놓았다. 검은 벨벳 위에 노란 장미가 두드러져 보였다.

"……."

나는 후작이 그랬던 것처럼 그녀에게 작별 인사도, 내세에 대한 축복도 하지 않았다. 나는 아무런 말 없이 관을 향해 예를 올렸다. 왼손을 가슴에 얹고 오른손은 치맛자락을 잡는 약식 예였다. 다만 무릎을 굽히는 대신 허리를 숙여 그녀에 대한 예의를 다했다.

할 일을 끝낸 나는 후작의 옆에 가서 섰다. 그의 표정은 여전히 변화가 없었다. 하지만 가까이 서 있던 나는 흔들리는 그의 눈동자를 볼 수 있었다. 나에게 잠시 머물던 그의 시선이 곧 원상태로 돌아갔다. 나 또한 그와 마찬가지로 꼿꼿하게 선 자세로 정면을 주시했다.

사람들은 쥐 죽은 듯 고요했다. 그들은 후작과 나를 번갈아 보며 어찌할 바를 몰라 했다. 이러지도 못하고 저러지도 못하는 그들 사이로 한 사람이 노란색 꽃을 들고 다가왔다.

반백의 노신사는 벨벳 위에 꽃을 놓고 무릎을 꿇었다. 그는 주름진 손으로 관을 감싸고 있는 벨벳을 천천히 쓸었다. 그의 주름 가득한 얼굴이 매우 초췌해 보였다.

'피스온 백작.'

거상으로 유명한 그는 후작 부인의 아버지이고, 나의 외할아버지였다. 그는 아무 말이 없었다. 그 또한 몇 없는 후작 부인의 진짜 사인을 아는 사람 중에 하나였다.

그는 한참 동안 말없이 벨벳만을 쓰다듬었다. 작별의 인사말도, 내세의 축복도 없었다. 그는 천천히 꿇고 있던 무릎을 펴고 일어섰다. 백작의 몸이 잠시 균형을 잃을 듯 휘청거렸다.

"어머!"

"까악!"

"이런!"

사람들 틈에서 놀란 비명 소리와 안타까운 신음성이 새어 나왔다. 짧은 그 순간에 누군가 다급히 움직여 바닥에 곤두박이려는 백작의 몸을 잡아챘다. 굉장한 운동신경이었다.

'누구지? 소년? 청년?'

소년이라기에는 성숙하고 청년이라고 하기에는 앳된 얼굴이었다. 남자는 반쯤 쓰러지다시피 한 백작의 몸을 일으켜 세웠다. 남자의 부축을 받으며 일어서는 백작의 입가에 옅긴 했지만 미소라 부를 수 있는 것이 서렸다.

'백작의 사람인가?'

고개를 돌리던 남자와 시선이 마주쳤다. 짙은 청회색 눈동자가 찌르듯 나를 바라보았다.

'나를 아나?'

나를 향한 남자의 시선은 노골적이다시피 했다. 의미를 알 수 없는 그 시선에 나 또한 지지 않겠다는 듯 눈을 부릅떴다.

'뭐야? 지금 나한테 시비 거는 거야?'

뚫어질 듯 응시하는 남자의 시선이 거북하다 느껴질 때쯤 남자가 먼저 고개를 돌렸다. 백작을 부축하며 움직이는 그의 뒤통수를 보며 왠지 모를 허탈감을 느꼈다.

'괜히 별거 아닌 거에 나 혼자 열 낸 거니?'

백작은 남자의 부축을 받으며 자신의 자리로 돌아갔다. 자리로 돌아간 백작이 남자를 향해 입술을 달싹였다. 거리가 멀어 무슨 말을 했는지 모르겠지만 남자는 정중한 자세로 고개를 끄덕여 보이고 서둘러 장례식장을 떠났다.

"……."

자리를 뜨기 전, 남자와 또다시 시선이 마주친 것 같았지만 더 이상 그를 생각하고 있을 겨를은 없었다. 후작을 시작으로 백작까지 후작 부인에게 작별을 고하자 수군거리며 우왕좌왕하던 사람들이 하나둘 눈치를 보며 앞으로 나왔다.

그 누구도 입을 열지 않았다. 그렇게 말 없는 마지막 인사가 이어졌다.

후작 부인의 장례식은 장장 3일 동안 이어졌다. 누군지 알지도 못하는, 이름을 기억할 필요성조차 느끼지 못했던 남작과 그의 부인을 끝으로 드디어 공식적인 후작 부인의 장례식이 끝났다. 이제 남은 것은 비공식적인 절차뿐이었다.

그녀의 시신은 예법대로 나와 후작이 보는 앞에서 불태워졌다. 시뻘건 화염이 그녀의 몸을 순식간에 집어삼켰다. 한 줌의 재가 되어 가는 그녀의 모습을 보며 나는 기분이 묘해졌다.

한때는 그녀의 애정을 갈구했던 적이 있었다. 그녀의 칭찬을 바라며 착한 아이인 척도 해 보았고, 그녀의 관심을 끌어 보기 위해 남자아이처럼 행동도 해 보았다. 하지만 그녀의 눈에 내가 들었던 적은 단 한 번도 없었다. 그녀의 시선은 오로지 후작에게 향해 있었고 그에게만 맹목적이었다.

'내가 후작과 조금이라도 닮은 점이 있었다면 그녀가 나에게 관심을 주었을까?'

이미 죽어 버린 사람에게 물을 수는 없었다. 그녀가 살아 있었다 하더라도 답을 들을 수는 없었을 것이다.

그녀와 나는 많은 것이 닮아 있었다. 외모부터 살아온 인생까지 모든 것이 흡사했다. 딸은 엄마 팔자를 닮는다는 말이 있다. 그녀가 후작을 사랑하여 미쳐 버린 것처럼 나 또한 한 남자를 미치도록 사랑했다. 그 사랑이 독이 되어 나를 잠식해 들어가는 줄도 모르고 나는 그를 사랑하고 또 사랑했다. 사랑에 미친 여자가 다 똑같은 것인지, 아니면 그녀와 내가 모녀라서 닮은 것인지, 그녀와 나의 사랑은 처음부터 끝까지 똑같았다. 나를 보지 않는 그를 사랑하고 애정을 갈구하고 사랑에 미쳐 나 스스로를 죽였다.

그녀를 태우는 불꽃이 꼭 나를 태우는 것만 같아 입안이 썼다.

나는 고개를 돌려 후작의 옆모습을 바라보았다. 나와 나란히 선 그의 얼굴은 평소와 마찬가지로 아무런 감정을 담고 있지 않았다.

그의 군청색 머리카락이 불빛을 받아 붉게 변했다. 너울너울 움직이는 불꽃에 따라 음영이 드리워진 그의 얼굴이 약간은 슬픈 것처럼 보이는 것은 나만의 착각인 걸까?

그의 나이는 이제 겨우 41세였다. 중후한 매력까지 더해진 잘생긴 얼굴에 기사 못지않은 탄탄한 몸매는 노소에 관계없이 여심을 흔들기엔 충분하고도 넘쳤다. 후작 부인이 버젓이 살아 있었을 때에도 그에게 달려드는 여자들은 많았다.

그는 외모가 출중할 뿐만 아니라 권세 있는 후작가의 주인이다. 더구나 현재 공식적으로 밝혀진 그의 자식은 가문을 이을 수 없는 딸 하나가 전부였다. 그녀가 죽음으로써 후작 부인의 자리는 공석이 되었다. 후작에게는 현재 후계를 이을 후계자도 없었다. 그의 옆자리를 꿰찰 수만 있다면 부와 권세를 한 손에 쥘 수 있었다.

이제 막 사교계에 데뷔한 어린 영애부터 부군을 잃은 미망인까지 그의 옆자리를 노리고 달려드는 여자들은 수도 없이 많았다. 혼기 찬 딸을 가진 귀족들 또한 앞다투어 그의 앞에 자신들의 딸을 들이밀었다. 달콤한 사탕에 몰려드는 개미 떼처럼 후작 부인의 자리를 노린 사람들이 그의 주변을 맴돌았다.

그는 후작 부인이 살아 있을 때와 마찬가지로 달려드는 여자들을 상대하지 않았다. 딸을 들이미는 귀족들에게도 마찬가지였다. 그는 가문의 사람들에게도 그 문제에 있어서만큼은 언급조차 하지 못하게 했다.

'후작은 내가 죽는 그 순간까지도 후처를 들이지 않았지.'

그는 내가 아는 것보다 그녀를 싫어하지 않았는지 모른다. 아니, 싫어하지는 않았다고 믿고 싶다. 나와 닮은 그녀가 자신의 모든 것을 내던진 사랑하는 사람에게 미움받지 않았다면 어쩌면 나도 내가 사랑하던 그 사람에게 미움은 받지 않았다고 위안을 얻을 수 있을지도 모른다.

언제까지나 타오를 것 같던 불꽃이 사그라지고 마침내 잿더미 사이에 그녀의 유골만이 남았다. 그녀의 유골은 작은 나무 상자에 담겨 후작에게 전해졌다. 그는 상자를 나에게 내밀었다. 나는 그의 뜻에 따라 두 손으로 상자를 받았다. 두 뼘도 되지 않는 크기의 상자는 생각보다 훨씬 가벼웠다.

후작이 작은 칼을 꺼냈다. 한 뼘 정도 되는 칼은 무척 날카롭게 보였다. 그가 한 줌의 머리카락을 잡고 칼로 내리그었다. 반짝이는 은빛 칼날이 스치자 그의 군청색 머리카락이 후드득 잘렸다. 그는 머리카락을 모아 그녀의 유골이 남긴 상자 안에 넣었다. 납골당에 안치하기 전의 마지막 예식이었다.

고인의 유골함에 직계혈족의 머리카락을 함께 담아 안치함으로써 죽어서도 인연이 이어진다는 의미였다.

후작은 내 머리카락도 잘라 내었다. 나의 금갈색 머리카락이 후작의 군청색 머리카락과 섞여 상자에 담겼다. 후작은 상자의 뚜껑을 닫고 나에게서 상자를 건네받았다. 이제 상자를 납골당에 안치하는 일만 남았다.

후작 부인의 직계에는 나와 후작 말고도 그녀의 부친인 피스온 백작도 있었다. 하지만 그는 딸의 장례식의 마지막까지 함께하지 못했다. 노쇠한 몸으로 3일 내내 후작의 옆에서 그녀의 장례식을 지키던 백작은 결국 마지막 절차를 남겨 두고 쓰러졌다. 평소 나이에 비해 정정하던 그도 자식의 죽음 앞에서는 무너질 수밖에 없었을 것이다.

그는 부인을 일찍 잃고 혼자의 몸으로 후작 부인만을 애지중지 키웠다. 그의 부정은 귀족 사회에서도 유별나다고 소문이 날 정도로 지극정성이었다. 그런 그에게 후작 부인의 자살은 엄청난 충격이었을 것이다.

그는 쓰러지고 난 후 아직까지 일어나지 못했다. 의사는 그에게 엄청난 충격에서 오는 스트레스와 과로라는 진단을 내렸다. 그가 일어날 때까지 기다릴 수는 없었기에 후작 부인의 장례는 나와 후작만이 참석한 채 진행되었다.

후작은 상자를 든 채 납골당으로 향했다. 나는 그의 뒤를 따라 움직였다.

"제가 너무 늦지는 않았나 보군요."

납골당 앞에는 한 여자가 기다리고 있었다. 그녀는 후작을 향해 허리를 굽히고 예를 올렸다.

"화장터에는 직계가 아니면 들어갈 수가 없어서 여기서 기다리고 있었답니다."

그녀는 자신도 어쩔 수 없었다는 듯 손으로 입을 가리며 배시시 웃었다. 그녀의 눈이 갸름하게 접히며 초승달처럼 휘어졌다. 남자를 홀리는 듯한 눈웃음이었다.

"혹시나 늦었을까 봐 얼마나 마음을 졸였는지 모른답니다."

그녀는 웃음을 지우고 우리에게 다가왔다. 눈웃음이 사라진 여자의 얼굴은 언제 웃었냐는 듯 처연해 보였다. 보통 사람보다 약간 처진 눈매는 그녀의 인상을 더욱 구슬프게 만들었다. 그녀의 눈 바로 밑에 난 점은 그런 그녀의 인상과 어울려 마치 검은 눈물처럼 보였다.

슬퍼 보이는 인상과 처연해 보이는 분위기와 달리 검은 드레스에 감싸인 그녀의 몸매는 무척 육감적이었다. 검은 드레스 사이로 보이는 커다랗고 뽀얀 가슴은 여자인 내가 보기에도 탐스러워 보였다.

그녀는 자신의 품을 뒤져 검은 비단 주머니를 꺼냈다. 그녀의 움직임은 하나하나 춤을 추듯 우아했고 유혹적이었다. 그녀가 주머니의 입구를 열자 잘린 머리카락 한 움큼이 나왔다. 흰색 머리카락 사이로 드문드문 붉은색이 보였다.

"그이가 깨면 무척 슬퍼할 것 같아 이렇듯 무례를 저지르게 되었답니다."

그녀의 눈동자가 촉촉하게 젖어 들었다. 그녀의 눈물은 그녀가 가지고 있던 분위기와 어우러져 보는 사람들로 하여금 보호 본능을 불러일으켰다.

그녀는 피스온 백작의 후처였다. 나에게는 외할머니라 할 수 있었다. 물론 그녀와 나는 피가 한 방울도 섞이지 않았다. 그녀는 후작 부인보다 5살이 어렸다. 백작과는 무려 32살 차이였다.

전 피스온 백작 부인, 즉 나의 진짜 외할머니는 후작 부인을 낳다가 죽었다고 들었다. 백작은 죽은 백작 부인을 잊지 못해 평생을 홀로 살았다. 그런 그가 돌연 3년 전 재혼을 했다. 그것도 자신보다 32살이나 어린 여자였다.

사실 귀족들 사이에서 32살 정도 차이 나는 결혼이 특별한 일은 아니었다. 권세 있는 귀족 중에는 손녀뻘 되는 어린 아가씨와 결혼하는 경우가 종종 있었다.

백작의 재혼이 사람들 입에 오르내린 이유는 32살의 나이 차이가 아니라 그가 재혼했다는 것 자체였다. 평생을 홀로 살 것 같았던 백작의 재혼은 많은 사람들에게 궁금증을 불러일으켰다. 어린 아가씨에게 홀렸다는 설부터 죽을 때가 되어 노망이 났다는 등 다양한 소문이 돌았다.

'확실히 그럴듯하군.'

실제로 백작 부인을 보니 그러한 소문의 원인에는 그녀의 독특한 분위기도 한몫했을 것 같다는 생각이 들었다.

내가 그녀를 가까이에서 본 것은 지금이 처음이었다. 그때에는 장례식 첫날에 뛰쳐나가 장례 일정 내내 방 안에 틀어박혀 있었기 때문에 그녀와 만날 일이 없었다. 설사 만날 일이 있었다고 해도 만나지 않았을 것이다. 실제로도 그 뒤 몇 번 만날 일이 있었지만 내 쪽에서 거절했다.

그녀는 평민 출신이었다. 그녀의 과거는 알려진 것이 거의 없었다. 추측성 소문은 무성했지만 누구도 진실은 알지 못했다. 당시의 나는 평민을 같은 사람으로 생각하지 않았다. 사적으로 그녀는 내 외할머니였지만 나는 단 한 번도 그녀를 인정하지 않았다.

'아예 없는 사람 취급을 했지.'

후작 부인의 장례 후, 얼마 지나지 않아 피스온 백작 또한 그 뒤를 잇듯 세상을 떴다. 거상으로서 정력적으로 사회 활동을 하던 그의 급작스러운 죽음은 많은 이들의 의심을 샀다.

백작 부인은 유력한 용의자로 지목되었다. 꽤 긴 시간 동안 진실을 밝히기 위한 공방이 이루어졌다. 피스온 백작의 재산이 상상도 못 할 정도로 천문학적인 액수였기 때문이다. 결국 증거 불충분으로 그녀는 백작 부인으로서 그의 재산을 상속받았다고 전해 들었다. 전부 나에게로 상속되었어야 하는데 요망한 여자가 주인어른의 재산을 가로챘다며 분통을 터트렸던 유모의 말이 어렴풋이 생각났다.

나는 당시의 상황을 자세히 알지 못했다. 그때의 나에게는 천문학적인 액수보다 그의 관심 한 조각이 훨씬 중요했다. 그에게 미쳐 있던 나는 나에게 올 수 있는 재산 따위에는 조금의 관심도 없었다.

'금전 감각도 없었고.'

나는 후작가의 적녀로서 금전적으로는 항상 풍족했다. 물질적인 것에서만큼은 결핍을 느껴 본 적이 없었다. 후작은 애정을 주지는 않았지만 물질적인 부분에 있어서만큼은 나에게 어떠한 제재도 가한 적이 없었다.

나는 꽤 사치스러웠다. 객관적인 관점에서 보자면 나라는 몰라도 도시 몇 개는 흔들 정도로 많이 사치스러웠던 것 같다. 황후가 된 후에는 더 심했다. 그의 애정에 목말라 할수록 그 갈증을 사치로 해소하려 했다. 그의 냉대가 심해질수록 내가 소비하는 금액은 점점 커졌다.

한 해 동안 황후가 쓸 수 있는 내탕금은 한정되어 있었다. 하지만 내탕금을 모두 소비했다고 해서 멈출 내가 아니었다. 나는 후작가의 돈은 물론 내 사비도 펑펑 써 댔다. 후작 부인에게서 받은 유산은 꽤 많았다. 하지만 그녀의 유산이 화수분은 아니었다. 쓰면 쓸수록 줄어드는 것이 세상의 이치였다.

나는 죽기 직전까지 금전적인 부족함은 전혀 느끼지 못했다. 내 재산이 얼마만큼이었는지는 모르겠지만 내 사치를 감당할 수 있었을 거라는 생각은 들지 않았다. 나는 내 재산을 파악해 볼 필요성을 느꼈다.

"그이의 머리카락이랍니다."

그녀가 후작의 앞으로 주머니를 내밀었다. 후작은 말없이 상자의 뚜껑을 열었다. 그녀는 주머니 안에 있던 머리카락을 상자 안으로 옮겨 담았다.

그녀가 머리카락을 다 담자 후작이 상자의 뚜껑을 닫았다. 그녀는 후작을 향해 또다시 허리를 숙였다.

"뭐라 감사의 인사를 올려야 할지 모르겠습니다."

"할 일을 했을 뿐이오."

그는 말을 마치고 납골당 안으로 들어갔다. 나 또한 그의 뒤를 따르려 했다. 그런 나를 백작 부인이 붙잡았다.

"영애, 그이를 보러 가 주지 않을래요?"

나는 그녀를 올려다보았다. 그녀의 물기 어린 눈동자는 여전히 촉촉했다. 그녀는 가련해 보이면서도 매혹적이었다.

"그이가 영애를 많이 보고 싶어 했어요."

피스온 백작은 상인이다. 제국을 거점으로 두고 있지만 그의 영향력은 전 세계에 뻗어 있다.

'모든 돈은 피스온 상단으로 흘러간다'라는 말이 나올 정도로 그의 돈에 대한 상재는 뛰어났다. 피스온 백작가가 대대로 거부이긴 했지만 현 백작의 대에 이르러서는 부에 한해 정점을 찍었다고 할 정도였다.

그는 전 세계를 직접 돌아다녔다. 1년 중 제국의 수도에 머문 적은 손에 꼽았다. 후작 부인이 미친 후에는 아예 수도 근처도 오지 않았다.

그런 그가 나를 보고 싶어 했다는 말은 어불성설이다. 내가 진짜 보고 싶었다면 그는 충분히 나를 보러 올 수 있었다. 나를 보러 오지 않은 건 백작의 의지였다.

"왜요?"

나의 이러한 반응은 예상하지 못했던 건지 그녀의 눈동자가 살짝 커졌다. 하지만 그런 모습도 잠시, 그녀는 언제 당황했었냐는 듯 순식간에 감정을 숨기고 사르륵 웃었다.

"영애는 그이의 단 하나뿐인 혈육이니까요."

그녀의 말투는 이상했다. 목소리는 다정하고 나긋나긋한데 말속에는 날카로운 비수가 섞여 있는 것 같았다. 나에 대한 그녀의 태도는 꽤 호의적이었다. 그러는 척하는 것이 아니라 진실로 호감이 느껴졌다. 그래서 그녀의 말은 더 아리송하게 들렸다.

혈육이라서 만나고 싶다는 건지, 아니면 혈육이기 때문에 만나고 싶다는 건지 모호했다. 혈육이라서 만나고 싶다는 말은 같은 혈육의 정에 이끌린다는 것이다. 즉, 애정이 기반이 된다는 뜻이다. 하지만 혈육이기 때문에 만나고 싶다는 것은 내가 혈육으로서 그에게 무언가 가치가 있다는 뜻이다. 즉, 이용해 먹을 가치가 있다는 것이다.

'전자일까? 후자일까?'

나는 천천히 시선을 내려 그녀의 아랫배 부근을 보았다. 볼륨 있는 가슴에 비해 잘록한 허리가 그녀의 처연한 표정과 어울려 그녀를 더욱 가녀리게 만들었다.

당시엔 워낙 그에게만 미쳐 있어 주변 상황에 대해 아는 것이 거의 없었지만 드문드문 기억나는 것이 있긴 했다. 특히 유모의 푸념은 몇 번이나 반복해서 들었기 때문에 그 부분에서 있어서만큼은 꽤 기억하고 있는 것이 많았다.

유모는 백작 부인을 싫어했다. 유모는 틈만 나면 나에게 그녀에 대한 험담을 늘어놓았다. 백작이 죽었을 때에는 정점에 이르렀다. 유모는 그녀가 재산을 가로채기 위해 백작을 죽였다는 소문을 철석같이 믿었다. 그녀를 잡아 고문을 시켜 사실을 토설하게 해야 한다고 주장했다.

당시의 나는 그녀에게도 백작의 재산에도 별 관심이 없었지만 유모의 잔소리가 지겨워 그녀에게 불리한 거짓 증언을 했었다. 확실한 증거가 없음에도 불구하고 백작 부인이 오랫동안 용의자로 지목받은 데에는 나의 거짓 증언도 한몫했을 것이다.

'그리고 그 탓에…….'

그녀는 취조를 당하는 중에 유산을 했다.

유모의 바람처럼 고문이 있었던 것은 아니었다. 그녀는 비록 평민 출신이기는 했지만 엄연히 정식으로 성을 받은 백작 부인이었다. 육체적인 학대가 있었을 리가 없다.

하지만 육체적인 학대가 없었다고 하더라도 정신적인 스트레스 또한 없다고 할 수는 없었다. 범인으로 지목되어 취조를 당한다는 것은 정상인도 힘든 일이다. 임산부에게는 더더욱 힘겨운 나날들이었을 것이다.

그녀의 유산 소식을 들은 유모가 하늘이 벌을 내린 것이라며 통쾌해했던 기억이 났다. 나는 아직 부풀어 오른 기미조차 보이지 않는 그녀의 배를 가리켰다.

"이제는 단 하나뿐인 혈육이 아니잖아요."

그녀의 얼굴이 순식간에 굳어졌다.

나는 그녀가 진짜 백작을 죽였는지 아닌지 알지 못했다. 그녀는 소문처럼 백작의 재산을 노린 악녀일 수도 있고 악의적인 소문에 희생당한 불쌍한 여자일 수도 있다.

예전과 마찬가지로 나는 그녀가 어떤 사람이건 관심이 없었다. 다만 그녀의 배 속에 있는 아이가 죽지 않고 살았으면 좋겠다. 소문대로라면 그 아이는 백작의 아이가 아닐 수도 있었다. 그럼에도 나는 살릴 수만 있다면 그 아이를 살리고 싶다.

'나답지 않긴 하지만…….'

내가 개과천선을 해서 그런 마음이 드는 것은 아니다. 나는 여전히 이기적이고 내 안위만을 걱정하는 지극히 자기중심적인 사람이었다. 그 아이를 살리기 위해 나를 희생하는 일 따위는 상상조차 해 본 일이 없다.

여태까지처럼 한때의 변덕일 수도 있었다. 지금 이 순간 나는 그녀의 배 속 아이가 죽기를 바라지 않았다. 나는 더 이상 태어나지도 않은 아이가 죽는 것은 보고 싶지 않다.

'……어쩌면 일말의 죄책감 때문인지도 모르지.'

"무언가 잘못 알고 계신가 보군요. 그이의 혈육은 영애 단 한 명뿐이랍니다."

그녀의 얼굴은 어두웠다. 나름 숨기려고 노력하는 것이 보였지만 그 이상으로 그녀의 얼굴에 드리워진 그늘은 짙었다. 아이와 관련된 사연이 있는 듯했다. 그녀의 사연에는 관심이 없는 나는 그녀에게 직접적으로 물었다.

"그 아이는 피스온 백작가의 핏줄이 아닌가요?"

"영애, 말씀이 지나치시군요!"

그녀의 입가가 파르르 떨렸다. 지금까지의 나른하고 유혹적이던 그녀의 분위기와는 확연히 달랐다. 나를 보는 그녀의 눈빛이 살벌했다. 눈빛만으로 사람을 죽일 수 있다면 나는 방금 즉사했을 정도로 나를 향하는 그녀의 시선에는 살의가 담겨 있었다.

그녀의 반응으로 보건대 그녀는 아직 아이의 존재를 모르는 것 같았다. 백작은 후작 부인이 죽은 후, 정확히 두 달 뒤에 죽었다. 소문이야 어쨌든 공식적인 백작의 사망 원인은 딸을 잃은 슬픔으로 인한 자연사였다.

백작 부인은 백작의 장례식이 모두 끝난 뒤, 취조를 받는 중에 유산을 했다. 그녀는 유산할 때까지 아이의 존재를 몰랐었을 수도 있었다.

"흥분하면 아이에게 안 좋아요."

"영애!"

꽉 쥔 그녀의 주먹이 부들부들 떨렸다. 꽤 격한 반응이었다. 백작의 나이가 꽤 많긴 했지만 충분히 아이를 가질 수 있는 나이다. 보통 이럴 경우에는 '혹시? 설마?' 이러면서 임신 가능성을 염두에 두는 것이 일반적인 사람들의 반응일 것이다. 하지만 백작 부인은 임신의 가능성조차 생각하지 않는 듯했다.

괜한 오지랖을 떨고 싶지는 않지만 이왕 시작한 거 약간의 수고스러움은 감수하기로 했다.

'말 몇 마디 더 한다고 해서 나에게 손해가 될 것은 없으니까.'

"내 말을 믿든 안 믿든 그건 부인의 자유입니다. 하지만 그 아이를 잃고 싶지 않다면 몸 관리 잘하세요. 이왕이면 백작님께도 알리는 것이 좋겠군요. 백작님의 핏줄이 맞는다면 말이에요."

자식이 생겼다는데 스스로 생을 포기할 부모는 없을 테니 어쩌면 백작은 죽지 않고 살지도 모른다. 물론 그의 죽음이 타살이 아니라는 전제하에 말이지만.

"그분은 당신의 외할아버지 되십니다."

그녀는 감정 조절에 능란한 것 같았다. 언제 흥분했었냐는 듯 차분한 모습으로 나를 바라보았다. 하지만 감추지 못한 것도 있었다. 아니, 굳이 감추려고 하지 않는 듯했다. 그녀의 눈빛은 나를 향해 이글이글 타올랐다.

"백작님이 아니라 외할아버님입니다."

"……."

아이에 관한 것이라면 이해한다. 내가 아이에 대해 백작가의 핏줄 운운한 것은 명백히 그녀를 모욕하는 말이었기에 그녀가 화를 내는 것은 당연하다고 생각했다. 하지만 백작에 대한 호칭으로 나에게 화를 내는 그녀는 이해할 수 없었다.

그녀는 자신의 외도를 의심하는 말보다 내가 백작을 부르는 호칭에 더 민감하게 반응하고 있었다.

"호칭은 제 자유랍니다, 백작 부인."

"당신들은 어째서…… 어째서 항상 그분께……."

'아.'

그녀가 나에게 호감을 보이면서도 그 호감 속에 비수를 감춘 이유를 이제야 알겠다. 사랑을 하고 있는 여자는 다들 비슷한가 보다. 맹목적이고 때로는 탐욕스럽다. 그녀는 지금 백작을 닮은 나에게 호감을 느끼면서도 혈육이라는 이유만으로 백작에게 관심을 받고 있는 나에게 질투가 나는 것이다.

그녀는 백작을 사랑하고 있었다.

"당신들이라면 나와 후작 부인을 말하는 건가요?"

그녀의 눈가가 일그러졌다. 그녀는 나를 이해할 수 없다는 얼굴로 쳐다봤다.

"후작 부인이라니요? 그분은 당신의……."

"지금의 나에게 가족이란 타인과 다름이 없으니까요."

나는 그녀의 말을 자르고 대답했다. 죽기 전의 나는 부모의 애정을 갈구했다. 후작인 아버지의 관심을 바랐고, 후작 부인인 어머니의 온기를 갈망했다.

이지아였을 적에는 부모의 애정을 모두 받았다. 딸이 어두운 밤길을 혼자 걸어올까 걱정이 되어 매일 하굣길을 함께해 주던 아버지의 애정과 잔소리는 심했지만 딸이 객지에서 밥이라도 굶을까 걱정되어 밑반찬을 바리바리 챙겨 주던 어머니의 온기를 전부 받았다.

지금의 나는 비욘느보다는 이지아로서의 자아가 더 강했다. 그런 나에게 지금의 가족은 핏줄은 이어졌을지언정 가족은 아니었다.

시간이 많이 지체되었다. 나는 더 이상 그녀와 할 말이 없었다.

'오지랖은 여기까지.'

나는 분명 그녀에게 경고했다. 이제 그 아이의 운명은 그녀의 몫이다. 내 경고를 잘 알아들었다면 그 아이는 살 것이고, 그렇지 않다면 그때와 같이 될 것이다. 아이가 죽길 바라지는 않지만 내가 더 이상 해 줄 일은 없었다.

"영애의 외할아버님입니다! 정말 그분을 만나지 않을 건가요?"

움직이는 나를 향해 그녀가 다급하게 외쳤다. 나는 그녀를 남겨 두고 납골당 안으로 들어갔다.

"흑, 불쌍한 우리 아가씨."

유골 상자를 납골당에 안치하고 방으로 돌아오니 나를 기다리고 있는 것은 울고 있는 유모의 얼굴이었다.

"마님도 무심하시지. 아가씨 혼자 어떻게 지내라고…… 흑흑."

후작 부인이 살아 있었을 때도 나 혼자 잘 먹고 잘 지냈다. 하지만 유모는 마치 하늘이 무너진 것처럼 서럽게 울었다. 그런 유모의 양옆에는 시녀 2명이 유모를 부축하며 위로하고 있었다.

'피곤해.'

갑자기 피곤함이 해일처럼 몰려왔다.

장례식이 진행되는 내내 자리를 지키고 있었던 것은 아니었다. 나는 어린 아이였기 때문에 첫날과 마지막 날만 장례식장을 지켰다. 그것만으로도 아직 어린 이 육체는 피로를 호소했다.

그나저나 저들은 무슨 생각으로 내 앞에서 저러고 있는지 모르겠다. 나는 소파에 앉아 그녀들의 행동을 물끄러미 바라봤다. 안락한 소파의 쿠션이 내 엉덩이와 허리를 부드럽게 감쌌다. 이대로 한숨 자고 싶다는 생각이 들었다.

"유모님, 울지 마세요."

"이러다 유모님까지 쓰러지시겠어요."

"힘내셔야죠. 유모님까지 쓰러지시면 우리 아가씨는 진짜 어떻게 해요."

'갈수록 가관이군.'

나의 시선을 느끼지 못한 건지 그녀들은 열심히 위로를 빙자한 아첨을 떨었다. 그녀들의 위로인지 아첨인지 모를 말에 힘을 얻었는지 유모는 더 서럽게 울었다.

"내가 힘을 내야지. 힘을 내야 하는데……. 흑흑, 불쌍한 우리 아가씨!"

'나 안 불쌍하거든?'

모르는 사람이 들으면 내가 죽은 줄 알겠다.

유모는 예전부터 작은 문제도 큰 문제라도 된 것처럼 호들갑을 떨곤 했다. 후작 부인이 죽은 것이 작은 일은 아니지만 그녀의 죽음은 그때나 지금이나 나에게는 큰 영향을 끼치지 못했다.

유모가 서럽게 우는 것은 이해했다. 유모는 후작 부인과 자매처럼 자랐다. 슬프지 않다면 거짓말일 것이다.

유모의 슬픔을 충분히 이해하기에 슬슬 짜증이 몰려왔지만 일단 참기로 했다. 지금은 저들을 혼내는 것보다 몰려드는 졸음이 먼저였다. 눈꺼풀이 서서히 내려왔다. 저편에서 수마가 살랑살랑 손짓했다. 세상에서 가장 매력적인 유혹이었다.

"……안 됩니다."

"비켜! ……만나야……."

잠결에 어렴풋이 다투는 소리가 들려왔다. 세상에서 제일 무거운 것이 눈꺼풀이라는 말이 있다. 정신은 서서히 깨어나려 했지만 천근만근인 눈꺼풀로 인해 눈이 떠지지 않았다. 굳이 애써 일어날 필요성을 느끼지 못했기에 나는 다시 잠을 청하려 했다.

내가 필요한 일이라면 유모가 벌써 나를 깨웠을 것이다. 하지만 누구도 나를 깨우려는 시도를 하지 않았다. 더 자도 된다는 뜻이었다. 나는 다시 수마의 유혹에 몸을 맡기려 했다. 그만큼 수마의 유혹은 치명적이었다. 더욱 격해지는 소란만 아니었어도 수마의 매력에 푹 빠졌을 것이다.

"비키시게."

"아가씨는 당신을 만나고 싶어 하지 않으십니다."

"내가 직접 영애께 듣겠다고 하지 않나."

"자꾸 이러시면 기사님을 부르겠습니다."

유모는 누군가와 말다툼을 하고 있었다. 무시하고 싶었지만 소리는 점점 더 커졌다.

이 집에서 유모와 다툴 수 있는 여자는 없었다. 유모는 후작 부인의 젖동무로 그녀가 후작과 결혼할 때 자신의 직속 시녀로서 엘리어트 후작가에 데리고 왔다. 내가 태어난 후에는 유모로서 나를 돌보며 이 집안의 시녀장 노릇도 겸했다.

이 집의 시녀나 하녀들은 감히 그녀의 명령에 토를 달거나 거부하지 못했다. 후작은 특별한 문제가 있지 않는 한 내정에 관여하지 않았다.

안주인인 후작 부인은 내정에 관심이 없었다. 실질적인 안살림은 대부분 유모가 처리했다고 해도 과언이 아니었다. 그런 유모에게 시녀나 하녀들이

대들 수 있을 리가 없었다. 그녀의 말에 토를 달 수 있는 건 이 집안의 주인인 후작과 나, 그리고 집안의 총관리를 맡고 있는 집사밖에 없었다.

후작과는 애초에 싸움을 할 수 없으니 패스. 나는 아니니까 제외.

'그럼 집사밖에 없는데…….'

집사는 남자다. 더구나 유모와 다투는 여자의 목소리는 왠지 익숙했다. 나는 결국 무거운 눈꺼풀을 들어 올릴 수밖에 없었다. 잠을 방해하는 두 여자에게 살짝 짜증이 났다.

"나는 사적으로 영애의 외할머니가 되네. 영애를 볼 자격은 충분할 텐데?"

"당신 따위가 어떻게……."

"무슨 일이야?"

나는 유모의 말을 자르며 끼어들었다.

유모가 그녀를 싫어하는 것은 이해하지만 대놓고 무시하는 것은 문제가 되었다. 과거야 어찌 되었든 그녀는 지금 귀족이다. 평민인 유모가 귀족을 무시하는 태도나 발언은 곤란했다.

"아무것도 아니에요, 아가씨. 피곤하실 텐데 가서 더 쉬세요."

유모는 서둘러 나에게 다가왔다. 그녀는 커다란 몸으로 내 시야를 가리며 침실로 나를 이끌었다. 나는 그런 유모의 손길을 피해 시녀들의 방해로 문 앞에서 들어오지 못하고 있던 백작 부인에게 다가갔다.

"오늘 꽤 자주 보는군요, 백작 부인."

"아가씨!"

유모가 나를 향해 소리쳤다. 내 행동이 마음에 들지 않는지 유모의 얼굴엔 못마땅함이 가득했다. 나는 그런 유모를 모른 체하며 백작 부인을 향해 손짓했다.

"거기 그렇게 서 있지 말고 들어오시죠."

백작 부인을 막고 있던 시녀들이 어쩔 줄을 몰라 하며 나와 유모를 번갈아 봤다. 나는 시녀들을 향해 인상을 썼다. 그럼에도 그녀들은 우물쭈물 유모에게 애타는 시선만 보냈다.

"아가씨, 그 여자는……."

"지금 누구보고 하는 말이지?"

"아, 아가씨……?"

나의 싸늘한 말투에 놀란 유모의 눈동자가 휘둥그레졌다. 유모로서는 지금의 내 모습이 무척 생소할 것이다.

8년. 내가 황후로 있었던 시간이 자그마치 8년이다. 황후의 자리에 있으면서 자존심이나마 지키고 있으려면 상대를 내리누르는 힘이 있어야만 했다. 타인, 특히 아랫사람에게 얕잡아 보이는 순간 그것은 날카로운 무기가 되어 나를 할퀴려 들었다.

나는 떼쓰는 것밖에 몰랐었다. 어린아이가 장난감을 조르듯 떼를 썼다. 주위 사람들은 그런 나를 떠받들어 줬다. 나는 점점 더 의기양양해질 수밖에 없었다. 그들이 속으로는 나를 우습게 여기고 있다는 것을 몰랐다. 그들이 나를 대하는 표정과 나에게 하는 말들을 철석같이 믿었다.

나는 특별했고 선택받은 사람이었기 때문에 그들이 나를 위하고 찬양하는 것은 당연하다고 생각했다. 그때의 나는 모든 것이 거짓일 수도 있다는 걸 전혀 알지 못했다. 참으로 어리석은 생각이었다.

거짓이 깨지자 그 뒤는 지옥이었다. 그들은 나에게 아첨하던 입으로 나를 욕했고 내가 나눠 준 권력과 재물로 나를 공격했다. 나는 그 속에서 나를 지키는 방법을 스스로 터득해야만 했다.

나에게는 여전히 권력이 남아 있었다. 나는 그 권력을 휘두르는 방법을 익혔다. 차가운 말투와 고압적인 명령은 내가 가진 권력을 휘두르는 수단으로 쓰기에 꽤 적절했다. 그들은 나를 무서워했다. 적어도 내 앞에서 함부로 입을 놀리던 사람들은 사라졌다. 나는 그렇게 황후로서 8년을 살았다.

"가만히 입 다물고 있을 생각이 아니라면 나가 있어."

나는 유모를 향해 매몰차게 말했다. 유모는 서운한지 눈물을 글썽거렸다.

예전에야 천둥벌거숭이처럼 마냥 뒷일은 생각 않고 유모부터 감싸려 들었겠지만 지금은 어쩔 수 없었다. 매정해 보여도 이 방법이 유모에겐 훨씬 더 나았다.

백작 부인이 이 문제에 대해 걸고넘어진다면 일이 커졌다. 어쨌든 백작 부인은 귀족이고 유모는 평민이다. 이곳에서 신분 차이는 결코 무시할 수 없는 장벽이었다.

백작 부인이 공식적으로 후작가에 유모의 처벌을 원한다면 후작가에서는 백작 부인이 원하는 대로 해 줄 수밖에 없었다. 유모가 백작 부인을 모욕한 것은 분명한 사실이었고, 귀족 모독죄는 중범죄 중에 하나였다.

"아, 아가씨가 어, 어떻게…… 저한테 이러실 수가 있어요."

유모는 몹시 충격을 받은 듯했다. 그녀는 입술을 벌벌 떨었다. 만날 유모의 치마폭에 감싸여 그녀가 말하는 대로 행동하던 나만 알고 있던 유모에게는 당연한 충격이었을 것이다.

흥분해 있을 그녀와 더 이상 시간을 끌고 싶지 않았다. 나는 여전히 백작 부인의 앞을 가로막고 있는 시녀들을 가리켰다.

"너희 둘, 유모를 데리고 나가."

"……네?"

"아가씨!"

그녀들은 내 명령에도 유모의 눈치만 살폈다. 그녀들의 이러한 행동만으로도 내가 얼마나 유모의 치마폭에 감싸여 왔었는지 알 수 있었다. 어느 정도 알고는 있었지만 그녀들의 태도는 짐작하고 있던 것보다 더 심했다.

예전에는 알 수 없었던 주변의 상황이 지금은 아주 잘 보였다. 지금의 나는 이지아의 자아가 조금 더 강했기에 객관적인 시선으로 주변을 볼 수 있었기 때문이었다.

나는 그녀들을 향해 좀 더 강하게 말했다.

"너희도 같이 끌려 나가고 싶어?"

나의 말에 질겁한 시녀들이 유모의 팔을 각각 잡았다. 하지만 가녀린 두 여자가 푸짐한 몸매의 소유자인 유모를 끌고 가기엔 역부족이었다. 나는 엉거주춤하게 서 있던 다른 시녀를 향해 눈짓을 보냈다. 앞의 두 시녀와 달리 어느 정도 눈치가 있었는지 그녀는 재빠르게 유모에게 달라붙었다.

"아, 아가씨가 어떻게…… 어떻게……."

유모는 이 상황이 믿겨지지 않는지 시녀들에게 끌려가면서도 계속 중얼거렸다. 모르긴 몰라도 단단히 토라질 것이 뻔했다. 그녀의 마음을 풀어 줄 생각을 하니 벌써부터 머리가 지끈거렸다. 오늘따라 유독 피곤했다.

"거기 서 계시지 말고 앉으세요, 백작 부인."

나는 테이블이 있는 의자에 앉으며 백작 부인에게 맞은편 자리를 권했다. 그녀는 묘한 얼굴로 나를 바라봤다.

"할 말이 있어서 오신 게 아닌가요?"

"영애는 듣던 것과 좀 다르군요."

그녀는 내가 권한 자리에 앉으며 중얼거렸다. 그녀의 시선은 처음부터 끝까지 나를 향해 있었다. 나는 그녀의 시선을 무시하며 손짓으로 방 안에 남아 있던 시녀를 불렀다. 시녀는 즉시 내 곁으로 나가왔다.

"라벤더 차 두 잔."

시녀는 차를 가져오기 위해 서둘러 방을 나갔다. 나는 의자 깊숙이 몸을 묻으며 백작 부인을 보았다. 백작 부인은 여전히 묘한 얼굴로 나를 보고 있었다. 방 안에는 나와 백작 부인 단둘이었다.

"하고 싶은 말은 그게 아닐 텐데요?"

나는 그녀의 시선을 맞받아쳤다.

잠시 그녀와 나 사이에 침묵이 돌았다. 백작 부인이 작게 한숨을 내쉬었다.

"영애의 유모라고 했던가요? 내가 그녀를 귀족 모독죄로 죄를 물으려 한다면 영애는 어찌하시겠습니까?"

역시 그냥 넘어갈 수는 없었나 보다. 이럴 것 같아 미리 강경책을 썼거늘.

입맛이 썼다.

"돌려 말하는 것은 성격에 안 맞습니다. 원하는 것을 말씀해 보시죠, 백작 부인."

"그이를…… 그분을 한 번만 만나 주세요."

결국 나는 백작을 만나러 갔다.

그는 손님용 별관에 머물고 있었다. 후작 부인의 장례식을 치르는 도중 쓰러졌던 그는 장례식이 모두 끝나고 얼마 되지 않아 정신을 차렸다고 했다.

백작 부인의 말에 따르면 백작이 의식을 차리고 제일 먼저 찾은 것이 바로 나였다고 한다. 그 말을 하는 백작 부인의 표정은 조금 씁쓸해 보였다.

"아가……."

침대에 누워 있던 백작이 나를 보고 반색하며 몸을 일으켰다. 그는 단번에 일어나지 못하고 몹시 힘겨워했다. 백작 부인은 재빠르게 백작에게 다가가 그의 몸을 부축했다.

백작은 단 며칠 사이에 10년은 더 늙어 보였다. 야위었는지 주름진 볼이 움푹 패어 있었다. 그는 나에게 자신에게 다가오라는 듯 손짓했다. 그 손짓마저도 무척 힘에 부치는 듯했다. 힘겹게 흔들거리는 백작의 팔은 마치 마른 고목의 나뭇가지를 연상시켰다.

그런 백작의 모습을 보며 나는 확신했다. 사람들의 추측은 틀렸다. 백작 부인은 백작을 죽이지 않았다. 그녀는 그를 죽일 필요가 없었다. 백작의 눈동자에는 이미 생에 대한 미련이 없었다.

딸의 죽음이 그에겐 생에 대한 미련을 지워 버릴 만큼 큰 충격이었나 보다. 나를 만나고 싶었던 것도 마지막이라고 생각해서인 듯했다.

나는 그에게 다가갔다. 백작은 나를 향해 손을 뻗었다. 그의 손이 내 손을 감싸듯 잡았다. 그의 손은 보이는 것만큼이나 꺼끌꺼끌했다.

"너는 괜찮은 게냐?"

나는 백작을 물끄러미 바라보았다. 내가 괜찮지 않을 이유는 없었다. 후작 부인과 나는 원래부터 타인과도 같은 사이였다. 예전에는 그녀를 향한 원망이라도 있었다. 하지만 지금의 나에게 그녀는 완벽한 타인일 뿐이었다. 그녀에게 더 이상 미련도 원망도 없었다. 그저 같은 여자로서 불쌍하다고 생각할 뿐이다.

'결국 자살이라는 극단적인 방법밖에는 없었던 것일까?'

나 또한 그녀와 같은 마지막을 선택했다. 나를 보지 않는 그를 원망하고 나를 벼랑 끝까지 내몬 세상을 저주하고 또 저주했다.

'그때의 나는 정말 그 방법밖에 선택의 여지가 없었던 것일까? 좀 더 나은 다른 선택이 있지 않았을까?'

당시의 고통과 절박함은 아직도 생생하게 기억하고 있다. 그때의 나는 스스로를 죽이는 방법밖에는 생각할 수 없었다. 나는 그 지옥 같은 고통 속에서 한시라도 빨리 해방되기를 원했다. 그리고 그때에는 이미 그를 사랑하는 것에 너무도 많이 지쳐 있었다.

후작 부인과 같은 선택을 했었기에 그녀의 절박함과 고통을 이해한다. 나와 그녀는 사랑에 너무 맹목적이었다. 사랑이라는 감정에 눈이 멀어 어리석은 짓을 했다.

'지금은? 지금은 그 어리석은 짓을 하지 않을 수 있을까?'

얼음물을 뒤집어쓴 듯 온몸이 차가워졌다. 애써 묻어 왔던 감정이 스멀스멀 기어 나오는 것 같았다. 나는 아직 그를 만나지 않았다. 그를 다시 만나게 되면 나는 어떻게 되는 것일까?

'또다시 사랑에 빠져 어리석은 선택을 하게 되는 것일까?'

손끝부터 덜덜 떨렸다. 아직 일어나지도 않은 일에 겁이 나기 시작했다. 그를 만나 다시 사랑에 빠질 내가 두려웠다.

"미안하다."

따뜻한 온기가 나를 감싸 안았다. 어느새 백작이 나를 품에 안고 있었다. 그는 거칠지만 큰 손으로 내 등을 천천히 쓸어 주었다.

"아무리 괴로웠어도 외면하지 말았어야 했는데. 모두 내 잘못이구나."

나를 품에 안고 있던 백작의 몸이 가늘게 떨렸다. 그는 울고 있었다. 나는 그의 품에서 빠져나와 그를 올려다보았다. 그의 얼굴에 난 주름 사이로 눈물이 흘러내리고 있었다.

그는 두 손으로 내 뺨을 감쌌다. 꺼슬꺼슬하지만 따뜻한 온기가 느껴졌다.

"모두 다 할애비가 잘못했다. 그러니 그리 울지 말거라."

나는 백작의 말을 이해하지 못했다. 지금 울고 있는 것은 내가 아니라 그였다. 나를 마주 보는 그의 얼굴이 슬픔으로 일그러졌다.

그는 엄지손가락으로 내 눈가를 쓸었다. 그의 손길에 따라 축축한 무언가가 느껴졌다.

"소리도 내지 못하면서 그리 서럽게 울지 말거라, 내 아가."

그의 눈동자에 비친 나는 눈물을 흘리고 있었다.

3막. 갈림길

"아가씨, 어떤 게 좋으시겠어요?"

유모는 드레스를 이것저것 꺼내 들며 즐거워하고 있었다. 그런 그녀를 보며 나는 한숨을 내쉬었다. 백작 부인의 일로 단단히 삐친 유모는 며칠간 내 근처에도 얼씬거리지 않았다.

유모가 없어도 딱히 육체적으로 불편한 것은 없었다. 이 집에 내 손발이 되어 줄 사람들은 많았고 나는 명령만 하면 되었으니까. 하지만 유모를 그대로 둘 수는 없었다. 누가 뭐라고 해도 유모는 나를 키워 준 사람이다. 빈말로라도 성격이 좋다고는 하지 못하겠지만 어찌 되었든 그녀는 현재 내 사람이라 할 수 있는 유일한 사람이었다.

때마침 황궁에서 전갈이 왔다. 나에게 온 초대장이었다. 삐친 유모를 달래는 것은 생각보다 쉬웠다.

'황궁에서 초대장이 왔는데 어떻게 하지? 유모가 준비해 주지 않으면 나 황궁에 입궁 못 할지도 몰라.'

황궁에서 온 초대장을 미끼로 쓰니 단번에 걸렸다. 그녀는 삐쳤던 것도 잊고 의욕적으로 달려들었다.

“아휴, 마음에 차는 드레스가 하나도 없네요. 생각 같아서는 새로 몇 벌 맞추고 싶은데 시간이 없으니, 원.”

유모는 투덜거리면서도 손발을 열심히 움직였다. 그녀의 손짓에 따라 시녀들은 내 드레스와 장신구들을 들고 이리저리 뛰었다.

“그나마 이게 제일 나아 보이네요. 아가씨는 어떠세요?”

유모는 드레스 한 벌을 내 앞에 내밀어 보였다. 치마는 벨 라인으로 되어 있고 허리에는 하늘하늘한 리본이 달려 있었다. 보통 어린 귀족 영애들이 자주 입는 형식의 드레스였다. 유모는 드레스를 내 앞에 대며 만족스러운 표정을 지었다.

“역시 아가씨는 하늘색이 잘 어울리는 것 같아요. 한번 입어 보세요.”

나는 드레스를 물끄러미 바라보았다. 별로 입고 싶은 마음이 들지 않았다. 시야에 가득 찬 드레스의 색에 눈이 시렸다.

유모는 그런 나를 이상하다는 얼굴로 바라봤다.

“왜요? 마음에 안 드세요? 하늘색 좋아하시잖아요?”

유모의 말대로 나는 하늘색을 좋아했었다. 구름 한 점 없는 깨끗한 느낌의 하늘색은 나의 금갈색 머리카락에 무척 잘 어울리는 색이었다. 내가 좋아하던 색인 만큼 내 드레스는 유독 하늘색이 많았다. 유모가 내민 드레스도 그런 드레스 중에 하나였다.

“아가씨?”

“안 입을래.”

“왜요? 마음에 안 드세요.”

“응, 이 색 싫어. 다른 색으로 해.”

내가 변덕을 부린다고 생각한 유모는 어쩔 수 없다는 듯 어깨를 으쓱이며 다른 드레스를 고르기 시작했다. 나는 유모가 놓고 간 하늘색 드레스를 바라봤다.

‘하늘색.’

내가 무척 좋아했던 색이면서 동시에 증오하는 색이었다. 눌러 놨던 감정이 또다시 불쑥 치솟았다. 백작의 앞에서 울고 난 후부터 감정을 조절하기가 힘들어졌다. 마치 막고 있던 댐에 금이 간 것 같았다.

나는 백작의 앞에서 울고 있다는 사실을 자각한 후에도 내가 왜 울고 있는지 알 수가 없었다. 그런 나를 백작은 다시 조용히 안아 주었다. 내가 나임을 자각한 후 처음 느껴 보는 온기였다. 이지아는 알고 있지만 비욘느는 알지 못했던 가족의 애정이었다.

나의 눈물에 백작은 무언가 결심한 것 같았다. 그는 나에게 시간을 달라고 했다.

'금방 돌아오마. 절대 너를 버려두고 가는 것이 아니란다, 아가.'

그는 나에게 몇 번이나 같은 말을 되뇌었다.

그는 무언가 착각을 한 것 같았다. 나는 굳이 그의 착각을 바로잡지 않았다.

백작은 몸을 움직일 수 있게 되자마자 후작가를 떠났다. 그는 못내 내가 마음에 걸린 듯 몇 번이나 뒤돌아봤다. 나는 어떠한 배웅의 말도 하지 않았다. 그는 내가 배웅하러 나왔다는 것만으로도 만족한 듯했다.

나는 백작을 따라 떠나는 백작 부인에게 임산부에게 좋다는 약초를 내주었다. 나답지 않은 친절이었지만 왠지 그러고 싶었다. 그녀는 울지도 웃지도 못하는 애매한 표정으로 나를 바라보았다.

백작을 떠올리자 들끓던 감정이 어느 정도 잠잠해졌다. 벌써부터 감정에 휘둘리는 건 좋지 않은 징조였다. 입궁해야 한다는 사실이 내 생각보다 더 크게 부담으로 작용한 듯싶었다.

한숨이 절로 나왔다. 아직 그를 만나지도 못했는데 이 정도의 동요라면 만난 후는 생각만으로도 끔찍했다.

나는 그에게 첫눈에 반했다. 그를 처음 본 순간 사랑에 빠져 버렸다. 어린 내 눈에 그는 눈이 부실 정도로 너무나도 아름다웠다. 사랑에 눈이 먼 나는 그에게 맹목적이었다. 그의 옆에 서기 위해 물불을 가리지 않았다. 그렇게 나는 처음 본 순간 그에게 미쳤다.

"아가씨?"

유모가 내 어깨를 잡았다. 그녀는 아무 말 없이 드레스를 노려보고 있는 나를 의아한 듯 바라보았다.

"뭐가 마음에 안 드세요?"

"아니. 괜찮아."

괜찮다는 내 대답에 유모는 바로 드레스를 들이밀었다. 은실로 꽃 자수가 놓인 라임색 드레스였다.

"머리하고 화장까지 하려면 시간이 없어요. 빨리 입어 보세요. 어서요!"

그녀는 바쁘다며 나를 재촉했다. 시녀들에 의해 드레스가 입혀지고 얼굴과 머리가 만져졌다. 유모는 양 갈래로 땋은 머리를 둥글게 말아 올렸다. 드레스와 같은 라임색의 비단 끈이 땋아 올린 머리에 늘어트리듯 매어졌다.

"어머나, 너무나 예쁘세요."

"이 제국에서 아가씨만큼 아름다운 사람은 없을 거예요."

라임색의 드레스와 머리끈은 금갈색 머리카락과 제법 어울렸다. 시녀들은 나를 보며 호들갑을 떨었다. 그녀들은 연신 예쁘다, 아름답다와 같은 미사여구를 늘어놓았다.

나는 그녀들의 감탄사에 심드렁한 표정을 지었다.

한때는 나도 내가 이 세상에서 최고로 예쁜 줄 알았다. 내 주변에는 모두 내 아름다움을 찬양하는 사람들밖에 없었다. 내가 착각하는 것은 당연한 일이었다.

물론 내가 못생겼다는 뜻은 아니다. 객관적으로 봐도 예쁜 축에 든다고 생각한다. 하지만 그녀들이 말하는 것처럼 제국 최고는 아니었다. 나는 제국 최고의 미녀라고 불리던 여자를 알고 있었다.

'그래, 그…….'

밝고 청명한 느낌의 하늘색 머리카락을 가진 아름답고 사랑스러운 제국의 보물이라 불리던 그녀를 말이다.

황궁에서 나에게 초대장이 온 대외적인 이유는 어머니를 잃은 후작 영애를 위한 황제의 위로 때문이었다. 하지만 진짜 이유는 따로 있다는 걸 알 만한 사람들은 다 알고 있었다.

황제에게는 총 6명의 아들이 있었다. 딸까지 포함하면 황제의 자녀 수는 한 자릿수를 넘었다. 황제는 대단한 정력가였다. 1명의 황후와 2명의 황비, 그리고 수많은 후궁들을 아내로 두었다. 6명의 황자 중 다음 황위에 가장 유력한 황자는 1황비 소생인 1황자와 오래전에 승하하신 전 황후 소생의 6황자였다.

황제는 황후 소생인 6황자가 태어나자마자 그를 황태자로 삼았다. 몇몇 귀족들이 황자의 나이가 너무 어림을 들어 고려해 달라 간청하였으나 황제는 그들의 청을 들어주지 않았다.

황태자에게는 불행하게도 그는 태어나고 얼마 지나지 않아 모후인 황후를 잃었다. 그의 지지 기반인 가필트 공작가는 건재했지만 황후의 부재는 컸다. 새로 등극한 황후의 집안이 귀족파라는 것도 그에게는 불리하게 작용했다.

새 황후는 자작 가문 출신으로 황제와 결혼하여 황후에 올랐을 때에는 갓 19살이 되던 때였다. 황제에게는 이미 장성한 자식들이 여럿 있었고, 귀족들의 세력은 두 패로 나뉘어 팽팽하게 힘겨루기를 하고 있었다. 그들은 새 황후로 인해 권력 구도가 바뀌는 것을 원치 않았다.

황제파와 귀족파의 암묵적인 협의로 인해 황후의 자리는 한미한 자작 가문의 영애가 차지하게 되었다. 그녀의 가문은 그녀가 황후의 자리에 오르면서 백작가로 승격되었다. 황태자를 지지하는 황제파와 1황자를 지지하는 귀족파 모두 만족하는 선택이었다.

황후는 충분히 아이를 가질 수 있는 나이였지만 황제의 나이가 너무 많았다. 황후가 기적적으로 황제의 아이를 임신한다고 해도 그 아이가 황자라는 보장은 없었다. 원래 귀족파에 속해 있던 황후와 그녀의 가문은 1황비 소생인 1황자를 전폭적으로 지지하기 시작했다.

1황자는 황태자에 비해 16살이나 많았다. 여러모로 황태자에게 불리한 상황이었다. 황제는 황태자에게 힘을 실어 주기 시작했다.

그 첫 번째 시작이 바로 나였다.

엘리언트 후작가는 대대로 중립을 표방했다. 지금의 후작이 재상이 되고 나서도 그 입장은 바뀌지 않았다. 후작가를 포함해 중립인 가문들은 꽤 많았다. 중립을 표방한 가문 중 가장 으뜸은 단연 엘리언트 후작가였다.

황제파에게나 귀족파에게나 엘리언트 후작가는 그 자체만으로도 탐스러운 열매였다. 귀족파에서는 후작의 옆자리를 노렸다. 후작과 후작 부인의 데면데면한 관계는 그들의 눈에 기회로 비쳐졌을 것이다.

많은 귀족파의 여자들이 후작에게 접근했다. 그들의 접근은 후작 부인이 죽은 후에 더욱 노골적으로 변했다. 개중에는 저택까지 찾아온 여자들도 있었다. 대부분의 여자들은 후작가의 대문도 넘지 못했다. 후작은 다른 여자들에게도 매몰찼다. 그는 상대할 가치도 없다는 듯 여자들의 접근을 허락하지 않았다. 후작의 그러한 태도는 은근히 나에게 희열을 주었다.

황제 또한 후작을 끌어들이기 위해 꽤 공을 들였다고 알고 있다. 후작은 황제를 대함에도 평소의 그와 다름이 없었던 것 같다. 결국 포기한 황제가 목표를 나로 바꾸었다.

황제의 선택은 탁월했다. 나는 엘리언트 후작가만이 아니라 거상으로 이름 높은 피스온 백작가를 외가로 두고 있었다. 부와 권력 무엇 하나 모자람이 없었다. 황제는 나와 황태자를 결혼시켜 아들의 지지 기반을 단단히 하려 했다.

'그 첫 시작이 내 입궁이었지.'

황제는 나를 입궁시킬 핑계가 필요했다. 후작 부인의 죽음은 때마침 적절한 명분이 되어 주었다. 황제는 장례가 끝나자마자 바로 나를 궁으로 불렀다.

황제는 나를 위해 황궁의 마차까지 보내 주었다. 황가를 상징하는 포효하는 황금 사자가 새겨진 커다란 백색 마차였다. 황가를 상징하는 황금 사자가 새겨진 마차를 탈 수 있는 사람은 몇 없었다. 황족 또는 황제가 인정한 사람뿐이었다. 황제가 뜻하는 바는 명백했다.

나는 마차에 올랐다. 마차의 안은 황궁의 마차답게 넓고 안락했다. 내가 자리를 잡고 앉자 후작 또한 뒤따라 마차에 올랐다. 입궁이 처음인 나를 위한 황제의 배려였다. 그는 내 맞은편에 자리를 잡았다. 그는 평소처럼 말이 없었다.

"……."

"……."

그때도 지금과 똑같았다. 나와 후작은 황궁으로 가는 내내 단 한마디의 대화도 나누지 않았다. 나는 혹시 모를 그의 관심을 기대했지만 그는 끝내 황궁에 도착할 때까지 나에게 시선조차 주지 않았다.

지금 생각해 보면 그가 말을 걸어 줄 때까지 기다리고 있을 필요는 없었다. 그와의 대화를 원한다면 내가 먼저 말을 걸면 되는 거였다.

'그가 대답을 해 줄지 아닐지는 별개지만.'

어찌 되었든 꼭 그가 먼저 말을 걸어 주기를 기다릴 필요는 없었다.

'그때의 나는 그에게 먼저 말을 건다는 것은 상상조차 하지 못했지.'

그의 관심을 받고 싶고 그에게 잘 보이고 싶은 만큼 그가 무섭고 어려웠다. 후작과 단둘이 이렇게 좁은 공간에 긴 시간 있었던 것도 그때가 처음이었다. 입궁한다는 사실보다 후작과 단둘이 좁은 공간에 있다는 그 사실이 나를 더욱 긴장하게 만들었다.

문이 닫히고 마차가 움직이기 시작했다. 자동차만큼이나 편안한 승차감이었다. 하지만 편한 승차감과 달리 내 속은 좋지 못했다. 불편한 속은 황궁이 가까워질수록 더 심해졌다.

그때처럼 후작과 단둘이 좁은 공간에 있다는 것에 대한 긴장감이 아니었다. 지금의 나는 그때처럼 진짜 어린아이도 아니었고 후작의 관심을 바라지도 않았다.

내가 이처럼 긴장하는 것은 황궁에 '그'가 있다는 사실 때문이었다.

나는 그를 만나는 것이 두려웠다.

'정확히는 그를 만나 변할 내가.'

지금의 나는 객관성을 유지할 수 있었다. 하지만 그를 만나고 나서도 지금의 나를 유지할 수 있을지는 자신할 수 없었다.

그를 향한 나의 사랑은 너무나 깊고 지독했다. 그 지독함은 때론 공포스럽기까지 했다. 나의 사랑은 그와 그의 주변은 물론 끝내 나 자신까지 해쳤다. 그런 지독한 감정을 제정신으로 감당할 자신이 없었다.

'어쩌면…….'

이러한 나의 생각은 괜한 걱정일 수도 있었다. 그를 만난다고 해도 예전과는 같지 않을지도 모른다. 그때의 나와는 다른 만큼 경우의 수는 다양했다.

내가 이곳에서 살아가는 한 그를 만나는 것을 피할 수는 없었다. 피할 수 없다면 부딪쳐야 했다. 부딪쳐 깨지든 멀쩡하든 그건 그를 만나고 난 이후의 문제였다. 그를 만나기 전까지는 알 수 없는 일이었다.

어쩔 수 없다는 것을 알면서도 입안이 타는 것은 어쩔 수 없었다. 나는 침을 꿀꺽 삼키고 차가워진 손을 쥐었다 폈다.

"다른 이들처럼 너 역시 황후가 되길 바라느냐?"

생각지도 않은 후작의 물음에 나는 정말로 깜짝 놀랐다. 나는 고개를 들어 그를 바라보았다. 그는 진지한 얼굴로 나를 보고 있었다. 그의 눈동자 안에는 내 모습이 고스란히 비쳤다.

이상한 일이었다. 그때의 그는 나에게 말을 걸기는커녕 시선조차 주지 않았었다. 무엇 때문에 그가 이러는지 전혀 알 수가 없었다.

"제 뜻이 중요한가요?"

나는 집무실에서 했던 것과 같은 대답을 했다.

후작은 낮은 한숨을 내쉬었다. 그는 조금 지쳐 보였다. 강철처럼 보이던 그도 며칠 동안 이어진 장례식은 꽤 힘들었던 것 같다. 그사이 살이 빠진 그는 평소보다 더 날카로워 보였다.

"네 뜻을 무시할 생각이었다면 물어보지도 않았겠지."

나는 그가 나에게 말을 걸었을 때보다 더 놀랐다. 그가 내 생각을 물어볼 줄은 상상조차 해 본 적이 없었다. 실제로도 그때의 그는 단 한 번도 내 생각을 물어본 적이 없었다.

"갑자기 제 생각은 왜 물어보시는데요? 지금까지는 물어본 적이 없으시잖아요."

"네 일이니까."

그는 당연하지 않냐는 얼굴로 대답했다. 나는 그를 더욱 이해할 수 없었다. 그때에도 내 일이었다. 황태자비가 되고 황후가 될 때까지도 후작은 나에게 지금과 같은 질문은 하지 않았다.

그에게 무슨 심경의 변화라도 있었던 것일까? 아니면 내가 모르는 무언가가 있었던 것일까?

지금의 나로서는 알 수 없는 일이었다.

"제가 되고 싶지 않다면요?"

"황후가 되고 싶지 않은 게냐?"

"제가 되고 싶지 않다고 하면 안 될 수도 있는 건가요?"

황제의 심중엔 이미 내가 황태자비로 내정되어 있었다. 나에게 큰 결격사유가 없는 한 나는 황태자비가 될 것이다. 그때의 나는 몰랐던 사실이지만 지금의 나는 알고 있었다.

철없던 나는 황태자의 뒤를 쫓아다니기에만 바빠 주변 상황에 대해 알지 못했다. 내가 원했기에 그의 옆자리를 차지할 수 있었다고 생각했다. 당시까지만 해도 내가 원하는 것은 뭐든지 가질 수 있었으니 당연한 생각이었다. 그와 나의 결혼에 이해관계가 얽히고설켜 있다는 사실을 나중에서야 알았다. 그가 나와 결혼한 이유가 나를 사랑해서가 아니라 내가 가진 뒷배 때문이라는 것을 결혼하고 나서야 알게 되었다.

모든 것은 나의 착각이었다. 그에게 깊은 배신감이 들었다. 가슴이 찢어지는 고통은 이루 말할 수가 없었다. 그럼에도 나는 그를 놓을 수 없었다.

내가 그와의 결혼을 원하지 않는다고 해도 황제는 무슨 수를 쓰건 나와 황태자의 결혼을 성사시킬 것이었다.

'지금의 황태자에게 나보다 더 좋은 상대는 없을 테니.'

황태자와 나이대가 맞는 귀족 영애는 많았다. 하지만 그의 뒷배가 되어줄 정도로 권력 있는 집안의 딸은 한 손에 꼽힐 정도로 적었다. 황제가 노망이 들지 않는 이상 내가 황태자비 후보에서 제외될 일은 전혀 없었다.

"어렵겠지."

후작은 깔끔하게 인정했다. 황궁에서 정식으로 혼담을 요청한다면 엘리언트 후작가는 그 혼담을 거절할 명분이 없었다.

나는 이 부분에 있어서만큼은 어느 정도 포기하고 있었다. 내가 아무리 발버둥 쳐도 황태자와의 결혼은 피할 수가 없었다. 후작이 미쳐 황제에게 반기를 들거나 내가 정신 나간 미친년이 되지 않는 한 무리였다. 둘 중에 하나가 미쳐야만 할 수 있는 일이었다.

전자는 당연히 있을 수 없는 일이었고, 후자는 나에게 너무 치명적이었다. 마지막의 마지막까지 몰렸을 때, 죽기 전에야 한 번쯤 시도해 볼 만한 선택지였다.

"어렵다면서 왜 물어보신 건가요?"

상대가 후작이 아니었다면 놀린다고 생각했을 것이다. 후작은 농담이라는 것을 모르는 사람이었다.

그는 대답 없이 창밖으로 고개를 돌렸다. 마차는 어느새 황궁 안으로 들어서고 있었다. 황금 사자가 새겨진 마차는 어떠한 검문도 없이 성문을 통과했다.

마차는 외궁을 지나쳐 내궁 안으로 들어섰다. 내궁 안에서는 어떠한 말도 마차도 달릴 수 없었다. 황금 사자가 새겨진 마차도 예외가 될 수는 없었다. 나는 마차에서 내릴 준비를 했다.

마차의 문이 열리고 후작이 먼저 일어섰다.

나는 바로 그의 뒤를 따랐다. 그는 먼저 내려 나에게 손을 내밀었다. 귀족으로서 몸에 밴 예절이었다.

나는 그의 손을 잡고 마차에서 내리려 했다. 아직 어린 나에게 마차의 높이는 약간 높았다. 나는 약간 휘청거렸고 후작은 나에게 가까이 다가와 내 손을 잡아 주었다. 그와의 거리가 너무 가깝다고 느낀 순간이었다.

"어렵긴 하지만 불가능한 일은 아니지."

"……!"

속삭이듯 작은 후작의 목소리가 내 귓가를 스쳐 지나갔다. 놀란 얼굴로 그를 올려다보았다. 그의 얼굴은 평소와 다름이 없어 도통 무슨 생각을 하고 있는지 알 수가 없었다.

내가 마차에서 완전히 내린 것을 확인한 후작은 마치 아무 일도 없었다는 듯 뒤돌아 걷기 시작했다. 나는 얼떨떨한 기분으로 급히 그의 뒤를 좇았다. 아직도 귓가에 맴도는 그의 목소리가 아니었다면 내가 서서 꿈을 꾼 줄 알았을 것이다.

나는 그가 남긴 말의 의미를 짐작도 할 수 없었다.

'불가능하지 않다니? 내 뜻대로 해 주겠다는 뜻인가? 아니면 다른 뜻이 있는 것인가?'

후작의 생각을 알 수가 없었다.

내가 후작에 대해 고민하고 있는 사이 황제가 있는 알현실에 도착했다.

후작의 얼굴을 확인한 시종이 후작을 향해 고개를 숙였다. 후작 역시 고개를 까딱여 시종의 인사에 답했다.

"폐하, 엘리언트 후작 들었사옵니다."

"들라 하라."

시종이 알현실을 향해 외치자 기다렸다는 듯 안에서 답이 들려왔다. 시종은 알현실의 문을 열고 후작과 나를 문 안쪽으로 인도했다.

"드시지요. 폐하께서 기다리고 계십니다."

후작이 먼저 안으로 움직였다. 나는 그의 뒤를 따라 알현실로 들어갔다. 황궁은 나에게 익숙한 공간이었다. 알현실 또한 마찬가지였다. 이곳에서 나는 그를 처음 보았다. 조금 있으면 그를 보게 될 것이다. 나는 긴장감에 마른 침을 꿀꺽 삼켰다.

알현실 안에는 황제와 황궁의 시종장만이 있었다. 후작은 앉아 있는 황제를 향해 허리를 굽혔다.

"신, 가브리엘 크루터 엘리언트가 제국의 태양께 인사 올립니다."

평소 후작의 성격답게 깔끔한 인사였다. 보통 황제에게 하는 인사에는 갖가지 미사여구가 붙는다. 개개인에 따라 인사말만으로 족히 10여 분을 넘기는 사람도 있었다. 사람들은 미사여구가 많이 붙을수록 예의를 차리는 거라고 생각했다.

후작의 인사말은 미사여구라는 군더더기는 하나도 들어 있지 않았다. 그는 예의는 지키되 쓸데없는 허례허식은 생략했다. 후작의 짧은 인사말은 굉장히 파격적이었다.

그런 그의 모습은 황제에게는 익숙한 듯 보였다. 황제는 후작의 인사말에도 별다른 반응을 보이지 않고 바로 나에게 시선을 돌렸다. 나는 양손으로 드레스를 잡고 무릎을 굽혔다.

"엘리언트가의 장녀, 비욘느 롯사 엘리언트가 제국의 태양께 인사 올립니다."

나는 황제를 향해 천천히 허리를 굽혔다. 내가 평민이나 노예였다면 무릎을 바닥에 꿇고 엎드려 절을 해야 했겠지만 나는 후작가의 영애였다. 허리를 90도 정도 굽히는 것으로 나는 황제에 대한 예의를 다했다.

"허, 누가 재상의 딸 아니랄까 봐 아주 똑같군그래. 안 그런가?"

"제가 보기에도 아주 똑같사옵니다."

"하하하, 아주 똑같아. 아주!"

황제가 유쾌하다는 듯 크게 웃었다.

황제는 그때에도 나를 향해 웃었다. 그때의 나는 황제를 처음 본다는 사실에 잔뜩 긴장하고 있었다. 유모가 알려 준 인사말은 하나도 생각나지 않았다. 나는 더듬더듬 한참이 지나서야 간신히 인사를 마칠 수 있었다. 그런 나를 보며 황제는 귀엽다며 웃었다.

'지금처럼 호탕한 웃음은 아니었지만.'

"후작, 이런 딸을 왜 이제야 보여 주는 건가?"

"황공하옵니다."

즉각적으로 나온 후작의 대답은 하나도 황공하다는 느낌이 아니었다. 황제는 그런 후작의 반응에 별로 개의치 않아 했다. 황제는 나를 향해 손짓했다.

"이리 가까이 오라."

나는 나도 모르게 후작을 바라봤다. 후작은 나를 향해 고개를 살짝 끄덕였다. 나는 천천히 황제에게로 다가갔다.

"그래, 올해 나이가 몇인고?"

"곧 열한 살이 되옵니다."

황제는 나를 요리조리 뜯어보며 나이를 물었다. 지금의 나는 11살의 생일을 며칠 앞두고 있었다. 내 대답을 들은 황제는 매우 흡족해했다.

"딱이루구나 아주 딱이야 허허허"

황제는 연신 웃음을 터트렸다. 그는 그때보다 훨씬 기분이 좋아 보였다. 그때의 황제도 나를 보며 흡족해하긴 했지만 지금만큼은 아니었다.

황제가 나의 조건을 매우 탐내 했었다는 것은 알고 있었다. 그랬기에 황제는 나를 황태자비로 만들었다. 하지만 지금의 황제는 그때보다 훨씬 더 만족해하는 것처럼 보였다. 나는 인사만 한 것뿐인데 대체 어느 부분에서 그가 이렇게까지 좋아하는지 알 수가 없었다.

"폐하, 황태자 전하 들었사옵니다."

"오! 그래, 어서 들라 하라."

심장이 빠르게 요동치기 시작했다. 알현실의 문이 천천히 열렸다. 내 심장은 미친 듯이 날뛰었다. 그때의 나는 스스로를 망가트릴 정도로 그를 사랑했다.

'지금의 나는 그를 사랑할까? 사랑하지 않을까?'

"아바마마를 뵈옵니다."

드디어 그가 모습을 드러냈다.

그는 내 기억과 똑같았지만 동시에 다르기도 했다. 지금의 그는 내가 마지막으로 본 그의 모습보다 훨씬 어린 소년의 모습이었다.

그의 은발이 햇빛을 받아 마치 빛처럼 반짝였다. 아직 앳됨이 남아 있는 얼굴은 티끌 하나 없는 백자처럼 매끈했다. 유려하게 솟은 콧날과 꽃잎처럼 붉은 입술은 자칫 여자아이로 오해할 만큼 아름다웠다.

그의 나이는 올해 14살로 나와는 3살 차이였다. 그는 이 시기의 여느 남자아이들처럼 소년과 청년의 경계선에 있었다. 아직 얼굴에 남아 있는 솜털은 그를 소년처럼 보이게 했고, 검술로 다져진 단단한 몸매는 그를 청년처럼 보이게 했다.

그는 군더더기 없는 동작으로 다가와 황제를 향해 고개를 숙였다. 황제는 함박웃음을 지은 채 그를 맞이했다.

"어서 오거라, 태자."

"제국의 작은 태양을 뵈옵니다."

"엘리언트가의 장녀, 비욘느 롯사 엘리언트가 제국의 작은 태양을 뵈옵니다."

나와 후작은 동시에 황태자에게 예를 올렸다. 그는 정중히 고개를 숙여 인사를 받음으로써 나와 후작에게 예의를 갖췄다.

"태자, 이리로 와 보거라."

황제가 황태자를 향해 손짓했다. 그는 황제의 명령에 따라 나의 곁으로 다가왔다. 그가 다가올수록 내 손바닥에선 땀이 축축하게 배어 나왔다.

"역시! 아주 잘 어울리는 한 쌍이로구나. 그렇지 않은가, 재상?"

후작은 대답하지 않았다. 어찌 보면 꽤 무례한 태도였지만 황제는 후작의 대답을 바라고 한 말이 아니었는지 곧 시종장에게 같은 질문을 했다.

"시종장의 생각은 어떠한가?"

"참으로 아름답게 잘 어울리는 것이 한 쌍의 비익조와 같사옵니다, 폐하."

"비익조라? 하하하, 참으로 잘 어울리는 말이로구나."

황제는 이보다 더 즐거운 일은 없다는 듯 박장대소를 터트렸다. 비익조란 암컷과 수컷에게 눈과 날개가 각각 하나씩 달려 짝을 짓지 않으면 날지 못한다고 알려진 새다. 흔히 애정 넘치는 연인이나 금슬 좋은 부부를 비유할 때 많이 쓰였다.

황제는 자신의 목적을 노골적으로 드러내고 있었다.

"폐하, 아뢰옵기 황송하오나 조회 시간이 다 되었사옵니다."

"이런! 벌써 시간이 다 되었단 말이더냐."

시종장의 말에 황제는 깜짝 놀란 표정을 지었다. 그는 나를 향해 아쉽다는 표정을 지었다.

"영애와 함께 있었더니 내가 시간 가는 줄 몰랐구나."

"황공하옵니다."

내가 이곳에 와서 한 것이라고는 인사밖에 없었지만 일단 황제를 향해 고개를 숙이며 답했다. 황제는 그런 나를 보며 무언가 고민을 하는 듯했다.

"영애를 이대로 보내기는 아쉽단 말이지."

"비사드 궁의 후원에 레이샤 꽃이 만발하였사옵니다. 영애께 후원을 구경시켜 주는 것이 어떻겠사옵니까."

황제의 중얼거림에 시종장이 기다렸다는 듯 냉큼 대답했다. 누가 봐도 짜고 치는 고스톱 같았다. 황제는 좋은 생각이라는 듯 무릎을 탁 쳤다.

"그게 좋겠구나. 영애도 혼자 돌아가는 것보다는 재상을 기다렸다 가는 것이 더 좋을 것이야."

혼자 돌아가는 것이 훨씬 편했다. 솔직한 심정으로는 후원 따위 구경하고 싶지 않았다. 하지만 황제의 말을 거절할 수는 없었다. 황제 말은 권유하는 것처럼 부드러웠지만 명령이나 다름없었다.

황제는 황태자를 돌아보았다.

"안내는 황태자가 하는 것이 좋겠구나. 재상의 업무가 끝날 때까지 네가 영애를 잘 안내하도록 해라."

"네, 아바마마."

그가 황제를 향해 고개를 숙이며 대답했다. 황제는 그런 그를 흐뭇한 시선으로 바라봤다. 나는 가늘게 떨리는 손을 꾹 쥐었다.

"아주 즐거운 시간이었다. 곧 또 보자꾸나."

"황공하옵니다, 폐하."

나는 황제에게 대답할 수밖에 없었다.

황태자가 나에게 손을 내밀었다. 기사가 레이디에게 하는 에스코트였다. 나는 떨리는 손을 간신히 진정시키며 내밀어진 그의 손 위에 얹었다. 감추려고 했는데도 그의 손을 마주 잡고 있는 내 손은 가늘게 떨리고 있었다.

지금의 나는 그때와 똑같았다. 단지…….

'그때의 떨림은 그를 향한 설렘이었고 지금의 떨림은 변해 버릴 나에 대한 두려움이라는 것만이 유일하게 다른 점이지.'

비사드 궁은 내궁 안에서도 안쪽에 위치한 궁으로 넓은 후원과 아름다운 경관으로 유명했다. 제국의 3대째 황제가 꽃을 좋아하는 황후를 위해 사시사철 꽃을 볼 수 있도록 세계 각지의 꽃을 모아 만들었다고 전해졌다. 그래서인지 비사드 궁은 일명 황태자비궁으로 불리며 대대로 황태자비들이 사용해 왔다.

비사드 궁은 오래전부터 비워져 있었다. 황제는 황태자 시절을 겪은 적이 없었고, 지금의 황태자에게는 아직 비가 없었다. 내가 그와 결혼해서 황태자비가 될 때까지 비사드 궁은 오랫동안 주인이 없었다.

황태자는 후원으로 나를 이끌었다. 나는 그가 이끄는 대로 따라갔다.

비사드 궁의 후원에는 시종장의 말대로 레이샤 꽃이 만개해 있었다. 달큰한 레이샤의 향이 후원 전체에 가득했다.

바람이 불자 하얀 레이샤 꽃잎이 춤을 추듯 이리저리 휘날렸다. 마치 함박눈이 내리는 것처럼 장관이었다. 그가 몸을 돌려 나를 바라보았다. 휘날리는 하얀 꽃잎과 은색 머리카락이 마치 한 폭의 그림처럼 어우러졌다. 그때의 나는 이 모습에 넋을 잃고 그를 바라보았었다.

'그리고…….'

그가 천천히 나에게 다가왔다. 그는 내 얼굴을 향해 손을 뻗었다. 하얗고 긴 손가락이 나의 뺨을 가볍게 스쳤다. 그가 나를 향해 싱긋 웃었다. 그의 황금색 눈동자에 내 모습이 오롯이 비쳐졌다.

그가 나에게 뻗었던 팔을 회수했다. 내 뺨에 붙어 있던 꽃잎이 그의 손가락에 잡혀 떨어져 나갔다. 그는 그 꽃잎에 가볍게 입을 맞추고 바람에 날려 보냈다.

그때의 내가 그리 지독한 사랑에 빠졌던 순간이었다.

시리어스 아이산 루우 프리스턴

프리스턴 제국의 황태자이며 훗날 황제가 되는 사람. 내가 미치도록 사랑했던 남자의 이름이었다.

지금 생각해 보면 그가 처음부터 나를 싫어했던 것은 아니었다. 그는 대놓고 다정하지는 않았지만 후작처럼 무심하지도 않았다. 그는 태어나면서부터 황태자로 교육받은 사람이었다. 사람을 대할 때 어떻게 해야 하는지에 있어서는 누구보다 잘 알고 있었다.

그는 적당한 예우로 나를 대했다. 그의 그러한 태도는 약간의 직업병과도 같았던 것 같다. 어린 시절부터 황태자로서 많은 사람들에게 시달림을 받아온 그 나름대로의 처세술이었을 것이다. 나는 그런 그의 예우를 애정이라 착각했다.

그때의 나는 제대로 된 애정을 받아 본 적이 없었다. 예우로 대하는 것과 애정으로 대하는 것의 차이를 몰랐다. 내가 그의 예우를 애정이라 착각한 것은 어쩌면 당연한 일이었다.

내가 그 차이를 알게 된 것은 그에게 사랑하는 연인이 생겼을 때였다. 그가 그녀에게 하는 행동은 다른 사람들을 대할 때와는 확연하게 달랐다. 그녀를 보는 그의 황금색 눈동자는 꿀처럼 달콤했고 습관처럼 굳어진 그의 정형화된 미소도 그녀를 향할 때만큼은 꽃이 만개하는 듯 화려했다.

진짜 애정이 무엇인지 눈으로 보게 된 그때 그를 놔줬더라면 어쩌면 모든 것이 바뀌었을지도 모른다. 하지만 그때의 나는 그것을 인정하려 하지 않았다. 모든 원망을 그가 사랑하는 그녀에게 쏟아부었다.

'애정은 아니었지만 반려자로서 예우는 해 주던 그가 나를 경멸하기 시작한 것은 언제부터였을까?'

그때의 나는 그 원인을 그가 사랑하던 그녀에게서 찾았다. 그녀 때문에 그가 변해 버렸다고 생각했다.

그때의 나는 여전히 인정하려 하지 않았지만 지금의 나는 알고 있다. 그는 그녀를 만나기 훨씬 전부터 나를 경멸하는 시선으로 보고 있었다. 지금의 나도 그때가 정확히 언제였는지는 알지 못했다.

'스스로의 감정에만 치우쳐 그의 변화를 전혀 눈치채지 못한 탓이지.'

나는 그를 사랑한다고 했으면서도 정작 그에 대해서는 알려고 하지 않았다. 모든 것을 내 기준으로 생각하고 판단했다. 그의 상황이나 생각들은 전혀 고려하지 않았다. 그렇게 나는 이기적이고 일방적인 사랑을 했었다.

"아가씨, 황궁에서 또 꽃이 왔어요!"

유모가 레이샤 꽃을 한 아름 들고 들어왔다. 달콤한 꽃 향이 방 안을 순식간에 채웠다. 유모는 희희낙락한 얼굴로 꽃을 둘 장소를 찾아 방 안을 두리번거렸다. 이틀에 한 번꼴로 황궁에서 오는 꽃들로 내 방은 이미 포화 상태가 되었다.

"황태자 전하께서 아가씨가 무척 마음에 들었나 봐요!"

빽빽한 꽃들 사이에서 용케 빈자리를 찾은 유모는 들고 있던 레이샤 꽃을 화병에 꽂아 장식했다. 그녀의 얼굴엔 뿌듯함과 자랑스러움이 자리하고 있었다.

"그런 거 아니야."

나는 지끈거리는 머리를 손가락으로 두드렸다. 황궁에서 돌아온 후부터 생긴 두통이었다. 유모는 황궁에서 꽃이 배달되어 왔다는 사실만으로 황태자가 나에게 꽃을 보냈다고 생각했다. 그때의 나도 유모처럼 나에게 반한 황태자가 보내는 선물이라고만 생각했다. 하지만 이 일은 세상 물정 모르는 두 여자가 생각하는 것만큼 단순한 것이 아니었다.

레이샤는 비사드 궁의 상징 같은 꽃이다. 황태자비를 상징하는 문양이 레이샤 꽃이기 때문이었다.

황궁에서 레이샤 꽃을 나에게 보내는 의도는 명백했다. 황제가 귀족들에게 보내는 일종의 경고였다. 결코 유모의 짐작대로 황태자가 보내는 것이 아니었다.

'황태자는 황궁에서 나에게 꽃을 보내고 있다는 것도 모르겠지?'

황태자와의 혼담이 아직 정식으로 이루어진 것이 아니기 때문에 다른 귀족 가문에서도 후작가에 충분히 혼담을 넣을 수 있었다. 실제로 몇몇 가문에서 은밀히 접선을 시도했었다고 알고 있다. 내가 어떤 사람이냐는 별개로 '엘리언트 후작 영애'는 그 자체만으로도 매력적인 결혼 상대였다.

제국법상 여자는 가문을 이을 수 없지만 사위는 가능했다. 현재 후작의 자식은 나 하나뿐이다. 후작이 후처를 들여 자식을 낳지 않은 이상 엘리언트 후작가는 내 남편이 이을 확률이 높았다. 설사 후작에게 후계자가 생긴다고 해도 나에게는 피스온 백작가가 남아 있었다. 피스온 백작은 슬하에 딸 하나만 두었다. 그 딸이 남긴 유일한 혈육이 바로 나였다. 피스온 백작은 나이가 많았고 백작 부인과의 사이에서는 자식이 없었다. 그의 천문학적인 재산의 일부만 받아도 웬만한 사람들은 평생을 놀고먹을 수 있었다.

사탕에 꼬여 드는 개미 떼처럼 사람들은 나를 탐냈다. 황제 또한 그 개미 떼 중 하나였다. 가장 크고 힘센 왕개미라는 것이 다를 뿐이었다.

황제는 나에게 황태자비의 상징인 레이샤 꽃을 보냄으로써 귀족들에게 자신의 심중을 드러냈다. 아무리 매력적인 결혼 상대라 할지라도 황제와 척을 질 생각이 아니라면 나에게 혼담을 요청할 간 큰 가문은 없었다.

모두들 진실을 모르고 나에 대해 착각을 하고 있었다.

현재 백작 부인은 임신 중이다. 그 아이가 아들이라면 당연히 피스온 백작의 뒤를 이을 것이다. 딸이라고 해도 나보다는 우선권이 있었다. 백작이 죽더라도 재산의 일부는 유산으로 받을 수 있을지언정 작위와 부의 상징과도 같은 상회들은 나에게는 오지 않을 것이다.

'물론 내가 가진 이름의 가치를 내세우지 않는다는 전제하에 말이지만.'

아이가 없다 하더라도 마찬가지였다. 백작에게는 이미 내정된 후계자가 있었다.

후작 부인의 뒤를 따르듯 피스온 백작이 죽은 뒤, 유산 상속이 이루어졌었다. 그는 백작 부인과 나에게 각각 재산의 일부를 유산으로 남겨 주었다. 패물과 금화, 그리고 약간의 땅이 전부였다. 그것만으로도 웬만한 사람들은 평생을 놀고먹을 수 있는 액수였다. 하지만 백작가의 전 재산에 비하면 새 발의 피였다.

백작가의 중심이라 할 수 있는 상회와 영토, 그리고 작위는 그의 후계자에게 넘어갔다. 사람들은 갑자기 나타난 후계자의 존재에 경악했다. 그는 피스온 백작이 소유하고 있던 대부분의 재산을 상속받았다.

피스온 백작가의 방계들이 가장 거세게 반발했다. 그들은 있는지조차도 몰랐던 피스온 백작의 후계자를 인정하려 들지 않았다. 하지만 그들의 반발은 아무런 성과도 없이 불발로 끝나고 말았다. 후계자의 손에는 이미 죽은 백작의 자필 서명이 들어간 합법적인 정식 상속 서류가 들려 있었기 때문이었다. 더불어 그가 등장함으로 인해 가장 손실이 크다고 할 수 있는 두 사람 중에 1명인 백작 부인이 그의 손을 들어 주었다. 방계들은 더 이상 백작의 후계자를 가짜라 몰아붙일 수 없었다. 그들은 상회가 후계자에게 인계되는 과정에서 흔들릴 틈을 노리려 했으나 그것 또한 불가능했다.

후계자는 이미 백작이 죽기 전부터 상회를 장악하고 있었던 것이다. 방계들이 비집고 들어갈 틈은 전혀 없었다.

피스온 백작의 후계자는 알려진 것이 전혀 없었다. 그는 황실 파티에도 모습을 드러낸 적이 없었다. 나 또한 그의 얼굴을 본 적이 없었다. 유모는 어디서 굴러먹다 온 말 뼈다귀 같은 녀석이냐며 펄펄 뛰었지만 그때의 나는 이미 황태자에게 미쳐 있었기 때문에 백작의 후계자가 누군지 알아볼 생각도 하지 않았다.

'관심조차 없었지.'

유산으로 받은 것들도 마찬가지였다. 백작가의 재산 따윈 안중에도 없었다.

나에게 관심의 대상은 오직 하나, 황태자뿐이었다.

무심한 후작과 미쳐 버린 후작 부인에게서 버려지다시피 한 나는 항상 애정에 목말라 있었다. 나는 그 갈증을 황태자를 통해 해소하려 했다. 그가 나만을 바라보길 원했고 나에게만 말 걸기를 바랐다. 오직 나를 위해서만 그가 존재하기를 소원했다. 그런 나를 그가 지긋지긋해한 것은 당연한 일이었다.

그는 나를 경멸하고 끔찍해했다. 내가 그에게 사랑을 갈구할수록 그 정도는 더 심해졌다. 그에게 연인이 생긴 뒤로 나의 집착과 아집은 더욱 심해졌고, 급기야 하지 말았어야 할 일을 해 버렸다.

그 사실을 알게 된 그는 나에게 화조차 내지 않았다. 그는 그저 차갑고 싸늘한 시선으로 나에게 유폐를 명했다. 나는 나를 끌고 가려고 하는 기사들을 뿌리치고 악을 썼다. 내가 무얼 잘못했냐고, 다 그녀 때문이라고 소리치고 욕하고 저주의 말을 내뱉었다.

'너를 처음 만난 그때가 내 인생 최악의 날이었다.'

그는 그 한마디만을 남긴 채, 나를 떠났다. 나는 다리에 힘이 풀려 바닥에 주저앉았다. 기사들이 거친 손길로 나를 질질 끌고 어디론가 끌고 갔지만 이미 나에게는 반항할 힘이 없었다.

내 인생 중 가장 찬란하고 행복했던 순간이 그에게는 최악의 순간이라고 했다. 나의 눈에선 눈물이 줄줄 흘러내렸다. 그의 냉대도 그의 비난도 모두 참을 수 있었지만 그 순간만큼은 참을 수가 없었다.

내 모든 것이었던 그 순간이 그에게 거부당한 것이다.

그때를 떠올리자 몸이 덜덜 떨렸다. 머릿속은 의외로 차분했지만 몸의 반응은 그렇지가 않았다. 나는 팔을 감싸 안으며 몸을 진정시키려 애썼다.

그를 만나기 전, 두려움에 떨었던 것이 무색하게 그와의 만남은 생각보다는 담담했다. 그는 그때처럼 나를 예우를 다해 대해 주었고, 나는 무난하게 대처할 수 있었다.

나는 그를 죽도록 사랑했다. 그를 나의 전부라고 믿었다. 그와의 첫 만남이 아무렇지도 않을 리가 없었다. 비욘느의 심장이 미칠 것처럼 날뛰었다. 그에 반해 이지아의 자아가 머릿속을 차갑게 만들었다. 두 개의 상반되는 감정이 나를 잠식했다. 심장은 여전히 그를 사랑한다고 말했지만 머리는 그 사랑을 거부했다.

그것은 꽤 묘한 기분이었다. 나이지만 내가 아닌 느낌이었다.

"아가씨?"

나는 몸을 일으켰다. 나의 갑작스러운 움직임에 꽃 장식에 여념이 없던 유모가 놀라 나를 불렀다.

"잠깐 산책 좀 하고 올게."

그에 대한 감정은 지금 고민해 봐야 알 수 있는 것이 아니었다. 나는 그와의 만남으로 인해 그때의 나로 돌아가지 않은 것에 만족하기로 했다.

적어도 지금의 나는 사랑에 미치지 않았다.

일단은 그것으로 되었다.

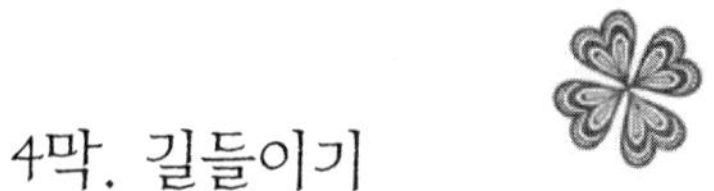

4막. 길들이기

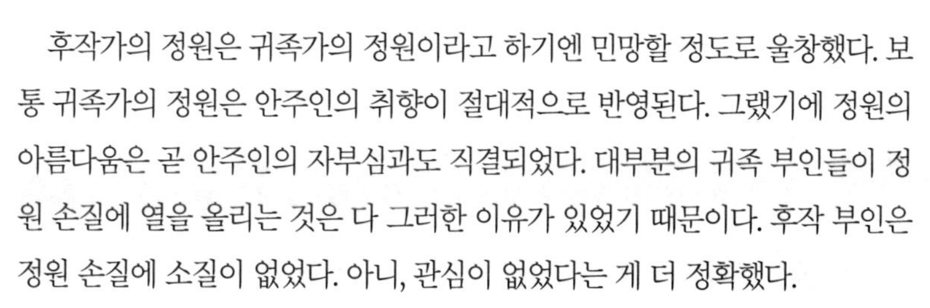

후작가의 정원은 귀족가의 정원이라고 하기엔 민망할 정도로 울창했다. 보통 귀족가의 정원은 안주인의 취향이 절대적으로 반영된다. 그랬기에 정원의 아름다움은 곧 안주인의 자부심과도 직결되었다. 대부분의 귀족 부인들이 정원 손질에 열을 올리는 것은 다 그러한 이유가 있었기 때문이다. 후작 부인은 정원 손질에 소질이 없었다. 아니, 관심이 없었다는 게 더 정확했다.

'하긴, 그녀가 후작 말고 관심을 가진 것이 있기는 한 건지 모르겠군.'

나는 천천히 정원을 거닐었다. 푸른 잔디가 사각사각 소리를 내며 밟혔다. 따스한 햇살 아래로 기분 좋은 바람이 불어왔다. 나는 지금의 여유를 만끽했다.

비욘느와 이지아의 공통점은 둘 다 참 바쁘게 살았다는 점이다. 비욘느는 사랑에 미쳐 바빴고 이지아는 먹고살아야 하는 생활에 바빴다. 참 오랜만에 느껴 보는 느긋함이었다.

부스럭.

눈을 감고 햇살을 만끽하고 있는데 나뭇가지 흔들리는 소리가 들려왔다. 내가 있는 곳은 정원 중에서도 저택 안쪽에 위치한 오로지 저택의 안주인만을 위한 정원이었다. 이 정원에 무단으로 들어올 수 있는 사람은 없었다. 심지어 가문의 주인인 후작도 안주인의 허락 없이는 불가능했다.

후작 부인이 없는 지금 이 저택의 안주인은 나였다. 나는 방해를 받고 싶지 않아 유모는 물론 시녀들도 모두 물린 상태였다.

나는 침입자를 찾아 두리번거렸다.

열 발자국 정도 떨어진 곳에 있는 덤불이 이리저리 흔들리고 있었다. 나는 덤불 가까이 다가갔다.

내 키만 한 덤불은 장미 덩굴과 비슷하게 생긴 식물이었다. 장미 덩굴처럼 뾰족한 가시가 날카롭게 솟아 있었다. 나는 가시가 나지 않는 부분을 잡고 손으로 슬쩍 밀었다. 단단하게 얽힌 덩굴은 꿈쩍도 하지 않았다. 덩굴이 다시 크게 흔들렸다. 나는 한 발자국 뒤로 물러나 덩굴 속을 유심히 관찰했다. 혹시나 위험한 동물이 튀어나오지 않을까 바짝 긴장했다.

무언가 작고 검은 덩어리가 덩굴 속에서 움직였다. 그것의 움직임에 따라 덩굴이 휘청거렸다. 검은 덩어리는 덩굴 속에서 빠져나오려고 발버둥 치는 것처럼 보였다.

나는 잠시 도와줄까 말까 고민했다. 덩굴의 가시는 매우 날카로워 보였다.

'아픈 건 별론데.'

고민은 길지 않았다. 나는 덩굴의 가시를 몇 개 제거해서 덩굴의 줄기를 손으로 잡기 쉽게 만들었다. 검은 덩어리의 정체가 궁금해졌다.

기사들이 철통같이 지키고 있는 저택 안에 있는 정원이었다. 위험한 동물이 들어와 있을 리는 없었다. 나는 가시가 제거된 줄기를 잡아 힘껏 당겼다.

틈이 벌어지자 검은 덩어리가 데굴데굴 굴러 나왔다. 토끼나 너구리 같은 작은 짐승을 생각했었는데 내 생각보다 덩어리는 조금 더 컸다. 더구나 토끼나 너구리 같은 짐승도 아니었다.

덩굴에서 빠져나온 덩어리는 작은 어린아이였다. 여기저기 상처투성이인 것이 덩굴 안에서 꽤 고생한 듯 보였다. 웅크리고 있는 아이는 너덧 살 정도로 보였다.

웅크리고 있던 아이가 고개를 들었다. 암갈색 눈동자가 마치 버려진 강아지처럼 보였다.

'꼭 또롱이 같잖아.'

아이의 암갈색 눈동자는 이지아로서 살았을 때 키웠던 또롱이를 생각나게 했다. 또롱이는 암갈색 눈동자에 금갈색 털을 가진 이지아의 반려견이었다. 꼬리를 흔들며 내 뒤를 졸졸 따라다니던 기억이 생생하게 떠올랐다.

"……."

"……."

아이가 경계심 가득한 눈으로 나를 올려다보았다. 나는 고개를 숙여 통통한 아이의 볼을 꾹 눌렀다.

"……!"

쭈그려 앉아 있던 아이가 놀라 뒤로 벌러덩 넘어졌다. 나는 쪼그려 앉아 아이를 내려다보았다.

아이의 눈동자에는 혼란스러움이 가득했다. 아이의 표정은 마치 주변에 물음표가 떠다니는 것이 저절로 연상될 만큼 노골적이었다. 괜히 웃음이 나왔다.

나는 엄지와 검지로 아이의 볼을 잡아당겼다. 찹쌀떡처럼 말랑말랑하고 차졌다.

조금 세게 잡아당겼는지 아이의 암갈색 눈동자에 물기가 서렸다. 소리 내어 울지도 못하고 글썽거리는 암갈색 눈동자가 먹이를 앞에 두고 내 명령을 하염없이 기다리던 또롱이와 꼭 닮아 있었다.

'왠지 몹쓸 취미에 눈을 뜰 거 같아.'

나는 애들을 괴롭히며 희열을 느끼는 변태는 아니었는데 왠지 이 아이는 괴롭히는 맛이 났다. 반응도 즉각적이었고 이지아의 어린 시절을 함께했던 반려견 또롱이를 생각나게 했다. 더불어 흙과 나뭇잎으로 지저분해 보이는 아이의 머리카락은 후작과 똑같은 군청색이었다.

"찾았어?"

"아니, 안 보여."

"대체 그 쪼만한 것이 어디로 숨은 거야?"

또다시 아이의 볼을 잡아당겨 볼까 손을 가까이 대려 하는데 주변에서 사람들의 말소리가 들려왔다.

나는 갑작스레 들이닥친 불청객들에게 살짝 짜증이 났다. 내가 있는 곳은 내 명령 없이는 아무도 들어올 수 없는 곳이었다. 그런 내 공간에 내가 허락하지 않은 누군가가 침범한다는 것은 불쾌한 일이었다.

"무슨 일이지?"

"헉!"

"아가씨!"

나는 몸을 일으켰다. 내가 있다는 것을 상상조차 못 한 시녀들이 화들짝 놀라 허리를 숙였다.

"무슨 일이냐고 물었다."

"저…… 그, 그것이……."

시녀들은 서로의 눈치를 보며 대답을 미뤘다. 나는 그녀들을 노려봤다.

"지금 내 허락도 없이 내 정원에 들어왔으면서 대답도 없다? 나를 무시하는 것으로 봐도 되겠지?"

"아, 아닙니다!"

"잘, 잘못했습니다."

"용서해 주세요, 아가씨!"

시녀들이 바닥에 주저앉아 빌었다.

나는 슬쩍 내 발밑에 벌러덩 누워 옴짝달싹 못 하고 있는 아이를 보았다. 아이는 불안에 흔들리는 눈동자로 나를 올려다보고 있었다.

내 키만 한 덤불로 인해 시녀들은 미처 아이를 보지 못한 듯했다. 설사 봤다 하더라도 나 때문에 정신이 없을 것이다. 그녀들은 벌벌 떨며 이마를 바닥에 대었다.

"자비를 베풀어 주세요, 아가씨."

"잘못했습니다. 용서해 주세요."

굳이 대답을 듣지 않아도 그녀들이 여기까지 온 이유가 이 아이 때문이라는 것을 알았다. 나는 슬쩍 치맛자락을 펼쳐 혹시라도 그녀들이 아이를 볼 수 없도록 했다.

"시끄러우니까 가 봐."

"죄송……. 네?"

시녀들이 놀라 고개를 들었다. 나는 그녀들을 향해 손을 휘저었다.

"시끄러우니까 가 보라고. 이 일은 유모한테 말해 둘 테니까 혼날 준비 단단히 하도록 해."

"감…… 감사합니다, 아가씨!"

"감사합니다!"

"빨리 가기나 해."

그녀들은 서로 눈치를 주고받더니 다시 바닥에 고개를 숙였다. 나는 그런 그녀들을 향해 빨리 가라고 윽박질렀다. 그녀들은 내 마음이 변할세라 서둘러 내게 인사하고 사라졌다.

그녀들이 사라진 것을 확인한 나는 다시 내 발밑에 있는 아이를 바라보았다. 아이는 여전히 같은 자세로 어느새 내 치맛자락을 꼭 쥐고 있었다. 나는 다시 쭈그려 앉아 아이와 눈을 맞췄다.

'흐음.'

시녀들이 이 아이를 찾으려고 후작 부인의 정원까지 들어온 것은 그만큼 이 아이가 그녀들에게 중요하다는 뜻이었다. 물론 내가 여기 있을 거라고는 짐작조차 못했기에 가능한 일이긴 했다. 평소 나는 정원에 잘 나오지 않았다. 더구나 여기는 안주인, 즉 후작 부인의 정원이다. 그녀들은 오랫동안 방치되어 온 정원에 내가 있을 거라고는 상상조차 하지 못했을 것이다.

"자, 너를 어떻게 할까?"

나는 검지를 들어 아이의 볼을 툭툭 건드렸다. 아이의 암갈색 눈동자가 이리저리 흔들렸다.

아까도 느꼈지만 아이의 탱탱한 볼은 찹쌀떡보다도 차졌다. 만지는 재미가 쏠쏠했다. 나는 아이의 볼을 다시 잡아당겼다. 아이의 보들보들한 볼은 탄력 있게 늘어났다. 이 감촉에 중독될 것 같았다.

"너 왜 나왔니?"

아이는 아무 말이 없었다. 두 눈엔 눈물이 그렁그렁한데도 신음조차 흘리지 않았다. 내가 아이에 대해 전혀 모르고 있었다면 벙어리라 착각했을 것이다.

'란트 베이런 엘리언트.'

아이의 이름이었다.

씨 도둑질은 못 한다는 말처럼 란트는 암갈색 눈동자를 제외하면 후작과 너무나 흡사했다. 마치 후작의 미니어처를 보는 듯했다.

후작은 후작 부인이 죽은 지 얼마 지나지 않아 란트를 데리고 왔다. 그때의 나는 란트가 저택에 오고 한참이 지난 후에야 그 사실을 알았다. 유모는 분통을 터트리며 울었다. 후작 부인이 불쌍하다며 몇 날 며칠을 통곡했다.

나는 란트가 미웠다. 그의 자식은 나 하나뿐이라는 자존심에 금이 갔다. 더구나 란트는 나와는 달리 누가 봐도 후작의 자식임을 단번에 알 수 있을 정도로 그를 쏙 빼닮았다. 후작이 란트의 거처를 별관에 마련한 것도 마음에 들지 않았다. 나에게는 후작이 그만큼 란트에게 신경 쓰고 있다는 뜻으로 해석되었기 때문이다.

나는 황태자비가 되어 황궁에 입궁하기 전까지 란트를 괴롭혔다. 시녀들을 시켜 음식에 장난질을 치는 것을 물론, 별것 아닌 일로 트집을 잡아 하인들을 시켜 흠씬 두들겨 패기도 했다. 그런 나를 말리는 사람은 아무도 없었다.

나는 공공연하게 황태자비로 내정되어 있던 상태였다. 감히 내 심기를 거스를 수 있는 사람은 없었다. 오히려 사람들은 나에게 잘 보이기 위해 자발적으로 란트를 괴롭혀 댔다.

나를 말릴 수 있는 유일한 사람인 후작은 그때에도 아무런 반응을 보이지 않았다. 내가 란트를 괴롭히는 것을 모르지 않았을 텐데도 그는 다른 때와 마찬가지로 침묵으로 일관했다. 나는 더욱 기고만장해서 란트를 괴롭혔다.

란트는 내 악의적인 괴롭힘을 묵묵히 견뎠다. 하인들의 몽둥이찜질에도 비명 한마디 내지르지 않았다. 나는 그런 란트의 모습에 더 날뛰었다. 내가 아무리 애정을 갈구해도 눈썹 하나 꿈쩍하지 않는 후작을 보는 것 같아 더 화가 치밀었다.

란트의 몸에서는 상처가 가실 날이 없었다. 평생 지워지지 않을 심각한 상처들도 생겼다. 한번은 죽을 뻔한 적도 있었다. 그런데도 그런 나를 말리는 사람은 아무도 없었다.

'생각해 보면 이상한 일이란 말이지.'

란트는 엘리언트가의 하나뿐인 후계자다. 후작은 단 한 번도 후계에 대해 언급하지 않았지만 란트 말고는 엘리언트가를 이을 사람은 없었다.

엘리언트 후작가는 대대로 손이 귀한 집안이었다. 전대 후작은 혼자였고, 지금의 후작인 그에게는 나와 란트밖에 없었다. 후작에게 동생이 1명 있었다고 하지만 꽤 오래전에 죽었다고 들었다.

나는 여자라서 가문을 이을 수 없다. 내가 결혼하면 내 남편이 이을 수는 있지만 그 방법은 가문을 이을 남자가 단 1명도 남아 있지 않았을 때의 이야기였다. 더구나 그때의 내 남편은 황태자였다. 후작이 재혼을 해서 아들을 낳거나 양자라도 들이지 않는 한 다음 대 엘리언트 후작은 란트였다.

후작은 란트를 자신의 아들이라고 공표하지 않았다. 란트의 엄마가 누군지도 밝히지 않았다. 그는 그저 란트를 별관에 데려다 놓고 귀족으로서 필요한 공부만 시켰다. 하지만 말하지 않았다고 해서 모를 사람은 아무도 없었다. 후작을 축소해 놓은 것 같은 란트를 후작의 아들이 아니라고 말할 사람은 아무도 없었다.

그때의 나는 란트를 미워했었다. 지금의 나는 란트를 보며 나의 반려견이었던 또롱이를 떠올릴 뿐이다. 나는 내 괴롭힘으로 붉게 물든 란트의 볼을 쿡 눌렀다.

"너 말이야. 예전의 나였으면 이 정도로 안 끝났다? 시녀들이 나랑 마주치면 안 된다고 하지 않던?"

란트는 여전히 묵묵부답이었다.

'누가 그 아버지에 그 아들 아니랄까 봐 반응 없기는 부자가 아주 똑같네.'

나는 여전히 바닥에 누워 있는 란트의 팔을 잡아당겨 일으켜 세웠다. 아이는 순순히 일어났다. 나는 아이의 몸에 묻은 흙을 털어 주었다. 워낙 몰골이 엉망이었던지라 털어 주는 티도 나지 않았다. 나는 팡팡 소리가 날 정도로 세게 흙을 털었다.

"윽……."

노리고 한 행동은 아니었지만 드디어 란트가 처음으로 반응을 보였다. 묘한 쾌감이 느껴졌다.

'이러다 진짜 S의 세계에 눈을 뜨는 거 아니야? 위험한데…….'

"흠흠, 상처부터 치료해야겠다."

찬찬히 본 란트의 상처는 생각보다 심각했다. 덩굴의 가시가 꽤 날카로웠던 모양이었다. 대체 왜 시녀들을 피해 가시덩굴로 기어 들어갔는지는 모르겠지만 치료가 우선이었다.

나는 란트의 손을 잡고 내 방으로 가려다 멈췄다. 내 방에 가면 시녀들을 통해 치료를 할 수 있겠지만 지금 내 방 안에는 유모가 있었다.

"어쩐다……."

유모는 그때의 나와 마찬가지로 란트를 미워했다. 후작 부인이 죽은 것이 란트의 탓이라고 생각하는 듯했다. 유모는 란트를 보자마자 난리 칠 것이 분명했다. 란트를 데리고 내 방에 갈 수는 없었다. 유모에게 들키지 않고 란트를 치료할 방법을 찾아야 했다. 유모의 짱알거림은 지금의 나도 꽤 괴로운 일이었다.

시녀들을 찾아가도 유모의 귀에 들어갈 것은 자명했다. 시녀 말고 란트를 치료할 수 있는 사람이 누가 있을지 고민했다. 고민은 길지 않았다. 이 집안에서 유모를 두려워하지 않을 사람은 몇 없었다.

"가자."

나는 란트의 손을 잡고 움직였다. 란트는 순순히 내 뒤를 따랐다. 커다란 암갈색 눈이 나를 향하고 있었다.

'……기분이 이상하네.'

란트가 진짜 또롱이같이 느껴졌다. 나를 보며 힘차게 꼬리를 흔들고 신뢰 가득한 눈동자로 내 뒤만 졸졸 따르던 내 강아지 말이다.

'아, 이렇게 자꾸 맘 약해지면 안 되는데…….'

나는 란트의 작은 손을 꼭 쥐었다.

내가 알기로 란트는 나보다 4살이 어렸다. 얼마 전 내 11번째 생일이 지났으니 란트는 올해 7살이었다. 나는 걸으면서도 란트를 찬찬히 살펴봤다. 7살이면 초등학교를 입학하기 바로 전이었다. 란트는 아무리 봐도 네댓 살 정도로밖에 보이지 않았다. 내 기억에 청년이 된 란트는 꽤 컸었다. 지금의 후작보다도 큰 키와 떡 벌어진 어깨, 검술로 다져진 탄탄한 근육은 웬만한 성인 남성을 압도할 정도였다.

후작과 꼭 닮은 얼굴에 남자들의 이상향 같은 몸매를 가진 란트는 귀족 영애들에게 꽤 인기가 많았다. 내 눈치를 보느라 아무도 대놓고 언급한 적은 없었지만 모두 은연중에 란트가 후작이 될 거라 생각했다.

'이렇게 작은 란트가 그렇게 커다랗게 변한다니.'

새삼 성장의 힘이 대단하게 느껴졌다. 내가 그렇게 괴롭혀 댔는데도 그만큼이나 자란다면 잘 먹이면 더 자랄지도 모른다.

"아직도 못 찾았어?"

"어쩌지? 집사님이 아시면 큰일이야."

"대체 이 망할 꼬맹이는 어디로 간 거야."

란트가 움찔거리는 것이 느껴져 왜 그러나 하고 멈춰 섰더니 저 멀리서 시녀들의 대화 소리가 들려왔다. 꽤 멀리 있는 것 같은데 란트는 용케도 알아챘다. 그나저나 아까도 그렇고 지금도 그렇고 이 녀석은 왜 이렇게 시녀들을 피하려고 하는 건지 모르겠다.

나는 아직 란트를 괴롭힌 적이 없다.

'아, 정정해야겠다.'

아직도 붉은 기가 가시지 않은 란트의 볼을 보니 양심이 좀 찔렸다. 여하튼 볼을 꼬집은 것 말고는 딱히 괴롭힌 적이 없다. 유모나 시녀들은 나와 란트가 만난 사실도 몰랐다. 지금 상황에서 란트를 괴롭힐 사람은 아직 없을 터였다.

"다시 찾아봐. 나는 저쪽에 가 볼 테니."

"혹시라도 후작님이나 집사님이 아시게 되면 어쩌지?"

"아시기 전에 찾아야지!"

"빨리 찾아야 돼. 아가씨가 아시게 되면 더 큰일 난다고."

"망할 꼬맹이! 잡히면 가만 안 둘 테다."

시녀들의 기척이 사라졌다. 란트는 고개를 숙인 채 움직이지 않았다. 나는 란트의 손을 힘주어 잡아끌었다. 버티고 서 있지 않을까 했던 우려와 달리 란트는 선선히 나를 따랐다.

란트가 시녀들을 피하는 이유를 알 것 같았다. 란트에 대해 말하는 시녀들은 결코 아이에게 호의적이지 않았다. 란트는 딱 봐도 후작의 혈연이라는 것이 확연하게 보였다. 그런 란트를 시녀들이 함부로 할 수 있을 리가 없다.

그럼에도 그녀들은 마치 란트가 골칫덩이라도 되는 듯 말했다. 란트가 사고뭉치에 개차반 같은 아이였다면 이해할 수도 있었겠지만 지금까지 란트의 행동들로 보건대 시녀들에게 함부로 했을 리가 없었다. 란트는 매우 얌전한 아이였다.

'이 집에서 뭔가 내가 모르는 일이 일어나고 있군.'

무관심한 주인들로 인해 집 안에서 일어나고 있는 일들은 전적으로 집사와 유모가 관리하고 있었다. 특히 시녀들은 유모의 관할 아래에 있었다. 조만간 무슨 일인지 알아봐야겠다고 생각했다.

나는 시녀들의 동선을 피해 란트를 이끌고 본관으로 들어갔다. 어수선한 밖과 달리 본관 안은 조용했다. 시녀들은 란트가 이곳에 들어왔을 거라고는 생각하지 않는 듯했다. 란트가 이곳에 들어왔다고 해도 시녀들은 대놓고 이 아이를 찾지 못할 것이다. 이곳은 후작과 집사, 그리고 내가 있는 곳이었으니까.

내 목적지는 2층에 있었다. 나는 계단을 향해 움직였다. 나선형으로 뻗은 계단은 각각 다른 방향으로 이어져 있었다.

오른쪽 계단을 오르면 나와 후작 부인의 방이 있는 복도가 나왔다. 왼쪽 계단을 오르면 후작의 집무실과 그의 침실이 있는 복도가 나왔다. 두 공간은 바로 연결되어 있지 않았다. 나나 후작 부인의 방에서 후작의 집무실로 가려면 1층으로 내려와 다시 왼쪽 계단을 이용해야 했다. 나는 란트의 손을 잡은 채 왼쪽 계단을 올랐다.

복도에는 1층과 마찬가지로 아무도 없었다. 나와 란트는 후작의 집무실까지 아무도 마주치지 않고 갈 수 있었다. 집무실 문 앞에는 항상 지키고 서 있던 기사들도 없었다. 후작 부인을 막기 위해 지키고 서 있던 기사들이니 그녀가 사라진 지금 굳이 지키고 있을 이유가 없어진 것이다.

나는 굳게 닫혀 있는 집무실 문을 두드렸다. 대답과 함께 문이 열렸다.

"아가씨?"

문을 열어 준 집사는 나를 보고 놀란 듯했다. 나는 그를 밀치며 안으로 들어갔다. 집무실 안에는 후작이 서류를 보고 있었다. 나는 집무실 안에 있던 소파로 란트를 이끌었다.

"아가씨, 대체 무슨 일인가요?"

집사는 나와 란트를 번갈아 보며 물었다. 나는 대답 없이 란트를 소파에 앉힌 후 집사에게 요구했다.

"가서 약 좀 가져와."

"잠시만 기다리십시오."

집사는 란트의 엉망인 몰골을 보고 고개를 끄덕였다. 그는 재빨리 밖으로 나갔다. 나는 소파에 얌전히 앉아 있는 란트 앞에 섰다. 아이의 군청색 머리카락엔 아직도 나뭇잎들이 덕지덕지 붙어 있었다. 나는 살살 나뭇잎들을 떼어 주었다.

한참을 열중해서 나뭇잎을 떼고 있는데 어디선가 시선이 느껴졌다. 고개를 드니 후작이 나를 빤히 바라보고 있었다.

"무슨 일이지?"

저번부터 느꼈던 것이지만 후작은 확실히 이상해졌다. 내가 그렇게 란트를 못살게 괴롭혀 댔는데도 그때의 후작은 관심조차 보이지 않았었다. 그런데 후작은 지금 관심을 보일 뿐만 아니라 무려 질문까지 하고 있었다.

"다녀왔습니다."

내가 대답할 새도 없이 집사가 돌아왔다. 집사는 약뿐만 아니라 물수건과 붕대도 함께 들고 왔다. 집사는 탁자에 들고 온 것들을 펼치고 란트를 찬찬히 살펴봤다.

"날카로운 것에 긁힌 상처들이로군요."

노련한 집사는 단번에 란트의 상처가 왜 생겼는지 알아냈다. 그는 물수건을 들어 란트의 얼굴과 목, 팔 부분을 꼼꼼하게 닦아 주었다.

"볼도 조금 부은 것 같은데, 혹시 누구에게 맞은 건가요?"

나는 뜨끔했다. 집사는 심각한 얼굴로 란트의 얼굴을 자세히 살폈다. 어찌 되었든 란트는 후작가의 핏줄이다. 그런 란트가 이 집 안에서 누군가에게 맞았다는 것은 심각한 일이었다.

집사의 시선이 나에게로 향했다. 나는 그런 집사의 시선을 피해 고개를 돌렸다.

"……."

'젠장.'

후작과 눈이 딱 마주치고 말았다. 그의 푸른 눈동자가 진지하게 나를 응시하고 있었다. 나는 결국 실토할 수밖에 없었다.

"나야."

"네?"

"감촉이 말랑말랑한 것이 재미있어서 좀 잡아당겼는데 그렇게 되더라고."

집사가 어처구니가 없다는 듯 나를 바라봤다. 나는 그런 그에게 당당하게 말했다.

"애가 피부가 많이 약한가 봐. 집사가 신경 좀 써 줘."

나는 뻔뻔하게 나가기로 했다. 저런 집사의 표정은 처음이다.

또르륵.

눈동자 굴리는 소리가 들리는 것 같은 착각이 들 정도로 란트의 암갈색 눈동자가 노골적으로 움직였다.

또르르륵.

무표정한 얼굴과 달리 케이크에서 눈을 떼지 못하는 아이의 모습에 웃음이 나왔다. 폭신한 시트 위에 하얀 생크림을 올리고 꿀에 절여 반짝반짝해진 과일을 색색별로 장식해 놓은 케이크는 내가 보기에도 퍽 먹음직스러워 보였다.

놀리듯 케이크가 담긴 접시를 멀찌감치 옆으로 밀자 란트의 암갈색 눈동자가 또다시 케이크를 따라 동글동글 움직였다.

"꿀꺽."

"쿡."

란트의 작은 목이 꿀렁거리며 침 넘기는 소리가 요란하게 울렸다. 나는 결국 참지 못하고 웃음을 터트리고 말았다. 놀리는 것을 그만두고 아이의 앞으로 접시를 밀어 주자 아이가 눈을 동그랗게 뜨고 케이크와 나를 번갈아 보았다.

"먹어 봐."

허락의 말이 떨어졌음에도 아이는 선불리 움직이지 않았다. 조막만 한 머리에 김이 모락모락 나는 착각이 일 정도로 고민하고 있는 것이 눈에 보였다.

"어서."

덥석!

역시나 아이는 아이였던지 란트의 갈등은 길지 않았다. 재촉하듯 아이의 코앞까지 접시를 밀어 주자 고사리 같은 손이 덥석 케이크를 움켜쥐었다. 하나의 예술품처럼 우아한 자태를 뽐내고 있던 케이크가 작은 폭군의 악력에 의해 처참하게 뭉개졌다.

"천박스럽게……."

"역시 태생은 숨기지 못하나 봐."

한쪽에 대기하고 있던 시녀들이 란트의 우악스러운 행동에 비소를 지으며 수군거리기 시작했다. 그녀들의 비아냥거림에 움켜쥔 케이크를 입으로 가져가던 아이의 행동이 얼어붙은 듯 멈춰 버렸다.

'이건 좀 곤란한데.'

얼굴은 물론 귀 끝까지 새빨개진 모습이 안쓰러우면서도 귀엽게 보였다.

'자꾸 괴롭혀 주고 싶은 마음이 드는 것을 보니 확실히 S 기질에 눈을 뜬 것인지도…….'

얼굴을 붉히며 어쩔 줄 몰라 쩔쩔매는 아이는 귀여웠지만 아이를 저렇게 만든 시녀들은 곱게 보이지 않았다.

'내가 괴롭히는 것은 괜찮지만 남이 괴롭히면 싫단 말이지.'

"나가."

"네?"

"두 번 말하게 하지 말고 좋은 말로 할 때 나가. 당장!"

"실, 실례하겠습니다, 아가씨."

싸늘한 내 표정과 어투에 화들짝 놀란 시녀들이 재빠르게 응접실을 빠져나갔다.

문이 닫히고 침묵이 내려앉았다. 아이는 여전히 얼굴과 귀를 새빨갛게 물들인 채, 고개를 숙이고 있었다. 아이의 시선 끝에는 크림이 잔뜩 묻은 손가락이 꼬물거리고 있었다.

"하아."

내 한숨 소리에 아이가 몸을 움찔거리는 것이 보였다. 그 모습에 또다시 나오려는 한숨을 참고 크림이 묻은 군청색 머리카락으로 손을 가져갔다.

흠칫!

란트가 눈을 질끈 감으며 순식간에 몸을 웅크렸다. 아이의 갑작스런 행동에 내가 더 놀랄 정도였다.

아이에게로 뻗던 손을 물리고 조용히 바라보았다. 양팔로 감싼 얼굴과 동그랗게 말려 덜덜 떨고 있는 몸은 단 하나의 사실을 알려 주고 있었다.

'폭행을 당한 건가?'

란트가 지금까지 어떻게 살아왔는지 모르겠지만 확실한 것은 결코 아이에게 좋은 환경은 아니었다는 것이다.

"곤란하단 말이지."

나도 모르게 손가락으로 탁자를 두드리며 중얼거리자 아이의 몸이 더욱 웅크려지는 것이 보였다. 아픈 몸을 말고 낑낑거리던 또롱이의 얼굴이 아이의 모습 위로 겹쳐 보였다.

'정말 곤란해…….'

"하아."

결국 참고 있던 한숨을 내쉬고 말았다. 다른 이들과 깊게 관계를 맺을 생각은 없었지만 이런 모습을 보고도 무심히 내버려 둘 수는 없는 노릇이었다.

'뭐, 어린아이 하나 곁에 둔다고 해서 달라질 것은 없겠지.'

마음이 흐르는 대로 란트의 머리 위로 손을 올렸다. 아이의 떨림이 손바닥을 통해서 전해졌다. 아이의 몸이 진정되기를 기다리며 천천히 군청색 머리카락을 쓸어 주었다. 실크처럼 부드러운 머리카락의 감촉이 나쁘지 않았다.

"……."

시간이 어느 정도 지났는지는 모르겠지만 아이의 몸이 더 이상 떨리지 않았다. 나는 몸을 숙여 아이의 귓가에 속삭였다.

"배고프지 않니?"

꼬르륵.

타이밍 좋게 기다리고 있었다는 듯 대답이 들려왔다. 진정되는 듯 보였던 아이의 귀 끝이 순식간에 빨개지는 것이 보였다.

"고개 좀 들어 보지 않을래?"

새빨간 장미 꽃잎 같은 귀를 톡톡 치며 속삭이자 아이가 무릎 사이로 얼굴을 더욱 깊숙이 묻어 버렸다.

"저런, 나는 거절에 익숙하지 않은데. 얼굴을 안 보여 주면 나는 그냥 가 버릴지도 몰라. 어쩌면 다시는 이곳에 안 올지도 모르지."

내 말이 끝나기가 무섭게 둥글게 몸을 말던 아이의 움직임이 멈췄다.

"나 그냥 갈까?"

도리도리.

여전히 얼굴을 들지는 않았지만 아이가 세차게 도리질을 했다. 아이가 나에게 호의를 품고 있다는 것은 이미 알고 있었다. 란트는 살갑게 다가온다거나 나를 반기지는 않았지만 내가 별관을 찾을 때마다 나에게서 시선을 떼지 않았다. 순한 암갈색 눈동자는 마치 주인을 쫓듯 내 모습을 좇아 움직였다.

'마치 내 강아지처럼 말이지.'

두 손으로 아이의 머리를 잡고 천천히 들어 올렸다. 아이의 얼굴이 내 힘에 이끌려 순순히 올라왔다.

"아."

"……."

영문도 모르면서 아이의 작은 입술이 나를 따라 벌어졌다. 나는 아이의 뺨에 묻은 크림을 손가락에 찍어 그 틈으로 넣어 주었다.

"……!"

"맛있지?"

암갈색 눈동자가 휘둥그레졌다. 나는 여전히 벌어져 있는 아이의 입안으로 크림이 잔뜩 묻은 케이크 조각을 넣어 주었다.

"……!"

아이가 여전히 눈을 동그랗게 뜬 채, 두 손으로 자신의 입을 가렸다.

"왜, 맛없어?"

도리도리.

"그럼 왜 입을 가려?"

란트는 대답 대신 눈동자를 굴리다 고개를 푹 숙였다. 아이가 고개를 숙이기 전, 닫힌 문을 향해 시선을 주는 것이 보였다. 마치 문 뒤에 있을 누군가의 눈치를 보듯 말이다.

"란트."

내 부름에 아이가 고개를 들었다. 나는 보란 듯이 크림이 묻은 손가락을 쪽 빨았다. 마치 누군가가 들어와 혼내기라도 할 듯, 란트가 새파랗게 질린 얼굴로 나와 문을 번갈아 바라보았다. 아이의 걱정과 달리 문은 여전히 굳게 닫혀 있었지만 말이다.

"혼내 줄까?"

"……."

"내 말 한마디에 무서워하며 벌벌 떠는 거 봤지?"

나를 향한 암갈색 눈동자에 혼란이 서렸다.

"네가 원한다면 그녀들을 혼내 줄게. 혼내 줄까?"

마치 악마가 유혹하듯 속삭였다. 란트가 울상을 지으며 고개를 저었다.

"왜? 그녀들이 너를 비웃었잖아."

붕붕 소리가 들릴 정도로 란트의 고개가 세차게 돌아갔다.

"잘못을 저질렀으면 벌을 받아야지. 이곳에서 너에게 못되게 구는 것은 아주 큰 잘못이란다."

"……파요."

"뭐?"

처음으로 듣는 란트의 목소리였다. 그때의 기억이 있기에 란트가 벙어리가 아니라는 것은 알고 있었지만 아이는 이곳에 온 후 지금까지 단 한 번도 입을 열지 않았다.

"……아파요."

나는 잘게 떨리는 아이의 몸을 보듬어 안았다. 축축한 물기가 드레스 앞섶을 서서히 적셔 갔다. 아이의 말투는 느리고 더듬거렸지만 그 안에 담긴 의미는 가슴속에 박혔다.

"혼, 혼나면 아파요."

"……그래, 네가 싫다면 혼내지 않을게."

아이의 작은 등을 쓸어내리듯 토닥였다.

"란트는 착한 아이구나."

막힌 댐이 뚫리듯 란트의 울음소리가 커졌다. 문밖에서 잠시 부산스러운 소리가 들렸지만 아무도 응접실 안으로 들어오지는 않았다.

'내가 란트를 괴롭힌다고 생각하나 보군.'

그들이 무슨 생각을 하건 어떤 오해를 하건 상관은 없었다. 지금 내 최대의 관심사는 내 품 안에서 서럽게 우는 아이였으니까.

더구나 아이의 눈물은 나의 화를 불러일으켰다.

'조만간 정리를 좀 해야겠는걸.'

내가 함께 있는데도 란트를 노골적으로 무시한다는 것은 저택에 있는 모든 이들이 아이를 무시하고 있다는 소리와 같았다.

'우선은 내 강아지에게 필요한 것부터 챙겨야겠지만.'

"응어리진 것을 모두 쏟아 내렴, 내 강아지야."

내…… 강아지.

이곳에서 처음으로 '나'의 것이 생겼다.

쪼르륵.

숨 막힐 것 같은 적막 가운데 차 따르는 소리가 유난히 크게 울렸다.

"그럼, 이야기 나누십시오."

교본의 표본과도 같은 몸놀림으로 나와 후작 앞에 찻잔을 내려놓은 집사가 자신의 할 일은 끝났다는 듯 후작의 뒤로 물러섰다.

후작은 나에게는 시선도 주지 않은 채, 찻잔을 들어 올렸다.

'미모가 되니까 차 마시는 동작도 한 폭의 그림 같군.'

밋밋한 무늬의 하얀 찻잔이 마치 명품이라도 되는 듯 후작의 군청색 머리카락과 무척 잘 어울렸다.

'아! 후작가에서 쓰는 찻잔이니 밋밋해 보여도 명품이려나?'

"무슨 일이냐?"

쓸데없는 생각으로 멍하니 있으려니 어느새 찻잔을 내려놓은 후작이 나를 바라보고 있었다. 살짝 치켜 올라간 눈초리, 조각을 깎아 놓은 것 같은 매끄러운 턱선, 오뚝한 콧날, 약간은 얇은 듯하지만 남자다움이 느껴지는 입매. 과연 씨 도둑질은 못 한다더니 후작의 모습은 기억 속의 어른이었던 란트와 거의 흡사했다.

'이번엔 절대 저런 얼음덩이로 키우지 말아야지.'

그때의 란트는 무뚝뚝함이 후작보다 더하면 더했지 결코 덜하지 않았다. 순진무구하고 동글동글한 암갈색 눈동자가 저렇게 차갑게 변한다고 생각하니 저절로 인상이 써졌다.

"무슨 일이냐고 물었다."

후작의 한쪽 눈썹이 위로 치켜 올라갔다.

나는 탁자 위에 놓여 있던 찻잔을 들어 한 번에 찻물을 들이켰다. 뜨거운 찻물이 단숨에 식도를 넘어 위를 뜨끈하게 데웠다. 뜨거운 차는 서늘했던 몸을 단숨에 덥히는 효과를 불러왔다. 몸에 밴 예절로 소리 없이 찻잔을 내려놓은 후작과 달리 나는 쾅 소리가 나게 찻잔을 내려놓았다.

"선생이 필요해요."

후작의 눈썹이 또다시 꿈틀거렸다. 그가 나에게서 시선을 떼고 자신의 뒤에 서 있는 집사를 바라보았다.

"아가씨께는 이미 예절과 교양을 비롯해 역사, 수학, 신학 등 많은 교육 선생이 계십니다."

집사의 말대로 나에게는 많은 선생이 붙어 있었다.

'선생들의 수업을 귓등으로도 듣지 않는 것이 문제라면 문제지만.'

종류별로 많은 선생을 붙여 준 것에 비해 후작은 내 교육에 그다지 관심이 없었다.

'뭐, 나에 관해 뭔들 관심이 있었겠냐마는.'

아무리 선생으로 초빙되었다고는 하지만 후작 영애인 나를 함부로 대할 수 있는 사람은 없었다. 대부분의 선생들은 내 눈치를 보기에만 바빴고 그나마 열정이 있던 선생들은 제멋대로인 내 행동에 질려 스스로 나가거나 나에게 강제로 쫓겨 나갔다.

'한마디로 제대로 된 선생이 없다는 말이지.'

집사의 대답에 후작이 나를 바라보았다. 그의 얼굴에선 여전히 아무런 감정도 보이지 않았다. 후작이 무슨 생각을 하고 있는지는 알 수 없었지만 적어도 내 부탁을 거절할 거라는 생각은 들지 않았다.

노련한 집사 덕에 비워져 있던 후작과 내 찻잔에 어느새 찻물이 채워져 있었다. 나는 방금 전과는 달리 예의 바른 몸짓으로 찻잔을 들어 올려 차향을 음미했다.

"각 분야 최고의 선생으로요."

"이유는?"

"교육 좀 시키려고요."

찻잔을 들어 올리던 후작이 움직임을 멈추고 나를 바라봤다. 그의 푸른 눈동자에 약간이지만 의아함이 서리는 것이 보였다.

그가 찻잔을 내려놓고 나를 주시했다. 나는 찌르는 듯한 그의 시선을 느끼며 찻물을 입안에 머금었다.

"누구를 말이냐?"

"란트요."

조용히 후작의 뒤에서 시립하고 있던 집사의 몸이 움찔거리고 후작의 미간에 살짝 금이 간 것이 보였다.

"무슨 생각인 게냐?"

"말 그대로 란트를 교육할 최고의 선생들이 필요해요."

그가 알 수 없는 눈빛으로 나를 뚫어져라 바라보았다. 나는 그의 시선을 피하지 않고 마주했다.

"더불어 제 교육 선생들은 전부 해고해 주세요."

그의 미간에 서려 있던 금이 진해졌다. 나는 예법에 한 치의 어긋남도 없는 움직임으로 찻잔을 소리 없이 내려놓았다. 황후로 살았던 몇 년이 헛된 일은 아니었던 듯 어린아이의 몸임에도 불구하고 내 움직임은 물 흐르는 듯 우아하고 자연스러웠다.

"제 부탁, 들어주시리라 믿습니다."

할 말은 모두 끝났다. 후작은 무언가를 생각하는 듯 아무 말이 없었다. 나는 조용히 일어나 문을 향해 몸을 틀었다.

"어째서냐?"

후작의 물음에 돌아선 상태로 걸음을 멈췄다.

"어째서 그 아이에게 관심을 갖는 게냐?"

뒤를 돌아보자 그의 푸른 눈동자가 나를 똑바로 직시하고 있었다.

"제 것이니까요."

"……뭐?"

후작이 이해할 수 없다는 듯 미간을 찌푸렸다. 나는 그를 향해 활짝 웃어주었다.

"저는 제 강아지가 누군가에게 무시당하는 것을 참을 수 없어요. 그래서 최고로 만들 생각입니다. 그러니 협조해 주세요."

나는 란트를 엘리언트 후작으로 만들 생각이었다. 그것을 위해 아낌없는 투자는 당연한 일이었다. 지금은 아직 어리고 귀여운 강아지지만 훗날 내 강아지는 그 누구도 쉽게 볼 수 없는 강한 야수가 될 것이다. 그리고 엘리언트 가문은 야수의 날개가 되어 줄 터였다.

내 강아지를 야수로 키울 생각을 하니 벌써부터 짜릿했다. 상상만으로도 저절로 미소가 지어질 정도로 말이다.

'그래, 어차피 다시 살게 된 인생. 뭐 하나는 내 맘대로 해도 되잖겠어. 그게 내 강아지가 된 건 뭐, 란트 팔자소관이지.'

물론 그 전에 '누나는 하늘이다'라는 말부터 세뇌해 놔야겠지만.

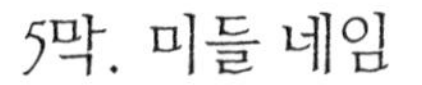

5막. 미들 네임

하늘을 올려다보았다. 하늘은 구름 한 점 없이 파랬다. 티끌 하나 없이 맑은 하늘빛이 너무 눈이 부셔 눈을 감아 버렸다. 후작 부인이 죽고 벌써 4년이 지났다. 3개월 뒤에는 그녀의 5주년 기일이다.

'내 열여섯 살 생일도 그만큼 남았던가.'

그때처럼 황태자의 성인식에서 나와 그의 약혼식이 거행되었다. 황제는 약혼식과 함께 결혼식까지 진행시키려 했지만 1황자 측에서 거세게 반발했다. 표면적으로는 내 나이가 어리다는 것이 이유였지만 시간을 벌려 하는 것임을 알 만한 사람은 다 알고 있었다. 그들의 입장에서는 남은 시간이 시간이니만큼 나와 황태자의 약혼이 깨지길 바라는 마음도 어느 정도 있었을 것이다.

황제는 한발 물러섰다. 그는 내가 성인이 될 때까지 기다리기로 했다. 그때의 황제는 내 성인식이 되자마자 기다렸다는 듯 나와 황태자의 결혼을 진행시켰다. 이대로 그때처럼 된다면 나는 16살의 생일날, 성인식을 맞는 것과 동시에 황태자비가 될 것이다.

"……비욘느."

누군가 내 어깨를 강하게 잡았다. 나는 놀라 눈을 떴다. 빛으로 실을 짠 듯 반짝이는 은색 실타래가 눈앞을 가득 채웠다.

"무슨 일이에요?"

그의 황금빛 눈동자엔 걱정이 가득 서려 있었다. 그는 굳은 얼굴로 찬찬히 내 안색을 살폈다.

"어디가 안 좋습니까?"

그때의 나였다면 나를 걱정하는 그의 모습에 뛸 듯이 기뻤을 것이다. 하지만 지금의 나는 심장만 조금 저릴 뿐 아무런 느낌이 들지 않았다.

'그의 친절에 착각하지 마.'

그는 황태자로서 교육받은 대로 몸에 밴 친절로 약혼자인 나를 대하는 것이다. 맑은 하늘 같던 그녀를 향한 그의 눈빛을 알고 있다. 따스하고 꿀처럼 달콤한 그의 미소를 기억하고 있다.

'착각하지 말아야 한다. 그의 사랑은 내가 아니야.'

이미 알고 있는 사실을 끊임없이 되새김질했다. 심장의 저림이 서서히 멈췄다.

"아무래도 안 되겠습니다. 궁의를 부르겠습니다."

그가 몸을 일으키려고 했다. 나는 급히 그의 팔을 잡았다.

"괜찮습니다."

그가 나를 돌아보았다. 나는 힘주어 다시 말했다.

"궁의를 부르실 필요 없습니다, 전하."

"안색이 좋지 않습니다."

그는 궁의를 부르기 위해 다시 몸을 일으키려 했다. 나는 그의 팔을 잡고 있던 손에 힘을 주었다.

"괜찮습니다. 잠시 현기증이 났을 뿐입니다."

황태자는 내 얼굴과 자신의 팔을 붙잡고 있는 내 손을 번갈아 보았다. 그는 이내 작게 한숨을 내쉬었다.

"정말로 괜찮은 겁니까?

"네, 괜찮습니다. 심려를 끼쳐 드려 송구합니다, 전하."

나는 잡고 있던 그의 팔을 놓았다. 그는 한참 동안 말이 없었다. 나는 그와 단둘이 있는 이 시간이 부담스러웠다.

나는 일주일에 두세 번 황태자와 티타임을 빙자한 만남을 가져야 했다. 저택 안에서 두문불출하던 나에게 내린 황제의 명령이었다. 그때의 나는 하루가 멀다 하고 그를 찾아 황궁을 들락거렸다. 황제가 굳이 나에게 그와의 만남을 명령할 필요가 없었다.

그때의 그는 나를 매우 귀찮아했다. 그는 예의를 갖춰 나를 대했지만 건성이었다. 그의 태도는 뻔히 보이는 것이었지만 이미 눈에 콩깍지가 씌어 있던 나는 그것을 알지 못했다.

지금의 그는 그때와는 조금 달랐다. 그때보다 정중했고 다정했다.

'내가 바뀌었기 때문일까?'

그럴지도 모른다. 지금의 나는 그를 한 번이라도 더 보기 위해 황궁을 내 집처럼 들락거리지도 않았고 그에게 관심 보이는 여자들을 괴롭히지도 않았다.

단지 그것만으로도 그의 걱정 어린 관심을 받을 수 있다니, 그때의 내가 한심해질 정도였다.

"우리가 약혼한 지도 벌써 이 년이 지났군요."

그의 성인식에서 약혼식도 올렸으니 2년하고도 반년이 훌쩍 넘었다. 그가 씁쓸한 얼굴로 웃었다.

"내가 무슨 실수라도 했습니까?"

그가 나에게 실수한 것은 없었다. 그는 약혼자로서 정중히 나를 예우해 주었고 언제나 다정했다.

그게 문제라면 문제였다. 차라리 예전처럼 무심하게 대해 주었다면 이 미련을 잘라 내기가 훨씬 쉬웠을 것이다. 그의 다정한 눈빛과 말투는 자꾸 내 심장을 자극했다.

"말해 주십시오. 내가 당신에게 잘못한 것이 있습니까?"

"당치도 않은 말씀을 하십니다. 전하께서 잘못하신 일은 없습니다."

나는 그의 시선을 피하며 대답했다. 머리는 차가운데 심장은 뜨겁다. 차라리 그를 보지 않는다면 훨씬 편할 텐데 현실은 녹록지 않았다.

"그럼 단지 나와 있는 시간이 불편한 겁니까?"

갑작스런 그의 질문에 고개를 들었다. 어느새 그는 나에게 바짝 다가와 있었다. 그의 얼굴에선 아무런 감정이 나타나 있지 않았다. 방금 전까지 다정했던 표정은 온데간데없었다.

"대답해 보세요. 비욘느, 내가 불편합니까?"

그는 화가 난 것 같기도 하고 아닌 것 같기도 했다. 그의 얼굴만 봐서는 당최 그가 무슨 생각을 하고 있는지 알 수 없었다. 그저 그의 황금빛 눈동자만이 눈에 박혔다. 형형하게 빛나는 그의 눈동자 안에 내 모습이 고스란히 비쳤다.

'딱, 불안에 떨고 있는 애처로운 여자의 모습…….'

찬물을 들이켠 듯 정신이 번쩍 들었다.

습관이란 때론 무서운 것이다. 오랜 세월 그의 눈치를 보던 기억은 나를 소심하게 만들었다

나는 그때처럼 그의 마음에 들기 위해 안절부절못하던 소녀가 아니다. 그의 곁에 있고 싶지도 않고 그의 사랑을 바라지도 않았다. 내가 그를 두려워할 일은 아무것도 없었다. 나는 그의 눈동자를 똑바로 직시했다.

"불편하다고 하면 이 만남을 지속하지 않아도 되는 건가요?"

"하!"

그가 웃었다. 기가 막힌다는 표정이 역력했다. 그가 웃음을 멈추고 나를 직시했다. 그의 황금빛 눈동자가 어둡게 가라앉았다. 그의 몸에서 소리 없는 압박감이 흘러나왔다. 나는 그 압박감에 지지 않기 위해 치마를 꾹 말아 쥐었다.

"나는 그대의 약혼잡니다. 알고는 있습니까?"

"약혼이란 깨질 수도 있는 겁니다, 전하."

그는 한동안 나를 가만히 바라보기만 했다. 그의 얼굴에선 여전히 어떠한 감정도 떠오르지 않았다. 밝은 햇빛 아래에서 보이는 그의 하얀 피부는 밀랍 인형을 연상시켰다.

무거운 침묵이 계속되던 가운데 드디어 그가 움직였다. 그는 느릿한 움직임으로 상체를 뒤로 빼 의자 등받이에 기댔다. 그의 긴 다리 한쪽이 자연스레 나머지 한쪽 위로 올라갔다. 앉은 자세만 바꿨을 뿐인데 그의 분위기가 판이하게 달라졌다.

"지금 그 말이 무슨 뜻인지는 알고 하는 겁니까?"

그가 미소를 지었다. 그린 듯이 우아하고 아름다운 미소였다. 그의 자세만 보면 여유롭고 느긋해 보였다. 하지만 그를 마주 보고 있는 나는 긴장감으로 식은땀이 날 정도였다.

분명 그는 웃고 있는데 마치 누군가 내 목에 칼을 들이밀고 있는 것 같았다. 입안이 바짝 말라 목이 탔다. 눈앞에 반쯤 마시다 남은 차가 보였지만 차마 손댈 엄두가 나지 않았다. 나는 간신히 입을 열었다.

"잘 알고 있습니다."

그는 아무 말 없이 나를 바라보았다. 그의 황금빛 눈동자가 나를 관찰하듯 훑어 내렸다. 마치 실험실의 개구리가 된 것 같아 수치스러웠다. 나는 주먹을 힘껏 말아 쥐었다.

"그 말은 나와 파혼을 하고 싶다는 뜻입니까?"

"그렇습니다, 전하."

"어째서요?"

"전하를 사랑하지 않기 때문입니다."

"하하하."

그가 소리 내어 웃었다. 그 소리는 청량할 정도로 맑았다.

"그대가 이렇게 재미있는 사람일 줄은 미처 몰랐습니다. 사람 놀리는 재주가 있군요."

"농담 아닙니다만."

그가 웃음을 멈췄다. 그의 붉은 입술 한쪽이 호선을 그리며 천천히 올라갔다. 명백한 비웃음이었다.

"사랑이라……. 순진한 건지 순진한 척하는 건지 모르겠군요."

황족이나 귀족들 중 사랑하는 사람과 결혼하는 사람은 극히 드물었다. 결혼은 결혼하는 당사자들만의 일이 아니라 가문과 가문의 결합이었고 서로의 이해관계를 공고히 하기 위한 수단이었다.

나 또한 귀족 영애로 태어나 그 특권을 누리고 살았으니 가문을 위해 황태자와 결혼하는 것이 맞았다. 하지만 그 끝이 비극임을 이미 알고 있다. 이대로 흘러가는 대로 따르고 싶지 않았다.

황태자와 약혼식을 올린 뒤, 몇 번을 생각해 봤지만 아무리 고민해도 그와의 결혼을 피할 방법을 찾을 수가 없었다. 피할 수 없으면 차라리 그녀가 나타나 그가 사랑에 빠질 때를 기다렸다가 폐위시켜 달라고 해 볼까 하는 생각을 해 보기도 했다. 여러 가지 대안 중, 그나마 가장 성공 확률이 높아 보이는 방법이었다.

하지만 역시 가장 좋은 건 아예 그와 결혼하지 않는 것이었다. 인생은 짧다. 내 시간을 헛되게 소비하고 싶지 않았다.

"제 꿈은 사랑하는 사람을 만나 알콩달콩 백년해로하는 겁니다."

사랑하는 사람을 만나 사랑받고 아낌받으며 알콩달콩 오랫동안 함께 사는 평범하다면 평범할 수 있는 꿈. 이지아는 알고 그때의 비욘느는 모르는 행복을 나는 반드시 가지고 싶었다.

"전하의 옆에 있을 사람이 꼭 저일 필요는 없지 않습니까?"

그의 입가엔 여전히 미소가 걸려 있었다. 마치 재롱떠는 애완동물을 보는 듯 그는 재미있어 보였다. 나는 멈추지 않고 계속 말을 이었다.

"조건에 맞춰 한 약혼이 아닙니까. 보다 좋은 조건의 아가씨가 있다면 전하께도 더 좋은 것이 아니겠습니까?"

나는 황태자가 황제가 되기 위해 더할 나위 없이 좋은 조건을 가지고 있었다. 유서 깊은 가문과 재물, 그리고 권력까지 어느 하나 부족한 것이 없었다. 하지만 이러한 조건을 가진 것이 나만 있는 것은 아니었다. 그가 사랑했던 그녀 역시 조건은 나와 비슷했다. 단지 만난 시기만 달랐을 뿐이다. 그게 우리들의 비극이었다.

"다시 한 번 찾아보시는 것이 어떻겠습니까. 저와 비슷한 조건에 인간성까지 좋은 여자가 있을지도 모르는데요."

"그대보다 더 좋은 조건은 없습니다, 비욘느."

그의 목소리는 마치 사랑을 속삭이듯 낮고 달콤했다. 그의 눈이 반달처럼 휘어졌다. 얼굴은 여전히 웃고 있었지만 눈동자는 시리도록 차가웠다.

"정말 없다고 장담하십니까?"

나는 그와의 결혼을 막기 위해 최선을 다할 생각이었다. 다른 사람들의 시선이나 평가 따위는 애초에 안중에도 없었고 더 이상 그에게 잘 보일 필요도 없었다.

'지금의 나는 그때의 내가 아니었으니까.'

"원하신다면 제가 딱 맞는 아가씨로 찾아 드릴 수도 있습니다만."

"하…… 좋아요. 백번 양보해서 그대 말대로 그대보다 조건이 좋은 사람이 있다고 칩시다. 그래서요?"

'그래서는 무슨. 더 좋은 사람에게 가야지!'

내가 막 입을 열려는 것을 그가 손을 들어 막았다. 나는 열려던 입을 다물었다.

"우리는 이미 약혼식을 올렸습니다. 그대는 이미 내 약혼녀입니다."

"하지만……."

그의 하얗고 긴 손가락이 내 얼굴을 향해 다가왔다. 나는 놀라 하려던 말조차 잊고 굳어 버렸다. 그가 천천히 내 얼굴을 감싸 쥐었다.

"더 쉽고 간단한 방법이 있지 않습니까?"

그의 얼굴이 나를 향해 천천히 다가왔다. 너무 가까워진 거리에 고개를 뒤로 빼려 했지만 단단한 그의 손아귀에 잡혀 꼼짝할 수 없었다.

"나를 사랑하세요, 비욘느."

그의 얼굴이 더욱 가까워졌다. 시원하면서 달큰한 스피어민트 향과 함께 그의 옅은 숨결이 느껴졌다.

마차의 문이 닫히고 얼마 후 마차가 움직이기 시작했다. 나는 쥐고 있던 주먹을 천천히 풀었다. 손바닥에는 손톱자국처럼 생긴 상처 아래로 붉은 피가 배어 나왔다.

그의 입술이 닿기 직전 나는 그의 키스를 가까스로 피할 수 있었다. 그는 처음부터 키스할 생각이 없었다는 듯 잡고 있던 내 얼굴을 순순히 풀어 주었다.

나는 그의 뺨을 치려 손을 올렸지만 바로 그의 손아귀에 잡혔다. 그는 잡힌 내 손등을 자신의 입술에 가져다 대었다. 그 일련의 행동을 하는 중에도 그의 황금빛 눈동자는 내 얼굴에서 한 치도 눈을 떼지 않았다.

'사냥감이 도망가면 쫓아가는 것이 사냥꾼의 본능입니다. 나는 꽤 유능한 사냥꾼이지요. 그러니 나를 자극하지 않는 게 좋을 겁니다, 나의 비이.'

그것은 명백한 경고였다.

내가 알던 황태자는 항상 예의 바르고 진중했다. 그의 입가엔 항상 온화한 미소가 있었고 말투는 나직하고 정중했다. 그는 결코 오늘처럼 위험한 분위기를 풍기는 남자가 아니었다. 오늘의 그는 그때의 나를 대하던 그와도, 사랑하던 그녀를 대하던 그와도 달랐다. 그때의 그와 오늘의 그는 완전히 다른 사람 같았다.

마차는 어느덧 저택 앞에서 멈췄다.

나는 내릴 생각도 못 하고 한참 동안 그대로 앉아 있었다. 혼란스럽고 당황스러웠다. 파혼하자는 내 말에 그가 순순히 동의하지 않으리라는 건 이미 알고 있었다. 그는 아직 그녀를 만나기 전이었고 지금의 그에겐 내가 가진 조건들이 필요했다.

'순순히 동의했다면 오히려 그게 더 놀랄 일이지.'

나는 그가 불쾌해할 거라고 생각했다. 어쩌면 화를 낼지도 모른다고 생각했다. 하지만 그의 그러한 모습은 상상조차 해 본 적이 없었다. 오늘의 그는 마치 먹잇감을 노리고 있는 맹금 같았다.

"먹잇감이라……."

웃음이 나오려고 했다. 오늘의 나는 그의 앞에서 한낱 먹잇감으로 전락하고 말았다. 천적을 앞에 둔 초식동물처럼 그 기에 눌려 옴짝달싹하지 못했다.

'분해.'

반질거리게 잘생긴 그 얼굴에 한 방 후려갈기지 못한 것이 너무도 분했다. 손이 막혔으면 발로라도 걷어찼어야 했다. 순발력 없는 이 육체가 오늘처럼 한탄스러운 적은 없었다.

나는 지금까지 내 미래를 바꾸기 위해 적극적으로 움직이지 않았다. 여전히 한 편의 극을 보고 있는 것처럼 방관하는 면이 없잖아 있었다. 미래를 바꾸기 위해 굳이 아등바등 살고 싶지 않았다. 큰 격동 없이 모든 것이 자연스레 흘러가기를 바랐다. 괜히 미래를 바꾼답시고 일을 벌여 귀찮은 일에 말려드는 것을 원치 않았다.

그가 그녀를 만나 사랑에 빠지면 나는 그녀에게 자리를 내주고 내 인생을 찾을 생각이었다. 사랑하는 사람을 만나 알콩달콩 백년해로하는 것도 좋았고 친구 같은 동반자를 만나 편안한 노후를 보내는 것도 좋았다. 내가 그를 사랑하지만 않는다면 충분히 가능한 일이라고 생각했다.

하지만 오늘의 그가 내 안에 잠자고 있던 승부욕에 불을 지폈다. 더 이상 지금까지처럼 얌전히 지내고 싶지 않았다. 사냥꾼만이 사냥을 할 수 있는 것은 아니다.

'사냥꾼도 사냥감에게 당할 수 있음을 반드시 알려 주고 말 테다!'

마차의 문을 박차고 내렸다. 문 앞을 서성이던 마부가 화들짝 놀라는 모습이 보였다. 나는 거침없는 발걸음으로 저택 안으로 들어갔다.

"아가씨, 다녀오셨어요?"

본관으로 들어서자 마리가 재빨리 다가와 내 외투를 받았다. 예전의 어리바리했던 모습과는 판이하게 다른 모습이었다.

4년 전 엘리언트가의 고용인들은 대대적으로 물갈이가 되었다. 그리고 물갈이가 되는 중심에는 나를 키워 준 유모가 있었다.

란트를 본 유모는 못마땅하다는 표정을 숨기지 않았다. 그녀는 후작 부인이 자살한 이유가 란트 때문이라고 생각했다. 유모의 그러한 마음을 잘 알고 있었기에 나는 굳이 그녀에게 란트에게 잘 대해 주라는 말은 하지 않았다. 그저 그녀가 란트를 무시하는 것으로 만족하려 했다.

후작 부인이 죽은 후, 유모는 항상 내 곁에 있었다. 나의 일거수일투족을 챙겼고 간섭했다. 그녀의 그러한 행동들이 후작 부인을 잃은 외로움이라는 걸 알았기에 귀찮았지만 참아 주었다. 유모는 성격이 유하다고는 할 수는 없었지만 나쁜 사람은 아니었다. 그녀는 부모에게 방치된 나를 키워 주었고, 그때의 내가 황후에서 폐위되어 유폐되기 전까지 내 곁을 지킨 유일한 사람이었다.

'웬만하면 같이 가고자 했는데…….'

그날은 참 이상한 날이었다. 나는 잠을 자다 새벽에 깨게 되었다. 밖은 매우 어두웠고 동이 트려면 멀었지만 잠은 더 이상 오지 않았다. 할 일은 없고 매우 심심해졌다. 나는 오랜만에 란트를 보기 위해 아이의 방을 찾았다.

란트의 방은 내 지시로 별관에서 본관으로 옮겨진 후였다. 유모의 방해로 내 방과는 꽤 떨어진 곳이었지만 어차피 같은 건물 안이었다. 늦은 새벽이었기에 란트는 이미 잠들어 있을 시간이었다. 아이의 잠든 모습밖에 보지 못하겠지만 개의치 않았다.

나는 혹시나 유모에게 들킬세라 살금살금 란트의 방으로 다가갔다. 유모는 내가 란트를 만나는 것을 질색했다.

그녀는 내가 란트를 만날라 치면 온갖 핑계를 대며 방해했다. 유모의 등

쌀에 한동안 란트를 보지 못했다. 나는 오랜만에 내 강아지를 볼 생각에 들떠 있었다.

들떴던 마음이 경악으로 바뀐 것은 한순간이었다. 순하고 어여쁜 내 강아지는 시녀들과 하인 몇몇에게 둘러싸여 괴롭힘을 당하고 있었다. 그들은 란트에게 언어폭력은 물론 잠을 잘 수 없도록 끊임없이 건드려 댔다. 육체적 폭력은 없었지만 그 이상의 정신적 폭력이었다.

나는 저택을 발칵 뒤집었다. 소리를 질러 모두를 깨웠다. 집사는 물론 후작까지 뛰어왔을 정도였다. 란트를 괴롭히던 시녀와 하인들이 바닥에 꿇어앉았다. 그들은 벌벌 떨며 자신들은 사주를 받았을 뿐이라고 말했다. 그들이 지목한 사람은 내 유모였다.

그녀는 뻔뻔했다. 오히려 나를 향해 화를 냈다.

'아가씨가 제게 이러시면 안 됩니다.'

'마님께서 왜 돌아가셨는데!'

그녀는 악을 썼다. 유모는 란트를 잡아먹을 것처럼 노려보았다. 나는 그녀의 적의에 소리 내어 울지도 못하고 떨고만 있던 란트의 손을 잡아 주었다.

'저런 찢어 죽여도 시원찮을 사생아 따위를 왜!'

그녀는 원망 가득 찬 핏발 선 눈으로 나를 보았다.

그때에도 유모는 나에게 말했다. 후작 부인을 죽인 것은 란트다. 란트가 후계자가 되면 나는 끈 떨어진 연 신세가 될 것이다. 란트를 낳은 여자가 후처로 들어올지도 모른다 등등. 그녀가 내 귀에 쏟아부은 독은 내 귀를 막고 내 눈을 멀게 만들었다.

그때의 나는 란트가 어떤 아이인지도 모른 채, 미워하고 증오했다. 그 아이를 괴롭히면 괴롭힐수록 내 자리가 굳건할 거라는 말도 안 되는 착각을 했었다.

나는 유모가 자중하길 바랐다. 내가 전면에 나서지 않는다면 그녀가 란트에게 손을 댈 수 없을 거라고 생각했다. 낳은 어미가 누구든 란트는 후작가의 핏줄이었고 고용인들이 함부로 할 수 있는 존재가 아니었다. 내가 너무 안일하게 생각했었다는 걸 깨달았다. 유모는 선을 넘어 버렸다.

내정에 무관심으로 일관하던 후작이 이 일을 계기로 내정에 관여하기 시작했다. 그동안 안주인의 부재로 공공연하게 자행되던 폐해들이 속속들이 드러났다. 공금으로 몰래 사유재산을 챙긴 것은 애교에 속할 정도였다. 후작이 고용인들에게 빼어 든 칼날은 날카롭고 매서웠다. 그는 단단히 결심한 듯 손속에 자비가 없었다. 대다수의 고용인들이 해고되거나 감옥으로 끌려갔다.

'오늘 일을 반드시 후회하실 날이 올 겁니다, 아가씨.'

유모가 떠나면서 마지막으로 남긴 말이었다. 나는 차마 그녀를 감옥에 넣을 수 없었다. 후작은 못마땅한 표정을 지었지만 내 부탁을 들어주었다. 그녀는 그렇게 저택을 떠났다.

"아가씨?"

가만히 서 있는 나를 마리가 불렀다. 그날 대부분의 시녀들이 해고되었고 집사는 몇 남지 않은 시녀와 하녀들을 본관으로 불러 재교육을 시켰다. 마리도 그때 본관으로 배치받은 사람 중 1명이었다.

"란트는?"

"연무장에 계십니다. 모셔 올까요?"

"아니. 내가 가지."

마리를 저지시키고 나는 연무장으로 향했다.

연무장에는 란트가 검술을 지도받고 있었다. 란트의 검술 스승은 엘리언트가의 기사로 지금은 퇴역했지만 한때 제국에서 열 손가락 안에 드는 실력자였다.

후작은 란트가 10살이 되자 퇴역하고 쉬고 있던 그를 불러들였다. 그때에도 그가 란트의 스승이었는지는 알 수 없다. 그때의 나는 란트를 괴롭히는 것에만 혈안이 되었을 뿐 그 아이에 대해 아는 바가 전혀 없었다.

란트는 스승이 가르쳐 주는 대로 따라 검을 휘둘렀다. 살짝 찡그린 얼굴을 보니 마음대로 되지 않는 모양이었다. 나는 방해되지 않게 멀찍이 서서 기다렸다.

란트는 땀을 뻘뻘 흘리며 검을 휘둘렀다. 기사는 그런 란트를 가만히 지켜보다 틀린 곳이 있으면 바로바로 지적했다. 나는 검술에 대해 잘 몰랐지만 어린 나이치고 란트는 꽤 잘하고 있는 것처럼 보였다. 나는 흐뭇하게 한참 동안 그들을 지켜봤다.

드디어 끝났는지 란트가 검을 내려놓았다. 아이는 스승을 향해 반듯하게 고개를 숙였다. 스승이 고개를 끄덕이자마자 란트의 고개가 내 쪽을 향해 홱 돌려졌다.

"누님!"

란트가 환하게 웃으며 나에게 달려왔다. 마치 주인을 보며 꼬리를 힘차게 흔드는 강아지 같았다. 나는 한 손을 들어 달려오는 란트를 막았다.

달려오던 자세 그대로 란트가 딱 멈췄다. 아이가 고개를 갸웃거렸다. 내가 막은 이유를 알지 못하는 듯했다.

"고생 많으셨습니다, 틸트 경."

"허허, 제 일인 것을요. 그럼 저는 이만 가 보겠습니다, 영애."

틸트 경은 내 명령을 기다리는 충견처럼 그 자세 그대로 서서 미동조차 없는 자신의 제자를 보며 허허거렸다. 한두 번 본 모습이 아닌지라 이제는 그러려니 하는 것 같았다. 그는 바로 몸을 돌려 연무장을 나갔다.

나는 눈을 굴리며 내 눈치를 보는 란트의 바로 앞까지 다가갔다. 이제 12살이 되는 란트는 또래보다 훨씬 키가 컸다. 모르는 사람이 보면 17~18살로 착각할 정도였다. 또래보다 작은 나에 비해 란트는 한 뼘 정도 더 컸다. 나는 란트에게 손을 까딱였다.

내 손짓에 란트가 바로 고개를 숙였다.

나는 두 손을 들어 란트의 볼을 쭉 늘렸다. 란트를 처음 만난 그날처럼 아이의 볼은 찹쌀떡처럼 보들보들하고 차졌다.

"내가 누님이라고 하지 말랬지?"

"하, 하디마……."

"하지만은 뭐가 하지만이야. 네가 돈 많은 아줌마들 후리고 다니는 제비냐? 호스트야? 엉?"

나는 란트의 볼을 힘껏 잡아당겼다. 차진 란트의 볼때기는 힘주는 대로 쭉쭉 늘어났다.

"이게 나이 좀 먹었다고 누나 말을 아주 개똥으로 알아듣지? 엉?"

란트가 내 손을 잡았다. 내 손이 란트의 뺨을 덮고 그 위를 란트의 손이 덮었다. 따뜻한 체온이 내 손등을 부드럽게 감쌌다.

"누나 말은 하늘이다. 잊지 않았어요."

암갈색 눈동자에 다정함이 서렸다.

"궁에서 무슨 일 있었어요?"

란트가 내 손을 잡아 내렸다. 나는 순순히 란트의 볼을 놓아주었다. 란트의 볼은 약간 붉어지긴 했지만 어렸을 때처럼 확연히 티가 나지는 않았다. 집사가 그동안 피부에 좋다는 약초를 사다 나른 보람이 있었다.

"응, 미친개한테 물렸어."

'암, 미친개지. 그것도 특대형 미친개.'

"다쳤어요?"

란트가 재빨리 내 몸을 살폈다.

나는 고개를 저었다. 그런 나를 보며 란트가 안도의 한숨을 내쉬었다. 나는 그런 란트를 껴안았다. 불과 1년 전만 해도 내가 안아 주었는데 란트가 훌쩍 커 버린 지금은 그 반대가 되었다.

"땀 냄새 나요."

란트는 곤란해하면서 나를 마주 안아 주었다. 란트에게서는 따스한 햇볕 냄새가 났다.

"아가씨!"

란트의 따뜻한 품에서 위로받고 있는데 급하게 나를 찾는 소리가 들렸다. 나는 고개만 돌려 나를 찾는 사람을 바라봤다. 본관에 있던 마리가 헐레벌떡 뛰어오고 있었다.

"아가씨, 큰일 났어요!"

마리의 얼굴은 매우 다급해 보였다.

"피, 피스온 백작님이 위독하시다는 전갈이 왔어요!"

피스온 백작은 그날 그렇게 떠난 후, 딱 두 달이 지나 돌아왔다. 우연인지 필연인지 그날은 그때의 그가 죽었던 날이었다. 그는 엘리언트가와 가장 가까운 곳에 저택을 구해 이사했다.

엘리언트가의 저택은 제국의 수도에서도 가장 비싸다는 엘베로드 거리에 위치하고 있었다. 엘베로드 거리는 귀족, 그것도 고위 귀족들이 거주하는 곳으로 돈이 있어도 저택을 구하기 쉽지 않은 곳이었다. 그는 두 달이라는 짧다면 짧다고 할 수 있는 그 시간 동안 저택을 구입한 것은 물론 인테리어까지 싹 바꾸는 추진력을 보였다.

백작은 수시로 엘리언트가와 피스온가를 오가며 나와 대화하기를 원했다. 그는 그동안 나를 외면했던 시간을 만회라도 하려는 듯 그의 대부분의 시간을 나에게 쓰려고 했다.

그는 대화하기 좋은 상대였다. 여러 곳을 돌아다녔던 상인답게 아는 것이 많았다. 대화하는 상대를 편하고 즐겁게 해 주는 특유의 입담과 재치도 있었다. 그는 다른 나라의 특이한 풍습이나 자신이 겪었던 일들, 그리고 여러 곳을 다니며 주워들은 재미있었던 이야기들을 나에게 말해 주었다. 가끔은 후작 부인에 대해 말하기도 했다. 후작 부인의 어린 시절과 그녀와 함께 행복했었던 시간들을 추억했다. 후작 부인에 대한 말을 할 때면 그는 항상 씁쓸한 표정을 지었다. 후작 부인의 자살이 백작에게 커다란 상처가 되었다는 것은 그의 표정만으로도 알 수 있었다. 그는 유모의 일을 가장 안타깝게 여기는 사람이기도 했다.

백작이 돌아온 것은 유모가 쫓겨난 바로 직후였다. 그에게 유모는 딸인 후작 부인과 같았다. 유모의 어린 시절부터 봐 온 그는 그녀가 그런 일을 저질렀다는 것에 큰 충격을 받은 듯했다. 백작은 나와 후작, 그리고 란트에게 사과를 했다. 그는 모든 것을 자신의 탓으로 여겼다.

그는 바로 유모의 행방을 찾으려 했지만 찾을 수 없었다. 커다란 상단을 가지고 있는 그가 찾지 못했다는 것은 유모가 작정하고 숨었다는 뜻이었다. 결국 그는 유모를 찾는 일을 포기했다.

백작은 그때처럼 후작 부인의 뒤를 따르듯 죽지는 않았지만 몹시 쇠약해져 있었다. 백작 부인이 기력을 보하는 약과 몸에 좋다는 음식들을 구해 날랐지만 큰 효과는 보지 못했다. 후작 부인의 죽음은 그에게 정신적으로나 육체적으로나 큰 후유증을 주었다.

그는 시간이 지날수록 움직이는 것을 힘들어했다. 최근 몇 달간은 침대 밖으로 나오지도 못했다. 주변 사람들은 서서히 그를 떠나보낼 마음의 준비를 해야 했다.

오늘이 바로 그날일 수도 있었다.

나는 마리에게 마차를 대기시켜 놓으라고 지시했다. 마리는 바로 연무장을 떠났다. 란트는 걱정 가득한 얼굴로 나를 바라봤다.

"괜찮아요?"

백작은 내가 나임을 인지하고 난 후 처음으로 가족으로서 정을 느낀 사람이었다. 아무리 마음의 준비를 하고 있었어도 막상 닥치니 전혀 괜찮지 않았다.

"괜찮다고 하면 거짓말이겠지?"

란트는 나를 힘껏 안아 주었다. 란트의 따뜻한 손이 내 등을 천천히 쓸어

내렸다. 란트는 빈말이라도 괜찮을 것이라는 말은 하지 않았다. 오늘이 그의 마지막이 될 수 있음을 아이도 느끼고 있는 듯했다.

"같이 갈까요?"

백작의 입장에서 란트는 상당히 껄끄러운 존재였다. 자신의 딸을 자살로 몰아넣은 원인일 수도 있는 란트를 백작은 미워하지도 싫어하지도 않았다. 그는 란트를 불쌍히 여겼다. 사생아로서 순탄치 못할 란트의 처지를 안타까워했다. 하지만 란트가 후작 부인이 자살한 원인 중에 하나였음은 변하지 않는 사실이었다.

백작은 란트를 자상하게 대해 주었지만 아이를 볼 때마다 슬픈 표정을 짓는 것은 숨기지 못했다. 그는 란트를 볼 때마다 죽은 딸이 떠오르는 듯했다.

눈치 빠른 란트는 백작이 나를 찾아올 때엔 최대한 그를 마주치지 않으려 했다. 나는 그런 란트를 말리지 않았다.

본의는 아니었지만 그 둘은 서로 마주하는 것만으로도 상처를 입었다. 차라리 얼굴을 보지 않는 것이 나을 수 있었다.

란트가 함께해 주면 나야 좋겠지만 피스온 백작가에서는 란트를 곱게 보지 않았다. 그들은 후작 부인의 자살에 대해서는 몰랐지만 후작 부인이 죽자마자 란트가 엘리언트가에 들어온 사실은 잘 알고 있었다. 그것이 란트의 잘못은 아니었지만 피스온 백작가의 사람들은 란트를 좋아하지 않았다.

백작과 나 때문에 대놓고 표현하지 않았지만 란트를 꺼리는 분위기는 명백했다. 오늘 피스온 백작가에는 백작이 위독하다는 전갈을 받은 백작가 사람들이 즐비할 것이다. 그런 사람들 속에 란트를 데리고 가고 싶지 않았다. 나는 고개를 저었다.

"괜찮아."

"하지만……."

나는 란트를 품에서 빠져나와 마차를 타기 위해 연무장을 나섰다. 란트는 못내 걱정이 되는 듯 내 뒤를 쫓아왔다. 마리가 빠르게 움직였는지 마차는 이미 본관 앞에 대기하고 있었다.

마차 앞에는 후작도 나와 있었다. 그는 내가 오는 모습을 보더니 먼저 마차에 올랐다.

"들어가 있어. 다녀올게."

"네, 다녀오세요."

란트는 다시 한 번 나를 안아 주었다. 말하지 않아도 란트가 나를 걱정하고 있다는 것이 느껴졌다. 혹시라도 내가 상처받는 것은 아닌지 걱정하고 있는 것이리라. 나는 괜찮다는 뜻으로 란트의 등을 두어 번 두드려 주었다.

시간이 촉박한지라 란트는 곧 나를 품에서 놓아주었다. 나는 란트의 걱정 어린 시선을 받으며 마차에 올랐다.

마차에는 이미 후작이 자리에 앉아 있었다. 내가 그의 맞은편에 앉자 마차가 움직이기 시작했다. 후작저에서 백작저까지의 거리는 마차로 10분 조금 넘게 걸렸다. 나는 마차가 어서 빨리 도착하기를 바랐다.

고개를 숙이고 초초하게 앉아 있는데 따스한 무언가가 내 오른 손등을 덮었다.

놀라 고개를 드니 푸른 눈동자가 나를 바라보고 있었다. 후작의 눈동자는 평소처럼 굳건했다. 흔들림 없는 그의 모습에 나는 왠지 마음이 놓였다. 나는 어설프나마 그를 향해 미소 지어 보였다. 내 오른손을 덮은 그의 손에 힘이 들어갔다. 그는 마차가 목적지에 도착할 때까지 손을 놓지 않았다.

"어서 오십시오, 후작 각하."

"어서 오십시오, 아가씨."

마차에서 내리자 백작저의 고용인들이 나와 후작을 맞이했다.

나는 그들의 인사를 받는 둥 마는 둥 하며 저택 안으로 들어섰다. 보통 귀족들의 침실은 2층에 자리하고 있었다. 혹시 모를 불미스러운 일이 벌어지게 되어 위험에 처했을 때, 약간의 시간이라도 벌기 위해서였다. 백작의 침실은 1층에 있었다. 거동이 불편한 그를 위한 백작 부인의 조치였다.

저택 안의 분위기는 의외로 차분했다. 나와 마주친 백작가의 고용인들은 조용히 고개를 숙이며 길을 비켜 주었다. 나는 백작의 침실이 있는 방향을 향해 움직였다. 몇 번이나 와 본 적이 있었기에 그의 방을 찾는 것은 어렵지 않았다.

"엘?"

"비이?"

백작의 침실 앞에는 자그마한 여자아이가 서 있었다. 나는 아이의 이름을 부르며 다가갔다.

엘은 백작 부인이 낳은 백작의 딸이었다. 그녀는 그때와 달리 아이를 지켜 낼 수 있었다. 하지만 원래 죽을 운명을 틀어서일까? 아이는 선천적으로 몸이 약했다.

"왜 혼자 여기 있어?"

나의 물음에 엘이 팔을 뻗었다. 나는 아이를 안아 올렸다. 단풍잎처럼 앙증맞은 손이 천천히 내 얼굴을 더듬었다. 엘은 앞이 보이지 않았다. 약하게 태어난 몸처럼 선천적인 문제였기에 고칠 방법이 없었다.

엘이 내 목을 껴안았다. 아이는 불안해하고 있었다. 백작은 엘의 아버지였다. 아직 어린아이라 해도 주변의 분위기를 읽지 못하는 것은 아니었다. 나는 엘을 안은 팔에 힘을 주었다.

"비이, 아버지 방에 들어가고 싶어."

엘이 작게 속삭였다. 아이는 백작의 방에 들어가지 못하고 문밖에서 서성이고 있었던 모양이었다.

"유모는?"

엘은 대답 없이 내 가슴에 머리를 비볐다. 엘이 선뜻 백작의 방에 들어가지 못한 이유를 알 것 같았다. 지금 백작은 죽음을 앞에 두고 있다 할 정도로 위독했다. 아버지의 죽음을 어린아이에게 보여 주고 싶은 사람은 없다. 그들은 엘을 백작의 방에서 멀리 떨어트리려 했을 것이다.

아무리 백작 때문에 정신없어도 백작 부인이 엘을 혼자 둘 리가 없었다. 아이는 유모를 따돌리고 혼자 이곳까지 온 모양이었다.

"엘, 혼자 다니면 안 돼."

엘은 아무런 대답을 하지 않았다. 나는 엘의 등을 토닥였다.

엘을 데리고 들어갈까 고민하고 있는데 침실 문이 열렸다. 문을 열고 나온 사람은 20살 초반으로 보이는 젊은 남자였다. 그는 나와 후작을 향해 고개를 숙였다.

"오랜만에 뵙습니다, 후작 각하."

후작은 대답 없이 고개를 끄덕이는 것으로 그의 인사를 받아 주었다. 나는 처음 보는 남자였지만 후작은 그와 이미 안면이 있는 듯했다.

"처음 뵙겠습니다. 영애, 에반 리입니다."

에반 리 피스온!

그의 이름을 듣는 순간 바로 떠올릴 수 있었다. 그가 바로 백작의 후계자였다.

그는 피스온 백작이 죽은 후, 그의 후계자로 갑자기 등장했다. 모두 그의 등장에 깜짝 놀랐다. 특히 피스온 백작가의 사람들은 그의 등장에 경악을 금치 못했다. 그의 출신은 베일에 싸여 있었다. 어느 나라 사람인지, 그의 부모가 누구인지 아는 사람이 아무도 없었다. 백작가 사람들의 방해에도 불구하고 그는 피스온 백작의 후계자로서 무사히 작위를 물려받았다.

그가 백작의 작위와 함께 상단을 물려받은 후, 피스온 백작가의 상단은 황금기를 맞았다고 할 수 있을 정도로 번창했다. 그때의 나는 관심이 없어서 잘 모르겠지만 황궁 파티가 열릴 때마다 많은 귀족 부인들이 피스온 백작가의 상단에서 산 물건들을 자랑했던 일들은 정확히 기억했다. 그녀들은 마치 유행처럼 그곳의 물건을 사들였다. 옷, 구두, 보석 등등 대부분이 여성들을 노린 사치품들이었다.

귀족 여성들을 타깃으로 삼은 그의 방침은 훌륭했다. 사치에 물든 여자들은 돈을 물 쓰듯이 썼다. 나 또한 그런 여자들 중 하나였다. 아니, 사치로는 그 누구에게도 뒤지지 않았다.

그때의 나는 백작의 후계자를 직접 본 적이 없었다. 모든 관리는 유모가 맡아 했었고, 나는 필요한 것만 그녀에게 말했다. 그녀에게 말 한마디 하는 것만으로도 내가 원하던 물건들은 항상 내 손안에 들어왔다. 그때의 나는 그를 만날 필요성을 전혀 느끼지 못했다.

직접 본 그는 내가 상상했던 이미지와는 많이 달랐다. 그에게서는 상인하면 떠오르는 후덕한 몸매와 서글서글한 인상은 찾아볼 수 없었다. 큰 키와 균형 잡힌 몸매, 날카로워 보이는 인상은 그를 상인이라기보다는 기사처럼 보이게 했고 짧게 자른 그의 회색 머리카락은 군인을 연상시켰다.

"에반!"

엘이 허공을 향해 손을 뻗었다.

그는 일말의 망설임도 없이 나에게서 엘을 받아 안았다. 아이를 안아 올리는 그의 행동은 매우 익숙해 보였다. 그는 엘을 올려 자신의 시선에 아이의 시선을 맞췄다. 엘이 앞을 보지 못하는 것을 알면서도 하는 행동 같아 보였다.

"엘, 또 유모를 따돌리고 왔구나."

엘은 대답 없이 그의 목을 껴안았다. 엘은 상당히 낯가림이 심했다. 아이가 따르는 사람은 한 손에 꼽을 정도로 적었다. 나는 그에게 서슴없이 안기는 엘의 모습에 놀랐다. 그가 그만큼 아이에게 익숙하다는 뜻이었다.

"에반, 나 아버지가 보고 싶어."

그는 큰 손으로 엘의 등을 천천히 쓸었다.

"그래, 엘은 아버지가 보고 싶구나."

"응."

"아버지도 엘을 많이 보고 싶어 하셔. 하지만 아버지는 지금 아프시니까. 조금 이따가 만나도록 하자."

"언제?"

"엘이 밥 잘 먹고 잠도 잘 자고 예쁜 얼굴이 되었을 때?"

"엘은 지금도 예뻐!"

그의 농담에 엘이 볼을 부풀렸다. 엘을 보는 그의 청회색 눈동자에 다정함이 가득했다. 그는 엘의 뺨에 자신의 볼을 비볐다.

"응, 우리 엘 참 예쁘다."

그는 엘을 고쳐 안으며 나와 후작에게 눈짓을 보냈다. 엘이 눈치채지 못하게 방 안으로 들어가라는 뜻 같았다. 날카로워 보이는 인상과 달리 그의 눈동자는 참으로 다정했다.

에반이 엘을 데리고 아이의 방으로 올라가는 사이, 나와 후작은 백작의 침실 안으로 들어갔다. 사람들이 많을 것이라는 내 예상과 달리 방 안에는 백작과 백작 부인 단둘뿐이었다. 그녀는 나를 보며 희미하게 미소 지었다. 울고 싶은 것을 가까스로 참고 있는 듯했다. 그녀는 허리를 숙여 침대에 누워 있는 백작의 귓가에 속삭였다. 잠자는 듯 눈을 감고 있던 백작이 천천히 눈을 떴다.

그는 내 쪽으로 고개를 돌렸다. 그 단순한 동작마저도 무척 힘에 부친 듯했다. 그가 나를 향해 천천히 손을 뻗었다. 그의 앙상한 팔이 파들파들 떨렸다.

"비욘느."

백작 부인이 망설이고 있는 나를 불렀다. 나는 나에게 향해진 백작의 손과 백작 부인의 얼굴을 번갈아 바라보았다. 그녀가 여전히 슬픈 미소를 띤 채, 고개를 끄덕였다.

나는 천천히 다가가 백작의 주름진 손을 잡았다. 앙상하게 마른 손은 뼈와 가죽밖에 없는 것 같았다. 백작이 나를 향해 웃었다. 검버섯이 핀 그의 주름진 얼굴엔 죽음의 그림자가 짙게 서려 있었다.

내 곁의 누군가를 떠나보내는 것이 처음 있는 일은 아니었다. 이지아였을 때도 숱하게 겪었던 일이었다. 그럼에도 매번 이순간만은 견디기 힘들었다.

"고…… 맙…… 다."

백작은 말을 하는 것도 힘들어 보였다. 나는 그의 손을 마주 잡은 두 손에 힘을 주었다. 백작의 나머지 한 손이 내 손등을 덮었다.

"행, 복, 하거라. 내 아, 가."

그는 힘겹게 말을 이으며 내 손을 어루만져 주었다. 그 따스함에 나는 왈칵 눈물이 났다. 그는 울고 있는 내 손등을 천천히 토닥였다. 나는 눈물을 그칠 수 없었다. 백작의 시선이 내 뒤에 있던 후작에게로 향했다.

"부…… 탁…… 하……."

백작은 끝까지 말을 잇지 못하고 눈을 감아 버렸다. 잡고 있던 그의 손이 힘없이 축 늘어졌다. 나는 그의 손을 흔들었다.

"할아버지?"

한 발자국 떨어져 나와 백작을 보고 있던 백작 부인이 서둘러 다가왔다. 그녀는 백작의 몸을 흔들었다.

"여보, 일어나 보세요. 네? 여보! 제발……."

그녀의 부름에도 백작은 미동조차 없었다. 기어코 백작 부인의 눈에서도 눈물이 떨어져 내렸다. 그녀는 무너지듯 백작의 가슴에 엎어졌다. 백작의 몸을 감싸듯 엎드려 있는 그녀의 몸이 간헐적으로 떨렸다.

온몸으로 슬픔을 뿜어내는 그녀를 보면서도 나는 어떠한 위로의 말도 꺼낼 수가 없었다. 나는 지금 이 자리에 버티고 서 있는 것만으로도 힘이 부쳤다.

백작은, 아니 외할아버지는 내가 나임을 자각한 이후 처음으로 가족으로서의 정을 느낀 사람인 동시에 나의 든든한 버팀목이었다. 그의 자상함과 가만히 있어도 느낄 수 있는 따뜻한 사랑은 내 안에 있던 비욘느의 단단했던 벽을 허물어트릴 정도였다.

외할아버지가 돌아가실 거라는 것은 이미 알고 있던 사실이었다. 오히려 그때보다 4년이나 더 오래 사셨다. 충분히 그의 죽음을 대비하고도 남을 시간이었다. 그럼에도 그의 죽음은 내가 생각하고 있었던 것보다 더 큰 충격을 주었다.

내 몸이 더 이상 버티지 못하고 휘청거렸다. 나는 곧 닥칠 고통을 생각하며 눈을 질끈 감았다. 딱딱한 바닥 대신 굳센 힘이 내 양팔을 단단히 잡아챘다.

"괜찮은 게냐?"

나직한 저음의 목소리가 내 귓가에서 울렸다. 후작은 나를 바로 세워 주며 내 안색을 살피듯 내 얼굴을 바라봤다. 그의 눈동자에 비친 나는 하염없이 눈물을 흘리고 있었다.

그가 낮은 한숨을 내쉬었다. 그의 한숨 소리에 내 몸이 반사적으로 움찔거렸다. 그때의 비욘느는 아직까지 내 안에 남아 가끔 이렇게 튀어나오곤 했다. 황태자와 만날 때마다 느껴지는 심장의 통증, 후작의 탐탁지 않아 하는 시선이나 한숨 소리에 움찔거리는 몸 등. 내 생각과 달리 반응하는 몸이 짜증 나긴 했지만 어쩔 수 없었다. 나는 이지아이면서 동시에 그때의 비욘느였으니까. 이것도 나의 한 부분이니 모두 안고 가는 수밖에 없었다.

후작도 내 움찔거림을 느낀 듯 내 팔을 잡고 있던 손에 힘이 들어갔다. 그의 푸른 눈동자에 감정의 편린이 서린다 싶던 순간 나는 갑작스레 당기는 힘에 의해 그의 품에 안겨 버렸다. 그의 품은 어린 란트의 품에 비해 훨씬 넓고 편안했다. 그는 나를 안은 팔에 힘을 주며 나직이 속삭였다.

"네 눈물이 그칠 때까지 이러고 있으마."

나의 눈물은 꽤 오랫동안 그치지 않고 흘러내렸다.

"말도 안 되는 소리입니다!"

"허, 미치지 않고서야. 어찌!"

"어디서 굴러먹었는지 알 수 없는 놈에게 상단을 주다니요!"

"노망이 드신 겝니다. 노망이! 백작께서 말년에 노망이 드셨어요."

커다란 응접실 안은 마치 시장통을 연상시키듯 시끄러웠다. 나는 시정잡

배들처럼 소리 지르는 인간 군상을 가만히 지켜봤다.

외할아버지의 장례식이 끝나고 그의 유골이 나와 백작 부인, 그리고 엘의 집회하에 납골당에 안치된 것이 겨우 한 시간 전이었다. 아직 그의 유골에서 온기가 채 빠져나가지도 않았을 이 시간에 그들은 유언장의 내용을 듣고 이렇듯 소리치고 있었다.

아직 어린 엘을 화장터에는 차마 데리고 갈 수 없었지만 납골당까지 데려가지 않을 수는 없었다. 엘도 아버지의 마지막을 지켜봐야 할 권리가 있었다.

엘은 백작 부인의 품에 안겨 납골당 안으로 들어갔다. 아무도 엘에게 자세한 이야기를 해 주지 않았지만 엘은 마치 모든 것을 알고 있다는 듯 칭얼거리지도 울지도 않았다.

'아버지 이제 안 아파?'

'응?'

갑작스런 엘의 물음에 나와 백작 부인이 아이를 보았다. 아이는 얼굴은 매우 평온해 보였다.

'여기서 만날 엘 지켜봐?'

'그게 무슨 말이니, 아가?'

백작 부인이 엘을 고쳐 안으며 물었다. 엘은 고개를 갸웃거렸다.

'에반이 그랬는데……. 아니야?'

나와 백작 부인의 시선이 마주쳤다. 우리는 그동안 차마 엘에게 아버지가 죽었다고 말할 수 없었다. 아이가 상처받을 것을 염려했고, 어떻게 말을 꺼내야 할지 막막했기 때문이다. 우리가 미루는 사이 에반은 아이가 이해할 수 있도록 아이의 눈높이에서 이야기를 해 준 듯했다. 백작 부인이 엘의 작은 어깨에 얼굴을 묻었다.

'엄마, 울어?'

'아니, 아니야.'

백작 부인이 엘의 어깨에서 얼굴을 떼지 않은 채 고개를 저었다. 백작 부인이 얼굴을 들지 않자 엘의 얼굴이 점점 울상이 되어 갔다.

나는 엘에게 다가가 아이의 부드러운 머리칼을 쓰다듬어 주었다. 붉은색이기 때문일까? 손안에서 부드럽게 감기는 아이의 머리카락이 따스하게 느껴졌다.

'에반의 말이 맞아. 여기서 매일 엘을 지켜보고 계실 거야.'

'이제 안 아파?'

'응. 안 아프셔.'

'다행이다.'

엘이 활짝 웃었다. 나는 더 이상 웃는 얼굴로 아이를 마주할 수 없었다. 나는 울지 않기 위해 필사적으로 이를 앙다물어야 했다.

납골당에 유골을 안치하고 나온 나와 백작 부인을 기다리고 있던 것은 친척이라 불리는 사람들이었다.

그들은 백작 부인을 향해 어서 빨리 유언장을 공개하라고 요구했다. 백작 부인은 유모에게 엘을 맡기고 그들을 커다란 응접실로 안내했다. 외할아버지의 보좌관이자 피스온 백작가의 집사가 모두가 모인 가운데서 유언장을 공개했다. 그리고 바로 이 꼴이었다.

그때의 나는 외할아버지의 장례식에 오지 않았다. 장례식도 오지 않았는데 유언장 공개 장소에 올 리가 없었다. 나는 유언장이 공개되고 며칠 뒤에 그의 재산만을 유산으로 받았을 뿐이었다. 그래서 이 정도로 엉망일 줄은 상상도 못 했다.

"우리에게 이럴 수는 없는 법입니다."

"대체 저놈이 무어관데 재산을 물려받는단 말입니까?"

이 일의 중심이라 할 수 있는 에반은 아무 말이 없었다. 그의 주변은 마치 이곳과는 다른 공간인 것처럼 마냥 고요했다.

"진정들 하세요."

"피스온가의 중추라고 할 수 있는 상단이 누군지도 모르는 놈에게 넘어

가게 생겼는데, 우리가 지금 진정하게 됐습니까?"

백작 부인의 만류에 한 남자가 목에 핏대를 세우며 소리쳤다. 백작 부인은 소란스러운 사람들 틈에서도 언성을 높이지 않고 조곤조곤 이야기했다.

"소리친다고 바뀔 일이 아니지 않습니까."

백작의 유산을 받는 사람은 많았지만 가장 많은 지분을 물려받는 사람은 총 4명으로 압축할 수 있었다. 아내와 딸인 백작 부인과 엘에게는 저택과 피스온 가문의 영지, 그리고 평생 풍족하게 쓸 수 있는 현금과 패물을 남겼고, 나에게는 그때와 마찬가지로 약간의 영지와 현금, 그리고 패물들을 남겼다. 가장 중요하다고 할 수 있는 작위는 훗날 엘의 남편이 될 사람에게 남겨졌다.

여기까지는 모두가 예상하던 범위였다. 사람들이 경악한 것은 바로 엘의 후견인 자리와 백작가의 중추라고 할 수 있는 상단이 에반에게 상속되었다는 사실이었다. 그들은 유언장이 공개되는 순간 매우 분개했다.

나는 그들과 다른 의미로 놀랐다. 에반이 상단을 상속받는 것은 이미 알고 있었던 일이었기에 놀라지 않았다. 내가 놀란 것은 그가 외할아버지의 양자가 아니라는 사실이었다.

그때의 그는 분명 '에반 리 피스온'이었다. 그는 비록 피스온가의 핏줄은 아니었으나 외할아버지의 양자로서 상단과 작위를 모두 물려받았었다. 엘의 존재가 그때와는 다른 결과를 만든 것일까? 그것 말고는 짐작 가는 것이 전혀 없었다.

그러고 보니 처음 만날 그날, 그가 나에게 밝힌 이름은 '에반 리'였다. 그때는 대수롭지 않게 여겼었는데 지금 보니 그는 애초에 피스온이라는 성을 받지 않은 것이었다.

"피스온의 핏줄도 아닌 자가 상단을 물려받다니요. 이게 말이 되는 소립니까?"

"상단도 상단이지만 후견인이라니요? 에리얼의 후견인은 당연히 이 집안의 어른인 우리들 중에서 맡는 것이 당연한 일 아닙니까?"

여자는 작위를 이을 수 없다. 이것이 제국의 법이었다. 엘이 결혼하여 남편이 작위를 이을 때까지 누군가가 엘의 후견인이 되어 백작가를 이끌어야 했다. 후견인 역시 여자는 될 수 없었으므로 백작 부인은 엘의 어머니였지만 엘의 후견인이 될 수는 없었다.

"백작 부인께서도 말씀해 보십시오. 핏줄도 아닌 생판 남을 에리얼의 후견인으로 둘 수 있습니까?"

다혈질처럼 날뛰던 사람 중에 하나가 백작 부인에게 화살을 돌렸다. 그녀는 담담한 얼굴로 대답했다.

"그를 믿습니다."

"하, 지금 한 가족인 우리들보다 생판 남을 더 믿는다는 말씀입니까?"

백작 부인은 대답하지 않았다. 그녀의 침묵에 누군가가 소리쳤다.

"어디서 굴러먹다 온지도 모를 출신도 불분명한 여자를 받아들인 것부터가 잘못됐던 게야."

그들 중에서 가장 나이가 많아 보이는 노인이 소리쳤다.

백작 부인의 안색이 순식간에 어두워졌다. 그녀는 평민 출신으로 과거에 대해 알려진 것이 거의 없었다. 그런 그녀를 향해 사람들은 무수한 소문을 만들어 냈다. 그중에는 입에 담지도 못할 음담패설도 섞여 있었다.

꽤 젊은 축에 드는 남자가 빈정대듯 말했다.

"알고 보면 에리얼도 저놈 씨 아냐? 이거, 유언장도 의심해 봐야겠는걸?"

챙그랑!

소란스럽던 응접실 안이 순식간에 조용해졌다. 내 발 밑에는 깨진 찻잔이 나뒹굴고 있었다. 나는 깨어진 찻잔 조각을 신고 있던 구두로 짓밟았다.

파삭거리는 소리가 조용한 응접실 안을 울렸다. 나는 모두의 시선을 느끼며 싱긋 웃었다.

"제 귀가 잘못된 듯한데, 다시 한 번 말씀해 주시겠습니까?"

나는 천천히 좌중을 둘러보았다. 그들은 하나같이 나와 눈을 마주치자 헛기침을 하며 시선을 돌렸다. 나는 방금 말을 꺼냈던 젊은 남자에게 시선을 고정시켰다.

"엘이, 아니 내 이모님이 피스온의 핏줄이 아니다? 제가 들은 것이 맞습니까?"

그는 멍청한 얼굴로 입만 뻐끔거렸다. 나는 한쪽 입술을 비틀어 올렸다.

"그 말은 내 외조모님이 외도를 했다는 건데……. 지금 내 앞에서 정녕 그리 말씀하신 겁니까?"

"나, 나는……."

젊은 남자의 얼굴이 새파랗다 못해 새하얗게 질렸다. 이 자리에서 내 소문에 대해서 모르는 사람은 아마 없을 터였다. 후작 부인의 외도로 태어난 아이라는 꼬리표를 지긋지긋하게 달고 다니던 나였다. 내가 그 말에 얼마나 민감하게 반응할지는 충분히 상상하고도 남을 것이다.

"지금 그 말, 나에 대한 모욕으로 받아들여도 되겠습니까?"

지금의 나는 그 말을 면전에서 듣는다 해도 코웃음도 치지 않을 테지만 저들은 그걸 몰랐다. 나는 그들의 상상에 충분히 부응해 줄 마음이 있었다.

"아, 아닙니다!"

그가 내 발치에 엎드렸다. 깨진 찻잔 조각이 그의 살에 파고들어 붉은 핏자국을 내었다. 그는 아픔을 느끼지 못한 듯 절박하게 소리쳤다.

"절대 그런 것이 아닙니다, 영애!"

그의 절박함은 어쩌면 당연한 것이었다. 나는 나는 새도 떨어트린다는 엘리언트 후작가의 적녀였고, 미래의 황태자비로 내정되어 있었다. 나의 눈밖에 난다는 것은 앞으로 그의 인생이 고달파진다는 것과 다름없었다. 나는 가타부타 대답 없이 그를 지그시 내려다보았다.

그는 벌벌 떨며 나에게 용서를 빌었다.

"제발, 용서해 주십시오, 영애."

"용서를 구할 사람은 제가 아닌 것 같습니다만?"

모두의 시선이 백작 부인에게로 향했다. 젊은 남자는 나에게 바로 달려와 용서를 빌었던 것과 달리 그녀를 보며 쭈뼛거렸다.

그의 그러한 행동만으로도 백작 부인에 대한 이들의 생각을 알 수 있었다. 백작 부인은 평민이다. 대부분의 귀족들은 평민을 같은 인간으로 보지 않았다. 그들은 아직 성년도 되지 않은 나에게는 엎드려 빌 수 있을지언정 백작 부인에게는 사과의 말조차 하고 싶지 않은 것이었다.

나는 싸늘한 시선으로 그를 노려보았다. 응접실 안은 숨 쉬는 소리조차 들리지 않을 정도로 고요했다. 누군가 그 침묵이 불편한 듯 헛기침을 했다.

"크흠, 젊은 혈기에 그런 것이니 영애가 이해하시게나."

나는 젊은 남자에게서 시선을 떼고 소리가 들린 쪽으로 고개를 돌렸다. 쉰 정도로 되어 보이는 남자는 유언이 공개되자마자 얼굴이 벌게져 소리치던 사람 중 하나였다.

"젊은 혈기? 지금 젊은 혈기라고 하셨습니까?"

"그러네. 젊은 사람이 실수도 할 수 있는 게지. 안 그런가?"

"그렇고말고. 실수할 수도 있지. 실수도 없다면 그게 사람인가?"

그의 말에 동조하듯 누군가 맞장구를 치자 그는 힘을 얻은 듯 거만한 표정으로 나를 바라봤다. 젊은 남자 또한 분위기가 자신에게 유리하게 변하는 듯하자 슬금슬금 그들이 있는 쪽으로 몸을 움직였다.

"이거 참…… 지금 누구 앞에서 젊은 혈기 운운하십니까?"

"영애, 나이가 어리다고 봐주는 것도 여기까지네!"

카랑카랑한 목소리가 응접실 안을 울렸다. 그들 중 가장 나이가 많은 것 같은 노인은 지팡이를 쥐고 일어섰다. 그는 그들 중 처음으로 백작 부인을 향해 모욕적인 언사를 퍼부었던 노인이었다. 노인은 나를 향해 소리쳤다.

"여기는 성인식도 치르지 못한 애송이가 끼어들 자리가 아니야!"

순간 인내심이 뚝 끊기는 소리가 들렸다.

이들은 말이 통하지 않는 사람들이었다. 더 이상 형식적이나마 예의를 갖춰 줄 생각도 들지 않았다. 나는 노인을 향해 화사하게 웃어 주었다.

"실례지만 성함이 어찌 되시는지요?"

"크음, 나는 크리사 에슬롯이다."

나는 그의 이름을 듣자마자 대놓고 피식 웃었다. 명백한 비웃음이었다. 노인의 얼굴이 붉으락푸르락해졌다.

나는 팔짱을 끼고 의자 등받이에 몸을 깊숙이 묻었다. 황태자를 따라 하는 것 같아 기분이 나빴지만 이 포즈가 상대방을 얼마나 기분 나쁘게 하는지 누구보다 잘 알고 있는 나다. 비록 기분은 썩 좋지 않았지만 나는 배운 것을 요긴하게 써먹을 줄 아는 융통성 있는 사람이었다.

"에슬롯이라……. 들어 본 적도 없는 성이로군요."

나는 표정만이 아니라 말로써도 노인에게 확인 사살을 해 주었다. 귀족에게 대놓고 네 성을 모르겠다고 말하는 것은 명백히 무시하는 행동이었다. 노인의 주변에 있던 몇몇이 벌떡 일어났다.

"영애, 너무 심한 언사……."

"이거 참, 가문의 어른 어쩌고 하기에 성이라도 물려받은 줄 알았는데 그것도 아니었군."

노인의 얼굴이 흑색으로 변했다.

나는 노인을 중심으로 몰려 있는 사람들을 쭉 훑어보였다. 그들의 얼굴은 모두 굳어 있었다. 지금 내가 무슨 말을 하려는지 짐작하지 못할 사람은 아무도 없을 것이다.

"'피스온'의 성도 물려받지 못한 자들이 감히 어디서 왈가왈부하는 거지?"

"영애!"

"그래, 그대 말대로 나는 영애지. 미들 네임조차 받지 못한 그대들과는 다른 진짜 귀족 영애."

누군가 숨을 들이켜는 소리를 냈다. 내가 이렇게까지 말할 줄은 그 누구도 상상조차 못 했으리라.

귀족에게 미들 네임은 중요했다. 미들 네임이 들어가는 이름은 가문의 직계라는 소리다. 즉, 가문의 후계권을 가지고 있다는 말과도 동일했다. 미들 네임을 가지고 있지 않은 귀족은 귀족이긴 하나 그 한 사람에게만 국한될 뿐 부인이나 자식에게는 계승할 수 없었다. 그들은 귀족이면서도 귀족이 아닌 자들이었다.

보통 미들 네임과 가문의 성을 가질 수 있는 자는 정실의 몸에서 태어난 적자뿐이다. 외도나 불륜으로 태어난 혼외자는 성만 이어받을 수 있을 뿐 미들 네임을 받지는 못한다. 미들 네임을 받지 못한 사람들은 가문의 성은 물론 귀족으로서의 지위도 자식에게 물려줄 수 없었다. 특별히 공을 세워 황제에게 성을 하사받는다고 해도 그것은 새로운 성일 뿐 기존의 성은 절대 후대에 계승할 수 없는 것이다.

미들 네임과 성을 모두 받은 적자라고 해도 가문을 계승하지 못하는 한 그들은 자신의 자식에게 귀족으로서의 지위는 물려줄 수 있어도 가문의 성은 물려줄 수 없다. 이럴 경우 그들의 자식은 미들 네임을 가지지 못한다. 귀족의 수를 일정하게 유지시키기 위한 일종의 법칙이었다.

가문을 이어받는 사람만이 가문의 성을 물려줄 수 있으므로 문중 사람 중에서 실제로 가문의 성을 사용하고 있는 사람은 극히 드물었다. 특히, 피스온 가문은 가문의 성을 사용하고 있는 사람이 엘과 백작 부인 말고는 전무했다.

외할아버지에게는 남자 형제가 없었다. 그에게는 2명의 누이가 있는데, 두 누이는 당연하게도 결혼하면서 남편의 성을 따랐다. 이혼을 하지 않는 이상 그녀들은 피스온이라는 성을 사용할 수 없다. 이 자리에서 백작 부인 말고는 피스온이라는 성을 사용하는 사람이 없는 이유였다.

"영애, 말이 너무 심한 것 아니오?"

가문에 따라 다르긴 하지만 보통 가문의 성을 이어받지 않았다고 하더라도 그들을 가문의 어른으로 예우를 해 주는 것이 예의였다. 그들은 분개한 얼굴로 소리쳤다.

"아무리 나이가 어리다 하나 이처럼 천지 분간도 못 할 정도로 어리석을 줄은 몰랐소이다."

한두 명이 나서서 소리치자 모두들 동조하며 웅성거렸다. 갈수록 가관이었다. 나는 천천히 몸을 일으켰다.

"천지 분간 못 하고 날뛰는 건 과연 누구일까?"

나는 그들의 우두머리로 보이는 노인에게로 다가갔다. 노인은 지팡이를 쥔 채로 몸을 부들부들 떨고 있었다. 그가 살면서 이처럼 모욕을 당한 적이 얼마나 있었을까? 그는 모르긴 몰라도 피스온이라는 이름을 등에 업고 기세등등하게 살아왔을 것이다. 그러니 백작 부인을 모욕하는 언사를 서슴없이 한 것이리라.

"성도 없고, 미들 네임도 없는데. 대체 무엇을 보고 내가 그대를 가문의 어른으로 대접해야 하는 걸까?"

"영애!"

"그대는 닥치는 게 좋을 거야. 보아하니 귀족의 성조차 물려받지 못한 듯하니 말이야. 안 그래?"

노인의 앞을 가로막으려던 남자가 움찔거리며 물러났다. 그와 함께 몇몇 움츠러드는 사람들이 보였다. 짐작대로였다. 내가 가문의 성과 미들 네임을 말할 때 몇몇 사람들이 안절부절못하는 것이 눈에 띄었다. 그들의 표정은 마치 가시방석에 앉은 듯 불편해 보였다.

이곳에 있는 사람들은 가문의 성은커녕 미들 네임조차 얻지 못한 사람들이다. 즉, 그들의 자식들은 전부 법적으로 평민이라는 소리였다. 가장 나이 많은 노인조차 미들 네임이 없는 귀족이었다. 이곳엔 노인이나 중년뿐만 아니라 젊은 사람도 꽤 있었다. 그들이 귀족의 성을 잇고 있을 확률은 적었다. 모르긴 몰라도 이 중의 5분의 1 정도는 귀족을 성을 잇지 못한 평민일 것이다.

그들이 이처럼 날뛰지만 않았어도 조용히 넘어가려 했다. 실제로 외할아버지는 알면서도 그들을 가문의 일원으로 남겨 뒀을 테니 말이다.

"영애 또한 가문의 이름을 잇지 않은 것은 마찬가지이질 않소!"

한 젊은 남자의 말에 노인이 눈을 질끈 감았다. 나는 노인에게서 시선을 돌려 젊은 남자를 돌아보았다. 그는 노인과 매우 닮아 있었다. 아들이라고 하기에는 상당히 젊어 보이니 손자쯤 되는 것 같았다.

나는 그를 향해 화사하게 웃어 보였다. 나와 시선이 마주친 젊은 남자가 살짝 얼굴을 붉혔다.

후작 부인은 사교계에서도 손꼽히는 미인이었다. 나는 머리카락 색을 제외하면 그녀를 쏙 빼닮았다. 더구나 속이야 어쨌든 육체적으로는 한창 피기 시작하는 꽃다운 나이이다. 나는 양 입술 끝을 말아 올렸다.

"이거야 원, 귀족으로서 갖춰야 할 기본적인 지식도 없는 이가 백작가의 일원임을 자청하고 있다니. 이걸 누구에게 책임을 물어야 할까?"

노인을 비롯해 어느 정도 나이가 있는 몇몇의 얼굴이 흑색으로 물들었다. 젊은 축에 드는 나머지는 내 말을 이해 못 한 듯 주변의 눈치만 보았다.

"내 말에 대답은 않고 무슨 헛소리……."

"그만!"

노인이 젊은 남자의 말을 막았다. 그는 분하다는 얼굴로 나를 바라봤다.

"저자를 인정하면 되겠소?"

노인은 에반을 가리키며 물었다. 마치 자신들이 한발 물러서 주겠다는 듯한 노인의 태도에 배알이 꼴렸다. 애초에 이 정도로 끝날 생각이었다면 시작조차 하지 않았다. 이들은 나중에라도 엘의 발목을 잡을 사람들이었다. 나는 이번 기회에 이들을 전부 내칠 작정이었다.

"당신이 무슨 권리로?"

"영애!"

노인이 노기 어린 얼굴로 소리쳤다. 나는 그의 고함 소리에 코웃음으로 답했다.

"비욘느 롯사 엘리어트. 이 이름이 무엇을 뜻하는지 당신은 알겠지?"

노인의 몸이 지금까지와는 비교도 할 수 없을 정도로 부들부들 떨렸다. 몇몇 나이 있는 자들은 몸을 지탱하지 못하고 바닥에 쓰러졌다.

내 이름에서 '롯사'는 미들 네임이기도 하지만 또 다른 성이기도 했다. 보통 귀족 여성은 결혼을 하면 남편의 성을 따른다. 당연히 그녀들의 아이 또한 남편의 성을 따른다. 그들은 죽을 때까지 외가의 성을 쓸 수 없다. 하지만 여기에는 예외가 있었다.

가문의 후계자가 없는 경우, 혹은 가주의 의지에 따라 딸에게 후계권이 넘어갈 때가 있다. 제국법상 딸은 가문을 이을 수 없으므로 그 후계권은 남편 혹은 그녀의 자식에게 승계된다.

승계된 작위보다 남편의 작위가 낮다면 당연히 그 남편은 아내의 가문을 이어받는다. 만약 그 반대라면 그녀의 자식들 중 하나가 이어받게 된다. 문제는 자식이 단 하나일 때 발생했다. 한 사람이 두 가문을 이을 수는 없다. 그렇다고 둘 중의 하나를 버릴 수도 없다. 이럴 경우 자식은 아버지의 성을 따르고 어머니의 후계권을 미들 네임에 넣는다. 이때 후계권의 상징은 가문 시조의 이름이 된다. 가문 시조의 이름을 미들 네임으로 갖는 사람은 그 가문의 후계자와 다름없었다.

내 미들 네임은 '롯사'다. 롯사는 여성형의 이름이다. 롯사의 남성형 이름은 로사트, 피스온 가문의 시조는 '로사트 리들 피스온'이었다. 나는 여자라 후계자가 될 수는 없지만 후계권을 휘두를 수는 있었다.

"나는 내 이름에 대한 권리로 그대들을 가문의 일원에서 추방하지. 귀족 사칭죄도 대비해 두는 게 좋을 거야."

비로소 말귀 못 알아듣던 젊은 축들도 얼굴이 검은빛이 되었지만 자업자득일 뿐이었다.

6막. 맹세

"이곳은 비사드 궁으로 가는 길이 아닐 텐데?"

외할아버지의 장례식이 끝나고 황태자와의 만남을 위해 일주일 만에 입궁을 했다.

황태자와의 만남은 주로 비사드 궁의 후원에서 이루어졌다. 간혹 날씨가 좋지 않으면 황태자의 궁에서 티타임을 갖기도 했다. 오늘은 날씨가 화창했다. 나는 당연히 안내를 맡은 황궁 시종이 나를 비사드 궁으로 안내할 것이라고 생각했다. 하지만 그는 비사드 궁이 아닌 다른 곳으로 나를 안내했다. 그가 향하고 있는 곳은 가끔 가던 황태자의 궁도 아니었다.

나는 그의 뒤를 따르던 걸음을 멈췄다.

"영애를 바하로트 궁으로 모시라는 전하의 명을 받았사옵니다."

황궁 시종이 나를 향해 공손히 고개를 숙였다. 나는 그의 말에 인상을 쓸 수밖에 없었다. 바하로트 궁은 황제의 궁이다. 황제는 나와 황태자가 만나는 날에는 절대 나를 부르지 않았다. 둘이 오붓한 시간을 보내라는 황제의 배려 아닌 배려였다.

"황태자 전하께서 말인가?"

"그러하옵니다."

무언가 느낌이 이상했다. 황제도 아닌 황태자가 나를 황제의 궁으로 부를 이유가 없었다.

"이유는?"

"소인이 어찌 전하의 심중을 헤아릴 수 있겠사옵니까. 저는 단지 명을 받잡고 있을 따름이옵니다."

황궁 시종이 또다시 고개를 숙였다. 그에게 물어봐야 알 수 있는 것은 없었다.

'황태자는 무슨 생각으로 날 황제의 궁으로 부른 것일까?'

알 수 없는 불쾌한 기분이 들었지만 더는 지체할 수 없었다.

"안내하게."

나의 말에 황궁 시종이 앞장섰다. 나는 그의 뒤를 따라 복도를 걸었다.

바하로트 궁으로 향하는 복도는 아기자기한 맛이 있는 비사드 궁과는 달리 웅장하고 화려했다. 넓고 긴 복도를 지나 도착한 곳은 거대한 정원이었다. 황궁 시종이 정원 안으로 성큼 들어섰다. 몸은 그의 뒤를 따르면서도 머리는 복잡하게 돌아갔다.

점점 더 황태자의 생각을 알 수 없었다.

'황제와 만나는 것이 아니었나?'

도대체 왜, 무슨 이유로 그가 황제의 궁에, 그것도 건물 안이 아닌 정원에 나를 부른 것인지 짐작조차 가지 않았다.

황궁 시종은 정원의 안쪽 깊숙이 위치한 내원까지 나를 안내했다. 내원 안에는 황제와 황태자가 나를 기다리고 있었다. 그들은 햇빛을 가리는 차양막 아래에 널찍한 티 테이블을 두고 마주 앉아 있었다.

"오! 비욘느, 어서 오거라."

"비욘느 롯사 엘리언트가 제국의 태양을 뵈옵니다."

나는 양손으로 치맛자락을 잡고 무릎을 굽히고 허리를 깊숙이 숙였다. 황제는 그런 나를 향해 너털웃음을 지었다.

"그런 딱딱한 인사는 되었느니라."

"황공하옵니다."

"거기 그리 서 있지 말고 어서 이리 오너라."

나는 허리를 펴고 몸을 바로 세웠다. 황제가 웃으며 나를 향해 손짓했다. 그런 황제를 보며 황태자가 자리에서 일어섰다. 그는 자신의 옆에 있는 빈 의자를 빼며 나를 향해 웃었다.

"비이."

"뭐 하는 게냐. 어서 자리에 앉지 않고?"

나는 내키지 않는 걸음으로 황태자가 빼어 준 의자에 앉았다. 그는 의자를 밀어 주며 내 귓가에 얼굴을 가까이 대었다.

"오늘도 아름답군요, 나의 비이."

"하하, 참으로 보기 좋구나. 안 그런가?"

"그렇사옵니다, 폐하. 참으로 보기 좋사옵니다."

황제는 흐뭇한 미소를 지으며 큰 소리로 웃었다. 그의 옆에는 황궁 시종장이 시립해 있었다. 그는 황제의 말에 맞장구를 쳤다. 나는 그런 그들을 보며 최대한 얼굴을 구기지 않도록 노력했다.

"그간 고생이 많았다지?"

"황공하옵니다, 폐하."

"쯧, 아직도 그런 딱딱한 말투라니."

못마땅하다는 듯 황제가 혀를 찼다. 그런 그를 향해 황태자가 입을 열었다.

"그것이 비이의 매력 아니겠습니까. 이해해 주소서, 아바마마."

"그걸 누가 몰라 이러느냐!"

황제가 황태자를 향해 버럭 성을 내었다. 그는 황제의 역정에도 빙긋이 웃기만 했다. 그런 그를 황제는 못마땅하다는 듯 쳐다봤다. 황제가 나를 향해 고개를 돌렸다.

"비욘느, 아니 비이야."

"네, 폐하. 하문하시옵소서."

방금 전까지 성을 내던 황제라고는 믿기지 않게도 나의 이름을 부르는 그의 말투는 다정했다.

"내가 네게 참으로 섭섭하다."

"송구하옵니다. 소녀가 폐하의 심기를 어지럽혔는지요?"

나는 황제의 말에 어리둥절했다. 최근 나는 황제와 만난 적이 없었다. 만난 적이 없으니 당연하게도 그에게 실수할 일도 없었다. 나는 재빨리 머리를 굴려 생각해 보았으나 짐작 가는 것이 전혀 없었다.

"도대체 언제가 되어야 나를 편하게 대해 줄 수 있겠느냐."

나는 입을 다물었다. 황제가 무슨 말을 하려 하는지 이제야 짐작이 갔다. 황제는 침묵하고 있는 나를 달래듯 살가운 말투로 말했다.

"곧 한 식구가 될 사이가 아니더냐."

"송구하옵니다."

나는 송구하다는 말밖에는 할 말이 없었다.

황제는 그때나 지금이나 변함이 없었다. 그때의 황제도 지금처럼 나에게 자상했다. 약혼 전부터 황궁에 들락거리던 나를 웃으며 반겨 주고 황태자비로서 입궁했을 때에는 필요하거나 부족한 것은 없는지 살갑게 챙겨 주었다.

그때의 내가 황태자를 흠모하는 여자들을 찾아가 패악을 부릴 때에도 황제는 허허롭게 웃으며 넘어갔다. 내가 어떤 짓을 하건 황제는 항상 나에게 너그러웠다.

그런 황제를 그때의 나는 아버지처럼 따랐다. 후작에게는 한 번도 부리지 못했던 어리광을 그에게는 거리낌 없이 부렸다. 황제는 그런 내 어리광을 항상 받아 주었다. 때론 눈살 찌푸릴 정도로 제멋대로 구는 나를 황제는 관대하게 넘겼다.

지금 생각해 보면 조금 이상한 일이었다. 황제는 대체 내 어디를 보고 그렇게 마음에 들어 했을까?

"쯧, 그 말을 듣자고 한 말이 아니질 않느냐."

"그만하시지요, 아바마마. 비이가 불편해하지 않습니까."

"쯧, 네놈이 오죽 못나게 굴었으면, 여적 비이가 이러겠느냐."

황제가 황태자를 향해 눈을 흘겼다. 황태자는 여전히 웃기만 했다. 황제는 그런 그에게서 시선을 돌려 나를 바라봤다.

"비이야."

"하문하소서, 폐하."

"네가 올해 열여섯이던가?"

"그렇사옵니다."

황제의 물음에 심장이 덜컥 내려앉았다. 황태자가 나를 이곳으로 부른 이유가 바로 이것이었다.

"성인식이 얼마 남지 않았겠구나."

"삼 개월 남았습니다, 아바마마."

"삼 개월이라……. 슬슬 준비를 해야겠구나."

나는 머리를 재빨리 굴렸다. 이대로라면 내 성인식이 황태자와의 결혼식이 되리라는 것은 자명했다. 황제의 입에서 확정된 말이 나오는 순간 황태자와의 결혼은 더 이상 물릴 수 없는 일이 되고 말 것이다. 나는 필사적으로 피할 수 있는 방법을 생각했다.

"준비는 잘되고 있겠지?"

"이미 진행 중이던 것들이 있으니 괜찮사옵니다. 걱정하지 마시옵소서."

황제의 물음에 시종장이 공손히 대답했다. 황태자와 나와의 결혼은 공식적인 발표만 나지 않았을 뿐이지 물밑에선 이미 준비가 진행되고 있었다.

황제는 1황자파에게 주는 자극을 최소한으로 하기 위해 결혼 준비를 은밀하게 진행했다. 당사자인 나조차도 어렴풋이 짐작만 할 뿐 어디까지 진행이 되었는지는 자세히 알지 못했다. 그때의 내가 결혼식 한 달 전에야 그 사실을 알았으니 그 은밀함이 얼마나 주도면밀한지는 말하지 않아도 알 수 있을 정도였다.

황제는 내가 그 사실을 알고 있을 거라고는 생각하지 않을 것이다. 설사 알고 있다고 해도 상관없었다. 나는 모르쇠로 일관하기로 했다.

"송구하옵니다, 폐하. 소녀는 성인식을 준비하지 않을 것이옵니다."

"……뭐?"

시종장과 대화를 주고받고 있던 황제가 홱 소리가 날 정도로 고개를 돌려 나를 봤다. 시종장 또한 놀란 얼굴로 나를 바라봤다.

"대체 그게 무슨 소리냐? 성인식을 준비하지 않겠다니?"

제국민들은 평생에 단 한 번, 16살이 되는 날 성인식을 치른다. 아이에서 어른이 된다는 의미로 준비할 수 있는 한도 내에서 최대한 성대하게 파티를 연다. 평민도 그럴진대 귀족들은 두말할 나위도 없다. 그들은 생일 당일 날 파티를 열어 많은 사람들 앞에서 성인이 되었음을 축하받는다.

특히 귀족들은 남녀 할 것 없이 성인식에서 사교계에 데뷔한다. 그들이 가장 돋보일 수 있는 날 사교계에 데뷔를 함으로써 자신의 이름을 널리 알리고 많은 사람들에게 눈도장을 찍었다. 성인식을 크고 화려하게, 명망 있는 사람들을 모아 치를수록 그만큼 사교계에서 입지를 세우기가 쉬웠다.

"대체 왜?"

황제가 놀라는 것은 당연했다. 성인식을 준비하지 않겠다는 것은 자신을 가장 돋보일 수 있는 자리를 걷어차겠다는 말과 일맥상통했다.

"외조부께서 돌아가신 지 아직 열흘도 지나지 않았사옵니다. 소녀, 도저히 성인식을 준비할 수 없을 것 같사옵니다."

나는 눈을 내리깔고 고개를 살짝 숙였다. 외할아버지를 떠올리면 지금도 마음이 뒤숭숭했다. 그런 나를 앞에서 보면 영락없이 우는 모습처럼 보일 터였다.

황제는 앓는 소리를 냈다.

"평생에 단 한 번뿐인 날이다. 다시 생각해 보려무나."

"아무리 평생에 한 번뿐인 날이라 하나, 제가 어찌 세상에 단 한 분뿐인 외조부님을 잃고 바로 파티를 열 수 있겠사옵니까. 통촉하여 주시옵소서."

나는 쥐고 있던 손수건으로 눈물을 훔치는 시늉을 했다. 외할아버지를 생각하면 지금도 울적한 기분이 되었지만 더 이상 눈물은 나오지 않았다. 외할아버지는 큰 고통 없이 세상을 떠났다. 그가 떠난 빈자리가 허전하긴 하지만 그의 죽음 자체를 슬퍼할 일은 아니었다.

황제는 그 뒤에도 몇 번이나 나를 설득하려 했다. 나는 조용히 고개를 숙이는 것으로 대답을 대신했다. 황제는 답답하다는 얼굴로 한숨을 내쉬었다.

1황자파의 눈을 속이고 나와 황태자의 결혼식을 올리기 가장 좋은 방법은 바로 내 성인식을 이용하는 것이다. 황제는 아마도 내 성인식을 준비하는 척하며 결혼식을 준비하려 했을 터였다. 실제로 그때의 황제는 그런 식으로 1황자파의 시선을 피해 결혼식을 계획했다. 그 계획이 틀어지니 황제는 저리도 답답하다는 듯 한숨을 내쉬고 있는 것이다.

1황자파는 나와 황태자의 결혼을 원치 않았다. 약혼이야 어쩔 수 없이 받아들였다고 하더라도 결혼만큼은 어떤 꼬투리를 잡아서라도 악착같이 막으려 들 것이다. 황제가 원한다면 밀어붙일 수야 있겠지만 희생이 따르리라는 것은 자명했다. 황제는 황태자의 결혼이 잡음 없이 성사되기를 바라고 있었다.

"성인식은 그렇다 치고 사교계 데뷔는 어찌할 생각이냐?"

누구나 다 성인식을 열 수 있는 것은 아니었다. 돈이 없거나 사정이 여의치 않으면 성인식을 생략하기도 했다. 귀족들 또한 마찬가지였다. 귀족이라고 해서 모두 다 성인식을 열 수 있는 것은 아니었다.

파티를 열기 위해서는 돈이 많이 든다. 장소를 꾸미고 음식을 준비하고 초대장을 보내는 것만으로도 어마어마한 금액을 소비해야 했다. 초대하는 사람의 수가 많을수록 들어가는 금액은 상상을 초월했다. 그 금액을 감당할 수 있는 귀족은 그리 많지 않았다. 돈이 없거나 작위가 낮은 귀족들은 가족끼리 혹은 친한 친인척만 초대하여 조촐하게 성인식을 치렀다.

당연하게도 조촐하게 치르는 성인식에서는 사교계 데뷔는 할 수 없다. 성인식조차도 크게 열지 못하는데 사교계 데뷔를 위한 파티를 따로 열 수 있을 리가 없다. 그들은 황궁에서 열리는 파티나 다른 가문에서 여는 파티를 이용하여 사교계에 데뷔했다.

그런 식으로 다른 파티를 빌려 사교계에 데뷔하면 당연히 파티의 주인공은 되지 못한다. 운이 나쁘면 동시에 몇 명이나 같은 파티에서 데뷔하는 경우도 발생했다. 사교계 첫 데뷔 날조차 주목받지 못한다면 앞날은 뻔했다. 성인식조차 열어 줄 수 없는 가문이란 별 볼 일 없다는 뜻이다. 사람들은 그런 식으로 데뷔한 영애나 영식들을 배척하거나 무시하기 일쑤였다.

"송구합니다, 폐하. 소녀 아직 나이가 어려 파티를 주관한 적이 없사옵니다."

"알고 있다."

올해 16살이 되었지만 아직 생일이 지나지 않았기에 나는 제국법으로 미성년이었다. 내가 엘리언트가의 안주인 노릇을 하고 있긴 하지만 대외적으로는 사교계 데뷔조차 하지 못한 어린 영애일 뿐이다.

가문의 파티를 주관하는 사람은 대체로 그 집안의 안주인이다. 파티의 규모나 장소의 인테리어, 그리고 초대 방법 등을 보면 안주인의 성격을 고스란히 알 수 있었다. 파티를 여는 것은 결코 쉬운 일이 아니다. 들어가는 금액도 금액이거니와 파티를 열기 위해 신경 써야 할 것들은 한두 가지가 아니다. 결코 어린 영애가 할 수 있는 일이 아니었다.

엘리언트가는 후작 부인이 죽은 이후로 몇 년 동안 안주인이 부재중인 상태였고, 후작은 파티 같은 것에는 관심도 없는 사람이다. 엘리언트가에서는 몇 년 동안 파티가 열린 적이 없었다. 황제도 그 사실을 잘 알고 있다는 듯 고개를 끄덕였다.

"그러니 하는 말이다. 사교계 데뷔는 해야 할 것이 아니냐."

황제가 눈을 빛냈다. 그가 생각하고 있는 것이 눈에 훤했다. 황제는 그 짧은 순간에 성인식에서 내 사교계 데뷔 날로 목표를 바꾼 듯했다.

"당장 파티를 여는 것은 어려울 듯하옵니다."

"그렇지 않다! 너만 허락한다면 내 당장 네 사교계 데뷔 파티를 열어 줄 것이야."

"망극하옵니다, 폐하. 하오나 소녀, 지금은 그리할 수 없사옵니다."

"어째서!"

인내심이 바닥이 난 황제가 버럭 소리를 질렀다. 자신도 모르게 지른 소리였는지 그는 바로 헛기침을 하며 자세를 바로 했다.

"아무리 그래도 사교계 데뷔는 해야 할 것이 아니냐."

그의 어투는 칭얼대는 아이를 어르듯 다정했다. 나는 또다시 손수건을 들어 눈가를 훔치는 시늉을 했다.

"아뢰옵기 황공하오나 소녀, 아직은 마음을 추스르기가 많이 힘드옵니다. 사교계 데뷔는 마음을 좀 더 추스른 후에 생각해 볼까 하옵니다."

도돌이표처럼 대화는 또다시 처음으로 되돌아갔다. 황제는 머리가 아픈지 손가락으로 관자놀이를 꾹꾹 눌렀다.

"그래서 그게 언제냔 말이다."

황제는 힘이 빠진 듯했다. 그의 목소리는 처음과 달리 힘이 없었다.

"내년 황궁……."

"너무 늦어!"

내가 첫말을 내뱉자마자 황제가 또다시 버럭 소리를 질렀다. 그는 도무지 참을 수 없는지 벌떡 몸을 일으켰다.

"내년이라니!"

바로 몇 개월 뒤인 내 생일만 생각하고 있던 황제가 내년이라는 말에 펄펄 뛰었다. 지금은 새해가 시작하고 얼마 되지 않은 초봄이었다. 황제가 놀라 벌떡 일어난 것도 당연했다.

나는 그런 그를 순진무구한 표정을 지으며 올려다보았다.

"사교계 데뷔는 성인식을 치르고 이 년 안에만 하면 되옵니다. 내년이면 그리 늦은 것은 아니옵니다."

보통 성인식과 사교계 데뷔를 같이하긴 하지만 상황이 여의치 않으면 성인식을 먼저 치르고 사교계 데뷔를 나중에 하기도 했다. 성인식과 함께 데뷔하지 않는다면 통상 빠르면 성인식을 치른 해에, 늦으면 18살쯤에 사교계에 데뷔를 했다. 18살 이후까지 사교계에 데뷔하지 않는 것은 문제가 될 소지가 여러모로 많았지만 18살만 넘기지 않는다면 사교계 데뷔는 언제 하건 본인의 자유였다.

"끄응."

황제는 차마 순진한 표정을 짓고 있는 나에게 화를 낼 수는 없었는지 얼굴을 붉으락푸르락하며 앓는 소리만 냈다.

"풋!"

"네놈은 뭐가 재미있다고 웃는 게야!"

황태자의 웃음소리에 황제는 옳다구나 하고 그에게 성을 냈다. 그런 황제를 보면서도 황태자의 웃음은 지워지지 않았다. 황태자는 천천히 자리에서 일어나 황제를 향해 고개를 숙였다.

"죄송합니다, 아바마마. 하지만 비이의 말이 틀린 말은 아니질 않습니까."

"네놈은 대체 누구 편인 게야?"

"저야 당연히 제 약혼녀 편이지요."

황태자의 두 손이 내 양어깨를 감싸 안았다. 나는 황제 앞에서 황태자의 손을 뿌리치는 만행을 저지르지 않기 위해 노력해야 했다.

"외조부를 생각하는 비이의 마음이 참으로 어여쁘지 않습니까. 비이의 입장도 고려해 주시지요, 아바마마."

"도대체 네놈은……. 하아……."

황제가 한숨을 쉬며 의자에 주저앉았다. 황태자는 여전히 내 뒤에서 내 어깨를 감싸 안은 팔을 풀지 않고 서 있었다. 황제가 못마땅하다는 표정으로 그런 황태자를 노려보았다. 황태자가 내 뒤에 서 있었기에 나는 황태자가 무슨 표정을 짓고 있는지 알 수 없었다.

"폐하, 신료들과의 알현 시간이 다 되었사옵니다."

황제의 뒤에 시립해 있던 시종장이 황제를 향해 읍하며 고했다. 황제는 허탈한 웃음을 지었다.

"이번엔 내가 물러서마. 네 뜻이 그렇다면 할 수 없는 게지. 하나, 아직 시간이 남았으니 좀 더 생각해 보자꾸나."

나는 자리에서 일어나 황제를 향해 공손히 고개를 숙였다. 황제에게 예를 갖추면서도 어깨에 얹어진 황태자의 손을 떨어뜨리려는 노력을 잊지 않았다.

"오늘은 그만 가 보거라. 나는 좀 쉬다 가 봐야겠구나."

황제가 휘휘 손을 내저었다.

그는 제국을 호령하는 황제다. 능구렁이 같은 많은 대소 신료들을 한 손에 쥐락펴락하는 위치였다. 그런 그가 내 행동들을 눈치 못 챌 리가 없었다. 황제는 알면서도 결국 마지막엔 내 뜻을 존중해 주었다. 나는 황제를 향해 조용히 읍하며 물러났다.

"어디까지 따라오시려 하십니까?"

정원을 지나 바하로트 궁을 나왔는데도 황태자는 여전히 내 뒤를 따라왔다. 나는 몸을 돌려 그를 노려보았다.

"궁 밖까지 약혼녀를 배웅하는 것이 약혼자의 당연한 배려 아니겠습니까?"

"지금까지는 없던 배려시군요."

그가 빙그레 웃었다. 나는 그를 향해 대놓고 인상을 썼다. 그가 나를 향해 다가왔다. 나는 그가 다가온 만큼 뒤로 물러섰다.

"설마 고인을 방패로 쓸 줄은 몰랐습니다, 비이."

그의 붉은 입술이 곡선을 그으며 올라갔다. 비웃는 것과는 약간 다른 종류의 미소였다. 그의 황금색 눈동자가 나를 직시했다.

나는 그의 시선을 피하지 않고 마주했다.

"폐하를 무기로 쓴 전하만 하겠습니까?"

황태자가 나를 바하로트 궁의 내원까지 부른 이유는 명확했다. 그는 황제를 이용해 나를 압박하려 했다. 이전까지의 나라면 귀찮은 마찰을 피하고자 황제의 말을 따랐을지도 몰랐다. 하지만 이미 한가롭게 지낼 시기는 지났다. 이미 불이 붙은 이상 완전히 전소될 때까지는 이 불을 멈출 수 없었다.

그의 눈이 휘둥그레졌다. 잠시 경직되어 있던 황태자의 입술이 점점 벌어지며 마침내 그가 큰 소리로 웃기 시작했다. 그의 눈이 반달처럼 휘어졌다.

"하하하, 이거야, 원. 제가 제대로 한 방 먹었군요."

그는 정말 재미있다는 듯 환하게 웃었다. 그때부터 지금까지 통틀어 황태자가 이렇게 화통하게 웃는 것은 처음이었다. 그의 웃음 때문일까? 분명 그에게 한 방 먹였음에도 왠지 당한 것 같은 찜찜한 기분이 들었다.

'역시 마가 꼈어, 마가.'

나는 여전히 웃고 있는 그를 내버려 두고 뒤를 돌았다.

'저런 놈은 상종하지 않는 것이 상책이지.'

그런 나의 팔을 그가 잡아챘다. 반사적으로 뿌리치려 했지만 그의 단단한 손아귀에 막혀 무산되었다. 나는 그와 다시 얼굴을 마주할 수밖에 없었다.

"나를 자극하지 말라고 분명히 경고했을 텐데요?"

그의 눈동자가 형형하게 빛났다. 짙게 내려앉은 황금빛 눈동자는 마치 장인이 심혈을 기울여 세공한 황금 구슬 같았다. 그의 황금 구슬 안에는 내 모습이 오롯이 비쳤다.

나는 도전적으로 그를 노려봤다.

"전 전하께 제 애칭을 허락한 적이 없습니다."

"이미 약혼까지 한 약혼녀에게 애칭을 거절당할 줄은 몰랐군요."

그가 나에게 얼굴을 바짝 들이밀었다. 그의 매끄러운 코가 내 코에 닿을락말락했다. 있는 힘껏 뿌리치고 싶었지만 주변에 보는 눈이 너무 많았다. 궁 곳곳에 대기하고 있던 궁녀들은 안 보는 척하면서도 모두 나와 황태자를 흥미진진하게 훔쳐보고 있었다.

'생각 같아서는 확 패대기쳐 버리고 싶건만…….'

멀리 떨어져 있어 우리의 말소리가 들리지는 않겠지만 황태자를 패대기치는 모습까지 보이지 않을 리가 없었다.

"약혼자이니 더더욱 예의를 지키셔야지요."

그의 미간이 꿈틀거렸다.

나는 그를 향해 화사하게 웃어 주었다. 그리고 그의 귓가에 나직이 속삭였다.

"때론 사냥감도 사냥꾼을 물 수 있답니다, 전하."

나는 온몸의 무게를 발끝에 실었다. 내 긴 치마에 가려 아무도 보지 못할 테지만 내 발끝 아래에는 그의 발이 자리하고 있었다.

'쯧, 킬힐이었다면 그의 발을 아작 낼 수 있었을 텐데.'

오늘따라 굽이 높은 구두를 신지 않은 것이 너무 아쉬웠다.

"아가씨……. 윽!"

내궁을 나오자 마차 안에서 대기하고 있던 마리가 반사적으로 벌떡 일어서다 마차 지붕에 머리를 부딪혔다. 그녀는 머리를 부여잡고 주저앉았다.

"몇 년이 흘렀어도 덜렁대는 것은 여전하구나."

"죄송해요, 아가씨."

내 핀잔에 마리가 시무룩해졌다. 그녀는 서둘러 마차에서 내려 나에게 길을 터 주었다. 나는 그녀를 지나쳐 마차에 올라섰다.

"오늘도 집으로 바로 가실 거죠?"

마리가 마차 문을 닫으며 물었다. 나는 그녀를 향해 고개를 저었다.

"비벌디 거리로."
"비벌디 거리요?"
"그래."
마리는 궁금한 얼굴을 했지만 나는 대답해 주지 않았다. 자상하게 설명해 주기에는 내 심신이 몹시 지쳐 있었다. 내가 아무 말이 없자 마리는 더 묻지 않고 앞쪽의 작은 창문을 통해 마부에게 목적지를 알려 주었다. 나는 의자 깊숙이 몸을 기댔다.
황태자와 만난 날은 항상 피곤하긴 했지만 오늘은 배로 더 피곤했다. 생각지도 않던 황제와의 만남은 나를 더욱 지치게 했고, 마지막은…….
"하아."
"아가씨?"
나의 한숨 소리에 놀란 마리가 나에게 다가왔다. 나는 괜찮다는 뜻으로 손을 내저었다.
"정말 괜찮으신 거예요? 안색이 좋지 않으세요. 마차를 돌리라고 할까요?"
"아니, 됐어."
나는 마리를 향해 고개를 저은 후, 눈을 감아 버렸다. 마리는 더 이상 말을 걸지 않았다. 분명 황태자의 발을 밟았을 때까지만 해도 통쾌하기가 이루 말할 수 없었다. 내 온몸의 무게를 실은 보복에 그가 미간을 찌푸릴 때는 짜릿한 쾌감마저 느꼈다.
하지만 그러한 기쁨도 잠시뿐이었다.
'그대는 정말 곤란한 사람이군요.'
낮은 굽이긴 하지만 온몸의 무게를 실은 상태였다. 결코 아프지 않을 리가 없을 텐데도 그는 아무렇지도 않다는 듯 나를 보며 빙긋 웃었다. 그의 주변으로 꽃잎이 휘날리는 착각이 들 정도로 화사한 미소였다.
이상한 느낌에 그의 팔을 뿌리치려 했지만 그의 행동이 더 빨랐다. 황태자는 내 팔을 잡고 있지 않던 나머지 한 손으로 내 뒷머리를 감쌌다. 내가 어찌할 새도 없이 순식간에 일어난 일이었다. 황태자의 얼굴이 더 가까이 다가온다고 느낀 순간, 내 이마에 보드라운 온기가 느껴졌다.

'정말 곤란합니다, 비이.'

웃음기 서린 그의 목소리는 꿀처럼 달콤했다.

손가락으로 이마를 문질러 보았다. 보드라운 입술의 감촉이 아직까지 느껴지는 듯했다.

"하아아."

내 안쪽 깊은 곳에서부터 한숨이 올라왔다. 황태자의 행동을 도무지 이해할 수 없었다.

'도대체 황태자는 나와 무얼 하고 싶은 것일까?'

정말 나와 사랑에 빠지기라도 하자는 걸까? 마치 건드리지 말았어야 할 부분을 건드린 것 같아 기분이 찜찜했다.

분명 한 방 먹였다고 생각했는데, 그의 반응은 당한 사람 같지가 않았다. 회심의 일격이라고 날린 내가 열 받게도 그는 즐거워 보이기까지 했다. 대체 어디서부터 잘못된 건지 감도 잡히지 않았다. 마치 만루 홈런을 치고도 역전패당한 기분이었다.

"아가씨!"

또다시 흘러나온 나의 한숨 소리에 마리가 나를 불렀다. 나는 그녀를 향해 고개를 내저었다.

"괜찮아."

나의 괜찮다는 대답에도 마리는 우물쭈물하며 내 눈치를 보았다. 그녀는 손가락을 꼼지락거리며 소심하게 중얼거렸다.

"그…… 그게 아니라 비벌디 거리에 도착했는데요."

"……."

정말이지 황태자와 관련되면 되는 일이 없었다. 나는 고개를 내저으며 황태자를 머릿속에서 치워 버렸다. 내가 내릴 준비를 하자 눈치를 보던 마리가 재빨리 마차 문을 열어 주었다.

비벌디 거리는 귀족들을 대상으로 하는 상점들이 즐비하게 늘어선 거리다. 귀족들을 대상으로 하는 만큼 거리는 깨끗하고 고풍스러웠다.

"아가씨, 어디로 갈까요?"

마리의 말에 나는 잠시 고민했다. 거리에는 여러 종류의 상점들이 있었다. 옷, 보석, 문구류, 무기 등등 종류는 다양했다. 나는 상점들을 훑어보았다. 딱히 끌리는 곳은 없었다.

며칠 뒤면 란트의 생일이었다. 정확히는 란트가 엘리언트가에 온 날이었지만 나와 란트는 그날을 란트의 생일로 삼았다.

란트는 자신의 정확한 생일을 알지 못했다. 란트를 낳은 어미는 란트가 아주 어릴 때 병으로 죽었다고 했다. 어미를 잃고 농장에서 농노처럼 생활하고 있던 란트를 후작의 명령을 받은 부하가 찾아 데려왔다.

란트는 자신을 낳은 어머니에 대해서도 잘 기억하지 못했다. 구슬프게 우는 여인의 얼굴만이 유일하게 기억나는 어머니의 모습이라며 란트는 담담한 얼굴로 나에게 말했다. 란트는 어머니에 대해 말하면서도 슬퍼하거나 괴로워하지 않았다. 그저 차분하게 어찌 보면 무심해 보일 정도로 담담하게 이야기했다.

세상을 인지하기도 전에 부모의 보호도 없이 농노들 사이에 던져진 아이는 감정보다는 생활의 고달픔을 먼저 배웠다. 란트는 우는 법도 웃는 법도 잘 몰랐다. 농노들의 각박한 생활 속에서 나약한 어린아이를 돌봐 줄 사람은 없었다. 란트는 말하는 법도 제대로 배우지 못한 듯했다. 아이는 내 질문에 느리고 어눌하게 더듬거리며 간신히 대답했다.

그때의 란트가 내 심한 괴롭힘에도 울지도 반항하지도 않았던 이유를 그제야 알게 되었다. 아이는 자신을 때리고 괴롭히는 사람에게 반항하는 법도 알지 못했다.

나는 란트를 품에 안아 주었다. 지금이야 대형견처럼 커다랗게 자라 버렸지만 처음 만났을 때의 란트는 내 품에 쏙 들어올 정도로 작고 가냘팠다.

내 품에 안긴 란트는 그 후로도 오랫동안 안을 때마다 빳빳하게 굳었다. 누군가에게 안겨 본 기억이 없는 아이는 어찌할 바를 몰라 쩔쩔맸다. 나는 천천히 시간을 들여 뼈마디가 고스란히 느껴지는 란트의 등을 쓸어 주고는 했었다. 한참 동안 경직되어 있던 아이의 몸이 시간이 지나면서 조금씩 풀렸다. 란트는 머뭇거리며 팔을 들었다. 아이의 작은 손이 내 등을 조심조심 쓸어내리는 것이 느껴졌다. 란트는 내 행동을 그대로 따라 하고 있었다.

"이쪽이 더 빨……. 윽!"

"아가씨!"

란트의 생일 선물로 뭐가 좋을지 고민하고 있는 내 뒤로 무언가 세게 부딪혔다. 나는 앞으로 고꾸라질 뻔했다가 간신히 균형을 잡았다. 내 앞에 서 있던 마리가 재빨리 다가와 내 팔을 부축하듯 잡았다.

"아가씨, 괜찮으세요?"

"응, 괜찮……."

"이, 이를 어째!"

내가 괜찮은지 요리조리 살펴보던 마리가 비명을 질렀다. 나는 그녀의 새된 비명 소리에 깜짝 놀랐다. 핀잔을 주려는 찰나, 마리가 내 치마를 가리키며 울상을 지었다.

"아가씨, 옷이……."

나는 마리가 가리키고 있는 내 치맛자락을 내려다보았다. 연한 녹색 드레스에는 새빨간 액체가 잔뜩 묻어 있었다. 나는 반사적으로 인상을 찌푸렸다. 녹색 드레스에 빨간색 얼룩은 보기 끔찍할 정도로 최악이었다.

"이게 무슨 짓이야!"

마리가 아래를 보며 소리쳤다.

내 발밑에는 어린아이가 정체불명의 빨간 액체를 뒤집어쓴 채 주저앉아 있었다. 새파랗게 질린 아이의 옆에는 액체가 담겨 있었던 것으로 보이는 통이 나뒹굴고 있었다.

"어⋯⋯ 어⋯⋯."

공포에 질린 아이는 잔뜩 얼어붙어 뭐라 말도 못하고 입만 뻐금거렸다. 마리가 아이를 보며 자신의 허리에 손을 얹었다. 그녀는 잔뜩 화가 난 목소리로 소리쳤다.

"너, 이분이 누군 줄이나 알아?"

"마리."

"이분은⋯⋯. 네?"

난 마리의 말을 끊고 그녀를 불렀다. 마리가 눈을 동그랗게 뜨고 나를 돌아봤다. 나는 그녀를 향해 고개를 내저었다. 마리가 어리둥절한 표정을 지었다. 하마터면 소설이나 만화에서 조연이나 엑스트라로 등장하는 전형적인 나쁜 귀족 여자가 될 뻔했다. 순간 민망함으로 얼굴이 화끈거렸다.

딱히 나쁜 귀족 여자가 되기 싫어 마리를 막은 것은 아니었다. 그때의 나는 이보다 훨씬 심한 짓들도 서슴지 않고 했다. 새삼 욕먹는 것이 두려운 것도 아니었다. 욕이 두려웠다면 피스온가의 혈육들을 그렇게 내치지도 않았다. 이제 와서 착한 척할 생각은 없었다.

내가 마리를 막은 이유는 단지 아직 어린아이를 향해 귀족임을 으스대는 꼴이 오글거렸을 뿐이다.

"라이!"

한 남자가 아이를 부르며 달려왔다. 그는 급히 달려온 듯 약간은 흐트러진 차림새를 하고 있었다. 나와 마주친 청회색 눈동자에 당혹감이 서렸다.

"엘리언트 영애?"

"단⋯⋯ 단주님. 우엥!"

남자의 얼굴을 보자 안심을 했는지 아이가 울음을 터트렸다. 아이는 엉금엉금 기어 남자의 바지 자락을 부여잡았다. 아이가 만지는 곳마다 남자의 진한 회색 정장에 빨간색 단풍잎 모양으로 얼룩이 졌다.

"라이!"

"괜찮아?"

"우리가 단주님 모시고 왔어."

남자가 달려온 방향에서 네댓 명의 아이들이 우르르 몰려와 라이라고 불린 아이를 감싸듯 섰다. 남자는 소란스러운 아이들 틈 안에서 나를 향해 고개를 숙였다.

"죄송합니다, 엘리언트 영애."

그의 사과는 깍듯했다. 그러자 소란스럽게 떠들던 아이들이 내 눈치를 보며 슬금슬금 그의 뒤로 움직였다. 울고 있던 아이도 눈물과 콧물을 흘리며 다른 아이들처럼 그의 등 뒤로 숨었다. 그는 고개를 숙인 채로 움직이지 않았다. 내가 대답을 할 때까지 움직이지 않을 생각인 것 같았다.

나는 한동안 그의 뒤통수를 내려다보며 아무런 대답을 하지 않았다. 그는 약간의 흔들림도 없이 자세를 유지했다. 떡 벌어진 어깨와 큰 키, 각이 선 듯 반듯한 자세는 다시 봐도 장사치로는 보이지 않았다.

"일주일 만이군요, 에반 리."

그가 고개를 들었다. 나와 그의 시선이 마주쳤다.

"보는 눈이 많습니다. 우선은 그 옷부터 갈아입으시는 것이 좋을 것 같습니다."

그의 말이 맞았다. 주변엔 벌써부터 몇몇 사람들이 우리를 주시하고 있었다.

이곳은 귀족들이 많이 드나드는 상점가다. 길을 걷는 대다수가 귀족인 것이다. 귀족들 사이에서 나는 소문들은 바람처럼 빨랐다. 이렇게 엉망인 모습으로 그들의 시야에 있는 것은 나 스스로 그들에게 소문의 먹잇감을 제공해 주는 것과 다름이 없었다. 소문이 무서운 것은 아니었지만 괜한 구설수에 오르내리면 귀찮은 일이 생길지도 몰랐다.

내가 고개를 끄덕이자 그가 움직였다.

그가 앞장서 걷기 시작하자 아이들이 그 뒤를 졸졸 따랐다. 나 또한 마리의 부축을 받으며 그의 뒤를 따랐다.

에반이 나를 안내한 곳은 피스온가가 소유한 건물 중 하나였다. 나는 피스온가의 재력이 얼마만큼인지 자세히 알지 못했다. 그때는 황태자를 쫓아다니느라 관심이 없었고, 지금은 내 것이 아니라고 생각하기 때문에 관심이 없었다. 정확히 구분해서 말하자면 내가 외할아버지로부터 상속받은 것은 피스온가의 재산이 아니라 외할아버지가 개인적으로 소유했던 재산 중 일부였기 때문이다.

피스온가의 재산에 대해 잘 알지 못하는 내가 이 건물을 피스온가의 소유라고 생각하는 이유는 단순했다. 건물의 1층에 피스온가의 상점 중 하나인 보석점이 입점해 있었기 때문이다.

피스온가는 여러 종류의 상점을 소유하고 있었다. 아무리 관심 없는 나라도 몇 개 정도는 알고 있을 정도로 크고 다양했다. 더구나 보석점은 한창 사치를 부리던 그때의 내가 주로 애용하던 곳이기도 했다. 내가 황후였을 적에 유명세를 탄 보석점이기에 그때쯤 만들어진 줄 알았는데 그 이전부터 상점은 존재하고 있었던 모양이었다.

에반은 보석점으로 이어지는 입구가 아닌 뒤쪽의 문을 통해 나를 건물 안으로 바로 안내했다. 뒤쪽으로 이어진 문은 바로 3층으로 이어져 있었다.

에반은 나를 응접실처럼 생긴 큰 방으로 안내한 후, 마리를 데리고 사라졌다. 나는 옷에 묻은 빨간 액체 때문에 차마 소파에 앉지도 못하고 방 안을 서성였다.

응접실 안은 화려하진 않았지만 꽤 고풍스럽게 꾸며져 있었다. 보석점이 입점해 있는 건물의 응접실치고는 꽤 수수해 보이기도 했다. 나는 찬찬히 응접실을 훑어보았다. 어차피 에반이나 마리가 돌아올 때까지는 할 일도 없었다.

응접실은 전체적으로 은은한 파스텔 톤의 색상이 주를 이루고 있었다. 푹

신해 보이는 소파는 아이보리색으로 큰 창이 없음에도 방 안이 밝아 보이는 효과를 주었다. 방 안의 전반을 차지하고 있는 선반 역시 아이보리색에 가까운 색으로 자칫 응접실 전체가 밋밋해 보일 수 있었지만 곳곳에 원색의 장식품을 배치해 놓음으로써 단조로움을 방지하고 있었다.

'이상한데…….'

나는 응접실을 구경할수록 의아함을 느꼈다.

보석점은 에반이 상단을 넘겨받은 후 가장 크게 성공했던 사업이었다. 물론 지금은 그때가 아니니 달라질 수도 있었다. 하지만 이렇게 보석점이 존재하고 있다는 것은 곧 그가 이 사업을 주력으로 삼을 확률이 높다는 말과 같았다.

그때의 에반이 주력으로 삼아 성공했던 사업들은 드레스, 보석, 화장품 등등 여성의 사치품들이었다. 피스온가가 운영하는 상점들이 대부분 피스온의 이름을 딴 것에 비해 여성의 사치품들을 취급하는 상점들은 피스온의 이름이 아닌 '루이아샤'라는 새로운 이름을 사용했다.

루이아샤는 주로 귀족 여성을 상대하는 브랜드였다. 루이아샤는 '당신만은 특별하다'라는 슬로건을 내세워 허영심 많은 여자들의 심리를 정확히 저격했다. 귀족 여자들 사이에서는 루이아샤의 제품을 하나라도 사용하지 않으면 덜떨어진 취급을 받을 정도로 선풍적인 인기를 끌었다. 그녀들은 하나라도 더 많은 루이아샤의 제품을 사기 위해 혈안이 되었다.

루이아샤의 제품들은 특별함을 강조했다. 특별하다는 것은 곧 비싸다는 말과 일맥상통했다. 몇몇 집안은 여자들의 사치로 인해 파산까지 할 정도였다. 그때의 나는 파산까지는 하지 않았지만 누구보다도 많은 금액을 루이아샤의 제품을 사는 데 사용했다. 지금 생각하면 참으로 쓸데없는 짓이었지만 에반의 상술은 감탄할 정도로 놀라웠다. 정확히 여성의 심리를 꿰뚫지 않고서는 나올 수 없는 발상이었다.

그래서인가. 응접실의 인테리어는 남자가 꾸몄다고는 볼 수 없을 정도로 여성스러움이 물씬 풍겨 나왔다.

'남자다움의 상징인 기사 같은 겉모습과 달리 속은 여성스러웠던 건가? ……그럴 리가 없지.'

그와 제대로 된 대화를 나눠 본 적은 없지만 딱히 여성스럽게 느껴지진 않았다. 이곳을 사용하는 사람이 에반이 아니거나 에반의 연인 혹은 부인이 꾸민 것 같았다. 그때나 지금이나 피스온 상단주가 결혼했다는 말은 들어 본 적이 없으니 연인일 확률이 높았다.

"아가씨."

응접실의 주인에 대해 생각하고 있는 사이에 마리가 돌아왔다. 마리는 양손 가득 드레스를 안고 있었다.

"여기 이 층에 드레스가 잔뜩 있더라고요. 아가씨한테 어울릴 만한 걸로 추려 오느라고 좀 늦었어요."

마리는 낑낑거리며 소파 위에 드레스를 하나하나 올려놓았다. 색색의 드레스들은 당장 파티에 입고 나갈 수 있을 정도로 화려했다.

"과하군."

"다른 걸로 다시 골라 올까요?"

나의 감상평에 마리가 울상을 지었다.

나는 개중 가장 단순해 보이는 드레스를 들어 올렸다. 비단 특유의 서늘한 감촉이 느껴졌다. 당장 황궁 파티에 입고 나가도 손색이 없을 정도로 비싼 재질이었다. 촘촘한 바느질 솜씨와 진짜 보석을 사용한 장식은 그때의 루이아샤의 제품들과 동일했다.

"이게 이 층에 있었다고?"

"네, 그 단주라는 분이 필요한 만큼 마음껏 가지고 가라던데요."

마리가 내 말의 의도를 몰라 고개를 갸웃거렸다. 보석점뿐만 아니라 드레스까지 준비되어 있다는 것은 역시 그때처럼 루이아샤가 등장할 준비를 하고 있다는 소리였다. 나는 마리에게 손짓했다.

"이걸로."

"네!"

마리가 밝게 대답했다. 드레스를 가지러 다시 갔다 오지 않아도 되어 좋은 모양이었다. 평상복으로 입기에는 좀 과한 면이 없지 않아 있었지만 못 입을 정도는 아니었다.

나는 마리의 시중을 받으며 드레스를 갈아입었다.

"역시, 너무 잘 어울리세요!"

마리가 손뼉을 치며 감탄했다. 은은한 오렌지색의 드레스는 눈으로 보던 것과 달리 직접 입으니 짐작보다 화려하다는 생각은 들지 않았다. 소매 끝과 치마 밑단으로 보석들이 달려 있긴 했지만 같은 계통의 색상에 자잘한 크기인지라 크게 위화감도 들지 않았다.

"머리도 좀 손볼까요?"

마리가 눈을 반짝이며 물었다. 딱히 지금의 머리 모양이 드레스에 어울리지 않는 것은 아니었지만 두 손까지 마주 잡고 간절한 시선을 보내는 마리의 박력에 밀려 소파에 앉았다.

마리는 희희낙락하며 내 머리를 만지기 시작했다.

"드레스들을 보는 순간 아가씨에게 입혀 볼 생각에 가슴이 다 두근거리는 거예요."

마리가 재잘댔다. 그녀는 이 상황이 즐거운 것 같았다.

"하나같이 다 아가씨에게 잘 어울릴 것 같아서 추리고 추리느라 너무 힘든 거 있죠. 제 손이 두 개밖에 없다는 사실이 이렇게까지 아쉬울 줄은 몰랐어요."

"드레스만 있었어?"

"네, 제가 들어간 방에는 드레스만 있었어요. 다른 게 필요하세요?"

"아니."

'역시 에반은 루이아샤를 준비하고 있는 것일까?'

루이아샤가 등장한다고 해서 딱히 문제가 될 것은 없었다. 오히려 피스온 상단이 더 크게 되는 일이니 나에게 좋으면 좋았지 나쁠 것은 없었다. 그럼에도 드는 이 위화감은 무엇일까?

'마치 무언가를 놓치고 있는 느낌이야.'

그때의 나는 국가 예산에 맞먹을 정도로 천문학적인 액수들을 단지 내 허영심을 충족시키기 위해 사용했다. 당연히 국고에서 끌어다 쓸 수는 없었다. 나는 내 궁으로 매년 들어오는 내탕금과 내 개인 소유의 재산들을 사용해 사치를 즐겼다. 후작 부인과 외할아버지에게서 받은 유산은 상당히 많았지만 내 사치를 감당하기에는 턱없이 모자랐을 것이다. 그럼에도 나는 유폐되기 전까지 모자람을 몰랐다. 마치 화수분처럼 내 재산은 마르지 않는 샘 같았다.

나는 쓰는 것에만 관심이 있었을 뿐 관리에는 영 젬병이었다. 나는 내 재산에 대한 관리를 모두 유모에게 일임했다. 유모가 어떻게 내 재산을 관리했는지는 알 수 없었다. 지금에 와서 그녀에게 물어볼 수도 없는 노릇이었다. 지금 당장은 이유를 알 수 없는 이 찜찜함을 해결할 방법이 없었다.

"머리끈이 하나 더 있었더라면 좋았을 텐데요."

마리가 아쉽다는 듯 중얼거렸다. 나는 오늘 연녹색 드레스에 맞추어 녹색 계열의 머리끈을 사용해 반 묶음 형태의 머리 모양을 하고 있었다. 후작 부인을 닮아 구불거리는 곱슬머리는 마치 파마를 한 듯 자연스럽게 컬이 진 형태였다.

마리는 묶고 있던 내 머리를 풀어 한쪽 방향으로 느슨하게 땋아 내렸다. 연녹색의 머리끈은 머리카락과 함께 땋아 묶었다. 머리카락 사이사이로 연녹색 머리끈이 보였다. 그녀는 솜씨 좋게 삐져나온 잔 머리카락을 정리해서 자연스럽게 연출했다. 마리는 자신의 작품을 감상하듯 흐뭇하게 웃었다.

똑똑.

마치 내가 준비를 마칠 때까지 기다리고 있었다는 듯 문을 두드리는 소리가 들렸다.

나는 마리를 향해 고개를 끄덕였다. 마리는 나머지 드레스를 한쪽으로 정리한 후 응접실의 문을 열었다. 문밖에는 에반과 라이라는 꼬마가 서 있었다. 에반과 아이 또한 그사이 옷을 갈아입었는지 말끔한 모습이었다. 아이는 에반의 바지 자락을 잡은 채 쭈뼛거리고 있었다.

마리가 한쪽으로 서 그들이 들어오기를 기다렸다. 에반은 아이의 등을 밀며 응접실 안으로 들어왔다.

"다시 한 번 사죄드립니다, 엘리언트 영애."

그가 나를 향해 허리를 숙였다. 아이 또한 이리저리 눈치를 살피더니 에반을 따라 고개를 숙였다.

"죄송해요."

"……."

나는 그런 에반과 아이를 보며 소파에 몸을 기댔다. 옷을 버린 일에 딱히 화가 나지는 않았다. 약간은 번거롭고 짜증 나는 일이긴 했지만 용서해 주지 못할 일은 아니었다.

용서해 주는 것은 쉽다. 그러나 조심성 없는 아이의 행동이 훗날 피스온 상단에 악영향을 끼칠 수도 있었다.

내가 비약해서 생각하는 것일 수도 있다. 피스온 상단은 한낱 어린아이 1명으로 어찌 될 상단은 아니었다. 하지만 난 분명히 보았다. 아이를 향해 달려오던 에반의 얼굴은 아이에 대한 걱정으로 가득했다.

상단의 주인이 아이 1명 때문에 흐트러진 모습으로 급히 달려왔다는 것은 문제가 될 소지가 다분했다. 아이를 걱정하는 그가 나쁘다는 것은 아니다. 하지만 그는 상단을 운영하는 총책임자였다. 사사로이 움직이기엔 그의 두 어깨에 짊어지고 있는 것이 너무 많았다.

'저 아이가 그에게 그만큼 중요하다는 뜻일까?'

나는 아이를 찬찬히 훑어봤다. 고개를 숙이고 있어 결 좋은 머리카락밖에 보이지 않았다. 나는 아이의 머리카락을 보며 눈살을 찌푸렸다. 하필 아이의 머리카락은 하늘색이다. 여전히 하늘색을 보는 것은 껄끄러웠다. 더구나 그녀와 똑같은 색이다.

나는 아이의 눈동자 색을 떠올려 봤다. 아이를 주의 깊게 본 적이 없어 기억이 나지 않았다.

"이름이 라이라고?"

"……네."

아이는 대답을 하면서도 고개를 들지 않았다. 부들부들 떨고 있는 몸이 겁에 질린 것 같기도 하고 분해하는 것 같기도 했다.

"네가 한 짓이 어떤 건지 알고 있니?"

"죄, 죄송합니다."

아이가 더 깊이 고개를 숙였다. 거짓말을 약간 보태면 머리카락이 바닥에 닿을 정도였다. 나는 느릿한 어투로 말했다.

"너를 어찌해야 할까?"

아이의 몸이 움찔거렸다. 나는 에반을 향해 시선을 돌렸다. 그는 어느새 고개를 들고 바르게 서서 나를 내려다보고 있었다.

"올려다보기 거북하군요."

에반이 슬쩍 아이를 내려다봤다. 아이는 여전히 고개를 들지 못하고 있었다. 그는 낮게 한숨을 뱉어 내며 맞은편 소파에 앉았다.

"내가 저 아이를 어찌하면 좋겠습니까?"

"선처를 부탁드립니다."

"할 말이 그것뿐인가요?"

그가 입을 다물었다. 그의 청회색 눈동자가 흔들림 없이 나를 직시했다. 그의 쌍꺼풀 없는 눈꺼풀이 느릿하게 내려왔다 올라갔다.

"원하시는 것이 무엇입니까?"

나는 피식 웃었다. 너무 쉬운 그의 대답에 화가 나기 시작했다. 단지 1명의 아이를 구하겠다고 상단의 상단주가 나에게 원하는 것을 묻고 있다. 외할아버지는 이런 사람에게 상단을 맡겼단 말인가?

"저 아이를 죽일까요?"

"영애!"

털썩.

에반의 외침과 함께 무언가 바닥에 주저앉는 소리가 들렸다. 나는 공포에 질려 눈물범벅이 된 아이를 내려다봤다. 아이는 바닥에 주저앉은 채 벌벌 떨고 있었다.

"내가 너를 이 자리에서 죽인다 한들 말릴 수 있는 사람은 아무도 없단다. 네가 믿고 있는 저 남자도 나를 말릴 수는 없어."

나는 소파에서 일어나 아이에게 다가갔다. 아이의 오렌지색 눈동자에 진한 공포가 서려 있었다. 그녀의 호박색 눈동자와 비슷하면서도 다른 색이었다.

"네가 저지른 실수가 바로 그런 거란다."

나는 무릎을 꿇고 앉아 아이의 눈높이에서 시선을 마주했다. 공포로 흔들리는 오렌지색 눈동자가 조금 이상해 보였다. 나는 아이의 눈동자를 자세히 보기 위해 가까이 다가갔다.

잘못 본 것이 아니었다. 아이의 눈동자는 마치 고양이처럼 동공이 세로로 되어 있었다.

"영애!"

거친 손길이 나의 어깨를 잡아챘다. 나를 일으켜 세운 에반의 얼굴은 당혹감으로 물들어 있었다. 나는 에반과 아이를 번갈아 바라보았다.

"……들어야 할 말이 많은 것 같군요."

에반이 손을 들어 자신의 이마를 짚었다.

"죄, 죄송해요! 모두 다 제 잘못이에요. 단주님은 아무 잘못 없어요. 제발요!"

아이가 내 치맛자락을 부여잡았다. 아이의 몸은 파들파들 떨리고 있었다.

"제, 제가 죽을게요. 네? 제발……."

아이가 눈물을 펑펑 흘리며 매달렸다.

나는 다시 무릎을 꿇고 앉아 아이의 눈동자를 마주했다. 아이의 동공은 여전히 고양이처럼 세로로 되어 있었다.

나는 아이를 향해 손을 뻗었다. 아이의 하늘색 머리카락이 손가락 사이로 부드럽게 감겼다. 그녀와 같은 하늘색 머리카락이었다. 하늘색 머리카락이 특별히 희귀한 것은 아니었다. 흔하지는 않지만 서부 출신의 사람들에게서는 간혹 나타나는 색이었다.

'이것은 우연일까? 아니면 누군가가 의도한 일일까?'

확실한 것은 그때의 나나 지금의 나나 주변에서 일어나고 있는 일에 대해 아는 것이 거의 없다는 사실이었다. 그게 기분이 나빴다.

"너는 네가 누군지 알고 있구나."

아이의 눈에 경악이 서리며 동공이 세로로 더 수축했다. 아이의 눈은 확실히 서부 부족 국가인 이나야리의 특징이었다.

이나야리는 제국의 서쪽에 위치한 부족 국가였다. 사막에 거주하는 그들은 생활이나 풍습에 대해 알려진 것이 거의 없을 정도로 폐쇄적이었다. 제국을 비롯해 많은 국가들은 이나야리를 터부시했다. 그들은 굉장히 야만적이었고, 독특한 신체적 특징을 가지고 있었다. 인간의 특성상 특별하다는 것은 신성시하거나 배척하거나 둘 중 하나다. 이나야리는 후자였다.

사실 이나야리는 하나의 국가라기보다는 인간과는 완전히 다른 종족으로 취급당했다. 그들은 짙은 피부색에 고양이와 같은 동공을 가진 것이 특징이었다. 피부색은 까무잡잡하기보다는 동양인처럼 누르스름했지만 백색 피부가 주를 이루는 이곳에서는 너무 두드러졌다.

그들의 가장 큰 신체적 특징은 고양이와 같은 동공이었다. 그들의 눈동자는 평상시에는 다른 이들과 차이가 없었지만 흥분하거나 감정의 동요가 크게 일면 동공이 고양이처럼 세로로 수축됐다. 사람들이 그들을 터부시하는 가장 큰 이유였다.

아이의 피부색은 나와 별 차이가 없었다. 순수한 이나야리는 아니라는 소리였다. 이나야리의 혼혈은 더럽다는 이유로 이나야리 이상으로 배척당했다.

"알고 있니? 너는 단 한 번의 부주의로 너는 물론 저 남자와 상단까지 위험에 빠트렸다."

"제, 제발……."

아이가 턱을 덜덜 떨며 빌었다.

아이가 불쌍하지 않은 것은 아니었다. 아이가 그냥 평범한 아이였다면 약간의 혼만 냈을 수도 있었다. 하지만 아이는 그냥 평범한 아이가 아니었다. 아이의 몸에는 사람들이 터부시하는 이나야리의 피가 흐르고 있었다. 동공의 특징만 아니었어도 이렇게까지 할 생각은 없었다. 나는 공포가 될 정도로 아이에게 단단히 각인을 시켜 줄 필요성을 느꼈다.

상단의 상단주가 혼혈이긴 하나 이나야리의 아이를 끼고 돌았다는 것이 소문이 나면 상단은 자칫 위험에 처할 수 있었다. 피스온 상단은 규모가 큰 만큼 적은 물론 호시탐탐 상단을 노리는 사람들이 많았다. 에반이 무슨 이유로 이나야리의 아이를 데리고 있는지는 모르겠지만 이 사실을 아는 즉시 그들은 이걸 꼬투리 삼아 에반을 끌어내리기 위해 혈안이 되어 달려들 것이다. 그 와중에 상단이 휘청거릴 것은 자명했다.

이나야리의 아이는 데리고 있다는 것은 그만큼 위험했다. 이 사실을 빌미로 에반을 옭아맬 건수는 많았다. 최악을 가정하자면 아이의 존재 자체가 아나야리와 내통하고 있다는 증거가 될 수도 있었다.

이나야리는 호전적인 만큼 자신들의 혈족에 대한 애착이 강했다. 그들은 혼혈이라고 해서 자신들의 혈족인 아이를 내치지 않았다. 특히 이나야리는 아이들에 대한 보호가 강했다. 아이가 이곳에 있다는 것은 그만큼 이상한 일이었다.

"네 주변을 위험하게 만들고 싶지 않다면 항상 긴장하렴. 단 한 번이라도 틈을 보였다간 너는 물론 네 주변의 모든 것이 위험하게 될 테니."

아이는 아무 말도 못 하고 꺽꺽거리며 눈물을 흘렸다.

"억울하니? 단순히 옷 한 벌 버렸을 뿐인데 이렇게까지 하는 내가 원망스러워?"

나는 아이의 하늘색 머리를 톡톡 두들겼다. 이나야리의 피가 흐르고 있다 해도 아직은 아무것도 모르는 어린아이였다. 분명 아이가 실수를 한 것은 사실이었다. 이곳이 신분제이고 아이가 이나야리의 혼혈이 아니었더라면 사과 한마디와 옷에 대한 변상만으로도 끝낼 수 있는 작은 실수 말이다.

내 말에 반박하지 못할 정도로 아이는 자신의 처지를 이미 알고 있는 듯했지만, 그렇다고 분함을 다 참을 만큼 철이 든 것도 아니었다. 아이는 더 서럽게 울었다.

"억울하고 원망스럽다면 힘을 키우렴. 누구도 너를 함부로 할 수 없을 정도로, 네가 누구인지 알아도 손끝 하나 대지 못하게. 그렇게 못하겠다면 평생을 긴장하며 조용히 쥐 죽은 듯이 살려무나. 그것이 너와 네 주변의 목숨을 길게 연장할 수 있는 유일한 방법이니 말이다."

나는 아이의 머리카락을 놓고 일어섰다. 에반은 그런 나를 곤란하다는 얼굴로 바라보고 있었다.

나는 굳어 있는 마리를 향해 손짓했다. 마리는 혼란스러워하는 얼굴을 하고 있었지만 아무런 말 없이 나에게 다가왔다. 그동안 집사가 교육을 잘 시킨 듯했다.

"아이를 데리고 나가 있어."

"네, 아가씨."

마리가 아이를 일으켜 세웠다. 아이는 넋이 나간 얼굴로 마리가 이끄는 대로 끌려 나갔다.

나는 문이 닫히는 소리를 들으며 소파에 다시 앉았다. 에반은 굳은 얼굴로 여전히 서 있었다.

"일단 이야기를 들어 보도록 하죠. 당신이 나에게 한 무례는 그 후에 묻겠습니다."

에반이 자신의 손을 내려다보았다. 이제야 자신의 실수를 알아차린 모양이었다. 아무리 다급했다고는 하지만 허락도 없이 나의 팔을 잡아챈 것은 상당히 무례한 행동이었다.

그가 내 맞은편에 있는 소파를 향해 다가갔다.

"우선 무례를 진심으로 사죄드립니다, 엘리언트 영애."

그가 고개를 숙였다.

나는 그런 그를 심드렁하게 올려다보았다. 에반은 몸을 바로 세운 후 조심스럽게 소파에 앉았다. 그는 어떤 말부터 해야 할지 고민하고 있는 듯했다. 나는 그가 입을 열기를 조용히 기다렸다.

"솔직히 어디서부터 어떻게 말해야 할지 모르겠습니다."

"상단의 주인이 할 말은 아니로군요."

상인이란 무릇 상대를 말로 현혹시킬 수 있어야 했다. 에반은 그런 의미로 상인으로는 어울리지 않아 보였다.

"네, 저는 상인이라기보다는 기사에 가깝죠. 백작님께서도 그리 말씀하시곤 하셨습니다."

그가 씁쓸하게 웃었다. 나는 그의 말에 인상을 찌푸릴 수밖에 없었다. 외할아버지는 그러한 그의 성격을 알면서도 그를 상단주의 자리에 앉혔다는 말이었다.

외할아버지는 대체 그의 무엇을 보고 그에게 상단을 맡겼을까?

'그의 사업 능력?'

확실히 루이아샤라는 브랜드는 획기적이었다. 여자의 심리를 정확히 꿰뚫어 그녀들의 허영심을 부추기는 전략은 감탄이 나올 정도였다. 외할아버지는 그에게서 그러한 재능을 본 것일까? 나는 소파에 등을 기대고 그를 찬찬히 훑어봤다.

여전히 그의 외모는 장사꾼이라기보다는 기사에 더 가까워 보였다. 쌍꺼풀 없이 길게 뻗은 눈매와 일자로 다문 입술은 고지식해 보이기까지 했다.

"백작님을 많이 닮으셨군요."

"……."

뜬금없는 그의 말에 나는 대답 대신 미간을 찌푸렸다. 그런 나를 보며 그가 멋쩍은 웃음을 지었다.

"처음 뵈었을 때도 느꼈습니다."

'처음? 할아버지가 돌아가셨을 때를 말하는 건가?'

나를 바라보는 그의 시선이 거북했다. 지금 나와 그의 만남은 빈말로라도 좋다고 볼 수 없었다. 나는 무조건적으로 아이를 감싸고도는 그의 행동들이 마음에 들지 않았고, 그 또한 어린아이에게 잔인한 말을 서슴지 않고 퍼붓는 내가 곱게 보이지 터였다.

'그런데 지금 저 눈빛은 대체 뭐야?'

깊은 신뢰가 담긴 눈동자였다. 나를 향한 그의 눈빛을 이해할 수 없었다.

"뜬금없는 말이로군요."

"영애에게는 그렇게 느껴질 수도 있겠군요."

그가 수긍하듯 고개를 끄덕였다. 나는 이런 상황이 거북했다. 이유 없는 그의 무조건적인 호의가 불편했다.

"라이에게 그리 대하신 것, 일부러 그러신 것이 아닙니까?"

"무슨 뜻인지 모르겠습니다."

"영애도 아시다시피 라이는 이나야리의 혼혈입니다. 아이의 실수는 자칫 상단을 위태롭게 만들 수 있지요. 영애는 그걸 경고하고 싶으셨던 것이 아닙니까? 아이에게도, 저에게도 말입니다."

"그걸 아시는 분이 저런 천둥벌거숭이 같은 아이를 아무런 조치도 없이 자유롭게 풀어 놓으신 겁니까?"

"그 부분에 대해서는 변명을 하지 않겠습니다. 모두 제 불찰이니까요."

그가 또다시 나에게 고개를 숙였다. 한 치의 흐트러짐 없는 반듯한 자세는 확실히 기사의 그것과 같았다.

"역시 제 느낌이 틀리지 않았군요. 영애는 백작님을 많이 닮으셨습니다."

숙이고 있던 고개를 들며 그가 이어 말했다.

"백작님께서도 저희를 꽤나 매섭게 다그치시곤 하셨지요."

'내가 아닌 외할아버지를 보고 있는 것인가?'

그의 눈동자에 담긴 신뢰가 누구를 향한 것인지 알 것 같았다. 그는 나를 통해서 외할아버지를 보고 있었다. 마땅히 불쾌함이 들어야 했지만 그런 기분은 들지 않았다. 외할아버지를 떠올린 것인지, 아련하게 흔들리는 그의 청회색 눈동자 때문인지도 몰랐다.

"저는 고아입니다."

그는 나를 마주 보지 못하고 눈을 내리깔았다. 긴 속눈썹이 그의 눈동자를 가리며 짙은 그림자를 드리웠다.

"하루하루 살기 위해 버러지처럼 발버둥 치던 저를 구해 준 것이 영애의 외조부님이신 피스온 백작님이십니다."

그가 나와 시선을 마주쳤다. 방금 전까지 아련하게 흔들리던 청회색 눈동자가 흔들림을 멈추고 나를 향해 단단하게 고정되었다. 그는 담담한 어조로 말을 이었다.

"그분의 은혜가 아니었더라면 저는 지금까지 살아 있을 수 없었을 겁니다."

나는 조용히 그의 말을 경청했다.

"저뿐만이 아닙니다. 그분은 많은 아이들을 지옥에서 구원해 주셨습니다. 방금 전 그 아이까지 포함해서 말입니다."

"그 아이의 정체를 알고서도 말인가요?"

"네. 백작님께서는 모두 알고 계셨습니다."

나는 무릎 위로 손가락을 두드리며 생각했다. 외할아버지는 어째서 위험을 무릅쓰고서까지 그 아이를 받아들이셨을까? 비단 그 아이뿐만이 아니었다. 내 앞에 있는 에반 또한 외할아버지의 구원을 받았다고 했다. 나는 그 의도를 짐작하기도 어려웠다.

"어째서요?"
"속죄라고 하셨습니다."
"누구를 위한?"
에반의 시선은 오로지 나에게 멈춰져 있었다. 그의 청회색 눈동자에 내 모습이 고스란히 비쳤다.
'아!'
나는 그의 행동에서 대답을 얻을 수 있었다. 외할아버지는 평생을 보이지 않는 곳에서 버려진 아이들을 구하는 것으로 나와 후작 부인에게 속죄하며 살고 계셨던 거였다. 지금도 그때도 변함없이 말이다.
"……그런 아이가 몇 명이나 되나요?"
"많습니다."
"모두 상단과 관련된 일을 하고 있겠군요."
"대부분 그렇습니다."
외할아버지가 에단에게 상단을 물려준 이유를 알았다. 비밀을 공유하고 지켜 줄 사람이 필요했을 것이다. 아마도 에반이 그 적임자였으리라.
'할아버지.'
이유를 알았지만 여전히 의문점도 남았다. 에반은 과연 상단의 주인인가. 에반과 이야기를 하면 할수록 그 의문은 커져만 갔다. 그는 듬직하고 신의가 있어 보였지만 상단의 주인으로서는 어울리지 않았다. 아무리 봐도 루이아샤를 만든 사람이라고는 생각되지 않았다.
'루이아샤를 만든 이는 따로 있는 것일까? 그럼 그는 누구일까?'
의문은 꼬리에 꼬리를 물고 늘어났다. 나는 질문을 고르기 위해 잠시 말을 멈췄다. 내가 말을 멈추자 에반 또한 입을 다물고 침묵을 지켰다.
똑똑.
그와 나의 침묵을 깨며 노크 소리가 들렸다. 에반이 나를 바라봤다. 나는 그를 향해 고개를 끄덕였다. 그는 자리에서 일어나 문을 향해 걸어갔다. 나는 그가 문을 여는 것을 소파에 앉아 지켜봤다.

문이 열리고 거기엔 의외의 인물이 서 있었다.

"비욘느."

생각지도 않은 그녀의 등장에 나는 상당히 놀랐다. 백작저에 있어야 할 그녀가 왜 이곳에 있는 것일까?

"이곳에서 당신을 보게 될지는 몰랐군요, 아나샤."

외할아버지의 부인이자 엘의 어머니인 아나샤 헤스 피스온이 그곳에 서 있었다.

그녀는 나긋나긋한 걸음걸이로 다가와 나의 맞은편에 앉았다. 에반은 그런 그녀의 뒤를 따라오더니 그녀의 뒤에 시립했다. 둘의 그러한 모습을 보자 허탈함과 함께 입안에 씁쓸함이 감돌았다.

'그랬군.'

나는 그녀가 내 눈앞에 나타나서야 비로소 상단의 진짜 주인이 누구인지 알 수 있었다. 확실히 여성스러움이 물씬 풍겨 나오는 이 응접실의 인테리어와 여자의 허영심을 정확히 겨냥한 상술은 남자인 에반이 추진했다고 보기에는 무리가 있었다.

아나샤는 평민의 신분으로 백작 부인의 자리까지 올라간 여자다. 귀족 사회라는 것이 겉으로는 화려해 보일지 몰라도 속으로는 서로 헐뜯고 물어뜯는 것이 예사로 이루어지는 곳이다. 평민의 신분으로 탈 없이 끼어들 수 있는 자리가 아닌 것이다.

아나샤는 그러한 귀족 사회에서 살아남은 것은 물론 백작 부인으로서 자신의 자리를 확고히 확보했다. 많은 질타와 시기를 받았던 자리에 있었던 만큼 누구보다도 귀족 여자들의 생리를 잘 알고 있었을 것이다. 무엇보다 루이아샤라는 이름은 지금까지 전혀 눈치채지 못한 내가 바보처럼 느껴질 정도로 적나라했다.

'루이'는 그녀가 외할아버지를 부르는 애칭이었다. '아샤'는 외할아버지가 그녀를 부르는 애칭이었다. 너무 허탈해서 헛웃음이 나올 정도였다.

"이거야 원, 내가 이걸 무슨 뜻으로 받아들여야 할까요?"

나는 소파 등받이에 몸을 깊숙이 묻고 팔짱을 끼며 그녀를 노려봤다. 아나샤는 나를 향해 어색한 미소를 지었다.

"오해하지 마세요, 비욘느."

"내가 어떤 오해를 하고 있는데요?"

나의 날카로운 대답에 그녀의 눈매가 서글픈 빛을 띠었다. 그녀를 처음 봤을 때도 느꼈던 것이긴 하지만 그녀는 보는 사람들로 하여금 보호 본능을 자극하게 하는 무언가가 있었다. 아마 대부분의 남자들은 그녀의 그러한 매력에 빠져 헤어 나오질 못할 것이다.

'나도 그러한 그녀의 모습에 홀린 사람 중에 하나인 것일까?'

아나샤가 외할아버지를 사랑하는 것은 진심처럼 보였다. 그녀는 4년이 넘는 시간 동안 한시도 외할아버지의 곁에서 떨어지지 않고 그를 간호했다. 외할아버지를 보는 그녀의 시선은 애틋했고 사랑이 흘러넘쳤다.

'그동안 그녀에게 속은 것일까? 아니면 내가 모르는 무언가가 또 있는 것일까?'

나는 천천히 가늠해 보았다.

그녀는 들고 있던 상자를 탁자에 올려놓고 내 앞으로 내밀었다. 상자는 두 뼘 정도 되어 보이는 작지 않은 크기였다. 나는 상자를 내려다봤다.

"그이가 남긴 물건이에요. 나보다는 비욘느 당신이 갖는 것이 맞는 것 같아서……."

외할아버지가 생각난 것인지 그녀의 얼굴에 깊은 슬픔이 드리워졌다. 저것은 연극일까, 아닐까. 내 머리는 복잡하게 돌아갔다.

나는 아무 말 없이 상자의 뚜껑을 열었다. 고풍스럽고 섬세하게 세공된 나무 상자 안에는 머리끈과 장신구 등 자잘한 여성 물품들이 들어 있었다. 나는 상자에서 시선을 떼고 아나샤를 쳐다봤다.

연이어 일어나는 일들에 머리가 지끈거렸다. 이런 복잡한 인간관계는 딱 질색이다. 나는 그녀의 말을 짐작하고 분석하는 것을 그만두었다.

'그녀가 나와 외할아버지를 속였다고 한들 그것이 뭐 대수겠는가.'

외할아버지는 그녀의 깊은 애정 속에서 편안하게 돌아가셨다. 그녀의 속마음이야 어쨌든 그녀는 그것만으로도 충분히 자신의 도리를 다했다. 그녀가 나를 속였다고 한들 내가 손해 본 것은 없었다.

재산? 지위? 어차피 그런 것들은 단 한 번도 내 것이라고 생각해 본 적이 없었다. 나는 내 것이 아닌 것을 탐낼 정도로 욕심이 많지는 않았다.

나의 침묵이 거북했는지 아나샤가 말을 이었다.

"시오나의…… 당신의 어머니가 어린 시절 쓰던 물건들이라고 하더군요."

나는 다시 상자 안에 담긴 물건들을 바라봤다. 확실히 어린 여자아이들이 쓸 법한 물건들이었다. 나는 노란색 머리끈을 들어 올렸다. 오래되어 겉부분의 색이 바래 있었다. 나머지 물건들도 여기저기 손때가 묻어 다시 사용하기엔 힘들어 보였다.

"나에겐 필요 없는 물건들이로군요."

"여전히 시오나를 어머니로 인정하지 않는 건가요?"

"쓸데없는 오지랖입니다."

나의 단호한 대답에 아나샤가 아랫입술을 깨물었다. 후작 부인을 어머니로 인정하지 않는 것이 아니었다. 내가 나임을 자각한 후, 나는 그녀를 어머니로 생각해 본 적이 한 번도 없었다. 이 차이는 상당히 컸다.

후작 부인을 어머니로 인정하지 않는다는 것은 심중으로 그녀를 내 어머니라고 인식하고 그것을 부정하고 있다는 뜻이다. 나는 그녀를 인정하지 않는 것이 아니다. 애초에 나는 그녀와 나를 별개의 타인으로 생각하고 있었다.

개인적으로는 후작 부인이 불쌍한 여자라고 생각한다. 하지만 단지 그뿐이다. 불쌍한 그녀 때문에 슬프지도 않았고, 무심했던 그녀에게 화가 나지도 않았다. 그녀는 그저 얼굴만 아는 사람 그 이상도 그 이하도 아니었다.

아나샤는 잠시 머뭇머뭇거리다 무언가를 결심했는지 잘근잘근 물어 붉게 달아오른 입술을 열었다.

"나는 비욘느 당신이 싫습니다."

피식 웃음이 나왔다. 그녀는 마치 대단한 고백이라도 하듯 주먹까지 불끈 쥐고 있었다. 나는 심드렁하게 대꾸했다.

"그래서요?"

나의 이러한 반응은 예상하지 못했었는지 아나샤의 눈동자가 동그랗게 떠졌다.

나는 소파 등받이에 더욱 몸을 묻었다. 왠지 이 모든 것이 피곤하게 느껴지기 시작했다. 빨리 집에 가서 씻고 침대에 드러눕고 싶었다. 그런 내가 못마땅했는지 아나샤는 탁자에 손을 짚고 소리쳤다.

"원하기만 한다면 모든 것을 가질 수 있으면서 어째서 그런 달관한 표정을 하고 있는 거예요, 당신은!"

아나샤는 눈가가 촉촉하게 젖어 들었다. 그녀는 대체 나에게 왜 이러는 것일까. 지금 흥분하고 소리쳐야 하는 것은 내가 아니었던가? 그녀는 마치 자신이 피해자인 양 소리치고 있었다.

"그래서 하고 싶은 말이 뭔가요, 아나샤?"

"나는, 나는 당신이……."

"정확히 말씀해 주시겠습니까. 좀 피곤하군요."

나는 지끈거리는 머리를 손가락으로 눌렀다. 갑자기 모든 것이 시들해졌다. 확실히 오늘은 매우 피곤한 날이었다. 황제와 황태자와의 만남도 그렇고, 에반과 아나샤와의 일도 그랬다. 오늘은 정말 미치도록 피곤했다.

아나샤는 잠시 숨을 고르고 있었다. 그동안 보아 온 그녀는 쉽게 흥분하는 타입이 아니었다. 아니나 다를까, 그녀는 바로 냉정을 찾은 듯했다.

"내가 어째서 이곳에 있는지는 묻지 않을 건가요?"

"내가 질문을 해야 하나요?"

또다시 아랫입술을 잘근잘근 깨물던 아나샤가 이내 깊은 한숨을 내쉬었다.

"이래서 내가 당신을 싫어하는 거예요. 마치 모든 것에 달관한 듯 주변에 무심하죠. 당신은 사교계에서 당신을 어떻게 보고 있는지도 관심 없죠?"

"어차피 호의적이지도 않은 시선에 관심 둘 필요 있을까요?"

나는 어깨를 으쓱였다. 그때도 그렇지만 지금도 나에 대한 소문은 결코 호의적이지 않았다. 태반이 시기심에 의한 것이긴 했지만 내가 자초한 부분도 없지 않아 있었다.

나는 그동안 타인의 시선 따위는 생각하지 않고 행동해 왔다. 하고 싶은 것만 해도 모자랄 판에 남들의 시선을 의식하고 타인의 잣대에 맞추어 생활하는 것은 매우 피곤한 일이다. 튀지 않고 무난하게 일반적이라는 규격에 맞추어 사는 것은 이미 이지아로서 충분히 살아 봤다.

그때의 비욘느처럼 망종까지는 아니지만 나는 할 수 있는 범위 내에서 최대한 내가 하고 싶은 것들을 하며 지낼 생각이었다.

"그이가 그런 당신을 얼마나 걱정했는지 알고는 있나요?"

나는 아나샤의 말에 소파에 드러눕다시피 했던 몸을 바로 세웠다. 외할아버지가 나의 어떤 부분을 걱정했는지 이해하기 힘들었다.

'내가 너무 내 멋대로 살았던가?'

곰곰이 생각해 봤지만 짐작 가는 것은 없었다.

그동안 내 마음 내키는 대로 지냈긴 했지만 사실 객관적으로 본다면 나는 상당히 얌전히 지냈다. 그동안 나는 거의 대부분의 시간을 저택에서 란트와 보냈다. 가끔 외출을 하긴 했지만 딱히 문제 될 일은 없었다. 나는 고개를 모로 기울었다.

"이해가 안 된다는 표정이로군요."

나는 고개를 끄덕이는 것으로 순순히 인정했다. 나의 대답에 그녀가 낮은 한숨을 쉬었다. 왠지 모르게 기분이 나빠졌다.

"엘의 후계권을 인정한 이유가 뭔가요?"

그녀의 갑작스런 화제 전환에 나는 눈살을 찌푸렸다. 난데없이 엘의 후계권에 대한 말을 꺼내는 그녀의 저의가 의심스러웠다.

"뜬금없는 질문이로군요."

"엘, 그 아이는……."

그녀는 엘에 대한 이야기가 나오자 목이 메는지 잠시 뜸을 들였다. 엘은 아나샤에게 아픈 손가락이었다. 선천적으로 몸이 약할 뿐만 아니라 평생을 앞을 보지 못하는 아이였다. 파란 하늘도, 싱그러운 녹색 나무도, 알록달록한 꽃들도 엘에게는 현실의 것들이 아닌 상상의 존재들이었다.

아나샤는 목을 가다듬고 말을 이었다.

"비욘느, 당신도 알다시피 엘은 장애가 있죠. 원칙대로라면 후계권도 가질 수 없는……."

원칙적으로 장애가 있는 자식에게는 후계자의 자격을 주지 않는다. 장애가 있다는 것은 가문을 지키고 발전시키는 데 방해가 되었으면 되었지 도움이 되지 않기 때문이다. 아무리 적자에 장자여도 장애가 있다면 후계자 후보에조차 오르지 못했다.

장애를 가진 사람이 후계권을 가질 수 있는 유일한 조건은 직계와 방계를 통틀어 후계자가 단 1명만 남았을 때였다. 엘의 경우는 내가 있기 때문에 사실상 후계권을 넘겨받기 어려운 처지였다. 더구나 나는 시조의 이름을 미들 네임으로 가지고 있었다. 시조의 이름을 미들 네임으로 가지고 있다는 것은 우선적으로 작위를 승계받을 권리가 있다는 것과 동일했다. 설사 엘이 아들이라고 하더라도 우선권은 나에게 있는 것이다.

외할아버지가 마음이 바뀌어 엘에게 작위를 물려주고 싶다 해도 마찬가지였다. 모든 것은 시조의 이름을 이어받은 자를 우선했다. 그만큼 시조의 이름을 붙인다는 것은 신중을 기해야 하는 일이었다. 나중에 바꾸고 싶다고 해도 이미 본적에 올라간 이름을 바꿀 수는 없었다.

"당신이 반대하면 성사될 수 없는 유언이었지요."

외할아버지는 엘에게 작위를 물려주었다. 하지만 엘이 없던 그때에는 에반에게 물려주었다. 그것은 당연한 일이었다. 나는 이미 황태자의 약혼녀였고, 이변이 없는 한 황후가 될 예정이었다. 백작 가문을 이을 사람은 필요했고, 외할아버지는 당연한 선택을 한 것뿐이다.

그때나 지금이나 내가 시조의 이름을 내세워 막고자 했으면 충분히 막을 수 있는 일이었다. 그때의 나는 백작의 작위 따위는 안중에도 없었고, 지금의 나는 엘에게서 작위를 빼앗을 필요성을 느끼지 못했다.

"당신의 이복동생도 미들 네임을 받았다지요?"

란트는 엘리언트가로 오고 나서 바로 성과 함께 미들 네임을 받았다.

그때의 나는 뒤늦게 그 사실을 알고 길길이 날뛰었다. 나에게는 필요 없는 것이라도 내 것일 수도 있던 것을 란트가 가져간다는 사실에 분통을 터트렸다. 그 속에는 유모의 속살거림도 한몫했다. 그때의 나는 차마 후작을 찾아가 따질 배짱은 없어 란트를 때리는 것으로 분풀이를 했었다.

피스온 백작가와 마찬가지로 엘리언트 후작가도 손이 귀한 집안이었다. 먼 방계는 몇몇 남아 있었지만 엘리언트의 성을 갖고 있는 사람은 몇 없었다. 란트는 그중에서도 가장 어린 남자아이였다. 지금의 나는 은연중에 란트가 후작가를 잇는 것이 당연하다고 생각하고 있었다.

"란트와 엘의 일이 대체 이 이야기와 무슨 상관이 있는 거죠?"

나는 그녀가 대체 무슨 말을 하고 싶어 이러는 건지 짐작조차 가지 않았다. 아나샤가 나를 보며 미소 지었다. 그 미소는 처연하고 슬퍼 보였다.

"비욘느, 당신은 욕심이 없나요?"

"그럴 리가요."

성인군자가 아니고서야 욕심이 없는 사람이 어디 있겠는가. 나는 그녀의 말에 어처구니가 없어 웃었다. 내 어디를 보고 욕심이 없다는 건지 그녀의 안목이 의심스러워졌다.

"그럼 왜 작위를 가질 생각을 하지 않나요? 당신은 백작위뿐만 아니라 후작위까지 모두 가질 수 있는 위치잖아요."

"잊으셨나 보군요. 나는 황태자의 약혼녀입니다."

"성인식을 하지 않으면서까지 미루려고 하는 그 자리 말인가요?"

나는 그녀를 보며 인상을 찌푸렸다. 내가 성인식을 하지 않을 거라는 사실은 황제와 황태자밖에는 알지 못했다. 그마저도 입궁한 오늘에서야 알린 사실이었다.

'아나샤는 어떻게 이 사실을 안 것일까?'

나는 느슨했던 몸을 일으키며 그녀를 주시했다.

"그렇게 긴장하지 않아도 돼요. 중요한 것은 그것이 아니니까."

그녀에게는 중요하지 않을지 몰라도 나에게는 매우 중요한 문제였다. 지금 그녀의 발언은 내 주변에 그녀의 눈과 귀가 있다는 말과 다름없었다. 나는 그녀를 향해 불쾌함을 그대로 드러냈다. 그런 나를 보며 그녀는 한숨을 쉬며 고개를 가로로 내저었다.

"비욘느, 당신을 감시한 것이 아니에요. 그저 황궁에 듣는 귀가 많았을 뿐이죠. 나는 그중에 하나와 연이 닿았을 뿐이에요."

그녀는 딱히 거짓말을 하는 것 같아 보이진 않았다. 하지만 열 길 물속은 알아도 한 길 사람 속은 모르는 법이다. 그녀는 여전히 경계심을 풀지 않는 나를 보며 말을 이었다.

"엘을 두고 맹세할게요."

외할아버지가 없는 지금 엘은 그녀의 전부였다. 나는 그녀의 말을 믿기로 했다.

"궁에 귀를 두다니, 능력이 좋으시군요."

"이렇게 큰 상단을 운영하기 위해서는 필수 불가결한 일이죠."

확실히 상단을 운영하기 위해서는 정보가 필수였다. 특히 황궁의 소식엔 항시 귀를 기울이고 있어야 할 것이다. 나는 납득했다는 뜻으로 고개를 끄덕였다.

"비욘느, 하나만 물어볼게요. 당신은 어째서 전부 놓으려고 하는 건가요?"

"작위 말인가요?"

"작위만이 아니에요. 당신은 사람이든 물건이든 모든 것에 무심하죠. 작위는 그 일부에 지나지 않아요. 당신에게 가족은 대체 무슨 의미인가요?"

'가족이라…….'

내가 나임을 자각한 후엔 딱히 가족에 의미를 둔 적은 없었다. 그런데 그게 이 상황과 대체 무슨 관련이 있다는 걸까. 나는 그녀가 왜 이러한 질문을 계속하는지 이해할 수 없었다.

"당신을 보고 있으면 금방이라도 떠날 것처럼 보여요. 그게 주변 사람들을 얼마나 미치게 하는지 알고 있나요?"

엘과 똑같은 초콜릿색 눈동자에서 말간 눈물이 뚝뚝 떨어졌다. 그녀는 무릎 위로 마주 잡은 두 손을 파들파들 떨었다.

"그이의 모든 관심과 사랑을 받고도 무심한 당신이 싫어요. 그이가 당신을 위해 한 모든 일들을 알려고 하지도 않는 당신이 미워요."

그녀의 눈물이 볼을 타고 흘러 그녀의 손과 무릎을 적셨다. 그녀는 계속 울면서도 시선은 꼿꼿하게 나를 향했다.

"그럼에도 그를 닮은 당신이 사랑스러워 미치겠어. 당신이 미운데…… 미워하고 싶은데. 나에게 엘을 안겨 준 당신이 너무 고마워서……. 흑."

그녀는 말을 잇지 못하고 결국 울음을 터트렸다. 그녀의 뒤에 병풍처럼 서 있던 에반은 그녀의 울음에도 위로하지 않고 그녀의 뒤에 서 있기만 했다. 그의 얼굴은 약간 굳어 있을 뿐, 그녀를 불쌍해하거나 그녀의 감정에 동조하는 표정은 아니었다. 그녀와 에반의 관계가 궁금해졌다.

확실히 아나샤는 외할아버지를 사랑했다. 지금 그녀의 모습만 봐도 부정할 수 없는 사실이었다. 그녀가 외할아버지를 두고 외도를 했다고는 생각되지 않았다. 더구나 엘의 붉은 머리칼은 나는 가지지 못했던 후작 부인의 붉은 머리칼을 닮았다. 엘은 누가 뭐라 해도 외할아버지의 혈육이었다.

도대체 이 둘은 무슨 관계일까? 아나샤와 에반을 혈육 관계라고 보기에는 둘의 외모가 판이하게 달랐다. 내 시선을 느낀 것인지 돌아본 에반과 눈이 마주쳤다.

그가 천천히 입을 열었다.

"아나샤 또한 백작님께 구원을 받은 사람 중 하나입니다."

그가 나를 향해 한 발자국 다가왔다.

"그분은 우리에게 은인이십니다. 절망의 구렁텅이에서 만난 빛과 같은 분이죠."

그가 한 발자국 더 나에게 다가왔다.

"죽지 못해 살아가는 것이 얼마나 비참하고 괴로운 일인지 아십니까?"

그가 한 발자국씩 걸을수록 나와 그의 거리가 가까워졌다.

"그분이 내민 손길은 우리에겐 신의 구원과도 마찬가지였습니다."

그와 나의 거리가 딱 한 걸음 정도만 남았다.

"아십니까? 그분이 우리를 구원한 이유를……."

그가 천천히 몸을 숙였다.

"모든 것이 당신을 위해서라는 걸 말입니다."

에반의 무릎이 땅에 닿았다. 그의 시선과 나의 시선이 정확히 같은 높이에서 마주쳤다.

"백작님은 세계 곳곳을 돌아다니며 아이들을 모으셨습니다. 그중에는 특별한 재능을 가지고 있는 아이들도 있었죠."

그가 아나샤를 향해 고개를 돌렸다.

"아나샤는 그중에서도 더욱 특별했습니다."

재능 있는 아이들 중에 특별한 아이. 확실히 그녀의 사업적 능력은 놀라웠다. 외할아버지는 사람 보는 눈이 탁월했던 것 같다. 더구나 여자인 그녀를 실질적인 상단주의 자리에 앉히는 과감성과 추진력은 범인이 따라갈 수 있는 범주는 아닌 것 같았다.

"백작님께서는 아이들을 가르치는 데 투자를 아끼지 않으셨습니다. 재능이 보이면 무조건 후원을 해 주셨죠."

그가 다시 나를 향해 고개를 돌렸다. 그의 눈동자가 나를 직시했다.

"당신을 위해서요."

"……."

그의 말을 이해하기가 어려웠다. 아이들의 재능을 후원하는 것이 어째서 나를 위해서라는 말인가? 차라리 나와 후작 부인을 방치한 것에 대한 속죄하는 마음으로 아이들을 거둬 보살폈다면 어느 정도 이해할 수는 있었다. 간혹 자신의 잘못을 속죄하는 마음으로 봉사하는 사람들이 있었으니까. 하지만 나를 위해서라는 말은 이해할 수 없었다.

"이 상단은 제 것이 아닙니다. 아나샤의 것도 아니죠."

그의 청회색 눈동자에 내 얼굴이 오롯이 비쳤다.

"모두 당신의 것입니다."

"그이는 당신을 위해 모든 것을 남겨 두었어요."

어느새 울음을 그친 아나샤가 에반의 말을 이었다. 나는 혼란스러움을 느꼈다. 외할아버지가 나에게 모든 것을 남겼다고? 어째서?

"어째서?"

머릿속에서 떠돌던 질문이 입으로 튀어나왔다. 아나샤가 자리에서 일어나 나에게 다가왔다.

"그이는 자신이 오래 살지 못할 거라는 걸 알고 있었어요."

외할아버지는 후작 부인을 잃은 충격에 병이 났던 것이 아니었던가? 나의 혼란스러움을 눈치챈 듯 아나샤의 손이 나의 손을 마주 잡았다.

"그이는 자신 대신 당신을 지킬 사람이 필요했어요."

그녀는 천천히 몸을 굽혀 나와 눈을 마주쳤다.

"그래서 우리를 준비했죠. 당신을 위해."

그때의 나는 전혀 알지 못했던 사실이었다. 외할아버지가 나에게 남긴 것은 약간의 땅과 보석, 그리고 현금이 다였다. 보통 평민이라면 평생을 놀고 먹을 수 있는 금액이긴 했지만 피스온가의 많은 재산에 비하면 새 발의 피였다.

정말 그녀의 말대로 외할아버지가 남긴 것이 피스온가의 모든 것이라면 화수분처럼 끊임없이 나오던 내 재산의 출처가 어딘지 알 것 같았다.

"왜 그걸 이제야 나에게 말하는 건가요?"

"숨길 필요가 있었어요. 공식적으로는 당신을 완전히 지킬 수 없으니까요."

그녀의 대답으로 나는 모든 것을 짐작할 수 있을 것 같았다. 그때나 지금이나 나는 황태자의 약혼자였다. 황제가 황태자의 뒤를 받쳐 주고 있다고는 하지만 반대 세력이 존재하는 한 위험은 항상 존재했다. 1황자파는 지금도 나를 몹시 껄끄러워했다. 그들은 할 수만 있었다면 황태자와 결혼하여 그의 뒷배가 되어 주기 전에 나를 죽였을 것이다. 공식적으로 피스온가의 재산이 모두 나에게 오면 모르긴 몰라도 그들은 지금이라도 당장 무리를 해서 나를 제거하려 들 것이다.

나는 나의 손을 마주 잡고 있는 그녀를 바라봤다.

'지금의 그녀와 달리 그때의 그녀는 왜 이러한 사실을 뒤늦게라도 알려주지 않았을까?'

단지 우연만으로 그녀가 내게 이 사실을 털어놓지는 않았을 것이다. 이미 이전부터 그녀는 나에게 말할 타이밍을 재고 있었을 터였다. 그렇다면 그때의 그녀와 지금의 그녀가 다른 것은 무엇일까.

그녀는 내게 외할아버지의 관심을 독차지해서 밉다고 말했다. 그리고 그를 닮아 사랑스럽다고도 했다. 마지막은 엘을 줘서 고맙다고 했다.

'……그렇군.'

왠지 알 것 같았다. 그녀는 그때나 지금이나 나에게 애증을 가지고 있었다. 미워하지만 미워할 수 없는, 사랑스럽지만 사랑하지 않는.

그때의 그녀는 나에게 진실을 이야기해 주지 않는 대신 할 수 있는 모든 지원을 해 주었을 것이다. 화수분처럼 써도 써도 마르지 않던 내 재산이 그 증거였다. 그녀는 외할아버지의 은혜에 대한 보답을 했고, 죽은 아이에 대한 복수도 했다. 그것이 그녀의 최선이었을 것이다.

나는 아나샤의 손을 마주 잡아 주었다. 아나샤가 눈물자국이 그대로 남은 얼굴로 희미하게 웃었다.

가만히 나와 아나샤를 지켜보고 있던 에반이 오른손을 자신의 가슴에 대었다. 그는 무릎을 꿇고 있는 자세 그대로 입을 열었다.

"나의 심장과 영혼에 맹세합니다. 나의 주인께 영원한 충성을!"

약식이긴 하나 그것은 염연히 기사의 맹세였다.

7막. 성인식

아나샤와 에반을 만났던 날로부터 벌써 사흘이 지났다. 오늘은 황태자를 만나는 날이었다.

황궁의 내궁 안으로 들어가기 위해서는 황족을 제외하고는 누구나 다 안내인의 안내를 받아야 했다. 나는 외궁과 내궁의 경계 지역에서 나를 안내할 시종을 기다리며 손가락에 낀 반지를 만지작거렸다.

반지는 후작 부인이 어린 시절 사용했던 물건들과 함께 아나샤가 나에게 내밀었던 상자 안에 들어 있었다. 세 송이의 꽃과 5장의 네잎클로버가 새겨진 반지는 실재라고 생각될 정도로 세밀하고 정교했다. 음각된 모양으로 인해 보통의 반지보다 약간 두꺼운 편이긴 했지만 명백히 여성용으로 만들어진 반지였다.

피스온 백작가는 방패를 든 매를 가문의 상징으로 사용했다. 피스온가가 소유하고 있는 모든 상단들은 백작가와 같은 상징을 사용하고 있었다. 하지만 단 하나 루이아샤만은 방패를 든 매가 아닌 다른 상징을 사용했다.

'클로버.'

그것은 루이아샤를 뜻하는 상징이었다.

황가는 물론 귀족 가문들은 각각 자신들의 가문을 뜻하는 상징을 가지고 있었다. 황가는 황금 사자, 엘리언트 후작가는 두 개의 교차된 검, 피스온 백작가는 방패를 든 매 등 종류는 다양했고, 가문마다 제각각이었다.

가문의 상징은 곧 가주의 인장으로 사용되었다. 가문의 가주가 아닌 이상 그 누구도 가문의 상징을 인장으로 사용할 수 없었다. 귀족들은 16살 성인식이 지나면 자신만의 인장을 가졌다. 부모의 인장을 물려받는 경우도 있었고, 자신이 새로 만들어 내는 경우도 있었다. 인장은 그 사람을 대변하는 것으로 서명을 대신하여 쓰이기도 했다.

나는 16살 성인식에서 황태자비가 되었다. 황태자비를 상징하는 인장이 곧 나의 인장이었다. 나는 따로 나의 인장을 가질 필요가 없었다.

아나샤가 전해 준 말에 따르면 클로버가 새겨진 이 반지는 외할아버지가 나를 위해 만든 것이라고 했다. 내가 태어나자마자 16살이 될 나를 위해 만들어진 나의 인장이 지금 내 손안에 쥐어져 있었다.

외할아버지는 내가 태어났을 때부터 모든 것을 준비하기 시작했다고 했다. 훗날 생길지도 모를 위험과 나의 행복을 위해 나에게 도움을 줄 수 있는 인재들을 발굴하고 교육시켰다고 아나샤는 말했다.

아나샤와 에반은 외할아버지가 준비해 둔 인재들의 대표였다. 외할아버지는 혹시 모를 사태를 대비해 대표를 둘로 나누어 두는 치밀함을 보이기까지 했다.

외할아버지는 아나샤를 나의 보좌관으로, 에반은 나의 기사로 교육을 시켰다고 했다. 아나샤가 외할아버지의 부인이 된 이유도 나와의 접근성을 용이하게 하기 위해서였다. 그 말을 하는 아나샤는 매우 슬퍼 보였다. 그녀는 외할아버지를 정말로 사랑하고 있었다. 자신을 도구처럼 사용하려는 것을 알면서도 그 뜻을 따를 만큼 말이다.

'처음 당신이 아이에 대해 이야기했을 때, 당신이 나에게 모욕을 준다고 생각했어요.'

그녀와 처음 만났던 날, 나는 그녀에게 아이를 위한다면 몸조심을 하라고 했었다.

'그와는 단 한 번뿐이었으니까요.'

아나샤는 처연하게 웃었다. 하지만 그리 슬퍼 보이지는 않았다. 그녀의 미소에는 충만감 또한 자리하고 있었다.

'평생을 당신을 위해 살 테니, 단 한 번만 안아 달라고 부탁했죠.'

그녀가 부끄러운 듯 얼굴을 붉히며 눈을 내리깔았다.

'너무도 뻔뻔하고 부끄러운 말이었지만 용기 내길 잘했어요. 엘, 그 아이를 얻을 수 있었으니까요.'

아나샤는 나와 마주 잡고 있던 손에 힘을 주며 말했다.

'우리가 그에게 명령받은 것은 단 하나예요. 당신을 지키는 것.'

외할아버지는 무엇을 그리 걱정했던 것일까. 단지 사랑하는 손녀를 위해 준비한 것치고는 과한 면이 있었다.

내가 알고 있는 외할아버지는 마르고 병약했고 나에게 미안해 어쩔 줄을 모르던 사람이었다. 그렇게 과감하고 치밀하게 일을 진행시킨 사람이라고는 상상할 수 없었다.

그는 4년이 넘는 시간 동안 나에겐 한없이 자상하고 푸근했다. 나를 위해 이만큼이나 준비해 두었으면서 그는 뭐가 그리 애틋하고 미안했을까.

나에 대한 외할아버지의 사랑은 그때나 지금이나 똑같았다. 아나샤와 에반은 자신들의 마음이야 어쨌든 간에 외할아버지의 뜻에 따라 그때에도 나를 위해 움직였을 것이다. 그것을 거부한 것은 바로 나였다.

후작 부인을 따르듯 외할아버지가 돌아가시고 아나샤는 나를 만나기 위해 여러 번 찾아왔었다. 그런 그녀를 나는 얼굴도 보지 않고 돌려보냈다. 그녀가 끝까지 사실을 말하지 못했던 건 나를 만나지 못해서였을 수도 있다. 물론 그녀가 일부러 말하지 않았을 수도 있었다. 내가 그녀의 유산에 빌미를 제공한 것은 사실이었으니까.

이제 와서 그때의 그녀가 어떤 이유로 그랬는지에 대한 진의는 중요하지 않았다. 어차피 지금은 알 방법도 없었다. 중요한 것은 외할아버지가 나에게 남겨 준 것들이었다.

인장이 새겨진 반지가 묵직했다. 손가락에 낀 반지가 마치 족쇄처럼 여겨졌다. 모든 것이 나에 대한 외할아버지의 사랑이라는 것은 알고 있다. 그의 사랑은 포근하고 광활하며 끝도 없이 깊었다. 그러한 외할아버지의 사랑을 느낄수록 고맙고 좋은 반면 마음이 무거워지는 것 또한 사실이었다. 그의 이러한 사랑을 되돌려 줄 수 없음이 안타까웠다.

"늦어서 죄송합니다, 엘리언트 영애."

상념에 젖어 있던 나를 깨운 것은 처음 보는 시종이었다. 보통 나를 마중 나오는 사람은 황태자 궁에 소속된 시종이었다. 황태자는 항상 같은 시종을 나에게 보냈다.

나는 나를 마중 나온 시종을 보며 눈살을 찌푸렸다.

"본 적이 없는 얼굴이군."

"처음 뵙겠습니다, 엘리언트 영애. 히베르 궁 소속 시종, 지크라고 합니다."

"황후 궁 소속 시종이 내게 무슨 볼일이지?"

"황태자님께서는 지금 출타 중이십니다. 영애께서 혹여 헛걸음하실까 염려하신 황후 폐하께서 소신을 보내셨습니다."

그가 공손히 읍했다.

나는 순간 속으로 황태자를 향해 욕 한 사발을 퍼부었다. 어딜 가면 간다고 기별이라도 줘야 헛걸음을 하지 않을 것이 아닌가. 가뜩이나 오기 싫은 것을 겨우겨우 참아 가며 왔더니 결국 이런 꼴이었다. 나는 시종에게 괜한 화풀이를 하지 않기 위해 주먹을 쥐며 화를 삭였다.

"괜한 헛걸음을 했군."

"영애, 잠시 기다리십시오!"

내가 바로 몸을 돌리자 시종이 다급하게 나를 불렀다. 나는 몸을 돌린 자세 그대로 고개만 돌려 그를 돌아봤다. 그는 꽤 당황한 듯 식은땀까지 흘리고 있었다.

"황후 폐하께서 기다리고 계십니다."

"황후 폐하께서 나를?"

"네, 영애를 기다리고 계십니다."

미간이 찌푸려지는 것을 막을 수가 없었다. 황후가 나를 부를 이유는 없었다. 더구나 시종의 말대로라면 황태자는 황궁 안에 없었다. 황태자가 자리를 비운 사이에 황후가 나를 부를 이유가 뭐가 있을까.

"영애?"

시종이 나를 조심스럽게 불렀다. 그는 왠지 안절부절못하고 있었다. 상당히 미심쩍었지만 그의 제복은 분명 황후 궁 소속임을 나타내고 있었다.

정말로 황후가 보낸 시종이라면 거절하는 것은 문제가 되었다. 그녀가 아무리 허수아비처럼 자리만 지키는 황후라지만 그녀는 공식적으로 제국에서 가장 높은 자리에 있는 여인이었고, 나는 일개 후작 영애였다.

"안내하게."

시종이 안도의 한숨을 내쉬며 앞장섰다.

나는 그의 뒤를 따르며 지금의 황후를 머릿속에 떠올렸다. 내가 기억하고 있는 황후는 나약하고 항상 주눅이 들어 있는 얼굴을 하고 있었다.

황태자파와 1황자파의 견제로 비어 있던 황후의 자리는 한미한 자작 가문 출신인 그녀가 앉게 되었다. 그녀는 이미 궁에 단단히 자리를 잡은 후궁들을 밀어낼 힘도 권력도 가지고 있질 못했다. 집안이 한미하고 뒷배가 없는 그녀는 황후였지만 진정한 의미로서의 황후는 아니었다.

"황후 폐하, 엘리언트 영애 들었사옵니다."

"들라 하라."

대답 소리와 함께 문이 열렸다. 나는 열린 문 안으로 발을 움직였다. 황후의 응접실 안에는 황후와 1황비가 나란히 앉아 있었다. 나는 황후를 향해 허리를 숙였다.

"비욘느 롯사 엘리언트가 제국의 달께 인사 올립니다."

"어서 오세요, 엘리언트 영애."

나는 허리를 펴고 1황비를 향해 몸을 돌렸다. 1황비는 공작새 깃털로 만든 부채로 입가를 가리며 나를 바라보고 있었다.

"비욘느 롯사 엘리언트가 1황비마마께 인사 올립니다."

"어서 오세요, 영애."

1황비는 나의 인사를 받으며 부채를 살랑거렸다. 그녀는 30살이 넘는 아들을 두었다고는 믿을 수 없을 정도로 젊어 보였다. 한때 제국 최고의 미녀라고 불리던 그녀는 나이가 들었음에도 여전히 화려한 외모를 유지하고 있었다.

"어서 앉으세요, 영애."

"감사하옵니다, 황후 폐하."

나는 황후가 가리킨 자리로 가 앉았다. 1황비와 바로 마주 보고 있는 자리였다. 1황비가 나를 향해 웃었다. 그녀의 눈가에 자잘한 주름이 잡혔다.

"황후께서 영애를 부른다 하시기에 주책없이 저도 함께하게 해 달라 청했지요. 내가 함께해도 괜찮겠지요?"

"당연한 말씀을 하십니다, 1황비마마."

나는 1황비를 향해 웃어 보였다. 그녀가 이 자리에 있다는 것은 많은 것을 의미했다. 나를 부른 것은 황후가 아니었다. 황후의 이름을 빌려 나를 이곳까지 오게 한 사람은 입은 웃고 있되 차가운 눈으로 나를 주시하고 있는 1황비였다.

"괜찮다니 다행이로군요."

그녀가 또다시 부채를 흔들었다. 부채가 흔들릴 때마다 진한 사향이 바람을 타고 풍겨 왔다. 나는 인상을 쓰지 않기 위해 더욱 환하게 미소 지었다.

"덴트르크산(産) 차랍니다."

황후가 궁녀를 시켜 내 앞에 차를 내려놨다. 지독한 사향 속에서 은은한 차향이 코끝을 스쳤다. 나는 황후를 향해 감사의 인사를 한 후 찻잔을 들어 차향을 깊게 들이마셨다.

"차향이 참으로 좋습니다, 황후 폐하."

"그런가요? 영애의 마음에 든다니 참으로 다행이로군요."

황후가 나를 향해 미소 지었다. 그녀의 미소는 어색하면서도 약간은 경직되어 있었다. 황후의 시선이 수시로 1황비 쪽을 힐끔거렸다. 그녀는 계속해서 1황비의 눈치를 보았다.

황후는 외모로 보나 풍기는 분위기로 보나 매우 심약해 보였다. 둘을 나란히 놓고 보자면 1황비 쪽이 더 황후에 어울렸다. 그때의 내가 황태자비였을 적에도 황후는 내 앞에서 큰소리조차 내지 못했다.

"황후 폐하, 소녀를 부르신 연유가 무엇이신지요?"

황후가 확연히 어색한 미소를 지으며 1황비에게 시선을 주었다. 역시 짐작대로 나를 부른 것은 1황비가 확실했다.

"딱히 무슨 이유가 있었겠습니까. 황궁에 또래가 없어 황후께서 항상 적적해하십니다. 영애가 자주 황후를 찾아 주면 좋겠군요. 그렇지 않습니까, 황후?"

"네, 그렇습니다."

나는 새어 나오려는 비웃음을 간신히 참았다. 황궁에 황후 또래가 없다는 말은 누가 봐도 거짓이다. 내궁 안에 널리고 널린 것이 후궁들과 황녀들이다. 황후 또래가 없을 리가 없었다. 더구나 1황비의 말투는 명백히 황후를 아래로 보고 있었다. 누가 지금 두 여자의 모습을 보고 황후와 1황비의 대화라고 보겠는가. 1황비는 마치 황태후 같은 태도로 황후를 대하고 있었다.

"소녀가 그동안 격조하였습니다. 황공하옵니다, 황후 폐하."

"아, 아닙니다, 영애."

나의 간곡한 어투에 황후가 어쩔 줄을 몰라 했다. 그녀는 어색하게 웃으며 말을 이었다.

"피스온 백작의 소식은 들었습니다."

"황공하옵니다."

"그러고 보니 그 일로 꽤 시끄러웠다지요?"

나와 황후의 대화 사이로 1황비가 끼어들었다. 부채 사이로 비스듬히 올라간 1황비의 붉은 입술이 보였다.

"영애가 혈육들을 내쳤다는 소문이 들리더군요."

1황비는 그때나 지금이나 똑같았다. 그녀는 그때도 웃는 얼굴로 내 속을 긁었다. 인내심 없고 상황 판단이 느렸던 나는 번번이 1황비의 술수에 넘어갔다. 그녀는 화려함 속에 독을 품은 뱀과 같은 여자였다.

1황비는 백작가의 장녀로 자진해서 황제의 후궁으로 들어갔다. 그녀는 황제의 첫아들인 1황자를 낳은 것을 계기로 1황비의 자리를 차지한 것도 모자라 자신의 친정인 모이튼 백작가를 후작가로 승격시키는 쾌거를 이루었다.

1황자는 황태자가 태어나기 전까지만 해도 잠정적 황태자 취급을 받았다. 1황비 또한 황후 버금가는 권력을 누렸다고 들었다. 그런 그들의 천하는 황태자가 태어나는 순간 깨져 버리고 말았다. 1황비와 1황자에게 황태자는 씹어 먹어도 시원찮을 존재일 것이다. 당연히 그녀의 눈에 나는 황태자만큼이나 눈엣가시같이 보일 터였다.

"1황비마마께서는 제 집안일에 관심이 많으셨나 봅니다."

"한 가족이 될지도 모르는데 당연한 일이 아니겠습니까?"

지금의 나로서는 탐탁지 않은 일이지만 황태자의 약혼녀인 나는 큰 이변이 없는 한 황태자비가 되어 황족의 일원이 될 것이다. 내가 황태자비가 될 수 없는 큰 이변이란 나 혹은 황태자가 죽어 결혼 자체가 무산되거나 엘리언트가가 반역을 일으켜 멸문지화를 당하는 일이다.

나라 안을 발칵 뒤집어엎을 정도의 큰일이 아니고서는 나와 황태자의 결혼을 막을 수 없다는 뜻이다. 그런 확고부동한 사실 앞에서 1황비는 나에게 한 가족이 될지도 모른다고 말했다. 그 말인즉 안 될 수도 있다는 말과도 같았다.

물론, 지금의 나는 황태자와의 결혼을 바라지 않았다. 할 수만 있다면 그와의 약혼을 파기하고 싶었다. 나와 황태자의 약혼을 파기하기 위해서는 엘리언트가와 황가 모두 꽤 많은 출혈을 감수해야 했다. 황제와 황태자가 그러한 손해를 감수할 리가 없다. 1황비 또한 그 사실을 누구보다 잘 알고 있었다.

1황비의 말은 많은 의미로 해석될 수 있었다. 여러 의미를 내포하고 있는 그녀의 말속에는 내가 황태자비가 될 수 없도록 막겠다는 그녀의 경고도 서려 있었다.

나와 1황비 사이로 보이지 않는 신경전이 시작되었다. 황후는 우리 둘 사이에서 새파랗게 질린 얼굴로 어쩔 줄 몰라 했다. 나는 황후에게서 신경을 끄고 1황비에게 집중했다.

"그렇군요. 곧 한 가족이 될 터인데 서로 관심을 갖는 것은 당연하지요."

황태자와 결혼하기 싫은 것과는 별개로 1황비에게 눌리고 싶지 않았다. 그때의 나는 1황비를 싫어했다. 1황비는 내 배경은 경계했지만 나 자체에는 무시로 일관했다. 황태자비로서 황궁에 입궁하고 초반에는 1황비와 꽤 많이 부딪쳤다. 지금 생각해 보면 아마도 1황비는 내가 어떤 사람인지 간을 봤었던 것 같다.

그때의 나는 허영심이 가득하고 나 자신밖에 몰랐다. 황태자를 쫓아다니는 것을 제외하면 하는 일도 없었다. 그런 나를 경계하지 않아도 될 인물이라고 판단했던지 1황비는 곧 나를 무시하기 시작했다.

그때의 1황비가 나를 보며 짓던 표정은 아직도 생생했다. 그녀의 얼굴엔 한심한 여자를 본다는 듯 비웃음이 가득했다.

나는 찻잔을 들어 올렸다. 찻잔 가득 연둣빛 액체가 찰랑거렸다. 나는 차를 입에 대었다. 차를 한 모금 머금자 차향이 입안 가득 퍼졌다. 약간 식긴 했지만 마시기엔 적당한 온도였다.

나는 천천히 찻잔을 내려놓으며 지금 막 생각이 났다는 듯 1황비를 보며 말했다.

"그러고 보니 1황자비께서는 아직 아기님 소식이 없으시지요?"

살랑거리던 1황비의 부채가 멎었다. 나는 1황비를 향해 순진무구한 표정으로 웃었다.

"곧 한 가족이 될 사이다 보니 걱정이 됩니다. 성혼하신 지도 벌써 십 년이 훨씬 지났다고 들었습니다. 그렇지 않은가요, 황후 폐하?"

"……네? 저…… 그러니까……."

황후의 얼굴에 식은땀이 흘러내렸다. 그녀는 1황비의 눈치를 보며 안절부절못했다. 1황자에게는 1명의 비와 3명의 첩이 있었다. 꽤 어린 나이에 비를 맞이했음에도 서른 중반의 1황자에게는 아직까지 아이가 단 1명도 없었다.

1황자에게 아이가 없다는 것은 1황자나 1황비에게는 치명적인 약점이었다. 설혹 1황자가 황제가 된다 한들 후사를 이을 후계자가 없다는 뜻이었다.

부채를 쥐고 있는 1황비의 손이 미미하게 흔들렸다. 자세히 보지 않고서는 눈치채기 힘들 정도로 작은 흔들림이었다. 조금의 흔들림이라도 보이는 손에 비해 1황비의 얼굴은 약간의 변화도 없었다. 오랜 세월 황궁에서 다져진 내공이 눈에 보이는 듯했다. 1황비의 부채가 다시 살랑거리며 움직였다. 그녀는 나를 향해 그린 듯한 미소를 지었다.

"걱정해 주어 고맙군요. 영애의 마음 씀씀이가 이렇게까지 고울 줄은 미처 몰랐습니다."

곡선을 그리며 올라간 입술과 달리 1황비의 눈은 서릿발처럼 차가웠다. 나는 그녀를 마주 보며 환하게 웃었다.

"과찬이십니다, 1황비마마."

나와 1황비 사이로 얼음보다 차가운 침묵이 서렸다. 우리 둘 사이에 끼인 황후의 얼굴이 새파랗다 못해 새하얗게 질렸다.

"이리 마음씨 고운 영애에게 어째서 그런 해괴한 소문이 도는지 참으로 의아하군요."

그때나 지금이나 나에게는 항상 소문이 따라다녔다. 나는 나와 관련된 소문에 대한 관심을 꺼 버렸다. 어차피 호의적이지도 않을 소문 알아봐야 하등 도움이 될 것이 없기 때문이다. 더구나 유모가 곁에 없는 지금 떠도는 소문을 나에게 전달해 줄 정도로 오지랖 넓은 사람이 주변엔 없었다.

나를 둘러싼 소문이 무엇인지 굳이 듣지 않아도 대충 짐작은 갔다. 그때와 마찬가지로 출생에 관한 것은 당연하겠고, 얼마 전 있었던 피스온가의 혈족들을 내친 일도 한몫했을 것이다. 나는 느긋하게 1황비의 말을 기다렸다.

"정말이지 하도 해괴해서 황후와 함께 영애에 대한 걱정을 하고 있었답니다. 그렇지 않습니까, 황후?"

"네? 네. 그, 그렇습니다."

황후가 화들짝 놀라 대답했다. 그녀는 내 눈치를 보듯 나를 힐끗거렸다. 확실히 그녀는 황후의 재목은 아니었다. 어린 나이에 자신의 아버지보다 나이 많은 남자에게 시집온 것으로도 모자라 시어머니보다도 매서운 첩들이 줄줄이 있었다. 더구나 이제는 며느리가 될 나의 눈치까지 봐야 했다. 그때의 나는 황후를 미천한 출신의 여자라 깔보았다. 그때나 지금이나 황후의 처지는 한결같은 듯했다.

"정말 해괴하고 망측한 소문이었지요."

1황비가 걱정스럽다는 어투로 부채를 살랑거렸다. 아무래도 그녀는 내 입에서 무슨 소문이냐고 묻는 말이 나오길 기다리는 것 같았다. 나는 순순히 1황비의 의도대로 대답했다.

"무슨 소문인지 궁금하군요."

"영애가 대로변에서 남자와 껴안고 있었다고 하지 않습니까. 곧 황태자비가 될 몸인데 그런 망측한 소문이라니요. 다른 이들이 영애를 어찌 생각할지 참으로 걱정입니다."

에반과 만났던 날을 말하는 듯했다. 그날 우리를 보고 있었던 사람들은 많았다. 에반과는 옷자락 하나 스치지 않았지만 소문은 부풀려지기 마련이다. 이 정도면 꽤 양호한 편에 속했다.

"저는 또 무슨 일인가 했습니다."

"그리 대수롭지 않게 넘어갈 일이 아닙니다. 혹여 황태자나 폐하의 귀에 들어가기라도 하면 어찌하려 그럽니까. 아니 그렇습니까, 황후?"

"그, 그렇습니다. 혹여 그 일로 폐하께서 역정이라도 내시면 어찌하려고 그러십니까. 자중하셔야지요, 영애."

더듬거리며 말하던 아까와 달리 황후는 꽤 매끄럽게 대답했다. 마치 국어책을 읽듯이 말이다. 아무래도 둘은 내가 오기 전에 몇 가지 말을 서로 맞추어 둔 듯했다.

1황비의 입에서 나온 소문은 황후의 입을 거치면서 바로 기정사실이 되었다. 어처구니없는 일이지만 소문을 이용하는 방법은 말하는 사람에게는 손 안 대고 코를 풀 수 있는 방법이지만 당하는 상대에게는 치명적인 상처를 줄 수 있었다. 1황비는 소문을 효과적으로 사용할 줄 알았다. 그때의 나는 그러한 1황비의 수법에 번번이 당했다. 내 평판과 소문은 최악이었고, 나는 그것을 어디서 어떻게 풀어야 하는지 알지 못했다.

지금도 마찬가지였다. 내가 여기서 자칫 잘못 대답하면 나는 대로변에서 남자와 껴안고 다니는 부도덕한 여자가 되는 것이다. 최악의 경우에는 나의 부도덕함을 이유로 황태자와의 약혼이 깨질 수 있었다. 1황비는 바로 그것을 노리고 나를 이 자리에 부른 듯했다.

'어쩐다…….'

나는 잠시 갈등했다. 어차피 지금의 나에게 소문은 의미 없는 것이다. 부도덕한 여자로 찍혀 파혼을 하게 된다면 후에 정상적인 결혼은 좀 힘들어질 수 있겠지만 황태자와의 파혼은 상당히 유혹적이었다. 나는 잠시 1황비의 뜻에 따른 후를 그려 보았다.

아마도 엘리언트가에 있는 것은 더 이상 힘들 것이다. 가뜩이나 혼외자라는 이유로 후작이 되는 데 걸림돌이 많은 란트다. 부도덕한 이유로 파혼당한 내가 가문에 남아 있어 봐야 득 될 것이 하나 없었다.

피스온 백작가로 가는 것도 무리였다. 이미 후계권은 엘에게 넘긴 후다. 내가 그곳으로 가 봐야 엘에게 부담만 줄 뿐이었다.

남은 것은 상단이었다. 전 세계를 대상으로 하는 상단이다. 내 한 몸 뉘일 곳은 충분하고도 넘쳤다.

상당히 군침 돌게 하는 매력적인 유혹이었다. 하지만 1황비의 득의만만한 얼굴을 보자 그럴 마음이 싹 가셨다. 그때와 마찬가지로 나는 1황비가 마음에 들지 않았다. 주는 것 없이 미운 사람이 있는 법이다. 나에게는 1황비가 그랬다.

황태자와의 파혼을 원하긴 하지만 피해를 감수하는 무리수를 두면서까지 하고 싶지는 않았다. 최근 황태자가 피곤하게 굴기는 했지만 어차피 그녀가 나타나면 다 해결될 일이었다. 나는 그저 그녀에게 황태자를 내주고 손을 털면 되었다. 굳이 손해를 감수할 필요는 없었다.

더구나 이대로 1황비의 의도대로 끌려가면 내 피해는 고스란히 그녀의 득이 되었다. 절대로 그녀의 의도대로 따라 주고 싶지 않았다.

"그러고 보니 1황비마마께서도 그런 '추문'에 휩싸인 적이 있으셨지요?"

1황비의 얼굴이 처음으로 일그러졌다. 나는 그녀를 향해 득의양양한 표정을 지어 보였다.

"그러니까 그게……."

나는 손가락으로 턱을 두드리며 기억을 더듬듯 의도적으로 말을 길게 끌었다. 1황비의 손에 쥐어진 부채가 부들부들 떨렸다. 내가 무슨 말을 하는지 모르는 황후는 그저 눈을 동그랗게 뜰 뿐이었다.

"1황자 전하의 춘추가 서른다섯이셨던가요? 그 일이 있었던 것도 딱 그쯤 되지요? 꽤 커다란 추문이었다고 들었습니다. 그때도 폐하께서 1황비마마께 화를 내셨나요?"

1황자가 태어나기 바로 전에 1황비를 둘러싸고 큰 추문이 돌았다. 그녀에게는 황제의 후궁으로 들어오기 전에 가문에서 정한 약혼자가 있었다. 1황비는 약혼자를 차고 황제의 후궁으로 들어갔다. 그녀는 후궁의 첩지를 받고 얼마 되지 않아 바로 임신을 했다.

그런 1황비를 둘러싸고 많은 소문들이 돌았다. 꽤 악의적인 소문들도 있었다. 급기야 그녀가 임신한 아이가 황제의 아이가 아닌 전 약혼자의 아이라는 소문까지 돌았다. 황제를 빼닮은 1황자의 모습과 황가의 혈통을 수호하는 검은 사제들의 암묵적 인정으로 추문은 가라앉았지만 의심이 완전히 걷히지는 않았다.

황후가 추문에 대해 모르는 것은 당연했다. 1황비는 그 추문으로 자존심이 많이 상했었던 것 같다. 그녀는 권력을 잡자마자 소문을 낸 사람들을 잡아 족치는 것으로 그 일이 입 밖에 오르락내리락하는 것을 막아 버렸다.

벌써 35년이 지난 일이었다. 지금에 와서 그때 일을 기억하는 사람은 별로 없었다. 설사 안다고 해도 입 밖에 꺼내지 못했다. 1황비는 황제 다음가는 권력자였으니 말이다.

내가 이 추문을 알게 된 것도 아주 우연이었다. 그때의 내가 황후가 되고 얼마 되지 않아 큰 파티가 열렸다. 내 주변은 사탕에 꼬이는 개미 떼처럼 많은 사람들로 들끓었다. 그들은 나에게 잘 보이기 위해 웃으며 아첨을 떨었다.

당시에도 1황비와 나의 사이는 좋지 못했다. 그들은 1황비의 흉을 보는 것으로 내 환심을 사려 했다. 그들 중 1명이 자신의 어머니가 알려 주었다며 제법 자세한 이야기를 들려주었다. 그때의 나는 드디어 황후가 되었다는 사실에 한껏 들떠 있었다. 나는 아첨하는 사람들과 함께 1황비에 대한 흉을 보며 파티를 즐겼다.

1황비가 딱 소리를 내며 부채를 접었다. 그녀는 붉게 타오를 것 같은 눈으로 나를 노려봤다. 나는 순진한 척 눈을 천천히 깜빡였다.

"왜 그러십니까? 혹여 소녀의 말에 기분이 언짢으신 것은 아니겠지요?"

나는 그녀를 향해 빙긋이 웃었다.

"단지 근거 없는 소문일 뿐입니다. 진실이 아니지요. 혹여 마음에 담아 두신 거라도 있으십니까?"

"……겁이 없군요."

나는 1황비의 시선을 무시하며 찻잔을 들었다. 찻잔에는 이미 온기가 사라져 있었다. 나는 시립해 있던 시녀를 손짓으로 불렀다. 시녀는 재빨리 새 찻잔에 따뜻한 차를 내놓았다. 나는 차향을 음미하며 1황비를 향해 웃어 보였다.

"훗날, 내명부의 수장으로서 아랫사람을 휘어잡으려면 이 정도의 담력은 필요하지 않겠습니까? 황궁 안에는 주제도 모르고 기어오르려는 자들이 꽤 많은 것 같아서요."

1황비의 미간이 꿈틀대었다. 부채를 쥐고 있는 그녀의 손등에 핏줄이 섰다. 바보가 아닌 이상에야 내 말을 못 알아들을 리가 없었다.

황후라는 직위는 명실상부한 제국 최고의 여성을 뜻한다. 하지만 지금의 황후는 1황비에게 밀려 숨소리 한 번 제대로 내지 못했다. 나는 그것을 비꼬며 내가 황후가 되면 가만두지 않겠다는 뜻을 내비쳤다. 명백한 도발이었다.

좋든 싫든 지금의 나는 황태자와 한배를 탔다. 이미 1황비 쪽과는 척을 진 것이나 다름이 없었다. 내가 황태자와 파혼을 한다 해도 마찬가지였다. 이해득실을 따져 겉으로는 손을 잡을 수 있을지언정 언제 뒤통수를 맞을지 몰라 항시 긴장하며 살아야 했다.

이리저리 따져 보아도 내가 1황비와 가까이 지낼 가능성은 거의 전무했다. 일단 나는 그녀와 생리적으로 맞지 않았다. 1황비 또한 내가 마음에 들지 않는 것은 마찬가지일 것이다.

나는 한껏 막나가기로 했다.

"과한 것은 용기가 아니라 만용입니다, 엘리언트 영애."

1황비가 나를 향해 이를 갈며 또박또박 말했다. 나는 음미하고 있던 차를 한 모금 마시고 찻잔을 내려놨다. 따끈한 찻물이 목을 타고 내려갔다.

"누가 하느냐에 따라 만용은 때론 능력이 되기도 하지요."

"하, 능력이라."

1황비가 한쪽 입술을 비틀어 올렸다. 네가 그런 능력이 되느냐는 뜻을 담은 비웃음이었다.

나는 그녀의 시선을 정면으로 맞받아쳤다. 또다시 나와 1황비 사이에 빙설보다 차가운 침묵이 내려앉았다. 나와 그녀는 눈도 깜빡이지 않고 서로를 노려보았다.

"그, 그러고 보니 영애의 성인식이 얼마 남지 않았지요?"

지금껏 나와 1황비의 눈치를 보며 죽은 듯이 숨죽이고 있던 황후가 별안간 침묵을 깼다. 뜬금없는 황후의 말에 나는 1황비에게 두었던 시선을 황후에게로 돌렸다.

"준, 준비는 어떻게 되어 가는지 궁금해서……."

그녀가 말끝을 흐리며 1황비를 힐끔거렸다. 황후와 1황비는 나를 상대로 준비해 놨던 말들이 많았던 것 같았다.

나는 의자 등받이에 등을 대고 몸을 바로 세웠다. 준비해 둔 것들이 무엇인지는 모르겠지만 순순히 당해 줄 수는 없는 노릇이었다.

"황후 폐하께서 그리 신경 써 주시니 몸 둘 바를 모르겠습니다."

"저도 궁금하군요."

1황비가 다시 부채를 펼쳐 들었다. 그녀의 눈은 여전히 서릿발처럼 차가웠지만 입가에는 잔잔하게 미소를 머금고 있었다.

"준비할 것이 뭐 있겠습니까. 다들 치르는 성인식인걸요."

"평생에 단 한 번뿐인 날이 아닙니까. 더구나 영애의 성인식은 더 특.별.하지요."

아나샤도 알아낸 일이다. 내가 성인식을 치르지 않을 것이라는 사실을 1황비가 모르고 있을 리 없었다. 지금 1황비는 내 입에서 성인식을 치르지 않을 것이라는 말을 듣고 싶어 하는 것 같았다.

내가 성인식을 치르지 않는다는 것은 그만큼 사교계 데뷔도 늦어지게 된다는 뜻이다. 더구나 내가 성인식을 치르지 않겠다고 한 대외적 이유는 외할아버지를 잃은 슬픔 때문이다. 외조부를 잃은 슬픔으로 성인식까지 치르지 않은 내가 사교계 데뷔를 위해 근시일 내에 파티에 참석한다는 것은 어불성설이다. 내가 성인식을 치르지 않고 사교계에 데뷔를 하려면 최소 몇 달은 걸려야 한다는 뜻이었다.

사교계 데뷔를 하지 않고서는 나는 황태자의 약혼녀일 뿐이다. 그와의 결혼이 진행되기 위해서는 반드시 먼저 사교계에 데뷔해야만 했다. 그때의 황제가 내 성인식에서 결혼을 진행시킨 것도 같은 이유였다.

1황비는 나와 황태자가 결혼하는 것을 바라지 않았다. 황태자의 약혼녀와 황태자비는 그 의미가 많이 달랐다. 내가 약혼녀인 상태에서는 엘리언트가가 황태자를 도울 수 있는 부분은 한정되어 있다. 하지만 내가 황태자비가 되는 순간 엘리언트가는 황태자의 처가가 된다. 황태자를 전폭적으로 지지할 수 있는 뒷배가 되어 줄 수 있는 것이다. 1황비 측이 나와 황태자의 결혼을 결사적으로 막으려 하는 이유였다.

"이런, 내가 깜빡하고 있었군요. 영애에게는 성인식을 준비해 줄 사람이 없었지요?"

자식의 성인식은 보통 어머니가 준비해 주었다. 어머니가 없다면 조모나 외조모 혹은 직계 혈족의 여성이 준비해 주기 마련이다. 나에게는 모두 해당 사항이 없었다.

외조모의 자격으로 아나샤가 있었지만 그녀는 평민 출신이었다. 여기서 나에게 아나샤가 있다고 말해 봐야 1황비에게서는 씨알도 먹히지 않을 소리였다. 오히려 그걸 꼬투리 삼아 나를 깎아내리려 할 것이다.

"이를 어째, 귀족 영애가 샤프롱도 없이 어찌 성인식을 치를 수 있단 말인가요."

황후가 안타깝다는 듯 1황비의 말을 받았다. 그녀들은 기어코 내 입에서 성인식을 하지 않겠다는 말을 받아 내려고 하는 모양이었다. 원래 성인식을 열 생각이 없었지만 1황비가 이렇게 나오니 생각이 달라졌다.

영식에게는 해당 사항이 없지만 귀족 영애가 사교계에 데뷔하기 위해서는 반드시 샤프롱의 존재가 필요했다. 샤프롱 없이 사교계에 데뷔한다는 것은 대로에 알몸으로 서 있는 것과 같은 취급을 당했다. 한마디로 비웃음당하기 딱 좋다는 소리다.

보통 샤프롱의 역할은 사교계에 데뷔하는 영애의 어머니가 담당했다. 성인식과 마찬가지로 어머니가 없다면 직계 혈족 중에 가장 사교계에 영향력이 있는 사람이 그 자리를 대신했다.

지금의 나에게는 샤프롱을 맡아 줄 마땅한 사람이 없었다. 나는 머릿속을 뒤져 마땅한 사람을 찾아보았다. 엘리언트가 쪽으로는 전무, 피스온가 쪽으로는 외할아버지에게 두 누이가 있었지만 현재 둘 다 수도에서 먼 지역에서 살고 있었다. 내 성인식에 맞추어 오기에는 시간이 터무니없이 모자랐다.

그때의 나는 성인식과 함께 황태자와의 결혼식이 이루어졌다. 딱히 샤프롱의 존재가 필요치 않았다. 이 자리에서 1황비를 이겨 보겠다고 그때처럼 황태자와 결혼을 할 수는 없는 노릇이었다.

"영애만 괜찮다면 내가 그 자리를 대신해 주어도 좋아요."

1황비가 오만하게 웃으며 부채를 흔들었다. 1황비가 이렇게 말한 이상 혈족이 아닌 다른 사람은 내 샤프롱이 될 수 없었다.

내 샤프롱이 되겠다는 것은 전면으로 1황비의 사교계 영향력을 무시하겠다는 말과 다름없었다. 1황비보다 직위가 아주 높거나 1황비와 척을 질 생각이 아니라면 내 샤프롱이 되려고 나서는 사람은 없을 것이다.

성인식이 문제가 아니라 사교계 데뷔조차 위태롭게 되었다. 내가 사교계 데뷔를 하기 위해서는 따로 샤프롱을 구하거나 1황비의 제안을 받아들여야 했다. 1황비가 나에게 한 제안은 곧 사교계 전체에 알려질 것이다. 1황비와 척을 지면서까지 내 샤프롱이 되어 줄 귀족 부인이 있을 리 없었다.

"영애의 생각은 어떻습니까?"

1황비의 붉은 입술이 호선을 그으며 올라갔다.

'한 방 먹었군.'

"1황비마마의 제안은 감사합니다만 이미 제 외조모께서 그녀의 샤프롱을 맡아 주시기로 하셨습니다."

구설수에 오르더라도 아나샤에게 샤프롱을 맡아 달라고 해야겠다고 생각한 순간, 문이 열리며 황태자가 들어왔다. 그의 뒤로는 시종과 궁녀들이 안절부절못하며 서 있었다. 그는 시종과 궁녀들을 물리치고 직접 문을 열고 들어온 듯했다. 황태자는 순식간에 다가와 나의 손을 잡아 나를 일으켜 세웠다.

"보고 싶었습니다, 나의 비이."

그가 내 눈을 직시하며 손등에 입을 맞췄다. 보드라운 입술의 감촉이 손등에 생생히 느껴졌다.

"황, 황태자!"

"무례를 용서하십시오, 황후 폐하."

그가 황후를 향해 고개를 숙였다. 황후는 갑작스런 황태자의 등장에 놀라 비명을 지르듯 소리쳤다. 그가 숙이고 있던 고개를 들었다.

"제 약혼녀가 이곳에 있다는 말을 들으니 가만히 있을 수가 있어야지요."

그가 황후를 향해 화사하게 웃었다. 매력적인 그의 미소에 황후가 얼굴을 붉혔다.

객관적으로 그는 매우 아름답게 생긴 청년이었다. 매끈한 도자기 같은 피부는 땀구멍조차 보이지 않았고 크지도 작지도 않은 입술은 마치 립스틱을 바른 듯 붉고 촉촉했다. 시원스럽게 뻗은 콧날, 약간은 날카로워 보이는 턱 선은 유려했고 쌍꺼풀이 얇게 진 눈매는 그가 웃을 때마다 매혹적으로 휘어졌다.

자칫 여성스럽게 보일 수도 있었지만 도톰한 눈썹과 큰 키, 그리고 검술로 다져진 다부진 몸매는 아름다운 얼굴과 대비되어 그의 남성성을 더욱 부각시켰다. 특히 형형하게 빛나는 황금빛 눈동자를 마주할 때면 그 심연과도 같은 깊이에 빨려 들어갈 것 같은 아찔함을 느끼게 했다.

그때의 나는 황태자에게 첫눈에 반해 죽을 때까지 그에게서 헤어 나오지 못했다. 황후는 이제 겨우 여자로서 완숙해져 가는 시기였다. 매력적인 그의 미소에 황후가 얼굴을 붉히는 것은 어쩌면 당연한 일인지도 몰랐다.

1황비는 그런 황후를 못마땅하게 바라보며 혀를 찼다. 1황비의 혀 차는 소리에 황후는 수치심이 든 듯 빨개진 얼굴을 푹 숙여 감췄다.

"제국의 태자가 참으로 경거망동하군요. 체통을 지키세요, 황태자."

1황비가 부채를 흔들며 황태자를 향해 일침을 가했다. 황후에게서 시선을 돌린 그가 1황비를 바라보며 눈초리를 휘었다.

"혈기왕성한 나이 아닙니까. 이제 곧 성인식을 앞둔 약혼녀를 두고서 어찌 설레지 않을 수 있겠습니까. 자애로우신 황후 폐하께서 이러한 소자의 마음을 부디 헤아려 주시기 바랍니다."

살랑거리며 움직이던 1황비의 부채가 멈췄다. 시선만으로 사람을 죽일 수 있다면 황태자는 이미 여러 번 죽었을 정도로 황태자를 바라보는 1황비의 시선은 살기로 가득 차 있었다.

황태자는 1황비의 일침에 황후에게 답함으로써 1황비의 존재를 완전히 무시했다. 그가 나에게 바짝 다가와 내 허리를 부드럽게 감싸 안았다. 황태자의 의도는 명확했다. 나는 1황비를 물먹이려는 황태자의 의도에 동참해 주기로 했다.

"어찌 이리 늦으셨습니까? 소녀, 전하만을 하염없이 기다렸습니다."

"그대가 이곳에 있을 줄은 몰랐습니다. 제 궁으로 바로 오시지 그러셨습니까? 그럼 이리 기다리지 않아도 되었을 텐데요."

그가 안타깝다는 표정을 지으며 내 이마에 부드럽게 입술을 눌렀다. 황태자는 기회라도 잡은 사람처럼 내 허리를 감싸고 있던 팔에 힘을 주어 나를 자신의 품으로 바싹 당겼다.

오늘은 힐도 신었겠다 그의 발을 있는 힘껏 밟아 주고 싶었지만 1황비가 바로 코앞에서 눈을 부릅뜨고 있었다. 그녀 몰래 실행하기에는 무리가 따랐다. 나는 그의 허리를 마주 감듯 그의 등 뒤로 팔을 둘러 그의 옆구리를 있는 힘껏 꼬집었다.

그의 몸이 움찔거렸다. 나는 그를 향해 만족스런 미소를 지어 주었다.

"황후 폐하께서 소녀를 이리 부르셨습니다."

"이런, 오늘은 폐하께서 명하신 우리 둘만의 날인데, 황후 폐하께서 잠시 잊고 계셨던 모양입니다. 황후 폐하, 소자의 생각이 맞겠지요?"

"그, 그럼요. 그렇고말고요. 태자의 생각이 맞습니다. 내가 깜빡하였어요."

황후가 목이 떨어져 나갈까 걱정될 정도로 고개를 끄덕였다. 황제는 엘리언트가에서 두문불출하는 나에게 일주일에 두세 번 정도 황태자와 함께 시간을 보내라는 명을 내렸다. 그리고 다른 자들을 향해 나와 황태자의 시간을 방해하지 말라 명했다. 비록 본의는 아니었지만 황후는 나를 이곳으로 부름으로써 황제의 명에 반하는 행동을 했다. 그녀는 새파랗게 질린 얼굴로 1황비를 애처롭게 바라봤다.

1황비가 부채를 접었다. 부채 접히는 소리가 응접실 안에 고스란히 울렸다.

"참 많이 크셨습니다. 태자, 그대의 모습에 새삼 감개무량하군요."

대견하다는 말투와 달리 황태자를 바라보는 1황비의 눈빛은 매서웠다.

황태자는 내 허리를 감고 있는 자세 그대로 1황비를 향해 미소 지었다.

"모두 다 1황비마마의 덕분입니다."

황태자와 1황비 사이에서 팽팽한 기 싸움이 벌어졌다. 둘 다 눈 한번 깜빡이지 않고 서로를 노려봤다.

"가필드 공작 부인이 엘리언트 영애의 샤프롱이 되어 주신다고요?"

"네, 그렇습니다, 1황비마마."

가필드 공작가는 전 황후의 친정으로 사사롭게는 황태자의 외가였다. 황태자를 위해 아직도 공작으로서 활동하고 있는 황태자의 외조부와 달리 그의 외조모는 전 황후가 죽은 후 사교계에 얼굴을 드러내지 않고 칩거 상태에 있었다. 그때의 내가 그녀의 얼굴을 본 것은 내 성인식이자 황태자와의 결혼식이 있던 그날이 전부였다.

"그동안 저택에서 두문분출하시더니 마음을 바꾸셨나 봅니다?"

"그분에게 영애는 사사로이 손자며느리가 될 사람이 아닙니까. 당연한 일이지요."

"다행이로군요."

입가에 미미한 미소를 띤 얼굴과 달리 1황비의 손에 들린 부채는 그녀의 악력에 의해 부러질 듯 휘어져 있었다.

"성인식은 역시 엘리언트가에서 치르겠지요? 영애의 성인식을 볼 수 없다니 참으로 안타깝습니다."

황족이 황궁 이외의 장소에서 열리는 파티에 참석하는 경우는 극히 드물었다. 파티를 여는 주최자와 무척 친밀하다는 오해를 살 수 있기 때문이었다. 오해가 아닌 진실이라고 하더라도 황족이 사사로이 귀족 가문의 파티에 참석한다는 것은 구설수에 오르기 딱 좋은 이야깃거리였다.

특히, 권력의 축을 담당하는 황족일수록 자신의 행동과 말이 어떤 영향을 끼치는지 잘 알고 있었다. 그들은 쓸데없는 이유로 구설수에 오르지 않도록 최대한 행동을 자제했다.

하지만 내 경우는 조금 달랐다. 실제야 어찌 되었든 공식적으로 나는 황태자와 결혼할 예정이었다. 곧 황태자비가 되어 황족에 속할 나를 위해 황제와 황후를 제외한 황족들은 내 성인식에 참석하는 것이 이치에 맞았다. 그런 내 성인식에 참석하지 않겠다는 것은 대외적으로 나와 반대편에 서겠다는 말과 같았다.

"설마 모르고 계셨습니까?"

황태자가 1황비를 놀리듯 과장해서 놀란 표정을 지었다. 그의 붉은 입술 한쪽이 부드럽게 휘며 올라갔다.

"이미 폐하께서 에르하라크 홀에 제 약혼녀를 위한 성인식을 준비하고 계십니다. 1황비마마께서 그녀의 성인식에 참석하지 못해 안타까울 일은 없을 듯합니다."

"에르하라크 홀이라고요?"

1황비는 마치 자신이 못 들을 말을 들었다는 듯 새된 소리를 냈다. 나 또한 너무 놀라 표정조차 수습하지 못하고 황태자를 바라봤다.

에르하라크 홀은 황궁에서 가장 큰 홀로 신년 파티나 건국 파티 혹은 황족의 결혼식과 같은 국가적인 행사에만 개방되는 장소였다. 그때의 나 역시 에르하라크 홀에서 성년식 겸 결혼식을 올렸다. 1황비처럼 황태자가 던진 한마디에 비명을 지르고 싶은 것은 나 또한 마찬가지였다.

"고작 후작 영애의 성인식에 에르하라크 홀이라니요! 그게 가당키나 한 말입니까?"

1황비가 쥐고 있던 부채가 기어코 부러지고 말았다. 강한 그녀의 악력에 부채의 뼈대를 이루고 있던 부챗살이 조각나 튕겨져 나갔다.

1황비는 화를 참지 못하고 이를 앙다문 채 턱과 입술을 부들부들 떨었다. 나 또한 그녀처럼 침착할 수 없기는 매한가지였다. 황태자의 말대로라면 황제는 이번에도 내 성인식과 결혼식을 한 번에 준비하고 있다는 소리였다.

"고작 후작 영애라니요. 엘리언트 영애는 제 약혼녀입니다. 곧 황태자비가 될 몸이지요. 응당 그곳에서 성인식을 올릴 자격이 있습니다."

황태자 또한 에르하라크 홀에서 성인식을 열었다. 그의 말대로 그와 결혼할 내가 그곳에서 성인식을 치른다고 해도 이상한 일은 아니었다. 문제는 그곳에서 열리는 것이 과연 내 성인식뿐인가 하는 것이다.

1황비 또한 나와 같은 생각을 하고 있는 것 같았다. 그렇지 않고서야 단지 내 성인식을 에르하라크 홀에서 연다는 사실 하나만을 가지고 저렇게까지 흥분하지는 않을 테니 말이다.

"내명부의 수장인 황후조차 모르게 열리는 파티라니요. 이건 있을 수 없는 일입니다. 아니 그렇습니까, 황후?"

1황비는 그 잠깐 사이 이성을 찾은 듯했다. 그녀는 황태자에게서 시선을 떼지 않고 황후에게 말했다. 황후는 갑작스런 1황비의 지적에 입만 뻐끔거리며 눈을 굴렸다. 내명부의 모든 파티는 황후가 주최하는 것이 이치에 맞는 일이었다. 하지만 황제가 직접 진두지휘해서 개최하는 파티다. 이름뿐인 황후가 뭐라 말할 수 있을 리가 없었다.

"아니 그러냐고 물었습니다!"

"하, 하지만……."

1황비의 고함에 황후가 눈물을 글썽였다. 1황비는 여전히 황태자를 노려보고 있었다. 황후는 황태자와 1황비를 번갈아 바라보며 안절부절못했다.

"황제 폐하께서 하시는 일입니다. 아무리 황후 폐하라 하더라도 그분의 뜻을 거스를 수는 없지요. 그렇지 않습니까, 황후 폐하?"

"그, 그렇습니다. 그렇고말고요. 황태자의 말이 맞습니다."

황태자의 부드러운 음성에 마치 구원자를 만난 듯 황후가 열렬히 응답했다. 1황비가 황태자에게서 시선을 떼고 황후를 노려봤지만 황후는 1황비의 시선을 외면하는 것으로 답했다.

황후는 힘이 없었다. 더구나 황후의 가문은 1황비의 세력에 빌붙어 있는 신세였다. 황후는 황자를 낳을 가망성도 거의 없었다. 설사 황자를 낳는다고 하더라도 이미 장성한 황자들 사이에서 새로운 세력을 형성하기란 하늘의 별을 따는 것만큼이나 힘든 일이었다. 그런 황후가 1황비의 말을 거부한다는 것은 그녀로서도 많은 용기를 낸 일이었다. 물론 그 용기가 1황비보다 황제가 더 무서워 낸 용기였지만 말이다.

"내명부의 수장이신 황후께서 괜찮다고 하시는군요."

황태자의 말투엔 명백히 비웃음이 섞여 있었다. 1황비는 자신의 입술을 짓씹었다. 보기 좋게 자리하고 있던 그녀의 입술이 흉하게 일그러졌다.

"황후 폐하께서 승낙하시고 황제 폐하께서 직접 주최하시는 파티입니다. 불충을 저지르는 우를 범하지 마시기 바랍니다, 1황비마마."

황태자가 내 허리를 감싼 그대로 1황비를 스치듯 지나 응접실을 빠져나왔다.

1황비를 뒤로하고 나오면서 황태자의 얼굴에서는 순식간에 미소가 사라졌다. 그는 황후의 응접실을 벗어나자마자 나를 번쩍 들어 올려 자신의 품에 안았다. 문밖에서 대기하고 있던 궁녀들이 그런 우리의 모습을 보고 얼굴을 붉히며 비명을 질렀다. 나는 그에게서 벗어나려 버둥거렸으나 그의 단단한 팔이 내 몸을 꽉 죄었다.

"이곳을 벗어날 때까지만 그대로 있어요."

그는 무언가에 단단히 화가 나 있는 듯했다. 다른 곳도 아닌 1황비가 있는 황후의 궁이었다. 우리를 주시하고 있는 눈과 귀가 많은 곳에서 그와 싸울 수는 없는 노릇이었다.

나는 버둥거리던 것을 멈추고 두 손으로 얼굴을 가렸다. 지금껏 남들이 보는 앞에서 이런 식으로 남자에게 안긴 적이 없었다. 살갗이 따끔거리는 시선들 속에서 공주님 안기 자세는 생각했던 것보다 훨씬 더 부끄러웠다. 그는 긴 다리로 성큼성큼 움직여 빠르게 황후궁을 벗어났다.

황태자는 자신의 궁, 그것도 깊은 후원 안쪽에 도착하고 나서야 나를 내려 주었다. 그는 주변에 대기하고 있던 시종과 궁녀들을 모두 물렸다. 탁 트인 공간에 그와 나 단둘만이 남았다.

나는 벌겋게 달아오른 얼굴을 수습하느라 그의 뺨을 때릴 타이밍을 놓쳤다. 그는 한숨을 내쉬며 거칠게 자신의 머리카락을 쓸어 넘겼다. 항상 단정하던 은색 머리카락이 그의 거친 손길에 엉망으로 흐트러졌다.

"대체 왜 궁에 들어온 겁니까!"

"……네?"

뜬금없는 그의 외침에 나는 멍청히 반문할 수밖에 없었다. 그는 답답하다는 듯 단정히 목까지 잠겨 있던 옷의 단추를 풀어 헤쳤다. 이런 식으로 흐트러진 황태자는 그때와 지금 모두 포함해서 처음 보았다.

"오지 말라는 제 전갈을 받지 못했습니까?"

"받지 못했습니다만."

나는 인상을 찌푸리며 고개를 저었다. 나는 그에게 아무런 연락을 받지 못했다. 궁에 오지 말라는 전갈을 미리 받았다면 내가 구태여 여기까지 올 이유가 없었다.

"제기랄!"

나의 대답에 그는 무언가 마음에 들지 않는 듯 나직이 욕설을 내뱉었다. 마치 시정잡배와도 같은 그의 모습에 나는 눈을 동그랗게 떴다. 항상 고상한 말투로 매너 있게 사람들을 대하던 평소 황태자의 모습이 아니었다. 내 눈앞에 서 있는 그는 마치 전혀 다른 사람이 황태자의 껍데기만 뒤집어쓰고 있는 것처럼 보였다.

"무슨 문제라도 있습니까?"

"아무래도 1황비가 움직이기 시작한 것 같습니다."

"움직이다니요?"

그는 나의 물음에 대답 없이 나를 바라보기만 했다. 그는 나에게 시선을 둔 채로 흥분을 가라앉히듯 고르게 숨을 내쉬었다.

그는 태어나면서부터 지금까지 평생을 황태자로서 자라 온 사람이었다.

미래의 황제로서 그는 자신의 감정을 조절하고 타인을 자신의 의도대로 움직이게 할 수 있는 방법을 배웠다. 황태자는 자신의 감정 절제에 누구보다 능한 사람이었다. 그는 순식간에 황태자의 얼굴로 돌아왔다.

"제가 알아듣게 설명해 주시겠습니까?"

"그대에게 보내는 내 연락을 누군가가 방해했다는 뜻입니다."

"그 누군가가 1황비마마라는 말인가요?"

"오늘 내가 궁을 비운다는 걸 아는 사람은 얼마 없습니다."

갑작스런 그의 등장에 놀라 잊고 있었지만 분명 황후궁의 시종은 황태자가 오늘 황궁에 없다고 했었다. 나는 새삼스럽게 그를 바라봤다. 궁을 비웠었다는 그가 이 자리에 있다는 것은 내가 궁에 들어왔다는 소식을 듣자마자 나에게 달려왔다는 소리가 된다.

그는 왜 나에게 온 것일까? 1황비에게 당할 내가 걱정이 되어서? 아니면 그녀에게 말려들 내가 염려스러워서? 그의 의도가 무엇인지 짐작도 가지 않았다.

"이렇게 된 이상 어쩔 수 없습니다. 비이, 그대가 양보해야겠습니다."

"무엇을 양보하라 하십니까?"

"그대의 성인식."

나는 인상을 썼다. 뜬금없이 이 상황에서 내 성인식을 거론하는 이유를 알 수 없었다.

"제 성인식을 양보하라니요."

"그대의 성인식을 열어야겠다는 뜻입니다."

황태자의 말은 앞뒤가 맞지 않았다. 그는 분명 1황비에게 황제가 내 성인식 준비를 진행 중이라고 말했다. 하지만 지금 그는 나에게 성인식을 열어야겠다고 말하고 있었다. 짐작 가는 바가 전혀 없는 것은 아니었지만 고지식해 보일 정도로 정도만 걷던 황태자가 할 행동은 아니었다. 나는 설마 하는 심정으로 입을 열었다.

"설마 1황비에게 했던 말들이 거짓이었습니까?"

황태자는 대답하지 않았다. 그는 대답 대신 피식 웃었을 뿐이다. 그의 그러한 표정만으로도 나는 답을 알 것 같았다. 나는 너무나 어처구니가 없어 할 말을 잃었다.

"그대의 성인식입니다. 비이, 주인공의 허락 없이 진행할 리가 없지 않습니까."

내 표정이 너무 적나라했었는지 그가 쿡쿡거리며 소리 내어 웃었다.

"……터무니없는 거짓말을 하셨습니다. 에르하라크 홀이라니요. 어찌 수습하려 하십니까."

"거짓은 아닙니다. 폐하께서 그대의 성인식을 에르하라크 홀에서 진행시키려 했던 것은 사실이니까요."

나는 얼굴을 굳혔다. 역시 황제는 내 성인식과 함께 결혼식까지 진행할 계획이었다. 이대로 나는 또다시 그와 결혼식을 올려야 하는 것인가. 나의 그러한 모습에 그가 나직이 한숨을 내쉬었다.

"비이, 아까도 말했지만 그대의 허락 없이는 어느 것도 진행되지 않습니다."

황태자는 진지한 얼굴로 나를 바라보고 있었다.

"그대가 성인식을 꺼려 하고 있다는 거 압니다. 정확히는 나와의 결혼식이겠지요."

나를 바라보고 있는 그의 황금색 눈동자가 어둡게 가라앉았다. 황태자가 모를 거라고는 생각하지 않았다. 그는 머리가 좋은 만큼 눈치도 빠른 사람이었다. 성인식을 열지 않으려는 내 행동만으로도 그는 내 생각을 짐작했을 것이다.

그가 안다고 해서 달라질 것은 없었다. 나는 그와의 결혼을 원치 않았다. 나는 대답 대신 그의 시선을 똑바로 마주했다.

"그러니 서로 양보하는 것이 어떻겠습니까. 그대가 양보하는 만큼 나도 양보하도록 하지요."

"제가 성인식을 양보하는 대신 전하는 어떤 것을 양보하시겠습니까?"

"그대가 원하는 것을 들어드리지요."

그의 대답은 파격적이었다. 나는 미심쩍다는 듯 그를 바라보았다. 그의 얼굴은 아무런 감정도 내보이지 않고 있었다.

"저와의 약혼을 파해 주시겠습니까?"

"파혼은 불가합니다."

그의 대답은 마치 내 질문을 예상이라도 했다는 듯 빠르고 단호했다.

"제가 원하는 것을 들어주신다고 하지 않으셨습니까. 저는 파혼을 원합니다."

"파혼이 불가능하다는 것은 그대도 잘 알고 있는 사실이지 않습니까."

그의 미간에 주름이 잡혔다. 그는 화가 나는 것을 참고 있다는 기운이 역력했다.

"가능한 일을 말해 보세요, 비이. 최대한 들어주도록 하지요."

나는 대답하지 않았다. 원하는 것은 단 하나뿐이다. 그 외에는 필요 없었다. 하지만 황태자의 반응을 보아하니 역시나 씨알도 먹히지 않을 말이었다. 딱히 기대한 것은 아니었지만 아쉬움이 남는 것은 어쩔 수 없었다.

"하아, 그대는 대체!"

그는 나에게 뭔가 말을 하려 하다가 입을 다물어 버렸다. 그는 답답하다는 듯 또다시 자신의 머리를 거칠게 쓸어 넘겼다. 은색의 머리카락이 그의 손길에 따라 이리저리 움직였다.

"좋아요. 제가 졌습니다. 파혼을 할 수는 없지만 결혼식은 늦춰 보도록 하지요."

그가 약간은 억눌린 목소리를 냈다. 나는 본능적으로 이것이 그가 나에게 제시할 수 있는 최선이라는 것을 알았다.

성인식이 열리는 장소가 마음에 들지는 않았지만 이미 1황비에게 뱉어

낸 말이 있기에 바꾸긴 어려워 보였다. 황태자는 자신이 할 수 있는 선에서 최대한 양보한 것이나 다름없었다. 나는 이쯤에서 한발 뒤로 물러서기로 했다. 일단은 결혼식이 아닌 것만으로도 충분했다.

"알겠습니다. 서로 한발씩 양보하지요."

그가 나를 뚫어져라 바라봤다. 그의 얼굴은 마치 난제를 앞에 두고 있는 것처럼 복잡 미묘했다.

"할 말이 더 있으십니까?"

"그대는 참 이상한 사람입니다."

"평범하다고 생각합니다만."

나의 대답에 그가 웃으며 고개를 내저었다. 그러한 그의 반응에 기분이 나빠졌다. 그때처럼 더러운 성질을 드러내지도 않았고 딱히, 사고도 치지 않았다. 나는 지금껏 귀족 영애의 품위에 어긋나는 짓은 하지 않았다고 생각한다. 이만하면 평범하지 않은가.

"뭐, 지금은 그게 중요한 것이 아니지요. 비이, 최대한 1황비와 마주치지 마세요. 그녀는 독사와 같은 여자입니다. 그대가 감당하기에는 아직 이릅니다."

"저는 일개 후작 영애일 뿐입니다. 1황비마마의 부르심을 거부할 힘이 없답니다."

오늘처럼 황후나 1황비가 부른다면 나로서는 거부할 방법이 없었다. 그런 내 대답에 그가 피식 웃었다.

"이런, 내 약혼녀께서는 꽤 겸양이 심하시군요."

그가 나에게 바짝 다가왔다. 그는 재미있다는 얼굴을 하고 있었다.

"1황비를 놀리는 솜씨가 보통이 아니던데요."

"듣고 계셨습니까?"

"세상에서 제일 재미있는 일이 싸움 구경이라고 하지 않습니까. 굳이 미리 판을 깰 필요는 없지요."

그가 웃으며 마치 키스라도 하려는 듯 나에게 천천히 얼굴을 들이밀었다.

그의 얼굴이 바로 코앞으로 다가온 순간, 나는 그의 발 위로 오른발을 힘 있게 굴렀다. 오늘을 위해 나는 평소 신지 않던 높은 굽을 주문했다.

"쿡, 똑같은 수법에 당하지 않……. 윽!"

내 구두는 굽이 높을 뿐만 아니라 앞도 뾰족했다. 내 요구 사항이 100퍼센트 반영된 디자인이었다.

내가 알고 있는 황태자는 운동신경이 좋았다. 그런 그가 내 발에 아무런 저항 없이 밟혔다는 것은 그가 나를 어느 정도는 봐주었다는 소리와 같았다. 낮은 굽을 신었던 그날과 달리 오늘은 발목이 꺾일 정도로 굽의 높이가 무시무시했다.

나는 애초에 황태자가 피할 것을 예상했다. 더구나 그가 봐주는 것이 마음에 들지 않았다. 이왕이면 기습적으로 그의 뒤통수를 쳐야 후련할 것 같았다.

나는 올렸던 오른발을 내려 땅을 딛는 것과 동시에 왼발을 앞으로 찼다. 그는 내가 페이크까지 쓸 줄은 몰랐던지 정통으로 맞았다. 그가 인상을 쓰며 정강이를 부여잡았다.

"저도 똑같은 수법은 쓰지 않는답니다, 전하."

"너무 아름다우십니다, 누님!"

란트가 나를 보며 눈을 빛냈다. 앉은 채로 시녀들에게 머리를 맡기고 있던 나는 손짓으로 란트를 불렀다. 란트가 쪼르륵 내 앞으로 바짝 다가왔다. 나는 찹쌀떡 같은 란트의 볼 한쪽을 손가락으로 잡고 늘렸다.

"내가 제비 같은 말투 쓰지 말라고 했어? 안 했어? 다른 건 재깍재깍 말도 잘 들으면서 그건 왜 고치질 못하니."

"하, 하디마……."

"하지만은 뭐가 하지만이야. 대체 그런 느끼한 말투는 어디서 배운 거야."

말랑말랑하고 탄력적인 볼은 힘을 주는 대로 쭉쭉 늘어났다. 란트는 차마 나를 뿌리치지 못하고 내 손이 움직이는 대로 고개를 이리저리 움직였다.

아무리 생각해도 란트의 말투는 환경 문제인 것 같았다. 란트의 스승들은 모두 나이가 많았다. 각 분야에서 뛰어난 사람들을 찾다 보니 의도치 않게 죄다 오늘내일하는 노인들만이 모이게 되었다. 란트의 스승 중 가장 젊은 사람이 현역에서 은퇴한 지 오래된 틸트 경이었으니 다른 사람들은 말할 것도 없었다.

"쿡쿡, 그러다 공자의 볼이 남아나지 않겠어요."

"아나샤, 혹시 아는 사람 중에, 젊고 유능한 선생 있어요?"

"글쎄요. 한번 찾아볼게요."

아나샤는 웃으며 나에게 다가왔다. 그녀의 손 위에는 벨벳 상자가 들려져 있었다. 그녀가 상자의 뚜껑을 열었다.

"새벽의 아침이라고 불리는 목걸이예요. 당신의 성인식에 꼭 맞을 것 같아서요."

상자 안에는 손톱만 한 다이아가 수십 개 연결된 다이아몬드 목걸이가 담겨 있었다.

"제가 주는 성인식 선물이에요."

그녀가 직접 내 목에 목걸이를 걸어 주었다. 목걸이는 드레스와 한 세트인 것처럼 잘 어울렸다.

"그리고 이건 에반의 선물이에요. 직접 주지 못하는 걸 많이 아쉬워했어요."

그녀가 투명한 붉은색의 귀걸이를 내 귀에 달아 주었다. 레드 다이아몬드로 만들어진 물방울 모양의 귀걸이였다. 그것 역시 내 드레스와 조화를 이루며 완벽하게 어울렸다.

드레스는 하얀색을 기본으로 마치 나팔꽃처럼 상체는 타이트하고 치마는 허리에서부터 퍼지는 형태였다. 상체는 몸매의 굴곡을 확연히 드러내는 대신 목에서부터 손등까지 천으로 덮어 그 위를 자잘한 레이스와 미색의 진주로 장식했다.

치마 쪽은 끝단이 붉은색으로 위로 올라올수록 서서히 흐려져 허리쯤에는 완전히 흰색으로 그러데이션 되었다. 치마 역시 자잘한 진주로 장식되어 순수함과 우아함을 표현했다고 디자이너는 말했다.

성인식을 열겠다고 하자 아나샤는 몇 사람을 대동하고 나를 만나러 왔다. 그들은 루이아샤의 주축이 되는 사람들이었다.

루이아샤는 아직 준비 단계일 뿐 사람들에게 알려진 상태는 아니었다. 아나샤는 내 성인식을 기점으로 루이아샤를 대대적으로 알릴 생각을 하고 있었다. 그때에는 다른 방법으로 붐을 일으켰던 루이아샤였지만 딱히, 그 방법을 고수할 필요는 없었다. 나는 아나샤의 계획을 승낙했다.

지금 내가 입고 있는 드레스부터 장신구까지 모두 루이아샤의 제품이었다. 그들은 나를 꾸미는 것에 최선을 다했다. 머리부터 발끝까지 그들의 손을 거치지 않은 부분이 없었다.

"역시 영애와 잘 어울릴 줄 알았어요!"

루이아샤의 수석 디자이너는 내 치맛단을 정리해 주는 것을 마지막으로 모든 작업을 마쳤다. 그녀는 매우 만족스럽다는 듯 나를 흐뭇하게 바라봤다.

"머리 손질도 다 끝났어요."

역시나 루이아샤의 디자이너 중 1명이 매만지고 있던 내 머리에서 손을 뗐다. 아나샤가 웃으며 빈 상자를 닫았다.

"완벽하군요."

아나샤의 말대로 완벽했다. 지금 내가 걸치고 있는 모든 것들은 루이아샤와 관련된 모든 이들이 나만을 위해 나에게 어울리도록 총력을 기울여 만든 것이다. 완벽하게 어울리지 않으면 곤란했다.

"몸소 홍보 수단까지 되어 주는데 당연히 보답은 있겠지요?"

"어머! 상단의 모든 것이 당신의 것인데 너무 욕심이 과하세요, 비욘느."

"저는 생각보다 욕심이 많답니다. 세상의 모든 돈을 가져도 부족하다고 모두를 들들 볶을지도 몰라요. 다들 분발하세요."

아나샤와 루이아샤의 사람들이 까르륵 웃었다.

나는 란트를 향해 손을 내밀었다. 란트가 재빨리 내 손을 잡아 일으켜 세웠다. 란트의 에스코트를 받아 밖으로 나가려고 하자 아이의 얼굴이 급격히 어두워졌다. 나는 란트의 군청색 머리카락을 손가락으로 흩뜨렸다.

아직 성인이 되지 않은 란트는 내 성인식에 참석할 수 없었다. 아이는 파티장까지 나와 함께하지 못하는 것이 아쉬운 듯했다.

"사 년만 참아. 그때는 네가 싫다고 도망가도 잡아다가 파티 장소까지 에스코트하라고 할 테니."

란트가 얼굴을 붉히며 고개를 끄덕였다. 나는 란트의 머리를 쓰다듬어 주었다.

"정말 제가 참석해도 되는 건가요?"

아나샤가 불안한 얼굴로 나를 바라봤다. 초대받지 못한 사람은 파티에 올 수 없다. 그때의 나는 그녀를 내 성인식이자 결혼식에 초대하지 않았다. 당연한 일이었다. 나는 그녀를 같은 귀족으로도 생각하지 않았으니까. 그때의 그녀는 내 성인식에 참석할 수 없었다.

"당연한 말을 하는군요."

"하지만 나는……."

아나샤가 말을 잇지 못하고 눈을 내리깔았다. 끝까지 말은 하지 않았지만 그녀의 생각은 알 수 있었다. 지금은 백작 부인으로 불리고 있지만 그녀의 근본은 평민이다. 그 꼬리표는 죽을 때까지 그녀를 따라다닐 것이다.

그녀는 외할아버지의 정실부인으로서 공식적으로 미들 네임까지 받은 귀족이지만 그것은 서류상의 일일 뿐 사교계에서는 통하지 않았다.

귀족들이란 자신들의 혈통에 대한 자부심이 하늘을 찌르는 사람들이다. 그런 그들이 평민 출신의 귀족을 인정할 리가 없었다. 결혼으로 혹은 커다란 업적을 세워 평민이 귀족이 되는 경우는 종종 있었다. 하지만 그들은 대부분 사교계에 적응하지 못하고 도태당했다.

남자들보다는 여자들 쪽이 그러한 경향이 심했다. 평민인 남자가 귀족이 되는 경우는 대부분 기사로서 능력을 인정받아 귀족이 되는 경우였다. 이럴 경우 그들은 자식에게 세습할 수 없는 종신 작위였다. 기존 귀족들 입장에서 그들은 평민과 별 차이가 없었다.

문제는 결혼으로 인한 직위 상승에 있었다. 여자들의 직위는 남편의 직위에 따랐다. 아나샤의 경우처럼 평민이라 하더라도 백작과 정식으로 결혼한다면 백작 부인이 될 수 있었던 것이다. 결코, 쉬운 일은 아니었지만 불가능한 일은 아니었다.

평민이 자신보다 높은 직위를 가지는 걸 달갑게 여길 귀족은 없었다. 기존 귀족들은 결혼으로 직위 상승을 한 귀족들을 터부시했다. 나쁜 소문을 퍼트리거나 무시하는 것은 애교에 속할 정도였다. 따돌리는 것은 예사였고, 약간의 틈이라도 보이면 공개적인 장소에서 망신을 주는 경우도 비일비재했다.

비단 평민 출신 귀족들만이 아니었다. 평민 출신의 귀족들과 어울리는 이들에게도 마찬가지였다. 아나샤는 그 부분을 걱정하고 있었다.

"아나샤, 나는 당신을 내 가족으로는 절대 생각할 수 없어요."

아나샤의 고개가 더욱 내려갔다. 나의 갑작스런 발언에 란트는 물론 루이아샤의 사람들이 놀라 나를 쳐다봤다.

"하지만 나는 당신을 친구라고 생각해요."

아나샤의 고개가 빠르게 올라왔다. 놀라 동그랗게 뜬 눈은 물기로 촉촉이 젖어 있었다.

"친구의 성인식 파티에 오는 건 당연한 겁니다. 그러니 당당해지세요."

나는 후작가의 적녀이며 황태자의 약혼자다. 감히 나를 대놓고 무시할 사람은 없었다. 설사 그들이 나를 무시한다 하더라도 문제 될 것은 없었다. 그런 자들과 가까이해 봐야 나에게 하등 도움 될 것이 없었다.

나는 사교계의 생리를 알고 있었다. 내가 중심을 잡고 강하게 나가면 그들은 나를 함부로 하지 못한다. 나는 그럴 지위와 배경을 가지고 있었다. 그걸 어떻게 활용하는가는 모두 나에게 달려 있었다. 나는 절대 그들에게 밀리지 않을 자신이 있었다.

나는 아나샤를 뒤로하고 방을 나왔다. 등 뒤로 소란스러운 소리가 들렸다. 내 손을 잡고 있던 란트가 마주 잡은 손에 힘을 주었다.

"저는 누님이 좋습니다."

"나도 란트 널 좋아한단다. 그 누님이라는 소리만 뺀다면 더 좋을 텐데, 아쉽구나."

란트가 머쓱하게 웃었다. 순둥이 같은 란트였지만 이상한 곳에서 똥고집을 부릴 때가 있었다. 고집이 있다는 것은 나쁘지 않았다. 후작가를 이을 사람으로서 너무 순한 것은 좋지 않았으니까. 하지만 란트가 누님이라고 할 때마다 유부녀들을 후리는 카바레 제비가 떠오르는 것은 어쩔 수 없었다. 하루라도 빨리 저 말투를 고치게 할 방법을 찾아야겠다고 생각했다.

"어!"

본관 밖으로 나오자 황궁에서 보내온 마차가 대기하고 있었다. 그 옆에는 후작이 무심한 얼굴로 서 있었다. 란트가 재빨리 고개를 숙였다.

후작은 흘긋 나와 란트를 바라보고 바로 마차에 올랐다. 나 또한 란트의 부축을 받으며 후작을 따라 마차에 올랐다.

"조심해서 잘 다녀오세요."

란트는 마차가 움직일 때까지 나를 향해 손을 흔들었다. 나는 그런 란트를 향해 마주 손을 흔들어 주었다. 순식간에 저택이 멀어졌다. 나는 치맛자락을 정돈하고 자세를 바로 했다.

항상 느끼는 것이지만 후작과 단둘이 있는 상황은 묘하게 긴장이 되었다. 이럴 줄 알았으면 아나샤도 함께 타자고 권하는 건데 하는 후회가 들었다. 이런 부분까지는 미처 생각을 하지 못했다.

덜컹거리는 바퀴 구르는 소리와 말발굽 소리 의외에 마차 안은 고요했다. 후작은 여전히 말이 없었다. 나 또한 별다른 할 말이 없었으므로 우리는 평소처럼 침묵과 함께 시간을 보냈다.

마차가 드디어 멈췄다.

나는 마차에서 내리기 위해 마지막으로 드레스를 점검했다. 꼿꼿한 자세로 앉아 있어서인지 드레스는 약간의 구김 외에는 이상이 없었다. 나는 손으로 구겨진 곳을 폈다.

드레스를 정리하고 일어서려는데 커다란 손이 눈앞에 내밀어졌다.

"……."

고개를 들자 후작이 손을 내민 채 나를 기다리고 있었다. 그는 평소에도 기본적인 에티켓은 지키던 사람이었다. 난 별생각 없이 그의 손을 맞잡았다.

나는 후작의 부축을 받으며 마차에서 내렸다. 황궁은 평상시와 달리 수백 개의 조명들이 휘황찬란하게 반짝이고 있었다. 멀리서 대기하고 있던 황궁 시종이 나와 후작을 발견하고 다가오는 것이 보였다. 나는 마지막으로 드레스 자락을 매만지기 위해 후작의 손을 놓으려고 했다.

"무슨……."

후작이 내 손을 꽉 잡은 채 나를 바라보고 있었다. 나는 그의 돌발 행동에 어리둥절한 표정을 지었다. 그의 입술이 작게 달싹였다. 무언가 말을 하는 것 같았지만 소리가 귀에까지 들리지는 않았다.

"제게 무슨 할 말이 있으십니까?"

황궁 시종이 거의 다다랐다. 나는 다시 후작의 손을 놓으려고 했지만 그의 손은 꼼짝도 하지 않았다.

"이 손 좀 놔주……."

"오늘……."

후작의 입술이 또다시 달싹였다. 너무 작아 겨우 한 단어만이 귀에 들렸을 뿐이다.

"네?"

"오늘 참 예쁘구나."

나는 몸을 굳혔다. 후작에게서 평생 나오리라고는 기대도 하지 않았던 말이 나왔다. 외할아버지가 돌아가시고 내가 펑펑 운 이후로 그가 나를 대하는 태도가 달라졌다는 것은 알고 있었다.

후작은 나름대로 나와 란트를 배려했다. 그는 엘리언트가의 내정에 대한 전권을 나에게 위임함으로써 집안에서만큼은 모든 것을 내 마음대로 할 수 있는 자유를 주었다.

특별한 일이 없는 한, 그는 저녁 시간에 꼬박꼬박 식당에 내려와 우리와 함께 식사를 했다. 식사하는 동안 아무런 말은 없었지만 나는 그것이 그 나름의 우리를 위하는 표현이라는 것을 알고 있었다.

그는 조금씩 변하고 있었다. 무엇이 후작을 변하게 했는지 알 수 없었지만 이런 변화가 나쁘지는 않았다. 아직까지는 가슴에 와 닿지 않지만 어쨌든 그는 내 아버지였다. 타인보다 못한 관계보다는 이런 식의 미지근한 부녀 사이도 괜찮을 것 같았다.

나는 그를 향해 웃었다.

"성인식이잖아요. 최고로 예뻐야지요."

"그렇군."

그가 고개를 끄덕였다. 그는 여전히 내 손을 잡고 있었다. 황궁 시종이 우리에게 다가와 허리를 굽혔다.

"엘리언트 후작 각하, 엘리언트 영애, 두 분의 안내를 맡은 토마스입니다.

에르하라크 홀까지 안내하도록 하겠습니다. 저를 따라오시지요.”

황궁 시종이 몸을 돌려 앞장서기 시작했다. 후작이 내 손을 잡은 채 움직였다. 그는 손을 놓을 생각이 없어 보였다. 나는 그의 손을 잡고 시종의 뒤를 따랐다.

오늘은 내 성인식 날이었다.

8막. 고백

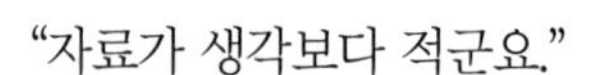

“자료가 생각보다 적군요.”

“서부에 대해서는 알려진 것이 거의 없으니까요. 시일을 더 주시면 사람을 보내 더 자세한 사항을 알아 오도록 하겠습니다.”

나는 에반이 건네준 서류를 읽으며 고민했다.

서부는 황궁을 기준으로 서쪽에 위치한 곳으로 이나야리와 인접해 있는 지역이었다. 이나야리는 사막 국가다. 사막과 인접해 있는 서부는 물이 부족하고 토양이 좋지 못해 농사가 잘되지 않았다.

농작물이 잘 자라지 않는 대신 서부에는 커다란 소금산과 질 좋은 원석들이 많았다. 서부의 사람들은 농사를 짓는 대신 소금과 원석을 캐며 생활했다. 서부는 원석이 많은 지역답게 세공법이 발달했다. 수도에서 유명한 세공사는 대부분 서부 출신의 사람이었다.

“이곳에서 더 알아낼 방법은 없는 건가요?”

“죄송합니다.”

제국에서 영주민들의 이주는 몇몇 특수한 영지들만 빼고는 다른 왕국들에 비해 자유로운 편이었다. 그럼에도 대부분의 사람들은 자신이 태어나고 자란 영지를 떠나는 것을 꺼려 했다. 평생을 살아온 터전을 버리고 새로운 곳에서 터를 잡는다는 것은 결코 쉬운 일이 아니다. 그것은 그야말로 맨땅에 헤딩하는 것과 다름없었다.

영주민들은 자신들을 다스리는 영주가 영주민들을 괴롭히는 악덕이 아닌 이상 자신의 조상들이 대대로 살아온 터전을 버리지 않았다. 그중에서도 서부에 사는 사람들은 특히 다른 곳으로의 이주를 극히 꺼려 했다. 수도에서도 유명한 세공사 몇 명을 제외하면 서부 출신의 사람은 거의 없었다.

영주민들이 이토록이나 이주를 안 하는 이유는 크게 두 가지로 나뉜다. 먹고살기 좋거나 영주가 이주하는 것을 막거나.

공식적으로 영주가 영주민들의 이주를 막을 수 있는 곳은 단 하나 국경 지역뿐이다. 국경 지역은 그 특성상 전쟁이 벌어질 확률이 높았다. 사람의 심리상 불안한 곳에서는 살고 싶지 않은 것이 당연하다. 국경 지역은 사람들이 살기를 기피하는 곳이었다.

황제는 국경 지역에 영지를 가진 영주들에게 그 지역 주민들의 이주에 대한 권한을 모두 위임했다. 국경 지역의 영주들은 자신들의 재량껏 영주민들의 이주를 허락하거나 허락하지 않았다.

지금은 태평성대라 불릴 정도로 오랜 세월 전쟁이 일어나지 않았다. 국경 지역에 사는 사람이라 할지라도 전쟁에 대한 공포가 많이 희석된 상태였다. 대부분의 국경 지대 영주들은 영주민들이 자유롭게 이주할 수 있도록 풀어 주었다. 굳이 막지 않아도 다른 영지로 이주를 원하는 영주민이 드물었기 때문이다.

서부 또한 마찬가지다. 그곳의 일부 지역은 이나야리와 국경을 맞대고 있었다. 이나야리의 약탈은 빈번했지만 그곳의 영주는 공식적으로 영주민들의 이주를 막지 않았다. 그런데도 그곳 영주민들은 타 지역으로의 이주를 극히 꺼려 했다. 수도의 유명한 서부 출신 세공사들은 황궁에서 그들의 세공 솜씨를 높이 사 불러들였기 때문에 수도에 머물고 있는 것이었다.

이곳에 서부 출신의 사람이 적은 만큼 서부에 대한 정보를 알아낼 수 있는 방법은 한정될 수밖에 없었다.

"직접 사람을 보내지 않는 한 이 이상의 정보는 알 수 없다는 거군요."

"다른 곳이라면 모르겠지만 데이샤 공작가는 좀 어렵습니다. 영애도 아시다시피 그곳은 황궁에서도 민감하게 반응하는 곳이니까요. 정말 죄송합니다."

에반이 나를 향해 고개를 숙였다. 그는 처음으로 내린 내 명령을 제대로 이행하지 못해 무척이나 미안해했다.

에반의 능력이 모자란 것이 아니었다. 그만큼 내가 내린 명령이 어려웠다.

'그렇긴 하지만 꼭 알아야 할 게 있는데…….'

에반이 넘겨준 자료에는 알려진 것이 거의 없는 서부에 대해 꽤 자세하게 기술되어 있었다. 일반인이라면 절대 모를 소금이나 원석의 유통망과 서부에 영지를 두고 있는 영주들의 이름, 특징, 가족 관계 등, 에반이 얼마나 노력했는지 한눈에 보일 정도였다.

내가 자료가 적다고 했던 건 정작 내가 원하는 데이샤 공작가에 대한 자료가 거의 없었기 때문이다. 어쩌면 당연한 일인지도 몰랐다. 현 데이샤 공작은 오랜 세월 칩거 상태에 있었다. 데이샤 공작가 자체가 현 데이샤 공작부터 생긴 가문이다. 공작에 대해서 알려진 것도 거의 없는데 그 가문에 대해 알려진 것이 있을 턱이 없었다. 특히 데이샤 공작이 현재 어떻게 지내고 있는지에 대해 아는 사람은 없었다.

데이샤 공작, 그는 가장 높은 곳에 오를 수 있는 기회를 바로 눈앞에서 놓친 인물이다. 사람들은 그를 두고 불운의 황자라고 불렀다.

데이샤 공작은 사적으로 황제의 사촌이었다. 데이샤 공작의 아버지가 현 황제의 백부가 되기 때문이다. 그가 몇 달만 일찍 태어났더라도 데이샤 공작은 황제의 사촌이 아닌 황제가 되었을지도 모른다.

데이샤 공작의 아버지는 전 황제의 장자로 황태자였다. 소문에 따르면 데이샤 공작의 아버지는 문무에 능한 황태자였던 것 같다. 전 황태자의 단점은 딱 하나였다. 바로 후사가 없었다는 것이다.

반면, 현 황제의 아버지는 꽤 방탕했던 것 같다. 그에게는 황제 말고도 많은 자식들이 있었다고 알고 있다. 현 황제에게도 자식이 많으니 부전자전이라고 할 수 있었다.

특히 현 황제는 그의 아버지가 성년식도 치르기 전에 사고 쳐서 낳은 아들이었다. 성인식을 치르지 않은 미성년자가 결혼을 했을 리가 없다. 황제는 태어나고도 한참이 지날 때까지 황족에 이름을 올릴 수 없었다.

다행히 사고를 친 상대가 미혼 귀족 여성이어서 황제는 혼외자라는 꼬리표는 달지 않을 수 있었다. 하지만 그는 자신의 출생에 대한 콤플렉스가 있었던 것 같다. 그는 무결점인 정궁 소생의 아들을 무척 바랐다.

1황자는 황태자와 16살이나 차이가 났다. 황태자가 태어나기 전까지 1황자는 잠정적인 제국의 황태자였다. 1황비를 비롯해 대부분의 귀족들이 1황자가 다음 황위를 이을 것이라고 생각했다. 황후에게는 자식이 없었고, 다른 황자들은 1황자에 비해 세력이 약했다.

그럼에도 황제는 1황자에게 황태자의 자리를 주지 않았다. 그때까지도 그는 정궁 소생의 아들을 포기하지 않았던 것 같다.

현 황제에게는 총 3명의 정실부인이 있었다. 첫 번째 정실부인은 그가 황제가 되기 전에 죽었다. 그녀와의 사이에서는 딸 하나만이 있을 뿐이었다. 두 번째 정실부인은 현 황태자의 모후가 되는 전 황후다. 그녀는 황제가 즉위할 때 그의 부인으로서 황후가 되었다. 하지만 그녀는 황후가 되고 한참이 지나고 나서야 겨우 황태자 1명만을 낳을 수 있었다. 세 번째 정실부인은 지금의 황후다. 그녀에게는 아직 자식이 없었다.

황제에게 황태자는 그토록 바라 마지않던 정궁이 낳은 유일무이한 아들이었다. 황제가 황태자에게 황위를 물려주려 애를 쓰는 이유였다.

자식이 많은 현 황제에 비해 전 황제의 자식은 데이샤 공작의 아버지인

로이드 황태자와 현 황제의 아버지인 비숍 황자 단둘뿐이었다.

로이드 황태자에게는 꽤 오랫동안 자식이 없었다. 반면, 비숍 황자에게는 현 황제를 비롯해 많은 자식들이 있었다. 후사에 걱정이 생기지 않을 리가 없었다. 로이드 황태자는 자신의 아이를 포기하고 비숍 황자의 아들 중에서 자신의 뒤를 이를 후계자를 두려 했다. 그 후보 중에 1명이 현 황제였다.

기적이라도 일어났는지 황태자비가 임신을 했다. 전 황제는 기뻐하며 국가적으로 큰 축제를 벌였다. 하지만 행복은 오래가지 않았다. 황태자비가 아이를 낳기도 전에 로이드 황태자가 낙마로 세상을 떠났다. 황태자비의 배 속에 있는 아이는 유복자가 되었다. 그 아이가 바로 데이샤 공작이다.

노쇠하여 몸이 좋지 않았던 전 황제는 큰아들의 죽음에 큰 충격을 받았던 것 같다. 전 황제는 아들의 죽음 후 시름시름 앓다가 승하했다. 전 황제는 죽기 직전에 태어나지도 않은 자신의 손자에게 황족의 성 대신 '데이샤'라는 성과 함께 공작의 작위를 내렸다.

전 황제의 선택은 어쩔 수 없는 것이었다. 현 황제를 비롯해 이미 후계자 후보로서 교육을 받던 비숍 황자의 아들들은 이미 장성한 상태였고, 데이샤 공작은 태어나지도 않았다. 그를 살리기 위해 전 황제는 황적에 데이샤 공작의 이름조차 올리지 않았다.

전 황제의 결정은 탁월했다. 전 황제 승하 후, 한동안 골육상쟁이 벌어졌다. 최후의 승자인 현 황제는 이복동생들을 1명도 남겨 두지 않았다. 그는 여지조차 없애겠다는 듯 남자 형제들뿐만 아니라 여자 형제들까지 모두 죽였다.

데이샤 공작은 그 피비린내 나는 시간 속에서 유일하게 살아남은 황족 아닌 황족이었다. 그는 황적에 이름조차 올린 적이 없기에 황족이 아니었다. 황족 계보에 이름조차 올리지 못한 사람은 결코 황위를 이을 수 없었다.

그것이 데이샤 공작이 살아남은 결정적 이유였다. 하지만 그의 몸에 흐르는 피는 분명 황족의 피였다. 사람들은 그래서 그를 비운의 황자라고 불렀다.

데이샤 공작은 태어나기도 전에 쫓기듯 자신의 영지가 된 서부로 가야 했다. 그의 어머니인 황태자비는 데이샤 공작이 어릴 때 죽었다고 알려져 있다. 서부의 데이샤 영지는 황궁에서 꽤 멀리 떨어진 곳이었다. 부고를 접한 황제는 데이샤 영지에 사신만을 보냈을 뿐이었다.

작위를 가진 제국의 모든 귀족들은 1년에 두 번 새해와 건국일에 무슨 일이 있어도 황궁에 와야 했다. 불가피한 이유 없이 2년을 불참하면 자동적으로 작위가 박탈되었다. 그것은 고위 귀족이라도 마찬가지였다. 일종의 자격증 갱신과도 같은 절차였다.

데이샤 공작은 자신의 영지에서 나고 자랐다. 그는 지금까지 단 한 번도 수도에 오지 않았다. 그럼에도 그의 공작 작위는 박탈되지 않았다. 전 황제의 유언 때문이었다.

전 황제는 데이샤 공작을 살리기 위해 여러 방면으로 방패를 만들었다. 전 황제는 지금의 황제와 거래를 했다. 데이샤 공작의 목숨을 살려 두는 대신 그가 황위를 이을 수 있도록 힘을 실어 주는 것이었다.

현 황제는 전 황제에게서 군사권을 넘겨받는 대신 데이샤 공작에게 반역을 제외한 모든 죄를 면해 준다는 면책권을 주었다. 데이샤 공작이 건국일마다 궁에 오지 않고도 작위를 박탈당하지 않을 수 있는 이유였다.

지금의 나는 데이샤 공작을 만난 적이 없다. 하지만 그때의 나는 그를 만난 적이 있었다. 그는 평생을 자신의 영지를 떠난 적이 없었다. 성인식도 사교계 데뷔도 모두 자신의 영지에서 치렀다. 그런 그가 수도로 상경했다. 딸의 사교계 데뷔를 위해서였다.

그의 얼굴을 알고 있는 사람은 극히 드물었다. 그럼에도 사람들은 그가 데이샤 공작임을 아무도 의심하지 않았다. 그가 황태자와 똑같은 황금색 눈동자를 가지고 있었기 때문이다.

황금색 눈동자는 황가의 상징이었다. 황태자를 제외하고 현 황제를 포함해 황제의 자식 중에는 그 누구도 황금색 눈동자를 가지지 못했다.

그때의 나는 18살로 황태자와 결혼한 지 2년째 되던 해였다. 데이샤 공작의 딸은 나와 동갑이었다. 사교계 데뷔를 위한 마지노선인 나이였다.

그녀는 매우 아름다웠다. 허리까지 살랑거리며 내려오는 긴 생머리, 하늘거리는 가냘픈 몸매, 남자의 보호 본능을 일으키는 청초한 얼굴, 한 점의 그늘 없는 말간 웃음.

그녀는 모든 것이 나와 달랐다.

그래서였을 것이다. 나는 처음 본 순간부터 그녀가 마음에 들지 않았다. 항상 행복하다는 듯 웃음을 달고 다니는 그 얼굴이 싫었고, 조금만 뭐라고 해도 그 큰 눈동자를 일렁거리며 말간 눈물을 뚝뚝 흘리는 모습도 가증스럽고 역겨웠다. 나는 그녀에게서 왠지 모를 위협을 느꼈다. 그런 내 예감은 정확하게 맞았다.

'아이린스 힐로 데이샤.' 황태자가 사랑한 그녀의 이름이었다.

"……영애. 엘리언트 영애!"

에반의 외침에 나는 번득 정신을 차렸다. 그는 언제 다가왔는지 내 옆에 무릎을 꿇고 앉아 걱정 가득한 얼굴로 나를 바라보고 있었다.

"어디가 아프십니까? 의원을 부를까요?"

나는 관자놀이를 누르며 고개를 저었다. 그녀를 생각하는 것만으로도 그때의 내 감정은 이렇듯 불시에 튀어나오곤 했다. 나는 머리에서 그녀를 지우고 천천히 심호흡을 했다. 경직되었던 몸이 풀어지고 차갑게 굳어 있던 손끝에 온기가 돌기 시작했다.

에반은 걱정스러운 표정을 지우지 않았다.

"아무래도 의원을 불러야 할 것 같습니다."

"괜찮습니다."

"하지만……."

"평소에도 있던 편두통입니다. 의원을 부를 정도는 아닙니다."

언제부턴가 그때의 비욘느에게도 이지아에게도 없었던 편두통이 생겼다. 아무래도 최근 여러 일들이 한꺼번에 터져 생긴 일인 듯했다.

외할아버지가 나에게 남긴 것들과 황제와 1황비와의 만남, 그리고 그때와는 달라진 황태자의 행동까지 무엇 하나 쉬운 것이 없었다. 그나마 내 성인식을 무사히 치른 것이 다행이었다.

1황비는 결국 내 성인식에 참석했다. 황제가 직접 주최한 자리였다. 아무리 1황비라 하더라도 황제가 주관하는 파티에 빠질 수는 없었다. 황제는 파티 내내 자리를 지켰다. 최고 권력자가 눈을 부릅뜨고 있는 자리에서 나댈 수 있는 귀족은 아무도 없었다. 내 성인식은 속으로는 어떨지 몰라도 겉으로는 평탄하게 치러졌다.

황태자의 그녀 또한 올해 성인식을 치렀을 것이다. 그녀는 나보다 생일이 빨랐다. 2년 뒤면 그녀가 사교계 데뷔를 하기 위해 수도로 온다. 내가 황태자와의 결혼을 피하기 위해서는 결혼식을 하기 전에 그녀를 수도로 오게 하거나 그녀가 수도에 올라올 때까지 결혼식을 늦춰야 했다.

두 방법 모두 쉽지 않은 일이었다. 황제는 지금이라도 당장 나와 황태자가 결혼하기를 원했다. 2년 동안 시간을 끄는 것에는 한계가 있었다.

그녀를 수도로 데리고 오는 방법 또한 어렵기는 마찬가지였다. 그녀는 공작 영애다. 더구나 데이샤 공작은 딸을 사교계에 데뷔시키기 전까지 자신의 영지에서 꼼짝도 하지 않던 사람이었다. 그런 그들을 2년이나 빨리 수도에 데리고 오는 방법은 사실상 거의 불가능했다.

어떤 방법을 사용하건 일단은 정보가 필요했다. 데이샤 공작과 그의 딸은 그들이 수도에 올라오기 전까지 알려진 것이 없었다.

사실상 수도의 대부분의 사람들은 데이샤 공작이 결혼했다는 사실조차 알지 못했다. 그녀의 존재는 수도의 귀족들에게 충격을 주었다.

"서부로 사람을 보내세요. 데이샤 공작가에 대해 최대한 알 수 있는 선까지 알아 와야 합니다. 특히 데이샤 공작의 딸에 대해서 집중적으로 알아보세요."

"알겠습니다."

에반이 고개를 끄덕이며 몸을 일으켰다. 그는 주군에게 충성을 맹세한 기사처럼 오른손을 가슴에 대고 허리를 숙였다.

그는 첫인상처럼 행동 하나하나가 기사와 같았다. 하지만 에반은 공식적으로 피스온 상단의 주인이었다. 그는 오롯이 내 곁에서 나를 지키는 기사가 될 수는 없었다.

그것은 어쩔 수 없는 일이다. 여자인 아나샤는 공식적으로 상단의 주인이 될 수 없다. 더구나 에반은 고지식해 보이는 겉모습과 달리 상재에 능했다. 피스온 상단의 유통망과 물건의 보관과 호위, 그리고 루이아샤를 제외한 상단의 모든 결정은 그의 손에서 이루어졌다.

다른 사람이 있음에도 불구하고 외할아버지가 굳이 에반을 공식적인 상단주로 만든 것은 바로 그러한 이유들 때문이었다.

에반은 상단주의 자리를 다른 사람에게 넘기고 내 호위를 자처하려 했다. 그의 얼굴을 아는 사람은 극히 드물었기 때문에 불가능한 일은 아니었다. 하지만 나는 그의 제안을 거절했다.

외할아버지는 기껏 기사로 키운 에반을 상단주로 만들었다. 외할아버지는 아무 직위 없는 기사보다는 피스온 상단의 주인으로서 나를 지키는 것이 더 낫다고 판단했던 것 같다. 나는 외할아버지의 판단을 믿었다.

내 곁에서 나를 지킬 수 있는 기사는 많았다. 엘리언트 후작가의 기사뿐 아니라 내가 원하기만 한다면 황궁 기사까지 내 호위 기사로 삼을 수 있었다. 에반은 내 호위 기사보다 상단주로 있는 것이 훨씬 더 나았다.

에반은 내 곁에서 나를 지킬 수 없음을 매우 안타까워했다. 그는 나를 만날 때마다 최대한 나의 기사로서 행동하려 했다. 에반은 어릴 때부터 내 호위 기사로 길러진 사람이었다. 내 호위 기사는 그의 인생 목표였다. 그런 그에게 그것까지 그만두라고 할 수는 없었다.

아나샤와 에반은 외할아버지가 오직 나를 위해 남긴 사람들이었다. 그 사실을 안 순간부터 왠지 나는 그들을 매몰차게 대할 수 없었다.

"잠시만 기다려 주시겠습니까?"

내가 일어나려 하자 에반이 나를 만류했다. 나는 소파에 다시 앉아 그를 올려다봤다.

"저번에 부탁하신 물건이 준비되었습니다. 바로 가져올 테니 잠시만 기다려 주십시오."

지난번 이곳에 들렀을 때, 내가 부탁한 것은 두 가지였다. 서부에 대한 자료와 란트의 생일 선물이 바로 그것이었다. 공교롭게도 내가 원한 란트의 선물은 빠른 시일 안에 만들 수 있는 것이 아니었다. 결국 이번 란트의 생일 선물은 다른 것으로 대체할 수밖에 없었다. 생일 선물로 줄 수는 없었지만 란트를 위한 물건이었다.

나는 고개를 끄덕였다.

"기다리지요."

그가 고개를 숙이고 응접실을 나갔다. 지금 내가 있는 곳은 지난번 왔던 루이아샤의 본점이었다. 나는 눈을 감고 에반을 기다렸다.

"저기……."

눈을 뜨자 어린아이가 내 앞에 서 있었다. 지난번 나와 부딪쳐 내 옷을 붉은색으로 얼룩지게 만들었던 아이였다. 나와 눈이 마주치자 아이가 재빨리 고개를 숙였다.

"지난번엔 정말 죄송했어요. 귀족은 그때 처음 보는 거라서……."

아이는 뒷말을 웅얼거리며 발로 바닥을 툭툭 쳤다. 아나샤가 들려준 말에 따르면 아이는 타 지역에 있는 지점에 있다가 최근 어머니를 여의고 본점으로 옮겨 왔다고 했다.

아이는 이나야리의 혼혈이다. 평소에는 괜찮더라도 흥분이라도 하면 아이의 정체가 발각될 우려가 있었다. 아직 어린아이가 자신의 감정을 조절할 수 있을 리가 없다. 그것은 어른도 어려운 일이었다.

어머니라는 절대적인 보호자를 잃은 아이는 위험했다. 아나샤와 에반은 아이를 자신들의 테두리에 두고 보호하려고 했다. 수도로 상경한 지 얼마 되지 않아 제대로 된 교육도 받지 못한 아이가 나와 부딪치는 사고를 치게 될 줄은 아무도 몰랐다고 했다.

아이의 어머니는 서부 출신으로 이나야리의 약탈에 의한 피해자라고 했다. 목숨을 걸고 간신히 탈출해 피스온 상단의 눈에 띄어 구해졌다고 들었다.

에반이 전해 준 자료에 들어 있던 이나야리에 대한 정보는 상당 부분 아이의 어머니였던 여인에게서 들은 이야기라고 했다.

"다음부터는 조심하는 것이 좋을 게다. 모든 귀족이 너그럽지는 않으니."

"……네."

아이가 시무룩하게 대답했다.

나는 아이에게서 관심을 껐다. 이나야리의 혼혈이 특이하기는 하지만 그뿐이다. 아이가 가진 위험에 대해서는 에반과 아나샤가 알아서 처리할 것이다. 외할아버지가 선택한 사람들인 만큼 두 번은 실수하지 않을 것이다.

"저기……."

아이는 할 말이 남았는지 입을 오물거렸다. 바로 전에 그녀를 떠올렸던 탓인지 오늘따라 아이의 하늘색 머리카락이 유난히 거슬렸다. 나는 아이에게 싸늘하게 말했다.

"사과 다 끝냈으면 나가거라. 나는 너에게 이곳에 들어오라 허락한 적이 없다."

"강해지는 방법 좀 알려 주세요!"

나의 축객령에 당황한 아이가 소리를 질렀다. 아이는 제가 낸 큰 소리에 스스로 놀랐는지 눈을 동그랗게 떴다. 나는 인상을 찌푸렸다. 내 표정을 본 아이가 다급하게 뒷말을 이었다.

"저는 비욘느를 지켜야 해요!"

이번에는 내가 놀랄 차례였다. 아이의 입에서 전혀 생각지도 않았던 이름이 나왔다. 아이는 성큼 다가와 내 치맛자락을 붙잡았다.

"비욘느를 지키려면 꼭 강해져야 한단 말이에요. 제발 알려 주세요, 누나."

조금 가라앉았던 편두통이 또다시 머리를 두드렸다. 나는 관자놀이를 꾹꾹 누르며 고통을 참았다.

"비욘느가 누군지는 알고 이러는 게냐?"

"그럼요!"

아이가 활짝 웃었다. 아이의 어미가 미인이었던지 아이는 남자애치고 꽤 예쁘장했다. 아이는 마치 누가 들을세라 손으로 자신의 입 한쪽을 막고 속삭였다.

"저번에 아나샤 아줌마랑 같이 온 걸 몰래 봤거든요. 굉장히 귀여운 애였어요!"

'나와 이름이 같은 아이가 또 있었던가?'

기억을 더듬어 봤지만 내 주변에 나와 같은 이름의 여자아이는 없었다. 아나샤와 같이 있었다면 상단의 아이일 확률이 높았다. 나는 상단의 아이들에 대해서는 아는 것이 없었다.

아이는 흥이 올랐는지 계속 종알댔다.

"아무도 가르쳐 주지 않았지만 난 단번에 알아봤죠."

아이는 자랑스럽다는 듯이 자신의 가슴을 쳤다.

"저애가 바로 할아버지가 말했던 내가 지켜야 하는 아이구나 하고요."

"할아버지?"

"네, 단주 할아버지요!"

나는 아이가 말하는 할아버지가 누구인지 단번에 알 수 있었다. 이 아이는 외할아버지를 직접 만난 적이 있었나 보다. 아이의 특수성이라면 외할아버지가 직접 아이를 만났던 것도 이해가 갔다.

"근데 비욘느가 아프대요."

아이가 시무룩하게 중얼거렸다. 아이의 말이 의아해 나도 모르게 반문했다.

"아프다고?"

"할아버지가 그랬어요. 비욘느는 약하고 가슴이 아픈 아이라서 우리가 꼭 지켜 줘야 한대요."

외할아버지에게 나는 항상 약하고 상처가 많은 아이였었나 보다. 그래서 그는 에반과 아나샤로도 부족해 이런 어린아이에게까지 나를 지키라고 했다. 외할아버지는 대체 얼마나 큰 사랑을 나에게 남겨 주신 걸까. 눈물이 핑 돌았다.

"비욘느를 지키려면 제가 꼭 강해져야 해요. 제발요, 누나."

아이가 간절한 얼굴로 내 치맛자락을 흔들었다. 나는 재빨리 눈을 깜빡여 고여 있던 눈물을 말렸다. 아이가 있는 앞에서 약한 모습을 보일 필요는 없었다.

"왜 내게 그런 말을 하는 거지? 강해지고 싶다면 에반에게 말하려무나."

"누나가 제일 강하니까요!"

보통 남자아이들은 기사를 동경한다. 갑옷을 입고 허리에 검을 찬 그들이 아이들의 눈에 가장 강해 보이는 사람이기 때문이다. 나는 평범한 귀족 아가씨다. 무엇이 아이의 눈에 강해 보였는지 알 수 없었다.

"단주님도 누나 앞에서는 꼼짝을 못 하잖아요. 그러니까 누나가 제일 강해요."

아이의 말이 어처구니가 없어서 피식 웃음이 새어 나왔다. 누가 가르쳐 준 건지 본능적인 건지는 알 수 없었지만 아이는 벌써부터 권력 구도에 대해 알고 있는 듯했다. 나는 아이에게 약간의 흥미를 느꼈다.

"네 이름이 뭐지?"

"라이요."

"그래. 라이, 네 말대로 내가 가장 강하다고 치자. 그런데 내가 왜 네게 강해지는 방법을 알려 줘야 하지?"

라이의 얼굴이 굳어졌다. 아이는 거기까지 생각해 본 적은 없는 것 같았다. 당연했다. 아직 어린아이다. 많아 봐야 7살 정도? 원하는 것이 있다면 떼를 써서 가질 나이이지 조리 있는 말로 상대를 설득시킬 수 있는 나이는 아니었다.

"누나도 비욘느를 지켜야 하니까요."

"뭐?"

"나도 알아요. 누나도 우리 상단 사람이죠? 상단 사람들은 전부 비욘느를 지켜야 해요."

라이의 노란색 눈동자가 올곧게 나를 바라봤다. 아이는 감정이 격해진 듯 동공이 세로로 가늘어져 있었다.

"나도 비욘느를 지켜야 한다고?"

"네."

라이의 말에 웃음이 나왔다. 아이의 말은 틀리지 않았다. 나는 나를 지켜야 했다. 내 인생, 내 행복, 나의 모든 것을 지킬 생각이다. 내 것을 탐내거나 내 행복을 망치려 하는 자들은 절대 가만두지 않을 것이다. 상대가 그 누가 될지라도.

"너는 무엇으로 강해지고 싶지? 기사나 상인이 되고 싶다면 에반이나 아나샤에게 부탁하는 것이 더 나을 텐데?"

"귀족이 되고 싶어요!"

"어째서?"

"귀족이 제일 세니까요."

아이의 말은 맞으면서도 틀렸다. 제국은 신분제 국가다. 평민이나 노예의 입장에서 보면 귀족들은 하늘의 별과 같은 사람들이다. 귀족들의 말 한마디에 그들의 목숨이 좌지우지될 수 있었다. 하지만 귀족이라고 다 같은 귀족이 아니다. 귀족이면서도 평민보다 못한 삶을 사는 귀족들도 분명 존재했다.

단지 귀족이 되고 싶은 거라면 쉬운 일이다. 물론, 평범한 평민이 귀족이 되는 것은 하늘의 별을 따는 것만큼이나 어렵다. 하지만 조건만 맞는다면 불가능한 일도 아니었다.

기사가 되어 종신 작위를 얻는 방법도 있고 불법이긴 하지만 가세가 기운 귀족의 작위를 돈으로 사는 방법도 있었다.

"이나야리의 혼혈이 귀족이 되고 싶다라. 참 재미있는 말을 하는군."

"난 이나야리가 아니에요!"

라이가 얼굴을 일그러트리며 소리쳤다. 감정의 기복이 심해졌는지 아이의 동공은 더욱 가늘게 세로로 좁혀졌다.

"그 눈동자를 하고서 잘도 아니라고 하는구나."

라이가 눈을 가릴 생각인지 재빨리 고개를 숙였다. 하늘색 머리카락이 앞으로 내려야 아이의 이마와 눈동자를 가렸다.

"나는, 나는……."

아이는 반박을 할 수 없다는 것이 분한 듯 입술을 씹으며 시근덕거렸다.

무시하려면 충분히 무시할 수 있었다. 평상시의 나라면 분명 아이를 무시하고도 남았다. 하지만 나는 지금 일종의 변덕을 부리고 있었다. 비욘느가 누구인지도 모르면서 지키겠다고 하는 아이가 어디까지 할 수 있는지 궁금해졌다.

"좋아. 네가 귀족이 될 수 있도록 도와주지."

"정말요?"

라이가 고개를 번쩍 들었다.

"대신 네가 그만한 가치가 있는지 보여야 한다."

"가치요?"

"그래."

"어떻게요?"

"로체스트라 아카데미에 들어가거라. 그곳에서 네 정체를 들키지 않고 무사히 졸업한다면 네 부탁을 들어주도록 하지."

로체스트라 아카데미는 대륙에서 가장 유명한 교육기관이다. 그곳에서는 검술, 외교, 정치, 의학 등을 가르쳤다.

아카데미에는 대체로 가문의 작위를 이을 후계자를 제외한 귀족 자제들이 입학했다. 가문의 작위를 이어받지 못한 그들이 종신 작위라도 얻을 수 있는 가장 빠르고 확실한 방법이었기 때문이다.

신분을 따져서 입학을 허가하는 다른 아카데미와 달리 로체스트라 아카데미의 입학은 상대적으로 쉬웠다. 기본적인 학식을 가지고 있는지에 대한 간단한 테스트와 학비만 내면 평민도 입학을 할 수 있었다. 하지만 실질적으로 아카데미에 입학할 수 있는 평민은 거의 없었다.

아카데미에서 요구하는 기본적인 학식이란 귀족 자제들이 어려서부터 개인 교사를 옆에 끼고 배우는 정치, 경제, 역사, 언어, 예술 등이다. 보통의 평민들은 배울 수 없는 것들이었다.

아카데미의 학비는 평민은 물론 세력이 별로 없는 귀족들까지도 감당하기 어려울 정도로 터무니없이 비쌌다. 필연적으로 아카데미에 입학할 수 있는 사람들은 어느 정도 경제력을 갖춘 귀족 가문의 자제들이나 돈이 많은 평민들뿐이었다.

기본적인 학식과 돈만 있으면 입학할 수 있는 것과 달리 로체스트라 아카데미를 졸업하기 위해서는 어려운 시험을 여러 번 통과해야 했다. 대다수의 학생들이 시험을 통과하지 못해 졸업을 하지 못하고 아카데미를 나왔다.

로체스트라 아카데미의 시험은 어렵기로 유명했다. 그곳의 졸업장을 가지고 있는 것만으로도 각 왕국은 물론 제국에서까지 준귀족의 대우를 받았다. 귀족 자제들이 로체스트라 아카데미로 몰려드는 이유였다. 로체스트라 아카데미의 공식적인 교육 기간은 3년이었다. 입학 나이는 제한이 없지만 최대 7년 안에는 반드시 졸업을 해야 했다. 7년이 지나도 졸업하지 못하면 자동적으로 퇴학이 되었다.

아카데미에서는 1년 동안 2번의 시험을 봤다. 학생들은 아카데미의 여러 과목 중 5개 이상의 과목에서 만점을 받아야 다른 학기로 올라갈 수 있었다.

총 6번의 학기 동안 5개 이상의 과목에서 만점을 받아야만 졸업할 수 있다는 소리였다.

한 가지 과목에서 만점을 받는 것도 어려운 일이다. 하물며 각각 분야가 다른 5개의 과목이다. 결코 쉬운 일이 아니었다. 대다수의 학생들이 중간에 포기하거나 7년을 넘기고 퇴학을 당했다. 나는 어쩌면 아이에게 터무니없는 요구를 하고 있는지도 몰랐다.

"자신이 없다면 그만두어도 상관없단다."

라이가 또다시 입술을 잘근잘근 씹었다. 평민 아이라도 로체스트라 아카데미를 모를 리는 없었다. 그곳은 그만큼 유명했다.

"졸업만 하면 정말 날 귀족으로 만들어 줄 거예요?"

라이의 노란색 눈동자가 열망으로 일렁거렸다. 아이의 눈동자에는 흥분, 기대감 혹은 열정이 가득했다.

"그래."

"할래요!"

"네가 아카데미에 들어갈 수 있게 준비해 주마. 대신 너는 아카데미에 있는 동안 철저히 너를 숨겨야 한다. 절대 네 정체를 누구에게도 들켜선 안 돼."

"절대 안 들킬게요."

"네가 아카데미에 들어간 순간부터 너는 상단과는 아무런 연관이 없는 사람이다. 혹시라도 네 정체가 발각되더라도 상단에 피해를 끼치면 안 될 테니까."

라이가 얼굴을 굳혔다. 상단은 아이에게 전부인 곳이다. 그런 곳과 인연을 끊으라는 말은 아이에게 사형선고와도 같았다.

"그래도 할 테냐?"

라이는 한참 동안 말이 없었다. 아이의 입술은 하도 씹어 두툼하게 부어 있었다. 라이는 드디어 결정을 내린 듯 주먹을 불끈 쥐었다.

"할 거예요. 반드시 귀족이 돼서 비욘느를 지켜 줄 거예요."

"그래, 그러려무나."

문뜩 라이가 말하는 비욘느가 누구인지 궁금해졌지만 묻지는 않았다. 그 질문은 아이가 모든 것을 이루고 난 후에 해도 충분했다.

딸칵.

"너!"

"엇!"

에반이 들어오며 라이를 발견하고 소리를 냈다. 라이는 화들짝 놀라 재빨리 내 뒤로 숨었다.

"너 이 녀석!"

에반은 무척 화가 난 것 같았다. 그는 차마 나를 지나쳐 아이를 잡을 수는 없었는지 얼굴을 일그러트리며 라이를 노려봤다. 라이는 내 등 뒤에서 안절부절못했다.

"죄송합니다, 영애. 모두 교육을 제대로 시키지 못한 제 탓입니다."

에반이 나에게 고개를 숙였다.

라이는 그 틈을 타 재빨리 응접실을 빠져나갔다. 아이는 도망을 가면서도 할 말을 잊지 않았다.

"누나, 약속 꼭 지켜야 해요."

에반의 얼굴이 붉으락푸르락해졌다. 그를 만난 후 가장 격한 표정 변화였다.

"정말 죄송합니다."

"괜찮습니다."

라이와의 대화는 나쁘지 않았다. 아이가 성공한다면 나는 유능한 학자를 손에 넣게 되는 것이다. 나에게 나쁠 것은 없었다. 만약 실패한다고 해도 마찬가지였다. 매정한 말이지만 아이와의 연결 고리를 끊어 내는 것은 쉬웠다. 혹시라도 라이가 정체를 들키더라도 나에게 영향이 올 리는 없었다.

나는 제시만 했을 뿐 선택은 아이가 했다. 나이가 어리다고 봐줄 수 있는 것이 아니다. 부디 내가 아이를 버리게 되는 일이 벌어지지 않기만을 바랄 뿐이었다.

"그것이 부탁한 물건인가요?"

"네."

내 눈치를 보며 안절부절못하고 있던 에반이 내 질문에 들고 있던 상자를 선뜻 내밀었다. 나는 그에게서 상자를 받아 뚜껑을 열었다.

"멋지군요."

상자 안에는 내가 주문한 대로 세공이 된 펜던트가 들어 있었다. 외할아버지가 나를 위해 만든 인장을 보고 떠올린 란트의 생일 선물이었다.

귀족들은 16세가 되면 자신의 인장을 가질 수 있었다. 란트는 지금 12살이다. 16살 성인이 되려면 아직도 4년이 더 남아 있었지만 나는 란트에게 그 아이만의 인장을 만들어 주고 싶었다.

펜던트에 음각된 인장은 정교하고 아름다웠다. 세잎클로버의 꽃말은 '행복'이다. 난 내 강아지가 항상 행복하기를 바란다.

세잎클로버에 감싸인 늑대. 그것이 내가 선택한 란트의 인장이었다.

"제가 댁까지 모시겠습니다."

내가 소파에서 일어서자 에반은 재빨리 내 뒤로 가 지키듯 섰다. 은밀하게 나온 상태라 호위 기사는 물론 시녀도 대동하지 않고 나온 상태였지만 굳이 바쁜 그의 호위를 받으며 돌아갈 필요성을 느끼지 못했다.

"괜찮습니다. 마차만 불러 주시면 됩니다."

"제가 불편하십니까?"

"……."

그를 향해 뒤돌아섰다. 그는 진지한 얼굴로 나를 바라보고 있었다.

"저는 당신의 기사입니다. 당신을 지키는 것이 제 목표이고 사명입니다."

"당신이 나에게 한 기사의 맹세를 지키기 위해 노력하고 있다는 것은 알고 있습니다. 하지만 너무 무리는 하지 마세요."

에반이 나의 기사이기는 하지만 나는 그를 나에게 구속시킬 생각은 없었다. 그는 나의 기사이기 이전에 피스온 상단의 단주였고 기사라는 틀에 묶여 있기엔 그가 가진 재능이 많았다.

"굳이 할아버님과의 약속에 얽매이실 필요 없습니다, 에반."

여전히 심각한 표정을 짓고 있는 그를 향해 빙긋 웃어주었다. 그는 고지식한 사람이었다. 할아버지와의 약속을 지키기 위해, 그리고 나에게 한 맹세를 지키기 위해 스스로를 채찍질하고 혹사시킬 사람이다. 그런 그에게 짐 하나 정도는 덜어 주는 것이 좋을 것 같았다.

"할아버님도 이해하실 겁니다."

"처음엔……."

몸을 돌리려는 나를 그가 저지했다. 올곧은 그의 청회색 눈동자가 나를 똑바로 바라보고 있었다.

"처음엔 단지 백작님의 뜻이 그렇기에 따를 생각이었습니다."

"……."

그가 무엇을 말하고자 하는지 짐작이 되지 않았다. 그는 담담히 말을 이었다.

"제가 영애를 처음 본 날이 언제인 줄 아십니까?"

"할아버님이 돌아가신 날이 아닙니까?"

그가 고개를 저었다.

'그날이 아니라고?'

분명 내가 그를 처음 본 것은 외할아버지가 돌아가시던 날이었다. 그 전에 그를 본 기억은 없었다.

"백작님을 따라 엘리언트가에 간 적이 있습니다. 후작 부인의 장례식 날이었지요."

"아!"

불현듯 떠오르는 기억이 있었다. 쓰러지려는 외할아버지를 붙잡았던 소년, 아니 청년이었던가? 얼굴은 기억나지 않았다. 하지만 나를 뚫어져라 바라보던 청회색 눈동자가 또렷이 뇌리에 떠올랐다.

"사람들의 수군거림 속에서도 의연히 서 있던 소녀가 인상적이었습니다."

쌍꺼풀이 없어 전체적으로 날카로워 보이던 그의 눈매가 부드럽게 휘어졌다.

"제가 지켜야 할 소녀라는 것을 한눈에 알 수 있었습니다."

그가 자신의 손을 천천히 말아 쥐며 씁쓸한 미소를 지었다.

"악의를 숨기지 않는 사람들 틈에서 홀로 서 있던 소녀를 지켜주고 싶다는 생각이 들었습니다. 누구의 부탁도 아닌 제 스스로의 의지로 말입니다."

"그게 저라는 말씀이십니까?"

에반의 시선이 다시 나에게로 향했다. 그의 눈동자에는 굳은 결의가 서려 있었다.

"부디 제 어린 시절의 맹세를 지키게 해 주십시오, 나의 아가씨."

그가 허리를 숙이고 나를 향해 손을 내밀었다. 자신이 스스로 선택한 길이라고 말하고 있는 그를 거절할 수가 없었다.

"당신의 맹세를 기꺼이 받아들이겠습니다. 나의 기사님."

나를 향해 내밀어진 그의 손 위로 내 손을 살포시 올려놓았다.

나는 정중한 에반의 에스코트를 받으며 건물을 나왔다. 에반은 손짓으로 사람을 불러 마차를 가져오도록 지시했다. 나는 그의 옆에서 하늘을 올려다보았다. 태양은 이미 지면을 향해 기울어져 가고 있었다. 생각보다 이곳에 너무 오래 있었던 모양이다.

"죄송합니다. 조금 기다리셔야 할 것 같습니다."

지금은 일몰 시간이었다. 이미 거리에는 각자의 집으로 돌아가기 위한 마차들이 북적이고 있었다. 이런 혼잡한 상황에서 마차를 빠르게 준비시키기는 어려웠다. 미리 돌아갈 시간을 예고해 주지 않은 내 탓이 컸다. 그럼에도 쩔쩔매며 사죄하는 에반의 모습에 웃음이 나왔다.

“단주께서는 저를 볼 때마다 사과를 하시는군요.”

“죄송, 아, 아니…….”

그는 나의 말에 대답을 찾지 못하고 어쩔 줄을 몰라 했다. 짧은 머리 사이로 삐쭉 올라온 그의 귀 끝이 새빨갛게 물들었다. 나는 결국 소리 내어 웃고 말았다. 그는 내 웃음소리에 어리둥절한 표정을 지었다.

“갑자기 아나샤의 말이 생각나는군요.”

아나샤가 말하는 에반은 평소 무뚝뚝한 성격에 딱 부러지는 일 처리로 가끔은 인간이 맞나 싶을 정도로 찔러도 피 한 방울 안 나올 것 같은 사람이라고 했다.

무뚝뚝한 표정은 그의 얼굴 자체가 무뚝뚝하게 생겼으므로 이해할 수 있었다. 하지만 그 외의 말은 동의할 수 없었다. 아나샤가 말하는 에반과 내가 본 에반은 전혀 다른 사람 같았다.

아나샤는 에반의 그런 모습은 오직 내 앞에서만 볼 수 있는 진귀한 풍경이라며 웃었다. 더구나 그녀가 말하길 그의 최대 관심사는 내 안전이라고 했다.

라이의 눈동자를 자세히 보기 위해 다가갔던 그때, 에반이 나의 팔을 잡아챘던 것도 내가 라이의 눈동자를 보고 무서워할까 봐 자신도 모르게 나온 행동이었다는 것이다.

내가 아이의 눈동자를 보고 무서워할 것이라고 판단한 에반의 생각이 틀린 것은 아니었다. 보통의 사람들은 이나야리의 변화된 눈동자를 본 순간 공포에 질렸다. 특히 나처럼 바로 눈앞에서 변화되는 순간을 본 사람은 패닉까지 일으켰다.

당연한 일이다. 인간의 눈동자처럼 보이던 것이 순식간에 미지의 다른 것으로 변하는데 공포에 젖지 않을 사람은 없었다. 나 또한 처음 이나야리의 눈동자를 봤을 때는 공포에 질려 소리조차 지르지 못했다.

내가 라이의 눈동자를 보면서도 공포에 잠식당하지 않고 바로 이나야리를 떠올렸던 것은 이미 그것과 비슷한 눈동자를 봤었기 때문이다.

순식간에 세로로 수축하는 동공, 빨간 눈동자, 그리고…….

"영애!"

나는 지끈거리는 머리를 부여잡았다. 그때의 내가 봤던 이나야리의 눈동자를 떠올린 순간 머리에 수십 개의 바늘이 꽂히는 것 같은 통증이 일었다.

그때의 나는 엘리언트가와 황궁만을 오고 갔다. 황태자에게 푹 빠져 다른 곳에는 눈길조차 주지 않았다. 평범한 귀족 여성이라면 친목을 다지기 위해서라도 반드시 참석하는 티파티도 가지 않았고 황태자가 참석하지 않으면 황궁 안에서 열리는 파티라도 가지 않았다.

그런 내가 엘리언트가나 황궁이 아닌 다른 곳에서 이나야리를 볼 확률은 거의 없었다.

내가 기억하는 한 공식적으로 황궁 안에 이나야리가 있었던 적은 없었다. 그들은 자신들의 주거지인 서부의 사막을 거의 벗어나지 않는다. 기껏해야 약탈을 위해 사막과 맞닿은 몇몇 서부 지역을 침략할 뿐이었다. 그나마도 한순간이다. 그들은 결코 다른 지역에 머물지 않았다.

제국인 특히 귀족들은 이나야리를 자신들과 같은 인간으로 취급하지 않았다. 그들은 이나야리를 괴물로 취급하고 꺼려 했다. 이나야리가 황궁에 있었다면 소문이 나지 않을 리가 없었다.

엘리언트가 또한 마찬가지다. 저택 안에 이나야리가 있었다면 내가 지금까지 모를 리가 없었다. 그때의 나는 성인식 날 결혼식을 올리고 엘리언트가를 떠나 황궁으로 갔다. 내 성인식은 이미 지났다. 엘리언트가에서 이나야리를 본 것이 아니라는 뜻이었다.

'그럼 그때의 나는 대체 어디에서 이나야리의 눈동자를 봤었던 것일까?'

기억을 떠올리려 했지만 아무것도 생각나지 않았다. 섬뜩한 한기가 척추를 타고 올라왔다. 내 기억의 일부분에 누락이 생겼다. 시간이 흘러 자연스럽게 잊어버린 것이 아니다. 마치 누군가 인위적으로 그 부분의 기억만 도려낸 것처럼 깨끗했다.

나는 그때의 비욘느뿐만 아니라 이지아의 기억 또한 가지고 있었다. 두 사람분의 인생이다. 세세하게 모든 일상을 기억하고 있지는 않았다.

평범한 사람들이 어린 시절의 자신을 몇 가지의 기억으로 추억하듯 나는 두 사람의 인생을 기억하고 있다. 인생의 전환이 되었던 사건이나 기쁘거나 슬픈, 혹은 괴로움처럼 감정이 결렬하게 반응했던 일들을 기억하고 있을 뿐이다.

이나야리의 눈동자는 결코 쉽게 잊을 만한 것이 아니다. 설혹, 잊고 있었다고 하더라도 라이의 눈동자를 본 즉시 기억해 냈어야 했다. 하지만 나는 그때의 내가 봤던 이나야리의 눈동자를 떠올리기 전까지 기억의 부재에 대한 위화감을 전혀 눈치채지 못하고 있었다.

내 기억이 무언가 잘못되었다.

"영애, 괜찮습니까? 역시 의원을 부르는 것이……."

휘청거리는 내 몸을 에반이 단단히 받쳐 주었다. 나는 그의 팔을 잡고 그의 가슴에 머리를 기댔다. 생각할수록 기억이 나기는커녕 머리만 더욱 아파왔다.

"안 되겠습니다. 이 무례는 추후에 사죄드리겠습니다."

에반의 말이 끝나기가 무섭게 내 몸이 허공에 들려졌다. 그의 단단한 팔이 내 등과 허벅지에서 느껴졌다. 그는 나를 안은 채 움직였다. 아니, 움직이려 했다.

"이게 무슨 짓이지?"

싸늘한 목소리가 귓가를 울렸다. 에반이 움직임을 멈췄다. 내 얼굴은 에반의 가슴 쪽을 향해 있었다. 두 팔로 단단히 안고 있는 에반 때문에 나는 고개조차 돌릴 수 없었다. 하지만 보지 않고도 단번에 알 수 있었다. 목소리의 주인이 누구인지.

"어째서 내 약혼녀가 외간 남자의 품에 안겨 있는 걸까?"

가벼운 말투와 달리 황태자의 목소리는 서릿발처럼 차가웠다. 나는 내려 달라는 뜻으로 몸을 꼼지락거렸지만 에반은 내려 주기는커녕 나를 받치고 있는 팔에 더욱 힘을 주었다.

"비켜 주십시오."

"하!"

황태자의 외마디와 함께 검집에서 검날이 빠져나오는 소리가 들렸다. 그 소리는 한두 개가 아니었다. 맞닿은 에반의 몸이 단단하게 경직되는 것이 느껴졌다.

"에반!"

에반의 목덜미 쪽으로 은빛 검이 다가왔다. 시퍼런 검날 사이로 붉은 피가 실처럼 배어 나왔다. 나는 다급히 그의 이름을 불렀지만 그는 꼼짝도 하지 않았다.

"내 약혼녀를 돌려줬으면 좋겠는데?"

황태자의 목소리는 방금 전보다 훨씬 더 차가워졌다. 나는 또다시 에반을 불렀다.

"에반, 내려 주세요."

"먼저 의원에게 가셔야 합니다."

검날이 닿아 있던 에반의 목덜미에서 상처가 커지며 더 많은 피가 흘러내렸다. 그가 말을 하느라고 목을 움직인 탓이었다.

"괜찮으니까. 내려 주세요."

에반이 나를 내려다봤다. 그의 청회색 눈동자에는 굳건한 의지가 담겨 있었다. 의원에게 갈 때까지 결코 내려 주지 않겠다는 의지였다. 나는 결국 최후의 수단을 썼다.

"명령입니다, 에반."

에반은 잠시 망설였지만 찰나에 불과했다. 그는 내 몸을 잡고 있던 팔에 힘을 빼고 조심스레 나를 바닥에 내려놓았다. 에반이 나를 내려 주기 위해 움직이자 그의 목덜미에 있던 검들이 뒤로 물러났다. 하지만 약간의 간격만 벌어졌을 뿐 검날은 여전히 에반을 향해 있었다.

"지금 이 상황을 내가 어떻게 이해해야 할까요, 비이?"

나를 부르는 황태자의 목소리는 부드러웠다. 하지만 나를 노려보고 있는 그의 눈동자는 마치 불을 삼킨 듯 형형하게 빛나고 있었다. 황태자가 천천히 나에게 다가왔다. 그런 그의 앞을 에반이 가로막았다. 에반이 내 앞으로 나온 것과 동시에 3개의 검날이 에반의 목덜미에 닿았다. 목덜미에서 흘러나온 피가 에반의 상의를 붉게 물들이며 바닥으로 떨어져 내렸다.

"검을 치워 주시지요, 전하."

"내가 왜 그래야 하지요?"

황태자가 미소를 지었다. 이 상황과 결코 어울리지 않은 화사한 미소였다. 나는 에반을 지나 황태자에게 다가갔다. 황태자와 내 사이는 한 걸음 정도만 남아 있었다. 나는 황태자를 올려다보며 입을 열었다.

"제가 바라니까요."

"이런, 비이. 그대는 참 교활합니다."

황태자의 미소가 짙어졌다. 하지만 그의 눈동자는 여전히 이글거리고 있었다. 그가 손을 들어 내 뺨을 감쌌다.

"변명이라도 좀 해 보세요, 비이."

"제가 왜 변명을 해야 하나요?"

그의 엄지손가락이 천천히 내 입술을 훑었다. 손가락의 움직임은 야릇한 느낌을 자아냈다. 곡선을 그리며 올라가 있던 그의 입꼬리가 슬며시 내려왔다.

"약혼자의 눈앞에서 외간 남자의 품에 안겨 있었으면서도 변명할 말이 없다는 겁니까?"

"해명할 필요성을 느끼지 못하겠……. 엇!"

순식간에 시야가 뒤집혔다. 나는 그의 어깨에 포대 자루처럼 둘러메졌다.

나는 필사적으로 버둥거렸다.

“가만히 있어요. 구경거리가 되고 싶다면 말리지는 않겠습니다.”

나는 움직임을 멈추고 몸의 힘을 뺐다. 최근 어째서 이런 일들만 생기는지 모르겠다. 나는 황태자가 한시라도 빨리 목적지에 도착하기만을 바랐다.

얼마 걷지 않아 황태자는 나를 둘러멘 그대로 마차에 올랐다. 화려한 황궁 마차가 아니라 평민도 탈 법한 일반 마차였다. 그는 던지듯 나를 내려놓았다. 딱딱한 마차의 의자가 엉덩이에 부딪혔다. 나는 둔탁한 통증에 인상을 썼다.

황태자는 나의 맞은편에 앉았다. 그가 앉자 기다렸다는 듯 마차가 움직이기 시작했다. 허름했던 겉모습과 달리 마차는 귀족들이 타는 마차처럼 흔들림이 거의 없었다.

“그대는 대체 생각이 있습니까, 없습니까?”

꾹꾹 눌러 참던 화를 터트리듯 황태자가 소리를 질렀다. 그는 열이 나는 듯 걸치고 있던 외투를 벗어 던졌다. 평민들이 흔히 입는 평범한 갈색 외투였다.

나는 새삼 그의 모습을 훑어보았다. 평소에 황태자가 입는 옷이 아니었다. 평범한 회색 셔츠에 검정 부츠는 오래된 듯 허름하기까지 했다.

“지금 내 말 듣고 있습니까?”

“왜 화를 내시는지 모르겠습니다.”

“하!”

그는 어처구니없다는 표정을 지었다.

“전하께서는 딱히 약혼녀의 평판에 신경 쓰시는 분이 아니질 않습니까.”

그가 약혼녀의 평판에 신경 쓰는 사람이었다면 그때의 나는 절대 그와 결혼할 수 없었을 것이다. 그때의 나는 평판에 신경 쓰지 않고 마구잡이로 행동했다. 대로에서 다른 사람들의 주목을 받는 것쯤은 아무것도 아니었다.

그때의 나에게 중요한 사람은 단 1명 황태자뿐이었다. 다른 사람들의 시선 따위는 나에게 아무런 가치가 없었다. 그러니 그런 하찮은 사람들이 내뱉는 소문 따위에 신경이 쓰일 리도 없었다.

내가 그런 식이니 내 평판은 나날이 최악을 달렸다. 나에게 일어났던 일들을 안 좋은 쪽으로 부풀리는 것은 물론 하지도 않은 일들까지 사실처럼 퍼졌다. 내가 외간 남자의 품에 안겼다는 소문 따위는 아무것도 아니었다.

그때의 황태자는 그런 내 평판을 알고 있었음에도 아무런 반응을 보이지 않았다. 분명 나와 관련된 소문들을 들었을 텐데도 나를 대하는 그의 태도는 변함이 없었다. 그는 내게 화를 내지도 않았고 어떠한 질타의 말도 하지 않았다.

그때의 나는 그러한 그의 태도가 나를 믿고 있기 때문이라고 생각했다. 소문 따위에 현혹되지 않고 그가 나의 사랑을 믿고 있다는 사실에 행복감까지 느꼈다.

하지만 지금의 나는 알고 있다. 그는 비욘느라는 사람 자체에 관심이 없었던 거다. 행실이 어떻건 어떤 소문을 몰고 다니건 내 배경에 문제가 없다면 그에게는 아무런 상관이 없었던 것이다.

그랬던 그가 새삼 내 평판에 신경을 쓰는 이유를 모르겠다. 하지만 그것 말고는 그가 화를 내는 다른 이유는 떠오르지 않았다.

"여기서 그대의 평판이 왜 나옵니까?"

"약혼녀의 평판이 신경 쓰여 이러시는 것이 아닙니까?"

그가 나를 보며 미간을 찌푸렸다. 그의 얼굴엔 무언가 굉장히 못마땅하다는 뜻이 가득했다.

"내가 화를 내는 이유가 그대의 평판 때문이다?"

"그것 말고는 짐작 가는 것이 없습니다."

"그대는 정말……."

그의 얼굴이 일그러졌다. 그는 입을 다물고 거칠게 머리를 쓸어 올렸다. 나는 그가 화를 내는 이유를 더 이상 생각하고 싶지 않았다.

그는 내 사람이 아니다. 나는 내 사람들을 챙기는 것만으로도 벅찼다. 내 것이 아닌 것에 괜한 신경을 쓰고 싶지는 않았다. 그런 오지랖 따위 나에게는 티끌만큼도 없었다.

"에반은 어찌하실 생각이십니까?"

에반은 외할아버지가 남겨 준 내 사람이다. 그는 내가 황태자의 어깨에 메어져 그곳을 벗어날 때까지도 피를 흘리며 검을 든 기사들에게 둘러싸여 있었다. 에반은 피스온가의 상단주이기는 하나 평민이다. 황태자의 앞을 가로막은 것만으로 충분히 벌을 받을 수 있는 상황이었다.

"에반이라……."

황태자의 입술 한쪽이 비틀어지듯 올라갔다.

"이름을 부르는 것을 보니, 방금 전 내가 본 모습보다 더 가까운 사이인가 봅니다."

"가까운 것이 당연하지요. 에반은 제 사람이니까요."

내가 피스온 상단의 실절적인 주인인 것을 대놓고 밝힐 생각은 없지만 그들과의 관계를 부정할 생각도 없었다. 그들이 나를 지킨다고 했듯 나 또한 내 사람들을 지킬 생각이었다.

"지금 약혼자 앞에서 다른 남자를 자신의 사람이라고 말하는 겁니까?"

황태자가 나에게 바짝 다가왔다.

"나를 자극하지 말라고 분명히 경고했습니다, 비이."

그는 마치 맹수처럼 낮게 으르렁거렸다. 나를 향한 그의 황금빛 눈동자가 분노로 이글거렸다. 황태자의 반응은 나를 혼란에 빠트렸다.

그때의 황태자는 예의를 갖추고 다정한 듯 나를 대했지만 이런 격렬한 감정을 내보인 적은 단 한 번도 없었다. 어처구니없게도 지금의 그는 마치 질투를 하는 남자처럼 행동하고 있었다.

"저를 사랑하십니까?"

내 직접적인 물음에 그가 몸을 굳혔다. 그는 미간을 찌푸리며 입을 열었다.

"무슨 뜻입니까?"

"말 그대로입니다. 저를 사랑하십니까?"

나는 그의 눈동자를 직시했다. 방금 전까지 활활 타오르던 황금색 눈동자에 혼란이 그득했다.

"약혼녀의 평판 때문도 아니고 저를 사랑하는 것도 아니면서 왜 화를 내십니까?"

그는 내 질문에 아무런 답을 하지 않았다. 그의 입매는 일자로 단단하게 굳어져 벌어질 줄을 몰랐다. 나는 자조적으로 웃었다.

그때나 지금이나 그는 나에게 진실을 숨겼을지언정 거짓은 말하지 않았다. 그는 내 질문에 침묵으로 대답했다.

처음부터 기대 따위는 하지 않았다. 그가 나를 사랑하지 않는다는 것쯤은 이미 오래전부터 알고 있던 사실이었다. 새삼스럽지도 않은 일이다. 그럼에도 불구하고 거칠게 뛰는 내 심장에선 지근지근한 통증이 일었다.

"저번에도 말씀드렸지만 제 꿈은 사랑하는 사람을 만나 알콩달콩 백년해로하는 겁니다."

마차가 서서히 속도를 줄이는 게 느껴졌다. 마차의 창문으로 보이는 풍경이 매우 익숙했다. 나는 천천히 몸을 일으켰다. 황태자는 그런 나에게 시선만 둘 뿐 움직이지 않았다.

"그리 말한 제게 전하는 자신을 사랑하라 하셨지요?"

여전히 혼란으로 탁해져 있는 황금빛 눈동자에 내 모습이 오롯이 비쳤다. 황태자에게 둘러메어져 오는 동안 빠진 건지 머리를 묶고 있던 끈이 사라져 내 머리는 산발이 되어 있었다.

그때의 나는 이렇게 풀어 헤쳐진 모습을 황태자에게 보인다는 것은 상상조차 하지 못했다. 나는 항상 머리부터 발끝까지 완벽하게 준비를 갖추고 그를 만났다. 그때의 나를 생각하니 웃음이 나왔다. 그는 내 외모나 성격 따위에는 처음부터 관심이 없었다. 이렇듯 대답이 확실한 것을 그때의 나는 사랑에 눈이 멀고 아집으로 귀를 막은 채 살았다.

"저는 아픈 사랑 따위는 하지 않을 겁니다. 나만을 사랑하고 나만을 아껴 주는 그런 사람을 만나 그의 아이들을 낳고 평생을 행복하게 살고 싶으니까요."

마차의 움직임이 완전히 멈췄다. 그의 눈동자는 여전히 내 모습을 비추고 있었다. 그의 황금빛 눈동자에 비친 나는 환하게 웃고 있었다. 미친년처럼 산발이 된 머리를 하고 말이다.

"그래서 전하는 아니라는 겁니다."

내가 마차의 문을 열 때까지도 그는 움직이지 않았다. 그와 나의 인연은 이것으로 되었다. 이렇게까지 말한 이상 그는 자존심 때문이라도 나에게 다가오지 않을 것이다. 그가 다가오지 않는다면 찌꺼기처럼 남은 심장의 통증쯤은 충분히 견딜 수 있었다.

나는 마차에서 내려 바닥에 발을 디뎠다. 태양은 끄트머리만 남긴 채 모습을 감추고 있었다. 붉은 노을이 눈부시게 아름다웠다.

"흐흡!"

손목에 무언가 닿는다고 느낀 순간, 순식간에 몸이 돌려졌다. 등 뒤로 딱딱한 감촉이 느껴짐과 동시에 말캉한 것이 내 입술을 가르고 입안으로 침범해 들어왔다. 형형하게 빛나는 황금색 눈동자가 시야를 가득 채웠다.

나는 나를 옭아맨 그를 뿌리치기 위해 몸부림쳤지만 그는 꼼짝도 하지 않았다. 오히려 그는 내 두 손목을 한 손에 모아 쥐고 다른 한 손으로 내 허리를 감싸 나를 더욱 바짝 당겨 안았다.

그의 말랑한 혀가 내 치열을 거칠게 더듬었다. 나는 그를 피해 고개를 움직이려 했지만 헛수고였다. 그는 집요하게 내 입안을 유린했다.

잠깐의 틈조차 주지 않는 황태자 때문에 숨을 쉬기가 어려웠다. 그는 내 숨결을 모두 빼앗아 가려는 듯 거침이 없었다.

나는 눈물이 핑 돌았다. 무뢰한 같은 그의 행동에 화가 났고, 무엇보다 그의 힘에 꼼짝도 못 하는 내 무력함에 진저리가 났다. 나는 그의 혀를 힘껏 깨물었다. 비릿한 피 맛이 입안 가득 느껴졌다.

그는 아프지도 않은지 몇 번 더 내 입안을 헤집고 난 후에야 나에게서 떨어졌다. 나는 내 손목을 움켜쥐고 있던 그의 손에서 힘이 빠지자마자 그의 뺨을 후려갈겼다. 그의 고개가 힘없이 돌아갔다. 그의 하얀 뺨에 붉은색 실선이 생겼다. 내 손가락에 끼어져 있던 반지가 낸 상처였다.

"하아…… 하아……."

나는 황태자를 노려보며 거칠게 숨을 몰아쉬었다. 비릿한 피 냄새와 함께 신선한 공기가 내 폐를 가득 채웠다.

황태자는 고개가 돌려진 그대로 바닥에 침을 뱉었다. 침과 섞인 피가 바닥에 떨어졌다. 그는 상처가 난 자신의 뺨을 만지며 나를 향해 고개를 돌렸다. 창백하리만치 하얀 얼굴은 은빛 머리카락과 붉은 피가 어우러져 그는 매우 요사스러워 보이게 했다.

"약혼녀에게 키스한 것치고는 꽤 거한 답례로군. 그대에게 이보다 더한 짓을 하려면 목숨이라도 내놓아야 하는 건가?"

피가 묻어 더욱 붉어진 그의 입술이 비틀리듯 올라갔다. 예의를 벗어 버린 그는 무척 위험해 보이는 분위기를 풍겼다. 내 본능은 더 이상 그를 자극하지 말라고 말하고 있었다. 하지만 가슴 안에서 치고 올라오는 감정의 불꽃은 절대 그에게 지고 싶지 않다고 소리쳤다.

"전하와 이보다 더한 짓을 할 생각은 추호도 없습니다."

나는 강제로 무언가를 하려 한다면 죽이겠다는 뜻을 담아 그를 노려보았다. 그와 나 사이에서 보이지 않은 불꽃이 튀는 듯했다.

"그자 때문인가?"

그가 으르렁거리며 나를 향해 다가왔다. 나는 본능적으로 뒷걸음질 치려는 것을 간신히 참았다. 황태자는 매우 위협적이었고 그는 그러한 자신을 감추려 하지 않았다.

"그자가 그대의 귓가에 달콤한 사랑을 속삭이기라도 하던가?"
"에반은 그런……."
"에반. 에반. 에반!"
그가 버럭 소리쳤다.
"약혼자인 나에게는 사 년이 넘도록 꼬박꼬박 전하라고 칭하면서 그자의 이름은 잘도 부르는군."
그의 목소리가 살기를 담아 낮게 울렸다. 마치 에반이 이 앞에 있다면 갈가리 찢어발기겠다는 것처럼 흉포했다.
"그대는 처음부터 그랬어. 남들이 흔히 내게 보이는 호의를 보이기는커녕 호기심조차도 내보이지 않았지. 마치 나하고는 절대 관계하고 싶지 않다는 듯이."
그의 목소리는 속삭이는 듯 나직했다. 하지만 그 목소리에 담긴 감정은 거칠고 사나웠다.
"그자에게는 소리 내어 지어 주던 웃음도 나에게는 절대 보여 준 적이 없지. 그뿐인가? 나와는 닿을 때마다 몸서리치면서 그자의 품엔 얌전히 안겨 있더군."
황태자의 황금빛 눈동자가 분노로 번들거렸다.
"나에게만 비싸게 구는 건가? 아니면 그자가 특별한 건가?"
나는 그의 행동에 혼란스러웠다. 그는 나를 사랑하지 않는다. 나를 사랑하느냐는 내 질문에도 그는 답하지 않았다. 하지만 지금 그의 행동은 마치 에반을 질투하는 것처럼 보였다. 그가 내 턱을 잡아 올렸다. 나는 손을 들어 그의 팔을 쳐 냈다.
"그대는 항상 그렇지. 내가 아무리 애를 써도 한 뼘의 곁도 내주려 하지 않아. 그런 행동이 얼마나 사람을 미치게 만드는지는 알고 있는 건가?"
그의 말투에서 씁쓸함이 느껴졌다. 그는 마치 나의 행동에 상처를 받았다고 말하는 듯했다. 이해할 수 없었다. 그가 왜 내 거부에 상처를 받는단 말인가? 그에게 나는 그때나 지금이나 아무것도 아닌 사람일 텐데 말이다.

"전하께서 이러시는 이유를 모르겠습니다."

"정말 모르는 건가? 아니면 모르는 척하고 싶은 건가?"

지금 그의 행동들을 정의할 수 있는 단어는 단 하나다. 하지만 그 단어는 결코 그와 나 사이에 있을 수 없는 것이었다.

나는 그가 사랑에 빠진 모습을 알고 있다. 그가 그녀를 바라보는 눈빛은 부드럽고 자상했다. 결코 지금 나를 향하고 있는 것처럼 뜨겁고 거칠지 않았다.

"자존심이 상하신 겁니까?"

"뭐?"

"전하의 소유물이라고 생각했던 제가 손에 잡히지 않고 자꾸 빠져나가려 해서 자존심이 상하였냐는 말입니다."

그것밖에는 달리 생각할 수 있는 것이 없었다. 그는 나를 사랑하지 않는다. 그때의 내가 그토록 사랑을 갈구했는데도 한 톨의 사랑도 주지 않던 사람이다. 그랬던 그가 지금에 와서 나를 사랑할 리가 없었다.

나를 사랑하지 않음이 분명함에도 그는 다른 남자에게 안겼다는 이유로 나에게 화를 내고 있었다. 그렇다면 결론은 하나다.

소유욕. 자신의 것이라고 생각하고 있던 내가 그를 벗어나려 하니 그때에는 없던 소유욕이 생긴 것이리라.

"소유물이라고? 그대가? 나의? 하!"

그가 주먹으로 내 뒤에 서 있던 마차의 벽을 쳤다. 벽과 닿아 있던 등으로 미미한 진동이 느껴졌다. 그는 두 팔 안에 나를 가둔 채, 고개를 내려 나와 시선을 맞췄다.

"단 한 번도 그대를 내 소유물로 여긴 적이 없다. 차라리 그랬으면 이렇게 조바심 나지도 않아."

그의 황금색 눈동자에 붉은 노을이 비쳤다. 마치 그의 눈동자 속에 붉은 불꽃이 피어난 것 같았다. 그 이글거리는 불꽃 속에 내 모습이 오롯이 비쳤다.

"그대는 주변 사람이 그대를 어찌 보는지 알고 있나?"

"제가 굳이 알아야 합니까?"

"역시 그대는 기대를 저버리지 않는군."

그가 손을 들어 내 머리카락을 쓸어내렸다. 하얗고 긴 손가락 사이로 금갈색 머리카락이 실타래처럼 그의 손가락에 감겼다.

"무심하고 매정한 내 약혼녀."

그가 미소를 지었다. 이글거리는 눈동자와 달리 씁쓸하면서도 어딘지 모르게 간절해 보이는 미소였다.

"그대는 항상 그렇게 선을 긋고 가시를 세우지. 그대에게 배척당하는 사람의 심정이 어떤지 관심조차 없어."

그가 눈을 내리뜨며 내 머리카락을 감은 그대로 손가락을 들어 올렸다. 노을에 비쳐 금갈색 머리카락이 붉게 물들었다.

"그대와 내가 약혼한 지 햇수로 벌써 오 년이다. 그런데도 나는 여전히 그대에게 타인이지."

그가 내 머리카락을 입술에 가져다 대었다. 노을에 의해 음영 진 그의 얼굴이 마치 신께 경배를 올리듯 경건해 보이기까지 했다.

"내가 어떻게 해야 그대가 세워 놓은 방벽 안으로 들어갈 수 있을까?"

그가 내리뜨고 있던 눈을 들어 나를 직시했다. 그의 눈동자를 마주한 순간 심장이 요동쳤다. 지금까지 그를 볼 때마다 느끼던 아픔과는 달랐다. 생소하면서도 익숙한 그 느낌에 소름이 돋았다.

나는 두 손으로 그의 가슴을 밀었다. 그는 내 의도에 따라 순순히 내 머리카락을 놓아주고 한 걸음 뒤로 물러났다. 그의 행동만 본다면 방금까지의 광폭함은 사라진 듯했지만 나를 향한 그의 눈동자는 여전히 뜨거웠다.

그의 의도를 알 수 없었다. 그는 어째서 나에게 이런 말을 하는가?

그때나 지금이나 진실을 감추었을지언정 그가 나에게 거짓을 말한 적은 없었다. 그러니 지금 그가 하는 말은 진실이다. 내가 이해할 수 없는 부분은 그가 어째서 나에게 신경을 쓰느냐는 것이다.

"어째서입니까?"

그때의 그는 내가 무엇을 하건 무슨 말을 하건 관심이 없었다. 그저 배우자로서 적당한 예우와 예의만 지켰을 뿐이다. 대체 무엇 때문에 그는 그때와는 다른 행동을 보이는 것일까?

"어째서 제게 그런 말씀을 하시는 겁니까? 제가 전하를 어찌 생각하든, 전하께 중요한 것은 제가 가진 배경이 아닙니까?"

"그래, 그대의 배경이 탐이 난다. 그대가 가진 혈통, 가문, 재산 모든 것이 매력적이지."

직선적이고 단도직입적인 대답이었다. 그는 에둘러 말할 생각도 없는 듯했다.

"처음엔 그저 그대가 내 길을 방해하지만 않는다면 그것으로 족하다고 생각했다."

그가 다시금 나에게 다가왔다. 그와 나의 거리는 딱 반 발자국 정도였다. 그는 더 다가오는 대신 나를 향해 두 손을 뻗었다.

"그런데 어째서 이렇게 되어 버렸을까?"

그의 커다란 두 손이 내 뺨을 감싸 쥐었다. 뜨거운 온기가 그의 손을 타고 내 뺨에 느껴졌다.

"가랑비에 옷 젖는 줄 모른다고 했던가. 언제부턴가 그대와 만나는 날을 손꼽아 기다리고 있는 나를 발견했다."

그가 내 이마에 자신의 이마를 가져다 대었다. 그의 목소리는 간절함을 담고 있었다.

"그대와 함께 있으면 웃음이 난다. 그대의 시선에 항상 내가 머무르기를 바라. 그대가 그자의 품에 안겨 있는 모습을 본 순간 그자를 갈가리 찢어 죽여 버리고만 싶었다. 그대가 나 아닌 다른 남자의 아이를 낳는다는 상상만으로도 미쳐 버릴 것 같아. 이것이 사랑이라고 한다면, 나는 그대를 사랑한다."

심장이 거칠게 뛰었다. 그때의 내가 미치도록 받고 싶었던 그의 고백이었다. 하지만 뜨거운 심장과 달리 이성은 나에게 차갑게 말했다.

그를 믿어?

그가 지금 착각을 하고 있는 거라면?

설사 지금 그의 고백이 진짜 사랑이라고 하더라도 그녀를 만나는 순간 그의 마음이 변하지 않으리라는 보장이 어디 있지?

"그럴 리 없습니다."

나는 그를 밀어냈다. 그는 아까와 달리 순순히 뒤로 물러나지 않았다. 마주하고 있던 이마는 떨어졌지만 여전히 그와는 반걸음 정도의 거리를 두고 있었다.

"어떻게 그리 장담하십니까?"

그때의 그는 나를 사랑하지 않았다. 그의 꿀처럼 달콤한 눈빛과 사랑을 속삭이는 입술이 향한 곳은 내가 아니었다.

"지금 전하께서 느끼는 것이 사랑이라고요? 아니요. 절대 사랑일 리가 없습니다."

"사랑이 아니라고? 그러는 그대야말로 무얼 알고 그리 확신하는 거지? 내 마음을 그대가 어찌 알고?"

그에게 당신이 사랑할 여자를 이미 알고 있노라고 소리치고 싶었다. 할 수만 있다면 당장 그의 앞에 그녀를 데려다 놓고 싶었다. 과연 그녀의 앞에서도 나를 사랑한다고 말할 수 있는지 궁금했다.

"전하를 믿을 수 없습니다."

"믿을 수 없다?"

"저와 전하 사이에는 어떠한 신뢰도 없지 않습니까."

"내가 그대에게 믿지 못할 행동이라도 했던가?"

그가 얼굴을 굳히고 으르렁거렸다. 그는 자존심이 무척 상한 듯 보였다.

"그것이 내 고백에 대한 그대의 대답인가?"

"저에게 무슨 대답을 바라셨습니까?"

그는 제국의 황태자로서 태어나면서부터 지금까지 사람들 위에 군림하기 위해 교육받아 온 사람이다. 그런 그가 이런 간절한 고백 같은 것을 해봤을 리가 없었다. 그로서도 꽤 많은 용기를 낸 일인지도 모른다. 그런 고백을 전면에서 부인당했으니 그때 일에 대해서는 아무것도 모르는 지금의 그로서는 당연한 반응이었다.

하지만 그렇다고 해서 내가 그의 고백을 받아 줄 의무 따위는 없었다.

"전하의 진심에 눈물을 흘리며 저도 당신을 사랑했노라 고백하기라도 바라셨습니까?"

"비이!"

"착각하지 마십시오. 전하와 저는 처음부터 필요에 의해 계약으로 묶인 관계입니다. 그 안에 마음은 없습니다."

"그래, 그 빌어먹을 계약을 잊고 있었군."

그가 이를 갈며 짓씹듯 내뱉었다.

"누가 부녀 사이 아니랄까 봐, 그대나 그대의 아버지나 아주 똑같아. 젠장!"

그는 후작을 향해 나직이 욕설을 내뱉었다. 뜬금없이 후작을 거론하는 황태자를 이해할 수 없었다. 이 상황에서 갑자기 후작이 왜 나오는 것일까?

내가 황태자와 결혼함으로써 엘리언트가는 그의 힘이 되어 주고 황실 외척으로서의 명분과 권력을 얻는 계약이 아니었던가?

왠지 내가 알고 있는 계약과 황태자가 말하고 있는 계약은 다른 것 같았다. 내가 모르는 황태자와 후작의 계약이 있었던 것일까? 의문을 표하기도 전에 그가 입을 열었다.

"빌어먹을 계약 따위는 이제 상관없어. 나는 그대를 원한다."

그를 볼 때마다 심장이 미칠 듯이 뛰었다. 나의 심장은 그의 말 한마디 행동 하나하나에 반응했다. 그것은 마치 어미를 찾는 새끼 새 같은 본능이었다.

"제발 비이, 나를 거부하지 마라."

그의 간절한 눈빛, 달콤한 고백에 나는 여전히 심장이 뛰었다. 하지만 이성은 여전히 그를 거부했다.

"내가 사랑하니 너도 나를 사랑하라, 그런 어린애 같은 떼를 쓰시는 겁니까?"

"떼를 쓰면 그대의 마음을 잡을 수 있는 건가?"

그는 할 수만 있다면 떼라도 쓰고 싶다는 얼굴을 했다. 그가 이런 사람이었던가?

나는 새삼 그를 다시 보았다. 지금의 그는 지금까지 내가 알고 있던 황태자와 다른 사람 같았다. 그는 마치 그때의 그와는 별개의 사람처럼 행동했다.

그는 왜 변한 것인가? 아니, 변한 것이 맞기는 한 걸까? 혹시 나는 아니라고 하면서도 그때의 나에게 연연하고 있었던 것은 아닐까?

나는 지금까지 그를 사랑하는 것 자체를 두려워했다. 일어나지도 않는 일에 미리 겁먹고 움츠러들었다. 어째서 이렇게 멍청한 생각을 하고 있었을까? 스스로가 한심스러웠다.

내가 정말로 두려운 것은 그를 사랑하는 것 자체가 아니다. 그를 사랑하게 됨으로써 스스로를 잃고 무너져 내릴 내 모습이다.

그를 사랑하게 되면 나는 그때처럼 또다시 무너져 내릴까?

알 수 없었다. 무너질 수도 있고 아닐 수도 있다. 그렇다면 나는 그 가능성 때문에 평생 그를 피해 다닐 것인가?

아니, 그러고 싶지 않았다. 내가 무엇을 위해 도망을 쳐야 한단 말인가.

"해 보시지요."

심장은 그를 볼 때마다 뛰었지만 그것이 사랑인지 아닌지는 알 수 없다. 그렇다면 확인해 보는 수밖에 없었다.

"어린애처럼 떼를 쓰건 유혹을 하건 제 마음을 돌려 보세요."

그래서 그를 사랑하게 된다면, 그땐 그때 가서 다시 생각해 보면 될 문제였다.

"제 마음이 전하를 향할 수 있도록 한껏 노력해 보시지요."

나는 그를 올려다보며 웃었다.

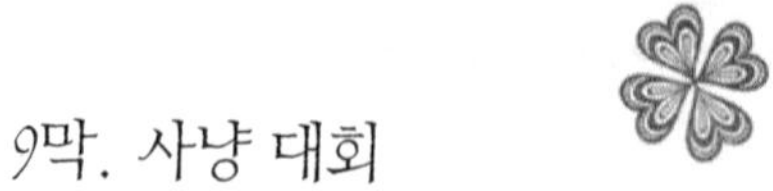

9막. 사냥 대회

나는 응접실 의자에 앉아 탁자 위에 올려져 있는 상자와 유리병을 물끄러미 바라보았다. 상자는 황태자에게서, 유리병은 에반에게서 각각 아침 일찍 나에게 보내져 온 물건들이었다.

상자는 바닥에 떨어졌던 충격 때문인지 한쪽 귀퉁이가 부서져 손톱만 한 조각이 떨어져 나가 있는 상태였다. 나는 상자의 뚜껑을 열어 내용물을 확인했다. 내가 란트를 위해 준비한 인장이 새겨진 펜던트는 다행히 아무런 손상 없이 상자 안에 고이 담겨 있었다.

어제는 상자를 놓쳤는지도 모르고 있었다. 황태자의 명령으로 시종이 아침 일찍 들고 오지 않았다면 나는 온종일 상자를 찾아 돌아다녔을지도 몰랐다. 그의 고백에 란트의 선물을 잊을 정도로 동요하고 있었다는 뜻이었다.

"하아."

한숨이 절로 나왔다. 벌써부터 이러면 곤란했다. 황태자에게 나를 유혹해 보라 당당하게 이야기했지만 솔직히 그가 앞으로 어떻게 나올지 감도 잡을 수 없었다.

더 이상 그를 사랑하게 되는 것은 두렵지 않았다. 하지만 그를 사랑하게 됨으로써 벌어질 일들이 귀찮았다. 가깝게는 1황비와의 마찰을 피할 수 없을 것이고, 2년 뒤에는 아이린스, 그녀가 나타날 것이다.

1황비와의 마찰은 어차피 지금 상황에서는 피할 수 없는 것이었지만 아이린스를 만나는 것은 지금의 나로서도 상당히 껄끄러운 일이었다. 내가 그녀를 싫어하는 것과는 별개로 그때의 나는 그녀에게 죄를 지었다.

그녀는 단지 그때의 나와 마찬가지로 황태자를 사랑했을 뿐이다. 그때의 내가 그랬듯 사랑하는 사람의 곁에 있고 싶은 것은 여자로서 당연한 일이었다.

제국법은 일부다처제는 물론 오촌 이상의 결혼을 허용했다. 황태자와 그녀는 육촌이다. 그녀가 황태자의 곁에 있는 것은 죄가 아니었다. 후처로 들어오기에 그녀의 지위가 높았을 뿐 법적으로 문제가 될 것은 아무것도 없었다.

그녀의 입장에서는 황태자와 함께하는 일이 당연한 일이었을지도 모른다. 단지, 그녀가 생각하지 못한 것이 있다면 그때의 내가 그녀의 존재를 용납지 못했다는 것이다.

그때의 나는 그녀가 그의 비로소 궁에 들어오는 것을 막지 못했다. 오만방자하고 나 이외의 사람들을 깔아 보던 내 주변에 변변한 사람이 남아 있을 리 만무했다.

유일한 우방이라고 할 수 있었던 황제마저 서거한 후였다. 패악만 부릴 줄 알았던 내가 그녀의 입궁을 막을 수 있을 리가 없었다.

나는 그녀가 궁에 들어온 날부터 그녀를 괴롭히기 시작했다.

황후의 권력을 이용해 그녀의 궁에 배정되어야 하는 자금을 빼돌리는 것은 물론 그녀를 찾아가 패악을 저지르는 일도 서슴지 않았다.

그때의 나는 그녀를 깎아내리는 것에 혈안이 되어 있었다. 공공연하게 그녀를 망신 주거나 황후라는 직위를 이용해 그녀에게 굴욕적인 상황을 만들었다.

그녀를 망신 주는 일은 쉬운 일이었다. 그녀는 공작 영애라고는 생각할 수 없을 정도로 황궁 예절에 익숙하지 않았다. 그때의 나는 그녀를 서부 출신의 촌것이라며 비웃었다.

그녀는 나의 그러한 괴롭힘에 변변한 항의조차 하지 못하고 눈물을 흘렸다. 나는 그녀의 그러한 행동들이 가증스러워 더욱 표독하게 굴었다.

당시 황제였던 그는 의외로 나의 그러한 행동들을 제지하지 않았다. 그는 그저 나를 못마땅하게 바라보거나 무시하고 손수 그녀의 눈물을 닦아 주며 위로해 줬을 뿐이다. 그의 그러한 행동은 황제라는 입장에서는 당연한 일이었는지도 모른다.

아무리 천둥벌거숭이처럼 날뛰던 나라도 아무 이유 없이 그녀를 괴롭히면 나에게 좋을 것이 없다는 것쯤은 알았다. 나는 그녀의 말, 행동 등을 꼬투리 잡아 그녀를 괴롭혔다.

억지스러움이 없지 않아 있었지만 겉으로는 내명부의 수장으로서 궁의 기강을 바로잡는다는 명분을 앞세웠다. 황제인 그가 내명부의 일에 일일이 참견할 수는 없는 일이었다.

그때의 나는 그가 그녀를 그만큼 사랑하지 않아서라고 생각했다. 하지만 지금의 나는 그의 그러한 행동들이 그때만큼 단순하게 생각되지 않았다.

사랑에 눈먼 남자라면 당연히 나에게 경고의 말이라도 했을 터였다. 아무리 황제가 되기 위해 키워진 사람이지만 그도 한 여자를 사랑하는 남자일 뿐이다. 자신이 사랑하는 여자를 괴롭히는 상대를 가만히 놔둘 남자가 세상에 어디에 있을까. 하지만 그는 단 한 번을 제외하고는 나에게 어떠한 경고나 제지의 말도 하지 않았다.

나는 손가락으로 탁자를 두드렸다. 생각할수록 이해할 수 없는 부분이었다. 그는 왜 나의 행동들을 묵인했을까. 그의 묵인으로 거칠 것이 없어진 나의 행동은 점점 도를 넘어갔고 결국엔 넘지 말아야 할 선까지 넘어 버렸다.

나와 그 사이에는 아이가 없었다. 나는 그의 아이를 간절히 바랐지만 아이와는 인연이 없었는지 그의 아이를 가질 수 없었다.

그는 정해진 합방일에만 나를 찾았다. 그녀가 궁에 들어온 후에는 그마저도 없었다. 내가 아기를 가질 수 있는 방법은 요원했다.

그녀는 천성적으로 맑은 사람이었다. 잘 웃고 사람들에게 다정한 그녀를 싫어하는 사람들은 별로 없었다. 그녀는 조금씩이지만 시간이 지날수록 궁 안에 자신의 자리를 만들어 갔다. 그러한 변화에 나는 점점 초조해졌다. 그리고 결국 그녀의 임신 소식이 들렸다.

사람들은 그녀의 임신을 기꺼이 반겼다. 다음 대 후계자가 생겼다는 것만으로도 그녀의 임신은 제국에 내린 축복이나 다름없었다. 그 또한 환하게 웃으며 그녀에게 키스를 했다. 그가 그토록 환하게 웃을 수 있는 사람이라는 것을 그때 처음 알았다.

그때의 나는 그 순간 미쳤던 것 같다. 나는 아이의 존재를 용납할 수 없었다. 그리고 어리석은 선택을 했다.

나는 그녀의 임신을 축하한다는 명목으로 그녀에게 보약으로 위장한 독을 선물했다. 직접 그녀를 찾아가 싫다고 거절하는 그녀의 입에 손수 독약을 들이부었다. 미쳐 버린 나는 뒷일은 생각조차 하지 않았다. 그저 그녀와 그녀의 아이를 없앨 수만 있다면 하지 못할 일이란 없다고 생각했다.

소식을 듣고 그가 달라왔을 때는 이미 그녀의 목으로 독약이 반 이상 넘어간 후였다. 간신히 그녀의 목숨은 건졌지만 아이는 유산되고 말았다. 그리고 나는 유폐되었다.

그때의 내가 그녀에게 했던 행동들을 후회하지는 않는다. 내 것을 빼앗기는 데 가만히 있을 사람은 없다. 정당했다고는 생각하지 않지만 그때의 내 행동을 비난할 생각도 없었다.

다만, 그녀의 아이 앞에서만큼은 나는 죄인일 수밖에 없었다. 형체조차 제대로 갖추지 못했을 아기는 내 어리석은 행동으로 세상의 빛조차 보지 못하고 죽었다.

가슴 한편에 묵직하게 자리 잡고 있는 죄책감을 떨쳐 내기란 쉬운 일이 아니었다. 나답지 않게 어린아이들에게 약한 것은 그 때문인지도 몰랐다.

나는 상자의 뚜껑을 닫고 유리병의 마개를 열었다. 알싸한 약초의 향기가 코를 거쳐 폐 안으로 스며들었다. 에반이 직접 들고 온 두통약이었다.

그는 내가 일어나기도 전인 이른 새벽에 와서 두통약만 남기고 떠났다. 그를 직접 만나 약을 건네받은 집사의 말에 따르면, 급한 일이라도 있었는지 기다렸다 가라는 집사의 권유도 거절했다고 했다.

목에 붕대를 감고 있었지만 다행히 거동에 무리가 없었다는 집사의 말에 나는 안심했다. 황태자는 에반의 죄를 묻지 않은 듯했다.

내가 변했듯 황태자 또한 변했다. 변한 것은 나와 황태자만이 아니었다. 외할아버지와 후작, 그리고 아나샤와 에반까지 그때와는 모든 것이 달라져 있었다.

똑똑.

"들어와."

유리병의 마개를 닫으며 답하자 문이 열리며 란트가 얼굴을 내밀었다. 아이는 환하게 웃으며 나에게 다가와 내 두 뺨에 잠자리 날개 같은 키스를 했다. 상큼한 레몬향이 아이의 몸에서 풍겨 나왔다.

"머리는 말리고 와야지."

뒤쪽에 대기하고 있던 시녀가 내 손짓에 재빨리 수건을 가져왔다. 촉촉하게 물기가 남아 있는 란트의 머리를 보송보송한 수건으로 감싸 가볍게 비볐다. 란트는 배시시 웃으며 내 손길을 즐기듯 머리를 내 쪽으로 내밀었다.

"갈수록 어리광만 느는구나."

"싫어요?"

"아니."

불안한 눈으로 나를 바라보던 란트가 내 대답에 다시 환하게 웃었다. 나는 짐짓 엄한 표정을 지었다.

"다음부터는 잘 말리고 오렴. 감기라도 들면 어쩌려고 그래."

"하지만 누님이 빨리 보고 싶은걸요."

란트가 무릎을 바닥에 대고 내 치마에 얼굴을 비볐다. 강아지 같은 그 행동에 나는 결국 표정을 풀고 웃을 수밖에 없었다.

수련을 마치고 씻자마자 나에게 오는 것은 란트의 아침 일과 중 하나였다. 란트는 이곳에 온 후로 하루도 거르지 않고 나를 찾았다.

처음엔 제대로 된 말도 하지 못하고 외부의 자극에 어찌할 줄 모르던 아이가 이제는 제법 애교도 부릴 줄 알게 되었다. 나는 그 모습이 기특해 아이의 머리카락을 손가락으로 살살 쓸어 주었다. 시원한 군청색 머리카락이 보이는 것만큼 기분 좋게 서늘했다.

란트와의 관계도 그때와는 판이하게 달라졌다. 란트에게 손을 내밀었던 것은 별다른 생각이 있어서 그랬던 것이 아니다. 내 마음이 가는 대로 즉흥적으로 한 행동이었다.

굳이 그때와 비교해 가며 고민할 필요는 없었다. 란트에게 손을 내밀었던 것처럼 나는 내 마음이 내키는 대로 행동하면 되는 것이다. 그로 인해 또다시 어리석은 선택을 하게 된다 하더라도 그것을 피하고자 미리부터 전전긍긍하지는 않을 생각이었다.

무엇보다 내 곁에는 귀여운 강아지가 있었다. 그때와 같은 결과가 나오지는 않을 것이다.

"네게 줄 선물이 있어."

"선물이요?"

란트가 눈을 동그랗게 뜨고 고개를 들었다. 란트에게 귀와 꼬리가 있다면 귀를 쫑긋 세우고 꼬리를 살랑거리고 있었을 것이다. 나는 저절로 눈앞에 그려지는 광경에 터져 나오는 웃음을 감출 수가 없었다.

"저 상자 안에 있단다."

란트가 눈을 반짝이며 상자와 나를 번갈아 바라보았다. 먹이를 앞에 두고 기다려 소리를 들은 강아지 같은 모습이었다. 나는 직접 상자를 란트의 앞에 끌어다 놓았다.

"열어 봐."

란트가 살며시 상자의 뚜껑을 열었다.

"내가 주는 네 인장이야."

"인장이요?"

"원래는 네 성인식에 맞춰 주는 것이 좋겠지만 그때까지 기다릴 수가 있어야지."

나는 상자 안에 있던 펜던트를 꺼내 아이의 목에 걸어 주었다. 란트는 순순히 고개를 숙여 내 행동을 도왔다.

"세잎클로버의 꽃말은 행복이지. 나는 네가 항상 행복하기를 바란단다, 내 강아지야."

내 강아지가 행복한 만큼 나 또한 행복해질 것이다.

"마음에 들어?"

내 물음에 란트가 얼굴을 새빨갛게 물들이며 고개를 끄덕였다. 펜던트를 두 손으로 꼭 잡고 있는 모습이 귀여워 손을 들어 란트의 볼을 건드렸다. 아이 특유의 따끈한 체온과 보들보들한 감촉이 마음에 들었다.

갑작스런 자극에 란트가 눈을 동그랗게 떴다. 아이는 나의 눈치를 보며 눈동자를 데굴데굴 굴렸다. 자신이 또 무슨 실수라도 했는지 생각하고 있는 모양새였다.

"이거, 이거 안 되겠어. 선물까지 줬는데 고맙다는 말도 없고. 누나 섭섭하다."

빨갛게 물든 볼을 잡고 살살 흔들자 란트가 눈을 껌뻑이며 울상을 지었다. 아이는 손을 뻗어 내 치맛자락을 부여잡았다. 한 손에는 여전히 펜던트를 꼭 쥔 채였다.

나는 앞뒤로 흔들던 란트의 볼을 살짝 힘주어 당겼다. 처음 만났던 그때처럼 찹쌀떡같이 쫄깃쫄깃한 감촉이 손가락 끝에서 느껴졌다.

건들기만 해도 쉽게 멍들던 그때와 달리 요즘은 힘주어 쭉쭉 늘려도 탱

글탱글 원래 상태로 금방 되돌아갔다. 잡아당기는 재미가 늘었다. 영양가 있고 피부에 좋다는 것들로 구해다 먹인 보람이 있었다.

"자, 어서 고맙다고 말해 보렴, 똥강아지야."

"고마워요, 누님."

란트가 작은 목소리로 속삭이듯 말했다. 나에 대해서는 아무 거리낌 없이 애정을 표현하면서도 정작 자신의 감정을 표현할 때면 아이는 아직도 많이 어색해했다.

나는 잡고 있던 볼을 놓고 결 좋은 군청색 머리카락을 헝클어트렸다. 물기를 머금고 있던 머리카락이 그사이 다 말랐는지 부드럽게 흐트러졌다.

"내가 신경 써서 준비한 거니까 나중에 가주의 인장을 쓰게 될 때까지는 꼭 써야 해. 알았지?"

"하지만……."

란트의 암갈색 눈동자에 근심이 서렸다. 란트가 무엇을 걱정하고 있는지 충분히 짐작할 수 있었다.

란트의 눈과 귀를 막는 것은 쉬웠다. 내가 원하기만 했다면 란트는 온실 안의 화초처럼 세상의 그 어떤 소문도 듣지 않고 행복만을 꿈꾼 채 어린 시절을 보낼 수 있었을 것이다.

하지만 나는 란트를 곱게만 키우고 싶지 않았다. 란트가 어릴 때야 내 힘으로도 충분히 지킬 수 있다지만 그런 내 행동은 성인이 된 란트에게 득 될 것이 하나도 없었다. 오히려 훗날 후작이 되어 가문을 이을 란트에겐 그러한 나의 행동들은 독이나 다름없었다.

나는 란트에게 관련된 모든 사실들을 가감 없이 알려 주는 것을 택했다. 란트가 미들 네임을 받아 직계로서 인정받은 것과는 별개로 란트의 출신 자체는 귀족 사회에서 약점으로 작용될 수밖에 없었다.

약점을 극복하는 것은 누구도 대신해 줄 수 있는 것이 아니다. 란트 스스로가 이겨 내야 할 일이었다. 약점을 극복하기 위해서는 우선 자기 자신부터 알아야 한다. 란트는 엘리언트가에서 자신의 위치가 어떠한지 누구보다 잘 알고 있었다.

"그렇게 인상 쓰면 주름 생긴다."

나는 손가락으로 란트의 미간 사이를 꾹꾹 밀었다. 내 손가락 힘에 고개가 밀리면서도 란트의 눈에 서린 근심은 쉬이 가시지 않았다.

"란트 베이런 엘리언트."

"네."

"네가 하기 싫다면 가주 따윈 안 해도 좋아."

란트가 놀란 얼굴로 나를 바라봤다. 나는 아이를 향해 웃어 주었다.

"아까도 말했잖니. 네가 행복하기를 바란다고."

후계자의 결정권은 후작이 가지고 있지만 란트가 원하지 않는다면 나는 무슨 수를 쓰건 란트를 후작으로 만들지 않을 생각이었다. 내 안에서 엘리언트 가문은 란트의 행복에 비하면 아무것도 아니었다.

"내가 너에게 많은 것을 배우게 하는 것은 딱히 후작이 되라고 하는 것이 아니야."

나는 란트가 검술뿐만 아니라 학문, 예술 등 모든 면에서 두루두루 배울 수 있도록 했다. 최고라 불리는 선생들을 초빙하는 데도 아낌없이 투자를 했다. 아이는 내 생각보다 훨씬 더 잘 따라와 주었다.

"나중에라도 네가 하고 싶은 것을 찾았을 때, 선택의 폭을 넓힐 수 있게 도움을 주고 싶은 것뿐이야. 그러니 네가 하고 싶은 일을 하렴. 난 네가 뭘 하든 찬성이란다."

란트가 나를 와락 껴안았다. 나는 그런 란트를 마주 안아 주었다.

"누가 뭐라 하건 너는 내 동생이야. 알고 있지?"

"네."

란트가 옷자락에 얼굴을 비비며 웅얼거리듯 대답했다. 나는 란트의 등을 토닥여 주었다.

"그 사실만 잘 기억하고 있으면 돼. 너는 나 비욘느 롯사 엘리언트의 단 하나뿐인 동생이라는걸."

설령, 란트가 중간에 길을 잃고 헤맨다고 해도 상관없었다. 내게는 이미 란트 1명쯤은 충분히 먹여 살릴 수 있는 재력이 있었다. 내 어여쁜 강아지가 원한다면 뭐든 들어줄 용의가 있었다.

서재 안에서 여유롭게 책을 읽던 나는 집사의 보고에 눈살을 찌푸렸다.

"누가 왔다고?"

"황태자 전하께서 오셨습니다."

"무슨 일로?"

"저도 모르겠습니다. 어찌할까요?"

집사의 대답에 한숨을 내쉬며 읽고 있던 책을 덮었다. 지금은 태양이 하늘 위로 높게 떠 있는 정오였다. 후작은 이미 황궁에 있을 시간이었다. 후작이 저택을 비운 지금 이 집에서 황태자를 접대할 수 있는 사람은 나밖에 없었다.

"우선, 응접실로 모시도록 해."

"네, 아가씨."

자리를 털고 일어나 들고 있던 책을 책장에 꽂아 넣었다. 아침 일찍 시종을 시켜 상자까지 보냈으면서 무슨 이유로 이곳까지 직접 왔는지 알 수가 없었다.

어쨌든 손님이 방문했으니 안주인으로서 접대는 해야 했다. 나는 흘긋 입고 있는 드레스를 살펴보았다. 집 안에서 편히 입을 수 있는 단순한 모양의 드레스였다. 황족을 접대하기에는 많이 모자랐지만 갈아입고 가기엔 번잡스러웠다.

고민은 길지 않았다. 황태자 1명을 맞이하기 위해 번거롭게 드레스를 갈아입고 싶지 않았다. 어차피 그도 내 드레스에는 별로 관심이 없을 것이다. 설사 관심이 있다고 해도 상관없었다. 느슨하게 풀어져 있던 머리카락만 시녀를 시켜 대충 정리한 후 응접실로 향했다.

응접실 안에는 황태자가 느긋한 자세로 소파에 앉아 있었다. 그는 안으로 들어서는 나를 발견하고 환하게 웃으며 자리에서 일어났다.

"오늘도 무척 아름답습니다, 비이."

"황태자 전하를 뵙습니다."

나는 그를 향해 치마를 잡고 무릎을 살짝 굽혀 인사했다. 그는 그런 나를 못마땅하다는 얼굴로 바라봤다.

"우리 사이에 그런 딱딱한 인사는 필요 없습니다."

"여긴 어쩐 일이십니까."

나는 그의 시답잖은 말을 무시하며 용건을 물었다. 그는 고개를 내저으며 너털웃음을 지었다.

"보자마자 대뜸 용건부터 말하라니, 너무 매정한 것 아닙니까?"

그는 불같이 화내던 어제와 달리 능글맞은 태도로 나를 대했다.

그를 향해 나를 유혹해 보라 말하긴 했지만 그가 바로 어떤 행동을 취할 거라고는 생각하지 않고 있었다. 더구나 바로 다음 날 이렇게 얼굴을 대면하게 될 줄은 상상조차 못했다. 그래서인지 황태자의 방문은 나를 혼란스럽게 했다.

나는 대답 없이 그를 노려보았다. 그는 어쩔 수 없다는 듯 어깨를 으쓱이며 입을 열었다.

"역시, 더 많이 사랑하는 사람이 진다는 말이 사실이었나 보군요. 그대가 보고 싶어서라고 하면 답이 되겠습니까?"

"미치셨습니까?"

너무 어처구니가 없어 나도 모르게 생각했던 말이 고스란히 튀어 나갔다.

순간 아차 싶었지만 이미 나간 말을 주워 담을 수는 없었다. 집사의 얼굴을 흘긋 보자 그는 마치 아무것도 듣지 못한 사람처럼 무표정한 얼굴로 탁자 위에 찻잔을 올려놓고 있었다.

나는 집사를 향해 물러가라 손짓했다. 그는 나와 황태자를 향해 읍소한 후, 주변에 대기하고 있던 시녀들을 데리고 응접실 밖으로 나갔다. 응접실 안에는 나와 황태자 단둘만이 남았다.

"약혼녀의 얼굴을 보러 오는 것이 미친 짓인 줄은 몰랐는데?"

단둘만이 남자 그가 또다시 존대를 걷어치웠다. 그는 나에게 시선을 고정한 채, 소파에 앉았다.

"흰소리하지 마시고 용건이나 말씀하시지요."

"믿지 않는군."

그가 피식 웃으며 김이 모락모락 올라오고 있는 찻잔을 들어 올렸다. 잠시 차향을 음미하던 그는 이내 찻잔을 입술에 대었다. 그의 목울대가 움직이며 찻물이 목 안으로 넘어가는 소리가 들렸다.

"그리 서 있지 말고 앉지그래?"

그는 들고 있던 찻잔을 내리며 고갯짓으로 자신의 맞은편 소파를 가리켰다. 나는 그를 마주 보며 자리에 앉았다. 그가 또다시 나를 향해 피식 웃었다.

"그대의 얼굴이 보고 싶어 온 것은 사실이다. 눈뜨자마자 그대의 얼굴부터 떠오르더군. 아무래도 내가 그대에게 단단히 빠진 모양이야. 이 상처의 출처를 묻는 사람들을 피해 피신해 온 것은 덤이지."

그가 자신의 왼쪽 뺨을 손가락으로 톡톡 두드렸다. 하얀 뺨 위로 실선처럼 그어진 상처가 도드라져 보였다.

어제 그의 뺨을 때리며 낸 상처였다. 발등이나 정강이와 달리 확연히 드러난 뺨의 상처는 확실히 숨기기 어려워 보였다.

내가 비록 그의 약혼녀라 할지라도 황태자가 이 일을 걸고넘어지려 한다면 나는 황족 상해로 죗값을 받아야 했다. 역사서에 따르면 황제의 뺨에 상처를 낸 황후가 폐위되는 일도 있었다.

황태자는 다음 대의 황제로 내정된 사람이다. 그의 얼굴에 상처를 낸 일이 알려진다면 그가 용서한다고 하더라도 쉬이 덮을 수 있는 문제가 아니었다.

어제의 상처는 그의 행동으로 일어난 의도치 않은 일이었지만 발등과 정강이는 그가 그 일로 파혼이라도 요구하지 않을까 하는 기대를 가지고 일부러 노리고 한 일이었다. 결국 의도대로 되지는 않았지만 말이다.

그는 뺨의 상처도 발등이나 정강이처럼 덮을 생각인 것 같았다. 그만큼 나와의 파혼을 원하지 않는다는 뜻이다. 그의 말대로 그가 나를 사랑해서일까? 아니면 내가 필요해서일까?

"생각보다 피부가 약하신가 보군요."

"그대의 힘이 생각보다 세더군."

그가 능글거리며 웃었다. 오늘따라 그는 웃음이 헤펐다. 나는 그 웃음이 왠지 모르게 못마땅했다.

"제가 좀 셉니다."

뻔뻔하리만치 당당한 내 대답에 그가 눈을 크게 뜨더니 이내 쿡쿡거리며 웃었다.

"풋, 그래서 다음부터는 조심해야겠다고 생각했지."

그가 웃음을 멈추고 자신의 턱을 쓸었다.

"그대는 가끔씩 예상하지 못한 곳에서 허를 찌를 때가 있어. 그래서 긴장을 풀 수가 없지. 일부러 그러는 건가?"

"제가 그래야 할 이유라도 있습니까?"

"하긴, 그대를 유혹해야 하는 건 바로 나지. 그대가 아니라."

그는 오른손으로 턱을 괴며 나른한 표정을 지었다.

"그런데 내가 점점 더 그대에게 빠져들고 있단 말이지."

그의 황금색 눈동자가 그윽하게 변하며 눈웃음치듯 눈초리가 매력적으로 휘어졌다. 나는 소파에 등을 기대며 긴장하려고 하는 몸을 이완시켰다.

"지금 절 유혹하시는 겁니까?"

"넘어올 텐가?"

"좀 더 연습하고 오시지요."

"역시 이 정도로는 안 넘어오는군."

"제가 미인계에도 상당히 강해서요."

"이런."

그가 안타깝다는 듯 혀를 찼다. 하지만 그의 표정은 아쉽다고 하기보다는 이 상황을 즐기고 있는 듯했다.

"설마, 이런 시답잖은 말을 하러 오신 겁니까?"

"그럴 리가. 그대의 말대로 그대를 내게 반하게 하려고 왔지. 유혹을 하건 떼를 쓰건 일단 얼굴을 봐야 뭐라도 할 거 아닌가."

그가 눈썹을 살짝 들어 올리며 개구지게 웃었다. 그는 어제와 오늘 이틀 동안 참으로 다양한 모습을 내게 보여 주고 있었다. 아마도 지금까지 내가 본 모습 전부 그가 원래부터 가지고 있는 모습일 것이다.

어쩌면 그때의 나는 내가 보고 싶은 그의 모습만 보고 있었는지도 몰랐다. 물론 그가 나에게 자신의 본모습을 철저히 숨겼을 수도 있다.

하지만 이제 와서 진실이 무엇이든 무슨 상관이 있을까. 내가 그때의 내가 아니듯 그 또한 그때의 그가 아닐진대.

"한가하신가 보군요."

"그대의 얼굴을 보기 위해서라면 없는 시간도 만들어야지."

그가 나를 보며 싱긋 웃었다. 나는 찻잔을 들어 올려 적당히 식은 차를 머금었다. 은은한 차향이 입안 가득 퍼졌다. 나는 찻물을 목으로 넘기며 찻잔을 다시 테이블에 내려놓았다.

"저는 전하와 노닥거리며 앉아 있을 정도로 한가하지 않습니다."

그가 시선을 나에게 둔 채로 천천히 소파에 몸을 기댔다. 그의 입가엔 여전히 미소가 걸려 있었지만 나를 향한 눈동자에는 웃음기가 한 톨도 남아 있지 않았다.

"왜 그렇게 나를 싫어하지? 내가 그대에게 무언가 잘못을 했던가?"

침착한 표정과 달리 그의 말투는 억울하다고 말하고 있는 듯했다. 나는 그의 시선을 피하며 다시 찻잔을 들어 차를 들이켰다. 그는 그런 나를 아무런 말 없이 지켜보기만 했다. 그와 나 사이에 무거운 침묵이 감돌았다.

"전하를 싫어하지 않습니다."

"그러면?"

"거슬립니다."

"뭐?"

내 대답을 이해할 수 없다는 듯 그가 미간을 찡그렸다. 나는 찻잔에 남아 있던 차를 마저 마셨다. 그는 내가 다시 입을 열기를 조용히 기다렸다.

그를 싫어하지 않는다. 그때의 그가 나를 사랑하지 않았다고 해서 원망할 마음도 없었다.

그때의 나는 사랑하는 그를 위해 무언가를 해 볼 생각은 하지도 않았다. 그가 무엇을 생각하는지 무엇을 필요로 하는지 그를 위한 것은 아무것도 생각하지 않으면서 떼를 쓰듯 그의 사랑만을 갈구했다. 그런 여자를 사랑할 수 있는 남자가 과연 몇이나 있을까?

그런 나에게 그는 적어도 최소한의 도리는 지켰다. 제국의 황후로서 나를 예우해 주었고, 사랑하는 그녀가 괴로워 우는 것을 보면서도 내명부의 일에 참견하지도 않았다. 그는 단지 나를 사랑하지 않았을 뿐이다.

그런 그를 원망하지는 않지만 껄끄러운 것 또한 사실이다. 여전히 내 심장은 그를 향해 뛰었다. 이것이 지금의 내 감정인지 그때의 감정인지 알지 못했다.

그의 행동, 말투 모든 것이 신경 쓰이지만 이것을 사랑이라 할 수 있을까? 마음이 흐르는 대로 행동하겠다고 마음먹었지만 정작 내 마음이 어떤지 알 수가 없었다.

"솔직히 전하를 어떻게 대해야 할지 모르겠습니다."

나는 시선을 올려 그를 마주 보았다. 나를 바라보고 있던 그의 눈동자에 이채가 서렸다.

"그래서 전하가 거북하고 거슬립니다."

나의 말에 그의 눈초리가 부드럽게 휘어졌다.

"적어도 최악은 아니라는 뜻이군. 다행이다."

약간의 한숨을 동반한 그의 목소리가 꿀처럼 달콤했다.

"드레스는 이 색으로 하지요."

나는 가장 가까이 위치에 있던 진녹색 비단을 가리켰다. 아나샤는 비단을 꼼꼼히 살핀 후, 종이에 기록했다.

"모자도 이 원단으로 하는 것이 좋겠네요. 어떤가요?"

"그게 좋을 것 같군요."

"아무래도 햇빛 아래 오래 있으려면 챙을 크게 하는 것이 좋겠지요?"

"거슬리지 않을 정도라면."

아나샤는 웃으며 종이에 내 요구 사항을 꼼꼼히 적었다. 열흘 뒤에 황실 사냥 대회가 열렸다. 황실의 큰 연례행사 중 하나로 황족은 물론 황족의 초대를 받은 고위 귀족들이 모여 사냥을 하는 대회였다.

본격적인 사냥이라기보다는 여흥에 가까운 대회라 남자는 물론 여자들도 참석하는 자리였다. 지금까지와는 달리 성인식이 지났으므로 나는 올해부터 황태자의 약혼녀로서 사냥 대회에 참석해야 했다.

사냥 대회에 참석하기 위해서는 움직이기 쉽고 가벼운 드레스가 필요했다. 소식을 들은 아나샤는 자진해서 나를 찾아왔다. 그녀는 모자에서부터 구두까지 필요한 것들을 꼼꼼히 기록했다.

정리를 마쳤는지 그녀가 펜을 놓으며 웃었다. 그녀의 손짓에 대기하고 있던 시녀들이 테이블 위에 잔뜩 쌓여 있던 원단들을 치웠다. 말끔해진 테이블 위로 김이 모락모락 나는 찻잔과 달콤한 쿠키가 담긴 접시가 놓여졌다.

"어머, 이 차는 뭔가요? 향이 굉장히 좋군요!"

차를 한 모금 마신 아나샤가 탄성을 질렀다. 노란 빛깔의 차는 방 안 가득 달달한 향을 풍겼다.

"레이샤 꽃으로 만든 차예요. 마음에 든다면 가실 때 조금 싸 드리지요."

"레, 레이샤 꽃이라고요?"

아나샤가 눈을 동그랗게 뜨며 찻잔과 나를 번갈아 바라보았다.

"레이샤 꽃이라면 황태자비의……."

그녀는 확신이 서지 않는 듯 말끝을 흐렸다. 나는 고개를 끄덕였다.

"네, 그 레이샤 꽃이에요."

"어, 어떻게……."

그녀가 놀라는 것은 당연했다. 레이샤 꽃은 황태자비를 상징하는 꽃인 만큼 일반 귀족가에서는 함부로 키울 수도 없는 꽃이었다.

황궁에서 보내오는 레이샤 꽃으로 인해 방 안은 물론 저택 전체가 레이샤 꽃으로 가득 찼다. 황제가 직접 보내온 것이라 함부로 버릴 수도 없었다. 시든 꽃을 들고 시녀들이 어찌할 바를 몰라 하기에 나는 결국 황제를 찾아가 부탁 아닌 부탁을 했다.

레이샤 꽃은 식용 가능한 꽃이다. 더구나 피부는 물론 부인병 예방에 탁월한 효능을 가지고 있기도 했다. 함부로 재배하지 못하게 해서 못 쓰는 것일 뿐, 레이샤 꽃은 약재로도 쓰이는 꽃이었다.

황제를 찾아간 나는 레이샤 꽃이 버려지는 것이 아까우니 차나 잼으로 활용해도 되냐고 물었다. 잠시 놀란 표정을 짓던 황제는 이내 호탕하게 웃으며 내 마음대로 하라고 허락했다.

레이샤 꽃의 처리는 그것으로 된 줄 알았지만 나는 황제를 너무 만만하게 봤던 것 같다. 그는 그날 이후 레이샤 꽃은 물론 식용 가능한 꽃들만을 골라 커다란 수레에 가득 실어 매일 내게 보내왔다.

"폐하께 허락을 받았으니 마음 놓으셔도 됩니다."

나는 여전히 저택 가득 늘어나는 꽃들을 떠올리며 한숨을 내쉬었다. 그런 나를 보며 아나샤가 짓궂게 웃었다.

"며느리 사랑은 시아버지라더니, 결혼도 하기 전부터 사랑받으시는군요."

확실히 황제는 나에게 너그러웠다. 황태자와의 결혼식을 기약 없이 미뤘음에도 황제는 나에게 섭섭하다는 말도 언급하지 않았다. 그는 처음과 같이 한결같은 모습으로 나를 대했다.

나를 대하는 황태자나 황제의 태도가 진심인지 아닌지는 더 이상 생각하지 않기로 했다. 그들의 본심이 뭐건 나는 그저 나에게 보여지는 그들의 호감을 있는 그대로 받아들이기로 마음먹었다.

그들의 의도를 파악하고 의심하려면 한도 끝도 없는 일이다. 그들을 끊임없이 의심하는 동안 내 정신은 피폐해질 것이 자명했다. 차라리 눈으로 보여지는 그들의 모습을 믿는 편이 나았다.

만약 그들이 내 믿음을 저버리고 나를 배신한다면 그때 가서 복수를 생각해도 될 문제였다. 미리 지레짐작하고 상처받을 것을 염려하여 도망칠 필요는 없었다.

"글쎄요. 그보다 서부에 일이 생겼다고요?"

의도적으로 말을 돌렸음에도 아나샤는 꼬투리를 잡는 대신 내 질문에 대답했다.

"네, 에반이 직접 서부로 갈 정도로 큰일이 난 모양이더군요."

"무슨 일인지는 모르고요?"

"급한 일인지 서둘러 가느라고 자세한 이야기는 듣지 못했어요."

에반이 간 곳이 서부라는 것이 마음에 걸렸다. 나는 그에게 서부의, 정확히는 데이샤 공작가에 대해 알아 오라고 지시했다. 서부 쪽 일이 그것만 있는 것은 아니었지만 왠지 느낌이 좋지 않았다. 나는 손가락으로 탁자를 두드렸다.

그녀가 수도로 오기까지는 대략 2년 정도가 남았다. 그때의 내 감정이 여전히 남아 있어서인지 그녀를 떠올릴 때마다 기분이 나빠지는 것은 어쩔 수 없었다.

"에반은 괜찮던가요?"

"어제 전서구가 도착했는데 아직까지는 아무 일 없는 것 같았어요. 무슨 걱정이라도 있는 건가요?"

"그게 아니라 목에 난 상처는 괜찮은가 해서요."

"아!"

아나샤가 무언가 떠올린 듯 작게 탄성을 질렀다. 그녀는 나를 향해 화사하게 웃었다. 눈가에 자잘하게 주름이 잡히며 그녀 특유의 눈웃음이 드러났다.

"에반의 상처는 보이는 것보다 깊지 않았어요. 솜씨 좋은 의원에게 치료도 받았답니다."

"다행이군요."

그녀는 마치 재미있는 장난감을 발견한 듯 눈을 빛냈다.

"그보다 황태자 전하께서는 소문처럼 그리 질투가 심하신가요? 온화하다 알려진 전하께 그런 모습이 있었다니 상상이 되질 않아요."

"아아……."

아무리 소문에 무심한 나라도 이번만큼은 멋쩍을 수밖에 없었다. 대로변에서 일어났던 일이었던 만큼 그날의 소문은 걷잡을 수 없이 퍼졌다.

악의적인 소문 중에는 에반과 내가 통정하는 것을 본 황태자가 직접 에반에게 칼부림했다는 설도 있었다. 그 뒤 모습을 드러내지 않는 에반 때문에 그 소문은 신빙성을 더하는 듯했다.

상단에서는 재빨리 에반의 정체를 밝힘으로써 나와 그의 관계가 단순히 전 상단주의 손녀와 현 상단주의 공적인 만남이었음을 강조했다.

황태자는 내 옆에 외간 남자가 서 있는 것만으로도 질투가 나서 저지른 사소한 오해라고 직접 해명했다.

그는 하루가 멀다 하고 엘리언트가를 찾아오는 것으로 나와 그의 관계가 상당히 친밀하다는 것을 여봐란 듯이 보여 주었다. 그는 나를 만날 핑계가 생겼다며 즐거워하며 매일 저택을 방문했다.

얽힌 감정을 빼고 본다면 그는 친구로 삼기엔 썩 괜찮은 사람이었다. 황태자다운 특유의 오만함이 있긴 했지만 그의 당당함과 어울려 그를 더욱 매력적이고 활기차게 만들었다.

몸에 밴 그의 예절은 상대로 하여금 부담 없이 그를 대할 수 있도록 만들었고 조각같이 잘생긴 얼굴에 떠오르는 미소는 눈을 즐겁게 하기에도 충분했다.

능력, 성격, 외모 모든 것이 완벽에 가까운 남자가 나를 좋아한다는 것은 기분 좋은 일이다. 미칠 듯이 뛰는 심장과는 별개로 그의 적극적인 행동들이 싫지만은 않았다.

앞으로 어떻게 될지는 모르겠지만 이 느낌에 몸을 맡겨 보는 것도 나쁘지 않을 것 같다는 생각이 들었다. 그가 어떤 방식으로 나를 유혹하려 할지 조금씩 기대가 되었다.

태양빛이 강렬하게 내리쬐었다. 말들의 투레질 소리와 기사들의 갑옷이 부딪치는 소리가 요란했다.

사냥 대회가 열리는 장소는 황궁에서 말을 타고 세 시간 정도 걸리는 거리에 있는 산속이었다. 황제를 포함한 황족들과 고위 귀족들의 이동이었으므로 1년에 한 번 열리는 사냥 대회는 국가적인 행사 중에서도 다섯 손가락 안에 꼽히는 큰 행사였다.

황궁 앞은 사냥 대회가 열리는 장소로 이동하기 위해 모인 말과 마차들이 즐비했다. 황궁 시종들과 각 가문의 하인들은 아침 일찍부터 자신들이 모시는 주인을 위해 분주히 움직였다.

출발 시간이 다가오자 삼삼오오 모여 있던 귀족들이 자신들이 타고 갈 마차나 말에 하나둘 오르기 시작했다. 나 또한 대기하고 있던 마차에 오르려고 할 때였다.

"엇!"

햇빛을 가리기 위해 쓰고 있던 모자가 바람에 들썩거렸다. 반사적으로 모자의 챙을 붙잡으려는 찰나 묵직한 무게가 머리 위로 내려앉았다.

"조심하거라."

낮은 목소리가 머리 위에서 울렸다. 고개를 들자 깊고 푸른 눈동자가 나를 내려다보고 있었다.

"감사합니다."

후작은 아무런 대꾸 없이 모자를 잡고 이리저리 움직였다. 마치 삐뚤어진 모자를 바로 씌어 주려는 듯한 모습이었다. 생각지도 않은 그의 행동에 놀랐지만 나는 가만히 그의 손길을 받으며 기다렸다.

후작은 이런 일이 익숙하지 않은 듯했다. 진지한 그의 표정과 달리 챙이 넓은 모자가 후작의 손에서 자꾸 헛돌았다. 모자를 노려보는 그의 눈썹이 위로 꿈틀거렸다.

"흐음……."

그의 입에서 결국 신음성 같은 한숨이 흘러나왔다.

나는 터져 나오려는 웃음을 간신히 참았다. 요즘 그는 그때와 달리 나에게 가까이 다가오려는 모습들을 보였다. 무엇이 그를 변하게 만들었는지는 모르겠지만 그러한 그의 변화가 나쁘지 않았다.

모자를 잡은 채, 애쓰는 그의 모습을 보는 것은 재미있었지만 출발할 시간이 얼마 남지 않았다. 나는 그의 손 위에 내 손을 겹쳐 잡았다.

내 손길이 닿자 후작의 몸이 움찔거리는 것이 느껴졌지만 손을 빼거나 거부하려는 기미는 보이지 않았다. 나는 후작의 손을 잡은 채로 모자를 고쳐 썼다.

"이런 식으로 하시면 됩니다."

내가 손을 내려놓자 후작 또한 모자에서 손을 뗐다. 그는 아무 말 없이 나를 내려다봤다.

"제게 무슨 할 말이 있으십니까?"

그의 얼굴은 여전히 무표정했지만 이제 나는 그의 무표정한 얼굴이 무엇을 의미하는지 몇 가지는 유추할 수 있게 되었다. 후작이 내 얼굴을 오랫동안 주시할 때는 내게 무언가 할 말이 있을 때였다.

"나는……."

부우우우!

후작의 말을 자르듯 나팔 소리가 크게 울렸다. 곧 출발한다는 신호였다. 후작의 시선이 마차에 오르고 있는 황제와 황후에게로 향했다. 그의 미간이 살짝 찌푸려졌다.

"폐하의 곁에 계셔야 하는 것이 아닙니까?"

후작은 이 나라의 재상이었다. 그는 황제의 곁에서 함께 이동해야 했다. 후작의 입에서 낮은 한숨 소리가 새어 나왔다.

"혼자 괜찮겠느냐?"

후작의 시선이 나에게로 향했다. 그의 푸른 눈동자에 얼핏 걱정이 서린 듯했다. 그는 아마 처음 참석하는 사냥 대회에 홀로 이동해야 하는 내가 마음에 걸리는 것 같았다.

나는 생각지도 않은 후작의 배려에 깜짝 놀랐다. 그가 이토록 섬세한 사람이었을 줄은 몰랐다. 무언가 가슴 안쪽에서 간질거리는 느낌이 들었다. 나도 모르게 얼굴에 미소가 번졌다.

"괜찮습니다. 심려 마십시오."

그가 알고 있는 것과 달리 나는 사냥 대회가 처음이 아니었다. 황태자비였을 때도 황후가 되었을 때도 매년 참석했던 곳이었다.

사냥 대회가 열리는 곳은 꽤 높고 험준한 산이다. 황제의 직영지였기에 들어가는 사람도 제한되었고, 훼손될 일이 없어 숲은 울창하고 동물들도 많았다. 그중에는 거친 맹수들도 있었다.

이번 사냥 대회는 사냥이 주목적이라기보다는 여흥의 의미가 더 큰 행사다. 그런 위험한 숲에 귀부인들을 데려가는 것은 그만큼 안전성을 확보해 두었다는 소리였다.

사냥을 하는 장소는 거의 한정되어 있었다. 대부분의 귀족들은 사냥에 열을 올리기보다는 여흥을 즐기며 친목 도모를 위해 애썼다. 그런 귀족들을 위해 몰이꾼들은 사냥을 하기 좋은 사냥감들을 한곳에 몰아주었다. 몇몇 혈기 왕성한 청년들을 제외하면 사냥하기 쉬운 사냥감들이 몰려 있는 장소를 벗어나지 않았다.

특히, 귀부인들이 모여 쉬는 장소는 기사들이 사냥 대회가 열리기 며칠 전부터 위험한 동물들을 정리해 놓았다. 사냥 대회가 끝날 때까지 기사들이 그 주변을 지키며 만에 하나 일어날 수 있는 사고를 대비했다. 그야말로 가볍게 여흥처럼 사냥을 즐길 수 있는 대회였다.

괜찮다는 내 말을 듣고도 후작은 쉽게 자리를 뜨지 못했다. 하나둘 마차들이 움직이기 시작했다. 그럼에도 후작은 황제가 있는 곳만 흘긋 바라볼 뿐 가려는 움직임을 보이지 않았다.

"제가 영애와 함께해도 될까요?"

내가 다시 한 번 괜찮다는 말을 하려는 찰나, 여인의 목소리가 들려왔다. 나와 후작은 목소리가 들린 곳으로 동시에 고개를 돌렸다. 그곳에는 중년의 귀부인이 나와 후작을 향해 미소 짓고 있었다.

"오랜만에 뵙는군요, 엘리언트 후작."

귀부인의 얼굴을 확인한 후작이 그녀를 향해 가볍게 고개를 숙였다.

"오랜만에 뵙습니다, 세이트 백작 부인."

"처음 뵙겠습니다, 세이트 백작 부인."

나는 후작을 따라 그녀를 향해 허리를 숙였다. 나의 인사에 그녀가 인자한 미소를 지었다.

"우리 직접 얼굴 보는 것은 처음이죠? 딱딱한 호칭 말고 이름으로 불러 주세요."

"영광입니다, 이자벨라. 비욘느라고 불러 주세요."

"그러지요, 비욘느."

이자벨라. 그녀는 황제의 첫 번째 자식으로 한때 1황녀로 불리던 여자였다. 황녀들은 결혼을 하게 되면 황적에서 이름을 빼고 남편의 신분을 따랐다. 결혼과 동시에 황족에서 제외되는 것이다.

그녀의 남편인 세이트 백작은 남부 경계 지역에 영지를 가지고 있는 변경백으로 상당한 군사력을 보유하고 있었다. 그는 황제파로 황태자를 지지하는 세력이었지만 남부에 위치한 그의 영지는 수도와 상당히 멀리 떨어져 있었다. 세이트 백작과 그의 부인인 이자벨라가 1년 동안 수도에 오는 날은 한 손에 꼽을 수 있을 정도로 적었다.

그때의 내가 이자벨라를 처음 본 날은 내 성인식이자 황태자와의 결혼식이 있던 날이었다. 그때와 달리 그녀는 이번 내 성인식에 참석하지 못했다. 워낙 갑작스럽게 열린 파티였기에 그녀가 수도로 올라올 수 있는 시간적 여유가 없었기 때문이다.

성인식이 지나고 이틀 정도 지났을 무렵, 그녀의 편지와 함께 선물이 도착했다. 내 성인식에 참석하지 못해 아쉽고 미안하다는 뜻을 담은 편지와 직접 짠 숄이었다. 레몬색의 숄은 화려하지는 않았지만 넓고 도톰한 편이라 다용도로 쓰기에 좋았다. 귀족답지 않은 실용적인 선물이었다. 나는 감사하다는 뜻을 담아 답장과 함께 레이샤 꽃으로 만든 차를 보냈다.

며칠 뒤, 그녀에게서 또다시 편지가 도착했다. 직접 만나게 될 날을 기대한다는 내용이었다. 사냥 대회가 제국에서 열리는 큰 행사 중 하나이기는 하지만 다분히 여흥만을 목적으로 열리는 행사였다. 굳이 남부의 경계 지역 같은 먼 곳에서 참석해야 하는 행사는 아니었다.

실제로 세이트 백작을 비롯해 타국과의 경계 지역에 영지를 가지고 있는 귀족들은 사냥 대회에 참석하지 않았다. 사냥 대회에 참석하는 귀족들은 보통 수도에 머물고 있거나 수도와 가까운 지역에 영지를 가지고 있는 귀족들에 국한되었다.

"제가 이곳에 있어 놀랐나요?"

"조금, 그렇습니다."

"후훗, 비욘느를 직접 볼 수 있는 날을 기대한다고 했잖아요."

그녀가 한 손으로 입을 가리고 웃었다. 눈가에 자잘하게 주름진 얼굴과 달리 그녀의 미소는 소녀의 그것처럼 싱그러웠다.

이자벨라는 그때의 나에게 쓴소리를 했던 유일한 사람이었다. 그녀는 내게 윗사람으로서의 관용과 부덕을 갖추기를 바랐다.

황태자는 태어나고 얼마 지나지 않아 황후였던 어머니를 잃었다. 어머니를 잃은 그를 키운 것은 당시, 1황녀였던 이자벨라였다. 황태자와 이자벨라의 나이 차이는 22살이다. 그녀는 세이트 백작과 결혼하기 직전까지 황태자를 자신의 자식처럼 키웠다.

그런 그녀가 황태자비였던 나에게 충고하려 한 것은 어쩌면 당연한 일이었다. 하지만 그때의 나는 그런 이자벨라의 행동을 월권으로 치부했다. 황족도 아닌 그녀가 황태자비인 나에게 왈가왈부하는 것은 도리에 어긋나는 일이라며 도리어 성을 내고 그녀를 모욕했다.

지금 생각해 보면 그때부터였던 것 같다. 내게 호의를 보이던 황태자가 호의를 거두고 예의로만 대하기 시작한 것이 말이다.

"제가 함께 가도 될까요? 혼자가 아니라면 후작께서도 마음을 놓으실 수 있을 것 같은데요."

그녀가 눈을 반짝이며 물었다. 온화한 귀부인 같던 첫인상과 달리 그녀는 한창때의 소녀처럼 발랄한 분위기를 내보였다. 후작의 시선이 나에게로 향했다. 내 의향을 묻는 듯했다.

"저는 괜찮습니다."

내가 고개를 끄덕이며 대답하자 이자벨라가 손뼉을 치며 활짝 웃었다.

"시간이 없는 것 같으니 우선 마차에 오를까요?"

그녀의 손짓에 대기하고 있던 시종이 그녀에게 다가왔다. 그녀는 시종의 도움을 받아 마차에 올랐다. 나 또한 시종을 부르려 하는데 옆에서 후작의 헛기침 소리가 들려왔다. 고개를 돌리니 그가 나에게 손을 내밀고 있었다.

내가 후작의 손을 빤히 보고 있자 헛기침 소리가 더욱 커졌다. 그의 귀 끝이 조금 붉어진 것 같기도 했다. 나는 내밀어진 후작의 손을 마주 잡았다. 따스한 온기가 손바닥을 통해 전해졌다.

그의 부축을 받아 마차에 올랐다. 그는 내 손을 놓기 직전 잡고 있던 손을 강하게 쥐었다 풀었다. 아프지는 않을 정도의 강한 세기였다.

"도착하고 보자꾸나."

내가 자리에 앉는 것까지 본 그가 손수 마차의 문을 닫았다. 나는 갑자기 적극적으로 변한 후작의 행동에 놀라 잠시 눈만 깜빡였다. 생각지도 못했던 빠른 변화였다.

"어머나! 철혈의 재상이라 불리는 후작에게 이렇게 자상한 면모가 있을 줄은 몰랐네요."

이자벨라가 까르륵 웃었다. 그녀의 웃음소리와 동시에 마차가 움직이기 시작했다. 마차는 황실에서 나를 위해 내준 것이었다. 두 사람이 타고 가기엔 충분히 넓고 안락했다.

"정말 보고 싶었어요, 비욘느."

"저야말로 뵙게 되어 영광입니다."

"어머, 그런 딱딱한 말투는 거리감이 느껴져서 싫군요."

그녀가 나를 보며 빙긋 웃었다. 그녀의 웃음은 능글거리던 황태자를 떠올리게 했다.

"황태자를 사랑하나요?"

그녀의 돌발적인 질문에 하마터면 사레에 걸릴 뻔했다. 그녀는 내 반응을 예상하고 있었다는 얼굴로 나를 바라보았다.

"내가 너무 직접적으로 물었나요?"

"그런 질문을 하실 줄은 몰랐습니다."

"내가 너무 주책없어 보이더라도 이해해 줘요. 나에게 전하는 아들 같은 분이랍니다."

이자벨라의 눈가가 부드럽게 휘어졌다. 따뜻한 온기를 품는 눈동자만으로도 그녀가 얼마나 황태자를 애틋하게 생각하는지 알 수 있었다.

"내 어머니는 나를 낳자마자 돌아가셨지요. 혹시 알고 있나요?"

"네, 알고 있습니다."

1황녀의 어머니는 황제의 정실이었지만 불행하게도 그가 황제에 오르기 직전 1황녀를 낳다가 죽었다. 이자벨라는 황제의 적녀였지만 유감스럽게도 그녀의 어머니가 황후에 오르지 못하고 세상을 떠났기에 황후 소생의 황녀는 될 수 없었다.

"라이라 황후께서 갓난쟁이였던 나를 거두어 주셨지요."

라이라 황후는 전 황후이자 황태자의 어머니였다. 이자벨라가 라이라 황후에게 거두어졌다는 것은 모르고 있던 사실이었다. 하지만 이자벨라의 말을 들으니 그녀가 어째서 결혼도 하지 않은 몸으로 어린 황태자를 키운 것인지 알 수 있을 것 같았다.

"라이라 황후께서 붕어하신 후, 혼자 남은 어린 황태자를 보고 생각했지요. 이 아이에게 그분의 은혜를 갚자고 말이에요."

그녀가 또다시 싱긋 웃었다. 씁쓸한 어투와 달리 그녀의 얼굴엔 한 점의 그늘도 보이지 않았다.

"내가 결혼을 늦게 한 것은 알고 있죠?"

"알고 있습니다."

귀족이나 평민의 구분 없이 보통의 여자들은 빠르게는 성인식을 올리는 16살부터 늦게는 20살쯤에 약혼을 하거나 결혼을 했다. 아무리 늦는다고 해도 25살 이전에는 결혼을 해야 했다. 그 이상으로 나이를 먹었음에도 결혼하지 못하고 있으면 하자가 있는 여자로 취급당했기 때문이다.

이자벨라는 30살이 될 때까지 결혼을 하지 않았다. 전해 들은 이야기로는 몇몇 귀족들이 그녀를 결혼시켜야 한다고 황제에게 상소문까지 올렸다고 했다.

그녀는 비록 황후 소생의 황녀로 황적에 오르지는 않았지만 엄연히 황제의 적녀였다. 황제의 적녀가 서른이 되어서도 결혼하지 못했다는 것은 황실의 수치나 다름이 없었다. 귀족들이 나서서 상소문을 올리는 것은 당연한 일이었다.

의외인 것은 황제의 태도였다. 그는 이자벨라가 서른이 될 때까지도 공식적으로 그녀의 결혼을 언급하지 않았다. 20살이 되기도 전에 제국의 귀족이나 타국의 왕족들과 짝을 지어 준 후궁 소생의 황녀들과는 확연히 다른 처사였다.

"사실, 결혼은 하지 않을 생각이었답니다. 아바마마는 항상 내게 미안해 하셨고 나는 그 점을 이용할 줄 알았지요."

그녀가 개구지게 웃었다. 그녀의 볼 한쪽이 옴폭 파였다. 소녀 같은 분위기를 풍기는 그녀와 어울리는 귀여운 보조개였다.

"그이가 결혼하자고 매달리지만 않았어도 황태자 전하의 곁을 떠나지 않았을 거예요."

그녀의 볼에 발그레한 홍조가 일었다. 이자벨라를 향한 세이트 백작의 청혼은 10여 년이 지난 지금까지도 화제가 될 정도였다.

서른이 될 때까지도 결혼하지 않고 황녀로 남아 있는 이자벨라를 곱게 볼 귀족은 없었다. 심지어 가족이라 할 수 있는 황족들까지 그녀를 폄하했다. 아니, 오히려 황족의 수치라며 이자벨라를 더욱 몰아세웠다. 그럼에도 그녀는 꿋꿋이 버텼다.

그런 그녀를 무너트린 것은 백작 위를 계승받기 위해 상경한 20살의 세이트 백작이었다. 첫눈에 이자벨라에게 반한 세이트 백작이 결혼해 달라 매달리며 그녀를 쫓아다닌 일화는 유명했다.

이자벨라는 세이트 백작보다 무려 10살이나 많았다. 많은 귀족 남성들은 그런 이자벨라를 쫓아다니던 세이트 백작을 미친놈 바라보듯 했다.

반면, 끊임없이 애정 공세를 퍼붓는 세이트 백작을 보며 귀족이든 평민이든 구분 없이 여자들은 이자벨라를 부러워했다. 이자벨라와 세이트 백작을 소재로 한 공연은 지금도 절찬리에 공연될 정도로 많은 여성들에게 환영을 받았다.

하자 있는 여자로 알려진 이자벨라는 단숨에 동경의 대상이 되었다. 세이트 백작의 구애는 반년이나 계속되었다. 세이트 백작의 애정에 이자벨라는 결국 그의 청혼을 받아들였다.

세이트 백작은 타국과의 경계 지역을 지키는 변경백이었다. 그는 오랜 시간 영지를 비울 수 없었다. 세이트 백작 부인이 된 이자벨라는 수도를 떠나 남부로 가야 할 수밖에 없었다.

"그이의 영지가 있는 남부로 떠나면서도 전하가 계속 마음에 걸렸답니다."

그녀가 앉아 있는 상태로 허리를 바로 세웠다. 그녀의 얼굴에서 웃음기가 사라졌다.

"그래서 나 대신 전하의 곁을 지키게 될 비욘느, 당신이 무척이나 궁금했어요."

그녀가 천천히 나를 향해 허리를 숙였다.

"당신을 시험해 봐서 정말 미안합니다."

그녀는 말을 끝내고도 허리를 들지 않았다. 내 대답을 기다리고 있는 듯했다.

"제가 용서를 해야 합니까?"

나는 그녀가 사과를 하는 이유를 알지 못했다. 지금까지 대부분 그녀 쪽에서 대화를 이어 갔을 뿐이다. 그 어떤 것에서 그녀가 나를 시험하고 있었는지 짐작조차 가지 않았다.

"용서해 달라 강요하거나 내 마음을 이해해 달라 떼를 쓸 생각은 없어요."

이자벨라가 숙이고 있던 허리를 들었다.

"그럼 그런 이야기를 제게 하시는 이유가 뭔가요?"

"단지, 내가 한 일을 숨기고 싶지 않았어요. 당신과는 정말 사심 없이 지내고 싶으니까요."

그녀가 나를 보며 활짝 웃었다. 나를 향한 그녀의 시선에서 온기가 느껴졌다. 처음 대면했을 때부터 그녀가 나에게 호의를 가지고 있다는 것은 알고 있었다. 다만, 그 호의가 어디서 온 것인지 알지 못했을 뿐이다.

"내가 당신을 무엇으로 시험했는지 묻지 않네요?"

"별로, 궁금하지 않습니다."

그녀가 눈을 동그랗게 떴다. 잠시 놀란 표정으로 있던 이자벨라는 이내 눈가를 접으며 웃었다.

"후후훗, 소문대로 전하가 질투에 눈이 멀어 날뛸 만하군요."

"소문은 믿을 만한 것이 못 됩니다."

"당신에 대한 소문처럼 말이죠?"

그녀가 소녀처럼 까르륵 소리를 내며 웃었다. 그녀는 요즘 사람들 사이에서 떠돌고 있는 내 소문을 말하고 있는 듯했다.

피스온 가문에 기생하며 살고 있던 혈족들을 내친 후, 나에 대한 소문은 급격하게 나빠졌다. 그에 관련된 소문들은 여러 가지가 있었지만 축약해 보면 내가 피스온 가문의 재산을 모두 차지하기 위해 피를 나눈 혈족까지 내

치는 비정하고 간사한 후안무치라는 것이다.

터무니없는 사실이지만 상황을 제대로 알지 못하는 사람들은 그 소문을 믿었다. 다른 사람이 나를 어떻게 생각하건 관심 없었던 나와 달리, 나에 대한 악의적인 소문을 마음에 들어 하지 않았던 아나샤와 에반이 나서서 소문을 진압하려 했다.

하지만 누군가 교묘히 방해라도 하듯 절묘한 타이밍에 4년 전 유모와 시녀들을 쫓아냈던 일이 평민들 사이에 퍼졌다. 그들이 저질렀던 일들은 쏙 빠지고 아무 죄도 없는 시녀들을 제멋대로 패던 내가 눈물을 흘리며 말리던 유모까지 무일푼으로 쫓아냈다는 이야기였다.

당시, 쫓겨났던 몇몇 시녀들의 이름이 당시의 증인이라며 거론되었다. 아나샤와 에반은 소문의 근원을 찾으려 했지만 찾을 수 없었다.

엎친 데 덮친 격으로 에반과의 만남으로 황태자를 약혼자로 두고 이 남자 저 남자와 놀아난다는 소문까지 더해졌다. 황태자와 상단의 발 빠른 대응으로 그에 대한 소문을 막을 수 있었지만 이미 퍼진 소문들로 인해서 그다지 효과는 발휘하지 못했다.

"딱히, 소문을 믿는 것은 아니었지만 자식 같은 황태자 전하의 일이다 보니 걱정이 되었어요. 나도 어쩔 수 없는 사람이더군요."

이자벨라가 나를 보며 미안하다는 표정을 지었다. 원래 초록은 동색이고 가재는 게 편이라고 했다. 황태자를 생각하는 그녀를 나쁘다고 볼 수는 없었다.

그녀의 행동으로 인해 내가 무언가 피해를 입었다면 이야기는 달라졌을 것이다. 하지만 나는 피해는 물론 손해 본 것조차 없었다.

"편지와 함께 보낸 내 선물을 보고 무슨 생각이 들었나요?"

"여러모로 활용하기 좋아 보이더군요."

"후훗, 남부 지역의 평민 여성들이 외투나 무릎 담요 대용으로 쓰기도 하는 다목적 숄이니까요."

"그렇군요."

확실히 이자벨라가 나에게 선물한 숄은 고급 재질에 비해 디자인은 귀족 여성들이 쓰는 것답지 않게 심플했다. 대부분의 귀족 여성들은 기능보다는 화려한 디자인에 집착했다.

그녀들이 사용하는 숄은 금사나 은사로 자수를 놓거나 자잘한 보석이 달려 있었다. 실질적으로 실내에서 편하게 사용하기에는 무리가 따랐다.

그런 면에서 이자벨라의 선물은 나에게 딱 맞았다. 넓고 도톰해서 어깨에 걸치고 정원에서 산책하다가 책을 읽을 때는 바로 무릎 담요 대용으로 사용하기도 했다.

"평민들이 쓰는 디자인이라 기분 나쁜가요?"

"제 화를 돋우기 위해 일부러 그러신 건가요?"

나는 그녀의 질문에 질문으로 답했다. 그녀가 고개를 저으며 입을 열었다.

"아니요, 내가 생각하기에 당신이 편하게 쓸 수 있는 선물이라고 생각했어요. 당신과 만날 날을 기대하며 직접 한 땀 한 땀 정성 들여 만들었답니다."

"그것이 이자벨라, 당신이 말한 시험이었나요?"

"단지 겉모습이 화려하지 않다는 이유로 사람의 정성을 몰라주는 사람이라면 황태자에게 이로울 것이 없다고 생각했으니까요."

말을 마친 그녀의 표정은 단호했다. 마치 그녀의 시험을 통과하지 않았다면 결코, 지금 이 자리에 있지 않았을 거라는 뜻 같았다.

"확실히 그런 것으로 저를 평가하려 한 것은 기분이 나쁘군요."

"정말, 미안하게 생각해요."

이자벨라가 다시 한 번 허리를 숙였다.

"사과는 해도 후회는 하지 않는다는 뜻이군요."

"맞아요. 다시 그때로 돌아간다 해도 나는 또다시 비욘느, 당신에게 선물을 보낼 겁니다."

허리를 바로 세운 이자벨라가 나를 직시했다. 그녀의 시선은 올곧았다.

자신의 신념에 한 치의 부끄러움도 없다는 뜻이다.

"사과를 받아들이지요. 하지만 한 번뿐입니다. 일방적인 탐색전은 달갑지 않으니까요."

"물론이죠. 이제야 마음이 놓이네요. 아닌 척했지만 용서해 주지 않으면 어쩌나 잔뜩 긴장하고 있었답니다."

이자벨라가 가슴을 쓸어내리며 안도의 한숨을 내쉬었다. 확실히 그녀는 고풍스러운 외모와 달리 사십이 넘는 여자라고는 볼 수 없을 정도로 귀여운 면이 있었다.

"비욘느, 아직 대답을 듣지 못한 게 있어요."

"무엇 말입니까."

"황태자를 사랑하나요?"

나는 대답하지 않았다. 황태자에게도 직접 이야기한 적이 있지만 나는 아직 그를 사랑하는지 확신이 서지 않았다. 나조차 알 수 없는 것을 대답할 수는 없었다. 나의 침묵에 이자벨라의 표정이 어두워졌다.

"사랑하지 않나요?"

"정략결혼에 사랑이 의미가 있던가요?"

그때의 나는 그를 사랑했지만 그는 나를 사랑하지 않았다. 그럼에도 우리는 결혼을 하고 부부가 되었다. 그 결혼에 나의 사랑은 의미가 없었다.

"그렇게 순진한 분은 아니라 믿습니다, 이자벨라."

이자벨라는 온갖 독사들이 우글거리는 황궁에서 30년 동안을 살아온 사람이다. 결코, 동화 속 공주님처럼 순진하지는 않을 터였다. 그녀가 보이는 것만큼 순진했다면 절대 황궁 안에서 어린 황태자를 지키면서 버티지 못했다.

"맞아요. 당신이 말한 대로 정략결혼에서 사랑을 찾을 만큼 순진하지는 않지요. 하지만 비욘느, 정략결혼이라 하더라도 그 안에 사랑이 있을 수는 있답니다."

맞은편에 앉아 있던 그녀가 몸을 반쯤 일으키며 내 곁으로 다가왔다.

“평생을 함께할 사람을 사랑할 수 있다면 그보다 더 좋은 것은 없어요.”

“사랑은 일방적으로 한다고 되는 것이 아닙니다.”

일방적인 사랑은 나는 물론 내가 사랑하는 상대에게도 고통이 된다. 나는 이미 그것을 심장이 갈가리 찢기는 고통과 함께 뼈저리게 느꼈다.

어쩌면 이번은 다를지도 모른다. 지금의 황태자는 그때의 그와는 다른 모습을 보이고 있으니 말이다. 하지만 황태자의 변화와 내 감정은 별개의 문제였다.

나는 아직도 황태자에 대한 내 마음을 정확히 알지 못했다. 내 마음을 확신하지 못하는 한, 지금 내가 서 있는 이 자리에서 움직일 생각이 없었다.

“전하가 싫은가요?”

황태자를 사랑하느냐고 물어볼 때와 달리 내 대답을 기다리는 그녀의 눈동자가 초조하게 흔들렸다. 나는 그녀에게 굳이 거짓을 이야기할 필요성을 느끼지 못했다.

“아니요.”

황태자를 싫어하지 않았다. 최근의 그는 인간적으로 꽤 괜찮은 사람이라는 생각이 들 정도였다. 나의 대답에 이자벨라가 내 손을 잡았다.

“사랑이 아니라도 괜찮아요. 좋은 친구로 시작하는 방법도 있지요.”

백작 부인치고는 약간 거친 느낌이 손가락 사이로 느껴졌다. 요리와 바느질 같은, 직접 살림을 하는 손이었다.

“황태자 전하는 외로운 사람이에요.”

자신의 어머니를 이야기하면서도 그늘 한 점 보이지 않던 그녀의 얼굴에 씁쓸함이 감돌았다.

“태어나자마자 황태자로 책봉되었지만 그의 자리는 이미 1황자가 차지하고 있었지요. 아무리 황제의 비호 아래 있다 해도 그 틈을 비집고 들어가기는 결코 수월하지 않답니다.”

그녀의 눈동자에 안타까움이 떠올랐다. 황태자의 상황이 생각보다 좋지 않다는 것을 느낄 수 있었다.

결코 나약한 모습을 겉으로 드러낸 적은 없지만 그때의 그는 황제의 자리에 오르고서도 무슨 이유에서인지 한시도 긴장을 풀지 않았다. 그의 사랑만을 갈구하며 주변에 관심이 없던 나에게조차도 가끔 그 불안이 느껴질 정도로 말이다.

그때도 그랬는데 지금이라고 달라질 것은 없었다. 오히려 나와의 결혼이 미뤄졌기에 황태자의 입장은 더 좋지 않을 수도 있었다.

"결코, 강요할 생각은 없어요. 단지, 조금 바라는 것이 있다면 전하를 밀어내지는 말아 달라는 거예요. 그는 당신이 생각하는 것보다 훨씬 더 비욘느, 당신을 좋아하고 있으니까요."

그녀가 잡고 있던 내 손을 천천히 쓸었다. 실크 같은 매끄러운 감촉은 아니었지만 차가운 느낌의 실크와 달리 그녀의 거슬거슬한 손길엔 온기가 가득했다.

"최근 전하가 나에게 보내는 편지에는 당신의 이야기로 가득하다는 걸 알고 있나요?"

갑작스런 그녀의 화제 전환에 나는 살짝 인상을 찌푸렸다. 이자벨라는 그런 나를 보며 인자한 미소를 지었다.

"그래서 더욱 보고 싶었어요. 외로운 그 아이의 마음에 들어간 당신을 말이에요."

나를 향한 이자벨라의 눈동자는 호의로 가득 차 있었다. 나는 입 밖으로 새어 나오려는 한숨을 간신히 눌러 참았다.

그녀의 마음을 이해 못 하는 것은 아니다. 이자벨라는 자신이 황태자를 아이라 불렀다는 것조차 눈치재지 못한 듯했다. 무의식적으로 아이라 부를 만큼 황태자를 자신의 자식처럼 생각하고 있다는 뜻이었다.

그런 그녀의 입장에서는 황태자의 반려가 될, 더구나 황태자가 호감을 가지고 있는 내게 호의를 품게 된 것은 잘못된 일이 아니다. 내가 황태자를 사랑하고 있었다면 그녀의 호의는 오히려 환영할 만한 일일 것이다. 단지, 내가 그녀의 호의를 받아들일 준비가 되어 있지 않았을 뿐이다.

"무슨 재미난 이야기들을 하시기에 마차가 선 것도 모르고 계십니까."

마차의 문이 열리며 황태자가 모습을 드러냈다. 마차 가득 들어오는 햇빛의 영향으로 그의 표정은 잘 보이지 않았지만 은사 같은 그의 머리카락이 햇빛 아래에서 눈부시게 반짝였다.

"여자들끼리의 은밀한 대화에 끼어들다니 예의가 없군요."

"죄송합니다, 누님. 마차가 도착한 지 한참이 지났는데도 두 레이디께서 나올 기미가 보이지 않으니 안달이 나서 참을 수가 있어야지요."

그가 이자벨라를 향해 손을 내밀었다. 이자벨라는 웃는 얼굴로 그의 손을 마주 잡았다.

"전 그런 무뢰한으로 키운 기억이 없는데 말이지요."

"사랑에 빠진 남자는 물불을 가리지 못하니까요."

황태자는 이자벨라가 마차에서 내리는 것을 도와주며 싱긋 웃었다. 그는 자연스럽게 그녀를 자신의 뒤쪽으로 인도했다.

"바란!"

황태자의 뒤로 건장한 체격의 남자가 모습을 드러냈다. 그를 발견한 이자벨라가 환하게 웃으며 그의 품으로 뛰어들었다. 한 마리의 나비와 같은 가벼운 몸놀림이었다.

"비이."

황태자가 몸을 돌려 나를 향해 손을 내밀었다. 나는 그의 손바닥 위로 내 손을 올렸다.

"엇!"

이자벨라에게 했던 대로 단순한 에스코트일 거라는 내 생각과 달리, 그의 손가락은 내 손에 닿자마자 순식간에 손가락 사이사이를 파고들었다. 그는 깍지를 낀 상태로 나를 단숨에 자신의 품으로 끌어당겼다. 비명을 지를 새도 없이 시원하고 달큰한 스피어민트 향기가 코끝을 간질였다.

"무슨 짓입니까!"

"우리가 질 수야 없지."

그의 갑작스런 행동과 뜬금없는 말에 어리둥절했다. 그가 키득거리며 눈짓으로 자신의 뒤쪽을 가리켰다. 그의 뒤에선 이자벨라와 세이트 백작이 진한 키스를 나누고 있었다.

"제발, 지고 싶군요."

나의 한숨 섞인 대답에 그가 또다시 키득거렸다. 그의 두 팔이 내 허리에 휘감겼다. 그가 나를 두 팔에 감싸 안은 채로 들어 올렸다. 나의 눈높이와 그의 눈높이가 일직선상으로 같아졌다.

"부러워 쳐다본 것이 아니었나?"

그의 황금색 눈동자에 구겨진 내 얼굴이 고스란히 비쳤다.

"아닙니다!"

"누님과 백작을 바라보는 그대의 시선에 분명 부러움이 서린 것 같았는데?"

그의 얼굴에 장난스러움이 서렸다. 개구진 그의 표정에 나도 모르게 한숨이 나왔다.

"착각하신 겁니다."

"그런가? 아쉽군."

그는 아쉬움이 가득한 목소리로 나를 안고 있던 팔에서 힘을 뺐다. 잠시 동안 허공에 들려 있던 두 발이 바닥에 안착했다. 들어 올렸던 힘만 뺐을 뿐 그의 두 팔은 여전히 내 허리를 감싸고 있었다.

"오늘도 아름답군, 나의 비이."

마치 잠자리 날갯짓인 양 눈 한번 깜빡거리는 잠깐의 시간에 부드럽고 말랑한 느낌이 이마에 내려앉았다가 떨어졌다.

"욕심 같아선 그대의 달콤해 보이는 입술에 하고 싶지만 오늘은 얼굴 보일 곳이 꽤 많아서 말이지."

나를 바라보며 그의 눈매가 부드럽게 휘어졌다. 그는 내 허리를 바짝 잡아당겨 귓가에 입술을 가져다 대었다.

"그대의 신발이 산행용이라 다행이야."

"무슨!"

그가 나직이 속삭이며 내 귓불을 살짝 깨물었다. 나는 기겁을 하며 그의 가슴을 밀쳤다. 그가 소리 내어 웃으며 순순히 내 허리에 감겨 있던 팔을 풀었다.

"무슨 일인가요?"

내 비명 같은 외침에 이자벨라와 세이트 백작의 시선이 나에게로 향했다. 얼굴에 피가 몰리며 화끈거리는 열기가 느껴졌다. 황태자는 그런 나를 재미있다는 얼굴로 바라보고 있었다. 지금 이 상황에서는 그를 쏘아보는 것밖에 할 수 있는 것이 없었기에 몹시 분했다.

"누님과 백작의 애정 행각에 비이가 부러웠나 봅니다."

"아닙니다!"

황태자의 능글거리는 대답에 나는 반사적으로 소리쳤다. 나의 격한 반응에 놀란 이자벨라가 눈을 동그랗게 떴다. 얼굴이 열기로 타오를 것 같았다.

"어머!"

잠시 어리둥절해 있던 이자벨라가 무언가를 깨달았다는 얼굴로 감탄사 같은 소리를 내었다. 그녀의 입술이 둥글게 곡선을 이루며 올라갔다.

"내가 괜한 참견을 한 셈이군요."

"무슨 말이오?"

세이트 백작의 물음에 그녀가 그를 바라보며 활짝 웃었다.

"남녀의 애정 관계에는 참견하는 것이 아닌데, 저리 사이가 좋은 것을 보니 내가 괜한 오지랖을 부린 것 같아요."

세이트 백작이 고개를 끄덕이며 이자벨라의 어깨를 감싸 안았다. 그녀는 자연스럽게 그의 몸에 자신의 몸을 기댔다.

"그대가 원한다면 나는 이미 준비가 되어 있는데."

황태자가 빙글거리며 자신의 어깨를 두드렸다. 그의 얼굴에는 여전히 장난기가 서려 있었다. 나는 천천히 숨을 내쉬었다. 얼굴에 몰려 있던 열기가 서서히 가라앉았다.

나는 그의 어깨에 손을 가져다 댔다. 나의 갑작스러운 접촉에 그의 눈동자가 살짝 흔들렸다. 옆에서 또다시 이자벨라의 감탄사가 들려왔지만 나는 오로지 황태자의 눈동자만을 직시했다.

손가락으로 천천히 그의 어깨를 쓸어내렸다. 그의 표정은 거의 변화가 없었지만 내 손길에 그의 몸이 경직되는 것이 확연히 느껴졌다. 나는 입술 끝을 말아 올렸다. 당황한 그의 황금빛 눈동자에 화사하게 웃고 있는 내 모습이 적나라하게 비치고 있었다.

나는 남은 한 손마저 들어 올려 그의 어깨를 잡았다. 두 손을 어깨에서 목, 목에서 뺨으로 천천히 그의 몸을 훑듯이 쓸어 올렸다. 그런 나의 행동에 빙글거리던 그의 표정이 무너졌다.

나는 말갛게 웃으며 그의 다리 사이로 바짝 다가갔다. 그런 나의 행동에 옅은 홍조가 그의 뺨에 살짝 떠올랐다. 나는 마지막으로 그의 귀를 잡아 천천히 아래로 끌어 내렸다. 그는 내가 무얼 할지도 모르면서도 순순히 내 손길에 끌려 고개를 숙였다. 나는 그의 귓가에 대고 나직이 속삭였다.

"제가 이대로 무릎을 더 올리면 어떻게 될까요?"

치마로 가려진 내 무릎은 이미 살짝 위로 들려져 있는 상태였다. 나는 그 상태 그대로 그의 허벅지를 툭툭 건드렸다. 그의 얼굴이 순식간에 창백해졌다.

"알고 계시는지는 모르겠지만 저는 화가 나면 물불을 가리지 않습니다, 전하."

손안에 잡힌 그의 귓불을 손톱으로 살짝 긁었다. 그 자극에 그의 눈가가 움찔거리듯 찡그려졌다. 그가 깨문 내 귓불과 동일한 위치였다.

"경고는 이번뿐입니다."

나는 쓰다듬듯 그의 뺨을 두드렸다. 경고의 의미였지만 이자벨라나 세이트 백작이 보기에는 애정 행각으로 보였을 것이다.

"하아."

내가 그에게서 몸을 떼자 그의 입에서 커다란 한숨이 새어 나왔다. 그는 심란한 얼굴로 나를 바라보았다. 그의 눈동자에는 당황, 초조, 원망 등 온갖 감정들이 뒤섞여 있었다.

"그대는……. 제길!"

그가 나직이 욕설을 내뱉으며 손을 들어 자신의 머리카락을 헤집었다. 그의 은색 머리카락이 그의 거친 손길에 이리저리 나부꼈다.

"전하?"

그의 갑작스런 행동에 이자벨라가 그를 불렀다. 그녀는 우리를 향해 다가오려 했다. 그런 그녀를 세이트 백작이 손을 잡아 제지했다. 의아한 얼굴로 그녀가 백작을 바라보았다. 백작은 이자벨라를 보며 고개를 저었다.

이자벨라의 얼굴엔 궁금증이 가득 서려 있었지만 그의 제지에 토를 달지는 않았다. 그녀가 얌전히 있자 세이트 백작의 시선이 나에게로 향했다. 그는 나를 보며 묘한 표정을 지었다.

"비이를 부탁드립니다."

"어머!"

황태자는 말 한마디만 남기고 순식간에 사라졌다. 그의 돌발 행동에 이자벨라뿐만 아니라 나 또한 상당히 놀랐다.

직접 경험해 본 적은 없지만 내가 협박한 그곳이 남자의 치명적인 약점이라는 것은 알고 있다. 하지만 말 그대로 협박을 한 것뿐이다. 직접적인 접촉도 없었다. 단지, 협박만으로 황태자가 이렇게까지 동요할 줄은 몰랐다. 나는 황태자가 사라진 곳을 멍하니 바라보았다.

"그가 불쌍하군."

"바란?"

세이트 백작의 말에 나는 그제야 그가 기사라는 것을 생각해 냈다. 기사들은 일반인보다 신체적인 능력이 뛰어났다. 그중에는 청각도 포함되었다. 세이트 백작은 뛰어난 기사다. 그가 나와 황태자의 대화를 모두 들었을 가능성이 컸다. 순식간에 얼굴이 화끈거렸다.

"대체, 무슨 일인가요?"

"이 자리에서 말하기엔 영애가 불편해할 것 같소."

이자벨라의 물음에 세이트 백작이 고개를 내저었다. 그녀의 시선이 나와 백작을 번갈아 오고 갔다. 그녀를 향해 아무렇지도 않은 표정을 짓고 있었지만 이미 붉어진 얼굴색까지 바꿀 수는 없었다.

"알겠어요."

그녀가 세이트 백작을 향해 고개를 끄덕였다. 일단, 이 자리에서는 더 이상 묻지 않겠다는 뜻인 것 같았다. 나는 나직이 안도의 한숨을 내쉬었다.

내가 아무리 뻔뻔하다 하더라도 황실의 대를 끊으려고 했다는 말을 황족이었던 그녀에게 말할 수는 없지 않은가. 더구나 그 대상이 자신의 동생이라는 것을 알게 된 그녀의 반응은 예상되고도 남았다.

"상황이 좀 이상하게 되었지만 인사는 해야겠죠? 내 남편인 바란 로이드 세이트예요."

그녀가 백작을 끌고 나에게 다가왔다. 나는 백작을 향해 허리를 숙였다.

"처음 뵙겠습니다. 비욘느 롯사 엘리언트입니다."

"반갑소, 엘리언트 영애."

그는 나의 인사에 답례하듯 목례를 했다.

"영애는 엘리언트 후작님을 많이 닮은 것 같군."

갑작스런 백작의 말에 나는 눈을 동그랗게 떴다. 남자답게 각진 백작의 얼굴에 미미한 미소가 떠올랐다.

"당한 만큼, 아니, 그 배로 갚아 주는 것은 엘리언트 후작님의 특기지."

또다시 얼굴이 화끈거렸다. 이로써 그가 나와 황태자의 대화를 모두 들었다는 것이 확실해졌다.

"주변에 아무도 없군요."

세이트 백작의 의미심장한 말에도 이자벨라는 모르는 척 주변에 시선을 주며 입을 열었다. 내가 곤란해할 상황은 만들지 않겠다는 뜻인 것 같았다. 그녀의 배려에 나 또한 주변을 향해 시선을 돌렸다.

그녀의 말대로 우리의 주변엔 마차 몇 대만 세워져 있을 뿐 아무도 보이지 않았다. 이미 주변에 백작 부부 외에 아무도 없다는 것을 알고 있었기에 황태자에게 그렇듯 대담한 행동을 할 수 있었다.

"이미 사냥이 시작되었기 때문이오."

"벌써요?"

이자벨라와 내 눈동자가 동시에 마주쳤다. 우리가 지체하는 동안 시간이 그렇게 흐르고 있었는지 몰랐다. 그런 나와 이자벨라의 반응에 백작이 입을 열었다.

"폐하께서 도착하시자마자 사냥을 시작하셨소."

"아바마마도 참, 연세도 많으신 분이……."

이자벨라가 못 말리겠다는 너털웃음을 지으며 고개를 가로저었다. 황제는 사냥을 즐겼다. 최근 몸이 노쇠해지고 주변의 잔소리 때문에 자제를 하고 있었지만 몇 년 전까지만 해도 수시로 사냥터를 들락거렸다.

황제는 젊었을 때부터 활동적인 일들을 좋아해서인지 나이에 비해 건강한 몸을 가지고 있었다.

황제는 죽는 그 순간까지도 병에 걸리거나 골골대며 앓아누운 적이 없었다. 그는 평생을 혈기왕성하게 살다 잠을 자듯 숨을 거뒀다.

황제는 나이가 많았지만 워낙 정정했었기에 아무도 그의 죽음을 예상하지 못했다. 황제가 죽은 후, 황실은 잠시 공황 상태가 되었다. 그때에는 알지 못했지만 아마도 황태자와 1황자 사이에 치열한 접전이 벌어졌을 것이다.

결국 황태자가 황위에 오르기는 했지만 완벽하다고 할 수는 없었다. 1황비는 여전히 황궁에 머물러 있었고 1황자는 사사건건 황태자의 발목을 잡았다.

"우리도 움직여야겠군요."

"내가 안내하겠소."

세이트 백작이 이자벨라를 향해 손을 내밀었다. 그녀는 환한 미소를 지으며 그의 손을 마주 잡았다. 보는 것만으로도 사랑이 느껴지는 그들의 모습을 보니 가슴 안에서 묘한 울렁거림이 느껴졌다.

10막. 여자들의 전쟁터

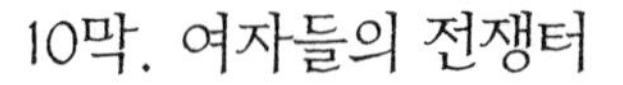

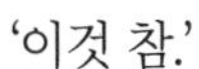

'이것 참.'

나는 터져 나오려는 한숨을 간신히 참았다. 차라리 이자벨라를 따라갔어야 한다는 후회가 들었다.

남자들이 사냥을 하는 동안 대부분의 귀족 여성들은 안락하게 준비된 장소에 모여 담소를 나눴다. 남자들을 따라 사냥을 하는 여자들도 있었지만 소수였다. 그 소수에 이자벨라도 포함되어 있었다.

나는 같이 사냥을 하자는 이자벨라의 제의를 거절했다. 사냥을 좋아하지도 않을뿐더러 금슬 좋은 부부 사이에 끼어 있기엔 내 마음이 그리 넓지 못했다. 그녀는 몇 번이나 나를 설득하려 했다. 나는 내 몫까지 잡아 달라는 청을 하며 그녀의 등을 떠밀었다. 그리고 나는 그 일을 후회하고 있는 중이다.

"오랜만이군요, 엘리언트 영애."

"저는 자주 뵙는 것 같습니다, 1황비마마."

나의 대답에 1황비의 눈썹이 살짝 꿈틀거렸지만 입가의 미소는 지워지지 않았다. 나는 절로 나오려는 한숨을 또다시 참아야 했다.

이자벨라와 헤어져 휴식 장소에 온 것까지는 좋았다. 다만, 내가 미처 생각하지 못한 것은 현재 휴식 장소에는 여자들만이 남아 있다는 사실이었다.

대체로 여자들의 지위는 남편을 따라간다. 결혼하지 않은 미혼 여성은 가문의 위세를 등에 업는다. 남자들의 지위가 곧 여자들의 지위나 다름없었다.

하지만 남자들의 세계에 남자들만의 규칙이 있듯 여자들의 세계에서도 여자들만의 규칙이 존재했다. 아무리 남편의 직위가 높아도 얕잡아 보이면 승냥이 같은 여자들에게 물어뜯기기 쉬웠다. 그 대표적인 예가 1황비의 옆에서 불안한 얼굴로 앉아 있는 황후였다.

"비욘느 롯사 엘리언트가 황후 폐하를 뵈옵니다."

"어, 어서 오세요, 영애."

황후가 고개를 모로 숙이며 내 시선을 피했다. 주변에서 키득거리는 여자들의 비웃음 소리가 들려왔다.

원칙대로라면 황후는 내 인사를 받으며 나에게 앉을 자리를 권해야 했다. 그것은 여자들만의 모임인 티파티에서와 비슷한 원칙이었다.

앉아서 수다를 떠는 티파티는 안주인이 손님의 자리를 직접 지정해 준다. 안주인과 가까이에 있는 자리일수록 상석이었다. 반대로 안주인과 가장 먼 곳에 위치한 자리일수록 말석이었다. 그래서 보통 티파티는 소규모 원탁에서 이루어진다. 안주인에게서 가장 먼 말석이 안주인과 마주 보는 자리임으로 상석과 말석의 구분이 모호해지기 때문이다.

지금은 소규모 티파티도 아니고, 앉아 있는 자리가 원탁도 아니다. 상석과 말석의 자리가 확연하게 드러났다. 그리고 지금 비어 있는 자리는 황후와 가장 멀고 햇빛을 가린 천막의 끄트머리에 있는 자리 딱 하나였다.

황후의 옆에 앉아 마치 자신이 이곳의 안주인인 양 행세하고 있던 1황비는 비웃음 가득한 얼굴로 나를 바라보고 있었다. 그런 그녀를 추종하는 무리들이 그녀의 주변에 가득했다.

나는 앉아 있는 여자들의 얼굴을 면밀히 살펴보았다. 예상대로 황태자파

소속의 귀족들은 황후와 가장 먼 자리, 즉 말석과 가까운 곳에 주로 자리하고 있었다.

그녀들은 하나같이 나의 시선을 피했다. 그녀들을 이해 못 하는 것은 아니다. 황태자를 지지하는 세력과 1황자를 지지하는 세력의 힘은 비슷했다. 정확하게는 황태자를 지지하는 세력이 약간 앞서 간다고 볼 수 있었다.

황제는 황태자에게 전폭적인 지지를 아끼지 않았고 재상인 엘리언트 후작이 황태자의 한 손을 잡고 있었다. 1황자 쪽에서 오랜 시간 힘을 길러 왔다 하더라도 정통성으로도 황태자가 훨씬 유리했다.

하지만 겉으로 보이는 것과 달리 여자들의 세계에서는 1황자를 지지하는 세력의 힘이 월등히 앞섰다. 후궁 안은 물론 사교계를 휘어잡고 있는 1황비에 비해 황태자파에는 1황비에 맞서 가며 사교계의 중심이 될 만한 인물이 없었기 때문이었다.

1황녀가 결혼을 해서 남부로 간 이후, 사교계는 1황비를 주축으로 1황자를 지지하는 귀족들이 장악했다. 황태자를 지지하는 세력 중 가장 직위가 높은 여성은 황태자의 외조모인 가필드 공작 부인이었지만 그녀는 딸인 전 황후를 잃은 후, 칩거 생활에 들어갔다.

내 성인식에 샤프롱을 맡아 주긴 했지만 그녀가 최근 사교계에 모습을 드러낸 것은 그날 단 하루뿐이었다. 1황비와 대적하면서 사교계를 누비고 다니기에 그녀는 이미 정신적으로나 육체적으로나 너무 노쇠해져 있었다.

구심점이 없는 세력은 힘이 없다. 여자들만의 세계에서 황태자를 지지하는 세력들에게는 오랫동안 구심점이 없었다. 그녀들이 1황비의 눈치를 보는 것은 당연한 일이었다.

"제 자리는 어디인가요, 황후 폐하?"

나는 남은 빈자리를 무시하며 황후에게 물었다. 그녀는 여전히 나와 시선을 마주치지 못했다. 비록 그때처럼 황태자비는 아니었지만 나는 후작 영애였다. 이곳에 모인 여자들 중에 나보다 직위가 높은 여자는 황족을 제외하면 몇 없었다.

그런 나를 말석에 앉힌다는 것은 대놓고 나를 무시하겠다는 말이나 다름없었다. 심약한 황후로서는 1황비의 강요에 어쩔 수 없었겠지만 당하는 입장에서는 썩 유쾌한 일은 아니었다.

“황후 폐하?”

“영애는 자기 자리도 못 찾는 건가요?”

비아냥거림이 가득한 말과 함께 키득거리는 웃음소리가 들렸다. 나는 소리가 나는 쪽으로 시선을 돌렸다. 10대 후반쯤으로 보이는 여자가 공작새 깃털로 만든 부채를 살랑거리며 한껏 거드름을 피우고 있었다.

낯이 익은 얼굴이었다. 나는 천천히 그녀가 누구인지 떠올려 보았다. 기억보다 앳돼 보이는 얼굴이었지만 그녀가 누구인지 바로 떠올릴 수 있었다.

“빈이 된 지 얼마 되지 않아서인지 아직 황실 예법에 미숙하시군요. 예법을 좀 더 배우셔야겠습니다.”

“뭐라구욧?”

나의 지적에 그녀가 발끈하여 소리쳤다. 그녀는 1황자의 후궁 중 1명이었다. 빈은 비가 되지 못한 황제나 황자의 후궁을 부르는 칭호였다. 내가 기억하고 있는 것이 맞는다면 그녀는 그때의 내가 황태자비가 되고 얼마 되지 않아 입궁했다. 아마도 지금의 그녀는 후궁으로 입궁한 지 얼마 되지 않았을 것이다. 아직 어리고 황실의 때가 덜 묻어서인지 그녀는 자신의 감정을 제대로 숨기지 못했고 욕망에 충실했다.

1황자에게는 1명의 정비와 3명의 후궁이 있었다. 서른 중반의 1황자에게는 아직까지 아이가 없었다. 부인이 4명이나 있었지만 그 누구도 아이를 낳기는커녕 태기조차 비치지 않았다.

이 정도까지 소식이 없다면 1황자의 생산 능력을 의심해 봐야겠지만 1황비는 굴하지 않았다. 그녀는 1황자의 후궁을 더 들였다. 얼핏 듣기로는 다산으로 유명한 가문이라고 했다. 그때의 나는 별 시답잖은 짓까지 한다며 깔

깔대며 1황비를 비웃었다.

오랜 세월 아이를 낳지 못했다는 이유로 세간의 눈총과 1황비의 구박을 받은 1황자비는 후궁에게까지 치여 살았다. 그녀는 결국 견디다 못해 건강상의 이유를 들어 황궁 밖으로 비접을 나가 있는 상태였다.

예쁘장한 얼굴과 육감적인 몸매로 그녀는 입궁을 하고 한동안 1황자의 총애를 받았다. 정비가 자리를 비운 상태에서 1황비의 관심과 1황자의 총애까지 받은 그녀는 기고만장이 하늘을 찔렀다. 내궁 안을 제 세상인 것처럼 활보하던 그녀는 황태자비였던 나에게까지 오만불손하게 굴었다.

황자의 빈으로서 궁에 들어오긴 했지만 그녀는 엄연히 후실이었다. 그때의 내가 자작가 출신의 후실이 궁 안에서 설치는 꼴을 곱게 볼 리가 만무했다.

그녀의 어떤 말이 내 심기를 건드렸는지 지금은 기억나지 않지만 나는 그녀의 말에 발끈하여 그녀의 머리채를 휘어잡았다. 섣불리 나를 말리는 사람은 아무도 없었다. 황태자비와 황자의 후실은 엄연히 위치가 달랐다. 더구나 내 집안은 세도가 중에서도 으뜸이었다. 나를 말릴 수 있는 위치를 가진 사람은 몇 없었다.

황태자와 1황자가 소식을 듣고 달라왔을 때에는 이미 그녀의 머리를 한 움큼 뜯어 놓은 뒤였다. 그녀의 뜯긴 머리카락을 손에 쥐고 씩씩거리던 나를 향한 황태자의 얼굴이 떠올랐다. 그는 매우 황당하다는 얼굴로 나를 보고 있었다.

지금 생각해 보니 많은 여자들을 거느린 황제와 1황자에 비해 황태자는 여자에게는 담백한 편이었다. 보통 여럿의 후궁을 거느리던 선대들과 달리 그는 데이샤 공작 영애만을 후궁으로 두었다. 그만큼 그녀를 사랑했었다는 뜻일 것이다.

"감히, 내 앞에서 예법을 운운하다니 영애야말로 예의가 없군요!"

그녀는 그때나 지금이나 황자의 후실이 무슨 대단한 벼슬이라고 생각하는 것 같았다. 물론, 황족의 일원이 되었으니 대단한 벼슬이 맞긴 맞다. 하지만 그것도 상대를 봐 가며 내세워야 하는 것이다.

여자들과 신경전을 벌이는 것은 꽤 에너지를 소비해야 하는 피곤한 일이다. 미친 척하고 그때처럼 머리채라도 잡고 흔들까 하는 생각이 잠시 들었다.

사교계를 완전히 떠날 생각이라면 나쁘지 않은 방법이었다. 하지만 귀족으로 남아 있으려면 뒷수습하기 꽤 번거로운 일이다. 속이야 시원하겠지만 지금 같은 상황에서는 득보다는 실이 더 많았다.

나는 1황자의 후궁을 무시하며 1황비에게 시선을 돌렸다. 1황비는 마치 재미있는 연극을 관람하고 있는 것처럼 흥미롭다는 얼굴로 우리를 바라보고 있었다. 1황비는 나와 그녀의 싸움이 가열되면 은근슬쩍 끼어들어 나를 내리누르려고 하는 것처럼 보였다. 일단은 1황비의 계획에 동참해 주기로 했다. 결과는 그녀의 생각과는 많이 달라지겠지만 말이다.

"감히라……. 단어 선택도 제대로 못 하는 것을 보니 제국어 공부도 하셔야겠습니다."

나는 1황비에게 두었던 시선을 돌려 후궁을 바라보았다. 그녀는 얼굴이 벌게져 입을 달싹였다. 나는 그녀가 입을 완전히 열어 소리를 내기 전에 재빨리 말을 이었다.

"빈이야말로 어디서 감히, 황후 폐하와 저의 대화에 허락도 없이 끼어드는 겁니까?"

"무, 무슨!"

나는 앉아 있는 그녀의 모습을 위에서 아래로 훑듯이 내려다보았다. 그녀의 얼굴이 마치 터질 것처럼 붉으락푸르락했다. 나는 그런 그녀의 모습에 쐐기를 박았다.

"지금 빈의 행동이 황후 폐하를 능멸하고 있다는 것을 아십니까?"

순간, 정적이 주변을 감쌌다. 아무리 힘이 없는 황후라지만 공식적으로 능멸을 당한다면 이야기는 달라진다. 황후가 능멸을 당한다는 것은 곧 황실이 능멸을 당했다는 것과 일맥상통하기 때문이다.

이 일이 공식적으로 거론된다면 아무리 1황비라 하더라도 쉽게 무마시키기는 어려웠다. 아무리 가볍게 한다고 해도 후궁은 황후 모독죄로 궁에서 쫓겨나게 될 것이다. 더구나 나는 이 일을 공식적으로나 비공식적으로나 크게 확대시킬 수 있는 능력이 있었다.

"그렇지 않습니까, 황후 폐하?"

"나는……."

모든 시선이 일제히 자신에게로 향하자 황후가 어찌할 바를 모르며 1황비를 쳐다보았다. 1황비의 미간이 미미하게 찌푸려졌다. 나는 분명 황후에게 내 자리가 어디냐고 물었고, 황후가 답할 차례였다. 그 사이를 끼어 든 것은 명백히 후궁의 과실이었다.

평소 황후의 입지를 생각한다면 그냥 넘어갈 수 있는 문제였다. 실제로 1황비는 번번이 황후를 무시하는 언사를 서슴지 않았다. 후궁이 예법에 미숙한 것도 있었겠지만 번번이 무시당하는 황후를 보아 온 탓이 컸을 것이다.

후궁의 얼굴을 보니, 지금도 자신의 무엇이 황후를 능멸하게 된 것인지 완전히 이해하지 못한 듯했다. 내가 지적하지 않았다면 이 자리에 있는 그 누구도 그 사실을 눈치채지 못했을 것이다. 그만큼 황후의 권위는 땅에 떨어질 대로 떨어진 상태였다.

"빈이 입궁한 지 얼마 되지 않아 황실 예법에 미숙한 것 같습니다. 모두 제가 부덕한 탓이니 황후께선 이해해 주시기 바랍니다."

"그, 그럼요. 이해하고말고요. 입궁한 지 얼마 되지 않았다면 예법에 미숙해도 어쩔 수 없지요."

1황비가 나에게 시선을 떼지 않은 채 황후에게 말했다. 그런 1황비의 말에 황후가 재빨리 대답했다.

"빈은 황후께 사죄하세요."

"하, 하지만."

"빈!"

빈의 입에서 불만이 새어 나왔다. 1황비의 매서운 시선이 후궁에게로 향했다. 1황비의 시선을 마주한 후궁이 움찔 목을 움츠렸다.

"사과하세요."

"죄송합니다, 황후 폐하."

후궁이 마지못해 일어나 황후를 향해 고개를 숙였다.

"괜찮습니다, 빈. 모르면 그럴 수 있지요."

황후의 대답에 빈의 볼이 씰룩거렸다. 황후로서는 무지는 죄가 아니라는 뜻에서 한 말이었으나 후궁에게는 그 말이 고깝게 들린 듯했다. 그녀들의 사이가 친하든 틀어지든 상관없었으므로 나는 그녀들에게서 시선을 돌려 1황비를 바라봤다.

1황비 또한 나를 바라보고 있었다. 그녀의 눈빛이 마치 날카롭게 벼려진 칼날처럼 나를 주시하고 있었다. 나는 그녀를 보며 입술을 비틀어 올렸다.

나는 나에게 적의를 보이는 사람에게 관대할 만큼 성인군자가 아니다. 나에게 적의를 보내는 1황비에게 호의를 보낼 필요는 없었다. 그녀가 나를 적으로 생각했다면 나 또한 그녀를 적으로 봐야 한다. 더구나 1황비같이 만만치 않은 적이라면 조금의 틈도 허용치 않아야 했다.

"영애가 그리 황실 예법에 밝은 줄은 몰랐군요."

황후로서 생활한 시간만 햇수로 8년이다. 황태자비로서 산 세월까지 합치면 10년이 넘는 세월 동안 황궁에 있었다. 싫어도 어쩔 수 없이 몸에 배는 것이 황실 예법이었다.

"곧 황태자비로서 입궁하게 될 터이니 황실 예법쯤은 당연히 숙지하고 있어야지요."

나의 대답에 1황비의 눈썹이 살짝 휘어져 올라갔다. '곧'이라는 단어가 자극이 되었음이 분명했다. 일부러 자극하려 선택한 단어이기도 했다.

내가 입궁한다는 것은 곧 황태자비가 된다는 뜻이다. 그동안 1황비가 독식하고 있던 내궁이 분열된다는 소리와도 같았다. 내 말은 1황비를 도발하는 말이나 다름없었다.

"영애의 말대로 될 수 있으면 좋겠군요."

1황비가 의미심장하게 웃었다. 내 입궁을 방해하기 위해 무언가 장치를 해 놨다는 뜻인지 허세를 부리는 것인지 그녀의 표정만으로는 알 수가 없었다.

"이미 성인식을 치렀으니 언제든 가능한 일이지요."

"황태자의 결혼입니다. 그리 금방 되겠습니까?"

"저도 1황비마마의 말씀처럼 그리 생각합니다만 황제 폐하께서 내일이라도 당장 식을 올리라고 성화를 하시니 제가 몸 둘 바를 모르겠습니다."

나는 1황비를 향해 부끄러우면서도 기쁘다는 듯 배시시 웃음을 지었다. 황태자와 싸우면서 늘은 것은 표정 연기밖에 없었다. 배웠으면 효과적으로 써먹어 주는 것이 예의 아니겠는가.

자세히 보지 않으면 눈치재지 못할 만큼 순식간이긴 했지만 1황비의 입가가 미소를 지은 채로 경직되는 것이 보였다.

어느 정도의 눈치만 있다면 내 말의 속뜻을 금방 알아챘을 것이다. 순진한 척 돌려 말하긴 했지만 내 말의 뜻은 명백했다. 황태자와 내 결혼에 몸이 달은 이는 내가 아니라 바로 황제라는 뜻이었다. 그 말은 다르게 해석하면 내 뒤에는 황제가 버티고 있다는 말과 다름없었다.

주변의 몇몇 이들이 술렁거리는 것이 느껴졌다. 황제가 나와 황태자의 결혼을 바라고 있다고는 하지만 간접적으로 알고 있는 것과 직접 듣는 것은 달랐다. 나는 이곳에 있는 이들에게 내 뒤에 황제가 있음을 대놓고 어필한 것이다.

"아무리 황제 폐하의 성심이 그렇다 해도 황궁에는 엄연히 법도가 있습니다. 황태자의 결혼식을 그리 쉽게 치를 수는 없지요. 그 정도의 상식은 있는 줄로 압니다, 영애."

1황비는 마치 철없는 아이가 떼를 쓰는 것을 자상하게 말리는 것 같은 어투를 사용했다. 나를 상식 없는 철부지로 만들 생각인 것 같았다. 이 정도는 예상하고 있었다. 나는 그녀를 향해 곤란한 얼굴을 해 보였다.

"저도 폐하께 그리 말씀드렸지요. 하지만 1황비마마께서도 아시다시피 폐하의 뜻이 워낙 강경하신지라……."

나는 부끄러운 듯 말끝을 늘리며 황비의 표정을 살폈다. 그녀의 입가가 미미하게 떨리고 있었다. 나는 탄식과 같은 음성으로 말했다.

"제가 어찌 폐하의 뜻을 거부할 수 있겠습니까. 참으로 송구합니다, 마마."

내 말 한마디로 1황비가 말했던 상식 없는 철부지는 내가 아닌 황제가 되어 버렸다. 나를 바라보는 1황비는 눈초리가 매서웠다. 나는 미소를 지은 채 그녀의 시선을 마주했다. 나와 1황비가 입을 다물자 주위는 숨소리만 간신히 들릴 정도로 고요했다.

"그렇군요. 폐하의 뜻이 그렇다면 영애는 따를 수밖에 없지요. 이해합니다."

1황비가 침묵을 깨며 들고 있던 부채를 펴 들었다. 그녀의 입매가 부드럽게 위로 올라갔다. 바늘 끝처럼 날카롭던 공기가 순식간에 정돈되었다.

몇몇 귀부인들의 입에서 안도의 한숨 소리가 새어 나왔다. 그녀의 기분 여하에 따라 이곳의 분위기는 판이하게 달라졌다. 1황비가 이곳을 장악하고 있다는 소리였다. 이곳은 1황비의 영역이었다.

"그러고 보니 영애는 계속 서서 이야기하고 있었군요. 자리에 앉는 것이 어떻습니까?"

1황비는 방금 생각이 났다는 듯 말했다.

"제 자리가 어디인지 알려 주시겠습니까?"

1황비는 마치 여봐란 듯이 주변을 살폈다. 그녀의 시선이 천막의 끝에 위치한 빈자리에서 멎었다. 1황비가 눈매를 가늘게 휘며 부채를 살랑거렸다.

"이런, 자리가 한 곳밖에 남지 않았군요."

그녀는 매우 안타깝다는 듯 한숨을 내쉬었다.

"조금만 더 일찍 왔으면 좋았을 텐데, 안타깝습니다, 영애."

1황비의 의도는 명백했다. 내가 말석에 앉게 된 이유가 그 누구의 의도가 아닌 내 탓이라는 뜻이었다.

나중에 이곳에 없는 누군가가 이 사실을 알게 된다 하더라도 이 자리의 그 누구에게도 잘못을 탓할 수 없는 것이다.

1황비는 황제를 염두에 두고 이 일을 계획한 듯싶었다. 비록, 소소한 여자들만의 기 싸움이기에 공식적으로 잘못을 탓할 수는 없지만 사적으로는 충분히 꾸지람을 들을 수 있는 일이었기 때문이다.

설령, 말석이 아니라 바닥에 앉는다고 하더라도 황제나 황태자에게 고자질할 생각은 없었다. 그때의 나라면 모를까 지금의 내 자존심은 그것을 허락하지 않았다.

"오는 순서에 따라 자리를 배정받는 줄은 몰랐습니다. 1황비마마께서는 꽤 일찍 도착하셨나 봅니다."

"황실 행사이니 당연한 것 아닙니까."

1황비가 또다시 부채를 살랑거렸다. 부채의 움직임에 따라 1황비를 둘러싼 귀족파 여자들이 키득거렸다. 내가 오기 전에 세워 두었던 본래 계획으로 다시 돌아간 듯싶었다.

말석은 참석한 이들 중 가장 낮은 지위의 사람이 앉는 자리였다. 이렇게 대규모의 모임에서 고위 귀족이 말석에 앉는다는 것은 대단히 수치스러운 일이었다. 나를 말석에 앉히고 수치스러워하는 내 모습을 보고 싶다는 뜻이리라.

사실 이곳에 오며 여자들의 텃세를 생각 못 했던 것은 아니다. 그때와 달리 나에게는 내 세력이라고 할 만한 것이 없었다. 이곳에는 나를 옹호해 줄 사람도 나를 떠받드는 사람도 없었다. 내 세력이 되어 줄 사람들조차 1황비의 눈치를 보며 나를 외면하고 있는 실정이었다. 짐작하고 있던 것보다 상황은 더 좋지 않았다.

그동안 사교에 신경 쓰지 않았던 이유는 단 하나다. 황태자와 결혼할 생각이 없었기 때문이다. 필요도 없는데 굳이 피곤함을 무릅쓰며 그들을 내 주변에 끌어들일 이유는 없었다. 하지만 잘못 생각하고 있었던 것 같았다.

기껏해야 나를 없는 사람 취급할 줄 알았다. 이런 식으로 유치하고 노골적으로 배척하리라고는 생각하지 못했다. 막상 이렇게 당하고 보니 예상했던 것보다 더 불쾌했다.

이렇게까지 불쾌할 줄 알았다면 황태자와 결혼을 하든 하지 않든 내 자리를 만들어 놨어야 했다는 생각이 들었다.

"황실 행사에 늦은 제 잘못이로군요. 죄송합니다."

나는 치마를 양쪽으로 잡고 무릎을 굽혔다. 내 행동이 자신의 예상과는 달랐는지 1황비의 입가가 미미하게 굳어져 있는 것이 보였다. 나는 그녀를 향해 화사하게 웃어 보였다.

후회는 짧을수록 좋았다. 이 자리가 불편하다면 이제라도 내 영역으로 만들면 되는 것이다.

"다음부터는 일찍 오도록 하겠습니다, 황후 폐하."

"그래요. 다음부터는 일찍 오는 것이 좋겠습니다, 영애."

황후가 어색하게 웃었다. 도착하는 순서대로 자리를 배정하지 않았다는 것을 누구보다 잘 알고 있을 황후는 여전히 나와 눈을 마주치지 못했다.

나는 그런 황후에게 고개를 살짝 숙여 보인 후, 말석으로 천천히 다가갔다. 등 뒤로 키득거리는 소리가 요란했다. 나는 꼿꼿한 자세로 자리에 앉았다.

"계속 서 있을 땐 불편해 보이더니 지금은 아주 편안해 보이네요, 엘리언트 영애."

"그러게요. 그 자리가 영애에게 아주 딱 맞나 보군요, 호호호."

1황자의 빈을 주축으로 여러 여자들이 나를 향해 노골적으로 적의를 보였다. 빈에게 붙어 아첨을 하는 자들로 보였다. 나는 마치 그들의 말이 들리지 않는 것처럼 그녀들의 말을 무시하고 내 옆에 앉은 여성을 향해 말을 걸었다.

"안녕하세요."

"안, 안녕하세요."

그녀는 내가 말을 걸 줄은 상상도 하지 못한 듯 화들짝 놀라 눈을 동그랗게 떴다. 나는 그런 그녀를 향해 부드럽게 웃어 주었다.

"이런 자리는 처음입니다. 잘 부탁드립니다."

"저, 저야말로……."

그녀가 얼굴을 붉히며 고개를 숙였다. 귀까지 새빨개져 부끄러워하는 것을 보니 예상대로 이런 자리가 익숙하지 않은 것 같았다.

말석 혹은 말석 가까이에 앉아 있다는 것은 지위뿐만 아니라 사교계에서도 영향력이 없다는 말과 같았다. 즉, 사교계에 익숙하지 않은 초짜라는 소리였다.

조금 의외인 것은 지금 내가 있는 장소가 황실 사냥 대회라는 것이다. 황실 사냥 대회에 참석할 수 있는 사람은 고위 귀족과 황족의 초대를 받은 사람들뿐이다. 이런 장소에서 이 정도로 순진한 반응이 나오는 사람은 드물었다.

"실례지만 이름을 물어도 될까요? 저는 비욘느 롯사 엘리언트라고 합니다."

"저, 저는 레비나 이즐 아스테이아예요, 영애."

그녀가 속삭이듯 작게 웅얼거렸다. 바로 가까이에 있는 나조차 간신히 들을 수 있을 정도로 작은 목소리였다. 무척 소심하거나 어지간히도 부끄러움이 많은 성격인 듯했다.

그녀의 이름을 듣는 순간 나는 그녀가 이 자리에 있을 수 있는 이유를 바로 알 수 있었다.

아스테이아 자작가는 2황자의 외가였다. 2황자는 연금술에 미친 괴짜로 유명했다. 그는 성인식을 치르자마자 궁을 뛰쳐나갔다.

결혼을 해야만 출궁을 할 수 있는 황녀와 달리 황자는 성인식을 치르면 자유로이 자신의 거처를 정할 수 있었다.

하지만 보통 이변이 없는 한 결혼을 하기 전까지는 궁에 머무는 것이 관례처럼 굳혀져 있는 상태였다.

정해진 법도는 아니었지만 대다수의 황자들은 결혼과 동시에 작위를 받고 궁을 나갔다. 결혼을 하고도 궁에 남아 있는 경우는 극히 드물었다.

현재 결혼을 하고도 황궁에 남아 있는 황자는 1황자가 유일했다. 노골적으로 다음 대 황위를 노리고 있다는 뜻이나 다름없었다.

1황자가 스스로 나가는 것 말고 합법적으로 그를 황궁에서 내보낼 수 있는 방법은 딱 한 가지밖에 없었다. 황태자 혹은 1황자를 제외한 다른 황자가 황위에 오르면 되었다.

황제가 바뀌면 새로운 황제의 형제들은 결혼을 했든 안 했든 성인식을 치렀다면 무조건 궁을 나가야 했다. 성인식을 치르지 못한 미성년이라 할지라도 16살이 되면 즉시 궁을 나가야 하는 것이 법도였다. 2황자처럼 황제가 바뀌지 않았음에도 성인식이 되자마자 궁을 나가는 경우는 거의 없었다.

결혼을 하는 즉시 황족에서 제외되는 황녀와 달리 황자는 결혼을 하더라도 황족의 일원으로 남았다. 황자의 비 또한 황족으로 예우를 해 주었다. 다만, 그들의 자식은 황족이 될 수 없었다.

궁을 나갔다 하더라도 2황자는 엄연히 황족의 일원이었다. 2황자의 외가인 아스테이아의 아가씨가 이곳에 있을 수 있는 것은 당연한 일이었다.

"아스테이아 자작 영애군요. 만나서 반갑습니다. 비욘느라고 불러 주세요."

레비나의 눈동자가 더는 커질 수 없을 정도로 동그랗게 떠졌다. 설마 내가 이름을 불러 달라고 할 줄은 생각도 못 했던 모양이었다. 보통 처음 만남에서 이름을 불러 달라는 것은 친해지고 싶다는 뜻과 같았다.

이미 예전부터 1황비는 나를 적으로 생각하고 있었다. 두 번의 만남으로 그 적대감은 더욱 굳혀졌다. 번거로운 일은 딱 질색이었지만 걸어오는 시비를 얌전히 받아넘길 생각은 없었다.

이에는 이, 눈에는 눈. 저쪽에서 유치한 시비를 걸어온다면 유치하게 받아치면 되는 일이었다.

1황비가 장악하고 있는 이곳에서 내 영역을 만드는 것은 쉬운 일이 아니었다. 귀족파는 물론 이미 대다수의 사교계 거물급 인사들은 1황비와 돈독한 관계를 이루고 있을 가능성이 많았다.

안쪽이 두꺼워서 힘들다면 밖에서부터 허물어트려야 했다. 그 첫 시발점이 순진해 보이는 아스테이아 자작가의 아가씨라면 나름 괜찮은 선택이었다.

"제가 영애를 이름으로 불러도 될까요?"

"물론이지요!"

머뭇거리기라도 하면 내가 제안을 철회할 거라고 생각했는지 그녀가 소리를 지르듯 즉시 대답했다. 자신이 그렇게 큰 소리를 냈다는 것에 놀란 그녀가 두 손으로 자신의 입을 서둘러 가렸다.

"후훗, 귀엽네요, 레비나."

"지금 내 말을 무시하는 건가요, 엘리언트 영애!"

이제 막 권력의 단맛을 느끼기 시작한 빈이 내 무시를 참을 수 있을 리가 없었다. 나는 노골적으로 그녀를 안중에도 두지 않는 듯 행동했다. 그녀는 레비나와 대화를 나누는 나를 더 이상 참지 못하고 앙칼지게 소리쳤다. 그녀의 인내심이 다 되었다는 소리였다.

나는 들고 있던 부채로 입을 가리며 그녀를 바라봤다. 그녀는 씩씩거리며 나를 노려보고 있었다. 나는 고개를 갸웃거리며 순진한 얼굴로 그녀에게 되물었다.

"제게 무슨 말씀이라도 하셨나요?"

"영애는 귀라도 먼 것 같군요."

"말씀이 심하시군요."

나는 불쾌한 듯 얼굴을 찡그렸다. 그런 나의 표정에 그녀가 득의양양한 얼굴로 입을 열었다.

"귀가 멀지 않았다면 제 말을 못 들었을 리가 없지 않습니까."

"제게 하신 말씀인지 몰랐습니다. 많은 사람들이 있는 상황에서 대화를 할 때에는 대화하고 싶은 상대를 명확하게 하는 것이 좋습니다. 기본 예의지요."

빈의 얼굴이 순식간에 구겨졌다. 나는 그런 그녀에게서 시선을 돌려 상석 가까이에 앉아 있는 노년의 귀부인을 바라봤다.

60대 초중반 정도로 보이는 귀부인은 나와 빈의 대치를 흥미롭게 관람하고 있었다. 나와 그녀의 시선이 마주쳤다. 나는 입매를 끌어 올려 그녀를 향해 짙은 미소를 지어 보였다.

"그렇지 않나요, 러스틴 백작 부인?"

러스틴 백작가는 중립파 중에서도 거물에 속했다. 러스틴 백작가가 소유하고 있는 영지는 북부와 수도를 연결하는 요충지로 대대로 무역으로 부를 축적한 가문이었다.

하지만 백작가에서 가장 유명한 것은 영지나 백작가가 지닌 부가 아니었다. 바로 러스틴 백작 부인 그 자체였다.

러스틴 백작 부인은 귀부인의 표본이라고 할 정도로 예의범절이 철저하기로 유명했다. 그녀는 고위 귀족 영애들뿐만 아니라 황녀들의 예절 교육에 교사로 초빙될 정도로 제국 안에서 인정과 존경을 받고 있었다.

사교계에 데뷔를 앞둔 귀족 영애들이 가장 샤프롱으로 삼고 싶어 하는 귀부인이 바로 러스틴 백작 부인이었다.

그녀가 샤프롱을 맡는다는 것은 성인식 당사자인 영애의 예절이 러스틴 백작 부인의 기준에 부합했다는 뜻이었다. 그 말은 곧, 레이디로서 훌륭한 교양을 갖췄다는 보증서를 받게 된 것이나 다름없었다.

1황비보다는 못하지만 러스틴 백작 부인 또한 사교계에 끼치는 영향력이 상당히 컸다. 내가 빈의 예의를 들먹이며 굳이 백작 부인을 대화에 끌어들인 것은 그녀의 영향력을 이용하려는 속셈이 있기 때문이었다.

사교계에 단단히 자리 잡고 있는 1황비의 자리를 흔들기 위해서는 겉과 안 모두를 동시에 공략하는 것이 가장 빠른 방법이었다. 바깥쪽의 첫 시발점이 레비나였라면 안쪽의 첫 번째 타깃은 러스틴 백작 부인이었다.

무엇보다 러스틴 백작가는 중립파 세력 중 하나였다. 중립파에 속해 있다가 나와 황태자의 약혼을 계기로 황태자파로 옮긴 엘리언트가와 달리 레스틴가는 현재 그 어느 쪽도 선택하지 않은 상태였다.

황태자파에 속한 가문들은 내가 굳이 손을 내밀지 않더라도 나를 중심으로 모일 수밖에 없었다. 어차피 수고를 들여 내 편으로 끌어들일 거라면 황태자파보다는 중립파를 끌어들이는 편이 훨씬 나았다.

나의 갑작스런 지목에도 그녀는 마치 예상하고 있었다는 듯 아무런 동요를 보이지 않았다. 모두의 시선이 나와 러스틴 백작 부인에게로 향했다.

"러스틴 백작 부인께서는 평소 예의범절로 귀부인들의 귀감이 되신다고 들었습니다. 제가 알고 있는 것이 맞는지 고견을 들려주시겠습니까?"

러스틴 백작 부인은 나의 물음에 바로 대답을 하지 않았다. 그녀는 침묵을 지키며 가만히 나를 바라보기만 했다. 그녀의 표정에서는 어떠한 감정도 느낄 수 없었다.

그녀의 침묵이 오래갈수록 조용하던 주변이 서서히 술렁거리기 시작했다. 빈이 자리한 곳에서부터 웃음소리와 함께 나를 비아냥거리는 소리가 들려왔다.

"흥, 그리 잘난 척하더니, 꼴이 우습게 되었군요."

"그러게요. 이제 갓 사교계에 등장한 주제에 누구에게 감히 훈계랍니까."

마치 자신들끼리 대화를 주고받는 것처럼 이야기하고 있었지만 이곳에 앉아 있는 사람들 중 그녀들의 대화를 듣지 못할 이는 없었다.

"얼마나 어처구니가 없었으면 러스틴 백작 부인께서도 아무런 말씀을 안 하고 계시겠어요."

"저 같으면 민망해서라도 저리 앉아 있지 못할 겁니다. 정말 뻔뻔하군요."

"분수도 모르고 설치더니 꼴좋습니다, 호호호."

시간이 지날수록 나를 향한 그녀들의 공격은 더욱 노골적으로 변했다. 그녀들의 비아냥거림 정도는 이미 짐작하고 있었다. 짐작하고 있었던 일에 동요할 필요는 없었다.

나는 미소를 지우지 않고 꼿꼿한 자세로 앉아 러스틴 백작 부인에게서 시선을 거두지 않았다. 그녀의 눈매가 가늘어졌다. 마치 심사관처럼 나를 가늠해 보고 있는 듯했다.

그녀의 대답을 재촉하듯 다시 물어볼 수 있었지만 나는 그러지 않았다. 내가 기다리고 있는 것은 예의에 대한 답이 아니었다. 백작 부인 또한 내 의도를 알고 있기에 저리 뜸을 들이고 있는 것이다.

러스틴 백작 부인은 1황비에게 좋지 않은 감정을 가지고 있었다. 그것은 겉으로 확연히 티가 날 정도는 아니었지만 그녀들의 관계를 알고 있는 사람이라면 눈치챌 수 있을 정도로 러스틴 백작 부인과 1황비 사이의 골은 깊었다.

신중한 성격답게 함부로 움직이지 않고 있었지만 1황비를 향한 러스틴 백작 부인의 악감정은 상당히 깊었다. 그녀의 남동생이 1황비에게 버림받은 약혼자였기 때문이다.

1황비에게 버림받은 약혼자는 그 충격을 이기지 못하고 자살을 선택했다. 어리석은 선택이었지만 그 여파는 상당히 컸다. 유일한 후계자를 잃은 러스틴 백작 부인의 친정은 결국 방계에게로 넘어가 유명무실해졌다.

러스틴 백작 부인에게 1황비는 가문의 원수나 다름없었다. 겉으로 표현을 하지 않았을 뿐 그녀는 1황비에게 칼을 갈고 있었다. 그리고 내가 황후가 되었을 때, 그녀는 그 칼을 빼 들었다.

황제가 바뀌면 새로운 황제의 형제뿐만 아니라 전 황제의 후궁들 또한 황궁을 나가는 것이 법도였다. 하지만 관례상 '비'까지는 궁에 머무는 것을 허용하고 있었다.

1황비 또한 황제가 서거했음에도 궁을 나가지 않았다. 누구도 그녀가 황궁에 머무는 것을 반대하지 못했다. 그때 나선 것이 러스틴 백작 부인이었다.

그녀는 옛 고서들과 법전을 증거로 1황비의 퇴궐을 주장했다. 학자들까지 그녀를 지지하고 나섰다. 논리 정연한 주장과 명백한 증거에는 아무리 1황비라 하더라도 버틸 재간이 없었다. 그녀는 결국 황궁을 나갈 수밖에 없었다.

적의 적은 아군이라는 말이 있다. 나와 1황비의 대치는 서로를 공공연하게 적이라고 선포한 것이나 다름없었다. 그런 내가 러스틴 백작 부인에게 먼저 손을 내밀었다.

그녀가 나를 어떻게 생각하든지 상관없었다. 그녀 또한 내가 어떤 사람인지는 그리 중요하지 않을 것이다. 중요한 것은 우리 둘 다 같은 적을 눈앞에 두고 있다는 사실이었다.

공공의 적이 존재하는 한 우리는 유대감을 형성할 수 있었다. 그리고 그 유대감이 존재하는 한 나는 그녀가 지니고 있는 모든 것을 충분히 이용해 줄 용의가 있었다.

나는 그녀가 내 손을 잡을 것임을 확신했다. 그리고 그 확신은 옳았다. 그녀의 입매가 호선을 그리며 올라갔다.

"엘리언트 영애의 말대로 많은 사람들이 모인 자리에서 대화를 할 땐 상대를 명확히 해야 하는 것이 기본 예의입니다."

백작 부인의 시선이 나를 떠나 시끄럽게 떠들던 무리에게로 향했다. 백작 부인의 시선이 닿자 그녀들의 입이 순식간에 다물어졌다.

"간혹 기본에 충실하지 못해 큰 실수를 하는 이들이 종종 있지요. 참으로 안타까운 일입니다."

러스틴 백작 부인의 시선이 다시 나에게로 향했다. 그녀의 눈매가 휘어지며 눈가에 자잘한 주름이 잡혔다. 그녀가 나만이 볼 수 있도록 살짝 고개를 숙여 보였다. 나 또한 그녀를 향해 고개를 숙였다. 그녀와 나 사이에 암묵적인 거래가 성사되었다.

"사교계에 능숙한 이들도 곧잘 소홀이 하는 기본예절을 나이 어린 영애가 정확히 알고 있다니, 감탄했습니다."

"그러게 말입니다. 역시 귀한 가문의 영애답군요."

"황제 폐하께서 며느리로 그리 탐을 내시는 이유를 알 것 같습니다."

백작 부인의 주변에 앉아 있던 귀부인들이 그녀의 말에 동조하며 입을 열기 시작했다. 차갑던 분위기가 순식간에 호의적으로 변했다.

"감사합니다."

나는 러스틴 백작 부인과 그녀의 주변에 있는 귀부인들을 향해 가슴에 손을 대고 가볍게 고개를 숙였다.

"어머나! 참으로 흠잡을 데 없는 인사로군요."

"영애는 아주 기품 있는 귀부인께 배움을 받은 모양이군요."

러스틴 백작 부인의 눈동자에 순수한 감탄이 서렸다. 그녀는 내 예법에 진심으로 놀란 모양이었다. 나는 미소를 머금으며 그녀의 칭찬에 답했다.

"과찬이십니다. 러스틴 백작 부인께 비하면 미흡할 뿐입니다."

나는 백작 부인을 향해 살포시 웃었다. 그녀의 눈동자에 흥미로움이 더 깊어졌다. 그럴 수밖에 없을 것이다. 내가 하는 행동들은 모두 그녀의 행동을 똑같이 따라 한 것이나 다름없었기 때문이다.

그녀는 오늘 나를 처음 보는 것이겠지만 나는 이미 그녀를 알고 있었다. 내가 갓 황태자비가 되었을 때, 황제의 명령으로 러스틴 백작 부인이 내 예절 수업을 맡았다. 나에게는 항상 너그러웠던 황제였지만 기본 소양과 예절에 있어서만큼은 강경했다.

나는 황제가 제시한 시간만큼 그녀의 예절 수업을 들을 수밖에 없었다. 그녀의 행동거지와 성격을 알기에는 충분한 시간들이었다.

그녀가 내 손을 잡을 것임을 확신했던 이유는 그러한 그녀의 성격을 알고 있었기 때문이었다.

"세상에, 엘리언트 영애는 예의만 바를 뿐 아니라 겸손하기까지 하군요."

누군가 호들갑을 떨며 입을 열었다. 가문은 정확히 기억이 나지 않지만 황태자파에 속한 사람이었다. 그녀의 말이 촉매가 되었는지 황태자파에 속한 사람들이 여기저기서 나에 대한 칭찬을 늘어놓았다.

활기를 띠기 시작한 황태자파 사람들과 달리 빈을 비롯한 귀족파 사람들의 얼굴은 굳어졌다. 특히, 나를 노려보고 있는 빈의 얼굴은 표독스럽게 일그러져 있었다.

나와 빈의 시선이 마주쳤다. 나는 부채로 입을 가리는 척하며 그녀만이 볼 수 있도록 입가의 시야를 차단하고 입술을 비틀어 올렸다. 명백한 비웃음이었다.

나를 향한 빈의 눈초리가 더욱 험악해졌다. 나는 빈에게서 시선을 돌려 나를 칭찬하는 무리에게 상냥해 보이는 미소를 지어 보였다.

"저는 그저 기본만을 익혔을 뿐이랍니다. 그런 저를 이리 칭찬해 주시니, 얼굴이 다 화끈거립니다."

"무엇이든 기본이 가장 중요한 법입니다. 특히, 예절에 있어서 기본은 더욱 중요한 것이지요."

"옳은 말씀입니다. 기본 소양조차 제대로 갖추지 못한다면 귀족이라 불리기도 민망한 일이지요."

생각보다 빈의 적들은 많았던 모양이었다. 한번 트인 물고는 거센 물줄기가 되어 사방을 휩쓸었다. 황태자나 중립파뿐 아니라 귀족파에 자리하고 있던 몇몇 이들도 슬쩍 말을 거들었다.

대놓고 빈을 거론하지는 않았지만 지금 이 자리에서 기본 소양조차 제대로 갖추지 못한 이가 누구를 지칭하고 있는 것인지 모를 사람은 없었다.

빈의 얼굴이 불타오를 정도로 새빨갛게 물들었다. 하지만 이 자리에서 화를 내게 된다면 기본 소양을 갖추지 못한 이라고 스스로 까발리게 되는 꼴이나 다름없었다.

그 정도로 머리가 나쁜 것은 아니었는지 빈은 나를 죽일 듯이 노려보고만 있을 뿐 이야기에 끼어들지 못했다.

귀족파 사람들이 입을 다물자 이야기의 흐름은 황태자파와 중립파가 주도하기 시작했다. 이미 주도권은 이쪽으로 넘어온 상태였다. 아무리 1황비라 하더라도 빼앗긴 주도권을 쉽게 가져갈 수는 없을 터였다.

귀족파 사람들이 침묵을 지키는 가운데 황태자파와 중립파 사람들의 화기애애한 대화가 시작되긴 했지만 대부분 나이가 든 사람들뿐이었다. 이제 갓 성인이 되어 예법에 미숙한 영애들은 선불리 대화에 끼지 못했다. 혹시라도 예법에 어긋나는 행동을 해서 빈축을 살까 저어하는 모양새였다.

지금 사교계를 장악하고 있는 것은 나이 든 귀부인들이다. 하지만 시간이 흐름에 따라 그 자리를 차지하게 되는 것은 꿀 먹은 벙어리처럼 입을 다물고 귀부인들의 눈치를 보고 있는 나이 어린 영애들이 될 것이다. 그녀들의 환심을 사 둘 필요가 있었다.

"아스테이아 가문은 북부에 자리하고 있지요?"

"네? 네."

갑작스러운 내 질문에 레비나가 깜짝 놀라 대답했다. 나는 당황하는 그녀에게 눈을 맞추고 부드러운 음성으로 말을 이었다.

"북부는 비단과 자수가 유명하다고 들었습니다. 제 지인이 북부에서 구입한 비단을 보며 감탄을 금치 못하더군요. 제가 입은 이 드레스도 북부에서 들여온 비단으로 만든 것이랍니다."

마치 드레스의 천을 보여 주는 것처럼 치마를 살짝 들어 보였지만 그녀만이 볼 수 있도록 은근슬쩍 안쪽의 자수를 드러내는 것을 잊지 않았다.

루이아샤의 모든 제품들은 겉으로 보이지 않는 곳에 클로버 꽃이 새겨져 있었다. 내가 입은 드레스도 예외는 아니었다. 치마 밑단 보이지 않는 곳에 정교한 클로버 꽃 한 송이가 이니셜과 함께 수줍게 자리하고 있었다.

클로버 꽃을 확인한 그녀의 눈동자가 일렁거렸다. 그녀가 우물거리며 입을 열었다.

"저, 저기……."

속삭이듯 작은 목소리였지만 바로 옆에서 그녀의 대답을 기다리고 있던 나는 충분히 들을 수 있는 소리였다. 나는 그녀를 향해 상냥한 미소를 지음으로써 그녀가 안심하고 말을 할 수 있게 해 주었다. 내 배려가 효과가 있었는지, 레비나는 용기를 낸 듯 아까보다는 조금 더 큰 목소리를 내었다.

"입고 있으신 드레스가 혹시 루이아샤의 드레스인가요?"

최근 루이아샤의 제품은 나이 어린 영애들 사이에서 선풍적인 인기를 끌고 있었다. 과감히 몸매를 돋보이게 하는 디자인과 눈을 현혹할 만큼 화려한 색채, 다채로운 물품들은 새로운 것에 쉽게 움직이는 그녀들의 마음을 단번에 사로잡았다. 레비나 또한 예외는 아니었는지 상기된 얼굴로 나를 바라보고 있었다.

"네, 마담 미엘라의 작품이지요."

마담 미엘라는 루이아샤의 수석 디자이너였다. 그녀는 드레스, 구두, 액세서리 등 루이아샤의 전반적인 디자인을 맡고 있었다.

그녀는 루이아샤에 합류하기 전에도 귀부인들 사이에서 제법 인지도가 높은 편이었다. 하지만 금전적인 이유로 재능을 꽃피우지 못하고 있었다.

그런 미엘라는 루이아샤에 끌어들인 것이 아나샤였다. 금전적 제한이 풀린 미엘라는 재능이 물이 오를 대로 올라 창작욕을 불태웠다.

"마담 미엘라라면 샹그릴라의 디자이너가 아니었던가요?"

20살 중반쯤으로 보이는 귀부인이 나와 레비나의 대화에 끼어들었다. 비단, 그녀뿐만이 아니라 근방에 앉아 있던 여자들의 시선이 모두 나와 레비나를 향해 있었다.

역시 드레스 같은 사치품들은 나이가 많으나 적으나 여자라면 누구나 혹하는 주제임이 틀림없었다.

"최근엔 루이아샤에서 활동하고 있답니다. 제 성인식 드레스도 그녀의 작품이었지요."

"어머! 그러고 보니, 그때 엘리언트 영애가 입고 있던 드레스와 액세서리 모두 루이아샤의 제품이었지요?"

나이 어린 한 영애가 호들갑을 떨며 입을 열었다. 기억보다 나이가 어려 보이기는 하나 분명 알고 있는 얼굴이었다. 황태자파에 속한 가문의 영애로 드레스와 장신구에 지대한 관심을 가지고 있는 여자였다. 그녀는 황태자비였던 나의 곁에서 내 사치를 부추기며 자신의 욕구를 충족시키곤 했었다.

"그렇습니다, 뉘엘라 영애!"

"저, 저를 알고 계시나요?"

"물론이지요. 제 성인식에서 인사를 나누지 않았습니까."

나의 대답에 그녀가 격양된 상태로 말을 이었다.

"저를 기억하고 계실 줄은 몰랐어요. 그날 영애와 인사한 사람이 한둘이 아니었을 텐데……."

그녀의 얼굴에 놀라움이 그대로 드러났다. 그녀의 주변에 앉아 있던 여자들 또한 놀랍다는 얼굴로 나를 바라보고 있었다. 나는 그런 그들을 향해 한 사람씩 시선을 주며 미소를 지어 보였다.

"제 성인식에 시간을 내어 와 주셨지 않습니까. 제게는 모두 고마우신 분들이니 기억하고 있는 것이 당연하지요."

황제가 주관했던 파티였던 만큼 내 성인식에 참석한 사람들은 많았다. 성인식에 참석한 모든 사람들을 떠올리지는 못했지만 인사를 나눴던 사람들은 기억하고 있었다. 대부분 황태자비 시절 이미 안면을 익힌 사람들이었기 때문이다.

"대단하네요!"

상석에 자리한 귀부인들 사이에서 감탄사가 흘러나왔다.

"이제 갓 성인식을 치른 영애라고는 볼 수 없을 정도로 생각이 깊군요."

"알면 알수록 감탄밖에 나오지 않습니다."

"감사합니다, 엥그라일 후작 부인, 비즈델 남작 부인."

"세상에!"

비즈델 남작 부인이 눈을 동그랗게 뜨고 나를 바라봤다. 설마, 내가 자신을 알고 있을 거라고는 생각지도 않은 모습이었다.

"비즈델 남작 부인께서는 음악에 조예가 깊다고 들었습니다. 시간이 되신다면 부인과 음악에 대한 대화를 나누고 싶군요. 부탁드려도 될까요?"

"물론이지요! 제가 부탁드리고 싶은 일이군요."

그녀가 기쁜 듯 소리쳤다. 그녀는 이제 갓 결혼한 젊은 여인이었다. 아직 사교계에 자리를 잡지 못했을뿐더러 내 성인식에 초대받지도 못했다. 그런 그녀를 내가 알고 있다는 것이 놀랍다는 반응이었다.

만약 내게 그때의 기억이 없었다면 나 또한 그녀에 대해 알고 있지 못했을 것이다. 그녀는 그만큼 사교계에 인지도가 없었을 뿐만 아니라 그녀가 몸담고 있는 가문 또한 한미했다.

그런 그녀를 내가 알고 있는 이유는 그때의 그녀는 지금과 달리 사교계에 이름을 날리고 있었기 때문이다. 한미한 남작 가문 따위 무시하는 그때의 나조차 그녀의 이름을 알고 있을 만큼 말이다.

놀란 것은 비단 그녀만이 아니었다. 그녀의 옆에 앉아 있던 엥그라일 후작 부인 또한 믿기 어렵다는 시선으로 나를 바라보고 있었다.

엥그라일 후작 부인은 결혼하여 황궁을 나간 황녀들 중 하나였다. 변변한 영지조차 갖지 못한 남작 가문의 부인이 황실 사냥 대회에 참석할 수 있었던 이유는 황녀였던 엥그라일 후작 부인이 있었기에 가능한 일이었다. 엥그라일 후작 부인과 비즈델 남작 부인은 막역지우였기 때문이었다.

"황태자가 영애에게 푹 빠진 이유를 알겠군요."

나는 대답하는 대신 부끄럽다는 듯 고개를 살짝 숙여 보였다. 엥그라일 후작 부인이 그런 나를 보며 웃음을 터트렸다.

"나 또한 영애의 매력에 푹 빠질 것 같네요."

"저도 그렇습니다. 영애는 알면 알수록 더욱 매력적인 사람이군요."

엥그라일 후작 부인의 말을 러스틴 백작 부인이 받았다. 그녀들을 중심으로 화기애애한 웃음소리가 울려 퍼지는 가운데 비아냥거리는 음성이 끼어들었다.

"그렇게 매력적이라 엘리언트 영애에게 그런 소문이 도는 모양입니다."

화기애애하던 분위기가 찬물을 끼얹은 듯 순식간에 가라앉았다. 모두의 시선이 자신에게 향하자 빈의 얼굴에 만족스러움이 퍼졌다. 그런 빈의 옆에서 그녀의 추종자로 보이는 여자가 부채를 살랑거렸다.

"그러게 말입니다. 그러고 보니 루이아샤는 피스온 상단 소유였지요?"

"어머, 혹시 아는 지인이라는 사람이 소문의 그 남자 아닐까요?"

빈의 가까이에 앉아 있던 젊은 여인이 놀란 척 호들갑을 떨었다.

"세상에, 지금 내연남을 지인이라고 소개한 건가요?"

"영애가 결혼을 하지 않았으니 정확히 말해 내연남은 아니지요. 엘리언트 영애에게 사과하세요, 멜린 영애."

빈이 단호한 어투로 호들갑 떨던 여인의 말을 제지했다. 하지만 사과를 하라고 말하는 그녀의 얼굴엔 나를 향한 비웃음이 가득했다. 누가 봐도 빈의 행동은 나에 대한 도발이나 다름없었다.

"호호, 제가 실수했군요. 죄송해요, 엘리언트 영애."

"멜린 영애는 엘리언트 영애와 달리 사교계에 익숙하지 않아 그런 것이니 너그럽게 용서해 주는 것이 어떤가요?"

빈이 부채를 살랑거리며 눈웃음을 쳤다. 환하게 웃는 얼굴과 달리 그녀의 눈동자에는 나를 향한 살기가 그득했다. 나를 자신의 적이라 각인이라도 한 모양이었다.

좀 귀찮기는 하지만 이번 기회에 확실히 밟아 두는 것이 나중을 위해 좋을 듯했다. 더구나 이 자리는 아직까지도 나를 둘러싸고 있는 악의적인 소문들을 종식시키기에는 좋은 기회였다.

"용서합니다, 멜린 영애. 하지만 단어 공부를 좀 더 하시는 것이 좋겠습니다."

"엘리언트 영애의 말대로 단어 공부를 좀 더 확실히 한 뒤에 사교계에 나오는 것이 좋을 것 같네요. 성인식을 치른 영애라고 보기에는 소양이 한참은 부족해 보이는군요."

상석에 앉아 있던 귀부인이 멜린 영애를 향해 눈살을 찌푸렸다. 귀부인들의 탐탁지 않은 시선에 멜린 영애의 얼굴이 새빨갛게 달아올랐다. 빈과 짜고 시작한 일이었지만 수많은 귀부인들의 날카로운 눈초리를 견뎌 내기에 그녀는 아직 어렸다.

"멜린 영애의 탓만 할 수는 없지요. 외간 남자와 그렇고 그런 소문이 난 엘리언트 영애의 탓도 있지 않겠습니까?"

빈이 도발적으로 말하자 그녀의 곁에 있던 젊은 여성이 빈의 말을 받았다.

"맞습니다. 평소에 몸가짐이 발랐다면 그런 소문이 날 이유가 없었겠지요."

"본디, 근간 없는 소문은 없다고 했습니다. 애초에 엘리언트 영애가 미심쩍은 행동을 하지 않았다면 그런 소문이 돌았겠습니까?"

빈은 아예 작정을 했는지 끝까지 물고 늘어지겠다는 의지를 보였다. 빈의 노력은 가상했지만 주제 선정을 잘못하는 우를 범했다.

나는 1황비 쪽으로 고개를 돌렸다. 예상대로 그녀의 얼굴은 딱딱하게 굳어 있었다. 그녀의 시선과 마주치는 순간 나는 매우 애석하다는 표정을 지어 보였다.

"1황비마마의 마음을 이제야 알겠습니다."

"무슨 헛소리를 하는 건가요?"

1황비를 거론하는 내 말에 빈이 소리를 지르듯 외쳤다.

"1황비마마께서도 그때 저와 같은 심정이셨나요?"

"미……."

"빈은 조용히 하세요."

본능적으로 위험을 감지한 듯 빈이 무언가를 말하려 했지만 1황비가 빈의 말을 막았다. 서릿발 같은 1황비의 시선이 빈에게서 나에게로 향했다.

또다시 시작된 나와 1황비의 대치에 나에 대한 소문으로 수군거리고 있던 사람들이 조용히 입을 다물었다.

"하아, 어째서 제게 그런 소문이 도는 건지 모르겠습니다. 제 속을 모두 보여 드릴 수도 없고 참으로 억울하고 답답한 일입니다."

나는 자리에서 일어나 모두를 향해 고개를 숙였다.

"저를 둘러싼 소문으로 이곳에 모인 분들께 심려를 끼치게 된 것 같습니다. 진심으로 사죄드립니다."

"그것이 어디 엘리언트 영애의 잘못이겠습니까. 거짓된 소문을 진실인 양 퍼트린 자들의 잘못이지요. 그렇지 않습니까, 1황비마마?"

러스틴 백작 부인이 담담한 어조로 1황비를 향해 말했다. 1황비의 추문은 30년도 더 지난 일이었다. 그 사실을 알고 있는 것은 그녀들과 동년배의 사람들뿐이다.

대다수가 1황비와 러스틴 백작 부인의 대치를 어리둥절해했지만 그녀들의 관계를 알고 있는 중년 이상의 귀부인들은 경직된 얼굴로 그녀들의 대치를 주시했다.

1황비의 추문이 다시 수면에 떠오르게 되면 서로에게 득 될 것 없는 진흙탕 싸움이 시작되는 것이었다. 더구나 러스틴 백작 부인보다는 1황비가 잃을 것이 더 많았다. 침묵이 이어진 가운데 드디어 1황비가 입을 열었다.

"러스틴 백작 부인의 말이 맞습니다. 근간 없는 소문으로 영애의 심려가 컸겠군요. 참으로 안타까운 일입니다. 증거도 없이 소문만으로 엘리언트 영애를 부정한 여인으로 몰고 간 빈과 영애들은 엘리언트 영애에게 사죄하고 당분간 근신하도록 하세요."

"황, 황비마마!"

빈이 1황비를 향해 새된 소리를 냈다. 얼음장보다 차가운 1황비의 시선이 빈에게로 향했다. 1황비의 시선을 마주한 빈의 몸이 움찔 움츠러드는 것이 보였다.

"빈은 웃전으로서 실망스럽기 그지없는 행동만 보이고 있군요. 앞으로 일 년간 사교계 출입을 금합니다."

"마마!"

1황비가 빈의 외침을 무시하며 주변에 대기하고 있던 시종들을 손짓으로 불렀다.

"빈이 몹시 피곤해 보이는 듯하니 먼저 모시고 가거라."

"잘못했습니다, 마마!"

시종들의 손에 빈이 끌려 나갔지만 누구도 1황비의 행동을 말리지 않았다. 섣불리 옹호하는 말을 할 수 없을 정도로 1황비가 내뿜는 기운은 칼날처럼 날카로웠다.

빈의 모습이 사라진 후에도 아무도 입을 열지 못했다. 빈과 함께 나를 질시하던 이들은 급격히 바뀐 분위기에 이도 저도 하지 못하고 덜덜 몸을 떨었다. 1황비의 시선이 그들에게로 향했다.

"그대들은 엘리언트 영애에게 정식으로 사죄하세요."

"죄송합니다, 엘리언트 영애."

"용서해 주세요, 엘리언트 영애."

그녀들은 1황비의 말이 끝나자마자 벌떡 일어나 나에게 고개를 숙였다. 1황비의 서늘한 시선이 나에게 닿았다. 나는 1황비와 시선을 마주한 채, 부채를 펼쳐 들었다.

"용서해 드리지요. 하지만 다시는 근거 없는 소문에 미혹되는 우를 범하지 않도록 조심하시기 바랍니다."

"명심하겠습니다."

"감사합니다. 다시는 헛소문 따위에 현혹되지 않겠습니다!"

그녀들은 다시 한 번 나를 향해 고개를 숙였다. 이로써 명확한 증거를 들이대지 않는 이상 나를 둘러싼 소문을 함부로 거론하는 사람은 더는 나타나지 않을 것이다.

확실한 증거 없이 나에 대한 소문을 퍼트린다면 나보다 우선적으로 1황비를 상대해야 할 것이다. 그것이 황태자파든 중립파든 혹은 귀족파든 말이다.

뿌우- 뿌우-

나팔 소리가 크게 두 번 울려 퍼졌다. 사냥을 나갔던 황제가 휴식처로 돌아오고 있다는 소리였다.

해는 정수리에서 서쪽으로 약간 기울여진 상태였다. 황제를 비롯해 사냥을 나갔던 이들이 점심을 먹고 휴식을 취하기 위해 하나둘 휴식처로 모여들 시간이었다.

나팔 소리를 들은 시종들이 부산스럽게 움직이기 시작했다. 황제가 도착하기 전에 모든 준비를 끝내 놓아야 했기 때문이다.

하지만 자리에 앉아 있던 귀족 여인들은 1황비의 눈치를 보며 쉽게 자리를 뜨지 못했다. 그녀는 여전히 나를 노려보고 있었다. 나는 급할 것이 없었으므로 그러한 그녀의 시선을 즐기며 펼친 부채를 느긋하게 흔들었다.

뿌우우우우-

나팔 소리가 또다시 울렸다. 두 번 연달아 울리던 아까와 달리 이번에는 길게 단 한 번만이 울렸다. 황제가 바로 지척에 도착했다는 소리였다. 동상처럼 미동조차 없이 꼿꼿하게 앉아 있던 1황비가 결국 소리 내며 부채를 접었다. 그녀의 불편한 심경을 대변하듯 부채는 요란한 소리를 내며 접혔다.

"일어나야겠군요."

"모두 일어나시죠!"

1황비의 눈치를 보며 안절부절못하던 황후가 1황비의 말에 반색하며 서둘러 자리에서 일어섰다.

황후와 1황비가 일어서자 귀부인들도 부산스러운 움직임을 보이기 시작했다. 개중에는 몰래 안도의 한숨을 내쉬는 여자들도 있었다. 나 또한 그녀들을 따라 자리에서 일어섰다. 그런 나에게 1황비가 천천히 다가왔다.

1황비는 역시 오랜 시간 권력의 정점에서 살아남은 여자다웠다. 그녀는 그 짧은 순간에 자신의 감정을 정리한 듯했다. 그녀의 입가엔 어느새 그린 듯한 미소가 걸려 있었다.

나를 향한 1황비의 시선은 여전히 살을 에는 듯 차갑고 날카로웠다.

"내가 영애를 과소평가했던 것 같군요."

"과찬이십니다, 1황비마마."

나는 칭찬을 받은 사람처럼 1황비를 향해 가슴에 손을 대고 가볍게 고개를 숙였다. 노련한 그녀는 얼굴에는 아무런 감정을 내보이지는 않았지만 눈썹이 살짝 꿈틀대는 것까지는 숨기지 못했다.

"옛말에 모난 돌이 정 맞는다고 했습니다. 부디 영애가 그 말에 부합되지 않기를 바랍니다."

"제가 모난 돌이 될지 아니면 모난 돌을 쳐 내는 정이 될지는 모르는 일이지요. 하나, 1황비마마의 충고 가슴 깊이 새겨 두겠습니다."

1황비의 눈썹이 아까와는 달리 크게 요동쳤다. 붉은 연지를 곱게 바른 그녀의 입술이 비틀어졌다.

"두고 보도록 하지요."

짓씹듯 내뱉는 그녀의 말에는 날카로운 살기가 담겨 있었다. 목소리만으로도 상처를 낼 수 있다면 내 몸을 갈가리 찢고도 남을 만큼 그녀의 목소리는 살벌했다.

그녀의 입장에서는 평생 묻어 두고 싶은 추문을 내가 끄집어낸 것이나 다름없었다. 내 행동은 1황비와 동시대에 살던 귀부인들의 머릿속에 잊히고 있었던 그 일을 상기시키는 계기가 되었으니 말이다.

그녀는 몸을 돌려 나를 스쳐 지나갔다. 그녀의 풍성한 치맛자락이 그녀의 거친 몸짓에 크게 펄럭였다. 황후를 비롯해 1황비를 추종하는 여자들이 서둘러 1황비의 뒤를 쫓았다.

"살다 보니 이런 구경도 하게 되는군요."

1황비가 사라지자 러스틴 백작 부인이 나에게 다가왔다. 그녀의 주름진 얼굴엔 즐거움이 가득했다.

뿌우-

러스틴 백작 부인이 다음 말을 잇기도 전에 또다시 나팔 소리가 울렸다. 황제가 휴식처에 도착했다는 소리였다. 나팔 소리를 들은 러스틴 백작 부인의 얼굴에 아쉬움이 떠올랐다.

"영애와 대화를 더 나누고 싶지만 장소가 장소이니만큼 아쉽습니다."

"그러게 말입니다. 저 또한 무척 아쉽군요."

엥그라일 후작 부인이 나와 러스틴 백작 부인의 사이로 다가왔다. 엥그라일 후작 부인의 곁에는 비즈델 남작 부인이 함께하고 있었다. 호의가 가득 담긴 엥그라일 후작 부인의 시선이 나에게로 향했다.

"시간이 된다면 엥그라일 후작가에 놀러 오세요. 영애와는 좋은 인연을 맺을 수 있을 것 같다는 생각이 드는군요."

나는 치마를 살짝 잡고 엥그라일 후작 부인을 향해 무릎을 살짝 굽혔다.
"초대해 주신다면 기꺼이 가겠습니다, 후작 부인."
"그래요. 조만간 사람을 보내도록 하지요. 기다리고 있겠습니다, 영애."
"저도 기다리고 있겠습니다, 엘리언트 영애."
비즈델 남작 부인이 덥석 내 손을 잡았다. 친하지 않은 상대에게는 꽤 무례한 행동이 될 수도 있었으나 나는 그녀를 탓하는 대신 미소를 머금으며 그녀의 손을 마주 잡았다.
친해지고 싶다는 감정을 온몸으로 표현하는 비즈델 남작 부인의 행동에 초를 칠 생각은 없었다. 그녀는 훗날 자신만의 재능으로 사교계에 이름을 알리게 될 것이다. 친해져서 나쁠 것은 없었다.
"우리는 이만 가지요."
엥그라일 후작 부인의 말에 비즈델 남작 부인이 아쉬움이 뚝뚝 떨어지는 얼굴로 내 손을 놓았다.
"그럼, 잠시 후에 뵙지요, 러스틴 백작 부인, 엘리언트 영애."
"잠시 후에 뵙겠습니다, 엥그라일 후작 부인, 비즈델 남작 부인."
"잠시 후에 뵙겠습니다."
나와 러스틴 백작 부인의 인사에 엥그라일 후작 부인이 미소를 지으며 자리를 떠났다. 비즈델 남작 부인은 후작 부인의 뒤를 따라가는 중에도 몇 번이나 나를 뒤돌아봤다.
"비즈델 남작 부인이 영애를 아주 마음에 들어 하는 것 같군요."
"그렇습니까?"
나는 백작 부인의 말에 맞장구치지도, 아니라고 반박하지도 않았다.
"영애는 참으로 이상한 사람입니다."
나는 대답 없이 백작 부인을 바라봤다. 그녀의 얼굴엔 불쾌감이나 나를 꺼려 하는 기미는 보이지 않았다. 그녀는 오히려 흥미 가득한 얼굴로 나를 바라보고 있었다.

"내 초대에도 응해 줄 건가요?"

"기꺼이 응하겠습니다."

"그날이 기다려지는군요. 영애와 나누고픈 이야기들이 참 많습니다."

"저 또한 그렇습니다, 백작 부인."

나의 대답에 러스틴 백작 부인이 흡족한 미소를 지었다. 멀지 않은 곳에서 사람들의 감탄과 환호성 소리가 들려왔다. 오전 동안 잡은 사냥감들을 풀어 놓은 모양이었다.

"우리도 이만 갈까요?"

"먼저 가십시오. 곧 뒤를 따르겠습니다."

나의 말에 백작 부인이 미소를 지으며 먼저 자리를 떴다. 시원한 바람이 뒤쪽에서 불어왔다. 챙 넓은 모자가 바람에 들썩였다. 나는 모자가 날아가지 않도록 바로 고쳐 쓰며 발을 움직였다.

11막. 소나기

예상은 하고 있었지만 여자들과의 기 싸움은 정신적으로 나를 몹시 지치게 만들었다. 이대로 사람들이 모여 있는 곳으로 가고 싶지가 않았다. 잠시 혼자 쉴 장소가 필요했다.

말을 대기시켜 놓는 곳에는 많은 말들이 휴식을 취하고 있었다. 개중에는 부상을 입은 말들도 보였다. 사냥을 나갔다가 다친 모양이었다.

말의 관리를 맡은 사람들은 내가 온 줄도 모르고 부상당한 말들을 돌보고 있었다. 나는 그들을 지나쳐 수많은 말들 중에서 익숙한 갈색 암말을 찾았다.

푸르릉.

나를 발견한 말이 반갑다는 듯 머리를 흔들었다. 나는 말에게 다가가 갈기를 쓰다듬어 주었다. 동물 특유의 뻣뻣한 털의 촉감이 손바닥 전체에 느껴졌다.

"혼자 심심했던 모양이구나."

승마를 좋아하는 란트 덕에 나 또한 종종 승마를 즐겼다. 내 말은 란트의 말을 구입할 때 함께 구입한 말이었다.

조금 나이가 든 암말이었으나 란트가 선택한 망아지의 어미라고 해서 두 번 생각하지 않고 구입했다. 산책하는 용도로 저택 안의 정원을 도는 정도라 지금까지 문제 될 것은 없었다.

"이 아이를 데려갔으면 하는데."

나의 부름에 관리자 중 하나가 다가왔다. 그가 나를 향해 허리를 숙였다.

"엘리언트 영애십니까?"

"자네는 누구지?"

"황실의 말들을 관리하는 베른이라고 합니다."

"젝슨은?"

이곳에 있는 말들은 전부 주인이 있었다. 보통 이런 사냥 대회에는 가문의 말을 관리하는 사람이 함께 따라오기 마련이었다. 젝슨은 엘리언트가의 말 관리자 중 1명이었다. 주변을 둘러보며 그를 찾았지만 많은 관리자들 중에서 그의 얼굴은 보이지 않았다.

"후작님의 말이 부상을 당해 잠시 자리를 비웠습니다."

저절로 인상이 써졌다. 말이 부상을 당할 정도라면 그 말을 타고 있던 후작 또한 무사하지 못했을 확률이 컸다. 나는 반사적으로 물었다.

"후작님은?"

"후작님은 괜찮으십니다. 말이 이동하던 중, 나뭇가지에 살짝 긁히신 모양입니다."

나도 모르게 안도의 한숨이 쉬어졌다. 나는 무의식적으로 가슴을 쓸어내리며 화들짝 놀랐다. 말의 부상 소식에 나는 후작의 안위부터 걱정하고 있었다. 나도 모르는 사이에 후작은 내 안에 깊숙이 자리를 차지한 모양이었다.

나쁘지 않은 감정이었다. 아직 그가 내 아버지라는 느낌이 크게 와 닿지는 않았지만, 가족이라는 테두리 안에 들어온 것은 확실했다.

그에게 가 볼까 하다가 고개를 저었다. 후작은 재상이었다. 그의 주변에 많은 이들이 진을 치고 있을 것이다. 지금은 사람들 틈에 끼고 싶은 마음이 없었다. 사람에게 시달린 것은 지금까지만으로도 충분했다.
"말을 내주게."
"네."
나의 말에 그는 익숙한 손놀림으로 묶여 있던 말의 고삐를 풀어 나에게 전해 주었다. 나는 그의 도움을 받아 말에 올라탔다.
"한 시간 뒤에 오도록 하지."
나는 말을 고삐를 쥐며 그에게 말했다. 그는 대답 대신 고개를 숙였다. 나는 발로 살짝 말의 배를 찼다. 말은 익숙하게 내 의지대로 움직였다.
말들이 대기하고 있는 곳을 지나 나무들이 우거진 한적한 장소를 향해 움직였다. 비록 산속의 일부뿐이지만 사냥터 주변은 산지기들과 기사들로 깨끗이 정리가 되어 있는 상태였다. 혼자 산책을 즐긴다 해도 문제 될 것은 없었다.
밝은 햇살이 나뭇가지 사이로 줄기줄기 빛을 뿌리고 있었다. 간간이 불어오는 시원한 바람과 재재거리며 지저귀는 산새 소리가 지친 심신에 활력을 주었다.
란트와 함께 이곳을 거닐면 좋을 것 같았다. 나중에 황제에게 청해 란트와 단둘이 와 봐야겠다. 도시락을 싸 들고 피크닉을 와도 좋겠다는 생각이 들었다.
"비이!"
다른 곳으로 움직여 볼 생각으로 말의 고삐를 당기려 하는데 나를 부르는 소리가 들렸다. 소리가 나는 곳으로 고개를 돌리니 은빛 머리카락을 휘날리며 황태자가 나를 향해 달려오고 있었다. 그는 무언가에 놀란 듯 당황, 혹은 경악에 가까운 얼굴로 소리를 질렀다.
"비이, 말에서 내……."
히이잉!
그의 말이 끝나기도 전에 얌전하던 말이 큰 소리를 내며 앞발을 들어 올렸다. 나는 기울어 떨어지려는 몸을 버티기 위해 말의 고삐를 힘껏 움켜잡았다.

히이이이잉!

"비이!"

황태자의 고함 소리가 들려왔지만 그보다는 말의 비명 같은 울부짖음이 먼저 고막을 울렸다. 말이 거칠게 달리기 시작했다. 나는 고삐를 움켜쥐고 말의 등에 몸을 바짝 붙였다.

"비이-!"

그가 내 이름을 부르는 소리가 들렸지만 고개를 돌릴 수조차 없었다. 내가 할 수 있는 것이라고는 고작, 말에서 떨어지지 않기 위한 안간힘을 쓰는 것뿐이었다.

말이 전속력으로 달리는 속도는 상상을 초월했다. 지금까지 살아오며 미친 듯이 달리는 말을 타 본 적은 없었다. 나는 이를 악물며 버텼다.

말이 달리고 있는 곳은 나무들이 빽빽이 들어찬 숲이었다. 빠르게 스친 나뭇가지들이 여기저기 생채기들을 남겼지만 쓰라림이 느껴지지 않을 정도로 나는 공포에 질려 있었다.

이미 두 번이나 겪은 죽음이었다. 죽음 자체는 두렵지 않았다. 두려운 것은 남겨 두고 가야 하는 이들에 대한 미련이었다.

얼마나 달렸는지 모르겠다. 무엇이 잘못되었는지 말은 거친 숨을 몰아쉬면서도 속도를 줄이지 않았다. 오히려 쓰러질 듯 말 듯 휘청거리며 위태롭게 달려 댔다.

투득.

가죽이 찢어지는 소리와 함께 움켜쥐고 있던 고삐가 느슨해졌다. 간신히 고개를 들어 보니 말의 재갈과 연결되어 있는 고삐가 찢어져 있었다. 반사적으로 고삐와 함께 말의 갈기를 힘껏 쥐었다.

히이이이잉!

거품을 물며 미친 듯이 달리던 말이 울부짖으며 요동쳤다. 말의 거친 움직임에 고삐의 반 이상이 찢겨져 나갔다.

말의 몸이 또다시 크게 휘청거렸다. 넘어지지 않고 달리는 것이 신기할 정도였다. 탄력을 받은 고삐는 순식간에 찢겨져 4분의 1가량만이 남았다.

란트, 후작, 엘, 아나샤, 에반 등 어느새 내 안에 들어온 이들의 얼굴이 차례로 떠올랐다. 잘해 준 것보다는 못해 준 것들이 마음에 걸렸다. 좀 더 마음을 열었다면 좋았을 거라는 후회가 밀려왔다. 마지막으로 황태자의 얼굴도 떠올랐다.

그렇게 버티려 했음에도 불구하고 나는 여전히 그를 가슴에 담고 있었던 모양이었다. 그때와 달리 지금의 그는 나를 사랑한다고 했다.

나의 죽음을 지금의 그는 슬퍼할까?

그때의 그는 내 죽음을 슬퍼했을까?

피식 웃음이 나왔다. 이런 다급한 순간에 나는 왜 이런 쓸데없는 생각이 떠오르는 것일까.

생각에 잠길 시간조차 없다는 듯 간신히 버티고 있던 고삐가 완전히 끊어져 버렸다. 몸이 하늘로 붕 떠오르는 느낌이 났다. 순간 푸른 하늘이 시야에 가득 잡혔다. 나는 눈을 감아 버렸다.

"비- 이!"

달큰한 스피어민트 향이 코끝을 스치며 단단한 무언가가 나를 감싸 안았다. 튕겨 나온 힘을 이기지 못해 나를 감싼 것과 함께 몸이 바닥을 뒹굴었다. 한참을 구른 뒤에야 간신히 멈췄다.

"하아, 하아."

거친 숨소리가 귓가를 울렸다. 눈을 뜨자 보인 것은 숨소리와 함께 오르락내리락 움직이는 누군가의 가슴이었다.

단단한 팔과 다리가 내 몸을 빈틈없이 감싸 안고 있었다. 나는 고개를 들어 그의 얼굴을 확인했다. 예상대로 황태자가 바닥에 머리를 댄 채, 거친 숨을 몰아쉬고 있었다. 그와 눈이 마주쳤다.

"괜찮은가?"

"네."

"다행이다."

그의 황금빛 눈동자에 안도감이 서렸다. 그는 나를 감싸고 있던 팔에 힘을 주었다. 단단한 그의 팔이 내 몸을 옥죄듯 더욱 감싸 안았다.

내 몸은 그의 몸 위에 포개져 있는 상태였다. 나는 그의 가슴에 머리를 기댄 채 그의 숨이 잔잔해지기를 기다렸다. 심장 소리가 귓가를 쿵쿵 울렸다.

커다랗게 울리는 심장 소리가 그의 심장 소리인지 내 심장 소리인지 구분이 가지 않았다.

"심장이 내려앉는 줄 알았다."

한숨처럼 내뱉는 그의 말에 심장이 덜컥 요동쳤다. 지금까지와는 다른 반응이었다.

원래부터 내 심장은 그의 얼굴을 볼 때마다 미칠 듯이 뛰었다. 하지만 그것은 단지 파블로프의 개처럼 반사적으로 나타나는 반응에 지나지 않았다. 결코 그와 함께하며 지금과 같은 느낌이 든 적은 없었다.

"정말이지, 그대가 잘못되는 줄 알고……."

그가 더는 말을 잇지 못하고 입을 다물어 버렸다. 지금껏 느끼지 못했던 것이 이상할 정도로 나를 감싸고 있는 그의 몸이 가늘게 떨리고 있었다.

"괜찮습니다."

나는 그가 진정되기를 기다렸다. 그는 눈을 감고 한참 동안 나를 안은 채, 움직이지 않았다.

"이제 일어나야겠습니다."

"그렇군."

그는 대답을 하면서도 눈을 뜨지 않았다. 나를 옥죄고 있던 힘은 조금 느슨해졌지만 그의 팔은 여전히 나를 감싸고 있었다.

"시간이 많이 지났습니다."

"하아."

그가 깊은 한숨을 내쉬었다. 나는 그의 품 안에서 꼼지락거렸다. 내 허리와 등을 그물처럼 감싸고 있던 그의 팔이 순순히 풀려 나갔다.

나는 몸을 일으켜 몸을 점검했다. 여기저기 자잘한 생채기는 있었지만 크게 이상이 느껴지는 곳은 없었다. 불행 중 다행이었다.

"안 일어나십니까?"

내가 내 몸을 살피고 있을 때에도 그는 나를 올려다보고 있을 뿐, 일어날 생각을 하지 않았다. 나는 그런 그를 내려다보며 미간을 찌푸렸다.

"아래에서 올려다보는 그대도 아름답군. 조금 더 감상하고 싶은데?"

"흰소리를 하시는 것을 보니 다행히 몸에 이상은 없으신 것 같군요."

나는 그에게서 몸을 돌렸다. 해는 서쪽으로 기울어진 상태였다. 산속은 다른 곳보다 밤이 일찍 찾아오는 곳이다. 빨리 다른 사람들이 있는 장소를 찾아야 했지만 이곳이 어디인지 가늠조차 되지 않았다.

"비이 기다……. 윽."

방향을 가늠하며 움직이려던 참에 그의 고통에 찬 신음 소리가 들렸다. 몸을 돌려 그를 바라보자 그가 가슴을 부여잡고 몸을 웅크리고 있었다. 나는 놀라 그에게 달려갔다.

"괜찮으십니까?"

걱정스러운 마음에 그의 어깨에 손을 댔다. 내 물음에도 그의 구겨진 얼굴은 펴질 줄을 몰랐다.

"전……."

그를 다시 부르려 하는데 몸이 기울어지며 세상이 빙글 돌아갔다. 눈 깜빡할 사이에 등이 바닥에 닿았다. 그가 개구진 미소를 지으며 나를 내려다보고 있었다.

"내가 걱정되긴 하나 보군."

"거짓이셨습니까?"

"이렇게라도 하지 않으면 날 버리고 갈 것 같아서 말이지."

그의 붉은 입술이 보기 좋은 호선을 그으며 올라갔다. 나는 눈을 가늘게 뜨고 그를 노려보았다. 웃고 있는 표정과 달리 그의 낯빛은 밀가루 반죽을 뒤집어쓴 듯 창백했다.

"아래에서 올려다보는 것도 색달라 좋았지만 역시 위에서 내려다보는 것이 더 마음에 드는군."

그는 아무렇지도 않다는 듯 평소처럼 능글거렸지만 송골송골 맺히는 식은땀까지는 감추지 못했다.

미친 듯이 달리던 말에서 떨어진 나를 감싼 채 바닥을 뒹굴었다. 아무렇지도 않을 리가 없었다. 어딘가 탈인 난 것이 분명했지만 그는 그 사실을 나에게 알릴 생각이 없는 듯했다.

내가 괜찮으니 그도 괜찮을 거라 믿었던 내 생각이 짧았다. 이 상황에서 그의 부상을 안다고 해도 달리 해 줄 수 있는 일은 없었다. 더구나 나에게 알리지 않으려 애쓰는 그의 노력을 헛되이 하고 싶지 않았다. 얼마나 다쳤는지는 모르겠지만 그가 원하는 대로 모르는 척하기로 했다.

"장난이 심하십니다."

"장난이라니? 그대에 한해서 나는 언제나 진지해진다는 걸 아직도 모르는 건가?"

그의 얼굴이 천천히 아래로 내려왔다. 그의 숨결이 느껴지는 것과 동시에 은빛 실타래가 내 뺨을 간질였다.

"이대로 그대에게 키스하면 이번엔 어떻게 되는 거지?"

웃음기 섞인 말투와 달리 그의 황금색 눈동자가 짙어졌다. 그의 입술이 내 입술에 닿을락말락하는 거리까지 가까워졌다.

"제 경고를 굳이 몸으로 느껴 보고 싶으시다면 충분히 응해 드릴 용의는 있습니다."

나의 대답에 그가 눈을 가늘게 접으며 웃었다. 그가 천천히 몸을 일으켰다. 커다란 그의 그림자가 내 시야에 가득 찼다.

"여전히 매정한 약혼녀로군."

그는 일어선 상태로 허리를 굽혀 나를 향해 손을 내밀었다. 내밀어진 그의 손을 물끄러미 바라보았다. 그가 그런 나를 보며 피식 웃었다.

"이마저도 거부할 텐가?"

나는 결국 한숨을 쉬며 그의 손을 마주 잡았다. 굳은살이 단단히 박인 그의 커다란 손안에 내 손이 오롯이 감싸였다. 그가 손에 힘을 주어 나를 일으켜 세웠다. 부드럽지만 강한 힘에 내 몸이 그의 품 안으로 안겨 들었다.

"그대가 무사해서 정말 다행이다."

귓가로 나직한 그의 숨소리가 들렸다. 그에게 안긴 채, 눈을 감았다. 엇갈리듯 엇박자로 울리던 2개의 심장이 천천히 심박 수를 맞춰 가는 것이 느껴졌다.

상처받을까 두려워 도망치는 것은 하지 않기로 이미 마음먹었다. 내 마음을 확인하게 된다면 그 마음에 다시 한 번 모든 것을 걸어 보자고 생각했다.

더 이상 외면할 수 없었다. 이제는 인정해야 했다. 나는 그를 사랑하고 있었다.

두렵지 않은 것은 아니다. 그녀가 나타나면 또다시 그때처럼 되지 않을까 하는 불안감은 여전히 존재했다. 하지만 지금의 그는 그때의 그가 아니다. 그때의 그는 지금처럼 이렇게 다정하게 나를 대하지 않았다. 나를 위해 목숨을 걸지도 않았다. 이렇듯 따듯하게 나를 안지 않았다.

그의 등에 손을 올려 그를 마주 안았다. 나의 갑작스러운 행동에 그의 몸이 움찔거리는 것이 느껴졌다. 위쪽에서부터 천천히 그의 척추를 따라 손가락을 쓸어내렸다. 그가 튕기듯 두 손으로 내 어깨를 잡고 자신의 몸에서 내 몸을 떼어 냈다.

"무, 무슨!"

그의 얼굴에 당황한 빛이 역력했다. 벌겋게 달아오른 그의 얼굴에 저절로 웃음이 나왔다. 그를 사랑하고 있다는 것을 알게 되었지만 쉽게 알려 주고 싶지 않았다.

지금 내 앞에 있는 그는 그때의 그가 아니었지만, 그때의 내가 애달파했던 만큼 그를 애타게 하고 싶다는 충동이 일었다. 그래서 잠시 이 마음을 그에게 감추기로 했다.

"이러고 있을 시간이 없습니다, 전하."

나의 눈짓에 그가 하늘을 바라보았다. 태양이 서서히 몸을 감추고 있는 중이었다. 설상가상으로 멀리서부터 먹구름이 몰려오고 있었다.

"그렇군."

삐익-

그가 휘파람을 길게 불었다. 맑고 높은 소리가 산속에 울려 퍼졌다. 그가 또다시 휘파람을 불었다. 연속으로 두어 번 더 불었지만 아무런 변화가 없었다. 그의 얼굴에 낭패감이 서렸다.

"아무래도 멀리 간 모양이군."

황태자의 말은 군사용으로 훈련된 말이었다. 훈련된 말은 주인의 수신호에 반응했다. 그의 부름에도 말이 오지 않는다는 것은 소리가 닿지 않은 곳에 있다는 말이었다.

"일단, 숲을 빠져나가야겠군."

그가 나를 바라봤다. 그의 눈동자에 걱정이 서렸다. 숲을 빠져나가야 한다는 것은 숲을 빠져나갈 때까지 걸어야 한다는 소리였다. 그는 그것을 염려하는 듯했다.

"괜찮겠나?"

"괜찮습니다. 설사 괜찮지 않다 하더라도 이 상황에서는 어쩔 수 없지 않습니까?"

"그래, 그대라면 그렇게 말할 줄 알았다."

"전하야말로 괜찮으시겠습니까?"

"그대 말대로 이 상황에서는 어쩔 수 없지 않나?"

그가 내 손을 잡으며 피식 웃었다. 아까보다는 한결 나아지긴 했지만 그의 얼굴은 여전히 창백했다. 그가 손가락을 움직여 내 손가락 사이사이로 파고들었다.

"그대를 두고 쓰러지지는 않을 테니 걱정하지 않아도 된다."

그가 방향을 잡고 움직이기 시작했다. 나는 그가 이끄는 대로 발을 떼며 물었다.

"길은 알고 움직이시는 겁니까?"

"글쎄."

내가 미간을 찌푸리자 그가 크게 웃음을 터트렸다.

걸음을 재촉했지만 숲 속 깊숙이 들어왔던 모양인지 한참을 걸어도 숲을 벗어나지 못했다. 결국 걱정하던 대로 사위가 캄캄해지고 빗방울이 하나둘 떨어지기 시작했다.

후드득 떨어지던 빗방울이 점차 굵어지더니 순식간에 폭우로 변해 버렸다. 그가 잡고 있던 내 어깨를 자신 쪽으로 바짝 당겼다. 내 몸이 그의 몸에 안기듯 밀착되었다.

"더 이상 걷는 것은 무리군."

그의 말대로 더 이상 걷는 것은 어려워 보였다. 어둠이 내린 숲 안에서 빛 한 점 없이 폭우 속을 뚫고 길을 찾는다는 불가능했다.

그가 주위를 두리번거렸다. 한 치 앞도 볼 수 없을 정도로 시야가 가려진 상태였다. 그가 주변에 서 있던 큰 나무 밑으로 나를 이끌었다.

하늘에 구멍이 난 듯, 쏟아져 내리는 비는 빽빽한 나뭇잎들이 무색하게도 주륵주륵 새어 들어왔다. 그가 겉옷을 벗어 내 머리 위에 씌워 주었다. 물 내 섞인 스피어민트 향이 그의 온기와 함께 나를 감쌌다.

"잠시 이곳에서 기다리고 있어."

"무엇을 하시렵니까?"

돌아서려는 그를 다급히 불러 세웠다. 나도 모르게 반사적으로 튀어 나간 손이 그의 옷자락을 잡았다. 그가 그런 내 손을 조심스럽게 감싸 쥐었다.

"비를 피할 곳을 찾으려는 것뿐이다."

"위험합니다."

밤의 숲은 위험한 곳이다. 더군다나 비까지 내리고 있는 상황이었다. 황태자인 그를 위험투성이 속으로 혼자 보낼 수는 없었다.

"비가 그칠 때까지 이곳에 계십시오."

"쉽게 그칠 것 같지 않아. 이대로 아침까지 비를 맞는다면 그대나 나나 결코 좋지 않을 거다."

"그럼 같이 가겠습니다."

어둠 속에 홀로 남아 하염없이 그를 기다리고 싶지 않았다. 혹시나 그가 잘못되지는 않을까 걱정하며 두 손 놓고 속만 태우는 것은 딱 질색이었다.

"비이."

그의 커다란 손이 내 얼굴을 살며시 어루만졌다. 그의 황금색 눈동자가 어둠 속에서도 선명하게 빛났다.

"날 걱정하는 거라고 생각해도 되는 건가?"

내가 뭐라고 대답을 하기도 전에 그가 말을 이었다.

"그랬으면 좋겠군."

보기 좋게 자리한 그의 입매가 슬며시 올라갔다.

"이런 상황에서도 그대의 걱정 어린 말에 이렇듯 심장이 뛰는 것을 보니, 내가 그대에게 미쳐도 단단히 미쳐 있는 모양이야."

"이 폭우 속에 산속을 헤매고 다니는 것이 더 미친 짓입니다."

“괜찮다.”

그가 엄지손가락을 움직여 내 뺨을 더듬듯 천천히 쓰다듬었다. 따뜻하다 못해 뜨거운 열기가 그의 손바닥을 통해 내 뺨 위로 전해졌다.

“그대가 생각하는 것보다 나는 훨씬 더 유능하거든.”

나도 모르게 인상이라도 찌푸렸는지 그가 손가락으로 내 미간을 살살 문질렀다.

“그러니 나를 믿고 기다려 줘, 비이.”

그가 천천히 얼굴을 내렸다. 깃털처럼 보드랍고 말캉한 입술의 감촉이 미간에서 느껴졌다. 그가 입술을 떼며 개구지게 웃었다.

“생각 같아선 그대의 입술에 하고 싶지만 지금은 몸을 사려야 할 때라서 말이지.”

그의 손이 내 뺨에서 떨어져 나갔다. 나는 손을 뻗어 그의 멱살을 잡고 힘껏 잡아당겼다. 갑작스러운 내 행동에 그의 몸이 속수무책으로 끌려왔다. 그의 입술과 내 입술이 종이 한 장 차이를 두고 마주했다.

“한 시간 이내에 돌아오지 않으면 가만두지 않겠습니다.”

잡고 있던 그의 멱살을 더욱 힘을 주어 잡아당겼다. 마주친 그의 입술은 물기를 머금어 촉촉했다. 그가 눈을 커다랗게 뜬 채 몸을 굳혔다. 나는 입술을 떼고 그를 향해 웃어 주었다.

“제가 받은 것에 이자를 쳐서 돌려주는 성격이라서 말이지요.”

잡고 있던 그의 멱살을 놓아주었지만 그는 석상이라도 된 듯 미동조차 하지 않았다. 나는 팔짱을 끼고 밖을 향해 고갯짓을 했다.

“안 가십니까? 한 시간은 생각보다 길지 않을 텐데요.”

“하아.”

그가 그런 나를 바라보며 깊은 한숨을 내뱉었다.

“그대는 정말이지…….”

그가 말끝을 흐리며 고개를 내저었다. 그의 고갯짓에 따라 머리카락에 맺혀 있던 물방울들이 튕겨져 사방으로 흩어졌다. 나는 그런 그의 행동을 말없이 바라보았다. 그가 또다시 한숨을 내쉬었다.

"하아, 다녀오겠다."

"한 시간입니다."

"늦지 않도록 하지."

그가 못 말리겠다는 듯 피식 웃음을 흘리며 폭우 속으로 걸어 나갔다. 몇 발자국 걸었을 뿐인데 그의 뒷모습이 순식간에 어둠에 잠식당했다.

그가 떠나자 사방이 적막한 가운데 비 내리는 소리만이 선명하게 들렸다. 나는 나무 기둥에 등을 기대고 그를 기다리기로 했다. 딱딱한 나무의 감촉이 척추를 타고 전해졌다.

눈앞에 보이는 것은 장막처럼 펼쳐진 어둠뿐이었다. 나는 눈을 감아 버렸다.

기다림이라는 것은 시간의 흐름을 참으로 더디게 느껴지게 했다. 그가 떠난 지 얼마나 지났을까 비에 젖은 몸이 으슬으슬 한기를 느끼기 시작했다.

사냥 대회에 맞춰 얇은 천으로 가볍게 만들어진 드레스였다. 노출이 많은 파티용 드레스와 달리 햇빛을 가리기 위해 노출된 부위는 적었지만 보온성이 좋지는 못했다. 얇디얇은 천은 물에 젖어 지속적으로 체온을 빼앗아 가고 있었다.

그가 내 머리에 씌워 준 겉옷을 내려 몸을 감쌌다. 그의 옷도 흠뻑 젖어 있기는 매한가지였지만 안 하는 것보다는 나았다.

한참이 지나도 그의 기척은 느껴지지 않았다. 장대처럼 쏟아지던 비는 어느새 추적추적 가늘게 내리는 비로 변해 있었다.

더운 여름이었지만 비가 오는 밤의 숲은 꽤 서늘했다. 몸에 두르고 있던 그의 옷을 더욱 꼼꼼히 여몄다.

비가 떨어지는 소리 사이로 부스럭거리는 인기척이 들려왔다. 나는 소리가 나는 쪽으로 고개를 돌리며 그를 불렀다.

"전하?"

"아직 한 시간이 지나지는 않았겠지?"

어둠을 뚫고 그가 모습을 드러냈다. 그는 긴 다리를 이용해 성큼성큼 나에게 다가왔다. 피곤함에 지친 목소리였지만 떠나기 전과 달라진 점은 없어 보였다. 나는 안도의 한숨을 내뱉는 대신 퉁명스럽게 대답했다.

"지난 것 같습니다만?"

"비를 피할 만한 좋은 곳을 찾았으니 봐주는 것이 어떤가?"

그가 나에게 손을 내밀었다. 나는 그의 손을 마주 잡으며 새침하게 말했다.

"보고 나서 결정하지요."

"후훗, 이거 좀 떨리는군."

그가 자연스럽게 마주 잡은 손에 깍지를 끼우며 소리 내어 웃었다. 어느 사이엔가 그와 손깍지를 하는 것이 익숙해져 있었다.

추위에 떨며 서 있었던 탓인지 마주 잡은 그의 손이 뜨겁다고 느껴질 정도였다. 나는 찬찬히 그의 안색을 살폈다. 어둠에 잘 보이지는 않았지만 그의 안색은 썩 좋아 보이지 않았다.

아무렇지도 않은 듯 행동하고 있어 정확히 알 수는 없었지만 그가 낙마로 부상을 입고 있는 것은 확실했다. 그런 몸으로 벌써 몇 시간째 차가운 빗속을 헤매고 있었다. 아무리 건장한 남자의 몸이라 할지라도 온전할 리가 없었다.

"괜……."

"조심!"

그가 깍지를 끼우고 있던 손을 풀고 내 허리를 감싸 안았다. 미처 보지 못한 나무뿌리가 구두 끝에 채였다. 나무뿌리는 진흙으로 미끌미끌한 상태였다. 그가 단단한 팔로 재빨리 허리를 감싸 주지 않았다면 크게 넘어질 뻔했다.

산악용으로 만들어지긴 했지만 구두는 구두였다. 이렇게 험한 산길에 적합하지는 않았다. 황실 사냥 대회라는 것이 말만 사냥 대회이지 일종의 친목 도모를 위한 행사였다.

여자들은 사냥을 즐기는 몇몇을 제외하고는 고르게 정리된 길에서 산책을 하며 토끼나 다람쥐 같은 작은 동물들을 감상하는 것이 전부였다. 이렇게 정리되지 않은 길을 걷게 되리라고는 꿈에도 생각하지 못했다.

"멀지 않으니 조금만 참아라."

그가 내 허리를 바싹 당겨 안았다. 나는 꺼내려던 말을 속으로 삼켰다.

마음과 달리 내 몸은 여느 귀족 여성과 다를 바가 없었다. 온전히 그에게 의지하고 있는 형상이었다. 이런 상황에서 그에게 괜찮으냐는 말을 도저히 할 수가 없었다.

묻지 않아도 그가 할 대답이 짐작되고도 남았다. 죽을 것처럼 힘들어도 그는 괜찮다고 말할 것이다. 알고 있는 대답에 굳이 질문할 필요는 없었다. 나는 최대한 그에게 짐이 되지 않도록 조심해서 발을 움직였다.

"여기다."

그가 동물이 만들어 놓았음 직한 토굴 앞에서 걸음을 멈췄다. 그의 말대로 큰 나무가 있던 곳에서 그리 멀지 않은 곳이었다. 토굴의 입구는 허리를 숙이고 들어가야 간신히 들어갈 수 있는 크기였지만 사람이 드나들기에는 충분해 보였다.

"들어가지."

그가 허리에서 손을 떼고 내 등을 부드럽게 밀었다. 허리를 펴고 서 있을 수는 없었지만, 토굴 안은 성인 네댓 명은 앉아 있을 수 있을 정도로 널찍했다. 내가 토굴 안으로 들어가는 것을 확인한 그가 뒤따라 들어오지 않고 허리를 숙여 토굴 안쪽으로 얼굴만 내밀었다.

"잠시만 기다리고 있어."

"무슨……."

"잠시면 된다."

그가 안심하라는 듯 부드러운 미소를 지었다. 내가 고개를 끄덕이자 그가 몸을 돌려 다시 어둠 속으로 사라졌다.

토굴 안은 동물의 보금자리로 쓰였던 모양인지 동물 특유의 고약한 냄새로 가득했다. 바닥 이곳저곳에도 털과 배설물들이 널려 있었지만 지금 우리에겐 이마저도 감지덕지였다. 지금 이곳에 토굴의 주인이 없다는 것에 감사해야 했다.

두 겹으로 되어 있는 드레스의 일부를 찢어 앉을 자리를 대충 치워 놓았다. 물기에 흠뻑 젖은 드레스를 찢는 것은 쉽지 않은 일이었지만 낙마로 바닥을 뒹굴며 군데군데 찢겨졌던 덕에 생각보다 쉽게 찢을 수 있었다.

바닥에 눌어붙어 있던 털과 배설물을 찢은 치맛자락을 걸레 삼아 한쪽으로 몰아넣고 있으려니 황태자가 돌아왔다. 큰 키의 그는 거의 기다시피 하며 토굴 안으로 들어왔다. 그의 품 안에는 공처럼 생긴 커다란 열매 3개가 안겨 있었다.

"그건 아라크 열매가 아닙니까?"

숲 안에서 흔히 볼 수 있는 아라크 나무는 온도만 맞으면 사시사철 열매를 맺는 흔하디흔한 나무였다. 아라크 열매는 성인 머리 크기만큼 커다랬지만 정작 먹을 수 있는 부위는 제일 안쪽의 손가락 한마디 정도밖에 되지 않는 작은 속살뿐이었다.

나무토막 같은 질감을 가진 껍질은 까기도 힘들었고 단단했다. 간신히 껍질을 벗기고 얻을 수 있는 것은 기름이 굳은 것처럼 하얗고 미끌미끌한 감촉의 작은 덩어리뿐이었다. 그 덩어리는 심지어 맛도 없었다. 들이는 수고에 비해 실속이 없는 열매였다.

"아아, 운 좋게 주변에 널려 있더군."

운이 왜 좋다는 것인지는 모르겠지만 나는 토를 달지 않고 그의 행동을 유심히 지켜보았다. 그가 품 안에서 작은 칼을 꺼내 들었다. 황태자인 그에게 어울리지 않는 밋밋한 형태의 접이식 단도였다.

그가 단도를 이용해서 능숙하게 아라크 열매의 겉껍질 벗겨 냈다. 겉껍질을 벗겨 내자 마른 나무토막 같은 질감의 속껍질이 모습을 드러냈다. 저 속껍질을 까내야 비로소 하얀 덩어리 같은 속살을 얻을 수 있었다.

그가 겉껍질을 벗겨 낸 열매의 중간에 칼을 꽂고 손목을 몇 번 비틀자 단단해 보이던 열매가 쉽게 갈라지며 하얀 덩어리가 나타났다.

내가 알고 있기로 아라크 열매는 저렇게 쉽게 깔 수 있는 열매가 아니었다. 내가 그에게 미심쩍은 시선을 보내고 있는 가운데 그가 몇 번 반복된 행동을 보이며 가지고 왔던 3개의 열매를 모두 분해했다.

그가 3개의 하얀 덩어리 중 하나를 내게 내밀었다. 내가 아무 말 없이 열매를 바라보고 있자 그가 피식 웃었다.

"맛은 없지만 열량은 상당히 높은 열매지. 먹어 두는 것이 좋아."

그가 손수 내 입안에 열매를 넣어 주었다. 미끄덩거리는 감촉과 기름 덩어리 같은 느끼한 맛에 저절로 인상이 써졌다.

그가 또다시 쿡쿡 웃음을 짓더니 나머지 하나를 자신의 입에 털어 넣었다.

"꽤 익숙해 보이십니다."

"그런가?"

그가 어깨를 으쓱이며 마지막 남은 하얀 덩어리를 수북이 쌓은 속껍질 속에 문질렀다. 대충 문대는 것 같아 보였지만 속껍질 전체에 고루 발리는 모습이 신기했다.

그는 가끔 황태자의 직위에 어울리지 않는 모습을 보이곤 했다. 지금도 마찬가지였다. 그는 품에서 부싯돌을 꺼내 능숙하게 칼날과 부딪쳐 불꽃을 일으켰다.

칼날이 몇 번 부딪치지도 않았는데 아라크 열매의 속껍질에 불이 붙었다. 오늘처럼 비가 오는 날은 부싯돌이 있다 해도 불을 붙이기는 쉽지 않았다.

불에 태울 나무가 모두 젖어 있기 때문이다.

하지만 그는 이런 일에 꽤 익숙한 듯 망설임조차 없었다. 아라크 열매의 속껍질을 이용하는 것은 들어 보지도 못했다.

아라크 열매의 반질반질한 겉껍질이 코딩제가 되어 물기가 속껍질까지 스며드는 것을 막은 듯했다. 손가락으로 만져 본 속껍질에서 물기가 묻어나오지 않는다는 것이 그 증거였다.

노련한 사냥꾼들이나 그에 준하는, 잦은 야영을 해야만 하는 직업을 가지지 않은 이상, 알 수 없는 일이었다.

타닥거리며 불꽃에 아라크 열매의 속껍질이 타들어 가는 소리가 났다. 붉은빛이 그의 얼굴에 붉은 음영을 만들어 냈다. 불꽃이 안정적으로 불타오르기 시작하자 그가 입구 쪽으로 몸을 움직였다.

그가 굴 밖으로 긴 팔을 몇 번 휘두르자 아라크 열매들이 데굴데굴 굴 안으로 굴러 들어왔다. 밖에 있는 동안 굴 입구 쪽에 열매들을 쌓아 둔 모양이었다.

그가 보여 주는 일련의 행동들은 황실 안에서 애지중지 자란 황태자가 쉽게 할 수 있는 일이 아니었다. 그는 황태자가 아니라 야영을 밥 먹듯이 하는 노련한 사냥꾼 같았다.

'사냥감이 도망가면 쫓아가는 것이 사냥꾼의 본능입니다. 나는 꽤 유능한 사냥꾼이지요. 그러니 나를 자극하지 않는 게 좋을 겁니다, 나의 비이.'

갑자기 그가 내게 했던 말이 떠올랐다. 유능한 사냥꾼이라는 말은 설마 이것을 두고 한 말이었던가? 피식 웃음이 나왔다. 나의 기척에 그가 움직임을 멈추고 나를 돌아봤다.

"야영을 꽤 자주 해 보신 것 같습니다."

"이상한가?"

"이상하다기보다는 의외입니다."

그가 아라크 열매들을 한데 모아 껍질을 까기 시작했다. 날카로운 칼날과 그의 능숙한 손놀림에 아라크 열매의 껍질들이 속수무책으로 분해되기 시작했다.

"그대가 생각하는 나는 어떻지?"

하얀 아라크 열매의 속살이 순식간에 개수를 불려 늘어났다. 그가 그중 두어 개를 집어 나에게 건넸다.

"궁 안에서 호의호식하며 애지중지 커 온 철부지?"

내가 대답을 하기도 전에 그가 예상 대답을 내놓았다. 나는 부정도 긍정도 하지 않은 채, 그가 내민 것 중 하나를 집어 입안에 넣었다.

기름 덩어리 같은 느끼함이 입안에 가득 찼다. 2개째 먹는 거였지만 결코 익숙해지지 않는 맛이었다.

"아니면 안하무인에 자기중심적인 개망나니?"

그가 남은 것을 다시 나에게 내밀었다. 나는 인상을 쓰며 고개를 저었다.

아라크 열매의 속살은 굳은 기름 덩어리를 통째로 삼킨 느낌이었다. 단지, 느낌만 그런 것이 아니라 확실히 속살은 기름 덩어리나 다름없어 보였다.

그가 불을 붙일 때, 속껍질에 속살을 문댄 것은 다 이유가 있었다. 불을 더욱 잘 붙이기 위해 기름 대용으로 사용한 것 같았다. 확실히 그는 내가 지금까지 알고 있던 황태자와 달랐다.

"개망나니라고는 생각한 적 없습니다."

"흐음, 철부지라고는 생각했던 모양이군."

그가 다시 한 번 나에게 열매를 권했지만 나는 인상을 쓰며 도리질을 쳤다. 아라크 열매는 속이 메스꺼울 정도로 기름져 2개 이상 먹기는 힘들었다. 내가 잔뜩 인상을 쓰자 그가 피식 웃으며 손을 거두었다.

그는 남은 열매들을 한 번에 자신의 입에 넣고 우물거렸다. 나는 한 개도 버거운 그 맛이 그에게는 느껴지지 않는 듯했다.

그는 열매들을 다 먹는 동안 인상 한 번 찡그리지 않았다. 열매의 맛에 반응하지 않을 정도로 많이 먹어 익숙해졌거나 괴이한 입맛을 소유하거나 둘 중 하나였다.

"뭐, 틀린 말은 아니지."

그가 나뭇가지로 모닥불을 뒤척거렸다. 불꽃이 커지자 훈훈한 열기가 추위에 떨고 있던 몸에 온기를 전해 주기 시작했다.

"본디 황태자의 자리란 애지중지 떠받들며 지내는 자리니까 말이야."

그가 비릿한 미소를 지으며 킥킥거렸다. 지금껏 보아 온 그에게서는 처음 보는 표정이었다.

"전하는 철부지가 아니라는 소리로 들립니다만."

"내 목줄기를 물어뜯기 위해 눈을 번뜩이며 기다리고 있는 치들이 좀 많거든. 아직까지 철부지로 남아 있으면 곤란하지 않겠나?"

그가 손가락을 들어 자신의 목을 긁는 시늉을 했다. 시니컬한 표정과 달리 그의 눈동자에는 모닥불이 옮겨붙기라도 한 듯 주홍색 열기가 가득 차 있었다.

조금만 생각해 봐도 알 수 있는 일이었다. 1황자는 그가 태어나기 전까지 황태자처럼 떠받들려 자라 왔다. 1황비 또한 1황자를 앞세워 아이를 낳지 못한 황후 앞에서 얼마나 기세등등했을지 직접 보지 않아도 눈앞에 훤했다.

그런 그들 눈에 뒤늦게 태어난 황태자가 얼마나 눈엣가시였을까. 아무리 황제의 후광을 뒤에 업고 있다지만 16년간의 차이를 메우기에는 쉽지 않았을 것이다.

이미 모든 기득권을 누리고 있던 그들이 쉽게 자신들이 가지고 있던 것들을 내려놓았을 리 만무했다. 더구나 황태자가 16년간의 차이를 메우기 위해 고군분투하고 있을 때, 1황자와 1황비가 손가락만 빨고 기다렸을 것 같지도 않았다.

"생명의 위협이라도 받으셨습니까?"

"어땠을 것 같나?"

모닥불을 사이에 두고 그가 나를 똑바로 바라봤다. 무표정한 그의 얼굴에서는 아무것도 읽히지 않았다.

'황태자는 외로운 사람이에요.'

갑자기 이자벨라가 나에게 했던 말이 떠올랐다. 왜 그녀의 말이 떠올랐는지는 알 수 없었다. 왠지 아무런 표정 없이 나를 바라보고 있는 그를 보고 있자니 그녀의 말대로 그가 외로운 사람일지도 모른다는 생각이 들었다.

그의 주변엔 언제나 사람들로 가득했다. 그의 지위와 뛰어난 외모는 대다수의 사람들에게서 사랑을 받았다. 그렇기에 그가 외로움을 느끼는 사람이라고는 미처 생각해 본 적이 없었다.

'그때의 나는 어째서 단 한 번도 그의 입장에서 생각해 보지 않았을까?'

한 번이라도 그의 입장에서 고려해 보았다면 그렇게 처참한 끝을 맞이하지는 않았을 거라는 생각이 들었다.

겉으로는 순탄하게 보일지 모르지만 그는 보이지 않는 곳에서 힘겹게 싸우고 있었다. 황태자라는 지위에 어울리지 않게 야영에 능한 것이 그 증거였다.

그는 살아남기 위한 방법으로 황족은 물론 귀족의 자제들조차 하지 않았을 이런 일들을 직접 몸으로 체득하고 있었다.

새삼 단단하게 굳은살이 박여 있던 그의 커다란 손이 생각났다. 나뭇가지를 뒤척이는 그의 손을 유심이 바라봤다.

관심을 가지고 자세히 보지 않으면 모르고 지나칠 정도였지만 호의호식하며 지낸 황족의 손이라고는 볼 수 없을 정도로 자잘한 상처들로 가득했다. 그가 얼마나 험하게 생활해 왔는지 대변하고 있는 것 같았다.

"순탄하지는 않았을 것 같군요."

그가 피식 웃으며 불 속으로 아라크 열매의 속껍질을 한 움큼 집어넣었다. 태울 재료를 얻은 불꽃이 몸집을 더욱 키웠다. 음영이 짙게 드리워진 그의 얼굴이 몹시 지쳐 보였다.

나는 그에게 도움이 될 만한 것들을 말해 보았다.

"독에 면역력은 있으십니까? 만약을 대비해서 조금씩 음독하며 몸을 독에 적응시키는 것도 괜찮은 방법이라더군요. 물론, 자칫 분량 조절에 실패해서 재수 없이 비명횡사할 수도 있습니다만 조심만 한다면 독에 당할 걱정은 하지 않아도 될 겁니다."

"……뭐?"

"암살자 집단을 끼고 있는 것도 상당히 도움이 되겠군요. 기존에 존재하는 암살자 집단 중에 솜씨 좋은 이들은 부르는 것이 값일 터이니 상당한 출혈을 감수해야겠지만 말입니다. 돈만 있으면 해결되는 일이니 가장 손쉬운 방법이 되겠네요."

"하?"

"머리 좋은 인재들을 모아 두는 것도 좋은 방법입니다. 충성심 높은 이들로 골라 키우는 것에 상당한 노력과 시간이 들겠지만 미래를 위한 투자라고 생각한다면 나쁘지 않아 보입니다."

"하하하하하!"

내 말 어디가 그리 우스웠는지 그가 박장대소를 하며 바닥을 굴렀다. 비에 젖은 옷이 흙투성이가 되어 가는데도 그는 아랑곳하지 않았다.

그는 자신이 뒹굴고 있는 바닥에 방금 전까지 동물의 배설물이 눌어붙어 있었다는 사실은 잊은 모양이었다.

"하하, 그대는 정말이지……."

조금은 진정이 되었는지 그가 눈물을 훔치며 바닥에서 몸을 일으켰다. 하지만 여전히 웃긴 모양인지 허리를 접으며 간헐적으로 큭큭거렸다.

"대체 어디서 그런 이야기들을 들은 거지?"

"딱히 어디서 듣지는 않았습니다."

"그럼? 그대의 생각인가?"

"수많은 역사 속에서 권력을 탐한 인간들의 이야기입니다만."

그가 턱을 괴고 나를 바라봤다. 그의 입가엔 여전히 웃음기가 머물러 있었다. 그의 눈동자가 부드럽게 휘어졌다.

"그대는 정말 사람을 미치게 하는 매력이 있어."

"그렇습니까?"

온전히 나를 향하고 있는 그의 눈웃음에 심장이 쿵쿵거렸지만 애써 대수롭지 않은 듯 대답했다.

"대체 날 어디까지 빠지게 만들 참인가?"

심장이 또다시 쿵 소리를 내며 내려앉았다. 그의 얼굴은 확실히 심장에 좋지 않았다. 비에 젖은 생쥐 꼴이 된 나와 달리 그의 얼굴은 이 순간에도 빛이 나는 듯했다.

촉촉하게 젖어 내린 은빛 머리카락과 열기 서린 황금색 눈동자, 모닥불의 온기에 붉게 물든 입술이 매우 유혹적이었다.

뺨에 달라붙어 있던 머리카락이 간지러웠는지 그가 손가락으로 앞머리를 쓸어 올렸다. 물기에 젖어 짙어진 머리카락이 뒤로 넘어가자 반듯한 이마가 모습을 드러냈다.

평소와 다른 머리 스타일은 그의 나이를 두세 살 정도 많아 보이게 했지만 그의 남성다움을 더욱 부각시켰다.

그를 사랑하는 것을 자각해서인지 그러한 그의 모습에 예전처럼 무감각해지지 않았다. 풀어진 셔츠 사이로 보이는 그의 목울대에 유난히 시선이 갔다.

육체는 이제 갓 성인식을 치른 처녀였지만 정신은 이미 운우지정이 무엇인지 잘 알고 있는 성숙한 여인이었다. 남녀가 단둘이 좁은 공간에 있는다는 것이 어떤 의미인지 모를 만큼 순진하지 않았다.

나도 모르게 얼굴이 화끈거리고 입술이 바짝 말랐다. 제국의 법은 결혼하지 않은 처녀의 문란함에 관대하지 않았다. 결혼한 뒤, 아내가 처녀가 아니었다는 사실이 밝혀지면 남편은 이혼과 동시에 처가에 상당한 액수의 위자료를 청구할 수 있을 정도였다.

제국의 법을 누구보다 잘 알고 있는 황태자가 이 상황에서 나에게 무슨 짓을 할 거라고는 생각하지 않았다.

그는 우리 두 사람이 무사히 귀환하고 난 뒤에 사람들의 입에 오르내릴 구설수를 생각해서라도 거리낄 만한 짓을 절대 하지 않을 사람이었다.

하지만 저렇게 욕망 따위는 단 한 점도 없다는 얼굴로 앉아 있는 그를 보니 갑자기 울컥한 기분이 들었다. 나는 이렇게 동요하고 있는데 너무나 평온한 그의 모습이 얄미웠다. 그의 저 평온함을 흔들어 주고 싶었다.

나는 그에게서 시선을 떼고 두르고 있던 그의 겉옷을 벗었다. 모닥불의 온기로 추위는 가셨지만 옷은 비로 인해 이미 흠뻑 젖어 있었다. 아무리 모닥불을 지피고 있다고 해도 이대로 내일 아침까지 젖은 옷을 입고 있는 것은 좋지 않았다.

더구나 그는 다친 몸이었다. 젖은 옷을 그대로 입고 밤을 지새우는 것이 몸에 좋을 리가 없었다. 이대로 두면 그는 날이 밝을 때까지 저 상태로 있을 터였다. 그를 흔들면서 옷까지 말릴 좋은 생각이 떠올랐다.

빨래를 짜듯 그의 옷을 힘주어 비틀자 꽤 많은 양의 물이 주르륵 흘러나왔다. 모르긴 몰라도 입고 있는 드레스에는 이보다 훨씬 많은 물이 담겨 있을 것이다. 나는 드레스의 단추를 하나씩 풀어 나갔다.

"무, 무슨……. 윽!"

단추를 반쯤 풀자 그가 놀라 벌떡 일어났다. 허리를 굽혀야 간신히 들어올 수 있는 토굴이었다. 그가 몸을 일으키자 낮은 천장에 머리가 정통으로 부딪혔다.

"괜찮으십니까?"

"괜찮지 않아! 대체 무슨 짓이야?"

그가 머리를 싸매고 버럭 소리를 질렀다. 당황해서 어쩔 줄 모르는 그의 모습에 비죽 웃음이 나왔다. 나는 삐져나오려는 웃음을 간신히 참고 심드렁하게 대꾸했다.

"제가 무슨 짓을 했다고 그러십니까?"

"그, 그……."

그는 뭐라고 말을 해야 하는지 모르는 사람처럼 말을 더듬으며 내 옷을 손가락으로 가리켰다.

보통의 귀족 여성들의 옷이 그렇듯 내가 입고 있는 드레스 또한 단추가 뒤에 달려 있었다. 하녀들의 도움 없이는 입고 벗기 어려운 옷이었지만 스스로 못할 정도는 아니었다.

차근차근 풀어 낸 단추는 어느덧 허리까지 풀어졌다. 벌어진 드레스의 상의가 흘러내려 뽀얀 어깨를 고스란히 드러냈다. 그가 비명처럼 소리를 질렀다.

"당, 당장 그만둬!"

어느덧 상의에 있던 단추는 모두 풀었다. 나는 그의 말에 대꾸하지 않고 드레스의 상의를 잡아 내렸다.

"헉!"

그가 신음성을 흘리며 눈을 질끈 감았다. 터질 것처럼 새빨갛게 붉어진 얼굴로 두 눈을 꼭 감고 있는 그는 지금까지 본 그의 모습 중에서 가장 귀여웠다.

"어서 다시 입어."

"싫습니다."

"비이!"

그가 눈을 뜨지 않은 채 내 이름을 불렀다. 바닥을 짚고 있는 그의 손가락이 바닥을 긁었다. 흙으로 된 바닥이 그의 손가락 힘으로 움푹 패어 들어갔다. 힘이 들어가 하얗게 도드라진 그의 손가락 관절을 보니 내가 심했다는 생각이 들기 시작했다.

"장난은 이쯤에서 그만하지요."

나의 말에 그가 눈을 번쩍 떴다. 그가 구체적으로 무슨 상상을 했을지는 모르겠지만 지금 내 모습은 그가 상상하던 모습은 아닐 것이다.

보통 드레스 안에는 몸매를 보정하고 드레스의 맵시를 좋게 하기 위해 페티코트를 입었다. 하지만 오늘 내가 입은 것은 페티코트가 아니라 이중으로 만들어진 드레스였다.

무거운 페티코드 대신 살짝 부풀린 안쪽의 치마와 그 위에 걸치듯 입을 수 있는 겉의 얇은 드레스는 사냥 대회 같은 외부 활동에도 가볍게 활동할 수 있도록 디자인된 것으로 루이아샤의 수석 디자이너인 마담 미엘라의 작품이었다.

겉 드레스를 벗어 목과 팔이 드러나긴 했지만 지금 내가 입고 있는 것은 보통 파티에서도 입을 수 있는 탑드레스였다.

그가 한동안 멍하니 나를 바라보고 있다 한숨을 내뱉듯 말했다.

"장난이었나?"

"네, 재미없으셨나요?"

"하아, 그대가 두 번만 더 장난을 쳤다간 내가 제 명에 못 살겠다."

그가 몸에 힘을 뺀 채 나를 바라보았다. 그의 황금빛 눈동자가 오롯이 나를 담자 왠지 모르게 얼굴이 화끈거렸다. 나는 그런 느낌을 떨쳐 내려 벗어 놓은 드레스를 움켜쥐고 물기를 짰다.

두 손에 힘을 주자 드레스가 머금고 있던 빗물이 주르륵 흘러내렸다. 어느 정도 물기가 빠졌다는 생각이 들자 아라크 열매의 겉껍질이 쌓여 있는 곳에 드레스를 널었다. 그는 그런 나의 행동들을 눈 한 번 깜빡이지 않고 지켜보았다.

"전하께서도 옷을 말리시는 게 좋을 것 같습니다."

그의 침묵이 거북해 그에게 먼저 말을 걸었다. 그는 나의 말에도 아무런 대답 없이 손으로 턱을 괴며 나를 바라보기만 했다.

"전하?"

"그대는 내가 남자라는 건 알고 있는 건가?"

"알고 있습니다만."

"알면서도 이리 도발을 한단 말이지?"

그의 붉은 입술 한쪽이 비죽 올라갔다. 그는 어느새 평소의 모습으로 돌아가 있었다. 붉어진 얼굴로 잔뜩 당황하던 그의 모습은 좀처럼 보기 힘들었기에 조금 아쉬운 마음이 들었다.

"제가 도발하면 넘어오실 겁니까?"

"하!"

나의 대답에 그가 웃음을 터트렸다. 나는 그런 그를 도도한 얼굴로 바라봤다. 그와의 대화는 항상 나를 전투적으로 만들었다. 왠지 모르게 그에게는 한마디도 지고 싶지 않다는 마음이 내 안에 가득했다. 그런 나를 향해 그가 달콤한 미소를 지었다.

"이미 그대에게 푹 빠진 내가 보이지 않나?"

"글쎄요. 잘 모르겠습니다."

"이런!"

그가 안타깝다는 듯 혀를 찼다.

"어떻게 해야 그대가 내 마음을 알아줄까?"

"제가 전하의 마음을 어찌 알겠습니까?"

"내 가슴을 도려내고 그 안에 든 것들을 모두 끄집어내어 그대의 눈앞에 들이밀면 알아줄까?"

순간 그가 가슴을 갈라내고 안에 들어 있는 것들을 나에게 보여 주는 장면이 머릿속에 그려졌다. 저절로 인상이 찌푸려지고 불쾌해졌다.

"끔찍하군요."

"쿡쿡, 그럼 어찌해야 할까?"

그의 황금빛 눈동자가 짙게 내려앉았다. 그와 나와의 거리는 두 뼘 정도로 그가 몸을 내 쪽으로 기울이기만 해도 나와 닿을 거리였다. 나는 그의 눈동자에 서린 열기를 외면하듯 대화의 방향을 바꾸려 했다.

"그런 건 나중에 생각하시고 우선 옷부터 말리는 게 어떻겠습니까?"

"그대는 항상 그리 빠져나가려고 하지."

어느새 바짝 다가온 그가 손을 뻗어 내 턱을 들어 올렸다.

"닿을 듯 말 듯, 내 마음을 이리 애태우고 말이지."

그의 엄지손가락이 내 입술을 천천히 쓸었다. 얼굴에 닿은 그의 손이 매우 뜨거웠다.

"전하, 몸이……."

"시스."

그가 손가락으로 내 입술을 막았다.

"시스라고 불러."

그의 두 손이 내 얼굴을 모두 감쌌다. 그의 손에서 뿜어져 나온 뜨거운 열기가 내 얼굴을 통해 한가득 전해졌다. 그의 몸이 이토록 뜨거운 것은 결코 정상이 아니었다.

낙마의 충격과 오랜 시간 비를 맞은 것이 결국 탈이 난 모양이었다. 사실 정상인 것이 더 이상할 정도였지만 그가 너무도 아무렇지도 않은 듯 행동해서 이 정도로 상태가 나쁜 줄은 모르고 있었다.

"전하의 손이 너무 뜨겁습니다. 몸이……."

"이름을 불러 줘, 비이."

"지금 이름이 문제입니까?"

나는 결국 그를 향해 빽 소리를 질렀다. 그가 나의 얼굴을 감싸 쥔 채, 눈을 동그랗게 떴다.

"대체 언제까지 숨기려고 하십니까."

나는 그의 손목을 잡아 내렸다. 그는 순순히 내 손에 이끌려 감싸 쥐고 있던 내 얼굴을 놔주었다.

"몸이 이 지경까지 왔으면 아프다고 말해야지요. 쓰러질 때까지 참으려 했습니까?"

"이름은 불러 주지 않을 건가?"

"이름으로 안 불려 죽은 귀신이라도 붙었습니까? 이름이 무어 대수라고……."

그의 애처로운 표정에 나는 더 이상 말을 잇지 못했다. 그는 마치 길 잃은 아이 같은 눈으로 나를 바라보고 있었다. 나는 결국 한숨을 내쉬고 그의 이름을 불렀다.

"시스! 됐습니……."

내가 말을 끝내기도 전에 그가 와락 나를 품에 안았다. 그의 몸은 손과 마찬가지로 열기로 뜨거웠다.

"한 번도……."

그의 목소리가 가늘게 떨렸다.

"한 번도 그 이름으로 불린 적이 없었다."

그의 이름은 '시리어스 아이산 로우 프리스턴', 프리스턴 제국의 황태자다. 태어나고 바로 황태자가 된 그의 이름을 부를 수 있는 사람은 극소수에 불과했다. 고작해야 황제와 그를 낳은 전 황후가 그를 이름으로 부를 수 있는 자격이 있었지만 황후는 그가 기억할 수 없는 어릴 때 죽었고, 황제는 그를 이름 대신 황태자라고 불렀다.

"모후께서 지어 주신 애칭이지만 그 누구도 나를 그 이름으로 부르지 않아."

그가 나를 안은 채로 말을 이었다.

"그대의 입에서 나오는 내 이름을 듣고 싶어."

"시스."

나를 안고 있는 그의 팔에 더욱 힘이 들어갔다. 조금 답답했지만 나는 그를 밀어내지 않았다. 대신 손을 뻗어 조심스레 그의 등을 쓸어내렸다.

'……시스.'

그에게 애칭이 있는 줄은 몰랐다. 보통 애칭이란 친근한 사이에 부르는 이름이다. 하지만 그 누구도 그를 애칭으로 부르지 않았다. 심지어 그때의 그가 끔찍하게 사랑했던 데이샤 공작 영애조차 그를 이름으로만 불렀을 뿐 애칭으로는 부르지 않았다.

이것을 어떻게 해석해야 하는 걸까?

그를 사랑한다고 자각한 이상 그녀를 의식하지 않기로 결심했다. 하지만 생각처럼 쉽지는 않았다. 그때와 달리 지금의 그는 나를 사랑한다. 그때처럼 무력하게 그녀에게 그를 빼앗기지는 않을 테지만 그럼에도 불안한 마음은 완전히 가시지 않았다.

하지만 그의 애칭을 입에 담은 순간, 깊숙하게 존재하고 있던 불안감이 모두 가시는 것만 같았다. 절대 그를 빼앗기지 않을 거라는 자심감이 생겼다.

"시스."

"조금만 더 이대로 있어 줘, 비이."

내가 그를 밀어내려 한다고 생각했는지 그가 간절한 음성으로 나를 더욱 힘껏 안았다. 두근거리는 그의 심장 소리가 맞닿은 몸을 타고 전해지는 듯했다. 그의 심장박동 소리를 계속 듣고 싶지만 그의 몸에서 나는 열기가 심상치 않았다.

"몸이 너무 뜨겁습니다. 무언가 조치를……."

"괜찮아."

"시스!"

"이 정도 부상으로는 목숨에 위험은 없어."

"지금 그걸 말이라고 하십니까?"

그의 말에 화가 난 내가 그를 밀어내려 하자 그는 나를 안고 있는 팔에 힘을 주어 버텼다.

"내가 지금 얼마나 기쁜지 알고 있나?"

나는 그를 밀어내려던 것을 멈추고 몸에 힘을 빼었다. 그는 그런 나를 더욱더 강하게 안으며 속삭였다.

"그대의 입에서 내 이름이 불릴 때마다 심장이 간질거리는 이 느낌을 어떻게 설명할 수 있을까."

"시스."

"이 순간이 영원하면 좋을 텐데."

한숨처럼 속삭이는 작은 목소리였지만 그의 목소리 끝은 가늘게 떨리고 있었다.

그는 강한 사람이었다. 황태자로서 후에는 황제로서 권력의 정점에 선 그는 결코 약한 모습을 보일 수 없는 사람이기도 했다. 그는 황태자로서도 한 사람의 남자로서도 항상 굳건했고 냉철했다.

어떤 일이 생겨도 의연하게 대처할 것 같던 그가 이렇듯 연달아 약한 모습을 보이니 걱정스러우면서도 한편으로는 기쁜 마음이 들었다.

항상 강한 모습을 보여야 한다고 교육받은 그가 약한 모습을 보일 정도로 내가 그의 마음을 차지하고 있다는 사실이 뿌듯하기까지 했다.

차갑게 나를 밀쳐 내던 그때의 그와 달리 지금의 그는 나를 사랑했다. 그의 품에서 온기를 느끼며 그것은 더욱 확연하게 알 수 있었다. 그는 나를 생각하고 나를 위하고 나를 사랑하는, 바로 내 사람이었다.

"원하신다면 평생 불러 드리겠습니다. 그러니 제발 몸부터 챙기십시오. 걱정이 됩니다."

나는 다시 그의 몸을 밀었다. 그는 아까와 달리 나를 순순히 품 안에서 놓아주었다. 마주한 그는 슬픈 듯, 기쁜 듯 혹은 이것도 저것도 아닌 애매한 표정을 짓고 있었다.

"왜 그러십니까?"

"지금 걱정된다고 한 건가? 그대가 나를?"

"그렇습니다. 무엇이 잘못되었습니까?"

그가 대답 없이 고개를 푹 숙였다. 갑작스런 그의 변화에 나는 어리둥절할 수밖에 없었다. 그는 한참 동안 말이 없었다. 그의 침묵에 혹시나 몸이 더 나빠진 것은 아닌지 걱정되기 시작했다.

"몸이……."

"나를……."

"네?"

평소 낮고 또렷했던 그의 목소리와 달리 아주 작은 소리였다. 나의 반문에 그가 고개를 들었다. 그의 얼굴은 마치 타오를 것처럼 붉게 달아올라 있었다. 나는 그에게 바짝 다가가 그의 이마에 손을 올렸다. 손바닥이 뜨거울 정도로 그의 몸은 열이 올라 있었다.

"이대로는 안 되겠습니다. 열을 식힐 거라도……."

말리고 있던 옷이라도 적셔 오려는데 그가 내 손목을 잡았다. 내가 그를 바라보자 그가 천천히 고개를 저었다.

"괜찮아."

"괜찮기는 뭐가 괜찮습니까!"

그의 괜찮다는 말에 결국 폭발해 버리고 말았다.

"이렇게 열이 심하면서 무슨 고집을 그리 피우십니까? 이대도 놔두면 저절로 낫기라도 합니까? 죽을 만치 큰 부상은 아니라고요? 그걸 어떻게 장담하십니까? 가시에 찔려 죽을 수도 있는 것이 사람입니다. 평소의 뻔뻔함은 대체 어디다 두고 이리 답답하게 구십니까!"

속사포처럼 소리를 지르고 호흡을 고르고 있는데 그가 미소를 지으며 나를 바라봤다.

"좋군."

"대체……."

울컥 또다시 화가 치밀어 올랐다. 다시 그를 향해 퍼부으려고 하는데 그가 입을 여는 것이 더 빨랐다.

"나를 싫어하는 줄 알았다."

"네?"

"내가 어찌 되든 그대는 아무렇지도 않을 줄 알았다."

"대체 무슨 소리를 하시는 겁니까?"

그가 잡고 있던 내 손목을 풀고 손을 잡았다. 조심스레 얽히는 그와 내 손가락을 보면서 그가 나를 얼마나 조심스레 대하고 있는지를 느낄 수 있었다.

"그대는 항상 나를 볼 때마다 인상을 찌푸리고 어떻게 하면 나에게서 벗어날까 궁리하기에 여념이 없었지."

"그건……."

확실히 그와 얽히고 싶지 않았다. 할 수만 있었다면 그를 만나지조차 않았을 것이다. 그를 만나 또다시 사랑에 빠져 절망의 구렁텅이에 빠지는 것은 절대 사양이었으니까. 하지만 지금은 아니다. 나는 그를 사랑하고 있었다.

내가 반박을 하기도 전에 또다시 그가 먼저 입을 열었다.

"지금 이 순간이 영원했으면 좋겠다."

그가 잡고 있는 내 손을 자신의 입술에 가져다 대며 입술을 움직였다. 손등에서 보드랍고 간질거리는 느낌이 전해졌다.

"그대가 나를 싫어하고 있다는 것쯤은 알고 있어. 나를 걱정하는 것도 단지 인간적인 도리에서라는 것도 알아. 하지만 그럼에도 이 순간이 영원했으면 좋겠어."

그가 내 손을 자신의 뺨에 대었다.

"내 이름을 부르는 그대가 좋아, 나를 걱정하는 그대의 모습에 가슴이 벅차. 지금 당장 죽는다고 해도 기쁘게 죽음을 맞이할 정도로 행복해."

그의 황금색 눈동자가 나를 직시했다. 그의 열기가 나에게도 전해져 온 듯 온몸이 뜨거워졌다.

"……싫어하지 않습니다."

"뭐?"

"저는 전, 아니 시스 당신을 싫어하지 않습니다."

그가 믿을 수 없다는 듯 눈을 동그랗게 뜨고 나를 바라봤다. 황금색 눈동자가 기대감에 일렁거리기 시작했다.

"처음부터 싫어하지 않았습니다."

"하지만 그대는……."

"그러니 지금 죽으면 원망할 겁니다."

그가 무엇을 말하려는지 짐작되었다. 싫어하지 않으면서 왜 그를 거부했는지 묻고 싶은 것이리라. 하지만 지금은 말하고 싶지 않았다.

그에게 지금 고백을 한다면 붉어진 얼굴이, 미칠 듯이 뛰는 심장이 제대로 버티지 못하고 터져 버릴 것만 같았다.

내가 노골적으로 말을 돌리자 그가 입을 닫고 말없이 나를 바라보았다. 화끈거리는 열기에 그의 시선을 피하고 싶었지만 꿋꿋하게 마주했다.

"지금 죽을 수는 없지. 그대를 위험에 빠트린 1황비에게 복수는 해야 할 테니 말이야."

나의 의도대로 그는 순순히 대화의 주제를 바꿔 주었다. 묻고 싶은 것이 많을 텐데도 그는 아무 일도 없었다는 듯 아무런 내색 없이 나의 손을 꼭 쥔 채로 나를 향해 빙긋 미소를 지어 보이는 여유를 보였다.

나 또한 마주 잡은 그의 손을 힘주어 잡았다. 조만간 이 감정이 정리되는 대로 그의 고백에 대답하리라 마음먹었다.

"1황비에게 복수라니요?"

"그대의 말이 날뛴 것은 우연이 아니야."

순간 고삐의 일부분이 날카로운 무언가에 의해 잘려져 있던 것이 생각났다.

"확실히 그렇군요."

"미안하다."

"무엇이 말입니까?"

나의 물음에 그가 낮은 한숨을 내쉬었다.

"내 불찰이다. 1황비 쪽에서 그대에게 무언가 손쓸 거라고 생각은 했지만 이렇듯 노골적으로 적의를 드러낼 줄은 몰랐다."

"왜 1황비라고 생각하십니까?"

"휴식 시간임에도 그대의 모습이 보이지 않아 찾아다녔다. 그러다가 그대의 말에 독침을 쏘려는 자를 보았지. 막지는 못했지만."

그는 말을 타고 있는 나를 발견하자마자 말에서 내리라고 소리를 질렀다. 그는 그때 내 말에 독침을 날리는 사람을 본 모양이었다.

"낯이 익은 자였다. 1황비 쪽 사람이지."

이 모든 것이 자신의 책임이라는 듯 그가 시무룩한 표정이 되었다.

"1황비는 아닙니다."

"어째서 그렇게 생각하지?"

"1황비라면 이렇게 허술한 방법은 쓰지 않습니다. 알고 계실 텐데요."

조금만 조사해 봐도 범인이 누군지 찾아낼 수 있는 일이다. 이렇듯 드러내놓고 일을 저지르는 것은 1황비의 방법이 아니었다.

오랜 시간 황궁에서 살아남은 그녀가 이렇게 허술하게 일을 처리할 리가 없었다. 그녀라면 좀 더 은밀하게 확실한 방법으로 일을 처리했을 것이다.

만약 그녀가 나를 죽이려고 마음먹고 일을 벌였다면 나는 지금 이렇게 살아 있을 수 없었을 것이다. 그녀가 나를 가만히 놔두는 것은 나를 죽일 방법이 없어서가 아니다. 나를 죽임으로 인해 벌어질 일들을 감당할 수 없기에 나를 내버려 두고 있을 뿐이었다.

"확실히 1황비가 벌인 일치고는 조잡하긴 하지."

그가 고민하듯 자신의 턱을 쓸어내렸다.

"하지만 그는 분명 1황비 쪽 사람이었다."

"1황비는 아닙니다."

"짐작 가는 사람이라도 있는 건가?"

그의 물음에 나는 머릿속에 이 일을 벌인 이를 떠올리며 깊은 한숨을 내쉬었다. 뒤에 벌어질 일들은 생각하지 않고 1황비 쪽 사람을 움직여 일부터 저지를 이는 단 1명밖에 없었다.

"아마도 1황자의 빈이 저지른 일일 겁니다."

"형님의 빈?"

그가 미간을 찌푸렸다. 1황자의 빈이 누구인지 떠올리고 있는 듯했다.

"최근 빈으로 들인 애첩 말입니다."

"애첩? 아!"

그가 그녀를 떠올린 듯 낮은 탄성을 내며 비죽 입술을 비틀어 올렸다.

"그 애 잘 낳는다는 가문의 여자 말이지?"

무언가 불쾌한 일이 있었던 듯 그답지 않게 빈정대는 말투를 썼다.

"그 여자라면 충분히 저지를 수 있는 일이지."

"무슨 일이 있으셨습니까?"

"아니."

그는 단번에 부정했지만 느낌상 그녀와 무슨 일이 있었다는 것을 알 수 있었다. 머리로는 별일 아닐 거라는 것을 알고 있었지만 그가 나에게 숨기는 일이 있다는 것에 기분이 나빠졌다. 물어볼까 말까 고민하고 있는데 그가 낮은 한숨을 내쉬었다.

"그렇게 노려보지 마. 별일 아니었으니까."

"노려보지 않았습니다."

그가 어깨를 으쓱였다.

"정말로 노려보지 않았습니다만."

"난 아무 말도 안 했는데."

그가 능글거리는 웃음을 지었다. 그는 때때로 때려 주고 싶을 정도로 얄미울 때가 있었다. 지금처럼 말이다.

"그런데 왜 그녀라고 생각하지?"
"시비를 걸기에 좀 밟아 줬지요."
"뭐?"
"적어도 일 년 동안은 사교계에 얼굴을 내밀지 못할 정도로요."
그가 눈을 동그랗게 뜨며 나를 바라봤다. 정확한 것은 조사해 봐야 알겠지만 나는 이 일의 범인이 1황자의 빈일 거라고 확신했다.
무슨 자신감으로 일을 벌인 건지는 모르겠지만 아무리 1황비라 하더라도 이 일은 결코 가볍게 넘길 수 없을 터였다. 황제가 주최하는 사냥 대회였다. 황제가 직접 주관하는 행사에서 이렇듯 불미스러운 일이 일어났다는 것 자체가 황제의 위신을 깎아내리는 일이었다. 그녀에게 1년은 너무 짧았던 모양이었다. 앞으로 평생 동안 사교계에 얼굴을 드러내지 못하리라.
"나도 그 자리에 있었다면 좋은 구경을 했을 텐데. 아쉽군."
어느새 그가 손으로 턱을 괴며 나를 바라보고 있었다.
"별로 유쾌한 자리는 아니었습니다. 그보다 자꾸 말을 돌리시는 것 같습니다만."
"무슨 말인지 모르겠군."
그가 시치미를 떼며 웃었다. 태연한 그의 모습에 나는 한숨을 내쉬었다. 내가 그의 몸 상태에 대해 물을 때마다 그는 요령 좋게도 매번 대화의 주제를 다른 곳으로 돌리고 있었다.
나도 어지간하면 그의 의도대로 따라가 주고 싶었지만 그의 상태는 시간이 지날수록 나빠지는 것이 한눈에 보일 정도였다.
직접 닿지 않아도 전해지는 열기와 붉게 물든 얼굴, 송골송골 맺힌 식은땀만으로도 그가 얼마나 많은 인내심을 가지고 참고 있는지 알 수 있었다.
그가 왜 자신의 부상을 나에게 숨기려고 하는지는 알고 있다. 그와 나, 단 둘만이 고립된 상황에서 내가 기댈 수 있는 사람은 그밖에는 없었다. 그는 내 존재만큼 마음의 부담감을 안고 있는 것이다.

나에게 조금의 불안감도 주지 않으려는 그의 마음은 고마웠다. 하지만 그 혼자 모든 것을 짊어지려는 태도는 마음에 들지 않았다. 그가 나의 버팀목이 되듯, 나 또한 그의 버팀목이 되어 주고 싶었다.

물론, 이런 상황에 익숙하지 않은 내가 그에게 도움이 될 수 있는 방법은 거의 없었다. 오히려 짐이 되지 않는 방법을 찾는 것이 더 빠를 것이다.

평소 단련과는 거리가 먼 육체는 이미 오래전에 한계를 넘어 버렸고, 야영이라고는 해 본 적이 없기에 무엇을 어떻게 해야 그에게 도움을 줄 수 있는지도 알지 못했다.

그가 평소와 같았다면 모르겠지만 그는 자신의 몸을 스스로 추스르는 것도 벅차 보였다. 그런 그에게 나라는 짐을 지워 주고 싶지 않았다.

평소 의학에 대해 공부해 두었다면 좋았을 거라는 생각이 들었지만 바로 머리에서 털어 버렸다. 어차피 일은 이미 벌어졌고 지금 당장 쓸 수 없는 후회라는 감정은 도움은커녕 방해만 될 뿐이었다.

할 수 없는 일을 생각하며 후회하고 있는 것보다는 지금 당장 내가 할 수 있는 일을 찾는 것이 백배 나았다.

"벗으십시오."

"뭐?"

"계속 젖은 옷을 입고 있으니 몸이 더 나빠지는 겁니다. 벗으세요."

스스로 젖은 옷을 벗을 의향은 전혀 보이지 않았기에 나는 그에게 다가가 막무가내로 그의 상의를 잡아당겼다. 내가 행동부터 앞세울 줄은 몰랐던지 그가 당황한 얼굴로 벗겨지려는 상의를 움켜쥐었다.

"자, 잠깐……. 비이!"

"이러다가는 옷이 찢어질 것 같군요. 이대로 찢을까요? 아니면 스스로 벗으시겠습니까."

"하……."

팽팽하게 당겨진 천을 사이에 두고 그는 이보다 더 황당한 말은 들어 보지 못했다는 듯 얼빠진 얼굴로 나를 바라봤다.

"찢을까요?"

나는 그의 상의를 더욱 힘주어 당겼다. 고급 천이라고 해서 튼튼하다고 생각하면 오산이다. 오히려 고급이라고 분류된 천일수록 약간의 힘을 가하는 것만으로도 쉽게 찢을 수 있었다.

그의 상의가 곧 찢어질 것처럼 팽팽해졌다. 내가 진심이라는 것을 느낀 탓인지 그가 당황하던 표정을 수습하며 입을 열었다.

"안 벗으면 안 될까?"

"안 됩니다."

"내가 좀 부끄러울 것 같은데."

나는 무작정 당기던 힘을 빼고 그의 얼굴을 올려다보았다. 그런 나를 그가 어색한 미소를 지운 채 바라보고 있었다.

"몸이 나빠지는 것보다는 낫습니다."

"역시, 그대는 나를 남자로 보지 않는 것 같군."

"이야기가 왜 또 그쪽으로 갑니까?"

나는 그의 상의에서 손을 떼고 팔짱을 끼었다. 그는 절대 옷을 벗을 생각이 없는 듯했다. 아무리 몸이 좋지 않아도 그는 엄연히 나보다 힘이 센 남자였다. 그를 힘으로 제압하고 옷을 벗기기는 무리가 따랐다.

"내가 남자로 보이지 않으니 이렇게 선뜻 옷을 벗기려는 거 아닌가?"

"지금 남자, 여자가 중요합니까?"

"당연히 중요하지."

미간을 찡그리자 그가 말을 이었다.

"나는 비이, 그대에게 유일한 남자이고 싶으니까."

방금 전까지 당황해하던 사람은 어디로 갔는지 어느새 그는 능글 버전으로 변해 있었다. 나는 저절로 나오려는 한숨을 삼키며 그를 노려봤다.

그는 최대한 티 내려 하지 않고 있지만 조금 전부터 그의 호흡이 거칠어진 것을 느낄 수 있었다. 도움이 될지는 알 수 없지만 적어도 그의 열이 내릴 수 있도록 할 수 있는 것은 모두 해 봐야 할 것 같았다. 하지만 가장 큰 문제는 그에게 그럴 생각이 전혀 없다는 것이었다.

"어떻게 하면 순순히 옷을 벗으시겠습니까."

"글쎄."

그가 나를 보며 자신의 턱을 쓸어내렸다.

"그대가 나와 결혼을 해 준다면 생각해 볼……."

"좋습니다."

"뭐?"

"시스, 당신과 결혼하겠다고 했습니다. 그러니 약속대로 벗으십시오."

그는 내가 긍정적인 답변을 할 줄은 생각조차 해 본 적이 없는지 눈을 동그랗게 떴다. 나는 그가 잠시 주춤거리는 틈을 타 재빨리 그에게 달려들었다.

그가 뒤로 몸을 빼려 했으나 불을 피운 공간을 제외하고 나니 토굴 안은 두 사람이 간신히 앉아 있을 수 있을 정도로 좁아졌다. 뒤로 물러설 공간은 없었다는 말이다. 놀라 잠시 틈을 보인 그는 나의 행동을 막을 타이밍을 놓치고 말았다.

그의 겉옷은 이미 토굴 안에 들어오기 전, 나에게 넘겨져 불 가까이에서 말리고 있는 상태였다. 그가 입고 있는 상의라고는 얇은 비단 셔츠가 전부였다. 나는 그의 상의를 잡고 힘주어 당겼다.

"자, 잠깐……."

단추 뜯어지는 소리가 들리며 흥건히 젖어 그의 피부처럼 달라붙어 있던 상의가 벗겨졌다. 마침내 그의 옷을 벗겨 냈다는 뿌듯한 성취감이 들었지만 동시에 난감함을 느껴야 했다.

그의 옷을 벗기고 난 후, 정신을 차리고 보니 내가 그의 몸 위에 올라타 있는 형상이 되어 있었다. 그의 상의를 벗기는 데 너무 열중하고 있었던 터라 그와 나의 위치가 어떻게 되는지조차 모르고 있었다.

"이것 참, 정신이 번쩍 드는 도발이로군."

반쯤 드러누워 있던 그가 완전히 몸을 젖히며 빙긋 웃었다. 그의 움직임으로 나는 그의 배에 올라타 앉아 있는 모습이 되었다. 그는 식은땀을 줄줄 흘리는 지경까지 갔으면서도 여전히 아무렇지도 않은 척 시치미를 뗄 생각인 것 같았다.

"마음에 드십니까?"

"아주 짜릿해."

"마음에 드신다니 다행이군요."

나는 그의 맨가슴에 손을 올렸다. 마치 불에 덴 듯, 화끈한 열기가 손바닥을 통해 전해졌다. 이 지경이 되도록 약한 소리를 하지 않는 그가 대단해 보이면서도 무엇이 그를 이토록 몰아붙이고 있는지 안타까웠다.

"비이?"

"가만히 계십시오."

그의 배에 앉은 자세 그대로 그에게서 벗긴 셔츠의 물기를 짜냈다. 민망하고 부담스러운 자세이긴 하지만 내가 일어나면 그도 따라 일어날 것 같았다. 나는 그의 배에 앉은 그대로 손만을 움직여 그의 몸을 닦아 주었다.

군살 없이 균형 잡힌 그의 근육들이 나의 손길이 닿을 때마다 움찔거렸다. 그의 맨몸을 처음 보는 것은 아니었다. 손에 꼽을 만큼 적긴 했지만 나와 그는 엄연히 부부의 관계를 맺었던 사이였다. 그의 맨몸은 익숙하다면 익숙하다고 할 정도로 보았다.

하지만 열기에 들뜬 채, 오르락내리락하는 그의 몸을 볼수록 그럴 상황이 아님에도 불구하고 심장의 두근거림이 멈추지 않았다.

쿵쾅쿵쾅 뛰는 심장 소리가 그의 귀에까지 들릴 것 같았다. 나는 심장 소리를 최대한 줄여 보고자 그에게 말을 걸었다.

"강해 보이는 것도 좋지만 최대한 몸부터 챙기십시오."

나의 말에도 그는 아무런 대답을 하지 않았다. 그는 알 수 없는 표정으로 나를 잠시 올려다보더니 이내 천천히 눈을 감았다.

나는 굳이 그에게 다시 말을 걸지 않았다. 타닥거리며 불이 타들어 가는 소리만이 토굴 안을 가득 울렸다. 그의 상체를 다 닦아 낼 때까지도 그는 감고 있던 눈을 뜨지 않았다.

그의 몸에서 내려와 그의 상체를 닦아 낸 상의의 물기를 다시 한 번 짜내었다. 뜨뜻미지근한 물이 주르륵 손을 타고 흘러내렸다. 상의를 탈탈 털어 불가 근처에 두고 꾸덕꾸덕하지만 어느 정도 마른 그의 겉옷을 들어 올렸다.

맨살로 있는 것보다는 꾸덕꾸덕한 옷이라도 걸치고 있는 것이 좋을 것 같았다. 겉옷을 덮어 주고자 돌아보니 그의 상태는 아까보다 훨씬 더 나빠 보였다.

열기로 붉어진 얼굴, 거친 호흡. 그의 상태는 무엇 하나 좋아 보이지 않았다. 나는 불안감을 안고 그를 흔들었다.

"전하!"

나의 부름에 그가 천천히 눈을 떴다. 그와 시선이 마주치자 나는 나도 모르게 안도의 한숨을 내쉬었다.

"시스라고 불러 달라고 한 것 같은데."

"그러지요. 시스, 상태가 더 안 좋아지는 겁니까?"

"괜찮다고 하면 믿지 않을 거지?"

"네."

"하아, 그대에게는 잘난 모습만 보여 주고 싶었는데."

그가 한숨처럼 속삭이며 피식 웃었다. 나는 들고 있던 겉옷을 그에게 덮어 주며 대답했다.

"쓸데없는 오기는 하등 도움 될 것이 없습니다."

"쿡, 오기인가."

"만용이라고 해 드릴까요?"

"이런, 내가 그 정도로 형편없었나?"

그가 힘없이 중얼거렸다. 나는 그의 말에 대꾸하는 대신 벗어 놓았던 겉 드레스를 찢어 빗물에 적셨다. 시원한 빗줄기가 열기를 식혀 주는 듯했다.

그가 누운 채로 그런 나를 물끄러미 바라봤다. 헝겊 조각이 되어 버린 겉 드레스의 물기를 짜내고 그의 이마에 얹으며 입을 열었다.

"이대로 일어나지 못하시면 더한 평가도 해 드릴 수 있습니다만."

"평가가 박하군."

"그러니 하루빨리 완쾌해서 일어나십시오. 그럼 좀 더 후한 평가를 해 드리지요."

"쿡쿡, 그대는 정말이지 언제나 내 예상을 벗어난단 말이지."

소리 내어 웃던 그가 힘이 드는지 또다시 눈을 감았다. 그의 입에서 나오는 숨소리가 한층 더 거칠어져 있었다. 한눈에도 확연히 보일 정도로 힘들어하는 그가 안타까웠지만 내가 해 줄 수 있는 일은 없었다.

나는 차가운 빗물에 적셔 둔 헝겊으로 식은땀이 흐르는 그의 얼굴과, 목 등을 부지런히 닦아 주었다.

"밖에 표시를 해 두었으니 날이 밝으면 어떻게 해서든 우리를 찾으러 올 거야."

그는 여전히 눈을 뜨지 않은 채, 말을 이었다.

"그러니 너무 걱정하지 않아도 돼, 비이."

"별로 걱정하지 않았습니다."

그의 마음의 무게를 덜어 주고자 심드렁하게 대꾸하자 그가 쿡쿡거리며 웃었다.

"그대는 걱정되지 않을지 몰라도 나는 걱정되는군. 야차 같은 얼굴로 나를 향해 칼을 휘두를 후작을 떠올리는 것만으로도 심장이 떨려 죽을 것 같아."

"그럴 일 없습니다."

나의 대답에 그가 감고 있던 눈을 떴다. 후작은 그때나 지금이나 황제에게 절대 충성하는 사람이었다. 그런 그가 황태자인 그를 향해 칼을 빼어 든다는 것은 상상조차 해 본 적이 없었다. 내가 이해할 수 없다는 듯 미간을 찌푸리자 그가 물끄러미 나를 올려다보았다.

"무심함이 그대의 매력이긴 하지만 때론 그 무심함이 잔인하게 느껴져."

"무슨 뜻입니까?"

"후작이나 나나 그대에게 휘둘려 산다는 뜻이지."

그의 말을 이해할 수 없었다. 무슨 뜻으로 하는 말이냐고 되물으려고 하는데 그가 다시 눈을 감으며 중얼거렸다.

"지금은 알려 주고 싶지 않군. 후작도 나처럼 마음고생 좀 해 보라지."

이제는 말하는 것도 힘든 듯 그가 거친 숨을 몰아쉬었다. 궁금증이 일었지만 나는 더 이상 그에게 말을 걸지 않았다.

불꽃이 타들어 가는 소리와 함께 폭우처럼 쏟아지던 빗줄기가 서서히 줄어드는 소리가 들렸다.

12막. 함정

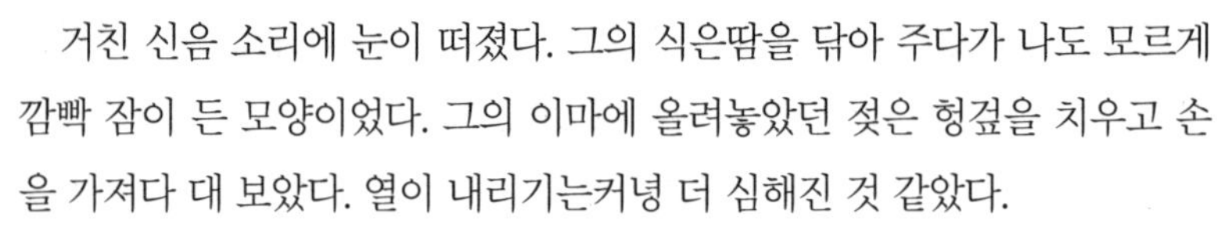

거친 신음 소리에 눈이 떠졌다. 그의 식은땀을 닦아 주다가 나도 모르게 깜빡 잠이 든 모양이었다. 그의 이마에 올려놓았던 젖은 헝겊을 치우고 손을 가져다 대 보았다. 열이 내리기는커녕 더 심해진 것 같았다.

"시스."

조심스레 그의 몸을 흔들어 보았다. 몇 번 더 그의 이름을 부르자 그가 천천히 눈을 떠 나와 시선을 마주했다.

그는 목소리가 나오지 않는 듯 입술을 몇 번 달싹이다 곧 입을 다물어 버렸다. 차마 괜찮으냐는 말은 할 수가 없었다. 누가 보더라도 그의 상태가 심각하다는 것을 알 수 있었으니 말이다.

"사람을 불러 와야겠습니다."

비는 이미 그쳐 있었고 어스름히 해가 떠오르고 있었다. 어디로 가야 하는지는 알 수 없었지만 토굴 안에 가만히 앉아 누군가가 구해 주러 오기만을 기다리고 있을 수만은 없었다. 내가 몸을 돌리려 하자 그가 팔을 움찔거렸다.

그는 토굴을 나가려는 나를 잡으려 움직이려다 힘이 모자라 원하는 대로 나를 잡지 못하는 듯 보였다. 나는 나가려던 것을 멈추고 그의 손을 힘주어 꾹 잡아 주었다.

"걱정하지 마십시오. 멀리 가지는 않겠습니다."

그가 어젯밤, 주변에 표식을 해 두었다고 했다. 우리를 찾고 있는 사람들이 언젠가는 그 표식을 발견할 수는 있겠지만 그 언젠가가 오늘이 될지 내일이 될지 알 수 없는 없는 일이었다. 나야 좀 늦게 발견된다 하더라도 크게 문제 될 것이 없었지만 그에게는 지금 당장 의사의 손길이 필요했다.

"금방 돌아오겠습니다."

아픈 그를 홀로 놔두어야 한다는 것이 마음에 걸렸지만 한시라도 빨리 다른 사람들을 데려오는 것이 그에게는 더 나은 일이었다. 나는 잡고 있던 그의 손을 놓고 토굴을 나왔다.

밤사이 내린 비로 땅과 나무들이 축축하게 젖어 있었다. 나는 해가 떠오르는 것을 보며 방향을 가늠했다. 이곳이 정확히 어디인지는 모르겠지만 사냥 대회가 열리는 산은 황궁에서 서쪽 방향에 위치해 있었다. 어찌 되었든 동쪽으로만 가면 황궁이 나온다는 소리였다.

사람들이 있는 방향을 모르니, 일단 동쪽으로 방향을 잡고 주변을 살펴보기로 마음먹었다. 동쪽으로 가기 위해 몸을 돌리려는데 가까운 곳에서 부스럭거리는 소리가 들렸다.

혹시나 토굴의 주인이 돌아온 것인가. 숨을 죽이며 소리가 나는 곳을 주시했다.

토굴의 크기로 보면 토굴의 주인은 제법 크기가 큰 동물이 틀림없었다. 초식동물이면 좋겠지만 대체로 이런 토굴을 만드는 동물은 초식동물보다는 육식동물인 경우가 많았다. 나를 위해서도 시스를 위해서도 제발 흉포한 동물이 아니기만을 바랐다.

"비욘느!"

잔뜩 긴장하고 있던 것이 무색하게도 부스럭거리며 나뭇가지들을 헤치고 모습을 드러낸 것은 초췌한 얼굴을 하고 있는 후작이었다. 그는 나를 발견하자마자 튕기듯 뛰어와 나의 양팔을 거머쥐었다.

"다친 곳은?"

평소의 후작답지 않은 다급한 음성이었다. 한 치의 실수도 용납하지 못하는 성격답게 그는 항상 완벽한 모습이었다.

한 올의 머리카락도 흐트러지지 않게 깔끔하게 뒤로 넘기는 머리 스타일과 구김 하나 지지 않는 옷매무새는 그가 얼마나 완벽주의자인지 단적으로 보여 주는 예였다.

그런 그가 잔뜩 구겨진 옷차림과 헝클어진 머리는 신경조차 쓰지 않고 다급하게 나를 향해 말하고 있었다.

"몸은 괜찮은 게냐?"

"좋지 않습니다. 속히 의원을 불러야 합니다."

후작에게 양팔이 잡혀 몸은 움직일 수 없었으므로 나는 토굴 쪽으로 고개만을 돌린 채, 말을 이었다.

"열이 상당히 높습니다. 아무래도 낙마로 부상을 입은 것 같습……."

"어째서 너 혼자 돌아다니고 있는 게야!"

지금껏 한 번도 들어 본 적 없는 그의 고함 소리가 귓가를 때렸다. 토굴 쪽을 향하고 있던 시선을 후작에게로 돌리자 그가 무시무시한 시선으로 나를 노려보고 있었다.

그때와 지금까지 내 인생을 통틀어 이토록 화를 내는 후작을 본 적이 없었다. 그는 내가 무슨 짓을 하건 항상 무심했으니 말이다.

아픈 시스를 혼자 두었다고 이처럼 화를 내는 것인가. 내가 짐작하고 있던 것보다 시스는 후작에게 중요한 사람이었나 보다.

이미 알고 있던 사실이었지만 씁쓸해지는 것은 어쩔 수 없었다. 서로 무심함으로 대하던 그때와 달리 그와 조금은 가까워졌다고 생각했었지만 그것은 나만의 착각이었던 듯했다. 그때나 지금이나 후작에게 나는 별다른 의미가 없는 존재였다.

황태자만을 걱정하는 후작에게 섭섭한 마음이 드는 것을 보니 나는 어느 사이에 후작에게도 마음을 주고 기대를 하고 있었나 보다.

입맛이 썼지만 지금은 내 기분이 중요한 것이 아니었다. 지금 이 순간에도 열로 괴로워하고 있을 시스를 한시라도 빨리 치료하는 것이 우선이었다.

"저를 혼내시기 전에 황태자 전하부터 의원에게 보여야 할 것 같습니다."

"네 곁을 지키지도 못한 황태자 따위 어떻게 되든 무슨 상관이란 말이냐!"

후작이 얼굴을 일그러트렸다.

"낙마에 열까지 난다면서 혼자 돌아다니다니, 제정신인 게냐!"

그가 손으로 내 이마를 짚으며 역정을 냈다. 화난 음성과 달리 이마에 닿는 후작의 손길은 조심스럽기 그지없었다.

후작이 하는 말들을 정확하게 인지하지는 못했지만 그가 아픈 사람을 시스가 아닌 나로 착각하고 있다는 것은 확실히 알 수 있었다. 나는 혼란스러움을 뒤로하고 그의 말을 정정해 주었다.

"낙마로 열이 나는 것은 제가 아니라 황태자 전하십니다."

나의 말에 후작이 미간을 찌푸렸다. 그는 미심쩍은 시선으로 마치 정밀 검사를 하듯 나의 머리부터 발끝까지 꼼꼼히 훑어보았다.

한동안 내 상태를 점검하던 후작은 그래도 믿을 수 없다는 듯 내 이마에 자신의 이마를 대었다.

"각하!"

내 얼굴을 감싸 쥐며 여전히 찌푸린 얼굴로 있던 후작을 향해 근위 기사 복장을 한 이가 다가와 말을 걸었다.

"이곳에서도 황태자 전하께서 남기신 표식이……. 영애? 엘리언트 영애가 아니십니까!"

후작이 나를 감싸듯 서 있었던 터라 뒤늦게 나를 발견한 근위 기사가 후작에게 보고도 마치지 못하고 놀라 소리쳤다. 얼마나 많은 사람들이 나와 시스를 찾기 위해 주변을 배회하고 있었던 것인지 그의 외침에 순식간에 10여 명이 넘는 사람들이 나와 후작의 곁으로 모여들었다.

"엘리언트 영애, 전하는 어디 계십니까!"

모여든 사람 중의 하나가 다급히 나를 부르며 시스의 행방을 물었다. 지금의 나로서는 처음 보는 사람이겠지만 그때의 나는 잘 알고 있던 사람이었다.

황금색으로 빛나는 근위 기사의 갑옷을 입고 있는 그는 시스의 죽마고우로 훗날 시스가 황제가 되었을 때, 제국 역사상 최연소의 나이로 근위 기사단의 단장에 오른 사람이었다.

당시 그의 나이로는 근위 기사단의 단장이 되기에는 턱없이 어렸다. 당시 황제였던 시스의 파격적인 인사이동에 불만을 가진 사람은 많았지만 그의 실력을 의심하는 사람은 없었다.

이스날 휘른 리오넬, 그는 현 리오넬 백작이며 100년에 한 번 나올까 말까 하는 검술의 천재였기 때문이었다.

"엘리언트 영애!"

"리오넬 백작, 감히 누구 앞에서 큰소리를 치는 겐가."

다그치듯 나에게 다가오는 리오넬 백작의 앞을 후작이 감싸듯 막아섰다.

"죄송합니다, 각하. 하나 황태자 전하의 신변에 관한 일입니다."

그는 정중히 후작의 앞에 머리를 숙이며 사죄했지만 자신의 뜻은 굽히지 않았다.

황태자였을 때부터 황제가 되고 나서도 리오넬 백작은 항상 시스의 곁에서서 그를 지켰다. 비단 신체적인 위협만이 아니라 친우로서 혹은 신하로서 리오넬 백작은 시스에게 든든한 아군이었다.

"엘리언트 영애, 어서 말씀해 주십시오."

"백작!"

후작은 리오넬 백작을 향해 불쾌감은 가감 없이 드러냈다. 후작이 이토록 자신의 감정을 거침없이 드러내는 모습이 생소했다.

나를 가릴 듯 서 있는 후작의 팔을 잡았다. 리오넬 백작을 노려보고 있던 후작이 나를 돌아다봤다.

"저는 괜찮습니다."

나는 후작의 뒤에서 나와 리오넬 백작을 마주했다.

"황태자 전하께서는 저쪽 토굴 안에 계십니다. 열이 심하니 속히 의원과 함께 가 보십시오."

내 말이 끝남과 동시에 리오넬 백작이 토굴을 향해 쏜살같이 달려갔다. 나도 함께 가고 싶었지만 내 걸음걸이보다는 기사들의 걸음이 훨씬 빨랐다. 내가 함께하는 것이 오히려 짐이 될 것이 틀림없었다.

후작은 리오넬 백작의 태도가 못내 못마땅했던 듯, 백작의 뒤를 보며 미간을 찌푸렸다. 백작으로서 후작 영애를 대하는 태도로는 딱히 문제 될 것이 없었지만 나는 일반적인 후작 영애가 아니었고, 후작이 바로 내 옆에 있었다. 리오넬 백작은 지금보다 더 정중하게 나를 대해야 했다. 더구나 나를 대하는 리오넬 백작의 눈빛은 나를 탐탁지 않아 한다는 감정이 분명히 전해질 정도였다.

후작 또한 그것을 느낀 듯 감정을 잘 드러내지 않던 평소와 달리 리오넬 백작을 향해 불쾌함을 그대로 드러냈다.

후작이야 모르겠지만 내가 리오넬 백작에게 저런 시선을 받은 적은 한두 번이 아니었다. 그때의 리오넬 백작은 처음 봤을 때부터 죽기 직전까지 나를 마음에 들어 하지 않아 했다. 대놓고 무시하거나 면박을 주는 일은 없었지만 리오넬 백작은 나를 좋아하지 않았다. 내가 황후로서도 시스의 반려로서도 전혀 맞지 않는다는 것이 이유였다.

나에게는 익숙한 일이었지만 후작에게는 불쾌한 일이었던 듯 그는 여전히 불편한 심기를 숨기지 않았다.

"가자꾸나."

"전하께 가지 않으십니까?"

놀라 묻는 나의 반문에 후작이 또다시 미간을 찌푸렸다.

"내가 왜 황태자에게 가야 한단 말이냐?"

"네?"

후작의 질문에 나는 대답을 하지 못하고 굳어졌다. 나는 당연히 후작이 시스에게 갈 거라고 생각했다. 지금껏 시스를 찾아다닌 것이 아니었던가?

그러고 보니 후작은 아까도 시스가 아닌 나를 우선하는 말을 했었다. 생각지도 못했던 후작의 말과 행동들은 나를 혼란스럽게 하기에 충분했다.

그러한 나의 생각들이 얼굴에 고스란히 나타났던 것인지 후작은 그런 나를 보며 착잡한 표정을 지었다. 그의 얼굴엔 안타까움과 실망감, 그리고 후회가 복잡하게 뒤섞였다.

"내가……."

"네?"

"내가 너를 혼자 두고 갈 리가 없지 않느냐."

"하지만……."

"설령, 지금 당장 황태자가 죽어 가고 있다 하더라도 내가 곁을 지켜야 할 사람은 그가 아니라 바로 너다."

후작이 나를 향해 손을 뻗었다. 그의 커다란 손이 내 등을 부드럽게 끌어당겼다. 후작의 힘에 이끌려 내 몸이 그의 가슴에 파묻혔다. 비록 후작 본인은 문관이지만 엘리언트 가문은 대대로 총사령관을 배출한 무가였다. 지금도 틈틈이 체력을 단련하고 있는 후작의 가슴은 단단했다.

"비욘느, 내 사랑하는 딸."

아직 남자로서 신체적으로 완숙하지 못한 시스보다도 훨씬 넓은 품이었다. 단단하게 등을 지탱해 주는 힘과 온몸이 감싸일 정도로 넓은 가슴이 포근했다.

사랑한다 말하는 후작의 말투는 결코 다정하지 않았다. 하지만 후작 특유의 무뚝뚝한 말투가 오히려 진심으로 다가왔다. 살면서 단 한 번도 사랑을 입에 담아 본 적 없을 그가 나에게 사랑한다고 말하고 있었다.

복잡한 머리와 달리 내 손은 후작을 마주 안았다. 축축한 그의 옷자락이 손바닥을 통해 느껴졌다. 황태자인 시스가 아닌 날 찾기 위해 밤새 비를 맞으며 헤맸을 후작의 모습이 그려졌다.

착각이 아니었다. 내가 느낀 대로 나와 후작의 관계는 그때와는 달라져 있었다. 그는 더 이상 나를 무심하게 바라보거나 외면하지 않았다.

눈물이 흘러내려 후작의 가슴을 적셨다. 그는 가슴이 뜨거워지는 것이 느껴졌는지 내 등을 천천히 쓸어내렸다.

"네가 사라졌다는 말을 듣고 후회했다. 네가 잘못되기라도 한다면 난, 나 자신을 결코 용서하지 못했을 게다."

그의 말투는 여전히 담담하고 무뚝뚝했지만 그 안에 담긴 감정까지도 무뚝뚝하지는 않았다.

"미안하다. 내가 못나 너를 힘들게 했구나. 널 잃을 뻔하고 나서야 깨닫게 된 이 애비를 용서하려무나. 내 딸, 내 아가."

"아…… 버지."

속삭이듯 작은 목소리였지만 듣지 못할 리 없었다. 아버지는 아무 말도 하지 않았지만 나의 등을 쓰다듬고 있는 그의 손이 가늘게 떨리고 있는 것이 느껴졌다.

항상 그의 관심을 받길 원했다. 그의 사랑을 갈구하며 그의 딸로서 인정받기를 원했다. 나를 바라보는 그 차가운 푸른 눈동자에 한 줌의 온기가 서리기를 바라며 악에 받쳐 발버둥 치는 삶을 살았다.

사랑만을 갈구하며 비참하게 산 세월이 한심해 사랑을 포기했다. 이번에야말로 절대 그들의 사랑을 갈구하지 않으리라 맹세했다. 그럼에도 미련한 나는 또다시 사랑에 목말라 있던 것인가.

시스의 고백에, 아버지의 고백에, 이토록 가슴이 메는 것은 여전히 나는 그들을 사랑하고 있어서였던가.

고개를 들어 아버지의 얼굴을 바라보았다.

밥조차 먹지 못했던 듯 하루 사이 폭 들어가 초췌해진 볼과 덥수룩하게 자라나 있는 수염이 안쓰러웠다.

손을 들어 수염을 만져 보았다. 손가락 끝에서 느껴지는 거슬거림은 분명 꿈이 아니었다. 얼음처럼 차갑다 느껴지던 아버지의 푸른 눈동자에 나를 향한 온기가 서려 있는 것은 결코 거짓이 아니었다.

'저도 사랑합니다, 아버지.'

나는 그의 딸이었다. 그때나 지금이나.

"란트."

"……."

나의 부름에도 란트는 고개를 숙인 채 입을 다물고 요지부동이었다. 나는 란트를 바라보며 손가락으로 탁자를 두드렸다. 나는 한숨을 내쉬며 다시 란트를 불렀다.

"란트, 대답을 하렴."

나의 물음에 아이가 입술을 깨물었다. 눈가를 새빨갛게 물들이면서도 란트는 눈물을 흘리지 않았다. 그것이 기특하면서도 한편으로는 이걸 어떻게 대처해야 할지 고민이 되었다.

내가 하는 말이라면 무조건 고개를 끄덕이던 란트가 이런 식으로 고집을 피우는 것은 처음이었다. 아이의 고집스런 행동에 내심 당황스러웠다.

"대답조차 안 할 생각이니?"

"싫습니다."

란트가 고개를 들어 나와 눈을 마주했다. 언제나 부드럽게 풀려 있던 암갈색 눈동자에 단호함이 서렸다.

"싫습니다, 누님."

"란트!"

"누님이 위험하다고 들었는데 제가 어떻게 가만히 있습니까!"

언제나 조곤조곤 대답만 하던 아이가 아니었다. 갑작스러운 큰 소리에 나도 모르게 깜짝 놀랐던 모양인지 나의 반응에 란트가 흠칫 몸을 굳히며 입매를 굳혔다.

"놀라게 해 드려 죄송합니다. 하지만 또다시 그런 일이 생긴다면 저는 결코 누님 말씀대로 할 수 없습니다."

란트가 입을 다물자 나와 아이의 사이에 정적이 흘렀다. 나는 생각지도 않았던 아이의 거센 반항에 어찌하면 좋을지 고민에 빠졌다.

아버지의 보호 아래 저택에 돌아오자 나를 기다리고 있던 것은 란트가 행방불명되었다는 소식이었다. 나를 찾기 위해 소집된 가문의 남자들은 고스란히 란트를 찾기 위해 다시 동원되었다.

다행히 해를 넘기기 전, 사냥 대회가 열렸던 숲 근처를 헤매고 있던 란트를 찾을 수 있었다. 하지만 어린아이의 치기로 여기며 아무 일 없었다는 듯이 넘기기엔 란트의 행동은 몹시 위험했다.

사냥 대회가 열리던 장소는 기사들이 위험한 동물들을 대회가 열리기 전에 미리 제거해 놓았지만 그 외의 지역은 흉포한 맹수들이 가득했다. 성인도 안 된 아이가 홀로 돌아다니기에는 몹시 위험한 장소였다.

란트가 왜 저택을 빠져나가 그곳을 헤매고 다녔는지 모르는 바는 아니었다. 아이가 나를 찾기 위해 그런 행동을 했다는 사실을 너무나 잘 알고 있었기에 더더욱 그냥은 지나갈 수 없었다.

"란트, 너는 엘리언트 후작가의 후계자가 될 아이야. 만약 네가 잘못되기라도 한다면……."

"저보다는 누님이 더 중요합니다!"

오늘은 란트의 새로운 모습을 많이 보는 날인 듯했다. 생전 자신의 주장을 내세운 적도 없는 아이가 내 말을 자르고 강하게 소리쳤다. 평소의 순하던 강아지가 아니었다. 여간해서는 말을 들을 것 같지 않았다. 얼러서 안 된다면 강하게 나가는 것도 한 방법이었다.

"말하고 있는 상대의 말을 자르는 것도 모자라 목소리까지 높이다니, 예절 교육이 미흡했던 모양이구나."

"죄송합니다."

란트가 바로 고개를 숙이며 대답했다. 스스로도 격양되었다는 것을 느낀 것인지 머리카락 사이로 보이는 귀 끝이 불그스름하게 물들어 있었다.

고개를 숙이고 있는 란트를 보며 묘한 기분이 들었다. 분명 지금의 란트는 평소의 순하던 내 강아지의 모습이었다. 비록, 방금 전까지 반항하던 강아지였지만 말이다.

풀이 죽은 란트의 모습에 나도 모르게 풀리려는 마음을 다잡았다. 지금 확실히 해 놓지 않으면 비슷한 일이 벌어졌을 때, 란트는 또다시 스스로 위험에 뛰어들 가능성이 높았으니 말이다. 그런 가능성은 애초에 싹을 잘라 버리는 것이 나았다.

"너는 네가 얼마나 위험한 짓을 벌였는지 알고 있니?"

란트는 고개를 숙인 채, 대답이 없었다. 나는 굳이 란트의 대답을 들을 생각이 없었으므로 바로 말을 이었다.

"너는 더 이상 혼자만의 몸이 아니란다. 너는 너 자신뿐만 아니라 너에게 미래를 걸고 있는 엘리언트 가문까지도 위험에 빠트렸어. 결코 경거망동해서는 안 될 위치에서 함부로 행동함으로써 너에게 기대를 걸고 있는 나에게까지 실망감을 주었구나."

"하지만!"

란트가 고개를 들고 억울하다는 얼굴로 눈물을 그렁거렸다. 나는 약해지려는 마음을 다시 한 번 다잡고 란트를 더욱 강하게 몰아붙였다.

"네가 나를 돕기 위해 그러한 행동을 했다는 건 알아. 하지만 그 행동이 내게 도움이 됐니?"

란트가 고개를 저었다. 암갈색 눈동자에 걸려 있는 눈물방울이 곧 떨어질 듯 달랑거렸다.

"섣부른 네 행동이 도움이 되기는커녕 사람들을 더 힘들게 만들었어. 그렇지?"

"……네."

란트가 기어코 눈물방울을 떨어트렸다. 나는 결국 굳게 다잡던 마음을 풀 수밖에 없었다. 울고 있는 내 강아지를 지켜만 볼 수 없었기에 손을 들어 눈가를 쓸어 주었다.

"나를 돕지 말라는 말이 아니야. 내가 위험할 때, 네가 와 준다면 나는 무척 행복할 거야."

란트가 내 쪽으로 고개를 기울여 손에 뺨을 비볐다.

"하지만 란트, 너는 아직 어려. 도움을 주기보다는 도움을 받아야 할 나이지."

"저도 누님을 지켜 주고 싶어요."

다소 울음기가 섞인 목소리였지만 란트는 또박또박 자신의 의지를 피력했다.

"누님이 사라졌다는 소리에 가만히 있을 수가 없었어요."

란트가 내 손을 잡아 자신의 가슴으로 끌어당겼다. 아이의 심장 뛰는 소리가 손바닥을 통해 전해졌다.

"이곳이 너무 아파 숨을 쉴 수가 없었어요. 누님의 무사한 얼굴을 보지 않으면 심장이 터져 버릴 것 같았어요."

폭포수처럼 눈물을 흘리는 란트를 끌어안았다. 아이에게는 내가 부모나 다름없었다. 알에서 갓 부화한 새끼 새가 처음 본 것을 어미로 따르듯 란트는 나를 따랐으니 말이다.

내가 사라졌다는 소식에 란트가 얼마나 충격을 받았는지 이제야 알 것 같았다. 나는 아이의 등을 천천히 쓸어 주었다.

"나도 네가 걱정이 된단다. 그러니 위험한 일은 하지 마렴, 란트."

"……네."

겨우 대답을 한 아이가 나의 품에서 서러운 울음을 터트렸다. 내 강아지는 반항기가 온 것이 아니라 잔뜩 겁을 집어먹고 있었던 것이다. 아이는 그렇게 한참 동안 내 품 안에서 울었다.

똑똑.

"아가씨, 피스온 백작 부인이 오셨습니다."

어느 정도 진정이 된 란트를 방으로 돌려보내고 나자 아나샤가 도착했다는 소식이 전해졌다. 나는 시녀를 시켜 그녀를 내실에 위치한 응접실로 안내하도록 했다.

"오랜만이군요, 아나샤."

"비욘느, 몸은 괜찮은가요?"

"물론이죠."

나는 대답을 하며 아나샤를 내 맞은편 소파로 이끌었다. 그녀는 소파에 앉으면서도 내 안색을 살피기에 여념이 없었다.

"큰일을 겪었다고 들었어요."

"저보다는 주변에서 고생을 하셨지요."

시녀들이 차를 놓고 물러서자 아나샤가 내 쪽으로 몸을 바짝 붙여 왔다.

"이대로 두어도 괜찮은가요?"

"무엇을 말인가요?"

아나샤의 눈동자가 빠르게 움직였다. 그녀가 무엇 때문에 선불리 입을 열지 못하는지 짐작이 되었다.

나는 대답 대신 찻잔을 들어 찻물을 응시했다. 말간 찻물이 찻잔 안에서 일렁거렸다. 한 모금 머금고 목으로 넘기니 약간은 뜨겁다 싶을 정도의 찻물이 식도를 타고 내려갔다.

적당히 식은 차보다는 약간은 뜨겁게.

후작, 아니 아버지의 취향이라고 집사는 넌지시 말해 주었다. 나 또한 같은 취향이라는 것을 뻔히 알면서 말이다.

그날 이후 아버지와 나의 관계에 딱히 달라지는 것은 없었다. 그는 여전히 표현이 드물었고 나 또한 살가운 딸은 아니었으니 말이다.

하지만 그때와 달리 우리의 관계는 더 이상 삭막하지 않았다. 아침, 저녁 마주칠 때마다 웃으며 서로를 바라볼 수 있었고 말 한마디 없이 묵묵히 식사에만 열중하던 식사 시간에도 용건이 있어서가 아닌 소소한 대화를 약간이나마 나눌 수 있었다. 예전에 비하면 장족의 발전이었다.

내가 그때와 다르듯 아버지 또한 그때와는 달랐다. 나와 아버지의 관계는 이렇듯 서서히 변해 가고 있었다.

내가 너무 생각에 잠겨 있었을까. 아나샤가 조바심 가득한 얼굴로 입을 열었다.

"소문이 꽤 좋지 않아요."

"그런가요?"

내가 찻잔을 내려놓으며 대답하자 그녀가 결국 한숨을 내쉬었다.

"하아, 그리 대수롭지 않게 대답할 게 아니란 말입니다."

"안달한다고 바뀔 것은 없지요."

소문이란 본디 바로잡고자 노력하면 할수록 엇나가기 마련이다. 나의 대답이 너무 느긋해서였을까, 아나샤가 답답하다는 얼굴로 나를 보았다.

"그래서 바꿀 노력조차 하지 않겠다는 건가요?"

아나샤가 안달을 할 정도로 내 평판은 최악은 달리고 있었다.

본래 나에 대한 소문은 썩 좋지 못했다. 아버지의 친딸이 아니라는 소문은 어릴 때부터 나를 따라다녔고, 유모를 내보내면서 함께 내쫓은 사용인들의 입을 통해 성격이 개차반이라는 소문까지 얻었다.

성인식을 치르며 잠시 가라앉던 소문은 거리 한복판에서 나를 둘러업은 시스로 인해 다시 한 번 사람들의 입에 오르내렸다.

시스와 아냐샤, 그리고 상단 사람들의 노력으로 간신히 잠재웠던 나에 대한 소문이 사냥 대회를 기점으로 더욱 번지기 시작했다. 시스와 단둘이 지냈던 밤이 문제였다.

분명 사고로 일어난 일이었으나 흥미로 소문을 퍼트리는 사람들에게는 그날의 전후 상황 따위는 상관이 없었다. 그들의 관심사는 오로지 결혼을 하지 않은 미혼의 여성이 남성과 함께 밤을 보냈다는 사실뿐이었다.

제국의 법은 결혼하지 않은 처녀의 문란함에 관대하지 않았다. 제국의 법이 관대하지 않으니 사람들의 인식 또한 미혼 여성의 행실에 대한 잣대가 엄격했다.

결혼도 하지 않은 처녀가 남자와 밤을 함께 보낸 일이 사람들에게 알려진다는 것은 여성에게는 치명적인 스캔들감이었다.

"당신에 대해 사람들이 뭐라 하는지 알고는 있나요?"

"이 남자 저 남자 후리고 다니는 창녀, 귀족의 수치. 아, 황태자를 잡아먹은 요녀라는 말도 있더군요."

으레 소문이라는 것이 그렇듯 굳이 찾아 듣지 않아도 귓가에 들리기 마련이다. 그날 이후, 저택 밖으로 나간 적은 없지만 시녀들이 수군대는 소리로 나에 대한 말들이 어떻게 전해지고 있는지는 알 수 있었다.

"그런 말도 안 되는 소문들이 돌고 있다는 것을 알고 있으면서 어째서 가만히 있는 거예요!"

아나샤가 어처구니가 없다는 얼굴로 소리쳤다.

"황실에서도 침묵을 지키고 있으니 이번만큼은 우리 쪽에서도 도저히 손쓸 수가 없단 말이에요."

황실에서 침묵을 지키는 이유는 하나였다. 황태자인 시스가 아직 자리에서 일어나지 못하고 있었기 때문이다. 사건의 중심이라고 할 수 있는 시스가 정신을 차리지 못하고 누워 있으니 황실에서는 어떠한 말도 할 수 없었던 것이다.

'황태자를 잡아먹은 요녀'라는 소문은 아마 아직도 일어나지 못하고 있는 시스를 두고 나온 말인 듯했다.

당사자인 나 또한 아버지의 보호 아래 저택 안에서 칩거 상태로 있으니 소문은 사람들의 상상력을 덧붙여 몸집을 점점 부풀려 갔다.

"대체, 그날 무슨 일이 있었던 건가요?"

"사고를 당했고, 그 사고로 황태자 전하가 다치셨죠."

"그건 저도 알아요, 비욘느."

아나샤의 원망 섞인 눈망울에 피식 웃음이 흘러나왔다. 나는 웃음을 감추기 위해 다시 한 번 찻잔을 들어 올려 차를 머금었다. 어느새 찻물은 마시기 적당할 정도로 식어 있었다.

"황태자 전하께서는 이번 일로 1황자의 세력을 흔들어 놓으려 합니다."

"네? 하지만 황태자 전하께서는……."

현재 시스는 정신도 제대로 차리지 못하고 사경을 헤매고 있다고 대외적으로 알려져 있는 상태였다. 이송 중 고열로 정신을 잃은 시스를 본 몇몇 귀족들로 인해 그러한 시스의 상태는 더욱 부풀려져 있었다.

완전히 거짓은 아니었다. 처음 기사들에게 발견된 시스는 분명 의식을 잃고 위험한 상태였으니 말이다. 하지만 걱정했던 것과 달리 시스는 다음 날 열이 내리고 바로 정신을 차렸다. 늑골이 골절되어 움직임에 제약이 생겼을 뿐, 건강에는 딱히 이상이 없었다. 참으로 다행이었다.

시스는 자신이 건재하다는 것을 알리기 위해 바로 자리를 털고 일어나려 했다. 사람들 사이에서 돌기 시작한 소문만 아니라면 말이다.

처음 소문의 시작은 평민, 정확히 말하면 귀족들의 저택에서 일하는 고용인들 사이에서 시작되었다. 황태자를 은밀하게 불러낸 내가 황태자를 유혹해 그를 위험에 빠트렸다는 것이었다. 그 소문을 뒷받침하는 것이 예전에 났던 나와 에반에 대한 소문이었다. 에반이 오랜 시간 자리를 비우자 몸이 달은 내가 황태자를 유혹했다는 얼토당토않은 소문이었지만 소문에 살이 붙고 목격자까지 있다는 말이 더해지면서 신빙성을 주기 시작했다.

한 편의 극처럼 앞뒤가 그럴듯하게 잘 짜인 소문은 귀족들에게까지 빠르게 확산되었다. 마치 누군가 고의적으로 부추기는 듯이 말이다.

"황태자 전하께서는 건재하십니다."

나의 대답에 아나샤가 입을 다물고 응접실 주변을 재빠르게 살피기 시작했다. 눈치 빠른 그녀는 그것이 무엇을 의미하는지 재빠르게 파악한 것이다.

"주변은 모두 물려 놨으니 안심해도 됩니다, 아나샤."

"소문의 주범은 역시 1황비인가요?"

상재에 능한 아나샤다. 나에 대한 소문이 인위적이라는 것을 모르고 있을 리가 없었다. 상인들이란 원래 소문에 예민한 사람들이었으니 말이다.

"글쎄요. 완전히 관련이 없다고 할 수는 없겠지만 주범은 아닐 겁니다."

"그럼 누구인가요?"

"제 짐작이 맞다면 아마도 1황자의 새로운 후실이겠지요."

"1황자의 새로운 후실이라면……."

아나샤가 기억을 떠올리듯 느릿하게 말을 끌다 손뼉을 치며 말을 이었다.

"이번에 루이아샤의 드레스를 다량으로 구매한 그 여자로군요."

아나샤의 미간에 미미한 주름이 생겼다. 그녀는 곧 안타깝다는 듯 말했다.

"그녀는 참 좋은 고객이었는데 말이죠."

아나샤에게 좋은 고객이란 돈을 많이 쓰는 루이아샤의 손님이었다. 그녀는 상인답게 돈을 좋아했다. 더불어 귀족 여인들의 허영심을 부추겨 돈을 지출하게 하는 재주가 탁월했다. 1황자의 빈 또한 그런 그녀의 상술에 놀아난 듯했다.

"고객 리스트에서 완전히 삭제시켜야겠어요."

마치 살생부를 작성하겠다는 듯 아나샤의 목소리는 비장하게 들렸다. 바로 돌변하는 그녀의 태도에 나는 너털웃음이 나왔다.

"왜 그녀를 주범으로 지목했는지 궁금하지 않나요?"

"사냥 대회에서 있었던 일이라면 이미 알고 있어요. 그녀라면 충분이 이런 일을 벌이고도 남지요. 다만 그녀의 머리에서 이런 수법이 나올 리는 없을 텐데요?"

아나샤가 의아한 듯 고개를 기울였다. 확실히 1황자의 빈은 이런 일을 벌일 정도로 대책 없기는 했지만 반대로 이런 식으로 일을 처리할 수 있을 정도로 치밀한 성격도 아니었다. 아나샤가 처음에 1황비를 지목했던 것도 그 때문이었다.

"역시 뒤에는 1황비가 있는 건가요?"

"글쎄요. 그러기에는 이번 일은 1황비의 성격과는 맞지 않군요."

아나샤가 내 말에 고개를 끄덕였다.

1황비는 애초에 이기지 못할 승부를 벌이는 사람이 아니었다. 그녀는 몸을 숙이고 인내하고 침묵하다 상대가 약점을 드러내는 순간 바로 목덜미를 물어 상대의 숨통을 끊어 놓는 타입이지, 이처럼 주변을 시끄럽게 만들며 요란스럽게 일을 벌이는 사람은 아니었다. 그런 1황비가 어째서 이런 식으로 소란스러워질 일을 승낙했는지는 모르겠지만 확실히 이번 소문은 우리 쪽에 타격이 큰 것만은 사실이었다.

떨어질 대로 떨어진 내 평판은 약혼자인 시스에게까지 영향을 끼쳤다. 약혼녀의 행실조차 통제하지 못하는 황태자가 어떻게 나랏일을 볼 수 있겠냐는 소리가 귀족들 사이에서 조금씩 나오기 시작한 것이다.

며칠 되지 않는 그 짧은 시간에 수도 전역에 퍼진 소문은 아나샤의 걱정대로 통제할 수 있는 수준을 벗어난 상태였다.

“황태자 전하께서는 무슨 계획이 있으신 건가요?”

“눈에는 눈, 이에는 이, 소문에는 소문이지요.”

“확실히 소문이라면 상인들을 따라올 수 없지요.”

아나샤가 빙긋 웃었다. 보다 많은 이익을 추구하는 상인들에게 정보 조작은 필수였다. 평범한 물건도 세상에 하나뿐인 가치를 지닌 것처럼 만들어 파는 것이야말로 그들이 추구하는 목표였으니 말이다.

“제가 무엇을 하면 되나요?”

내 말이 이어질수록 아나샤의 얼굴이 심각하게 굳어졌다. 그녀는 급기야 벌떡 일어나 소리쳤다.

“말도 안 돼요!”

“흥분하지 말고 앉으세요, 아나샤.”

“제가 흥분 안 하게 됐나요? 이 일이 잘못되기라도 하면 비욘느 당신의 평판은 귀족 세계에서 생매장당하는 것이나 다름없게 된다고요!”

“잘못되지 않게 잘하면 되지요.”

“비욘느!”

“더 이상 바닥으로 떨어질 평판이 있나요?”

나의 물음에 아나샤가 입을 다물었다. 나는 찻물이 바닥을 보이는 찻잔을 내려놓고 옆으로 밀어 놓았다.

“이미 내 평판은 최악이에요. 여기서 더 나빠질 것이 없답니다.”

“실체가 없는 평판이에요. 무시한다면 무시할 수 있는 소문입니다. 하지만 비욘느, 당신이 말한 방법은 위험해요. 소문이 실체를 얻을 수 있어요.”

“위험하긴 하지만 그만큼 소득을 얻을 수 있는 일이죠.”

“황태자 전하께서도 승낙하신 일인가요?”

그녀는 여전히 서 있는 상태로 나를 바라보았다. 곧은 눈동자, 나에게 결코 해되는 일은 하지 않을 거라는 결심이 담긴 눈동자였다.

"저택에서 한 발자국도 나올 생각 하지 말라더군요."

시스는 이 일을 계기로 1황자의 세력을 압박할 생각을 했다. 이 일은 명백히 황태자 시해, 즉 반역으로 몰아붙일 수도 있는 일이었으니까. 하지만 시스가 움직이기도 전에 나에 대한 악의적인 소문이 돌았고, 시스가 다친 것은 내 책임으로 돌려졌다. 확실한 증거를 찾지 못한다면 그들이 아니라 내가 황태자의 상해 범인으로 몰릴 수도 있는 일이었다.

시스의 상해범으로 몰리지 않더라도 지금 도는 소문들은 황태자비가 될 나에게 좋지 않았다. 자칫 파혼의 원인이 될 수도 있는 일이었기 때문이다. 비록 소문이더라도 완전무결해야 할 황태자비에게는 치명적인 소문이었다.

아마 조만간 황태자비가 될 나의 자질에 대해서 의문을 제기하는 사람이 나올 것이다. 나를 탐탁지 않아 하는 사람은 1황자파뿐만 아니라 황태자파 안에서도 있으니 말이다.

지금 나와 시스의 결합은 황제가 독단적으로 밀어붙인 결과나 다름없었다. 황태자파 안에서도 시스의 옆자리를 노리는 귀족들은 꽤 많았다. 그들이 이러한 기회를 놓칠 리가 없었다. 적은 밖에만 있는 것이 아니다. 같은 파벌 내에서도 서로의 이해관계는 얽히고 얽혀 있었다.

시스가 정신을 잃고 있는 사이, 시스에게 정신을 팔고 있던 우리와 달리 1황자 측은 사냥 대회의 뒤처리를 맡았다. 그날의 흔적은 완전히 사라졌다. 아주 말끔히.

시스는 계획을 바꿔 정신을 차렸다는 사실을 숨겼다. 조금이라도 시간을 벌기 위해서였다. 지금 시스가 일어난다면 그를 다치게 한 범인을 잡아야 했고, 그 범인으로 유력한 것이 현재 나였으니 말이다.

시스가 부인한다 하더라도 내 평판이 뒤집혀지지 않는 한 나는 계속 그 멍에를 뒤집어쓴 채, 살아야 할 것이다. 그리고 우리의 뜻과는 상관없이 나는 황태자의 약혼녀 자리에서 물러나야 할 테고 말이다.

그가 멀쩡하다는 사실을 알고 있는 것은 나를 포함해 극소수에 불과했다.

그는 지금 전세를 뒤엎기 위해 그 몇몇 사람들과 고군분투하고 있는 중이었다. 안타깝게도 아직 확실한 증거를 잡지 못했다. 시간이 지날수록 불리한 것은 우리 쪽이었다.

"황태자 전하께서도 반대하시는 일을 왜 굳이 벌이겠다는 건가요?"

"가장 빠르고 확실하게 전세를 뒤집을 수 있는 방법이니까요."

나의 대답에 아나샤가 한숨을 내쉬며 소파에 주저앉았다.

"비욘느, 다시 한 번 생각해 보세요. 굳이 그런 방법을 쓰지 않아도 다른 방법이 있을 거예요."

"그럴지도 모르죠. 하지만 이 방법이 성공한다면 다시는 이런 일로 구설수에 오를 일은 없어질 테지요."

"그렇긴 하지만……."

"이제 이런 소문들은 지긋지긋합니다."

그때는 물론 현재까지도 따라다니는 지긋지긋한 소문들.

지금이야 어떠한 소문이 들리건 담담할 수 있지만 그런 소문들로 인해 내 주변에 피해가 가는 것은 질색이었다. 지금까지야 딱히 손댈 필요성을 느끼지 못해 무시하고 있었지만 이번에야말로 확실하게 종식시킬 필요성이 있었다.

"내가 도와주지 않는다면 어떻게 할 생각인가요?"

"나를 도와줄 거라고 믿어요."

나는 그녀의 눈동자를 똑바로 응시했다.

"당신은 내 사람이니까요, 아나샤."

"차라리 명령을 했더라면 거부라도 해 볼 텐데……."

아나샤가 어쩔 수 없다는 듯 고개를 저었다.

"그런 식으로 사람의 약점을 찌르고 들어오면 움직이지 않을 수가 없잖아요."

그녀의 항복 선언에 나는 빙긋 미소를 지어 보였다.

"내 생각보다 더 잘해 주리라 믿어요."

"성공하지 못하면 죽으라고 말하는 것보다 훨씬 무섭군요."

그녀가 피식 웃음을 흘렸다. 나는 소파에 깊숙이 몸을 묻었다. 드디어 한 사람이라도 설득했다는 생각에 긴장하고 있던 몸이 느슨하게 풀렸다.

아나샤를 설득했으니 남은 것은 에반이었다. 애초에 시스와 아버지를 설득할 생각은 버렸다. 그들의 고집은 내가 생각했던 것 이상으로 질기고 튼튼했다. 내 생각을 들은 아버지는 나에게 생전 하지 않던 외출 금지령까지 내릴 정도였다.

"나는 그렇다 치고 에반은 어떻게 설득할 생각인가요?"

아나샤는 남은 찻잔의 찻물을 단숨에 비우며 말을 이었다.

"에반은 고지식한 아이예요. 비욘느, 당신의 신변에 티끌만 한 위협의 가능성이 있다고 판단한다면 자신이 죽는 한이 있다 하더라도 절대 움직이지 않을 거라고요. 아무리 나라도 상단주인 에반의 동의 없이는 상단 전체를 움직일 수 없어요."

내가 계획한 일은 전역에 동시다발적으로 이루어져야 하는 일이었다. 상단 전체가 나서는 것이 더 성공 확률이 높았다.

"우선은 에반을 만나야겠군요. 에반은 돌아왔나요?"

나의 물음에 아나샤의 눈동자가 가늘게 흔들렸다. 그녀는 잠시 고민을 하더니 조심스레 입을 열었다.

"사실 당분간은 말하지 않으려 했는데……."

"무슨 문제가 있나요?"

아나샤가 나직이 한숨을 내쉬었다.

"돌아온 지 며칠 되었어요."

아나샤의 대답에 내 얼굴이 찌푸려졌다. 내가 에반의 일거수일투족을 알아야 할 이유는 없지만 적어도 장시간 자리를 비웠다 왔다면 나에게 연락이라도 줘야 했다. 더구나 아나샤의 말은 에반이 돌아온 것을 나에게 숨기려는 의도가 있었다고 말하는 것이나 다름없지 않은가?

아나샤와 에반은 내 사람들이다. 그들이 의도적으로 나에게 숨기려 했다는 것은 내가 알아봤자 좋을 것이 없다고 판단했기 때문일 것이다.

하지만 나는 아무리 날 위한 일이라 하더라도 내 사람들이 내가 모르는 곳에서 날 위해 고군분투하는 것은 원치 않았다. 나는 내 사람들과 함께 싸우는 것을 원하지, 누군가의 등 뒤에서 지켜지는 것은 절대 바라지 않았다.

"무슨 일인지 자세히 말해 보세요."

"후, 서부에 일이 생겨 에반이 급히 떠났던 건 알고 있죠?"

한숨과 함께 말을 시작한 아나샤는 목이 타는지 찻잔을 힐끔 쳐다보았다. 그녀 앞에 놓인 찻잔 안에는 찻물이 어느새 바닥을 보이고 있었다.

나는 손짓으로 그녀의 말을 막고 종을 울렸다. 종을 울리기가 무섭게 응접실 밖에서 대기하고 있던 시녀가 들어와 고개를 숙였다. 나는 시녀에게 새로운 차를 내오라 시켰다. 그녀는 빠르게 차를 내놓고 응접실을 나갔다.

아나샤는 차가 새로 준비되는 동안 나에게 할 말을 정리했는지 차를 마시며 바로 이야기를 시작했다.

"서부 지부가 습격을 당했어요."

"습격이라니요?"

나는 아나샤의 말을 바로 이해하지 못했다.

피스온 상단은 제국뿐만 아니라 대륙 전체에서도 둘째가라면 서러울 정도로 큰 상단이었다. 피스온 상단이 무너지기라도 한다면 대륙에 끼칠 영향은 상상도 할 수 없을 정도로 컸다. 제국의 황제조차도 피스온 상단을 건드리기 위해서는 오랜 시간 심사숙고해야 할 정도였다.

'그런 피스온 상단이 습격을 당했다고?'

이나샤는 나에게 헛소리를 할 사람이 아니다. 하지만 그런 아나샤의 말조차도 쉽게 믿을 수 없을 정도로 피스온 상단이 습격당했다는 이야기는 곧이곧대로 믿기 어려운 말이었다.

"상단을 습격한 곳은 어디인가요?"

상단주인 에반이 직접 움직였다. 그가 급하게 가야만 했던 일이라면 결코 작은 일이 아니라는 뜻이다. 지부에 좀도둑이 들었다고 상단주가 움직일 리는 없으니 말이다.

다른 상단들이 그렇듯 피스온 상단의 지부들 역시 교역이 활발하게 이루어지는 도시에 자리 잡고 있었다. 피스온 상단 정도의 규모의 상단이라면 대체로 도시 중심부에 자리하고 있다. 그런 상단의 지부를 상단주가 움직일 만큼 크게 타격을 입혔다는 것은 결코 개인이 벌일 수는 있는 일이 아니었다. 그렇다는 것은 상단의 지부를 습격한 적은 적어도 단체 혹은 나라라는 결론이 난다.

내 짐작이 맞았는지 말을 하는 아나샤의 표정이 어두워졌다.

"습격한 적은 이나야리였다는군요."

"이나야리라고요?"

나도 모르게 목소리 톤이 올라가고 말았다. 생각지도 않았던 상대였기 때문이다.

이나야리가 약탈을 일삼는 부족이기는 하지만 기껏해야 서부를 오가는 상단이나 도시 주변의 작은 마을을 대상으로 약탈을 즐길 뿐이었다. 이나야리가 도시들을 습격하고 다녔다면 해당 나라들이 가만히 있을 리가 없었다. 이나야리는 한 나라가 상대하기에는 골치 아픈 존재지만 여러 나라들이 힘을 합친다면 충분히 몰살시킬 수 있는 대상이었다.

이나야리가 약탈을 하는 것을 알면서도 근접 국가들이 침묵을 지키는 이유는 단 하나다. 그들을 몰살시키기 위해 전쟁을 일으키는 것보다 그들의 약탈을 무시하는 것이 더 싸게 먹히기 때문이다.

이나야리족은 선천적으로 강인한 육체를 가지고 있을 뿐만 아니라 성인 남자는 모두 전사나 다름없었다. 또한 이나야리족은 자신들의 주거지인 사막에서는 더욱 큰 힘을 발휘했다. 그들은 치고 빠지는 수법으로 사막과 인접한 지역에서 약탈을 일삼았다.

그들을 몰살시키기 위해서는 제국이라 하더라도 큰 출혈을 감수해야 했다. 제국조차 그러할진대 제국보다 약한 왕국들은 어떻겠는가?

각 나라들의 힘을 최소한으로 사용해서 이나야리족을 멸족시킬 수 방법은 단 하나다. 모든 나라들이 하나로 힘을 모아 그들을 없애는 데 주력하는 것이다. 하지만 이 방법은 거의 불가능에 가까웠다. 어떤 단체든 단체의 최대 목표는 자신들의 이익이다. 사실 이나야리족을 몰살시킨다고 하더라도 나라에 이익이 될 만한 일은 없었다. 기껏해야 주기적으로 약탈해 가던 대상이 사라지는 것뿐이다. 오히려 그들을 없애기 위해서 국력만 소모될 뿐이다. 그런 귀찮고 득이 될 일이 없는 일에 앞장서서 나설 나라는 없었다.

더구나 이나야리족이 주로 약탈을 일삼는 곳은 사막과 인접한 각 나라의 변두리 지역이었다. 굳이 국력을 소모하면서까지 이나야리족을 토벌할 만큼 큰일이 아닌 것이다.

하지만 상단의 지부가 들어설 정도로 큰 도시들은 달랐다. 각 나라의 도시에는 치안 유지를 위해서라도 기사와 병사들이 존재했다. 도시에 주둔해 있는 병력을 잃는다는 것은 나라의 국력을 잃는 것이나 다름없다. 어느 나라든 묵과할 수 없는 일이었다.

"확실한가요?"

"에반이 직접 봤다고 하더군요."

이나야리의 혼혈인 라이를 후견하고 있는 에반이 이나야리족을 착각할 리가 없었다. 그가 직접 봤다면 이나야리족이 분명했다.

"피해는 어느 정도인가요?"

"건물이 무너지고 식량과 물품들이 사라졌어요. 사망자는 많지 않지만 부상자가 꽤 많아요."

"약탈인가요?"

"네."

나는 손가락으로 탁자를 두드리며 생각에 잠겼다. 아나샤는 내 생각을 방해하지 않으려는 듯 침묵했다.

이나야리족이 약탈하는 것은 대체로 식량이다. 사막 지역에서는 곡식이 자랄 수 없기 때문이다. 그들은 주로 식량으로 쓸 수 있는 가축이나 곡식들을 약탈해 갔다. 식량과 물품들이 사라졌다는 것은 이나야리족이 주로 하던 약탈이 맞다. 하지만 걸리는 것이 한두 가지가 아니었다.

단지 식량을 얻기 위해 위험을 무릅쓰고 도시 안에 있는 상단을 습격한다? 말이 되지 않는 소리였다.

도시를 습격한다는 것은 변두리 마을을 약탈하는 것과는 차원이 다른 일이었다. 제국이 이나야리족을 토벌하기 위해 나설 수도 있는 중요한 사건이었다. 아무리 야만족이라 하나 그들이 그러한 사실을 모를 리가 없었다.

"다른 곳은요?"

"몇몇 상단도 당했지만 우리 쪽 피해가 제일 커요."

"이유는요?"

"약탈 도중 상단 지부의 건물에 불이 났다더군요. 수습하려고 했지만 습격자들을 처리하느라 화재 진압이 늦었던 것 같아요."

"건물이 무너진 이유군요."

"네."

"영주의 반응은 어떻던가요?"

"그게……."

아나샤가 난감한 표정을 지어 보였다.

"아나샤?"

"영주가 없는 곳이에요."

아나샤의 말에 저절로 눈살이 찌푸려졌다. 제국은 황제가 소유한 직영지를 제외하고는 모두 영주들의 관리하에 있었다. 왕국의 영토 중에는 간혹 영주가 없는 영토를 시민의 대표가 관리한다고 하지만 극소수일 뿐이었다.

대체로 영주를 잃은 영토는 왕가에 귀속되기 마련이었다.

제국은 그런 면에서는 왕국보다 더 철저했다. 영토를 가진 귀족이 영토를 관리할 수 있는 능력을 상실하게 되면 바로 황실에서 관리를 파견하여 황제 직할지로 바꿔 버렸다. 제국에 영주가 없는 영토는 있을 수 없었다.

"황실 직할지인가요?"

"아뇨."

아나샤가 고개를 저었다. 그녀는 찻잔을 들어 목을 축인 후 나와 눈을 마주쳤다.

"원래대로라면 데이샤 공작가의 영토예요."

"지금은 아니라는 말이군요?"

"네, 십 년 전에 데이샤 공작의 명에 따라 시민들의 자율에 맡겨진 땅이 됐죠."

"데이샤 공작이 그곳의 모든 권리를 포기했다는 말인가요?"

"네."

영토의 권리를 포기했다는 것은 영토에서 나오는 모든 생산품과 세금을 포기했다는 말과 같다. 데이샤 공작은 어째서 그런 짓을 벌인 것인가?

"이유는 알고 있나요?"

"지금 그곳의 대표로 있는 사람이 데이샤 공작의 목숨을 구해 줬다고 하더군요."

'생명의 은인을 위해 시민들에게 영토를 내주었다라…….'

톡톡톡.

손톱과 탁자가 부딪혀 나는 소리가 응접실 안을 울렸다.

"그렇다는 말은 이번 사건에 제국이 나설 일은 없다는 거로군요."

아나샤가 고개를 끄덕였다.

이번 사건에 제국이 나서기 위해서는 영토를 관리하는 영주가 직접 황제에게 도움을 요청해야 했다. 기본적으로 영토를 관리하는 것은 전적으로 영주의 책임이었다. 확산되어 나라 전체가 위험에 빠질 수 있는 전염병 창궐 같은 일을 제외하고는 영주가 도움을 요청하지 않는 한, 국가는 영토의 일에 관여할 수 없었다.

상단의 지부가 있던 곳은 데이샤 공작가의 영토다. 하지만 데이샤 공작은 자신의 권리를 이용해 영토를 시민들에게 내주었다. 공식적으로는 데이샤 공작가의 영토일지는 몰라도 실질적으로 영주가 없는 영토라는 소리다.

제국은 시민들의 대표를 영주로 보지 않는다. 그들이 황제에게 도움을 요청해 봐야 제국은 절대 움직이지 않을 것이다. 데이샤 공작이 나서지 않는 한, 제국은 움직일 명분이 없었다. 그 말은 곧 이나야리족이 약탈지를 제대로 선정했다는 소리였다.

'이것이 우연일까?'

결코 우연일 리가 없었다.

"데이샤 공작의 반응은요?"

"언제나처럼 조용해요."

내 기억대로라면 데이샤 공작은 딸을 데리고 수도에 상경하기 전까지 자신의 영토에서 꼼짝도 하지 않았다. 아니, 정확히 말하면 그에 대한 정보 자체가 나돈 적이 없었다. 그만큼 외부와 단절되다시피 지내고 있다는 소리였다.

'이나야리와 데이샤 공작이라…….'

객관적으로나 주관적으로나 둘 사이의 연관성을 찾을 수 없었다. 그럼에도 느껴지는 이 질척거림은 무엇일까?

내가 모르고 있었을 뿐, 그때에도 지금과 같은 일이 똑같이 벌어졌을 수도 있었다. 충분히 가능한 이야기였다. 그때의 나는 주변에 전혀 관심이 없었으니 말이다. 하지만 머리로는 그럴 수도 있다 생각하면서도 뭔가 석연치 않은 느낌을 지울 수 없었다. 아무리 생각해 보아도 둘의 접점을 찾을 수 없었다. 좀 더 많은 정보가 필요했다.

"그게 다는 아니겠지요?"

단지 상단이 습격당했다는 것만으로 에반이 돌아온 사실을 나에게 감출 리가 없었다. 이나야리족의 습격으로 상단에 상당한 손실이 왔겠지만 상단 전체를 봤을 때 지부 하나쯤 잃는 것은 문제가 되지 않았다.

"네, 맞아요."

아나샤가 고개를 끄덕이며 깊게 심호흡을 했다.

"하아, 에반이 다쳤어요."

"심각한가요?"

"다행히 목숨에는 지장이 없지만 한동안 거동하기는 어렵다는군요."

"가죠."

내가 몸을 일으키자 남은 차를 마시고 있던 아나샤가 눈을 동그랗게 떴다.

"에반을 직접 만나야겠어요."

"아, 안 돼요!"

아나샤가 다급히 내 치맛자락을 잡았다. 그녀는 울상을 지은 채, 나를 올려다보았다.

"이래서 가급적이면 이야기하지 않으려 했어요. 지금 당신이 에반에게 가면 불에 기름을 끼얹는 것이나 다름없게 된다고요."

"그렇다면 무슨 일이 있어도 가 봐야겠군요."

"네?"

"지금부터 우리가 할 일이 바로 그것이잖아요. 벌써 잊었나요?"

나는 아직도 어리둥절해하고 있는 아나샤를 향해 활짝 웃어 주었다.

"하아, 잘하는 짓인지 모르겠네요."

마차를 타고 가는 동안 내내 침묵하고 있던 아나샤가 결국 한숨을 내쉬었다.

"각하께서 어찌 나올지 생각만으로도 오싹해요."

그녀는 마치 아버지가 눈앞에 보이는 것처럼 몸을 잘게 떨었다.

오늘 아침까지도 나에게 절대 저택 밖으로 나갈 생각하지 말라며 신신당부했던 아버지를 생각하자 절로 한숨이 나왔다. 아마도 지금쯤이면 황궁에 있을 아버지에게 연락이 갔을 것이다.

아나샤와 함께 저택을 나서기 위해 나는 집사와 전쟁 아닌 전쟁을 치러야 했다. 아버지의 심복인 집사는 내가 저택 밖으로 나가는 것을 절대 허락하지 않았다. 그는 차라리 자신을 죽이고 가라며 비장하게 내 앞을 가로막았다.

이미 아버지가 명령을 내리고 간 상태였다. 집사는 물론 가문의 기사들에게조차 내 명령은 씨알도 먹히지 않는 상황이었다.

결국 가문의 마차를 타는 것을 포기하고 아나샤가 타고 왔던 마차에 올랐다. 집사와 기사들은 그런 내 행동을 막지 못했다.

후작 영애인 내 몸에 직접 손을 댈 수 있는 사람은 없었다. 집사는 끝까지 안 된다고 소리쳤지만 차마 강압적으로 나를 저지할 수는 없었다.

충실한 집사는 내가 저택을 나서자마자 아버지에게 연락을 했을 것이다. 엘리언트 저택과 황궁은 가까운 편이었다. 전령이 전속력으로 황궁에 갔다면 이미 아버지에게 도착하고도 남았을 시간이었다.

나는 아버지에 대한 생각을 애써 머릿속에서 지웠다. 이미 실행하기로 마음먹은 상태다. 여기까지 와서 돌아갈 생각은 없었다.

머릿속의 생각을 비우기 위해 아나샤에게서 시선을 돌려 창밖을 바라보았다. 마차는 저택이 즐비한 거리를 벗어나 귀족들을 대상으로 하는 상점들이 쭉 이어진 비벌디 거리로 진입하고 있었다. 화려한 상점들이 모습을 드러내기 시작했다.

"다시 생각해 보는 것이 어떤가요?"

"무엇을요?"

"당신이 직접 움직이지 않아도 되잖아요."

나는 다시 아나샤에게 시선을 돌렸다. 그녀의 얼굴은 걱정 가득한 얼굴로 나를 바라보고 있었다.

"단지 소문만이라면, 혹여 나중에 잘못되더라도 어떻게든 무마할 수 있어요. 하지만 당신이 직접 표면에 나선다면 발뺌할 수 없게 돼요."

그녀의 말은 틀리지 않았다. 아무리 구체적인 소문이라고 하더라도 내가 아니라고 잡아떼면 그만이다. 설사 증인이나 증거가 있다 하더라도 내가 직접 모습을 드러내지 않는 한, 엘리언트 가문의 적녀인 나를 끌어내릴 수는 없을 터였다.

하지만 내가 직접 모습을 드러내는 것은 달랐다. 소문을 부풀리는 것뿐만이 아니라 내 발목을 잡을 수 있는 빌미를 스스로 제공하는 것이나 다름없었다.

"대신 성공 확률은 높아지겠죠."

"에반은 절대 동의하지 않을 거예요."

그녀는 애타는 얼굴을 하며 나를 바라봤다. 그런 아나샤의 표정을 보니 그녀를 처음 봤을 때가 생각났다.

그녀는 외할아버지를 위해 납골당 앞에서 나를 기다리고 있었다. 당시의 그녀는 몹시 처연하고 관능적이며 어딘지 보호 본능을 일으키는 얼굴을 하고 있었다. 그녀는 진심으로 나를 만나지 못해 괴로워하는 외할아버지를 걱정하고 안타까워했다.

지금의 그녀의 얼굴은 그때와 비슷했다. 진심으로 나를 걱정하고 있다는 뜻이었다. 비록 그녀의 바람대로 뜻을 굽힐 생각은 없었지만 진심 어린 그녀의 걱정이 싫지는 않았다.

"설마, 도와준다고 했던 약속을 저버릴 생각은 아니겠지요?"

그녀는 억울하다는 듯 볼멘소리를 냈다.

"당신이 직접 나설 거라는 말은 안 했잖아요."

"당신이 도와줄 거라고 믿어요, 아나샤."

울상을 짓고 있는 그녀를 향해 방긋 웃어 보였다. 아나샤는 그런 나를 보며 결국 허탈한 표정을 지었다.

"하아, 에반의 잔소리는 절대 피할 수 없겠네요. 그 녀석 생긴 것답지 않게 잔소리가 얼마나 심한데요."

아나샤가 투덜거리는 와중에 마차는 어느새 피스온 상단의 본점에 도착했다. 창밖으로 보니 언제나와 마찬가지로 건물의 1층에 자리한 보석점에는 고상해 보이는 귀부인들이 보석을 사기 위해 상점을 드나들고 있었다.

"잠시만요, 아나샤."

"네?"

나는 마차 문을 열고 나가려는 아나샤를 제지했다.

"당신은 내리지 않는 것이 좋겠어요."

"어째서요?"

"당신이 연관되었다는 사실이 알려지면 좋을 것 없으니까요."

다행히 우리들이 타고 있는 마차는 가문의 인장이 새겨진 것이 아니었다. 아나샤만 모습을 드러내지 않는다면 그녀가 나와 함께 있었다는 사실이 알려질 일은 없었다.

"혼자 괜찮겠어요?"

"나는 엘리언트 후작가의 적녀예요. 감히 도시 한복판에서 나에게 위해를 끼칠 간 큰 사람은 없어요."

"그렇긴 하지만……."

그녀는 그래도 안심이 되지 않는지 말끝을 흐렸다.

"아나샤, 당신은 이제부터 해야 할 일이 있잖아요. 내 곁에 있어 주는 것보다 그 일을 진행해 주는 것이 내게 더 큰 도움이 돼요."

"……알겠어요. 부디, 조심하세요."

마지못해 대답하는 아나샤를 향해 나는 다시금 웃어 주었다. 그녀는 걱정과 포기가 적절하게 섞인 얼굴로 마차의 벽을 두드려 마부에게 신호를 보냈다. 마부에 의해 마차의 문이 열리고, 나는 아나샤가 보이지 않게끔 조심하며 마차에서 내렸다.

나의 등장에 사람들의 시선이 모두 나에게로 향했다. 내 얼굴을 알아본 몇몇 여인들이 놀라는 것이 보였다. 나는 당당한 걸음으로 상점 안으로 들어갔다.

"참으로 뻔뻔하기도 하지."

"그러게 말이에요. 황태자 전하께서는 사경을 헤매고 있다는데, 버젓이 얼굴 내미는 것 좀 보세요."

"역시 소문이 맞나 보네요."

"쯧, 황태자 전하께서는 어쩌다 저런 여자를……."

누군가 말문을 트자, 주변에 있던 여자들이 너도나도 소곤거리기 시작했다. 일부러 귀 기울인 것이 아님에도 불구하고 그들의 수군거림은 귀에 쏙쏙 박힐 정도로 정확히 들렸다.

그녀들 또한 그 사실을 모를 리 없었다. 그녀들은 일부러 나에게 들리도록 이야기하고 있었으니 말이다.

이곳에서 그녀들에게 화를 낸다면 나는 남의 이야기나 엿듣는 예의 없고 무례한 사람이 된다. 딱히 무례한 사람이 되는 것쯤은 문제 될 것이 없었지만 그녀들의 의도대로 움직여 줄 이유는 없었다.

그때의 나였다면 여자들의 머리채를 잡고 행패를 부렸겠지만 굳이 그러지 않아도 갚아 줄 방법은 많았다.

나는 그들을 향해 시선을 돌렸다. 나와 시선이 마주친 여자들은 언제 자신들이 수군거렸냐는 듯 부채를 펼쳐 흔들었다. 더러는 나와 시선이 마주치자 비릿한 미소를 짓는 여자들도 있었다. 나는 그런 여자들을 향해 화사하게 마주 웃어 주었다.

"시궁창 속의 쥐새끼처럼 수군거리는 꼴들 하고는, 쯧."

굳이 목소리를 높일 필요도 없었다. 상점 안에 있던 사람들은 모두 나를 주시하고 있었다. 혼잣말처럼 중얼거려도 이곳에서 내 목소리를 듣지 못할 사람은 없었다.

나와 시선이 마주친 여자들이 경직되는 것이 보였다. 더러는 흥분으로 얼굴이 새빨개진 자들도 있었다. 하지만 감히 대놓고 나에게 따질 수 있는 사람은 없었다.

그녀들이 나에게 했던 것과 같은 방법이었다. 혼잣말 같은 내 말에 발끈하여 대꾸한다는 것은 스스로 예의 없다고 광고하는 것이나 다름없었다. 나는 그녀들을 외면하며 자연스럽게 정면을 향해 시선을 돌렸다.

"지금 누구에게 쥐새끼라고 하는 거예요!"

자연스레 모두의 시선이 소리 지른 여자에게로 향했다. 그녀는 모두의 시선이 자신에게 향할 줄은 몰랐던지 새빨개진 얼굴로 어쩔 줄을 몰라 했다.

아직 얼굴의 솜털도 가시지 않은 어린 아가씨였다. 잘해 봐야 성인식 직후, 혹은 성인식을 눈앞에 두고 있는 아가씨로 보였다.

사교계에 찌들지 않아 순수하다고 해야 할지, 아니면 멍청하다고 해야 할지. 상대해 줄 가치는 없었지만 이대로 그냥 지나칠 수는 없었다. 다시는 기어오르지 못할 정도로 철저히 밟아 주는 모습을 보여 주기로 했다.

"저런, 혼잣말을 몰래 엿듣다니 예의가 없는 분이로군요."

"뭐라구욧!"

사람들의 시선에 잠시 주춤거리던 것도 잠시, 그녀는 내 말에 발끈해서 소리쳤다. 그녀의 옆에 있던 어머니로 보이는 중년 여인이 그녀의 팔을 잡았지만 그녀는 그 팔마저 뿌리치며 내 앞으로 걸어 나왔다.

"황태자 전하를 그리 만들어 놓고 뻔뻔스레 얼굴을 들이밀고 다니는 사람이 누군데!"

나는 대답 대신 팔짱을 끼고 그녀를 위아래로 훑어봤다. 여자는 유행하는 고급 드레스를 입고 있었다. 그녀의 뒤에서 손으로 이마를 짚고 있는 중년의 여인이 입고 있는 옷 또한 우아한 디자인의 고급 드레스였다. 이 정도의 고급품을 입을 정도라면 돈이 많거나 권력이 있는 가문이라는 소리다.

기억을 더듬어 봤지만 두 여자 모두 기억에 없는 얼굴이었다. 황실이 주최하는 사냥 대회에 초대될 정도의 가문은 아니라는 뜻이었다.

"다들 당신을 뭐라고 하는지 알아요? 이 남자 저 남자 홀리고 다니는……."

"실례지만 가문이 어떻게 되나요?"

나는 그녀의 말을 끊으며 입을 열었다. 나의 갑작스런 질문에 그녀가 순간 멍청한 표정을 지었다. 그녀는 곧 자신이 멈칫했다는 것이 분했는지 앙칼지게 소리쳤다.

"그건 알아서 뭐하게요?"

"나에게 먼저 말을 걸 위치냐고 묻고 있는 거예요, 영애."

흥분으로 카랑카랑 소리를 지르는 그녀와 달리 나는 눈을 내리깔아 그녀를 내려다보며 비웃듯이 말했다.

"아니면 혹시, 내가 모르던 황실의 일원이신가요? 그럼 몰라뵈어 죄송합니다, 황녀 저하."

"말도 안 되는 헛소리를 지껄이는 걸 보니, 소문대로 미쳤나 보군요?"

돌아가는 상황을 전혀 이해하지 못하는 어린 영애와 달리 심각해지는 상황을 인지한 중년 영인이 다급하게 달려와 나에게 고개를 숙였다.

"죄송합니다, 엘리언트 영애. 이 아이가 실성을 하여……."

"어머니!"

"입 닥치거라!"

중년의 여인은 새파랗게 질린 얼굴로 자신의 딸에게 소리쳤다. 상점 안은 바늘 떨어지는 소리까지 들을 수 있을 정도로 쥐 죽은 듯 조용해졌다.

직위가 낮은 귀족은 직위가 높은 귀족에게 먼저 말을 걸 수 없었다. 직위가 낮은 귀족이 높은 귀족에게 먼저 말을 건넨다는 것은 무례를 넘어 무시를 하거나 얕잡아 보고 있다는 뜻이었다.

그것만으로도 귀족 간의 결투나 영지전이 벌어질 수 있을 정도로 큰일이었지만 중년의 여성이 새파랗게 질린 얼굴로 나에게 급히 고개를 숙이는 이유는 따로 있었다.

나에게 먼저 말을 건 것은 어린 영애가 예의에 미숙하여 벌어진 일로 우기며 넘길 수 있는 일이었지만 황실을 언급한 내 발언이 어린 영애의 미숙함으로 넘길 수 없게 만들었다.

나는 황태자의 약혼녀였다. 반은 황실의 일원이라고도 할 수 있었다. 그런 나를 모욕하는 것은 황실을 모욕하는 것이나 다름없었다. 황족 모독은 어린 영애의 미숙함으로 넘길 수 있는 일이 아닌 뜻이었다.

물론, 지금의 나는 약혼녀에 불과했기에 황실 일원이 아닌 그저 후작가의 영애일 뿐이다. 하지만 완전히 아니라고도 할 수 없다. 황제의 판단에 의해 결정이 달라질 수 있는 사항이었다.

보통 약혼녀의 신분으로 황실을 이용할 생각은 하지 못한다. 그러했기에 나에게 시비를 건 여자들은 시비를 걸면서도 내가 황실을 끌어들일 줄은 상상도 못 했을 것이다. 내가 황태자의 약혼녀라는 사실을 대수롭지 않게 생각하고 있었다는 반증이기도 했다.

이제 갓 성인식을 치른 어린 영애들의 싸움이다. 황제가 이 일을 알게 된다 하더라도 가볍게 웃으며 넘길 확률이 컸다. 하지만 세상을 살아가는 데는 만에 하나라는 것이 있다. 중년 여인은 그것을 알고 있기에 이렇듯 나에게 저자세로 나오는 것일 터였다.

"황실의 인원도 아니면서 황태자 전하의 약혼녀인 나에게 먼저 말을 걸었다는 건가요? 감히?"

"정말, 죄송합니다, 엘리언트 영애. 부디 선처를 부탁드립니다. 너도 어서 엘리언트 영애께 사죄하거라!"

중년의 여인이 딸의 머리를 잡고 눌렀다. 여린 영애는 영문도 모른 채, 어머니의 힘에 눌려 머리를 숙였다. 고개를 쳐들고 반항하지 않는 것을 보니 영문은 몰라도 무언가 잘못되었다는 것을 느끼고는 있는 모양이었다.

드레스 자락을 잡고 있는 어린 영애의 손이 부들부들 떨렸다. 이런 식으로 자존심이 상할 일은 살면서 없었다는 뜻이다. 하긴, 그러니 겁도 없이 나댄 것이었을 테지만.

겁도 없고 자존심도 세다는 것은 장점도 되지만 단점도 된다. 더구나 그녀는 아직은 참을성과 인내심이 부족한 치기 어린 나이였다.

"가문은?"

"앵그리버입니다, 영애."

나의 반말에도 중년 여인은 뭐라 하지 못하고 순순히 대답했다. 치맛자락 사이로 부들부들 떨고 있는 딸의 손을 꾹 눌러 잡고 있는 중년 여인의 손이 보였다. 나는 의도적으로 빈정대며 말했다.

"앵그리버? 들어 본 적 없는 가문이로군."

나의 중얼거림과도 같은 말에 중년 여인의 얼굴이 모멸감으로 붉게 타올랐다. 이를 앙다물고 있는 것이 눈에 보일 정도였다.

그녀에게는 모른다고 말했지만 앵그리버 자작가는 역사가 길고 꽤 명망 높은 가문이라고 알고 있었다. 본보기로 눌러 주기엔 조금 아까운 가문이었지만 나는 먼저 걸어온 싸움을 피해 줄 만큼 온화한 성격이 아니었다.

현 자작이 하나뿐인 외동딸을 애지중지한다는 소문이 맞는 듯했다. 앵그리버 영애는 겁을 상실한 듯 고개를 빳빳이 들고 나를 향해 버럭 소리를 질렀다.

"황태자 전하가 불쌍해! 당신 같은 여자가…… 어째서…… 어째서……!"

그녀는 분함으로 감정이 북받쳤는지 말을 잇지 못하고 시근덕거렸다. 나를 노려보는 눈동자에는 눈물까지 그렁거렸다. 나를 향해 악의가 잔뜩 담긴 그녀의 눈동자를 보고 나서야 비로소 눈치챌 수 있었다.

그녀는 시스를 좋아한다.

가지지 못한 것에 대한 탐욕, 내가 갖지 못한 것을 가진 자에 대한 악의.

어째서 눈치채지 못했을까. 앵그리버 영애의 눈은 황태자를 맹목적으로 좇던 내 눈과 닮아 있었다.

"어째서 내가 그의 약혼녀냐고?"

자신의 딸을 말리려는 앵그리버 자작 부인보다 내 행동이 더 빨랐다. 나는 앵그리버 영애를 향해 바짝 다가갔다. 갑작스런 나의 행동에 앵그리버 영애가 주춤거리며 뒷걸음치려다 곧 멈춰 서 나를 향해 눈을 부릅떴다. 그녀는 잠깐이라도 나에게 겁을 먹었다는 사실에 자존심이 상한 듯 보였다.

핏물이 새어 나올 정도로 앙다문 입술과 독기에 찬 눈동자가 나를 향하고 있었다. 그때의 나와 너무도 흡사한 모습에 저절로 입술이 비틀어져 올라갔다.

저런 류의 사람들이 어떠한지 누구보다 잘 알고 있었다. 나는 그녀의 귓가에 바짝 다가가 속삭이듯 말했다.

"그가 날 사랑하니까."

모두의 시선이 나와 앵그리버 영애에게로 향해 있는 사이, 2층으로 이어지는 통로 쪽으로 한 남자가 살짝 모습을 드러냈다. 그는 나와 눈을 마주치자 재빨리 몸을 감췄다.

몸을 부들부들 떠는 앵그리버 영애에게서 떨어져 약간의 거리를 벌렸다. 그녀의 얼굴은 잔뜩 일그러져 있었다. 그녀는 애원하듯 말리는 중년 여인을 뿌리치며 소리를 질렀다.

"가문을 빼면 나보다 나을 것도 없는 주제에!"

나와 앵그리버 영애의 이어지는 싸움에 몇몇은 안절부절못하고 몇몇은 흥미롭다는 듯이 눈을 빛냈다. 우리를 관찰하듯 지켜보고 있는 몇몇의 얼굴이 낯이 익었다. 그들은 나와 시선을 마주치자 슬쩍 고개를 끄덕이며 알은체를 했다.

"이 남자 저 남자 홀리고 다니는 창녀!"

짝!

앵그리버 영애의 고개가 한쪽으로 돌아갔다. 주근깨 섞인 밀랍 같은 하얀 피부가 금세 붉게 부풀어 올랐다.

"입에서 나오는 소리라고 모두 다 말이 아닙니다, 영애."

나는 화끈거리는 손을 풀어 주며 그녀를 향해 싱긋 웃었다. 이미 알고 있던 소문이다. 타인의 입에서 다시 듣는다고 해서 딱히 상처받거나 감정이 상할 이유는 없었다.

"지금 그 발언, 엘리언트 후작가뿐만 아니라 황실을 모독하는 발언이라는 건 알고 한 거겠지요?"

방금 전, 앵그리버 영애의 발언은 나에게 무례를 저질렀던 것과는 차원이 달랐다. 나에게 국한되는 것이 아닌 나와 약혼한 황태자를 모욕하는 것과 다름없었다.

몰래 수군거리는 것과 나에게 직접 이야기하는 것은 달랐다. 나를 창녀라고 하는 것은 황태자에게 창녀와 약혼한 남자라고 하는 말과 같았다. 명백한 황족 모독죄였다.

풀썩.

중년 여인이 휘청거리며 바닥에 주저앉았다. 이 안에서 영애의 말을 듣지 못한 사람은 없었다. 돌이킬 수 없는 잘못을 저지른 것이었다.

급격히 변한 분위기에 그제야 자신의 말실수를 눈치챈 영애가 새파랗게 질린 얼굴로 입을 막았다. 하지만 이미 허공으로 흩어진 말이다. 다시 주워 담을 수는 없었다.

"요, 용서……."

자작 부인이 나를 향해 손을 뻗었다. 그녀의 손가락이 내 치맛자락을 움켜쥐려는 찰나 나는 거칠게 그녀의 손에서 내 치맛자락을 빼내었다.

"폐하의 선처를 바라는 것이 빠를 겁니다, 부인. 저를 아끼시는 폐하께서 용서하실지 모르겠지만 말입니다."

나는 그녀들이 공황 상태에 빠진 틈을 타, 유유히 그곳을 빠져나왔다. 구석에서 몸을 숨기고 있던 남자가 조심스레 나에게 다가왔다.

"백작 부인께 모두 전해 들었습니다. 이건 요청하신 물건입니다."

남자에게서 어른 주먹만 한 가죽 주머니를 건네받았다. 안에 든 것을 반영하듯 물컹거리는 촉감이 손바닥을 통해 전해졌다.

"말씀하신 대로 삼 층은 모두 비워 놓은 상태입니다."

"그 사실을 앵그리버 영애에게도 흘리세요."

"네?"

그가 이해할 수 없다는 듯 반문했다.

"앵그리버 영애를 목격자로 만들 생각입니다."

"하지만 목격자로는 첩자를 생각해 두신 것이 아닙니까?"

그의 말대로 이번 일의 목격자로 피스온 상단에 심어진 첩자를 이용할 생각이었다. 피스온 상단은 상단의 크기만큼 아군도 많았지만 적군도 많았다. 특히, 나와 소문이 난 뒤로 에반의 주위에는 1황자파의 눈과 귀가 모여 있었다.

"물론 그들도 이용할 생각입니다. 하지만 그들보다는 귀족 영애의 발언권이 더욱 크겠지요. 이용할 만한 가치는 충분히 있습니다."

"알겠습니다. 하나, 영애가 유도대로 따라올까요?"

"따라올 겁니다."

따라오지 않더라도 상관없었다. 목격자라면 충분했으니까. 하지만 그녀라면 분명 따라올 것이다. 자신이 살기 위해서는 나를 바닥에 끌어내려야 한다는 것을 본능적으로 알고 있을 테니 말이다.

"그리고 한 가지 더 해 줘야 할 일이 있습니다."

"말씀하십시오."

"안에 엥그라일 후작 부인과 비즈델 남작 부인이 있을 겁니다. 제가 나올 때까지 붙잡아 두세요. 최근 상단에서 입수한 가야 왕국의 물건들을 보여 준다면 호기심을 보일 겁니다."

가야 왕국은 소국이지만 예술이 발달한 나라다. 예술이 발달한 만큼 그에 관련된 물건들도 많이 발달한 나라였지만 지리적인 여건상 제국과는 거리가 멀어 서로 간의 교역은 잘 이루어지지 않았다. 그런 가야 왕국의 물건들을 보여 주겠다고 하면 엥그라일 후작 부인은 모르겠지만 음악에 조예가 깊은 비즈델 남작 부인은 충분히 관심을 보일 것이다.

"이 층에 있는 것들 말입니까?"

건물의 1층은 상점이었지만 2층부터는 고가의 물품들을 보관하거나 상단의 사람들이 개인적으로 사용하는 공간이었다. 가야 왕국에서 가져온 물건들은 그림이나 조각 같은 미술품이나 악보, 악기들이 대부분이었다. 모두 고가에 속하는 물품들이었다.

"물론입니다. 내가 나올 때까지 최대한 그녀들을 이 층에 잡아 두세요."

그녀들 또한 무성한 소문을 들었을 것이다. 그럼에도 사냥 대회에서 만났을 때와 마찬가지로 방금 전, 나와 눈이 마주친 그녀들은 여전히 나에게 호의적인 반응을 보였다.

"방금 보여 준 호의에 대한 나의 답례라고 하면 의심 없이 따라올 겁니다."

"알겠습니다."

남자가 몸을 돌려 상점 안으로 들어갔다.

나는 위로 올라가는 계단을 향해 발을 놀렸다. 남자의 장담대로 3층은 인기척 하나 없이 고요했다.

한 번도 가 본 적은 없지만 에반의 방이 어디에 있는지는 알고 있었다. 3층의 맨 구석. 3층엔 복도를 걷는 내 발소리만 들렸다.

똑똑.

"들어오세요."

묵직한 에반의 목소리가 나무 문을 통해 들려왔다. 그의 허락에 나는 조심스레 문을 열고 안으로 들어갔다.

상단 주인의 방이라고 하기에는 단출하고 작은 크기였다. 방 안엔 탁자 하나와 일인용 침대 하나가 전부였다. 에반은 그 침대 위에 반쯤 드러누워 있었다. 그의 가슴에 책이 눕혀져 있는 것으로 보아 방금까지 책을 읽고 있었던 모양이었다.

"영……. 윽!"

에반이 나를 보고 몸을 일으키려다 고통에 찬 신음성을 흘렸다. 나는 재빨리 그의 곁으로 다가갔다.

"그냥 누워 계세요."

"죄송합니다."

그의 사과에 나도 모르게 혀끝을 차려던 걸 간신히 참았다. 그는 마치 잘못을 저지른 사람처럼 안절부절못했다.

"황제가 오더라도 환자는 누워 있어야 하는 법입니다."

그의 어깨를 잡고 가볍게 눌렀다. 들썩거리던 에반이 그제야 얌전히 침대에 누웠다. 나는 탁자 옆에 놓여 있던 의자를 끌어다 앉았다. 그런 나를 물끄러미 바라보고 있던 에반이 미간을 찌푸리며 입을 열었다.

"이곳엔 어쩐 일이십니까?"

"제가 못 올 곳에 온 것 같은 말투로군요."

"빨리 돌아가십시오. 이곳에 온 것이 남의 눈에 띄기라도 하면 큰일입니다."

"이미 알 만한 사람은 다 압니다."

"무, 윽!"

그가 또다시 급히 몸을 일으키려 하다 신음성을 터트렸다. 나는 결국 한숨을 내쉬고 그가 몸을 일으킬 수 있도록 부축해 주었다.

베개를 침대 헤드에 대고 에반이 등을 기댔다. 그의 몸을 가리고 있던 이불이 미끄러져 아래로 내려가자 단단한 복근 사이로 붉은 핏물이 배어 든 붕대가 모습을 드러냈다.

"몸은 괜찮습니까?"

"지금 제 몸이 문제가 아닙니다. 대체 무슨 생각이십니까?"

"걱정되어 온 사람에게 타박이 심하십니다."

"하아, 타박이 아닙니다. 지금 영애의 입장이 어떤지 알고나 계십니까?"

"누구보다 잘 알고 있습니다, 에반."

웃음기 섞인 나의 대답에 에반의 입술이 한일자로 다물어졌다. 고집스런 그의 얼굴에 나는 순순히 항복 선언을 했다.

"당신의 도움이 필요합니다, 에반."

내가 계획을 말하는 동안 에반은 한마디도 하지 않았다. 그는 그저 이글거리는 눈으로 나를 똑바로 직시하고 있을 뿐이었다.

"이제 시간이 별로 없습니다. 곧 목격자가 당도할 시간이거든요."

무거운 공기를 조금이라도 덜고자 가벼운 어투를 사용했지만 에반은 눈도 깜빡이지 않았다.

"하아, 당신의 도움 없이는 성공할 수 없는 일입니다. 도와주지 않을 건가요?"

"……겁니까."

"네?"

그가 간신히 입을 열었지만 무슨 말을 하는지 정확히 알아듣지 못했다.

"미안합니다. 다시 한 번 말해 주겠어요?"

"어째서 황태자 전하를 위해 그렇게까지 하시는 겁니까."

생각지도 않은 에반의 질문에 당황한 나는 눈만을 깜빡이며 그를 바라봤다.

"영애의 모든 것을 다 던져 버릴 만큼 그를 사랑하시는 겁니까?"

그는 목소리 톤을 높이지도 화를 내지도 않았다. 나직하고 담담한 목소리는 평소와 다름없이 들렸다. 하지만 그의 눈빛만큼은 불꽃을 삼킨 것처럼 이글거렸다.

평소의 에반과는 달랐다. 그의 모습에서 마치 질투하는 남자의 모습이 보이는 듯했다. 스스로 생각해도 어처구니없는 상상에 조소가 흘러나왔다.

시스의 고백에 어느새 자만심만 높아진 듯했다. 에반은 나의 기사다. 그와 나 사이에 남녀 간의 감정이 오고 간 적은 단 한 번도 없었다. 나를 대하는 에반의 태도나 눈빛은 지금껏 담백하기 그지없었다. 그는 기사로서 주인인 나를 걱정하고 있는 것뿐이었다.

"내가 시, 아니 황태자 전하를 위해 희생하는 것으로 보이나요?"

에반은 입을 열지 않았다. 하지만 그는 온몸으로 그렇다고 말하고 있는 듯했다.

"결과적으로는 그를 돕는 것일지도 모르지요."

에반의 미간에 주름이 잡혔다. 나는 그런 그의 표정을 모르는 척하며 말을 이었다.

"에반, 당신도 잘 알고 있겠지만 난 어린 시절부터 소문에 둘러싸여 살았습니다."

에반은 나를 위해 키워진 사람이다. 그런 그가 태어났을 때부터 나를 따라다닌 주홍글씨 같은 꼬리표를 모르고 있을 리가 없었다.

"시작은 일종의 시기였겠죠. 하지만 그 소문이 눈덩이처럼 불어나 지금은 내 위치까지 흔들고 있습니다."

"그건!"

나는 손을 들어 에반의 말을 막았다.

"그래요. 근거 없는 소문이란 본디 무시하자고 생각하면 무시할 수 있는 일이죠. 엘리언트가는 그런 소문 따위 충분히 무시할 수 있는 가문이니까요. 하지만 당신도 알다시피 악의적으로 퍼진 소문입니다. 그런 소문을 온전히 무시할 수 있는 사람이 과연 몇이나 있을까요?"

그때의 내가 그랬듯, 무시하려 애써도 무시할 수 없는 것이 바로 소문이다. 주변에서 악의적으로 퍼트리는 수군거림은 사람의 마음을 피폐하게 만들고 누구도 믿을 수 없게 만들었다.

저들도 내 이야기를 하는 것은 아닐까? 혹은 소문처럼 나를 보는 것은 아닐까? 소문은 주변인들을 의심하고 또 의심하게 만든다. 결코 온전한 정신을 유지할 수 없는 것이다.

그때의 내가 미쳐 자살했듯이 말이다.

만약 내가 그때를 경험하지 못했다면 어땠을까?

지금의 나에 대한 소문은 그때와 비교해 봐도 최악이었다. 마치 누군가가 의도적으로 만든 것처럼 말이다.

"이 일의 주범은 분명 1황자의 빈입니다. 하지만 그녀가 벌인 일치고는 치밀하죠. 하지만 1황비의 수법은 아니에요."

"설마……."

"맞아요. 분명 이 일을 처음 벌인 이는 1황자의 빈일 겁니다. 그리고 그녀가 벌인 일을 더욱 확산시킨 이가 있겠죠. 1황비는 자신에게 득이 되면 득이 됐지 손해 볼 것이 없습니다. 그러니 지켜보고 있는 것일 테고요."

"그런!"

"황태자를 위해서가 아니에요, 에반. 나를 위해 하는 겁니다."

에반이 생각에 잠긴 듯 두 눈을 감았다. 긴 속눈썹이 그의 눈가에 짙은 음영을 드리웠다.

"누군가가 의도적으로 오랜 시간 지속시켜 온 소문이에요. 결코 자연스럽게 소멸될 리가 없습니다."

원래 소문이란 시간이 흐르면 자연스레 사라지기 마련이다. 하지만 나에 대한 소문은 끈질길 정도로 오랜 시간 나를 따라다녔다. 누군가가 의도적으로 퍼트리고 다니지 않는 이상 어려운 일이었다.

꼬리에 꼬리를 무는 소문을 종식시키기 위해서는 한 번에 묵살시키는 것이 가장 좋은 방법이었다. 하지만 소문은 입에서 입으로 전달되는 것이다.

소문을 알고 있는 사람들의 입을 모두 막는다는 것은 사실상 불가능에 가까웠다.

하지만 방법이 아주 없는 것은 아니다. 그 예로 강한 권력을 이용해 사람들의 입을 강제로 틀어막는 방법이 있었다. 1황비가 그랬듯이 말이다.

그렇다고 1황비가 쓴 수법을 답습할 생각은 없었다. 1황비가 쓴 방법은 그녀의 권력이 조금이라도 무너지는 순간 또다시 그녀를 옭아매려 할 테니 말이다.

더구나 나에 대한 소문 뒤에는 알 수 없는 누군가가 있었다. 나는 이번 기회에 그자를 끌어낼 생각이었다. 음지에 숨어 있는 쥐새끼를 양지로 끌어내기 위해서는 나에 관한 소문을 공식적으로 공론화할 필요성이 있었다.

"어째서 지금입니까?"

침묵을 지키고 있던 에반이 입을 열었다. 그는 나를 올려다보며 아픈 듯 눈가를 찡그렸다. 저절로 붕대가 감긴 그의 배로 시선이 갔다.

"의원을 부를까요?"

"괜찮습니다. 그보다 대답을 해 주십시오."

그가 단호하게 말했다. 흔들림 없는 시선과 단단하게 굳은 입매는 어지간한 이유로는 동참하지 않겠다는 의지까지 엿보였다.

아나샤가 왜 끝까지 에반은 어려울 거라고 고개를 내저었는지 그 이유를 이제야 알 것 같았다. 결국 나는 한숨을 내쉬며 솔직하게 털어놓았다.

"필요성을 느끼지 못했으니까요."

에반은 내 말을 이해하지 못한 듯했다. 나는 그를 보며 피식 웃었다.

"아나샤가 나에게 화를 내더군요. 나에 대해 악의적으로 퍼진 소문들을 어째서 가만히 두고 보냐고 말입니다."

내가 에반의 방에 들어오고 나서 약간의 시간이 흘렀다. 아직까지 아무런 신호가 들리지 않는 것으로 보아, 앵그리버 영애가 아직 근처에 도착하지 않았거나 짐작과 달리 흘린 미끼에 유인되지 않았다는 뜻이었다.

“나를 둘러싼 소문 따위, 그것이 어떤 말이든 상관없었습니다. 어차피 나에게는 티끌만큼도 영향을 주지 못할 테니까요.”

무심결에 침대 위를 손가락으로 툭툭 두드렸다. 에반이 그런 나를 빤히 바라봤다. 맑은 청회색 눈동자에 내 모습이 오롯이 비쳤다.

“아니, 오히려 소문이 나쁘게 퍼질수록 좋았습니다. 그것을 빌미로 황태자의 약혼녀 자리에서 물러날 수도 있으니 말입니다.”

“……마음이 바뀌었다는 뜻입니까?”

방금 전보다 에반의 목소리가 한 톤 낮아졌다. 아픈 상태에서 오랜 시간 대화를 하느라 지친 모양이었다. 앵그리버 영애가 오지 않는다면 다른 자를 목격자로 만들면 그만이다. 다만, 에반이 그때까지 버틸 수 있을지가 걱정되었다. 그는 지금도 몹시 피곤해 보였다.

괜히 아픈 사람까지 끌어들인 듯 마음이 좋지 않았다. 하지만 상대가 에반이 아니라면 적을 완벽하게 속이기에는 무리가 있었다.

“네, 에반. 마음이 바뀌었습니다.”

“……”

“아무리 최악인 소문이라고 하더라도 나는 상처받지 않을 자신이 있습니다. 지금껏 그래 왔고 앞으로도 그럴 겁니다. 하지만 그 소문으로 내 사람들의 마음이 다치고 있더군요.”

며칠 전 밖에서 도는 소문을 듣고 온 마리가 내 앞에서 펑펑 울음을 터트렸다. 그녀는 마치 자신이 소문의 대상이라도 되는 것처럼 저택이 떠나가라 서럽게 울었다.

그녀의 울음에 새삼 주변을 돌아보았다. 마리뿐만이 아니라 저택의 시녀들은 하나같이 내 소문에 분개했고, 란트는 눈물을 그렁그렁 단 채 내 품에 안겼다. 소문을 조금이라도 수습해 보고자 사방팔방 뛰어다닌 아나샤는 말할 것도 없었다.

시스가 저렇듯 부상을 핑계로 운신의 폭을 좁히면서까지 사람들의 눈을 피해 움직이고 있는 것은 나에게 올 피해를 최소한으로 줄이기 위해서였다.

지금까지는 나 혼자만의 일이라고 생각했다. 나만 괜찮으면 상관없다고 생각했다. 하지만 나의 무심한 대처로 그동안 내 사람들이 상처 입고 있었다고 생각하니 더 이상 지금까지처럼 가만히 있을 수가 없었다.

"누구를 위해서도 아닙니다. 나를 위해 더 이상 얌전히 있기 싫어졌을 뿐입니다."

에반이 입을 벌렸다. 그는 무슨 말인가 하려다 멈칫하더니 내 뒤쪽을 주시하기 시작했다. 때를 같이해 풍경 부딪치는 소리가 은은하게 들려왔다. 앵그리버 영애가 근처에 도착했다는 신호였다.

나는 에반을 향해 검지를 입술에 대 보였다. 그는 못내 못마땅하다는 듯 굳은 얼굴이었지만 내 계획에 동참하기로 했는지 앵그리버 영애가 있는 문쪽에서 시선을 거두었다.

방문은 이미 내가 들어오며 살짝 열어 놓은 상태였다. 앵그리버 영애는 그 틈 사이로 나와 에반을 훔쳐보고 있는 듯했다. 나름 숨긴다고 조심하는 것 같았지만 기사인 에반은 물론 나조차도 인기척을 느낄 정도였다.

비록 상단주로서 활동하고 있지만 에반은 기사였다. 아나샤는 그가 잘 때에도 손이 닿는 곳에 검을 두고 잔다고 했다. 그녀의 말대로 침대 옆으로 장검이 얌전히 놓여 있었다.

검을 조심스레 들어 올렸다. 장검은 보기보다 꽤 무게가 나갔다. 란트가 연습용으로 쓰던 목검과는 차원이 다른 묵직함이었다.

칼집에서 칼을 빼내자 철이 부딪치는 소리가 나면서 시퍼런 검날이 모습을 드러냈다. 검의 무게에 자칫 놓칠 뻔했으나 간신히 떨어뜨리는 것은 막을 수 있었다.

대신 검집이 요란한 소리를 내며 바닥에 떨어졌다. 자유롭게 된 한 손으로 검의 손잡이를 마저 잡았다. 움켜쥔 두 손으로 묵직한 검의 무게감이 느껴졌다.

날카로운 검의 끝을 아래로 둔 채, 천천히 검을 들어 올렸다. 에반은 그런 나에게서 시선을 떼지 않고 조용히 지켜봤다.

"날 위해 죽어 주세요, 에반."

에반은 눈도 깜빡이지 않고 또렷한 청회색 눈동자로 나를 직시했다. 나는 누워 있는 에반을 향해 있는 힘껏 검을 내려쳤다.

푹!

가죽이 찢어지는 소리와 함께 붉은색 액체가 순식간에 침대를 적셨다. 하얀 이불보를 흠뻑 적신 붉은 액체가 바닥으로 떨어져 내 구두 밑까지 흘러왔다.

"히익!"

앵그리버 영애가 숨 들이켜는 소리를 냈다. 나는 잠시 심호흡을 한 뒤, 그녀가 눈치채고 도망갈 수 있도록 아주 천천히 고개를 돌렸다.

구제 불능의 굼벵이는 아니었는지 고개를 완전히 돌리기 전에 후다닥하는 소리를 내며 앵그리버 영애가 도망쳤다. 한 뼘 정도 열려진 문틈 사이로 드레스 자락이 잠시 보였다가 사라졌다.

확실히 하기 위해 문으로 다가가 활짝 열었다. 겁을 상실한 배짱만큼 달리기도 빠른 모양인지 영애의 모습은 이미 보이지 않았다. 대신 그녀를 여기까지 유인해 온 남자가 모습을 드러냈다.

"앵그리버 영애에게 그림자를 붙여 두었습니다."

"잘하셨습니다. 그녀에게 누군가 접근하거든 지체 없이 알려 주시기 바랍니다."

"알고 있습니다. 이미 그림자들에게 일러두었습니다."

"첩자들은 어찌 되었습니까?"

"일부가 앵그리버 영애의 뒤를 쫓는 것을 확인했습니다."

"남은 첩자들에게는 앵그리버 영애가 목격한 상황에 대해 은밀하게 흘리세요. 절대, 그들이 눈치채지 못하도록 자연스러워야 합니다."

"명심하겠습니다."

"엥그라일 후작 부인과 비즈델 남작 부인은 어찌 되었습니까?"

"영애의 말씀대로 비즈델 남작 부인이 가야 왕국의 물품에 대단한 흥미를 보이더군요. 이 층에서 물건들을 구경하고 있습니다."

"그녀들이 마음에 들어 하는 물건이 있다면 그게 무엇이든 상관없으니 주도록 하세요. 대금은 내가 지불하도록 하겠습니다. 친구에게 주는 나의 성의라고 전하세요."

"그렇게까지 하시는 이유가 있습니까?"

그가 이해할 수 없다는 듯 되물었다.

"또 다른 목격자를 만들 생각입니다."

또 다른 목격자. 그녀들을 이곳에서 마주친 순간 떠오른 생각이었다. 앵그리버 영애가 피투성이의 거짓된 상황의 목격자라면 그녀들은 그 반대의 목격자가 될 것이다.

같은 상황에 상반된 진실을 말하는 증인들. 패는 많으면 많을수록 좋았다.

"목격자 말입니까?"

"그녀들을 앵그리버 영애의 반대쪽 증인석에 세울 생각입니다. 그러니 내가 나올 때에 맞춰 마주칠 수 있도록 조치하세요. 어렵겠지만 자연스럽게 마주쳐야 합니다."

"별로 어려운 일은 아닙니다만…… 알겠습니다."

그는 궁금한 것이 많은 것처럼 보였지만 현명하게 입을 다물고 대답했다. 지금은 세세하게 설명하고 있을 시간이 없었다. 그도 그것을 알고 있기에 질문을 하기보다는 우선 명령받은 대로 행동할 생각인 듯했다. 상단의 부지배인다운 모습이었다.

"더 지시하실 것이 없으시다면 계획대로 마담 미엘라를 불러올까요?"

"계획대로 진행하세요."

나의 대답에 그가 고개를 숙였다. 나는 그를 뒤로하고 다시 방 안으로 들어갔다. 이번에는 일부러 문을 열어 놓을 필요성이 없었다. 둔탁한 소리와 함께 문이 닫혔다.

방 안에 들어서니 옅은 염료 냄새가 코끝을 자극했다. 침대와 바닥을 적신 붉은 액체가 냄새의 원인이었다.

남자를 통해 전달받은 가죽 주머니 안에는 원단을 염색할 때 쓰는 염료가 들어 있었다. 라이가 나와 부딪혔을 때 내 옷에 쏟은 바로 그 염료와 같은 종류였다. 새빨간 염료는 피처럼 걸쭉해 염료 특유의 냄새만 아니라면 피와 헷갈릴 정도로 흡사했다.

"방을 엉망으로 만들어서 미안합……."

에반의 분위기가 이상했다. 그는 잔뜩 굳은 얼굴로 붉은색 염료가 흥건한 이불을 노려보고 있었다. 순간, 아픈 몸으로 무리를 하게 한 것은 아닌지 걱정이 되었다. 나는 재빨리 그의 곁으로 다가갔다.

"에반?"

좀 더 사실적인 상황을 만들기 위해 에반이 누워 있는 바로 옆에서 칼을 내려쳐 염료가 든 가죽 주머니를 터트렸다. 덕분에 침대는 물론 나와 에반의 몸에도 붉은 염료가 잔뜩 튀었다. 붉은 염료는 에반의 상처를 감아 놓은 붕대에까지 묻어 버려 피인지 염료인지 분간이 가지 않았다.

"설마, 상처가 터진 건가요?"

조급한 마음에 붕대가 감긴 그의 복근 쪽으로 손을 가져가려고 했다. 그런 내 손목을 에반의 큰 손이 잡아챘다. 그의 갑작스러운 행동에 변명처럼 말을 더듬거릴 정도로 당황해 버렸다.

"아! 미안합니다. 상처를 만지려던 것은 아니었어요. 그저 자세히 살펴보려던 것뿐입니다."

"나는……."

그런 당황스러움이 전해져서인가. 침묵으로 일관하던 에반이 입술을 떼었다. 나는 입을 다물고 그가 하는 말에 귀를 기울였다.

"나는 영애의 기사입니다."

그가 나를 향해 얼굴을 들었다. 서 있는 나로 인해 그가 나를 올려다보는 형국이 되었다.

"영애를 지키는 것이 나의 사명이라는 말입니다."

그가 천천히 손을 들어 올렸다. 남자답게 마디가 굵은 손가락이 얼굴을 향해 다가왔다. 그의 손이 내 뺨 바로 앞에서 멈췄다. 굳은살이 박여 단단해 보이는 손가락이 경련을 하듯 가늘게 흔들렸다. 그의 손가락이 직접 닿지 않았음에도 그의 떨림이 전해지는 듯해 왠지 뺨이 화끈거렸다.

나와 에반의 시선이 마주쳤다. 그의 청회색 눈동자에 놀란 내 얼굴이 비쳤다. 하얀 뺨에 새빨간 염료가 도드라져 보인다고 느껴진 순간, 에반의 얼굴이 순식간에 일그러졌다. 나를 바라보는 그의 눈동자가 마치 상처를 받은 듯 위태롭게 일렁였다.

"에……."

내가 그의 이름을 부르기도 전에 그가 손을 거뒀다. 주먹 쥔 그의 팔에 푸른 힘줄이 도드라지며 튀어 올랐다. 그가 시선을 돌려 자신의 손에 잡혀 있는 내 손을 노려보았다. 내 손도 시트와 마찬가지로 피를 뒤집어쓴 것처럼 붉은 염료가 묻어 있었다.

점점 이 상황이 불편해지기 시작했다. 민망함에 그에게 잡힌 손목을 빼려 했지만 강한 악력에 손을 뺄 수가 없었다. 에반의 가슴이 크게 들썩였다. 깊은 한숨과도 같은 숨소리가 그의 입에서 새어 나왔다.

"다시는 손에 피를 묻히지 마십시오."

그러고 보니 그에게 대략적인 계획만 이야기했을 뿐 구체적으로는 말하지 않았다는 것이 생각났다. 시간이 별로 없어서 그런 것이었지만, 가죽 주머니가 터지는 순간 놀랐을 그를 생각하니 많이 미안해졌다.

"놀라게 해서 미안합니다."

속이려고 작정하고 벌인 일이다. 이왕 하는 것, 진짜 동물의 피라도 사용하는 것이 맞겠지만 내키지 않았다. 염료만으로도 속이기에는 충분했다. 무엇보다 피를 토하며 죽었던 기억 때문이었는지 피 특유의 비릿한 냄새가 역겹게 느껴졌다. 앞으로 벌어질 일에는 피보다는 염료인 편이 더 수월하기도 했다.

"에반도 냄새로 눈치챘겠지만 이건 피가 아니라 붉은 염료입니다."

기사인 그가 피와 염료를 구분 못 할 리가 없었다. 그럼에도 굳이 피를 언급한다는 것은 단단히 화가 났다는 뜻일 것이다. 차마 기사로서 레이디에게 화를 낼 수 없으니 저렇듯 얼굴을 굳히고 혼자 화를 삭이고 있는 것이리라.

이번 계획에서 에반의 역할이 제일 컸다. 가뜩이나 부상으로 거동조차 힘든 사람에게 너무 많은 짐을 지운 것은 아닌가 걱정이 되었지만 그보다 더 적합한 인물은 없었다. 단지 그의 동의도 받기 전에 일부터 저질러 버렸다. 그가 화를 내는 것은 너무도 당연했다. 아무리 그가 내 사람이라 하더라도 그에게는 선택할 권리가 있었다. 이번 일은 명백히 내 잘못이었다.

"미안합니다. 에반, 정 내키지 않으면 이번 일에서 빠지셔도 됩니다."

에반이 빠진다면 무척 곤란해지긴 하겠지만 싫다는 사람을 강제로 끌어들일 수는 없었다. 처음부터 다시 계획을 짜야 하겠지만 자업자득이었다.

"당신의 동의도 얻지 않고 멋대로 끌어들이려 한 내 잘못입니다. 이 일은 이제 신경 쓰지 마세요."

"왜 모르십니까."

화가 가득 서린 음성이 귓가를 때렸다. 화를 참는 듯 그의 턱이 단단해졌다.

"나는 영애를 지키기 위해 살아왔습니다."

나를 바라보는 에반의 얼굴이 괴롭다는 듯 일그러졌다.

"영애를 지키는 것이 내가 살아가는 이유입니다. 이렇게 손에 피를 묻히는 당신을 지켜보기 위해 있는 것이 아니라는 말입니다!"

에반이 두 손으로 내 손을 감싸 쥐고 자신의 이마에 가져다 댔다. 내 손을 부여잡은 채, 고개 숙인 그의 몸이 가늘게 떨리고 있었다.

"에반, 이건 진짜 피가 아니……."

"이것이 진짜이든 아니든 그것은 중요하지 않습니다."

그가 고개를 들었다. 에반의 시선이 그의 손에 잡혀 있는 내 손에 고정되었다. 그의 말 때문일까? 손에 묻은 붉은 염료가 피인 것만 같은 착각이 들었다.

"다시는 영애의 손을 더럽히지 마십시오."

그는 마치 스스로에게 다짐하듯 한 자 한 자 힘주어 말했다.

"영애를 지키는 일이라면 손을 더럽히는 것도 사람들의 비난을 받는 것도 모두 저에게 맡기십시오. 그러기 위해 제가 존재하는 것이니까요."

에반의 시선이 다시 내 얼굴로 향했다. 그의 떨림은 어느새 멈춰 있었다.

"그러니 위험한 일은 모두 제게 맡기십시오, 제발."

"나는……."

똑똑.

내가 입을 벌리자마자 문 두드리는 소리가 들렸다. 곧 문이 열리고 그 사이로 마담 미엘라가 얼굴을 드러냈다.

"실례합니다. 절 부르셨다고 들……."

그녀는 붉은 염료 범벅인 방 안을 보더니 경악하며 소리를 질렀다.

"까아! 이게 대체 무슨 일이에요?"

그녀가 문을 열어젖히고 나와 에반을 향해 달려왔다.

"설, 설마, 상처가 터진 건가요? 그런 거예요?"

그녀는 이번 계획을 모르면서 에반이 다쳤다는 사실을 알고 있는 몇 안 되는 사람 중의 하나였다. 그녀는 어쩔 줄 모르겠다는 얼굴로 에반의 상처를 살폈다.

"의, 의원을……."

"진정하세요, 마담 미엘라."

"하지만 영애, 피가…… 피가……."

"피가 아닙니다, 마담. 루이아샤의 수석 디자이너인 당신이라면 잘 알 텐데요."

"네?"

나의 대답에 그녀의 얼굴이 멍청하게 변했다. 나는 바닥에 떨어져 있던 찢겨진 가죽 주머니를 주워 그녀에게 건넸다.

"이건……."

"네, 제가 부탁했던 염료를 담았던 주머니입니다."

일부러 염료에 관심이 생겼다는 이유를 대며 아나샤를 통해 마담 미엘라에게 준비시켰던 염료 주머니였다. 마담 미엘라는 믿을 만한 사람으로 루이아샤의 수석 디자이너이긴 하지만 이번 일에 대한 계획을 말해 주지는 않았다.

이 계획을 성공시키기 위해서는 계획을 알고 있는 사람을 최소한으로 하는 것이 좋았다. 적을 속이려면 우선 아군부터 속이라는 말이 있다. 아무것도 모르고 행동하는 것이 적의 눈을 속이기에는 훨씬 자연스러웠다.

"이게 왜……."

"실수로 터져 버렸습니다."

"실수요?"

"갑자기 검이 쓰러지는 바람에 놀란 영애께서 주머니를 떨어트리셨습니다."

"어머!"

에반의 대답에 그제야 붉은 염료를 뒤집어쓴 채, 바닥에 뒹굴던 검을 발견한 마담 미엘라가 놀라 소리쳤다. 그녀의 시선이 바닥을 향하자 내 손을 잡고 있던 에반이 자연스럽게 자신의 손을 떼었다.

"바닥에 떨어트린 것만으로도 주머니가 터지다니 가죽의 질이 나빴던 모양입니다."

나의 말에 마담에 고개를 저었다.

"그렇지 않아요. 원래 염료를 담는 주머니는 염료의 변형을 막기 위해 일반적으로 만든 가죽 주머니와 달리 특수 처리를 하거든요. 그래서 외부의 충격에 쉽게 찢어지는 단점이 있어요. 주의해야 한다고 전했어야 하는데, 영애께서 알고 계시는 줄 알고 미처 전하지 못한 제 잘못이에요."

그녀의 말대로 염료 주머니가 일반 가죽 주머니에 비해 약하다는 것은 이미 알고 있던 사실이었다. 바로 그 점 때문에 진짜 피가 아닌 염료를 이용할 생각을 했던 것이고 말이다.

일반적으로 쓰는 가죽 주머니라면 바닥에 떨어트린 것만으로는 쉽게 찢어지지 않았다. 변명으로는 누구라도 이상하게 생각할 여지가 많았다.

"아니에요, 마담. 주의하지 못한 내 잘못입니다. 그보다 이 모습부터 어떻게 했으면 좋겠는데요."

"이런, 내 정신 좀 봐!"

그녀가 붉은 염료 범벅이 된 내 모습을 요리조리 뜯어보며 말했다.

"이래서 부지배인님이 내가 가 봐야 한다고 했던 거군요."

"옷을 갈아입는 것만으로 될까요?"

그녀가 다시금 내 머리부터 발끝까지 눈으로 훑어 내렸다. 무언가를 곰곰이 생각하던 그녀가 무거운 한숨을 내쉬었다.

"드레스만이라면 모르겠지만 운이 없게도 염료가 얼굴은 물론 머리카락에까지 튀었어요. 하필이면 잘 지워지지 않는 종류의 염료인 데다가 영애의 머리카락 색이 밝은 편이라 닦아 낸다고 해결될 것 같지는 않아요."

"씻어야 한다는 소리군요."

마담이 고개를 끄덕였다. 그녀는 조심스레 내 눈치를 살폈다.

"시녀는 데리고 오셨겠죠?"

"아나샤와 함께 온 것이라 미처 시녀를 데리고 오지 않았습니다."

"백작 부인도 함께 오셨나요?"

"주변에 볼일이 있다고 하더군요. 지금쯤이면 뒷문에서 기다리고 있을 겁니다."

그녀의 어깨가 축 늘어졌다.

"그렇군요. 시녀가 없다면 이곳에서 씻을 수도 없겠군요."

"시녀가 있다고 해도 이곳에서는 씻을 수는 없을 것 같군요, 마담."

"하긴, 영애께는 실례되는 말이었네요. 미안합니다."

그녀가 잔뜩 미안한 얼굴을 했다. 나는 대답 대신 그녀에게 웃어 주었다. 마담 미엘라는 귀족의 피가 일부 흐르고 있긴 하지만 정식 성을 물려받지 못한 평민이었다. 귀족이 아닌 평민으로 자라 왔다는 말이다.

귀족들을 상대하는 일을 하고 있기는 하지만 그녀가 귀족들의 관습에 대해 정확히 모르는 것은 당연한 일이었다.

여성들, 특히 미혼의 여성들은 자신의 집이 아닌 곳에서 함부로 알몸을 드러내고 씻을 수 없었다. 미혼 여성의 문란함을 터부시하는 것과 같은 맥락이었다.

평민의 경우, 혈연관계의 여성과 함께한다면 집이 아닌 곳에서도 씻을 수 있었지만 귀족은 평민의 경우와는 조금 달랐다.

귀족들은 혈연관계라 하더라도 함께 목욕을 하지 않았다. 미혼의 귀족 영애가 알몸을 드러낼 수 있는 상대는 단 하나, 자신의 몸시중을 드는 시녀의 앞에서뿐이었다. 그 말은 몸시중을 들 시녀가 함께한다면 집이 아닌 다른 곳에서도 씻을 수는 있다는 말과 같았다.

하지만 대부분의 영애들은 몸시중을 드는 시녀가 함께 있더라도 함부로 자신의 집이 아닌 곳에서는 씻지 않았다. 자신의 평판과도 직결되는 일이다. 정신이 제대로 박힌 귀족 여성이라면 구설수에 오를 만한 일은 절대 하지 않을 터였다.

물론 평판 때문에 마담 미엘라의 권유를 거절한 것은 아니었다. 이미 떨어질 대로 떨어진 평판이다. 여기서 더 보탠다 한들 문제 될 것은 없었다. 그녀의 호의를 거절한 것은 단지, 이 모습 그대로 이곳을 나서는 모습을 보일 필요가 있기 때문이었다.

"그보다 이제 집에 가야 하는데 이대로라면 곤란하군요. 무언가 가릴 만한 것이 있으면 좋겠는데……."

"……아!"

내가 곤란하다는 얼굴로 중얼거리자 무언가를 생각하던 그녀가 탄성을 질렀다.

"최근 만들어 놓은 샘플 중에 여성용 망토가 있어요. 모자까지 달린 것이라 지금 영애의 모습을 가리기엔 충분할 거예요."

"다행이로군요."

나는 정말로 다행이라는 듯 활짝 웃었다. 그녀가 디자인하는 것 중, 샘플 작업에 들어가는 것들은 나에게도 보고가 올라왔다.

나는 루이아샤의 물건들 중, 판매 수익이 가장 좋은 그녀의 작품들을 눈여겨보는 편이었다. 최근 샘플 작업에 들어갔다는 망토도 당연히 알고 있었다.

그녀의 샘플들은 모두 2층에서 만들어지고 보관되었다. 2층에는 내가 붙잡아 놓으라고 지시한 엥그라일 후작 부인과 비즈델 남작 부인이 있었다.

"에반, 그럼 저는 이만 가 보겠습니다. 몸조리 잘하십시오."

마담 미엘라 때문에라도 더 이상 시간을 지체할 수는 없었다. 끝내지 못한 대화는 일단 이곳을 떠난 후, 따로 연락을 하거나 은밀히 자리를 마련하는 것이 좋았다. 과연, 근시일 내에 자리를 마련할 수 있을지는 미지수였지만 말이다.

"영애."

인사말 대신 그가 나를 불렀다. 나를 바라보는 그의 얼굴은 언제 고통으로 일그러졌었냐는 듯 평상시와 다름없이 고요했다.

"잊지 마십시오. 피스온 상단은 당신을 지키기 위해 존재합니다."

'나 또한 당신을 지키기 위해 존재합니다.'

그가 말로 내뱉지 못한 뒷말이 마치 이명처럼 귓가에 들리는 듯했다.

"영애?"

가만히 서 있는 내가 이상했던지 마담 미엘라가 나를 불렀다. 그녀는 내가 피스온 상단의 진짜 주인이라는 것을 알고 있는 사람이었다. 그러기에 에반의 말도 대수롭지 않게 받아들이는 듯했다.

"잊지 않겠습니다. 에반, 앞으로의 일도 부탁드립니다."

"걱정하지 마십시오, 영애."

에반의 승낙으로 계획대로 일이 진행되었지만 가슴에 묵직한 것이 없어져 버렸다.

나에게 그는 외할아버지가 남겨 주신 나의 사람이긴 하지만 단지 외할아버지의 은혜를 갚기 위해 나를 따르는 것이라 단순히 생각하고 있었다. 하지만 에반이 가지고 있는 마음의 무게는 내가 생각했던 것보다 훨씬 무거웠던 모양이었다.

"후우."

가슴에 손을 얹고 크게 심호흡을 했다. 묵직했던 것이 조금은 덜어지는 느낌이었다. 지금은 다른 것을 생각하고 있을 틈이 없었다. 적은 한눈을 팔고도 이길 수 있을 정도로 만만한 상대가 아니었다.

"그럼 이만."

나는 에반을 향해 가볍게 고개를 숙였다. 마담 미엘라는 이미 방 밖에서 나를 기다리고 있었다.

"조심…… 하십시오."

몸을 돌려 방 밖으로 나가는 나의 등 뒤로 나직한 음성이 속삭이듯 날아왔다.

"나쁜 일이 연속으로 터져서 그런가, 단주께서도 많이 걱정되시나 봐요."

마담 미엘라가 걱정스럽다는 얼굴로 중얼거렸다. 내 성격을 어느 정도 파악하고 있던 그녀는 굳이 내 대답을 기다리지 않고 말을 이어 갔다.

“방금 전에도 아래층에서 소동이 났었다면서요? 옆에 있었다면 그런 버르장머리 없는 영애 따위 콱 밟아 주는 거였는데!”

2층으로 내려가는 계단에서도 그녀의 수다는 멈추지 않았다. 그녀는 그 자리에 자신이 없었다는 것이 억울하다며 분통까지 터트렸다.

“어머!”

“세상에!”

2층으로 들어서고 막 모퉁이를 도는 순간, 2명의 귀족 여성이 내 모습을 보고 놀라 소리쳤다. 그녀들은 들고 있던 부채까지 떨어트리며 나에게로 다가왔다.

“이게 무슨 일이에요!”

“엘리언트 영애, 괜찮은가요?”

“괜찮습니다, 엥그라일 후작 부인, 비즈델 남작 부인.”

그녀들은 붉은 염료로 물든 내 드레스를 가리키며 말을 잇지 못했다.

“이, 이거 설마 피, 인가요?”

비즈델 남작 부인의 말에 마담 미엘라가 나섰다.

“어머, 피라니요. 아니에요, 부인.”

“그럼……?”

“염료랍니다.”

“염료요?”

비즈델 남작 부인이 믿을 수 없다는 듯 나를 돌아봤다. 나는 그녀에게 고개를 끄덕이며 대답해 주었다.

“마담 미엘라의 말대로 염료입니다, 비즈델 남작 부인.”

“염료가 왜…….”

남작 부인이 붉은 염료가 묻은 드레스와 내 얼굴을 번갈아 바라봤다.

“원래 염료를 보관하는 주머니가 약한 편인데 그만 실수로 터져 버렸지 뭐예요.”

"저런!"

"정숙한 숙녀의 몸으로 밖에서 함부로 씻을 수도 없기에 이리 난감해하고 있는 중이랍니다."

"어머나! 이 일을 어째요."

마담 미엘라는 마치 자신이 직접 목격한 일인 듯 나를 대신해 술술 말을 이어 갔다. 그녀의 말에 따라 비즈델 남작 부인의 표정도 다채롭게 변했다.

역시 예상대로 마담 미엘라는 이 역할에 적임자였다. 평소에도 그녀는 수다스럽고 말에는 약간의 허풍이 섞여 있었다. 악의나 무슨 의도가 섞인 것은 아니었고 선천적으로 타고난 그녀의 성격이었다.

수다스러운 그녀 덕에 엥그라일 후작 부인과 비즈델 남작 부인은 이것이 피가 아닌 붉은 염료라는 사실을 자연스럽게 알게 되었다. 이미 목적을 달성한 나는 마담 미엘라의 수다에 맞춰 그녀들을 향해 민망한 표정을 지어 보였다.

"이런 모습을 보이게 되어 민망합니다."

"민망하다니요. 우리는 개의치 마세요, 영애."

"그렇습니다. 영애야말로 얼마나 놀랐겠습니까."

엥그라일 후작 부인과 비즈델 남작 부인이 동시에 나를 위로했다. 선물의 위력인지 그녀들의 태도는 사냥 대회 때보다 더 호의적으로 변해 있었다.

"그보다 이 모습으로 어찌 돌아갈 생각입니까?"

"뒤쪽에 마차를 대기해 놓았습니다."

"그렇군요."

나의 대답에 우아하게 고개를 끄덕이며 물러서는 엥그라일 후작 부인과 달리 비즈델 남작 부인은 아쉽다는 얼굴로 내 쪽으로 손을 뻗어 왔다.

그녀의 돌발적인 행동에 나는 재빨리 그녀의 손을 피했다. 염료가 그녀의 손에 묻어 첩자들이 이것을 피가 아닌 염료라는 것을 눈치채면 매우 곤란했다.

나는 당황해하는 비즈델 남작 부인을 향해 결코 그녀에 대한 거부가 아니었다는 뜻을 담아 미소를 지어 보였다.

"염료가 묻습니다, 비즈델 남작 부인."

"아! 미안합니다."

얼굴이 붉게 달아올라 어쩔 줄 몰라 하는 비즈델 남작 부인 대신 엥그라일 후작 부인이 앞으로 나섰다.

"영애에게 감사 인사를 한다는 것이 그만 감정이 격해진 모양입니다. 그녀는 감성이 풍부해서 가끔 이런 돌발 행동을 하곤 한답니다. 이해하세요, 영애."

"괜찮습니다. 저야말로 이런 모습이라 길게 대화를 나누지 못해 죄송합니다."

"충분히 이해합니다, 영애. 나머지 대화는 나중에 만나서 하도록 하지요. 선물에 대한 감사 인사는 그때 하겠습니다."

엥그라일 후작 부인은 우아한 몸짓으로 길을 터 주었다. 비록 후궁 소생의 황녀이긴 하지만 고급 예절을 교육받은 전직 황족다운 몸가짐이었다.

비즈델 남작 부인 또한 후작 부인을 따라 내 앞에서 살짝 물러났지만 미련이 뚝뚝 떨어지는 시선을 거두지는 않았다.

"빠른 시일 내에 꼭 다시 만나요, 영애."

비즈델 남작 부인의 간절한 음성에 미소를 지으며 고개를 끄덕이자 후작 부인의 부드러운 음성이 뒤를 이었다.

"조만간 엘리언트 가문으로 초대장을 보내겠습니다. 초대에 응해 준다면 기쁘겠습니다."

"저야말로 초대해 주신다면 기쁘게 응하겠습니다. 그럼, 그때 뵙도록 하겠습니다, 엥그라일 후작 부인, 비즈델 남작 부인."

그녀들과 헤어진 후, 마담 미엘라에게 망토를 건네받았다. 발끝까지 내려오는 망토는 후드까지 달려 있어 이번 목적에 딱 맞았다.

"두께가 조금 있군요."

"겨울이 다가오고 있으니까요. 이번 겨울에 유행하게 될 제 자신작이랍니다."

마담 미엘라는 자부심 가득한 얼굴로 말했다. 나는 그녀의 시중을 받아 망토를 걸쳤다. 예상대로 망토는 머리부터 발끝까지 내 몸을 전부 가려 주었다.

다만, 걸을 때마다 망토의 갈라진 틈 사이로 붉은 염료가 묻은 치맛자락이 살짝 도드라져 보였다. 나는 그 모습을 보며 만족스럽게 웃었다.

"아무도 없어요, 영애."

밖의 동태를 살피던 마담 미엘라가 나에게 손짓했다. 나는 그녀의 안내대로 망토를 둘러쓴 채, 조심스런 움직임으로 건물을 나섰다. 마차는 예정대로 서너 걸음 정도의 거리를 두고 서 있었다. 마차의 문이 열리고 나는 서둘러 마차에 올랐다.

탁!

마차의 문이 닫히자마자 말이 움직이기 시작했다. 나는 의자에 몸을 기대고 눈을 감았다. 한 고비를 넘겼다는 생각에 몸의 힘이 빠졌다. 아무렇지 않은 척해도 긴장하고 있던 몸을 속일 수는 없는 모양이다.

한동안 마차가 움직이는 소리만이 공간에 맴돌았다.

"주변은 어찌 되었습니까?"

마차 안에서 덩달아 같이 침묵하고 있던 아나샤가 나의 물음에 그제야 입을 열었다.

"마차를 대기시켜 놓은 곳에서도 몇몇 감시하는 눈들을 발견했어요."

"확실히 보았겠지요?"

"붉은색이 눈에 잘 띄라고 옅은 색의 드레스까지 입었는데 색맹이 아닌 이상 잘 봤겠지요."

아나샤가 작게 쿡쿡거리며 웃었다.

아나샤의 말대로 일부러 붉은색이 도드라지는 옅은 하늘색의 드레스까지 입으면서 벌인 일이다. 똑똑히 봐 주지 않으면 곤란한 것은 이쪽이었다.

"이제부터 본격적인 쇼 타임이군요."

저택에 도착하자 나를 기다리고 있던 것은 역시나 황궁에서 돌아온 아버지의 굳은 얼굴이었다. 나는 머리에 뒤집어쓰고 있던 후드를 벗었다. 후드 안에 감춰져 있던 머리카락이 적나라하게 드러났다.

아버지는 염료를 뒤집어쓴 내 몰골을 보며 잠시 눈살을 찌푸렸을 뿐, 놀라거나 당황하는 모습은 보이지 않았다. 그는 의미를 알 수 없는 눈빛으로 나를 바라보더니 이내, 단 한마디만 내뱉고 돌아섰다.

"준비되면 서재로 오거라."

저택으로 오는 내내 그가 어찌 나올까 긴장하고 있던 나는 평소와 다름없는 그의 모습에 왠지 맥이 빠져 버렸다.

"아가씨, 이게 대체 무슨 일이래요!"

마리를 비롯해 본관에 대기하고 있던 시녀들이 그런 나의 모습을 보고 호들갑을 떨며 달려들었다. 염료를 피로 착각한 몇몇은 현기증이라도 났는지 비틀거리며 바닥에 주저앉는 것이 보였다.

그나마 노련하다고 할 수 있는 시녀장이 가장 먼저 정신을 차리고 시녀들을 엄하게 단속하기 시작했다. 나는 다른 시녀들을 물리고 시녀장만이 나를 따르도록 지시했다. 내가 뒤집어쓴 것이 피가 아닌 염료라는 사실을 눈치채이지 않기 위해서였다.

아무리 주의 깊게 관리를 해도 세작들은 끊임없이 숨어들었다. 시중인들 몇몇이 다른 이의 눈과 귀가 되어 주고 있다는 사실은 이미 예전에 눈치채고 있었다. 그런 그들을 알면서도 모르는 척, 내버려 두었던 것은 모두 이런 때를 위해서였다.

"우선 욕실로 모시겠습니다, 아가씨."

나는 망토를 벗어 시녀장에게 건넸다. 궁금증이 일었을 텐데도 그녀는 아무런 의문도 제기하지 않고 조용히 망토를 들고 내 뒤를 따랐다.

그녀는 오랜 시간 동안 엘리언트가를 위해 일해 온 사람이었다. 유모를 내보내고 저택 내부가 어수선했을 때에도 그녀는 흔들리지 않고 자신의 역할에 최선을 다했던 사람이었다. 입이 무겁고 진중해서 내가 믿고 있는 사람 중의 하나였다.

"망토와 드레스는 시녀장이 직접 태우고 누군가 수상한 움직임을 보이는 사람이 있거든 빠짐없이 보고하도록."

"네, 아가씨."

"란트는?"

"주인님의 명으로 방 안에서 공부하고 계십니다. 모셔 올까요?"

"아니, 나중에 내가 올라가 보도록 하지."

평소라면 제일 먼저 나를 마중 나왔을 란트가 보이지 않아 이상하다고 생각했다. 란트가 피를 뒤집어쓴 것 같은 내 모습을 보게 될 것이 마음에 걸리던 참이라 란트의 모습이 보이지 않는 것을 다행이라고 생각했다.

란트가 마중을 나오지 않은 것이 아이의 자율적 의사가 아닌 아버지의 명령 때문이라고는 생각지도 못했다.

아버지가 나에게 그림자를 붙였다는 사실은 알고 있었다. 내가 저택에 도착하기도 전에 이미 모든 보고가 올라간 모양이었다. 아버지 나름대로의 배려가 느껴져 나도 모르게 입가에 미소가 지어졌다.

쪼르륵.

침묵이 감도는 가운데 찻잔에 차를 따르는 소리만이 고요한 공간에 울려 퍼졌다. 하얀 김이 모락모락 올라오는 찻물은 손을 대지 않아도 뜨거움이 전해졌다.

내가 서재에 들어오고 집사가 내 몫의 차를 준비할 때까지도 아버지는 입을 열지 않았다. 그의 앞에는 이미 바닥을 보이는 찻잔이 놓여 있었다.

집사는 아버지가 따로 지시하지 않았음에도 으레 그래 왔었다는 듯 물 흐르듯 자연스럽게 아버지의 빈 잔을 채웠다.

톡톡톡.

단단한 나무로 매끄럽게 만들어진 소파의 팔걸이 부분과 손톱이 부딪치는 소리가 차를 따르는 소리 대신 공간을 가득 채웠다. 아버지의 얼굴은 여전히 무표정했지만 그의 손가락은 복잡한 생각을 대변하기라도 하듯 리드미컬하게 움직였다.

깊은 생각에 잠긴 듯 아버지의 푸른 눈동자에 짙은 그림자가 드리워져 있었다. 그는 자신의 행동을 전혀 의식하지 못하고 있는 듯했다.

생각지도 않은 곳에서 아버지와 나의 공통점을 또다시 발견했다. 왠지 모르게 가슴 안쪽에서부터 간질거리는 느낌이 전해졌다.

아버지의 뒤에서 조용히 시립하고 있던 집사와 눈이 마주쳤다. 그는 지금 내가 무슨 생각을 하고 있는지 다 알고 있다는 듯 의미심장한 미소를 지어 보였다. 나는 그런 집사의 시선을 피해 찻잔을 들어 올렸다.

"너는……."

오랫동안 침묵으로 일관하고 있던 아버지가 드디어 입을 열었다. 나는 마시기 위해 들어 올리던 찻잔을 다시 내려놓았다. 허리를 바로 세우고 아버지가 하는 말에 귀를 기울였다. 그는 잠시 뜸을 들인 후, 다시 입을 열었다.

"어릴 때부터 손이 가지 않는 아이였지."

단 한 문장만을 내뱉었을 뿐인데도 아버지는 목이 타는지 찻잔을 들어 올려 김이 모락모락 나는 찻물을 들이켰다. 몸에 밴 예의에 맞게 소리도 없이 조심스레 내려놓은 찻잔 안에는 찻물이 반절 정도밖에 남아 있지 않았다.

"너는 나에게 무언가를 조르지도, 떼를 쓰지도 않았다. 그것이 대견스러우면서도……."

잠시 말을 멈춘 동안 아버지의 목울대가 크게 요동쳤다.

"서운하더구나."

아버지의 시선이 오롯이 나에게로 향했다. 그의 얼굴엔 여전히 아무 감정도 떠오르지 않았지만 눈빛만큼은 많은 것을 담고 있었다.

"이번에도 너는 나에게 도와달라 하지 않는구나."

항상 서늘함을 담고 있다고 생각했던 아버지의 푸른 눈동자에 약하지만 고통이 서렸다.

"모두 내 잘못이겠지."

가면이 깨어지듯 무표정하던 아버지의 얼굴에 자조 섞인 씁쓸한 미소가 걸렸다.

아버지에게 무슨 말이라도 해야 했지만 목이 막힌 듯 목소리가 나오지 않았다. 그런 나의 모습을 어떤 의미로 받아들였는지, 아버지의 얼굴에 서려 있던 슬픔인지 혹은 후회인지 모를 어두운 감정이 짙어졌다.

"비욘느."

"네."

나는 아버지의 부름이 있고서야 겨우 대답을 할 수 있었다.

"너는 내 딸이다."

"알고 있습니다."

"그래. 그렇구나."

아버지의 중얼거림과도 같은 말을 끝으로 또다시 나와 아버지 사이에 침묵이 내려앉았다.

눈을 내리깔자 찻잔 안에 고요히 담겨 있는 푸른색의 찻물이 보였다. 지금까지 즐겨 마시면서도 딱히 의식한 적은 없었는데 푸른빛이 아버지의 눈동자색과 닮아 있었다.

찻잔 옆에는 간단한 다과와 함께 작은 레몬 조각이 준비되어 있었다. 조각을 들어 찻잔 안으로 떨어트렸다. 물방울이 튕기는 소리와 함께 푸르던 찻물이 순식간에 따스한 다홍빛으로 변했다.

"몇 년 전 네게 황후가 되고 싶으냐고 물은 적이 있었지. 기억하느냐?"

"네, 기억하고 있습니다."

꿈에서 깨듯 두 사람의 일생을 기억한 날이자 지금의 나에게는 모든 것이 시작된 날이었다. 그리고 내 생물학적 어머니이자 아버지의 부인인 후작 부인이 자살한 날이기도 했다. 결코 잊을 수 없는 기억이었다.

"너는 나에게 원하는 대로 선택할 수 있느냐 되물었지."

아버지는 시스를 처음 만나러 가는 날, 황궁으로 가는 마차 안에서도 같은 질문을 했었다.

당시의 나는 아버지에 대해 냉소적이었다. 그는 결코 날 위해 그 무엇도 하지 않을 것이라고 생각했다. 당시의 아버지는 나에게 타인 그 이상도 이하도 아니었다.

그래서 되물었다. 내가 원하는 대로 할 수 있냐고. 당신이 그걸 용납할 수 있겠느냐고.

그리고 그는 대답했다.

"나는 어렵지만 불가능하지는 않다고 했다."

아버지의 눈동자가 나를 직시했다. 찻잔 안의 수색이 순식간에 색을 바꾼 것처럼 한기를 담고 있던 푸른색이 불꽃을 삼킨 듯 짙은 열기를 뿜었다.

"그 말은 여전히 유효하다."

"무슨 말씀을 하시는지 모르겠습니다."

"네가 원하기만 한다면 무엇이든 들어주겠다는 말이다."

나를 향한 아버지의 시선은 흔들림이 없었다. 원래 빈말이라고는 절대 하지 않는 사람이다. 농담 따위는 애초부터 입에 담지도 않던 사람이었다. 지금 아버지는 진심으로 내 뜻대로 무엇이든 해 주겠다고 말하고 있는 것이다. 굳이 되물어 볼 필요도 없었다.

이 말을 몇 달 전에 들었다면 나는 서슴없이 황태자와의 파혼을 원한다고 했을 것이다.

'하지만 지금은?'

시스를 좋아한다. 그를 사랑하고 있다.

하지만 그만큼 여전히 망설임도 존재했다. 시스의 곁에 있으려면 나는 또다시 황후가 되어야 했다. 그 고독하고 쓸쓸한 자리에 다시 서야 하는 것이다.

시스를 사랑하는 것과 황후가 되는 것은 별개의 문제였다. 하지만 완전히 분리할 수 있는 문제도 아니었다.

시스는 태어나면서부터 황제가 되기 위해 살아온 사람이다. 그런 그에게 내가 황후가 될 자신이 없으니 황제의 자리를 포기하라 말할 수는 없었다. 나의 망설임을 가만히 지켜보던 아버지가 먼저 입을 열었다.

"황태자에게는 이미 파혼을 요청했다."

순간 심장이 떨어지는 소리가 들리는 듯했다. 아버지는 그런 내 모습을 가만히 응시했다.

"그가…… 전하께서 승낙하셨습니까?"

나의 물음에 아버지의 짙은 눈썹이 위로 휘어져 올라갔다. 이제는 아버지의 그런 반응이 무슨 뜻인지 알고 있다. 무언가 마음에 들지 않는다는 아버지만의 표현이었다.

"황태자의 승낙 따위는 필요 없다."

굳은 입매, 주름진 미간, 딱딱한 말투는 아버지의 심기가 불편하다는 뜻이었다.

아버지의 반응을 보고 나서야 놀랐던 마음을 겨우 추스를 수 있었다. 아버지의 심기가 좋지 않다는 것은 시스가 그 요청을 순순히 받아들이지 않았다는 의미와도 같았다.

"내게 중요한 것은 네 뜻이다, 비욘느."

나를 향한 아버지의 눈매가 약간이지만 부드럽게 풀렸다.

"폐하께서 윤허하지 않으실 겁니다."

나와 시스의 약혼은 황제가 독단으로 밀어붙인 결과라고도 할 수 있었다. 그랬던 황제가 아무리 아버지의 요청이라 하더라도 순순히 파혼을 허락할 리가 없었다.

내 물음에 아버지가 미간을 찌푸렸다. 그의 목소리에는 명백한 불쾌함이 서려 있었다.

"계약을 지키지 못한 것은 황태자다. 황실은 더 이상 선택권이 없어."

"계약이라니요?"

계약이라는 말에 불현듯 시스가 나에게 고백했던 날이 떠올랐다. 고백을 거부하는 나에게 시스는 계약 따윈 상관없다며 화를 냈었다.

왠지 그때 시스가 말했던 계약과 지금 아버지가 말하는 계약이 동일한 계약일 거라는 생각이 들었다.

"무슨 계약을 말씀하시는 겁니까."

나의 물음에 아버지가 눈가를 찌푸렸다. 표정 변화는 거의 없었지만 곤란해하고 있다는 것이 느껴졌다.

"제가 알면 안 되는 일인가요?"

"흐음."

아버지가 헛기침을 하며 턱을 쓸었다. 나는 그런 아버지에게서 시선을 떼지 않았다. 서재 안에는 또다시 침묵이 내려앉았다. 마침내 아버지의 입술이 열리며 작은 한숨 소리가 새어 나왔다.

"너를 지키는 것이었다."

"저를 지키다니요?"

이해할 수 없는 대답이었다. 황태자의 약혼녀가 아닌 나는 그저 평범한 귀족 영애일 뿐이다. 그런 나를 지키기 위해 황실과 계약을 맺었다는 것은 객관적으로 생각해도 이해하기 힘든 말이었다.

아버지는 다시 입을 다물었다. 나는 또 다른 질문을 던졌다.

"누구에게서 저를 지킨다는 말인가요?"

"아직은 말해 줄 수 없다. 미안하구나."

아버지가 고개를 저었다. 단단해진 입매를 보니, 내가 무슨 말을 해도 지금 당장은 절대 말해 줄 것 같지 않았다.

내가 관계된 일임에도 불구하고 모른다는 것이 답답했지만 일단 한발 물러서기로 했다. 아직은 안 된다는 말은 언젠가는 알려 주겠다는 뜻이었으니까.

"그럼 한 가지만 더 묻겠습니다. 이것만은 대답해 주세요."

"그래. 말해 보거라."

"황태자 전하는 그 이유 때문에 저와 약혼한 건가요?"

"그 이유 때문만은 아니었다."

"절대적인 것은 아니지만 가장 큰 비중을 차지했다는 말이군요."

아버지는 내가 내린 결론에 아무 말도 하지 않았지만 그것이 정답임을 알 수 있었다.

시선을 내리자 식어 버린 차가 시야에 잡혔다. 내 시선이 찻잔에 닿자마자 눈치 빠른 집사가 재빨리 다른 잔에 차를 따라 내놓았다.

잔을 들어 차를 한 모금 넘겼다. 뜨겁다 싶을 정도의 온기가 목을 타고 몸속으로 내려갔다.

"비욘느."

"네."

"네 뜻은 어떠하냐?"

나는 찻잔을 내려놓고 아버지를 바라보았다. 푸른빛 눈동자가 진지하게 나를 직시하고 있었다.

"나는 네가 황후가 되길 싫어한다고 생각했다. 내 짐작이 틀렸던 게냐?"

"싫어했습니다."

사실은 지금도 황후의 자리는 거부감이 들었다. 그때의 슬픔과 아픔, 그리고 시릴 정도의 고독감이 다시금 살아날 것만 같았다. 머리로는 그때와 지금은 다르다고 알고 있었지만 본능적으로 거부감이 드는 것은 어쩔 수 없었다.

"지금은 아니라는 말로 들리는구나."

나는 아버지에게서 시선을 돌려 마시다 남은 찻잔을 바라보았다. 집사가 새로 내온 차는 레몬을 넣기 전 상태로 푸른 수색이 선명하게 빛나고 있었다.

레몬을 넣은 찻물이 다홍색으로 변한 것처럼 변화된 이 상황에 맞춰 그와 함께 변화할 것인가. 아니면 애초 생각했던 대로 그를 놓아 버릴 것인가.

실소가 배어 나왔다. 굳이 다시 생각해 보지 않아도 결론은 이미 나와 있지 않은가. 나는 남은 찻물을 단숨에 모두 마셔 버렸다.

"가지고 싶은 것이 생겼어요. 저를 도와주세요, 아버지."

나의 부탁에 아버지의 주름진 눈가가 부드럽게 휘어졌다.

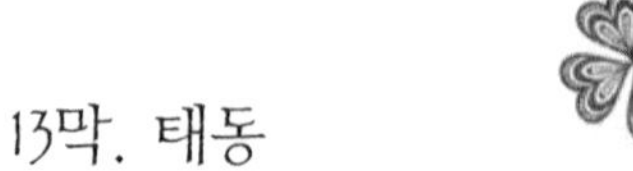

13막. 태동

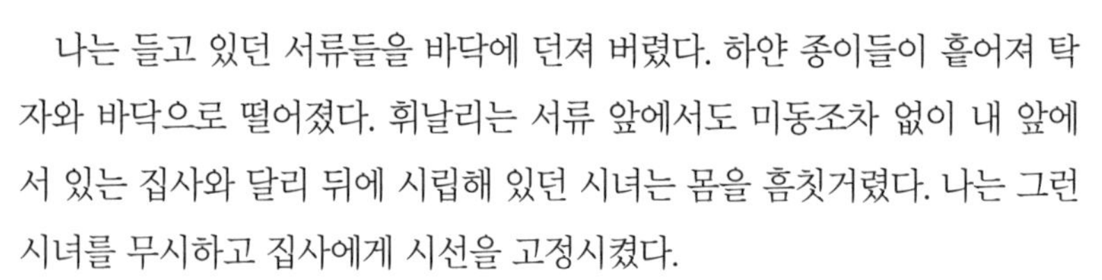

나는 들고 있던 서류들을 바닥에 던져 버렸다. 하얀 종이들이 흩어져 탁자와 바닥으로 떨어졌다. 휘날리는 서류 앞에서도 미동조차 없이 내 앞에서 있는 집사와 달리 뒤에 시립해 있던 시녀는 몸을 흠칫거렸다. 나는 그런 시녀를 무시하고 집사에게 시선을 고정시켰다.

"그래서?"

"현재 상단의 주인은 상단주이니, 그가 직접 명령하지 않는 이상 절대 인정할 수 없다고 합니다."

"건방지군."

몸을 뒤로 젖혀 소파에 등을 기대며 한쪽 입술을 비틀어 올렸다. 등을 통해 푹신한 소파의 감촉이 느껴졌다.

"그래서 전 상단주의 외손녀인 내 명령 따위는 무시하겠다?"

나는 목소리에 짜증을 가득 담으며 집사 뒤에 서서 고개를 숙이고 있는 시녀에게 시선을 주었다. 자기 딴에는 숨긴다고 숨기는 것 같았지만 눈동자를 이리저리 굴리고 있는 것이 적나라하게 보였다.

"상인 나부랭이 주제에 정말 건방져."

나는 다리를 꼬며 소파의 손잡이를 손가락으로 두드렸다. 나무와 손톱이 부딪치는 소리가 신경질적으로 방 안에 울려 퍼졌다.

"이놈이나 저놈이나 하나같이 명을 재촉하는군. 다 쓸어버릴까."

나의 중얼거림과도 같은 말에 시녀의 얼굴에서 삽시간에 핏기가 가셨다. 그녀는 고개를 숙인 상태로 나를 힐끔거렸다. 나는 그녀가 눈치채기 전에 그녀에게서 시선을 돌려 집사를 바라보았다.

"무언가 눈치라도 챈 것 같던가?"

"그게……."

집사가 말끝을 흐리며 시녀를 흘끔거렸다. 집사의 시선을 느낀 시녀가 몸을 더욱 움츠렸다.

"너."

"……네?"

나의 부름에 뒤늦게 대답한 시녀가 깜짝 놀라며 고개를 조아렸다. 나는 귀찮다는 표정을 지으며 그녀를 향해 손을 저었다.

"나가 봐."

"네, 아가씨."

시녀가 조심스러운 걸음으로 문을 열고 밖으로 나갔다. 문이 닫히는 소리가 들리며 방 안에는 나와 집사만이 남았다. 잠시 시간이 지나고 영롱한 풍경 소리가 은은하게 울려 퍼졌다. 주변에 듣는 귀가 전부 사라졌다는 소리였다.

"저 아이는?"

"티몬 남작가와 연결되어 있는 것을 확인했습니다."

"티몬 남작?"

"모이튼 후작이 몇 년 전에 들인 후처가 티몬 남작의 딸입니다."

즉, 티몬 남작의 사위가 모이튼 후작이라는 소리였다. 현 모이튼 후작은 1황비의 동생으로 교활한 뱀 같은 1황비와 한 핏줄이 맞나 싶을 정도로 무능하기

짝이 없는 인간이었다.

더구나 그는 능력도 없는 주제에 욕심은 많아 여색을 밝히고 추종자들을 거느리며 거들먹거리는 것을 좋아했다. 1황비라는 뒷배가 없었다면 헤픈 씀씀이로 이미 가산을 모두 탕진하고도 남았을 터였다.

"모이튼 후작이 답지 않게 머리를 굴렸나 보군."

1황비라면 이처럼 꼬리를 남기는 짓은 절대 하지 않았을 것이다. 그녀라면 자신과는 전혀 연관성이 없는 이를 세작으로 썼을 테니 말이다.

그렇다는 말은 모이튼 후작이 독단적으로 저지른 일이라는 뜻이었다. 최근 도박으로 꽤 큰돈을 날렸다고 하더니 1황비에게 최대한 잘 보이기 위해 이런 일을 벌인 듯싶었다.

"모이튼 후작보다는 티몬 남작 쪽이 더 급했을 겁니다."

"어째서?"

"최근 모이튼 후작이 새로운 첩을 들였다고 하더군요."

"자신의 딸이 후처 자리에서 밀려날까 전전긍긍하는 게로군."

"저희로서는 좋은 일이지요."

집사의 말대로 우리에게는 좋은 일이었다. 타인의 눈과 귀가 많을수록 그들을 속일 확률은 높아질 테니 말이다.

"공들여 눈과 귀를 들여보냈는데, 보답을 해 주어야겠지."

"계획을 진행할까요?"

"기사단을 쓰는 데 아버지가 허락하신 건가?"

"모든 것을 아가씨의 뜻대로 진행하라 명하셨습니다."

집사의 대답에 나도 모르게 입꼬리가 올라갔다. 아버지는 장담대로 이 일에 적극적으로 동참할 생각인 듯했다.

"기사들은 모두 믿을 만한 사람들인가?"

"모두 엘리언트 가문의 충성스러운 기사들입니다. 주인님이 죽어라 명해도 군소리 없이 행할 자들입니다."

집사가 자부심 가득한 얼굴로 대답했다. 나는 고개를 끄덕이는 것으로 대답을 대신했다.

"지금부터 수도에 있는 모든 피스온 상단의 상점들을 압박하고 지점장들에게는 내 명을 거부할 시, 즉결 처분하겠다고 전달해."

"네, 아가씨."

"보여 주기 위한 무력은 사용하되 절대 부상자가 나오지 않도록 조심하고."

"알고 있습니다. 이미 기사들에게도 단단히 일러두었습니다."

발 빠른 집사의 대응에 나는 만족스러운 미소를 지었다.

"에반에게서는 아직 연락이 없나?"

"아직 없습니다. 이쪽에서 먼저 연락해 볼까요?"

"지금은 기다리는 편이 좋겠군."

나는 고개를 저으며 현재 진행되고 있는 사항들을 정리했다. 집사는 그런 나를 방해할 생각이 없다는 듯 바닥에 흩어진 종이들을 주워 들고 한쪽 구석에 조용히 시립했다.

이번 일에 피스온 상단과의 마찰은 피할 수 없는 일이었다. 에반과 내가 완전히 척을 진 모습을 그들에게 보여 줘야 할 필요성이 있었으니 말이다.

물론, 그들은 내가 에반을 죽였다고 알고 있을 것이다. 아니, 정확하게는 내가 에반을 죽은 걸로 알고 있다고 생각하고 있을 것이다. 실제로 상단의 믿을 만한 사람들을 시켜 에반을 산속에 묻어 버리는 모습까지 보여 주는 열의까지 보였는데 그렇게 알고 있지 않으면 도리어 이쪽에서 곤란했다.

똑똑.

문 두드리는 소리와 함께 문이 열리며 암갈색 눈동자가 모습을 드러냈다.

"들어가도 될까요?"

란트는 문틈으로 고개만 빼꼼 내민 채, 조심스럽게 물었다.

"어서 오렴, 란트."

내 부름에 란트가 내 앞으로 쪼르륵 달려왔다. 아이는 털썩 바닥에 주저앉아 내 무릎에 뺨을 비볐다.

"지금은 공부 시간으로 알고 있는데?"

"오늘은 검술 수업이 있는 날이라 일찍 끝났어요."

란트가 볼을 부풀리며 볼멘소리를 냈다. 나는 빵빵해진 란트의 볼을 누르며 가볍게 소리를 내어 웃었다. 마시멜로 같은 말랑말랑한 감촉이 손가락 끝을 통해 전해졌다.

"이런, 내가 정신이 없긴 했나 보구나."

수업 일정을 잊고 있었다는 말에 란트의 볼이 더더욱 부풀어 올랐다. 최근 부척 어른스러워진 모습을 보이려고 애쓰던 란트다. 그런 란트가 대놓고 투정을 부리고 있었다. 그동안 연달아 일어난 사건들로 아이에게 소홀했음을 인정할 수밖에 없었다.

"미안해. 화 풀렴. 대신 검술 수업 전까지 같이 있어 줄게."

군청색 머리카락을 부드럽게 쓸어내리며 말을 하자 아이의 얼굴이 대번에 활짝 펴졌다.

"같이 산책 가요, 누님!"

암갈색 눈동자가 반짝반짝 빛을 발했다. 처리해야 할 일들은 많았지만 결국, 자리를 털고 일어났다.

나의 움직임에 란트가 재빨리 내 곁으로 다가와 손을 잡았다. 검술로 굳은살이 조금 박여 있었지만 아직은 말랑말랑한 아이의 감촉이 전해졌다.

란트와의 산책은 항상 그렇듯 즐거웠다. 딱히 특별할 것도 없고 그저 저택 안의 있는 후원을 걷는 것뿐이었지만 최근 고질적으로 오던 두통도 완화될 정도였다.

"그 소문이 정말일까?"

검술 수업이 시작될 시간이 되어 란트를 연무장까지 배웅해 주던 중이었다. 산책에 집중하고 있었던지라 수업 시간이 다 되었다는 것을 뒤늦게 깨달았다. 시간 절약을 위해 원래 다니던 길이 아닌 하인들이나 가끔 지나다니던 길로 접어들었을 때였다.

"쉿! 누가 들으면 어쩌려고 그래?"

"이런 후미진 곳에 누가 온다고 그러니. 걱정하지 마."

"그래도……."

하녀 1명이 주위를 두리번거리며 안절부절못하자 다른 하녀가 불안해하는 하녀의 옆구리를 찔렀다.

"소심하기는. 저택 밖에만 나가 봐 모르는 사람이 없을걸?"

"하긴, 이곳에서만 쉬쉬하고 있지 이미 알 만한 사람들은 죄다 알지."

2명의 하녀가 거침없이 말하자 소심하게 굴고 있던 시녀가 조심스럽게 입을 열었다.

"사실 본채에서 일하는 시녀가 내 친군데, 그 애 말이 그날 저택에 돌아온 아가씨 드레스에 피가 잔뜩 묻어 있었다고 하더라."

"그럼 그 소문이 정말이란 말이야?"

"아무 일도 없었는데 이런 소문이 나겠어?"

"세상에!"

대화에 집중한 그녀들은 나와 란트가 있다는 것도 눈치채지 못하고 저들끼리 계속 숙덕거렸다.

"그럼 아가씨가 진짜 피스온 상단주를 죽인 거야?"

"소문은 그렇지."

"아가씨가 뭐가 아쉬워서?"

"이건 사실 아무도 모르는 건데……."

소심하게 굴던 하녀는 자신이 언제 소심하게 굴었냐는 듯 적극적으로 이야기를 풀어 놓기 시작했다.

"내 친구의 친구의 사촌이 피스온 상단에서 일하거든."

친구의 친구의 사촌이란 생판 모르는 남이라는 소리다. 하지만 집중해서 이야기를 듣는 입장에서는 무언가 대단히 가까운 사이처럼 들릴 터였다. 원래 소문이란 그런 식으로 나는 법이니 말이다.

"지금 상단 쪽은 난리도 아니래."

"왜?"

"아가씨가 지점장들에게 상단을 내놓지 않으면 가만두지 않겠다고 엄포를 놓았다나 봐."

"헉! 그럼 아가씨가 상단을 가지려고 상단주를 죽였다는 거야?"

"그렇지 않고서야 아가씨가 왜 상단주를 죽였겠어."

"내가 듣기로는 아가씨랑 상단주가 그렇고 그런 사이였는데 상단주가 그걸 밝히려고 하니까 죽였다던데?"

"진짜?"

내 손을 잡고 있던 란트의 손에 힘이 들어갔다. 그녀들의 대화에 집중하느라 란트와 함께 있었다는 사실을 잊고 있었다. 뒤늦게 낭패감이 들었다.

나는 서둘러 란트를 데리고 그 자리를 벗어났다. 란트는 순순히 나를 따라왔지만 입술이라도 깨물었는지 붉은 입술이 더더욱 붉어져 있었다.

하녀들과 꽤 멀어졌다고 느낀 나는 란트를 바로 세우고 똑바로 바라보았다.

"란트."

"……."

"란트."

"……네."

내가 두어 번 부른 다음에야 란트가 간신히 부름에 대답을 했다. 그러나 아이는 고개를 숙여 나와 시선을 마주치는 것을 피했다. 나는 아이의 얼굴을 감싸 쥐고 들어 올려 나를 똑바로 마주 보게 했다. 암갈색 눈동자가 물기를 머금은 채, 불안하게 흔들리고 있었다.

"하녀들이 하는 말을 믿니?"

"아니요."

내 물음에 즉각적으로 대답이 나왔다. 나는 란트의 얼굴을 감싸 쥔 상태로 얼굴을 가까이 가져갔다.

"그럼 우리 강아지가 왜 이리 화가 난 걸까?"

"그들이……."

"그들이?"

나의 반문에 란트가 머뭇거리며 입술을 물어뜯었다. 하얗게 각질이 일어나며 붉은 피망울이 조랑조랑 달렸다. 나는 얼굴을 감싸고 있던 손을 풀고 손가락을 들어 아이의 입술을 두드렸다.

"못된 버릇을 들였구나."

입술을 뜯지 못하게 하자 이번엔 주먹을 말아 쥐는 것이 보였다. 나는 아이의 손을 잡아 힘주고 있는 손가락을 하나씩 풀었다. 아이는 차마 내 손을 뿌리치지는 못하겠는지 내 손길이 닿는 대로 손가락에서 힘을 뺐다.

잠깐 사이 얼마나 힘을 주었는지 손바닥에 손톱자국이 움푹 패어 있었다. 나는 한숨을 쉬며 손바닥에 난 자국을 조심스럽게 쓸어내렸다.

"몸을 상하게 하는 것은 나쁜 버릇이란다."

"누님은요?"

"응?"

"누님에 대해 나쁘게 말하는 하녀들을 왜 가만히 놔두시는 거예요? 제가 괴롭힘당했을 때에는 전부 벌을 주셨잖아요."

란트의 말대로 평소라면 듣자마자 경을 칠 일이었다. 유모를 비롯해 란트를 괴롭히고 저택의 기강을 흐트러트리던 시녀들을 대거 쳐낸 일을 아직까지 기억하고 있는 모양이었다.

"제가 그녀들에게 벌을 줘도 될까요?"

란트는 시선을 내리깔며 조심스럽게 물었다. 나는 란트의 턱을 들어 올렸다. 암갈색 눈동자가 여전히 불안하게 흔들리고 있었다.

"너는 이 집안의 후계자란다. 이 집에서 네가 못 할 일은 없어."

나는 흔들림이 멈춘 암갈색 눈동자를 똑바로 직시했다.

"그러니 몸을 바로 세우고 당당히 고개를 들어. 설령, 황제가 네 앞에 서 있더라도 절대 기죽을 필요 없단다. 알겠니?"

"네."

란트의 대답에 흐뭇한 미소를 지으며 뺨에 달라붙은 머리카락을 떼어 넘겨 주었다. 란트가 그런 내 손을 잡고 뺨을 비볐다.

"누님을 나쁘게 말하는 사람들은 싫어요."

"나도 싫단다."

"전부 쫓아내도 돼요?"

아이의 칭얼거림과도 같은 물음에 웃음이 나왔다. 불퉁한 목소리가 어지간히도 못마땅한 모양이었다.

귀여운 란트의 청을 바로 들어주고 싶지만 지금 당장은 곤란했다. 지금 그녀들을 내친다면 기껏 세작들이 저택 안을 활보하도록 눈감아 준 보람이 없었다.

"란트."

"네?"

"누나 믿지?"

"네."

"조금만 기다려 주지 않을래?"

란트의 얼굴이 순식간에 구겨졌다. 미간을 잔뜩 접은 얼굴은 아버지의 모습과 판박이였다. 나는 손가락으로 살살 밀어 아이의 미간에 잡힌 주름을 폈다.

"누나를 믿고 조금만 더 기다려 주렴, 란트."

란트가 마지못해 고개를 끄덕였다.

연무장에 도착하니 틸트 경이 야차와 같은 얼굴로 수업에 한참 늦은 란트를 기다리고 있었다. 대신 변명을 해 주려 했지만 란트가 그런 나를 저지하며 고개를 저었다.

아이는 축 늘어진 어깨를 하고도 변명 따위는 한마디도 하지 않고 틸트 경이 내준 벌을 고스란히 받았다. 마치 자기 자신을 채찍질이라도 하듯 아이는 이를 앙다물었다.

한참 동안 구슬땀을 흘리며 연무장을 도는 란트를 바라보다 방으로 돌아왔다. 최대한 란트 모르게 일을 진행시키고 싶었는데 뜻대로 되지 않아 마음이 좋지 않았다.

란트는 엘리언트 후작가를 이어야 했다. 언제까지나 순진무구한 채로 있을 수는 없었다. 살벌한 귀족 사회에서 살아가기 위해서는 간혹 더러운 때도 손에 묻혀야 했다. 그것을 막아 줄 수는 없지만 될 수 있으면 최대한 늦추어 주고 싶은 것이 솔직한 심정이었다.

방 안으로 따라 들어오려는 시녀들을 물리고 당분간 아무도 들이지 말라고 명령했다. 혼자 생각할 시간이 필요해서였다.

소문은 생각보다 빠르게 퍼지고 있었다. 각기 다른 수많은 이야기에 사람들은 혼란스러워하기 시작했다. 대다수의 사람들은 단순한 흥미로 떠들고 다녔고, 일부 사람들은 목적을 가지고 말을 옮겼다. 그중에는 내 명령으로 움직이는 사람들도 있었다.

이번 일의 목적은 두 가지였다. 하나는 여론이 한 방향으로 쏠리는 것을 방지하기 위함이었고, 다른 하나는 나와 에반이 척을 진 것처럼 보이게 함으로써 그들이 에반에게 접근하도록 유도하는 것이었다.

아직까지 에반에게 아무런 연락이 없는 것으로 보아 상대는 조심성이 많은 듯했다. 아니면 연락을 하지 못할 정도로 일이 급박하게 돌아가고 있는 것이거나.

소파에 앉아 지끈거리는 머리를 두드리며 눈을 감았다. 이제는 만성이 되어 버린 두통은 약을 먹어도 쉬이 나아지지 않았다.

"꽤 바쁜 모양이군."

지금 이곳에서는 절대 들릴 리 없는 목소리가 들렸다. 눈을 번쩍 뜨자 창을 가린 커튼을 뒤에 두고 그가 서 있었다. 나는 반사적으로 앉아 있던 소파에서 몸을 일으켰다.

"시스!"

나는 한달음에 그에게 다가갔다. 그는 내가 자신에게 가까이 다가갈 때까지 그 자리에 고정이라도 된 듯 가만히 서 있었다.

"어째서 여기에 계시는 겁니까?"

"내가 오면 안 될 곳을 온 것 같은 반응이군."

"당연하지요. 자신이 지금 어떤 입장인 줄은 알고 이곳에 오신 겁니까?"

"그대야말로!"

그의 곁으로 가자 그림자에 가려져 있던 그의 황금색 눈동자가 적나라하게 모습을 드러냈다. 활활 타오르는 불꽃을 삼킨 듯, 그의 눈동자가 나를 뜨겁게 노려봤다.

"그대야말로 대체 무슨 짓을 저지른 거야!"

그가 내 손목을 잡아채며 소리쳤다. 뜨거운 것은 눈빛만이 아니었다. 그의 손이 감싸 쥐고 있는 내 손목이 그의 열기를 받아 뜨거웠다.

"소문을 듣고 오신 거라면……."

"그깟 소문 따윈 상관없어."

그가 내 쪽으로 자신의 얼굴을 바짝 들이대며 으르렁거렸다.

"차라리 소문대로 그대의 입으로 그대의 사람이라고 말하던 그 빌어먹을 놈이 죽었다는 것이 사실이라면 무척 기쁠 텐데 말이지."

폭언과도 같은 그의 말에 덩달아 화가 치밀어 올랐다. 그와 상의 없이 멋대로 일을 진행시킨 것은 잘못된 일이었지만 이렇게 비난받을 만한 일은 아니었다.

"대체 왜 화가 나신 겁니까?"

"그걸 지금 몰라서 묻는 건가?"

"네, 모릅니다. 모르니 이리 묻는 것이지요."

나는 고개를 들고 그를 노려보았다. 이글거리는 황금색 눈동자가 나를 노려보고 있었지만 아랑곳없이 똑바로 마주했다.

"제 일입니다. 제 일을 제 맘대로 처리하겠다는데, 왜 이리 화를 내시는지 모르겠습니다."

"하! 그대의 일이다?"

"네, 제 일입니다."

그가 입을 다물었다. 해가 지기 시작한 시간이었다. 붉은 노을이 커튼이 쳐지지 않은 창을 통해 방 안으로 들어왔다.

"그대는 항상 그래. 그 어떤 것에도 미련이 없다는 얼굴로 뒤로 한발 물러서 언제든지 도망갈 준비를 하지."

그가 잡고 있던 손목에 힘을 주며 나를 바짝 끌어당겼다.

"그 누구도 필요 없다는 듯이 말이야."

"그런 적 없습니다."

"그럼 나에게만 그런가 보군."

그가 짓씹듯 이를 갈았다. 그의 황금색 눈동자 주변으로 붉은 실핏줄이 보였다.

"그대의 마음이 약간이나마 나에게 돌아섰다고 느껴졌던 건 역시 나만의 착각이었던가?"

"시스."

"차라리!"

그가 비명과도 같은 고함을 질렀다.

"차라리, 그 이름을 불러 주지 말지 그랬어."

그의 얼굴이 처참하게 일그러졌다. 그는 동굴 안에서 고통에 힘겨워했을 때도 이렇게 아픈 표정은 짓지 않았다.

"그랬다면 이리 괴롭지는 않았을 텐데 말이야."

위협하듯 으르렁거리는 목소리였다. 하지만 그 으르렁거림은 마치 맹수가 상처를 입고 고통을 호소하는 소리처럼 느껴졌다.

"그렇게까지 해서 나와 파혼을 하고 싶었던 건가?"

파혼이라는 말에 정신이 들었다. 그가 이리 날뛰는 이유가 결국 아버지가 통보했다던 파혼 때문이라는 소리였다.

"절대 놓아주지 않아."

내 시선이 다른 곳을 향해 있다는 것이 마음에 들지 않았는지, 그가 내 턱을 잡고 자신을 바라볼 수 있게 단단히 고정시켰다.

"무슨 일이 있어도 그대를 놓을 생각 없으니, 나에게서 도망갈 생각은 버리는 게 좋아, 나의 비이."

그의 소유욕에 반발심이 들었지만 지금은 그것을 따지기보다는 오해를 푸는 것이 먼저였다. 나는 그의 황금색 눈동자를 똑바로 직시하며 입을 열었다.

"파혼이라니요?"

"파혼이 하고 싶어 이런 일을 벌인 것이 아닌가?"

"제가 미쳤습니까. 파혼하자고 이런 일까지 벌이게?"

그의 눈동자에서 순식간에 열기가 빠져나갔다. 그는 눈을 가늘게 뜨고 내 말의 진실 여부를 가늠하는 듯 나를 주시했다. 나는 그에게 잡힌 손목을 비틀었다.

"이것부터 놓으십시오. 아픕니다."

"아!"

그가 억세게 잡고 있던 힘을 풀었다. 얼마나 우악스럽게 잡혔던지 하얀 손목 위로 손가락 모양의 붉은 자국이 선명하게 새겨졌다.

"이, 이건……. 미안하다."

그가 내 손목을 보며 안절부절못하다 고개를 푹 숙이며 사과했다.

"내가 너무 흥분했던 모양이야. 그 후작이 파혼……. 하아, 상처가 심한 것 같은데 궁의를 부를까?"

그가 무언가 변명을 하려다 결국 포기하고 어깨를 늘어트렸다. 그가 하려다 그만둔 말이 무엇인지는 듣지 않아도 알 수 있었다. 아버지의 파혼 통보에 눈이 뒤집혀 한걸음에 달려왔다는 소리일 것이다.

궁에서 사경을 헤매고 있어야 할 황태자가 이리 멀쩡한 모습으로 돌아다니고 있다는 것을 들킨다면 그가 지금까지 했던 일들이 수포로 돌아갈 수 있었다. 그는 그 위험을 감수하면서까지 이곳에 왔다는 뜻이었다.

"이곳은 궁이 아닙니다."

나의 쌀쌀맞은 대답에 그가 입을 다물었다.

"미안하다."

다시 사과하는 그의 낯빛이 어두웠다. 오랜만에 보는 그의 모습은 마음이 불편할 정도로 살이 빠져 있었다. 날렵했던 턱 선은 더욱 날카로워졌고 백옥같이 매끈하던 피부는 거칠어져 있었다. 그동안 여러모로 고생이 많았다는 증거였다.

항상 반짝반짝하던 그의 초췌한 모습에 올랐던 화가 가라앉았다. 여전히 내 손목에서 눈을 떼지 못하고 버려진 강아지같이 낑낑거리는 그를 더 이상 매몰차게 대할 수는 없었다.

나의 침묵을 부정적으로 받아들였는지 그가 불안한 얼굴로 나에게 다가오려 했다. 그런 그의 행동에 반사적으로 뒷걸음질을 치자 그의 얼굴이 상처를 받은 듯 또다시 일그러졌다.

"믿을 수 없겠지만, 그대를 다치게 할 생각은 추호도 없었어."

알고 있다. 그는 결코 날 다치게 할 사람이 아니었다. 지금 그는 내 손목을 보며 나보다 더 아픈 표정을 짓고 있으니 모를 리가 없었다.

"하, 그대를 상처 주기 위해 단련한 손이 아니었는데……."

그가 굳은살이 박여 있는 자신의 두 손을 바라보며 중얼거렸다. 그는 무척이나 충격을 받은 모습이었다. 나는 그런 그에게 한 발자국 다가갔다.

그가 자신의 손에서 시선을 떼고 나를 바라봤다. 그는 마치 엄마에게 버림받는 아이의 얼굴을 하고 있었다.

"비이, 날 버리지 마."

그가 나를 향해 손을 뻗었다. 나를 바라보는 그의 눈동자가 애처롭게 흔들렸다.

"그대가 날 떠나면 내가 어찌 변할지 나조차 모르겠어."

"협박이십니까?"

"협박을 해서라도 그대를 내 곁에 묶어 두고 싶다 하면 들어줄 텐가?"

"전 협박당하는 것을 좋아하지 않습니다."

그가 나를 향해 뻗고 있던 손을 내렸다.

"내가 어찌해야 할까? 어떻게 해야 그대를 내 곁에 둘 수 있지?"

"저는 욕심이 많습니다."

나는 그에게 천천히 다가갔다.

"그래서 가지고 싶은 것이 생기면 수단과 방법을 가리지 않지요."

그와의 거리가 한 걸음 정도 남았다. 나는 걸음을 멈추고 그를 올려다보았다.

"그것이 설령 제국의 황태자라도 말입니다."

그의 황금색 눈동자가 동그랗게 떠졌다. 나는 두 팔을 올려 천천히 그의 목을 감았다. 그는 어리둥절한 상황에서도 순순히 내 힘에 끌려와 고개를 숙였다.

촉촉하지는 않았지만 말캉한 감촉이 입술에서 느껴졌다. 그의 눈동자가 더는 커질 수 없을 정도로 커졌다. 나는 입술을 떼고 그에게 속삭였다.

"제 손에서 벗어날 생각하지 마세요. 벗어나는 순간 죽여 버릴 겁니다, 시스."

거칠고 다급한 숨결이 내 입술을 덮쳤다.

서로의 혀가 얽히고 뜨거운 타액이 오고 갔다. 내 숨결 하나라도 놓칠세라 그는 약간의 틈도 허용하지 않고 나를 몰아붙였다.

거칠게 내 입술을 탐하는 그의 힘에 의해 몸이 뒤로 밀리자 그의 팔이 내 허리를 단단히 감싸 안았다. 마치 잡아먹을 듯 저돌적으로 구는 입술과 달리 내 허리를 받치고 있는 그의 손길은 쉽게 깨지는 자기를 만지듯 조심스러웠다.

"하아."

굶주린 짐승이 먹이를 탐하듯 거칠게 파고들던 그의 혀가 부드럽게 변하며 빠져나갔다.

나는 그가 나간 틈을 타 모자란 숨을 양껏 들이켰다. 내가 숨을 고르자 그가 또다시 입술을 부딪쳐 왔다. 부풀어 오른 입술을 달래듯 깃털처럼 가볍고 어린아이같이 장난스런 버드 키스였다.

"꿈이라면 깨지 않았으면 좋겠다."

간절한 바람이 깃든 속삭임과 같은 그의 말에 짓궂은 장난기가 고개를 들었다. 나는 구두 끝으로 그의 정강이를 툭툭 쳤다.

"원하신다면 실감 나게 해 드릴 수 있습니다만."

"……단숨에 현실로 내동댕이쳐진 기분이군."

그가 한숨을 쉬며 내 어깨에 머리를 기댔다. 그의 결 좋은 머리카락이 목덜미를 간질였다.

"웃지 마라. 당장이라도 잡아먹고 싶어지니."

간지러운 느낌에 잘게 웃자 그가 칭얼대듯 으르렁거렸다. 불같이 화내던 때와는 확연히 다른 느낌에 내 웃음소리가 더 커졌다.

"읏!"

머리카락과는 다른 촉감이 목덜미를 훑었다. 그 야릇한 느낌에 나도 모르게 신음성이 터져 나왔다. 따뜻하고 말캉한 덩어리가 목선을 타고 올라가 귓가를 맴돌았다.

"흣, 시스!"

그의 이름을 부르자 날카롭고 단단한 물체가 귓불을 자근자근 씹었다. 짜릿한 자극에 목을 움츠리자 그는 그런 내 반응이 재미있는지 포만감이 가득한 웃음소리를 내며 더욱 집요하게 목덜미를 파고들었다.

두 손으로 그를 밀어 보았지만 단단한 가슴은 꿈쩍도 하지 않았다. 오히려 촉촉하고 말랑한 감촉이 영역 표시를 하듯 귓바퀴 주위를 맴돌며 지분거렸다.

"하아."

한숨인지 신음인지 모를 숨소리가 내 입술을 타고 새어 나오자 그의 목울대에서 또다시 만족스런 진동음이 울렸다.

분명 내 쪽으로 돌려놓았던 주도권이 잠깐 사이에 다시 그에게로 넘어갔다. 약간의 틈이 생기자마자 단번에 파고 들어오는 것을 보니, 확실히 그는 충성심 강한 강아지보다는 도도하고 영악한 고양이에 훨씬 더 가까웠다.

이대로 그에게 주도권을 뺏기자니 자존심이 상했다. 버릇없는 고양이는 처음부터 길을 잘 들여 놔야 하는 법이다.

손을 들어 그의 허리를 잡았다. 빠르지도 느리지도 않는 속도로 손가락을 이용해 그의 허리를 훑듯이 쓰다듬었다. 내 손길에 그의 몸이 경직되는 것이 느껴졌다.

그가 지분대던 것을 멈추고 고개를 들었다. 나를 내려다보는 그의 눈동자가 정염으로 가득 차 이글거렸다.

한 손을 들어 그의 목덜미를 감쌌다. 손가락 사이로 부드러운 그의 머리카락이 휘감겨 왔다. 나는 그를 향해 미소 지으며 남은 손을 그의 등 뒤로 가지고 갔다.

"읏! 비이……."

얇은 옷을 사이에 두고 손가락 끝에 그의 척추 마디가 느껴졌다. 그의 척추를 하나하나 세듯 손가락으로 천천히 쓸어 올렸다. 그의 반듯한 얼굴이 고통이 아닌 다른 자극으로 일그러졌다.

내 손짓에 바로바로 반응하는 그의 모습이 만족스러웠다. 까치발을 들어 그의 귓가에 입술을 가져다 대었다.

"지금 그만두지 않으면……."

그가 내게 그랬듯, 그의 귓불을 이로 살짝 물었다가 놓았다. 그의 몸이 가늘게 움찔거렸다.

"물어뜯을 겁니다."

그의 몸이 석상이라도 된 듯 움직임을 멈췄다. 나는 미련 없이 그에게서 몸을 떼고 한 걸음 뒤로 물러났다. 그리고 망연자실한 얼굴로 서 있는 그를 향해 활짝 웃어 주었다.

"이래 봬도 정숙한 레이디라서 말입니다."

"……하아."

한참 동안 멍청하게 서 있던 그가 땅이 꺼져라 한숨을 내쉬며 바닥에 주저앉았다. 나직이 욕설을 내뱉는 그의 모습은 마치 거리의 시정잡배처럼 자연스러웠다. 나는 그의 앞에 쪼그려 앉아 턱을 괴고 그런 그를 바라봤다.

"답지 않게 욕을 차지게 잘하십니다."

"그대야말로, 사람 마음을 기가 막히게 잘 가지고 노는군."

"그래서 싫으십니까?"

나의 물음에 그가 내 얼굴을 빤히 바라봤다. 나는 그를 마주 보며 자신만만한 미소를 지었다.

"젠장, 너무 좋아서 탈이지."

그가 팔을 뻗어 나를 자신의 품에 안았다. 익숙한 스피어민트 향이 그의 품에서 은은하게 퍼져 나왔다.

"할 수만 있다면 내일이라도 당장 식을 올리고 싶은 심정이야."

"그 전에 해결해야 할 일이 있지 않습니까."

"빌어먹게도 말이지."

그가 이를 갈았다. 나는 그의 품 안에서 웃음을 터트렸다. 그런 나를 그가 더 세게 끌어안았다.

"제발 부탁이니, 이번처럼 위험한 짓은 다시는 하지 마라."

그가 내 정수리에 입술을 대고 나직하게 속삭였다. 그의 목소리에는 걱정과 근심, 그리고 불안 등이 복잡하게 서려 있었다.

"제 몸 하나 정도는 충분히 지킬 수 있습니다."

"하아, 차라리 그대가 아무것도 못하는 그런 여인이었다면 좋을 텐데."

그가 나를 품에서 떼고 지그시 바라봤다.

"보석같이 선명한 눈동자로는 나만을 보고."

그의 입술이 깃털처럼 내 눈가에 내려앉았다.

"달달한 이 입술로 내 이름만을 불러 준다면 지금 당장 죽어도 좋아."

천천히 다가오는 그의 얼굴을 보며 살포시 눈을 감았다.

에반에게서 온 보고서는 짧았다. 하지만 그 안에 든 무게는 결코 가볍지 않았다. 내 앞에서 시립하고 있던 집사가 자연스럽게 책상 위에 준비되어 있던 초에 불을 밝혔다.

불꽃이 타오르며 촛농이 방울방울 흘러내렸다. 보고서를 갖다 대자 기름 먹은 종이는 순식간에 불꽃에 사로잡혀 재가 되었다.

"아버지는?"

"먼저 황궁으로 떠나셨습니다."

집사의 대답을 들으며 손에 묻은 재를 털어 냈다. 검게 그을린 잿가루가 허공에서 잠시 춤을 추듯 맴돌다 바닥으로 떨어졌다.

바닥에 떨어진 재를 구두로 비비며 몸을 일으키려 하자 집사가 재빨리 움직여 의자를 빼 주었다. 집사와 함께 서재를 나오자 란트가 불안한 얼굴로 문 앞을 서성이고 있었다.

"란트."

"누님!"

내 부름에 란트가 반색을 하며 다가왔다. 커다란 눈동자엔 나를 향한 걱정이 가득했다.

이제는 내 시선보다 조금 높을 정도로 덩치가 커다래졌지만 란트는 여전히 귀엽고 여린 내 강아지였다.

한 뼘 정도 거리를 두고 머뭇거리는 란트의 머리카락을 쓰다듬어 주자 아이가 자동적으로 애교를 부리듯 내 손을 끌어 자신의 뺨에 대고 비볐다.

아이의 말랑말랑한 뺨의 감촉에 습관적으로 손가락으로 잡아 늘렸다. 보들보들하고 탄력 좋은 피부가 찹쌀떡처럼 늘어났다가 손가락을 놓자 제자리로 돌아갔다. 깜짝 놀란 암갈색 눈동자가 동그랗게 떠졌다.

"지금은 역사 공부 시간으로 알고 있는데?"

"하지만……."

"땡땡이 중이야?"

"아니에요!"

아이가 억울하다는 듯 볼을 부풀렸다. 나는 손가락을 들어 란트의 볼록한 볼을 톡톡 두드렸다. 아이가 무엇 때문에 이른 아침부터 걱정 어린 얼굴로 내 서재 앞에서 서성이고 있었는지 짐작되었다.

어제저녁 황궁에서 내 앞으로 소환장이 왔다. 소환장은 평소 황제나 황태자인 시스에게서 오던 초대장과는 그 의미가 달랐다.

단적인 예로 초대장은 거절할 수 있지만 소환장은 절대 거절할 수 없었다. 소환장을 받고도 정해진 날짜에 입궁하지 않으면 황제를 모독한 것이 되므로 본인뿐만 아니라 속한 가문까지 황명 불복죄로 최악인 경우, 가문 전체가 멸문될 수도 있는 중대한 일이었다.

궁에서 소환장을 보내는 이유는 단 하나다. 황궁에서 벌어지는 공식 회의에 참석하라는 의미였다. 소환장이 발부되는 공식 회의는 말이 공식 회의지 실질적으로는 황궁에서 개최되는 공개재판이나 다름없었다.

이런 식으로 황실에서 재판이 벌어지게 되는 경우는 사건의 중심에 황족이 관계되어 있을 때뿐이다. 황족은 일반적인 법을 적용할 수 없으므로 만들어진 제도였다. 후작 이상의 직위를 가진 고위 귀족이라면 누구나 참관인으로서 회의에 참석할 수 있는 자격이 주어졌으나 회의를 개최할 수 있는 사람은 반드시 황적에 이름을 올린 황족뿐이었다.

개최자는 회의의 전반적인 진행을 맡는 것이 관례였는데, 간혹 개최자가 회의를 진행할 수 없는 경우, 대리인을 세울 수도 있었다.

이번 회의의 개최자는 황후였고, 주제는 황태자의 약혼녀인 나의 자격 박탈이었다.

내 기분을 예민하게 감지한 란트가 울 것 같은 얼굴로 나를 바라봤다. 나는 결 좋은 군청색 머리카락을 다시 헤집어 주었다.

"걱정하지 말고 수업 열심히 받고 있어. 저녁 식사 시간 전까지는 들어올 테니."

"정말이죠?"

눈을 빛내며 말하는 아이의 볼을 손바닥으로 두드리며 안심하라는 듯 웃어 주었다.

"내가 언제 네게 거짓말을 하던?"

"아니요!"

"그러니 얌전히 기다리고 있으렴."

란트가 열렬히 고개를 끄덕였다.

"자, 이제 공부하러 가야지? 선생님 기다리시겠다."

"……네."

란트가 어깨를 늘어트리며 순순히 자신의 서재로 올라갔다. 아이의 모습이 시야에서 완전히 사라질 때까지 기다리다 집사의 재촉에 다시 발을 움직였다.

문이 열리고 황실의 인장을 달고 있는 마차가 모습을 드러냈다. 마차 앞에서 나를 기다리고 있던 기사가 내 앞으로 다가와 팔을 가슴에 대고 고개를 살짝 숙였다.

"제1 근위 기사단, 이스날 휘른 리오넬, 영애를 황궁까지 안전히 모시겠습니다."

황태자인 시스의 곁에 있어야 할 그가 이곳에 있어 의아했지만 보는 눈이 많기에 묻지는 않았다.

아직까지도 시스는 대외적으로 위독하다고 알려져 있었다. 1황비 쪽의 눈을 가리고 내 말에 장난을 친 범인과 증거를 잡기 위해서였다.

1황자의 빈이 계획적으로 일을 벌였다고는 생각되지 않았다. 그녀는 체계적인 일을 꾸미기엔 너무 감정적이었고, 1황비나 1황자가 꾸몄다고 보기에는 너무 허술했다. 그들이 애초에 처음부터 나를 죽일 생각이었다면 시스가 끼어들 틈도 없었을 것이다. 아무리 재고 따지고 봐도 빈이 시작한 일에 1황비가 힘을 실었다고밖에 생각할 수 없었다. 그녀의 입장에서 보면 생각지도 않은 일에 시스가 휘말려 사경까지 헤매고 있으니 이보다 좋은 기회는 없을 터였다.

시스가 이대로 죽는다면 더할 나위 없이 좋겠지만 독사 같은 여자답게 운에 모든 것을 맡기기보다 더 확실한 패를 잡았다. 시스가 움직이지 못하는 틈을 타 나를 쳐내려 한 것이다. 시스가 자리를 털고 일어난다 해도 그의 손발이 되어 줄 엘리언트가가 이미 떨어져 나간 상태라면 시스에게는 여러모로 불리한 상황이 될 테니 말이다.

"감사합니다, 리오넬 백작님."

"기사로서 이곳에 온 것이니 경이라고 불러 주십시오."

"그러지요, 리오넬 경."

고지식하고 융통성 없는 사람다웠다. 능구렁이 같은 시스와는 판이하게 다른 모습에 피식 웃음이 나왔다. 내밀어진 리오넬 백작의 손을 잡고 마차에 올랐다. 그는 알 수 없는 눈빛으로 마차 안에 자리를 잡고 앉는 나를 바라보았다.

"제게 할 말이라도 있으십니까?"

"아닙니다, 영애. 가시는 동안 편히 쉬십시오."

'준.비.는.끝.났.습.니.다.'

마차의 문을 닫기 직전 리오넬 경의 입술이 소리 없이 움직였다. 그는 시스의 전언을 가지고 왔던 것이다.

문이 닫히고 마차 안에는 나 혼자만이 남았다. 얼마 되지 않아 마차가 움직이기 시작했다. 크게 심호흡을 하며 주먹을 살짝 그러쥐었다.

할 수 있는 준비는 모두 끝났다. 이제 결전만이 남았을 뿐이었다.

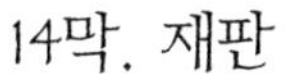

14막. 재판

"비욘느 롯사 엘리언트 영애입니다."

시종의 호명이 끝나자마자 회의가 열리는 홀의 문이 열렸다. 안으로 들어서자 반원의 탁자들이 한 뼘 높은 단 위에 설치되어 있는 것이 보였다. 대부분의 좌석은 채워져 있었지만 황제를 비롯해 직계 황족들과 아버지의 모습은 보이지 않았다.

홀 안으로 들어온 나에게 모두의 시선이 집중된 가운데 한쪽에서 대기하고 있던 시종이 다가와 자리를 안내했다.

"이쪽입니다, 엘리언트 영애."

"이곳에 내 자리라고?"

"그렇습니다, 영애."

시종이 안내한 자리는 반원 안쪽의 정가운데였다. 의자조차 마련되어 있지 않은 자리는 흡사 죄인을 취조하기 위해 마련된 자리와 같았다. 너무나도 노골적인 자리 배치에 헛웃음이 나왔다.

회의의 장소와 배치는 전적으로 개최자의 의도에 따라 달라졌다. 이번 회의는 황후의 이름으로 개최되었지만 그 뒤에 1황비가 있음을 모르는 사람은 없었다.

"제국의 태양, 황제 폐하 드십니다."

시종의 외침에 자리에 착석해 있던 귀족들이 모두 일어나 황제를 맞이했다. 황제의 뒤에는 황후를 비롯해 황족들과 재상인 아버지가 뒤따르고 있었다.

나와 눈이 마주친 아버지의 미간에 살짝 주름이 잡혔다. 다른 이들은 눈치채지 못할 만큼 미미한 변화였으나 아버지의 심기가 불편하다는 것을 나만은 눈치챌 수 있었다.

황제가 자리에 앉는 것을 시작으로 황족들과 귀족들이 차례로 자리에 앉았다. 아버지 또한 나에게서 시선을 떼지 않은 채, 준비되어 있던 의자에 착석했다. 나는 그런 아버지를 향해 괜찮다는 뜻을 담아 미소를 지어 보였다.

"회의를 시작하라."

"폐하, 아뢰옵기 황송하오나 회의를 시작하기에 앞서 소녀가 한 말씀 올려도 되겠사옵니까."

황제를 비롯해 회의에 참석한 모든 이들의 시선이 나에게로 향했다. 나는 그런 그들의 시선을 한 몸에 받으며 몸을 꼿꼿하게 세우고 황제만을 직시했다.

"엘리언트 영애, 이곳이 어디라고……."

귀족 중 누군가가 나를 질책하려 하자 황제가 손을 들어 귀족의 말을 막았다. 황제는 평소 사석에서 만날 때마다 보여 주던 인자한 얼굴이 아니었다.

그도 그럴 것이 그는 거대한 제국을 이끌어 가는 황제인 것이다. 나에게 보여 주던 수더분한 모습이 황제의 본모습은 아닐 터였다. 그는 지금 예비 며느리를 귀엽게 봐주던 미래의 시아버지가 아니라 제국이라는 거대한 나라를 호령하는 황제였다. 잠깐의 침묵 후, 황제의 무거운 입이 열렸다.

"허락하노라."

"감사하옵니다, 폐하."

황제의 허락에 허리를 숙여 감사를 표했다. 몇몇 귀족들의 얼굴에 불만이 가득했지만 이미 황제의 명령이 떨어진 후였다. 불만이 있을지언정 내 말을 막을 간 큰 인간은 없었다.

"소녀, 감히 폐하께 묻겠나이다."

나는 잠시 뜸을 들이며 좌중을 훑어봤다. 회의에 참석한 사람들은 1황자파의 귀족들이 반, 황태자파의 귀족들 반을 차지하고 있었다.

언뜻 공정한 비율로 보이지만 실상은 그렇지 않았다. 당연하게도 1황비를 비롯해 귀족파에 속한 귀족들은 모두 내가 황태자비가 되는 것을 바라지 않았다. 하지만 황태자파에 속한 귀족이라고 해서 내가 황태자비가 되는 것을 무조건 찬성하는 것은 아니었다.

황태자비가 된다는 것은 미래의 황후가 된다는 뜻이다. 황후의 자리란 여자가 오를 수 있는 최고의 자리이자 황제 다음가는 권력자였다.

최고의 자리는 누구나 군침을 흘리기 마련이다. 이곳에 자리한 대다수의 황태자파 귀족들에겐 과년한 딸들이 있었다. 절대적으로 유리한 고지를 선점하고 있는 나 때문에 대놓고 티를 못 내고 있을 뿐이었다. 그들은 자신들의 여식에게 조금이라도 황태자비가 될 수 있는 기회가 생긴다면 언제라도 내 자리를 위협할 의지가 충분한 사람들이었다. 그 말인즉, 이 자리에서 전력으로 나를 도울 사람은 몇 없다는 소리였다.

자신들의 이익을 위해 머리를 굴리고 있는 귀족들의 면면을 살펴보던 나는 다시 황제에게로 시선을 고정했다. 황제는 생각을 알 수 없는 표정으로 나를 바라보고 있었다.

"제가 죄인의 신분이옵니까?"

"아니다."

황제의 얼굴이 미미하게 찌푸려졌다. 숨겨진 의도야 어쨌든 표면적으로 이 회의는 황태자비로서의 나의 자질에 대해 묻기 위해 열린 것이다. 즉, 비록 자질에 대해서는 의심받을지언정 죄인으로 끌려온 것은 아니라는 뜻이다. 나는 황제를 향해 당당히 말했다.

"그런데 어찌 제가 죄인처럼 이곳에 서 있어야 하는 것이옵니까."

처음부터 내 기를 죽이기 위해 의도적으로 구성된 자리였다. 자리 배치 따위에 기죽을 정도로 심약하지는 않았지만 1황비의 의도대로 끌려다녀 줄 생각은 애초부터 없었다.

나의 노골적인 물음에 황제의 시선이 황후에게로 향했다. 1황비가 뒤에서 조정했다고는 하나 표면적으로 이 자리를 만든 것은 1황비가 아닌 황후였다. 황후는 황제의 시선이 자신에게 향하자 몸을 움츠리며 황제의 시선을 피했다.

"어찌 된 일인가, 황후?"

"저, 그, 그것이……."

"이 자리는 후작 이상의 작위를 가진 이들이 모인 자리입니다. 아직 아무런 작위를 가지지 못한 엘리언트 영애는 당연히 자리에 앉을 자격이 없다 사료되옵니다."

황제의 기에 눌린 황후가 제대로 대답도 못 하고 파들파들 떨고만 있자 그녀의 바로 곁에 앉아 있던 1황비가 황후를 거들고 나섰다. 1황비의 대답에 황제는 노골적으로 얼굴을 구겼다.

"짐은 황후에게 물었다."

차가운 황제의 일갈에 1황비의 입이 다물어지고 황후의 얼굴이 새파랗게 질렸다.

"다시 묻겠다. 황후, 어찌 된 일인가?"

"1, 1황비의 말대로이옵니다, 폐하."

떨리는 음성으로 간신히 대답하는 황후의 말에 가소롭다는 의미가 담긴 미소가 황제의 입가에 떠올랐다.

"내가 알기로 이 자리는 엘리언트 영애의 황태자비로서의 자질을 문제 삼아 열린 것이다. 틀린가?"

"맞사옵니다."

"이 회의의 개최 이유인 엘리언트 영애가 이 자리에 있을 자격이 없다?

지금 그리 말하는 것인가?"

1황비는 나를 두고 앉을 자격이 없다고 말했다. 하지만 황제는 있을 자격이라고 말을 바꾸었다. 단 한 단어의 차이였지만 단어가 바뀜으로써 달라지는 의미는 컸다.

앉을 자격은 말 그대로 회의가 진행되는 동안 자리에 앉을 자격이 없다는 것을 의미했다. 하지만 황제가 말한 대로 내 문제가 주제가 되어 개최된 회의에서 나에게 있을 자격이 없다는 것은 이 회의가 개최된 의미 자체가 사라지는 일이었다. 즉, 회의를 열 필요가 없다는 말과 같았다.

1황비를 비롯해 회의에 참석한 대다수의 귀족들이 황제의 의도를 알아챘으나 황제의 기에 눌려 겁을 잔뜩 먹은 황후는 황제의 말에 담긴 뜻을 알아채지 못했다. 그녀는 황제를 향해 고개를 끄덕였다.

"그, 그렇사옵니다."

황후의 대답과 함께 황제의 입꼬리가 위로 올라갔다. 그는 만족스러운 얼굴로 좌중을 둘러봤다.

"개최자인 황후가 이리 말하니, 오늘 회의는 이만 끝내야겠군."

"그……."

"폐하!"

아직 사태 파악을 못 한 황후가 어리둥절한 표정으로 앉아 있는 것과 달리 1황비가 황제를 쏘아보며 벌떡 몸을 일으켰다. 황제는 그런 1황비를 바라보며 천천히 의자에 몸을 기댔다.

시스의 외모가 죽은 전 황후를 닮아 특별히 의식한 적은 없었지만 지금 황제의 모습을 보니 시스의 성격이 누굴 닮았는지 확실히 알 수 있었다.

"1황비는 무슨 할 말이라도 있는가?"

"정녕 회의를 파하시겠다는 겁니까?"

"개최자인 황후가 직접 그리 말하지 않았나."

황제의 느긋한 대답에 1황비의 얼굴이 사정없이 구겨졌다. 황제가 어떤 식으로든 나에게 유리하게 회의의 방향을 이끌어 줄 거라고 생각하긴 했지만 이렇게 노골적으로 한쪽 편을 들고 나설 줄은 몰랐을 것이다.

황제가 시스를 다음 대의 황제로 밀고 있긴 했지만 그것은 어디까지나 황제로서 자신의 후계자인 황태자에게 힘을 실어 주는 역할에 그쳤을 뿐이다. 진짜 속마음이야 어쨌든 그는 공식 석상에서만큼은 항상 중도를 지켜야 할 황제였기 때문이다.

그랬던 황제가 무슨 이유에서인지 대놓고 내 편을 들고 나섰다. 황제는 지금껏 이런 식으로 공식적인 자리에서 한쪽 편을 들어준 적은 없었다. 1황비 또한 황제의 이러한 반응은 생각해 본 적이 없었던 듯 당황하는 기색이 역력했다.

1황비가 아직도 사태 파악을 하지 못하고 있는 황후를 쏘아보았다. 하지만 황후는 이미 황제의 질문에 대답을 함으로써 회의 개최자로서의 자격을 상실했다.

지금 상황에서 선택할 수 있는 방법은 두 가지였다. 이대로 없었던 것으로 하고 돌아가 훗날을 기약하거나, 다른 이가 동일 주제로 지금 바로 또 다른 회의를 개최하는 방법이었다. 하지만 두 방법 모두 1황비에게는 탐탁지 않을 일이었다.

첫 번째 방법을 선택하면, 다시 회의를 개최하는 데 시간이 필요했다. 그 안에 시스가 깨어나지 않으리라는 보장이 없었을뿐더러 소비되는 시간만큼 변수가 생길 가능성이 높아졌다.

두 번째 방법을 선택하면, 지금 바로 회의가 다시 시작되는 것이 가능했다. 하지만 개최자는 황후가 될 수 없었으므로 황후를 대신할 또 다른 누군가를 내세우거나 1황비 자신이 직접 나서야만 했다.

내 입장에서는 1황비가 두 번째 방법을 선택하기를 바랐다. 그녀가 첫 번째를 선택한다면 나 또한 회의가 다시 열리게 될 때까지 생길 변수들을 생각하고 그에 따른 해결책들을 마련해야 했다. 생각만으로도 머리가 지끈거리는 일이었다. 나는 부디 1황비가 두 번째 방법을 선택하기를 바라며 조용히 그녀의 대답을 기다렸다.

1황비의 시선이 비어 있는 황제의 옆자리로 향했다. 병상에서 일어나지 못한다고 알려진 시스의 자리였다. 시스는 당연히 이 자리에 없었다.

일그러져 있던 1황비의 얼굴이 펴졌다. 그녀의 붉은 입술이 천천히 열렸다.

"리비앙카 세른 모이튼 프리스턴, 회의의 개최를 폐하께 청하옵니다."

"주제는 무엇인가?"

"엘리언트 영애의 태자비로서의 자격입니다."

"좋다. 참관인들은 모두 모인 듯하니 바로 회의를 시작하도록 하지."

회의의 개최자가 1황비가 되는 순간을 기다리고 있었다는 듯 황제가 바로 대답했다.

회의의 개최자가 된다는 것은 회의의 결과에 따라 모든 책임을 지겠다는 것과 다름없었다. 일부러 의도한 것은 아니었지만 이로써 1황비는 황후라는 방패를 걷어치우고 맨몸으로 나와 함께 전장의 한복판에 서게 된 것이다.

결과가 어찌 되었든 회의의 끝에서 살아남는 것은 나나 1황비, 둘 중의 하나가 될 터였다.

"회의에 앞서 엘리언트 영애에게는 이 자리에 앉을 자격이 없음을 미리 말씀드립니다."

1황비의 말에 황제의 시선이 나에게로 향했다. 드디어 1황비와 정면 승부를 하게 되었는데 회의가 진행되는 동안 서 있는 것쯤은 전혀 문제 될 것이 없었다. 더구나 지금은 두세 발 전진을 위해 한발 뒤로 물러설 때였다. 나의 긍정 표시에 황제가 입을 열었다.

"허한다. 회의를 시작하라."

시작을 알리는 소리와 함께 웅성거리던 소리가 순식간에 사라졌다. 모두의 시선이 회의의 주최자인 1황비에게로 쏠렸다.

그녀는 비통한 표정을 지으며 자신에게 시선을 집중하고 있는 좌중을 돌아보았다. 그녀의 시선이 마지막으로 나에게 향했다. 의도적이었는지 내가 서 있는 곳은 바로 1황비와 정면으로 마주 보는 자리였다. 그녀는 나만이 볼 수 있도록 붉게 칠한 입술을 비틀어 올렸다.

"제가 이 회의를 개최한 이유는 황실의 어른으로서 더 이상 엘리언트 영애의 행실을 묵과할 수 없기 때문입니다."

"행실이라니요?"

1황자파 중의 하나가 1황비의 말에 추임새를 넣듯 질문을 던졌다. 1황비는 기다렸다는 듯이 귀족의 말에 답했다.

"이 자리에 계신 분들 모두 엘리언트 영애와 관련된 소문들을 들었을 줄로 압니다. 너무나 흉측한 소문들이라 차마 제 입에 담을 수 없기에 자세히 이야기하지 못하는 점 양해 부탁드립니다."

소문이라는 말에 여기저기서 웅성거리기 시작했다. 이곳에 있는 이들 중 나와 관련된 소문을 듣지 못한 사람은 없을 터였다. 피스온 상단의 사람들까지 이용해 가며 그토록 퍼트렸는데 모르는 사람이 있다면 오히려 이쪽에서 섭섭했을 것이다.

"하지만 말 그대로 소문이 아닙니까. 소문만을 가지고 황태자비의 자격을 논한다는 것은 어불성설입니다."

누군가 불쾌감을 드러내며 소리쳤다. 황태자파에 속한 귀족이었다. 그는 눈치를 보며 추이를 지켜보는 다른 이들과 달리 1황비 쪽으로 날카로운 시선을 던졌다.

"그런 소문이 난 것 자체가 자질에 문제가 있는 것이 아닙니까."

"허어, 그런 식으로 따진다면 여기 자질에 문제없는 사람이 누가 있소이까."

"말씀이 심하시구려."

황태자파와 1황자파의 공방이 연이어 이어졌다. 1황비는 느긋한 자세로 그들의 대립을 지켜봤다. 전체가 한목소리가 되어 나를 비난하는 1황자파와 달리 황태자파들은 몇몇만이 목에 핏대를 세우고 1황자파의 말에 반박을 하고 있었다.

나라는 사람이 어쨌든 내가 가진 배경은 현재 시스에게 가장 큰 힘이었다. 이 자리에서 그 사실을 모르는 사람은 없었다.

내가 이 자리에서 무너진다면 시스를 지지하고 있는 기반은 큰 타격을 받고 흔들릴 것이다. 그리고 그 흔들림은 호시탐탐 황태자의 자리를 노리는 1황자에게 좋은 기회가 될 터였다. 그 이유 때문에 1황비가 저리 기를 쓰고 나를 시스에게서 떼어 놓으려고 하는 것이고 말이다.

1황자파로 갈아타지 않는 이상 시스가 무너지면 황태자파에 속한 이들도 함께 무너질 수밖에 없었다. 설사 무너지지 않고 버틴다고 해도 1황자파들이 득실대는 정치판에서 홀로 버티고 있기란 어려울 것이다. 그러므로 황태자파에 속한 사람들은 좋든 싫든 일단은 나를 지켜야 했다. 기회를 틈타 자신들의 여식을 시스의 곁에 들이밀려는 자들조차 그러한 사실들은 잘 알고 있었다.

그럼에도 그들은 혹시나 모를 기회와 행운을 기다리고 있는 것이다. 황태자인 시스는 멀쩡하면서 그의 약혼녀인 나만이 떨어져 나가는 행운을 말이다. 정말이지 멍청하기 이루 말할 수 없는 기대였다.

"소문이 사실이라면 어찌하시겠습니까?"

1황비의 외침에 시장통처럼 시끄럽던 회의실이 찬물을 끼얹은 듯 순식간에 조용해졌다. 1황비의 입가에 만족스러운 미소가 떠올랐다.

"1황비는 그 말에 책임질 수 있는가?"

"물론입니다, 폐하."

1황비의 자신만만한 대답에 황제의 얼굴이 굳어졌다.

"제 딸아이를 둘러싼 소문들은 꽤 많지요. 어떤 소문을 말씀하시는 겁니까, 1황비마마."

지금껏 황제의 곁에서 침묵을 지키고 있던 아버지가 입을 열었다. 아버지의 푸른 눈동자는 마치 1황비가 바로 앞에 있다면 갈가리 찢어발길 듯 형형하게 빛나고 있었다.

아버지의 눈빛에 1황비가 움찔거리는 것이 보였다. 하지만 그녀는 역시 독사들이 우글거리는 황궁에서 오랫동안 살아남은 여자다웠다. 1황비는 이내 자신이 언제 그랬냐는 듯 흐트러졌던 몸을 바로 세우고 느긋한 미소로 아버지의 눈빛을 맞받아쳤다.

"엘리언트 영애에 대한 소문들은 많지만 황태자비의 자격까지 논할 수 있는 소문은 몇 개 없지요."

1황비는 아버지를 향해 미소를 짓는 여유까지 보였다. 1황비의 말대로 나에 대한 좋지 않은 소문은 꽤 많았지만 황태자비의 자격까지 들먹일 수 있을 정도로 논란이 될 여지가 있는 소문은 그리 많지 않았다.

시종에 의해 문이 열리고 앳된 얼굴의 아가씨가 잔뜩 겁에 질린 표정으로 회의실 안으로 들어왔다. 그녀는 삐걱거리는 걸음으로 걸어 들어와 황제를 향해 허리를 굽혔다.

"헤, 헤르온 파니니 앵그리버가 제국의 태양, 황제 폐하께 인사 올립니다."

애처롭게 벌벌 떨리는 목소리가 작게 울렸다. 황제는 의아한 얼굴로 1황비를 돌아봤다. 1황비는 앵그리버 영애를 향해 말했다.

"앵그리버 영애, 그날 그대가 본 일들을 사실 그대로 폐하께 고하세요."

1황비의 말에 앵그리버 영애의 시선이 나에게 닿았다. 긴장감에 잔뜩 굳어 있던 영애의 얼굴이 나를 보더니 표독스럽게 변했다.

"며칠 전, 피스온 상단 소유의 보석점에서 엘리언트 영애를 만났습니다. 저와 영애 사이에 약간의 다툼이 있었고, 저는 사죄를 하기 위해 엘리언트 영애의 뒤를 좇았습니다."

앵그리버 영애의 말에 몇몇은 보석점에서 일어났던 소란을 이미 알고 있다는 듯 고개를 끄덕였고, 몇몇은 그녀의 말이 나를 둘러싼 소문과 무슨 연관이 있는지 모르겠다는 표정을 지었다.

"엘리언트 영애는 피스온 상단의 내부에 무척 익숙한 듯 보였습니다. 저는 간신히 그녀를 쫓아갔고, 그리고…… 그리고……."

"앵그리버 영애, 괜찮습니다. 사실 그대로만 말하면 됩니다."

1황비는 평소의 그녀답지 않게 앵그리버 영애를 향해 인자한 얼굴로 다정히 말했다. 영애는 1황비의 말에 힘을 얻은 듯 다시 말을 이었다.

"엘리언트 영애가 피스온 상단의 상단주를 죽이는 것을 보았습니다."

앵그리버 영애의 충격적인 발언에 회의실 안에 있던 사람들의 얼굴이 모두 경악으로 물들었다. 폭풍 전야와 같은 침묵이 회의실 안을 잠식했다. 모두가 소리 없이 입만 뻐끔거리는 가운데 황제의 시선이 나에게로 향했다.

"엘리언트 영애는 저 말에 할 말이 있는가?"

"저는 죽이지 않았습니다."

"내가 봤어!"

내 말이 끝나기가 무섭게 앵그리버 영애가 앙칼진 목소리로 소리쳤다.

"당신이 그 남자를 칼로 찌르는 것을 내 눈으로 똑똑히 봤다고!"

"앵그리버 영애가 꿈을 꾼 것 같군요."

심드렁한 나의 대꾸에 앵그리버 영애가 비명을 지르듯 소리쳤다.

"꿈이 아니야! 당신이 그 남자에게 날 위해 죽어 달라고 했잖아!"

영애의 외침에 우리들의 대치를 바라보던 사람들이 웅성거리기 시작했다. 앵그리버 영애는 황제의 앞이라는 사실도 잊은 것인지 나를 보며 외쳤다.

"이 악녀!"

"조용!"

황제의 외침에 소란스럽던 회의실 안이 순식간에 조용해졌다.

"서로 다른 사실을 주장하는군. 앵그리버 영애는 자신의 말을 증명할 방법이 있는가?"

"제 두 눈으로 똑똑히 봤습니다. 폐하, 저 여자가 그 남자를 칼로 찔러 죽였습니다!"

“그대의 증언 말고 다른 증좌가 있는가?”

“그, 그건…….”

나를 향해 악다구니를 쓰던 앵그리버 영애의 얼굴이 황제의 물음에 순식간에 창백해졌다.

“증좌도 없이 무고한 사람에게 죄를 씌우려 했단 말인가?”

“저, 전…….”

황제의 호통에 앵그리버 영애의 몸이 무너지며 자리에 주저앉았다. 그녀는 새파랗게 질린 얼굴로 벌벌 떨었다.

“그날 엘리언트 영애의 옷에 피가 묻은 것을 본 증인들이 더 있습니다, 폐하.”

1황비의 말에 황제의 미간에 주름이 졌다. 1황비가 시종을 향해 다시 손짓하자 남자 1명과 여자 1명이 회의실 안으로 들어왔다.

“천것이 제국의 태양, 황제 폐하께 인사 올립니다.”

“천, 천것이 제국의 태양, 황제 폐하께 인사 올립니다.”

그들은 회의실 안에 들어오자마자 바닥에 엎드려 황제에게 예를 올렸다. 황제를 보자마자 바닥에 엎드렸다는 것은 그들이 귀족이 아니라 평민이라는 것을 의미했다.

“저들은 뭔가?”

“엘리언트 후작가의 시녀와 피스온 상단 소속의 상인이옵니다.”

황제가 아무 말이 없자 1황비는 엎드려 있는 남녀에게 말을 걸었다.

“그대들이 본 것을 사실 그대로 고하라.”

“저는 피스온 상단 소속 상인으로 그날은 미리 주문해 두었던 상품을 받기 위해 본점에 들렀습니다.”

엎드려 있던 두 사람 중, 남자가 입을 열었다. 그는 조금 굳어 있긴 했지만 많은 귀족들을 상대하던 상인답게 떨지 않고 침착하게 말을 이었다.

“물건을 싣고 막 떠나려던 참에 엘리언트 영애가 나오는 것을 보았습니다. 망토를 입고 있었지만 망토 사이로 보이는 드레스에는 피가 묻어 있었습니다.

엷은 하늘색 드레스였기 때문에 붉은색이 아주 선명히 보였습니다."

"그대가 본 이가 엘리언트 영애가 확실한가?"

"물론입니다. 전에도 엘리언트 영애를 뵌 적이 있었기에 확신합니다."

귀족의 물음에 남자는 확신에 찬 목소리로 대답했다. 황태자파 소속으로 지금껏 나를 옹호하던 귀족이었다. 그는 나를 보며 얼굴을 일그러트렸다.

"저, 저는 엘리언트 가문의 시녀이온데 그날 저택으로 돌아온 아가씨께서 외출하실 때까지만 해도 입고 있지 않던 망토를 입고 돌아오셨습니다. 그, 그런데 망토를 벗으시자 얼굴과 드레스에 피가…… 피가……."

시녀는 부들부들 떨다 급기야 울음을 터트렸다. 시종이 그런 그녀를 끌고 밖으로 나갔다. 시녀의 모습이 사라질 때까지도 황제의 굳어진 얼굴은 풀어질 줄 몰랐다.

"증인은 아직 더 있습니다, 폐하."

1황비의 붉은 입술 끝이 나를 보며 위로 올라갔다. 황제는 1황비에게 시선을 돌려 나를 쳐다봤다.

"엘리언트 영애는 변명할 말이 있는가?"

"제가 어째서 변명을 해야 하는지 모르겠습니다."

혀 차는 소리와 함께 나를 비난하는 소리가 들려오기 시작했다. 황제 또한 미간을 찌푸렸지만 나에게 향한 시선을 거두지는 않았다.

"죄를 인정하겠다는 게냐?"

"제가 무슨 죄를 지었사옵니까?"

"허어!"

"저런 후안무치를 보았나!"

"뻔뻔하기가 이루 말할 수 없습니다그려."

1황자파에 속한 귀족들이 이때만을 노렸다는 듯 앞다투어 나를 비난했다. 1황비는 귀족들이 내뱉는 말들을 느긋하게 감상하고 있었다. 1황비의 시선이 나를 향했다. 새빨간 연지를 바른 입술이 만족감을 담고 휘어졌다.

"1황비마마께서는 저들이 하는 말을 확신하십니까?"

나의 물음에 그녀는 가소롭다는 얼굴로 나를 비웃었다.

"증인이 한둘이 아니오. 진실은 영애가 더 잘 알고 있지 않은가."

그녀의 말투는 이미 나를 죄인으로 단정 짓고 있었다. 나는 1황비에게서 시선을 떼고 좌중을 둘러보았다. 1황자파에 속한 귀족들은 앞으로 벌어질 일들을 생각하며 대놓고 들뜬 표정을 지었고, 황태자파에 속한 귀족들의 얼굴은 몇몇을 제외하고는 몹시 어두웠다.

나는 증인으로 나선 남자를 돌아봤다. 그는 여전히 바닥에 엎드린 채였다.

"그대는 내 드레스에 묻은 것이 피라고 어찌 그리 확신하는가?"

"선명한 붉은색이었습니다. 그것이 피가 아니면 대체 무엇입니까?"

그는 담담하게 대답했다. 고저조차 없는 목소리는 마치 자신은 사실만을 말하고 있다고 피력하고 있는 듯했다.

"붉은색이라고 해서 모두 피는 아니지."

"검으로 그를 찌르는 것을 내가 봤어! 분수처럼 피가 튀어 네 몸을 적시는 것을 내 두 눈으로 똑똑히 봤단 말이야!"

판도가 나에게 불리하게 돌아간다고 생각했는지 앵그리버 영애의 목소리에는 힘이 실려 있었다. 그녀의 득의양양한 얼굴이 나를 향했다.

나는 그들에게서 시선을 떼고 황제의 오른편을 바라보았다. 그곳에는 엥그라일 후작 부인이 근심 가득한 얼굴을 하고 앉아 있었다. 후작 부인과 나의 시선이 마주쳤다. 나는 그녀를 향해 고개를 살짝 끄덕였다.

"폐하, 제가 한 말씀 올려도 되겠사옵니까?"

갑작스런 후작 부인의 말에 1황비의 미간에 주름이 잡혔다. 1황비가 세워둔 계획에 엥그라일 후작 부인의 개입은 없었을 것이다. 영문을 모르기는 황제 또한 마찬가지였으나 그는 1황비와 달리 자신의 감정을 겉으로 드러내지는 않았다.

"고하거라."

"그날, 저 또한 붉은 무언가를 뒤집어쓴 엘리언트 영애를 보았습니다."

좌중이 또다시 술렁거렸고, 성질 급한 몇몇의 귀족들은 자리에서 일어나 나에게 손가락질을 했다.

"폐하, 더 이상 들을 가치도 없습니다."

"저런 극악한 여인을 어찌 황태자비로 세운다는 말입니까. 절대 있어서는 안 될 일입니다."

"제국의 수치입니다!"

"그렇습니다. 폐하, 부디 현명한 판단을 하시기 바랍니다."

"폐하!"

"모두 그 입 다물라!"

중구난방으로 떠들던 귀족들의 입이 조가비가 되어 황급히 닫혔다. 황제는 인상을 찌푸리며 그들을 노려보았다.

"다시 한 번 더 내 명 없이 함부로 입을 놀리는 자가 있다면 모두 명령 불복종으로 다스릴 것이다."

황제의 말이 끝나기가 무섭게 회의장 안에서 유일하게 검을 소지할 수 있는 근위 기사들이 허리에 찬 검으로 손을 가져다 댔다. 즉결 처분도 불사하겠다는 황제의 의지였다.

"계속 말해 보거라."

황제의 허락에 엥그라일 후작 부인이 나를 바라보며 마른침을 삼켰다. 황제의 딸이며 엥그라일 후작과 결혼하여 후작 부인이 되었지만 그녀는 정치하고는 거리가 먼 평범한 여인에 불과했다. 내 부탁이 아니었다면 그녀는 이런 자리에 결코 나오지 않았을 것이다.

나는 안심하라는 의미로 그녀를 향해 미소 지었다. 그녀는 내 미소에 용기를 얻은 것인지 천천히 입술을 움직였다.

"엘리언트 영애가 뒤집어썼던 것은 피가 아닙니다."

"피가 아니다?"

황제의 반문에 후작 부인이 또다시 마른침을 삼켰다. 그녀는 잠시 심호흡을 하며 마음을 가다듬은 후, 말을 이었다.

"네, 붉은색이 멀리서 보면 피처럼 보였으나 피가 아닌 붉은 염료였사옵니다."

"그 말에 책임질 수 있느냐?"

"물론입니다. 그날 엘리언트 영애의 몸에서는 염료 특유의 냄새가 났습니다. 피스온 상단의 수석 디자이너인 마담 미엘라가 보증했고, 비즈델 남작 부인과 함께 확인한 사실이니 그들을 불러 확인해 보시면 제 말이 진실임을 알 수 있을 것입니다."

후작 부인이 말을 마치자 1황자파에 속한 귀족들의 얼굴이 구겨졌고, 반면 어두웠던 황태자파에 속한 귀족들의 얼굴이 밝아지기 시작했다.

"증인들의 의견이 서로 상충되는군. 누가 거짓을 고하는 것이냐."

황제의 말에 바닥에 엎드려 있던 상인과 시녀의 몸이 사시나무 떨리듯 떨렸다. 두 사람 모두 거짓말을 한 것은 아니었지만 평민인 두 사람의 말보다는 귀족인 후작 부인의 발언에 더 무게가 실리는 것은 어쩔 수 없었다.

황제의 경고가 있었기에 떠드는 사람은 없었지만 한순간에 바뀐 상황에 귀족들은 저마다 서로의 눈치를 보며 눈동자를 굴리기에 바빴다.

"제게 증거가 있사옵니다, 폐하."

후작 부인의 증언에 쐐기를 박는 말에 좌중의 시선이 모두 내게 쏠렸다.

"증거가 무엇이냐?"

"피와 염료는 같은 붉은색이라고는 하나 염료와 달리 피는 시간이 지날수록 변색이 되지요. 그날 제가 입었던 옷을 증거로 제출하겠습니다."

"드레스는 분명 태웠……!"

자신도 모르게 말을 내뱉던 시녀가 소스라치게 놀라 두 손으로 자신의 입을 막았다. 시녀는 새파랗게 질린 얼굴로 나를 올려다보았다.

시녀는 내 집에 숨어든 첩자 중 하나였다. 시녀장을 시켜 드레스를 태워 버렸을 때, 입고 있던 망토와 비슷하게 생긴 것을 같이 태우도록 지시했다. 몰래 그 광경을 지켜보던 이들은 드레스와 망토가 모두 불에 타 버렸다고 착각했을 것이다.

"흉측할 정도로 엉망이 된 드레스는 어쩔 수 없이 태워 버렸으나 그날 입은 망토는 남아 있습니다."

나는 시녀에게서 시선을 돌려 아버지의 뒤쪽에서 시립하고 있던 시종에게 눈짓을 보냈다. 미리 언질을 받아 대기하고 있던 시종은 들고 있던 망토를 황제에게 전달했다.

"그것이 그날 제가 입고 있던 망토이옵니다. 망토의 안쪽을 봐 주십시오."

내 말에 황제가 망토를 펼쳤다. 망토 안쪽 부분에는 선명한 붉은색이 묻어 있었다.

"그날 제가 뒤집어쓴 것이 진짜 피였다면 지금까지도 저리 선명한 붉은색으로 남지 못했을 것이옵니다."

"거짓입니다!"

내 말이 끝나기가 무섭게 앵그리버 영애가 비명을 지르듯 소리쳤다.

"저 여자가 거짓으로 만든 가짜이옵니다!"

"폐하, 앵그리버 영애의 말도 일리가 있습니다."

"맞습니다, 폐하. 흔하디흔한 망토이옵니다. 충분히 거짓으로 만들 수 있사옵니다."

나의 확증에 표정이 일그러지던 1황자파의 귀족들이 앵그리버 영애의 말에 화색이 돌며 동조하기 시작했다. 나는 그들을 비웃으며 입을 열었다.

"흔하디흔한 망토라니요. 보시면 아시겠지만 모자가 달린 망토입니다. 피스온 상단의 수석 디자이너인 마담 미엘라가 직접 만든 시작품입니다. 지금으로써는 세상에 단 하나밖에 없는 물건이지요."

"거짓말이야! 네가 그 남자를 죽이는 것을 내 두 눈으로 똑똑히 보았어! 내가 본 것이 진실이야!"

본능적으로 자신에게 불리하다고 느낀 앵그리버 영애가 소리쳤다. 증오로 붉게 충혈된 눈동자는 이미 이성을 상실한 듯 보였다.

“이 나쁜 년! 어서 진실을 말해! 말하란 말이야!”

앵그리버 영애가 나에게 달려들었다. 그녀의 돌발 행동에 대기하고 있던 기사들이 재빠르게 움직였다. 기사들에게 두 팔이 잡힌 앵그리버 영애가 몸을 버둥대며 악을 썼다.

황제가 인상을 쓰며 기사들을 향해 손짓했다. 기사들이 움직이자 당황한 앵그리버 영애가 황제를 향해 소리쳤다.

“폐하, 거짓이옵니다. 저년이 거짓을 아뢰는 것입니다. 분명히 제 눈으로 보았사옵니다. 저년이 그 남자를 죽였사옵니다!”

황제가 별다른 기색을 보이지 않자 앵그리버 영애가 다급히 1황비가 있는 곳을 향해 손을 뻗었다.

“황비마마! 마마는 진실을 알고 계시지 않습니까! 소녀는 진실만을 말했사옵니다!”

앵그리버 영애가 1황비를 애타게 불렀지만 1황비는 기사들에게 끌려 나가는 영애를 보면서도 전혀 나설 생각이 없어 보였다. 그녀는 자신이 준비한 패 중의 하나가 버려지게 생겼음에도 관심 없다는 듯 담담했다. 오히려 앵그리버 영애라는 패의 이용 가치는 이 정도까지라는 듯 1황비의 태도는 느긋하기까지 했다.

“살려 주십시오, 마마! 마마……!”

절규에 가까운 앵그리버 영애의 처절한 비명 소리가 울렸지만 누구 하나 나서는 이는 없었다. 앵그리버 영애가 기사들에 의해 끌려 나가고 회의실 안에는 적막이 감돌았다. 방금 전까지만 해도 중구난방으로 떠들어 대던 귀족들이 누구 하나 섣불리 말을 꺼내려 하지 않았다.

“폐하, 이 회의를 더 진행해야 할 의미가 있습니까?”

“물론 있지요.”

내 물음에 1황비가 웃으며 답했다. 황제는 1황비에게 할 말이 있으면 더 해 보라는 듯 팔짱을 끼고 몸을 의자에 기댔다.

"그날 엘리언트 영애의 옷에 묻은 것이 피가 아니라는 확인만 했을 뿐, 아직 영애가 그 남자를 죽였는지 죽이지 않았는지는 여전히 알 수 없는 일이지요."

1황비는 나를 보며 의미심장하게 미소 지었다. 본게임은 아직 시작도 하지 않았는데 벌써 피곤해지는 느낌이었다. 1황비의 노림수가 무엇이든 간에 질질 끄는 것은 질색이었다. 지리멸렬한 싸움은 성격에도 맞지 않을뿐더러 사랑스런 내 강아지가 홀로 낑낑거리며 밥도 먹지 않고 기다리고 있을 거라 생각하니 더 이상 시간 낭비는 하고 싶지 않았다.

1황비가 아직 본게임을 시작할 생각이 없다 해도 내가 먼저 시작하면 그만이었다.

"폐하, 제 생각을 말씀드려도 되겠습니까?"

"말하라, 엘리언트 영애."

"제 생각에는 이 회의 자체가 의미가 없어 보입니다."

"그게 무슨 말……. 크흠."

누군가 참지 못하고 입을 열자마자 황제의 싸늘한 시선이 닿았다. 그는 헛기침을 하며 황제의 시선을 피해 몸을 움츠렸다. 황제는 별다른 추궁 없이 다시 나에게 시선을 돌렸다.

입을 잘못 열어 황명 불복종의 죄를 지을 뻔했던 귀족은 그제야 살았다는 듯 안도의 한숨을 내쉬었다.

"아시는지 모르겠습니다만 피스온 상단의 상단주는 평민입니다. 제가 평민인 그를 해하였다고 해서 추궁당할 이유는 없다고 사료됩니다."

황제의 엄포 때문에 큰 소리로 떠들 수 없는 귀족들이 작게 소곤거리기 시작했다. 몇몇은 처음 듣는 소리라는 듯 이해가 가지 않는다는 표정을 지었고, 몇몇은 아쉽다는 표정을 지었다.

아쉽다는 표정을 짓는 자들은 이미 에반이 평민이라는 것을 알면서도 은근슬쩍 내가 엮이지 않을까 기대를 했던 자들이었고, 영문을 모르겠다는 표정을 짓는 자들은 평소 철두철미했던 1황비가 고작 평민을 이용해 나를 끌어내리려 했다는 사실에 의문을 표하는 자들이었다.

혼란스러워하는 귀족들 사이에서 1황비는 여전히 은근한 미소를 지은 채, 나를 바라보고 있었다. 애초에 1황비는 에반의 일로 나를 끌어낼 수 있을 거라고는 기대도 하지 않았을 것이다. 나 또한 1황비가 이런 허술한 작전을 중요한 패랍시고 세웠을 거라고는 생각지 않았다.

에반의 일은 그저 계기에 지나지 않을 뿐이었다. 나나 1황비나 진짜 중요한 패는 아직 꺼내지 않았다.

"영애의 말대로 수치스런 소문이라 하나 영애가 귀족인 이상 평민 한 명을 죽인 것 따위야 문제 될 것이 없지요."

나를 향한 1황비의 미소가 더욱 짙어졌다.

"중요한 것은 영애가 그를 죽였는지 안 죽였는지가 아니라, 왜 그를 죽여야 했는지이니 말입니다."

"1황비마마께서는 제가 그를 죽였다고 확신을 하고 계신가 보군요."

"영애, 방금 전에도 말했다시피 그깟 평민 한 명의 생사 여부가 뭐가 그리 문제가 되겠습니까."

"1황비마마의 말씀대로라면 이 회의가 개최된 의미가 없어 보입니다만, 제 생각이 틀렸습니까?"

1황비가 비웃듯 코웃음을 쳤다.

"무언가 잘못 알고 있나 보군요. 이 회의는 영애가 저지른 살인에 대한 죄를 묻는 자리가 아닙니다. 황태자의 약혼녀로서 영애의 자격을 묻는 자리이지요."

"그건 저도 잘 알고 있습니다. 다만 1황비마마께서 굳이 저를 살인자로 몰아가려 애쓰시는 것 같기에 혹시나 마마께서 총기를 잃으신 것은 아닌지 걱정이 되었을 뿐이랍니다."

회의를 시작하고 처음으로 1황비의 얼굴이 굳어졌다.

"여전히 건방지군요, 영애. 부디 그 건방짐이 이 회의가 끝난 후에도 유지될 수 있기를 바랍니다."

1황비는 더 이상 대화를 나눌 생각이 없는 듯 나에게서 시선을 떼고 문 앞에서 대기하고 있던 시종을 향해 손짓했다.

"그녀를 데리고 오너라."

1황비의 명령에 회의장의 문이 열리고 한 여인이 시종의 안내를 받아 안으로 들어왔다. 후덕한 몸매에 아주 고급스럽진 않지만 평민 중에서도 중상층 이상이나 입을 수 있는 드레스를 입고 마치 귀부인인 양 곱게 올린 머리를 한 중년의 여인이었다.

여인이 고개를 들자 나와 시선이 마주쳤다. 그녀의 입술이 달싹이고 소리 없는 말이 그녀의 입에서 흘러나왔다.

'제가 후회하실 거라고 했지요?'

5년 전보다 주름진 얼굴로 그녀가 웃었다.

"그 여자는 누구인가?"

황제의 물음에 중년 여인이 바닥에 엎드렸다.

"천것이 제국의 태양, 위대하신 황제 폐하를 뵈옵니다."

황제의 시선이 1황비에게 닿았다. 1황비는 중년 여인에게 명령했다.

"네가 누구인지 폐하께 고하거라."

"저는 저기 계신 비욘느…… 아니, 엘리언트 아가씨의 유모이옵니다."

그녀의 정체가 밝혀지자 귀족들 사이에서 웅성거림이 커졌다. 황제의 얼굴이 찌푸려졌고, 아버지의 얼굴이 굳어졌다.

"엘리언트 영애의 유모가 어찌하여 이 자리에 있는 것인가."

황제의 딱딱한 물음에 엎드려 있던 유모의 몸이 움츠러들었다.

"폐하께옵서 물으시지 않느냐."

1황비의 호통에 유모가 고개를 들었다. 바늘 떨어지는 소리조차 들릴 것 같은 적막 사이로 유모의 침 넘기는 소리가 요란하게 울렸다.

불안하게 흔들리던 그녀의 눈동자가 눈꺼풀에 의해 감춰졌다가 다시 모습을 드러냈다.

"송구하옵니다, 폐하. 천것이 더 이상 진실을 숨길 수 없이 폐하께 죄를 고백하러 왔나이다."

유모가 황제에게서 시선을 돌려 나를 바라봤다. 그녀는 나와 눈이 마주치자 눈물을 글썽였다.

"죄송합니다, 아가씨. 저는 더 이상 이 죄를 감출 수 없습니다. 부디 이런 절 용서하세요."

그녀는 비탄에 젖은 얼굴로 다시 고개를 돌려 황제를 바라보았다. 황제에게 고하는 그녀의 모습은 자못 비장해 보이기까지 했다.

"천것이 황제 폐하께 고합니다. 비, 비욘느 아가씨는 엘리언트 후작 각하의 소생이 아니옵니다!"

-2권에 계속-